高橋和巳の文学と思想

——その〈志〉と〈憂愁〉の彼方に

太田代志朗
田中　寛
鈴木比佐雄　編

コールサック社

在りし日の高橋和巳

1967 年、上京直後の清々しいひととき

1967 年、文芸誌「対話」読書会後に京都・円山公園を散策

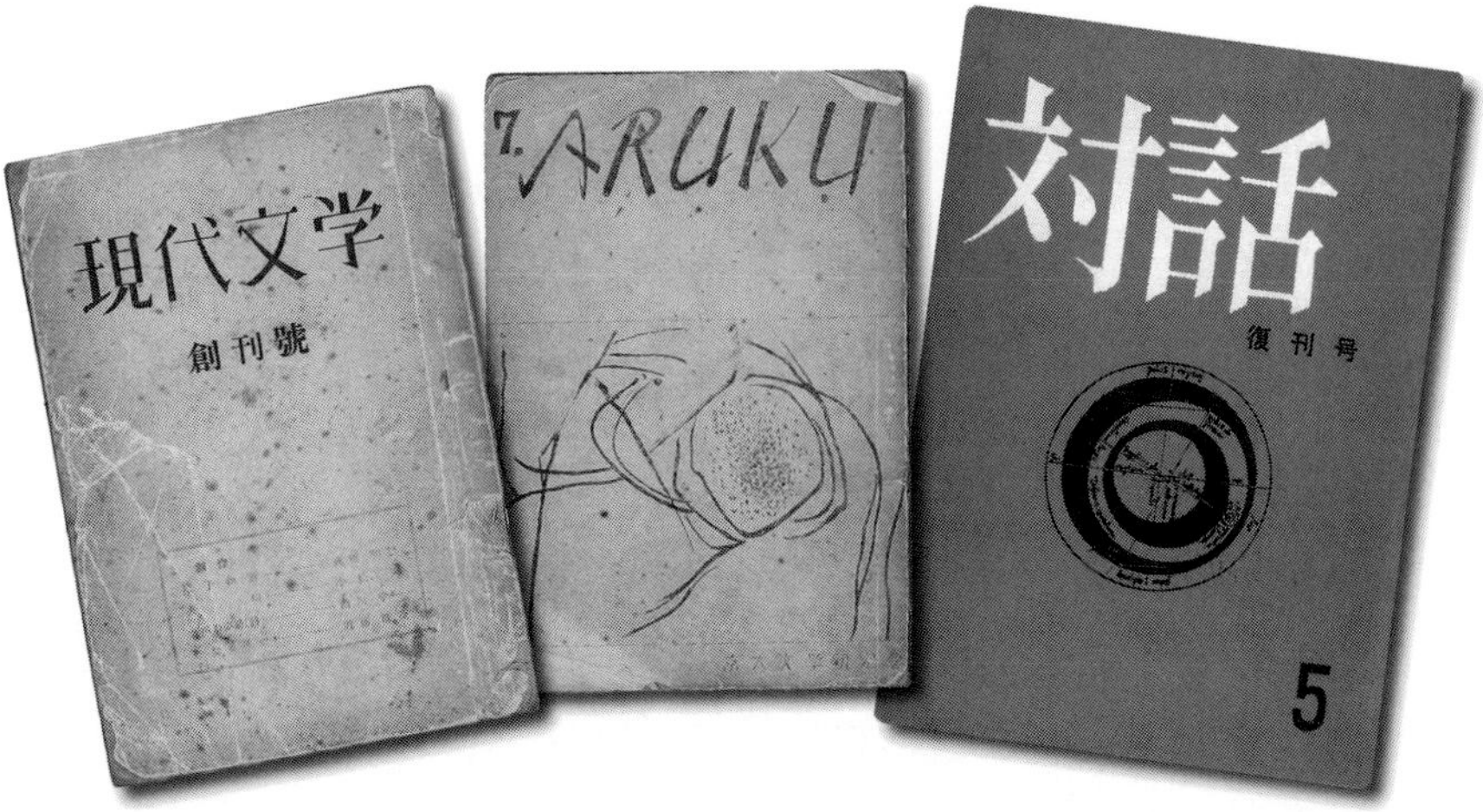

高橋和巳の初期の作品が掲載された「現代文学」創刊号、「ARUKU」7 号、「対話」5 号（復刊号）

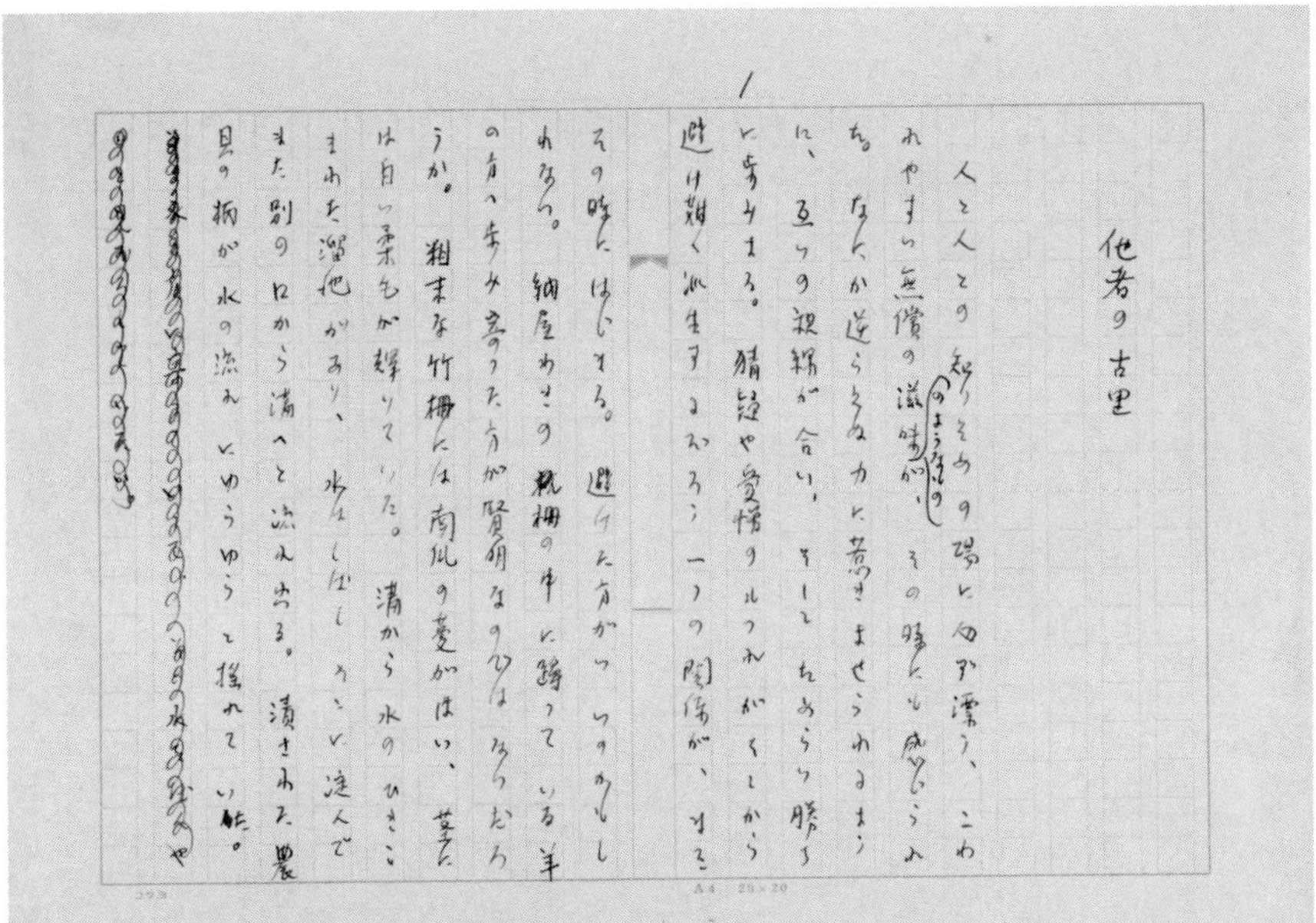

遺稿「他者の古里」の原文（日本近代文学館所蔵）

1967年、鎌倉の自宅脇の首塚で愛犬ゴンと遊ぶ高橋和巳とたか子夫人

1968年、床に伏せる高橋和巳と看病するたか子夫人。
見舞いに訪れた太田代志朗

1971 年 5 月、青山葬儀場での埴谷雄高とたか子夫人　　＊写真はすべて太田代志朗の所蔵

高橋和巳の文学と思想

——その〈志〉と〈憂愁〉の彼方に

目次

高橋和巳の文学と思想

――その〈志〉と〈憂愁〉の彼方に

太田代志朗
田中　寛
鈴木比佐雄
編

序

変容と再生のもとに

太田代志朗

高橋和巳の文学と思想の本質とはいったい何だったのだろうか。

その夢研ぎ怒濤にゆらぐ無血のことばがよみがえる。志と憂愁の彼方に、新たな酷愛の物語がつむがれる。その場かぎりの安直なことでなく、物狂おしい予感とともに言語と行為が胸の奥でなぐりあっていた時代。思想は極限にまでおしすすめてゆけば、必ずその人間は破滅するというのが高橋和巳の告発であり、結実であった。一九三一（昭和六）年、軍国主義下に生まれ育っている。中国古典文学研究者として、将来を嘱望された有能な学究の人だった。同時に小説家として華々しくデビュー。戦後文学の旗手として活躍するも、運命的な全共闘運動に加担するなかで病に倒れる。一九七一（昭和四十六）年没。

幼く戦後の廃墟をさまよったことからはじまる褐色の憤怒は、下降、敗北、絶望、破滅へと通底するが、いってみれば、それが時代の知的選良意識の対極としての自己指弾、殉教、共苦、贖罪であった。内部の深海は常に蜷局をまいていた。加えて、ラディカルな日本的情念があたかも生の原質のように培養されていった。

すなわち、似非文化、似非知識人を向こうに、自罰の衝動と有罪性の希求が謎のようにせまる。時は混迷と拡散の一九六〇から一九七〇年へ、その政治と文学も、「何より孤立を恐れることなく基本的にトータルな人間変革」を模索することであったのだろうが、つきつめれば革命の権威にむかう知の叛乱を一気に背負ったといわねばなるまい。若者たちの夢と痛みを共有し、解体を余儀なくされたのである。

顧みれば没後二十年、三十年、四十年の記念行事、またその学術シンポジウムや文学の魅力を紐解く特別講演が表立っておこなわれたということもない。一部前かがみの文芸ジャーナリズムでとりあげられこそすれ、何とも輝きでることなく黙殺されてきた。日暮れて蒼山遠く、それが「虚妄の理想、虚妄の絶望」と嘯くには、まさに非情と老獪の美学であろうが、いや、それゆえにこそ、封印された高橋和巳を新たに解き放そう。高橋和巳を自由に放してゆこう。

今日のグローバル時代の要請にこたえ、インターネット情報社会が新たな知と価値の創造発信をしている。その固有のメディア・ジャンルに、内在する文法やテクニックやシステムが構築され、ダイナミックな交信とともにブンガクが鮮烈にたちあがってくる。併せて、出版状況の困難ななかで、その文学の深層が清々しく開示されようとしている。

お互いの論理的帰結を徹底的につらぬき、まさに「相見る時難く別るるも亦難し、東風は力無く百花残る」（李商隠「無題」）でないが、いや、さみなしに義に立ちしかばとうなだれてばかりいられない。断れぎれの変奏、変節も、また身をゆだねて生きる時のしたたかな刻みであった。

本書は構想十年余にして、一筋縄ではいかぬ光芒と転調により明らかにされた。思えば、夕まぎる水際のあかるさのもと、企画編集は刻々とすすめられた。各位の慧眼あふれる執筆、また遺稿（未発表原稿）も整理され、考証、調査、分析、論断、解釈、批評、回想の圧巻繚乱のページとなっている。平成終焉の秋、満を持した精確自在の論攷として編まれた。類書のない独創的な述作の底力をそえ、その文学と思想が新たに論究されている。

なお、一巻を前にして編者のあいだで激論が交わされたが、索引附会のそしりをうけようと、その一気呵成な直進論法もわれわれの徹底した誠実ないとなみゆえであった。高橋和巳の燃えらしむるゆえの世界をひらくべく研究へのみちのりであった。

「最後の飲酒、最後の歌唱、最後の舞踏」、いや漆黒の回流とともに旋風が噴き上げ、ブンガクの地平が燦然とひろがってゆく。その変容と再生のもと、広くご批判をたまわれば、望外の幸せである。

出会いを回顧して

田中　寛

人間とはただ雑多なものが流れて通る暗渠《あんきょ》であり、くさぐさの車が轍を残してすぎる四辻の甃《いしだたみ》にすぎないように思われる。暗渠は朽ち、甃はすりへる。しかし一度はそれも祭の日の四辻であったのだ。（三島由紀夫「宴のあと」）

ある一人の作家、作品との遭遇、いや、そもそも文学との出会いは、人生の中でどのような意味を持つのだろうか。一冊の本が、その人の生き方を変え、生きる方向を決定することさえある。常夜燈のように行く道を照らし、勇気をあたえる。時には人生の伴走者となり、また枷ともなっていく。あらかじめ敷かれていたレールの上を歩いていくように。――青春期に出会った高橋和巳という作家はそうした存在であった。長い歳月を経て気づいてみれば自らも「視野狭窄」を恐れる人間になっていた。言語の研究を主務としながらも常に文学と思想、歴史に寄り添い、他者を対象化する術に苦悶を積み重ねた。これも高橋和巳という作家が植え付けた知の生き方であったと述懐する。

若干の経緯を記す。二〇〇四年、在外研究先の英国ロンドン大学でのことである。東洋アフリカ学院、通称ＳＯＡＳの附設図書館は、わが最も愛すべき図書館の一つなのだが、日本語書籍の一角に「高橋和巳全小説」が整然と並んでいた。あるいは高橋和巳の愛読者が寄贈したものかもしれなかった。カバーははずされ、青い表紙もこすれて色褪せていた。そして、二度目の二〇一六年、再度ＳＯＡＳで十二年ぶりに「対面」した。相変わらず同じ場所に置かれていて、私を待っていたかのようだった。遠い異国の地にあって、その数冊を手にし、遠い青春を懐かしむように頁を捲った。私は職務の傍ら、週末は巡礼者のような孤独な旅を続けていた。——若き日の漱石の足跡をたどる旅である。うるわしき五月、その日、私は英国南部のイーストボーンからシーフォードまで延々と歩き続け、白亜の断崖に立ち尽くした。海から射し込む荘厳な光は満ち溢れ、虚空には蒼穹がはためいていた。そしてあふれるような思いを抱いてロンドンに帰投し、気がつけば親しき知友に一通の長いメールを書き送っていたのだった。志と憂愁への過去の遡行。翌日、応答のメールがあった。「遥かロンドンからの編集企画ご提案に驚愕、動揺、感動しています」。それから構想は次第に膨らみ、帰国後、具体的な準備にかかった。執筆者の選定、見知らぬ同志への呼びかけに、不安と期待が交錯した。幸い、多くの方々のご賛同、ご支援を得て、構想は次第に形をととのえていった。こうして、最初の出遭いから五十余年を経て、高橋和巳の文学と思想がよみがえった。あのロンドンでの出遭いがなければ、そして深更にメールを送らなければ、思いは達成されなかっただろう。

高橋和巳についての一冊の本を編むにあたって、多くの方々との出会いがあった。それはまたこの作家が導いてくれた径のようにも思われた。確かに文学は人と人をつなぎ、作家は時空間を超えてその共有の糸を織りなしてゆく。織り上がった一枚のタペストリは想像したものよりはるかに重厚で、精緻をきわめ、そして多彩な色彩をはなつ。さらにさまざまな絵模様には思いもよらぬ発見があることを気づかせてくれる。平成最後の夏、かつてない酷暑のなかで、このたび集められた文章に接し、幾度も胸を打たれ、言葉をつむぐという営為の困難さ、そして素晴らしさに胸を熱くした。もとより完璧を期すことは不可能であるにしても、でき得るかぎりの成果を懇望した。高橋和巳を愛する読者の方がたとの強い握手を祈念し、この無上の祝祭の喜びをわかちあいたい。

戦争の呪縛から日本は本当に解放されたのだろうか。社会のさまざまな騒擾は、持ち越されたさまざまな宿痾でもあり、天災か人災か見分けのつかない災害に見舞われる時代である。あの高度経済成長期に、日本人は何を得て何を喪ったのか。高橋和巳の文学と思想はその解明の起点となるのではないか。そして、今、文学はどこへ行こうとしているのか。論集を編みながら、そのことを考え続けた。その思いはそれぞれの論攷にも込められている。読者はそれぞれの思いのなかで味読され、一人の作家の抱き続けた孤立無援の思想、志と憂愁の文学を享受し、その彼方にともに思いを馳せたい。

Ⅰ部　文学と思想の可能性

時代と世紀の制約を超える志

――高橋和巳の『日本の悪霊』とドストエフスキイの『悪霊』を起点に

立石　伯

一　高橋和巳とドストエフスキイの発想の核

わたしは近年高橋和巳作品のよい読者ではない。和巳の小説、評論、翻訳などをひもといて精読し、丁寧にわたしなりの考え方をまとめるという営みから遠ざかっている。つまり、わたしの表現上の欲求において、作品を読みなおしたうえで、作品やその世界について深く考察したり、他の作家・思想家などの作品や作家としてのあり方などと比較・対照しつつ文章化しようという努力をしていない。和巳という作家や作品などに関して、具体的な思索や表現においては、ないないづくしというしかないのである。あえて少しでもあるといえるとすれば、現実と状況の熟視と批判としてわたしなりに拵えあげた『随感録』（二〇一七年十月刊）という雑感文で二年数ヶ月まえに和巳の文章にふれたことがあった。「『テロリズム』について」という追究モチーフのもと、高橋和巳の「暗殺の哲学」（一九六七・昭和四二年九月「文芸」）「内ゲバの論理はこえられるか」（七〇年十月二十日、二十七日、十一月三日号「エコノミスト」）などについても一瞥した文章である。このとき、わたしは高橋和巳における〈創造的価値転換〉の一過程という、一種未成熟な言葉をぼんやりと感受させられた。

このことについてそこでは触れなかったが、《暗殺》というモチーフということで、高橋和巳作品のいくらかのありようがわたし自身の内部で連想されたのであった。和巳の発想として、文学と社会と世界の状況を俯瞰し、さて、それをひとたび括弧にくくり、自己と自己の知悉しているさまざまな条件を目の前にすえなおし、一個人の内面と魂の疵を徹底的に凝視しつくそうとする試みがあったのも想起したのであった。和巳の文学的なたましいは、他者や閉塞した世界とどのようにかして伸びやかにかかわろうとするのであるが、対象となるさまざまな他者がそれを拒否するかたちで表面化された。拒否というよりも、一種の悪意と抑圧的な力でそのたましいの渇望を押しつぶしてきたという印象を再認識せざるをえなかった。表現された世界に苦悩と憂鬱が眼を射る所以であろう。

生き辛い生を根元の方から酌みとろうとするモチーフは、さまざまなかたちで波及・拡大する力をもっている。高橋和巳文学の内的な運動のみにはかかわらない。ずいぶん前に、『ドストエフスキィの《世界意識》』（二〇〇九年十一月深夜叢書社刊）を出版した。その書物の表現意図にしたがって、『作家の日記』に収録されている「おとなしい女——空想的な物語——」（一八七六年十一月、翻訳はすべて米川正夫）という独特な感性を有する女性を登場させた短篇小説のことを比較的詳しくとりあげた。ことわるまでもなく、『作家の日記』のなかの短篇小説には「百姓マレイ」「おかしな人間の夢——空想的な物語——」などすぐれたものが多い。作中人物創出における着眼点が独特である。この作品はドストエフスキイには珍しく《叛逆と独立》を渇望する女性の生き方を描出していた。その一方で、この女性とかかわった男の相手を無視した独りよがりの腹立たしい「空想」を描いた小世界でもあった。このような性質の小説にもそのようなたましいの渇望が垣間見られるのである。作者がすぐれた小説の副題として「空想的な物語」とつけているのは、かみしめておくべき小説方法上のあり方の一面であろう。

ところで、ドストエフスキイの小説のうちで、女性の作中人物ということでいえば、もとより、女性の生き方として傑出した『白痴』（一八六八年連載完結）のナスターシャ・フィリッポヴナはすぐさま想起される。この作品の女性はナスターシャのような面影を宿していた。つまり、この女性も心情や魂のあり方において彼女と同じ性質のおとなしい面と心情の燃えたつ面を併せもった稀有な魂を有していた。抑圧された魂が、あるきっかけで《叛逆》するのである。この小品においては登場人物の女性の生き方や在り方のときはなたれた魅力ばかりでなく、小説の方法や人物の性格の創出においても、着目すべき特質をもっていた。また、特に意図することなく珍しいことにジェイムス・ジョイスのような「意識の流れ」や無意識世界を浮き立たせた技法なども駆使したものであった。

わたしはその作品をかつて分析しながら、彼女を理解できなかった男の結末の言葉に唐突で奇妙な印象をあたえられた。この男がつぎのような過激な想いを抱いていたことが不可思議であったからである。つぎのような一節が記されている。

「今のわたしにとって諸君の法律がなんだ？　諸君の習慣、諸君の風俗、諸君の生活、諸君の国家、諸君の信仰が何するものぞ？　諸君の裁判官をしてわたしを裁かしめよ。（中略）そうすればわたしは、おれはなにものをも認めないといってやる。（後略）」

このような感性はアルベール・カミュの『異邦人』（一九四二年刊）のムルソーの良識、愛、正義、善、神、宗教、法律、審判などにたいする反抗ないしは拒否の意志にもよく継承されながら顕れていた。彼はつぎのように抗議していた。

「他人の死、母の愛――そんなものが何だろう。いわゆる神、ひとびとの選びとる生活、ひとびとの選ぶ宿命――そんなものに何の意味があろう。（中略）特権者しか、いはしないのだ。他のひとたちもまた、いつか処刑されるだろう。君もまた処刑されるだろう。人殺しとして告発され、その男が、母の埋葬に際して涙を流さなかったために処刑されたとしても、それは何の意味があろう？」（窪田啓作訳）

ムルソーは、おそらくドストエフスキイの人間観や裁判制度や犯罪などについての尖鋭な認識を踏襲していたということができよう。それにくわえて、カミュにおいて不条理性の意識がすでに示唆した〈創造的価値転換〉として尖鋭化されていたのである。「おとなしい女」の男は世襲貴族で、軍隊に属して不本意なままに退役したのち、質屋などを経営して、経済的にも社会的にも独り立ちしていた。したがって、普通の社会的な認識を有する社会人のひとりだということができた。その男が、自死することになった妻であった女性を失ってみぎに引用したような発想をし、その認識を語ったのである。ムルソーも異なった考え方と条件のもとで語っていた。

裁判やその制度、法律などが社会的な問題になるのは、おおむね社会的・制度的な変動を経過したあとにあらわれることが多い。ドストエフスキイは『カラマーゾフの兄弟』（一八八一年刊）をかく意図を語ったおりに、重要なテーマの一つとして裁判制度について考察するとのべていた。つまり、一八六一年の農奴解放後十数年たっても、社会通念や政治状況、民衆の生活の実態、裁判制度などが混乱をきたしていたからである。農奴解放後の七〇年代ロシアのナロードの現実は混沌としていた。この小品の主人公が、法体系、裁判・裁判官などへの指弾をつよめているのも、その一つの表れだということができそうである。『カラマーゾフの兄弟』におけるドミートリイ裁判において、作者は「誤れる裁判」としたのである。つまり、当時の裁判の常道を踏みながら、結局その審判の結果として「百姓どもが我を通した」、そして「ミーチャを片づけてしまったんだ！」という風に物語をはこんだのである。裁判制度の批判として、ドミートリイ（ミーチャ）の悲劇を書きとめたというべきかもしれない。

これはさておき、問題は、高橋和巳の作品に通暁された人が右の「おとなしい女」の男の糾弾の言葉の引用を読んでよく似た糾弾をした主人公のことを想起されるに相違ないことに発する。当時、『作家の日記』を読むのは、二〇年ほどの時間的な間隔をおいて三度目であったが、この一節の成り立ち具合を詳細に記憶していなかった。『作家の日記』のなかには、じつに特異で傑出した短篇小説がおさめられているなという強い印象のみがのこっていた。そのときには、そうだ、高橋和巳の『悲の器』（六二年十一月河出書房新社刊）の主人公正木典膳の糾弾がこれによく似た倨傲で苛烈なものであったときれぎれの記憶のなかで類推した。引用でしめしておきたい。

「私は死んでも、私には闘いの修羅場が待っているだろう。私を踏みつけにせんとする悪魔どもがつぎつぎとあらわれ、現われつづける。我が待望の地獄が。私は慈愛よりも酷烈を、奴隷の同情よりも猛獣の孤独を欲する。私は権力である。私は権力でありたい。天国の天使たち、天国に憧れる人間どもの上に跳梁し、人間どもの善行や悪行、人間どもの生や死、人間どもの幸福や不幸、それら一切の矮小なものときっぱりと絶縁し、平然と毒盃をあおりながら哄笑したい。汝ら、法則に従い法則に死ぬものたちよ。」

「富田よ。死せる富田よ。君はいつか、この世界から法を追放し、いっさいの外的規範を死滅せしめよと叫んでいた。君はその法なき地獄の、みずから法を作りなす存在、欲するがままに行って常に法たる超越者たらんとして苦行した。」

さらに二つほどあり、『邪宗門』（六六年十月上、十一月下、河出書房新社刊）の足立正の宮城前広場における宗教裁判での弾劾、またここで素描しようとしている『日本の悪霊』（一九六六年一月号〜六八年十月号まで「文芸」に断続的連載、六九年年十月、『高橋和巳作品集６』に加筆して出版）の主人公・村瀬狷輔と落合知良にも、のちに見るようにそれぞれことなった視点からの糾弾があった。そこには「おとなしい女」の男などと類似した発想や告発などが表現されていた。これらの作中人物たちへの類推がはたらいたが、特にそのことについて論述はしなかった。これらの作品における根源的な作品の構想も、主人公の時代認識などもことなっているから、比較は単純なものではない。ただし、みぎに記したようにそれを前提にして、高橋和巳とドストエフスキイの精神のあり方についていつか書いてみたいと思っただけにとどめた。高橋和巳とドストエフスキイと関連させて書くことは、もしかすると相当面倒ながら、多くの解明すべき課題や社会観、時代認識などについての考えが剔抉できるのではないかと思ってはいたのである。それ以降、高橋和巳の作家のありようと作品の表現世界の射程について書こうとしなかったから、このこともまったく忘れてしまったのである。

今度、高橋和巳の作品・文学・思想などについて新たに光をあてる企画が立てられたということをしらされた。高橋和巳について云々しようとするとき、まず高橋和巳の小説が現在あまり読まれていない残念さが決定的である。正当に評価されて光が当てられていないこともある。つまり、論ずる人もすくないし、論じられたとしても、論者の自説強調のための独断的な見解をもとにして批判するという類いのものが多いという成り行きになっているようである。二十一世紀になって二〇年近くたっている。日本文学においては昭和文学から平成文学へと変わった。といっても、平成時代が三〇年間を超えようとしているにしても、平成文学という概念が成立しているのかどうか疑わしい。そうした条件のもとに、文学・文学認識などにおいて実際どのような変化や差異があるのかという問いかけなどがあらたに問いかけられるのは解りやすい。それらの問いを背景にして、ひとりの優れた小説家である高橋和巳における文学認識・小説作品はどのように評価しなおすことができるのか、という考察テーマが設定されるのも了解できる。けれども、わたし個人はそのような観点やモチーフから和巳を再考するという思いはこれまでとくに強くなかった。

かつて高橋和巳に親炙したものとして、和巳についてなんらかの文章を書かねばならないというときに、みぎの「おとなしい女」のことが急に想起されたのはなぜだったのか。あれこれ考えてみると、自己、共同体、社会、国家、世界、そしてそれらが成立する一つの根拠となる意識のありかた、存在認識、また法律、律法、宗教などについて表現者が対象とするときに、「空想家」的な資質を有する主人公や典膳などが矛先をむける対象にほかならないのではないか、という感想が頭をよぎったからである。いわば、文学作品が現代の現実的な諸事象の一端を読者に想起させ、考察を強いるという力を有していることを明かす。つまり、政治制度、法律、宗教など一般的にいえば抽象的なものであるにもかかわらず、あるきっかけで身近に、自己の日常的な感性に直截かかわるということを感じるようになるのである。抽象的なものの具象化というべきで、この日常的な水準での文学的な考察は有意義なありようにほかならない。

わたしの大雑把な観測では、高橋和巳とドストエフスキイの作品に面したとき、両者の発想には、近しいものがあると感じられる。同時に、作品世界の彩りは相当な懸隔があるのにも想到する。いわば、両者の表現世界は、異質だというべき側面が多い。その一点は、諧謔の精神、ユーモアや道化的なもの、また宗教（キリスト教・ロシア正教と仏教との差があれ）にたいする向きあい方の差異にあらわれているであろう。そうでありながら、表現対象や世界意識などを徹底化・極端化して相対化させるという点では近似性が認められるのである。

それらの点を振りかえってみよう。処女作品にあたる『捨子物語』（五八年六月足立書房刊）と『貧しき人々』（一八四七年刊）をまず見ると、自己にきわめて近い感性を有する作中人物を一度突きはなして、外化しながら客観化していこうとする表現姿勢にはよく似たものがある。そのモチーフそのものも貧困や世間や他者との隔絶感などに悩む者たちを見つめることであった。同時に、宗教（キリスト教・ロシア正教と仏教との差があれ）をきびしく見つめていたことも指摘しうる。さらに、両者が現実生活のうちで体験した政治運動がある。ドストエフスキイにとってはロシア一八四〇年代後半における極左冒険主義だというべきペトラシェフスキイ事件との係わりは決定的なものである。わたしはまえに記した『ドストエフスキィの「世界意識」』でこの事件について分析しているので、ここでは割愛しておきたい。ただひとこと付加しておけば、この事件が彼のシベリア流刑につながり、流刑生活の徹底的な自己省察と現実生活の凝視などが『貧しき人々』の作家をして、『死の家の記録』（一八六二年刊）、『地下生活者の手記』（六四年雑誌掲載）などを生みだす決定的な要因となり、さらなるおおきな小説家・思想家へと変質させた一種奇跡的な出来事であった点である。

高橋和巳にあっては一九五〇年に仲間と「反戦詩集」の刊行、また日本で初めての原爆展の開催、五二年の破壊活動防止法反対運動による学生処分にたいする撤回のためのハンガーストライキへの参加がある。この年、友人と同人雑誌「現代文学」を刊行して、「捨子物語」の三章までを掲載した。こうした一連の活動が、『憂鬱なる党派』（一九五九年八月より「ＶＩＫＩＮＧ」に連載開始）へと展開されていくのである。そして、処分撤回闘争の敗北をふくめて、朝鮮戦争後の変革の挫折による混沌たる時期を〈二度目の敗北〉と位置づけていたのである。それからの個々の問題は記さないが、一九六〇年代後半の全共闘運動への独自な立場からの係わりなどへと連続していくのであった。この間の小説、評論等の作品発表の質量は、おびただしいものであった。

彼らがすぐれた、おおきな作家へと脱皮できたのは、このようなさまざまな体験について両者とも徹底的にこだわって、個々の体験、思想的な研鑽、文学的な努力などにより表現世界へと昇華できるようになったことに起因する。それが自己批判的であれ、政治的・社会的運動そのものへの批判であれ、その内容は問わない。ドストエフスキイの社会主義・共産主義への終生にわたる批判と弾劾は顕著なものである。高橋和巳の敗戦による〈一度目の敗北〉からあまりにも早すぎる死の決定的な要因となった〈三度目の敗北〉にいたる時代的・政治的・社会的な動きを包摂する考え方や思想の根本はそれらに深く関係するものにほかなるまい。

ところで、右の時代的な推移を横軸として、もう一方における縦軸としての思想的・文学的な問題を検討しておかねばなるまい。

埴谷雄高は高橋和巳が『悲の器』で文藝賞を受賞して文学的に出発した翌年に、「『散華』と《収容所の哲学》――高橋和巳への手紙」（一九六三年八月「東京新聞」）でつぎのように批評した。埴谷雄高らの世代にとっては、客観的な認識として「敵とは何か」を解明すべきことが追究の主題である。一方、高橋和巳らの世代は戦争時の《死の哲学》が切実な解明課題である、と対比的に設定することからはじめた。そして、歴史的なきびしい省察のもとに、「私達の世代にとつて、戦時とは大きな収容所にほかならず、そのなかで自閉している私達の重苦しい観念的な見解は、《収容所の哲学》と呼ぶことができるでしよう」とまとめた。いわば、戦時中を収容所という観念に仮託するとすれば、埴谷雄高にとって敗戦後の現在との違いは、「戦時中には暗い頭蓋のなかの観念しかなかつたのに対して、現在は白い原稿用紙があるというだけの差異にしかすぎません」と把握する。つまり、治安維持法による特高警察、軍機保護法による憲兵隊などのさまざまな抑圧や弾圧によって真摯で内的な表現ができない状態から脱して、今度は自分自身が何をどのようにどの境域にまで表出するか、それが白紙の原稿用紙において問われる時代だとしたのであった。あえて付けくわえれば、埴谷雄高にとっては、病気・肺病などの宿痾との困難な闘いがひかえていたのであるが……。

そのうえで、アンジェイ・ワイダの「灰とダイヤモンド」という映画の主人公の認識と行為を「そこでは敵を殺すことが先行して、それから自分が殺されるという推移を次にとる」と捉えている。一方、「戦時中の《死の哲学》が教示したものは、ひたすら自己の死についての意味ある納得であり、ある種の含蓄ある美化であり、と同時に明らかにしたことは、《死の哲学》の他の側面であるべき《敵》を殺すことについての苦悩も省察もほとんど容れる余地がそこになかつたという事態です」という差異について明快に確認している。世代論に陥らないように配慮しながら、自分自身の発想・感受性・思惟方法・存在形式などが形成されるのに、一定程度深くかかわった社会・環境・時代、世紀などを見据えながら、自己形成の核心について剔抉していたのである。

高橋和巳においては「散華」（六三年八月号「文芸」）、『堕落』（六九年二月河出書房新社刊）などが「死の哲学」という主題として俎上にのぼるのである。けれども、『日本の悪霊』のもう一人の主人公落合刑事部巡査について検討するので、「死の哲学」についてはここでは割愛したい。すこしだけ触れておけば、高橋和巳は、「《敵》を殺すことについての苦悩も省察」も、落合に一部付与したということがある。人間の関係性のあり方に表現を集中し、さらに、不十分だとはいえ文学的なひろがりを保証する主題として、裏側から落合と村瀬に「存在論的問いかけ」をなさしめたといいうるであろう。

ひとこと断っておけば、「灰とダイヤモンド」は、ポーランドの旧ソ連スターリン体制の戦後処理とそれ以降生ずるであろう暗鬱な圧制を暗示するものであった。主人公の青年は、ポーランドの戦中から戦後処理におけるスターリン主義的な党幹部に異議をとなえることが暗殺として結果した。埴谷雄高が「永久革命者の悲哀」（一九五六年五月「群像」）で表現した諸問題とひびきあう課題を提示した映画でもあった。埴谷雄高の文章はそれを暗黙のうちにふくんでいた。ここでは『悪霊』（一八七三年刊）についても論ずる場であるので、ワイダによって八七年に映画化された『悪霊』の主題は政治的暗殺に係わるもので、ピョートルをはじめとする五人組のシャートフ殺しが前面に出てきていたことをことわっておきたい。悪霊に憑かれた人々の所業とその報いが映像化されていたのである。見方を変えていえば、スタヴローギンを主人公とした映画はむずかしいものであろう。

さて、埴谷雄高の高橋和巳認識のもう一つの特色である、夫人の高橋たか子が『高橋和巳の思い出』（一九七七年一月構想社刊）のなかに記していた「虚無僧」と「狂人」という言葉を思いだした。作家になりたいということと虚無僧になりたいということは少しも矛盾しないとして、つぎのように記していた。

「深い編笠ですっぽり顔をおおって、ただ一人で、一軒一軒の門前に立ち、そこに住む人には通じようもない思想を、悲哀の音色にのせて尺八で訴えて歩く――そうするのが一番ふさわしい人が人間・高橋和巳であり、また、それが高橋和巳文学の姿でもある。

その思想とは、どう一言でいったらいいかわからないが、憂鬱な思想といってもいいだろう。」（「虚無僧」）

「主人は要するに自閉症の狂人であった。私がこう書いて、驚く人があれば、その人の洞察力がにぶいのである。私との関係では、私に甘える気持から、それがはっきりした形をとり、他の人々との関係では薄らいで表われたにすぎない。」（「かわいそうな人だといつも思ったこと」）

引用の後者の最後に「自閉症の子供には稀れに天才がいる」と医学欄にあったという文を高橋たか子はあえて記し《苦悩教の始祖》（一九六九年十月『高橋和巳作品集6』巻末論文、河出書房新社刊）というとらえ方がある。作家ももとよりひとりの人間であるから、生と存在のなかで、さまざまな喜怒哀楽の渦中にある。悦び、感動、感謝の念などはもとより、悲しみ、痛み、惑いなどとともに苦しみ、悩み、矛盾などに苛まれることもある。そういう意味では、人間にとって《苦悩》は基本的にして普遍的な感性の一つにほかならない。そのなかでも、とくに「苦悩教」といっそう宗教的な色彩を際立たせ、「始祖」と新しい考え方を発する作家のはじまりとしてこれまた尖鋭的に前面にだしながら命名したのである。断るまでもなく、作中人物の根本的な性質として「苦悩教」と名づけざるをえないあり方、教義などからにじみ出てくるそのような印象は当然作品の根幹に潜んでいるものであろう。そのような一宗教集団を生みだした作家は、まさに「苦悩教の始祖」と呼ばれるにふさわしい表現者のあり方として作品創出におもむいたに相違ない。いいかえれば、作者の感受性や認識とともに、生身の高橋和巳個人の資質にも起因するはずである。

「苦悩教」はみぎに触れたように、一般的な感性をより純度を濃密にし、一つの観念世界の一傾向を髣髴たらしめるものだということができる。それは高橋和巳文学の中核にほかならない。わたしはこのように記してきたとき、ふと、ていたが、夫の死後、文学雑誌の追悼文で「狂人」と書いたのであるから、自分のなかで両義的な感じ・考えが交錯したのは当然かもしれない。このような見方はやはり小説家のそれに相違あるまい。ともあれ、わたしはこれらの文章をよんだときに、なんの齟齬もなくすっきり首肯できたのも想起することができる。そして具体的に論証をしないが、高橋和巳にみられた「自閉症の狂人」という認識は、ロシアにおいても同時代のある人々がドストエフスキイという捉えがたい人間に感じていた見方であり批判的な眼差しであったと捉えざるをえないのである。

これをいいかえるならば、わたしが〈創造的価値転換〉とよびたい人間観・思想論・存在意識などにおける総転倒の意志と実践が、この「自閉症の狂人」という高橋たか子の見立てとも共鳴しているといいうるであろう。

両者ともその文学的・思想的発想の根本には、徹底した自己凝視と社会にたいする批判的な眼差しが横溢していた。その固陋なまでの対峙の姿勢が、外側からみれば、人を不快にし、疎外するものと化していた。けれども、なにかを生みだすもの、創りだすものとしての創造者として、彼らは現世的な負を受けいれていた。この頑なまでの生き方・在り方が両者を自律した表現者と化したことにほかならなかったのである。

二　現在にも鳴りひびく二人の創造者の声と志

これまで両者の文学的姿勢について目を注ぎすぎたかもしれない。『悪霊』と『日本の悪霊』へと目を注いでいくことにしたい。

ドストエフスキイの『悪霊』の主要な作中人物たちは、多くの謎につつまれた人物であるニコライ・スタヴローギンの生き方・精神のあり方・存在の仕方を中心として、そこから分裂成長したものとして描出されていた。キリーロフ、ピョートル、シャートフの三人がそうである。つまり、スタヴローギンのある時期の、ある思想的・精神的・人間的な特質をそれぞれ体現したものとされた。そのような作中人物の創出の仕方にいかなる意味・効果があるのか。おそらく、作者はロシア一八六〇年前後、つまり六一年の農奴解放の頃をもとにして、それ以前からの歴史と人間、そしてそれ以降の文化史的・歴史的・人間史的な展開に一つの展望をあたえたいと考えたといいうるであろう。ことわるまでもなく、当初のモチーフは異なっていた。スタヴローギンらのもう一つ前の世代、つまり一八四〇年代の人間を書きながら六〇年代以降の世代を見とおそうとしていた。したがって、主人公は、ピョートルの父スチェパン・

トロフィモヴィチ・ヴェルホーヴェンスキイが予定されていた。ドストエフスキイにあっては当初の構想は変わるものである。ドストエフスキイが独自な運動をはじめるからである。作中人物が独自な運動をはじめるからである。ドストエフスキイは綿密な創作ノートをとっていたにしても、スタヴローギンなどの新たな魅力的な人物が出現すると、そちらに力点が置かれ、彼らの《声》が鋭く発せられることになる。いわば、六〇年代以降の青年を育んできたまえの世代のあり方を描くことで、彼らの子供の世代がどのようにロシアの大地を変えていたのか考察しようとしたのであった。〈母なる大地〉を汚すもの、それが転換の要因にほかならなかった。

つまり、スタヴローギンなどが登場すると、ペンはそこに比重をかけることになった。彼ら個々の生き方・あり方などに明白に光を当てることになる。そうすると、シャートフとピョートルにはロシアの政治的・思想的・イデオロギー的な問題を収斂させた。つまり、スラヴ主義と社会主義の対位的な構図である。あるいはその認識・思想をささえている人間が踊りだしてくる。それぞれの個性をもっていた五人組の人々である。キリーロフにはキリスト教・ロシア正教の《神》の問題が収斂されていた。スタヴローギンにはこの三者の発想の淵源を付与しておいて、その後の各自の内的展開のあり方を小説的虚構のなかで描こうとしたということができる。そして、スタヴローギンをはじめとする四人の人物たちは、それぞれなにかに《憑かれた人》として出現させられている。スタヴローギンは、キリーロフとは逆に自身の内部へと沈潜する。あの醜悪な手記、つまり美醜も、善悪なども認識できなくなった意識の無明世界を示現することになる。悲惨な少女の自裁、魅力的な女性であるリザヴェータの破滅の原因をもつくりだした。

一方で、高橋和巳は、『日本の悪霊』を連載中に「暗殺の哲学」を書いたが、そのなかにテロリズムや暗殺についてはきわめて広範に論及されていておおくの示唆がみとめられる。そのなかでも、特に村瀬猖輔の暗殺にかかわる心情を一面から明かすことになる批評があるので引用しておこう。高見順の『いやな感じ』を論じた一節である。

「しかし、その暗殺者の哲学が一体なんであったか、人が人をあやめて血潮をあびたのちに彼の精神に何が起るのか、彼が何を見るのか、あるいは何が見えなくなるのかについてまでは、ほとんど想像《イマジネーション》の触手はのびていないのである。外堀を埋め、時代相を浮びあがらせ、一般的な精神史の一端を再生させることには成功しながらも、ついに、昭和のドストエフスキーたりえなかった。」

この引用をよめば、『日本の悪霊』の作者が何に狙いをつけたかが類推できるのではないか。つまり、主人公村瀬狷輔が山林地主殺害後にたどった内的な過程がきわめて詳細に表現される意味が明白になるであろう。単にテロリズムや山村工作隊時代の極左冒険主義的な共産党の行動のあり方を描くのはもとよりとして、人間の内面を追究するという試み自体はよく達成されている。村瀬の精神に生じたこと、そして事件のあとに彼が体験したこと、その過程で彼が獲得したもの、見失ったもの、拒否したものがなんであるかが、この作品で問いかけられている。つまり、一面においては、テロリズムにかかわった者の内面や人間性を探究しようとしたということもできる。ただし、最後の意味深い一文、「昭和のドストエフスキー」ということはいかがであろうか。そのためには、村瀬対落合の対位の構造はもとよりとして、つぎの点が要請されていた。村瀬と殺害にかかわった十人ほどの人間の内面・外面、その行動のあり方、考え方などの明確化が求められたのではあるまいか。ひとこと付加しておけば、謎めいた僧侶を思わせ、集団の人々を威圧しつづけて事件後も消息の把捉できない鬼頭正信、情報通で、スパイとして疑われ、事件後に強奪した現金をもっていて何ものかに殺害された黒岩仁、人間的な弱さやさしさをもって苦痛や悩みにおそわれつづけていて、病気を口実に仲間から離脱しようとして結局自死することになった峯六也などについてのあり方、役割、個人的な想いなどについてのより詳しい情報である。他の六名ほどのものも同様であるが、同時にこのような多様な人物像の描出の困難さはもとよりことわるまでもない。

みぎのことから、高橋和巳とドストエフスキイの共通点が髣髴たらしめられる。つまり両者は、それぞれが偶然的に属することになった国家、民族などについて、それは一体どのようなものであるのかと問いかけようとした。つまり、高橋和巳にあっては、明治維新以降の近代という時代と同時に、それ以前から形成され歴史的な累積のなかでうきぼりにされる日本とその国家的な形態とはなにか、また日本人とその像はなにかが問いかけられた。それ以上に、そのような枠組みのなかで生きて在る個々人のあり方を追究しようとしつづけたといえよう。おそらく、ここでは展開されていないが、天皇制についてもきびしく問いかけるべき主題として脳裡にとどめられていたはずである。

ドストエフスキイにあっても同じように、ピョートル大帝の改革以降のロシアとはなにか、ロシア人とはなにか、いやそれ以前からのスラヴ民族の問題、ロシア正教とキリスト教の拮抗関係などをふくめて同様なきびしい問いかけが秘められていたのである。それは時代と世紀の危機、あるいは多民族国家のなかでの人間たちがおかれた現実と生存にまつわる条件などにおいて根底的で精神的な危機や不安を体験したものが、その呻きの底から発した問いかけへの解明にほかならなかった。

　両者のこの問いかけとそれについての対応において、両者の文学、思想、人間観、時代認識のあり方、創作方法などの差異が顕著にうきぼりにされているのである。

　これらの解明課題をことなった側面からみれば、つぎのことが浮き彫りになる。高橋和巳の創作方法の一面は、『葛藤的人間の哲学』（一九六二年十一月号「思想」）という論文題にもよく示されている。その一節を引用でしめす。

「第一の社会的な善、第三の科学的真実が、通常われわれのいう〈思想〉なるものを支える二本の柱であるが、なお忘れられてならない今ひとつの重大な要素がたしかに存在する。それは、言うまでもなく人間のエモーションの領域に根ざす価値感であり、情動的真実なのである。そして、その情動的真実は想像力による心象の構成や整理と密接な相補関係をもっている。一つの思想は、その思想の真善性とともに、その思想自体がもつドラマトルギーによっても評価されねばならず、そうした価値尺度をわれわれはまた常に用意していなければならないのである。」

　高橋和巳が「エモーションの領域」「情動的真実」「ドラマトルギー」という用語で説明しようとしているものこそ彼の文学表現をささえる重要な力にほかならない。この「ドラマトルギー」のあり方にこそ、決定的な葛藤の相が潜められているのである。和巳の小説群を頭のなかで思い浮かべながら描いてみれば、それぞれの作中人物たちの出自、社会的立場、根源的な志向のありようなどによって、千差万別の〈葛藤〉が想像される。あらがいあっている彼らがなにゆえに、またどのようなものを目指していたのか、この面倒な問いかけこそ高橋文学が構想しつづけてきた基本的な人間的・思想的課題であるということができる。

　一方、たとえば、『悪霊』の創作方法、あるいは思考法は作品の題辞と本文に引用された『聖書』の一節に明白である。まず最初にプーシキンの題辞をみておく。

「われらついに踏みぞ迷いぬ、いかがせん？
こは悪霊のわれらを曠野《あらの》に導きて
四面八面《よもやも》に引き廻すらし」

作中人物たちは悪霊に曠野へと導かれ「踏みぞ迷いぬ」人々で、ロシアの大地を引き廻されつづけていたのである。そして、同時に彼らは「悪鬼に憑かれた」人間たちでもあって、眼を怒らせて大地をさまよい歩いていたのでもある。

「（前略）悪鬼その人より出でて豚に入りしかば、そのむれ激しく馳せくだり、崖より湖に落ちて溺る。（中略）ひとびとそのありしことを見んとて、出でてイエスのもとに来れば、悪鬼の離れし人、着物を着け、たしかなる心にてイエスの足下に坐せるを見て、おそれあえり、悪鬼に憑かれたりし人の救われしさまを見たる者、このことを彼らに告げければ、（後略）」

（『ルカ福音書』）

この「悪鬼」は「悪霊」とも翻訳されるが同じロシア語であり、悪霊に取り憑かれたものたちの行状こそがロシアの民衆、ロシア的な精神そのものだという認識なのである。これとつぎの『ヨハネ黙示録』の一節もよく発想と思考方法を開示している。

「なんじラオデキヤの教会の使者に書きおくるべし、アーメンたるもの、忠信なるまことの証者、神の造化の初めなるもの、かくのごとくいうと、曰く、われなんじの行ないを知れり。なんじすでにぬるくして、冷ややかにも非ず熱くも非ず。われはむしろ汝が冷ややかならんか熱からんかを願う。かく熱きにも非ず冷ややかにも非ず、ただぬるきがゆえに、われなんじをわが口より吐き出《いだ》さんとす。（後略）」

つまり、作者は中庸的なものを拒否しているのである。「かく熱きにも非ず冷ややかにも非ず、ただぬるきがゆえに」そのものを吐きだしてしまう。中途半端なものを拒絶する精神の位相こそが、作者の人間と世界に対する《対峙》のあり方にほかならない。ドストエフスキイはバフチンの文芸学上の用語でいえばポリフォニックな声を表現する。それは拒絶するもの、調和するものなど相対立するものを極端化し、その対位的なあり方を多元化しつつ個々の生き方・生活として成長させていくのである。

両者の創作方法はきわめて明白である。表現対象を底の底から掬いあげ、ある一つの物語空間のなかで、作中人物たちが徹底的に相互的にたたかいあい、あるいは排斥しあい、あるいはまた親和する仕方を虚構世界として対象化したのであった。

一つだけ高橋和巳が意図的に踏襲した素材やモチーフをあげておきたい。それは『悪霊』からではなく、『死の家の記録』からのものである。村瀬狷輔が保護所に収容されたが、そこの雑居房にいる容疑者・犯罪者たちのさまざまな性質、考え方、様態などの分析である。また、『死の家の記録』のなかで、風呂場の場面は圧倒的な印象を喚起するものであったが、『日本の悪霊』でもその一端を髣髴とさせる風呂場の場面を活写していたのであった。

ともあれ、高橋和巳が『日本の悪霊』で対象化したいくつかの顕著な作中人物の足跡を辿っておきたい。すでに示唆したように、この作品には対位的な二人の作中人物が設定されている。村瀬狷輔と落合知良である。もとより、彼らの周辺には彼らをとりまいている多様な性質を有している個人や、それらが属している組織や制度などがひかえていた。ここでは焦点をしぼって、落合知良と村瀬狷輔の生きてきた過程とそこに刻印されているもっとも大切な彼らの生の意味、人間的なものとはなにかという問いかけを追尋しておくべきであろう。彼らは独自の過去の生活上の負を背負いながら一つの組織、集団のなかに属することになる。落合は「死の哲学」にとらわれ、敗戦後になってもその核心を超克することができなかった。というよりも、現実生活上の不如意、組織制度の愚昧さにある程度堪えながらも、その重圧に抵抗しきれなかった。にもかかわらず、挫折を自己正当化することが精神の堕落だと知悉していた二人の人物は、いわば自己正当化する過程を徹底的に自己検証しつづけたということができる。

村瀬は貧困と自分の妹・年子や母にたいして、十分に対峙しているように見えながら、じつはそこから遠いところに自身の生活の中心をおいていた。彼は彼のおかれた現実の桎梏を自己の狭い範囲のなかに押しこめていたのである。村瀬にとっては、貧困のなかでの大学進学をふくめた経済的・家庭的な悪条件のなかでの選択があったといえる。しかし、彼は家族も妹の苦難も頭のなかの片隅において、正面から見詰めようとしなかった。また、落合にあっては、大学生活途中での学徒動員による軍隊への召集と、意にそわずに生き残ったあとの自己凝視のなかにその問題が潜められていた。二人ともに、性懲りもない自己執着が抜けきれなかったのである。

彼らにとっては、なによりも、戦争の時代という彼ら個人では避けることのできない強圧的な政治的・社会的な束縛にがんじがらめにされざるをえなかった。それが彼らの少年期、青年前期を印しづける外的な負の条件にほかならなかった。生きる過程で常につきまといつづけているこれらをどのように受けいれるべきか、それが彼らに課せられた生の方向づけに繋がっていったということができる。にもかかわらず、彼らは解決するためのある目隠しをみずからしていた。したがって、彼らの生と生活は時代に翻弄されて、自己の欲求からきわめてかけ離れたところで営まれざるをえなかった。というよりも、それが地上で生きざるをえない生の条件であり、時代の流れであり、拒むことのできない日本的土壌そのものとして、人間の生を制約する壁として立ちはだかっていたのである。それが彼らに課された絶対的ともいいうる〈与件〉であった。

個々に見ていこう。村瀬狷輔の山林地主殺害にかかわる〈一瞬の栄光〉ののちの「逃亡」と「流氓」の時間は彼をしてつぎのような認識を醸成させるものであった。

「刑事にも警察にも、検事にも国家にも、なぜ村瀬とよばれる一人物が、ことさらに裁かれにきたのかは解らないだろう。解るのは、彼が裁かれるという安楽な位置にすべり込むためにわざと犯したつまらぬ行為だけだろう。国家はそれを裁けばいい。その裁きがたとえどんな苛酷なものであっても、それは甘受する。しかし警察にも国家にもそれ以上のことは何もできはしないのだ。」

彼は『悲の器』の正木典膳のように、裁き・裁かれることについての確信犯的な牢固とした考え方が内存されるようになっていた。この感性はことなった位相において、落合知良にもそなわっていたようである。それはまず彼らが取り調べるもの・取り調べられるものとして対面した当初から芽生えていたものであった。というのも、彼ら二人は生い立ちも、少・青年時代の体験も異なっているが、ある角度からすると二卵性双生児のごとくに見える。落合知良が第一章の「1」で、微罪で逮捕された村瀬狷輔が罪の意識の欠如、あるいはニヒリスティックな薄笑いをうかべて対応しているのに対してつぎのようにいうのに覗見される。『勿体ぶるなよ。調べてやるからな。徹頭徹尾、余罪もしらべあげてやるからな』彼は吐きだすように言った。」この怒りあるいは叱責は、落合自らにも照り返すものであって、表裏一体のものに見える。村瀬が「落合刑事の性格の方が解りやすかった。いや自分とのある種の相似すら読みとれた」と感じる所以である。

ところで、この作品を主導する村瀬狷輔の「一瞬の栄光」とはどのようなものであったのか。

「あの怒り、あの憤激、それが、彼を彼みずからによる〈一瞬の栄光〉へと向わせ、それがまた彼を滅ぼしたのだ。彼は彼の属した集団の方針転換を肯んぜず、むしろ疎外され除名されることを選んで、わずか十人足らずの新たな同志とともに実行した、あのテロルの瞬間、彼の精神は最高の燃焼とともにはじめて自律的に生き、そして死んだのだ。」

このような心性は、革命論についても、人間関係論としても村瀬狷輔には具体的な力としてその内面に働きかけていた。とくに、存在している人間の意義がどのようにあるべきか、また人間関係をどのように築きあげていかねばならないかという要請については耳をかたむけて聞くべき論理が展開されている。ここでその内容について展開するのは、残念ながら割愛せざるをえない。

ともあれ、このような村瀬の心性と同じように、落合知良にも「死の哲学」を形成するにいたった体験が内部に鞏固なかたちで居座っていた。にもかかわらず、敗戦後の日常生活においては、彼自身が余計なものをもったという意識として発現していた。それは、「権力でもない、国家の秩序ともかならずしも重ならない、正義の感覚、正義の恒久性への憧憬と祈願」と捉えていた認識にほかならなかった。これは権力に対する容認、体制擁護を心にもなく認めざるをえなくなってしまった自己憤懣とも連動し、そのために、彼はつぎのように弾劾する。

「まったく同じ構図が、わずかに装いをかえただけで生き続けている。国の大義への忠誠とはなんだったか。それは要するに参謀たちの手柄、参謀たちの自棄糞の投企に奉仕する盲者の哀れな自己滅却ではなかったのか。真に民族の運命に関係し、真に父母や姉妹たちを危険から守り、奴隷化から救うためのものであれば、悠久の生命、――個は滅しても次に受けつがれてゆく血の継承のために、一個の生命は、その者がよしと決断するなら犠牲に供されてよい。」

いわゆる「死の哲学」として内面に閉じこめていた落合知良は、敗戦後の現実的推移のなかでこの考え方の核心について揚棄することができなかった。したがって、権力というもの、司法制度、検察機構や警察機構のなかで矛盾や腐敗や悪徳などを知りつづけた彼は、ずっと拒みつづけた昇任試験をうけ、刑事部巡査から警部、あるいはさらに警視への道を選ばざるをえなかったということができよう。

このような創作方法上のあり方とともに、みぎに見たような作中人物たちの感受性、生き方の選択、思考・認識方式というべきものも想定されるであろう。村瀬狷輔は裁判で無罪になったことにより、彼においてはその不合理性から怒りにおそわれた。自己の真実から遠くに身をおきつづけた彼にはすでに発する言葉がうしなわれていた。「痙攣する眉、血でけがれた唇、――だがその時、はじめて村瀬は、普通の顔、そう、人間が怒った時の、まぎれもない人間の顔をしていた。」人間としての大切なものをなくした彼に垣間見られた〈人間〉の相貌であった。

この観点を押しつめていえば、村瀬狷輔と落合知良が一瞬であれ「憤怒の共有」を予覚するつぎのような外的な圧力についての認識にも反映している。

「人は欲しもせぬ時に罰せられ、そして犯罪者の最後の権利として懲罰を望むとき、罰からも疎外される。それがまた最大の懲罰であり侮辱であることを法は知っているのだ。いや法的には、時効を待たずして、村瀬の過去の諸行為はもはや存在しないのだ。なぜなら、国家の権力を代行するいずれかの機関が、その存在を欲しないからだ。別の権力が登場し、その再生を欲すれば、たとえ関係者すべてが死滅していても、それは墓場から法廷にひきずり出されるだろう。だが現在の権力がそれを欲しない以上、その犯罪は地上から抹殺されたままに終る。その〈無〉をあえて〈有〉と主張するものは、犯罪者ですらない。精神病者にすぎなくなるのだ。

落合はそばに篠原久美子のいるのも忘れて怒りと恐怖のために全身を震わせていた。恐怖？　それはいま面と向いあっている村瀬狷輔から来るのではなかった。もっと抽象的な、把えどころのない、それゆえに、振りはらうべき手だてもない恐怖だった。」

権力の側の底辺にありながら、その悪辣な本質を肌身に感じていた落合知良と自己の想いをすべて遮断された村瀬狷輔の「共有」するものは、ただに憤怒のみではない。現実世界、社会制度、さらにはいわゆる上部構造と呼ばれている抽象的なものが、牙をむきだして生身の人間の柔らかい軀と魂に襲いかかってくるときに生ずる決定的な違和の感覚にほかなるまい。それは肉体の死と同時に、精神の死をも暗示するものであろう。

彼らはどう認識・行為すればいいのか。高橋和巳がずっと考えつづけていたのは、絶望の底に落ちこんでも、なおさらに〈葛藤〉をつづけていく根拠と力の淵源であろう。はたしてそのような力があるかどうかをふくめて、考えたといえよう。「孤立無援の思想」（六三年十一月「世代'63」）から引用してみよう。

「これも拒絶し、あれも拒絶し、そのあげくのはてに徒手空拳、孤立無援の自己自身が残るだけにせよ、私はその孤立無援の立場を固執する。」

おなじ論文のなかで、高橋和巳は、「意外に、この世界に大変動をもたらす思想というものは、非情勢論的な場に蟄居《ちっきょ》している逸脱者によって生みだされる」、また「たよれるものはただ自らの意志と、内に秘めた各自の絶対志向、そしてそれを根幹とした状況を超える構想力だけであることに気づく瞬間がたしかにある」とも記している。

孤立無援な自己自身を見詰めながら、どのように「逸脱者」として振る舞うことができるのか、表現者はそのなかでどのような生と人間と世界と思想などのかたちを「構想」していくのかということが求められることになる。同時に、作中人物たちにも求められるというべきであろう。わたしはこの〈逸脱者〉がかつて『高橋和巳の世界』(一九七二年四月講談社刊)で『日本の悪霊』について書いたおりに拘泥した《彷徨》や《裁きの不可能性》という見解などと交錯しているといいたいのである。ひるがえって考えてみれば、〈逸脱者〉という観念は、埴谷雄高が『死霊』で「逸脱の歴史」として語っていたことも想起させる。無限大にむかって歴史の幅をよろめきでる者、歴史的知の累積を否定し、新たに何ものかを啓示する先人としてすえられていた。全否定者にして新たな何ものかを創出しようと意志する者といってもよい。埴谷雄高の意味づけを知悉していた高橋和巳は、その理念の範疇をずらしながら、かれ独自の観念においてこの「逸脱者」をさらに違った文脈に置きなおそうとしたといえるに相違ない。

ここでさらに考えるべきことは、高橋和巳もドストエフスキイも自分の生きている時代・世紀を《過渡期》と認識していたということである。両者それぞれの判断・認識内容は異なっているのは当然である。過渡期のなかでもがいている人間・時代認識は想像的な作家をしてある無限をみすえた精神の運動へと駆りやっていくものではあるまいか。パスカル的な独特な人間認識、つまり人間は極小も極大も認識できない〈中間者〉である、という考え方がある。そうであるとして、中間者であるために、極小と極大のある一端でも摑みとりたいという渇望をいだかざるをえない。いわば、歴史・時代などを時間的な横軸に設定し、極小から極大を空間的な縦軸とすると、個々の人間はその交点にあってそこから歩みだそうとする。一歩歩みだした個々の人間は、刻々の時間を身に刻みこみながら、始源から窮極という両極の未知にむかって身を投企していくのである。

この投企、あるいは表現衝動の持続ということによって、個々の人間において限定された時間・空間の意味・あり方を逆説的に示唆してくれるはずなのである。

さて、両者の過渡期とはなにか。

すでに記したように、狭い意味でいえば、ドストエフスキイにとっては自分と密接にかかわりあっていた一八四〇年代から六〇年代の社会的・政治的・宗教的な動向を踏まえたものである。そして、一八八一年の死の年以降については未知なものであったが、彼がつねに危惧の念をもって想いえがいていたロシア正教の危機、共産主義の時代であり、さらに彼が予見していた共産主義のもつ欠陥によって破滅するであろうロシア・世界・宇宙の暗いイメージにほかならなかった。そして、より広義な観点からいえば、キリーロフが提示した鮮烈なイメージへの接近である。つまり、彼はいう、苦痛と恐怖とを征服した者はみずから神になり、新生活・新人が生まれる、と。そして、ゴリラから神の撲滅まで、神の撲滅から《地球と人類の物理的変化まで》が過渡期の長い過程のむこうに構想されていたのである。「人間が神になると、肉体的にも変化します。そして世界も変化し、事物も変化します、思想も感情もすべて変化します。」これはキリーロフが遺書に署名しようとしていた「世界市民」というよりも、《宇宙市民》というべきものへの架橋だということができる。

高橋和巳にとってはどうか。彼も狭い意味でいえば、彼みずから意味づけていた一度目の敗北から三度目の敗北までの社会的・政治的・思想的な変化をふくめた過程のなかにその内実が籠められていた。つまり、そこには彼独自な認識による日本の戦中・戦後史というよりも、日本の明治維新以降の近代史の欠陥と陥穽を批判し、日本人の発想や対他意識、人間関係のあり方、思考方法などへの懐疑がひそめられていた。そして、そのような憤懣や否定意識のなかで醸成された見方から異なった次元への飛躍を意企していた。それをひとことでいえば、『邪宗門』で表現することになった《あり得ざりし歴史》への架橋だといえよう。いいかえれば、「信仰とは何ぞや、救済なり　救済とは何ぞや、死なり　死とは何ぞや　安楽なり」と「奥義書」に記された邪宗としての「救霊会」ではなくて、本当の意味での〈救済〉を求める人々、そのような人々の生と思想などを現世で実現していくような精神的・文化的なものの力こそが透視されていたということができるであろう。つまり、宗教や歴史ばかりでなく、人間存在のあり方をふくめた広大な領域において、それらが「あり得べきもの」へと変革されるむずかしい方向が展望されていたのである。それをさらに敷衍していえば、あり得ざりしものは、そのようになる可能性がないことである。そうであるとすれば、意識的に逆転させた精神の働きによって、過渡期のむこう側に想定された《不可能性の世界・宇宙》への接近こそが、彼の文学・思想のまがうことのない標的であったといっても過言ではあるまい。

両者における《過渡期》をどのように位置づけるとしても、二人の作家においては、社会組織・体制、人間認識と歴史的条件などがきわめて隔たっていた。ただし、時間的・空間的条件が隔絶していたにもかかわらず、両者は、時代の底辺、人間の根源的あり方に目を注ぎ、そこから何が浮き彫りになるのか精査しようとしつづけたのである。そのなかでの人間がどのような苦悩・苦闘を強いられるものか、凝視しつづけようとした跡が明白ではないかと思う。それらの認識を踏まえた上で、それらを凌駕した、あるいは超脱した人間と世界と宇宙のあり方についてのある啓示的な小宇宙（ミクロコスモス）が予示されていたということができるのではあるまいか。

わたしはドストエフスキイが「処方箋のよく判らない人類を絶滅する力を持つ知性における毒薬」のごとき力を抱懐していたと記した。そして、この毒薬をうまく服用する工夫と努力が「新しい人類の叡智を蘇生させるための『いのちの泉』」（『ドストエフスキィの〈世界意識〉』）へと変換させる契機になったのだ、ともかつて付加したことがある。同じように高橋和巳の作品世界にも「毒薬」が潜められていて、読者はこの「毒薬」をうまく服用する手だてを講じなければならない。それは作品を異なった角度から読みこんで、作者が想像力で創りだしたものを、転倒する類いの想像的な読み方をするということなのである。

さらにつぎの作家・作品認識も心に銘記しておきたい。『悪霊』を独自な観点から分析・再構築したカミュが『シーシュポスの神話』の「キリーロフ」の論末に書きとめた考えについてである。「この創造者が、みずから創造した作中人物たちにあたえる驚くべき回答、ドストエフスキーのキリーロフに対する回答は、つぎのように要約できるのだ、――存在は虚妄《きょもう》であり、しかも存在は永遠である、と。」（清水徹訳）この引き裂かれた驚くべきおおきな幅をもつ《存在》のイメージをドストエフスキイも高橋和巳も終生凝視しつづけた真摯な創造者にほかならなかった。

立石　伯（たていし　はく）
文芸評論家、作家、法政大学名誉教授。一九四一年、鳥取県生まれ。法政大学大学院日本文学専攻博士課程単位取得後退学。主な著書に『死靈の生成と変容』『玉かづら』。

高橋和巳に誘《いざな》われ

――『悲の器』『堕落』「六朝美文論」とその周辺

鈴木貞美

わたしのなかの高橋和巳

いま、振り返ってみると、わたしは若き日に夢中になって読んだ高橋和巳の著作から、実に多くの示唆を受けてきたらしい。「らしい」と書いたのは、一つ一つの記憶がそれほど定かでなく、そのそれぞれが、他の作家や批評家から受けとった示唆と絡んで、その結び目が解きにくいからなのだが、わたしの若いときからの問題意識のほとんどが高橋和巳の著作からの影響によるのではないかと、ときに脅迫観念にも似た思いにとらわれることもないではない。

高橋和巳について書いていると、思い出で胸がいっぱいになってしまうかもしれないと、たじろぎに似た思いが先に立つ。それゆえ、まずは、私事にわたることが中心になるし、回り道にもなるが、本論の課題の布置を明確にするために、いわば舞台裏を明かすところからはじめたい。

その「若き日」とは、大学に入学した一九六六年から、ということは、はっきりしている。『悲の器』（一九六二）を収載した手許の『われらの文学21』（一九六六年一〇月刊）には、その刊行月のうちに購入した記録が遺っている（『われらの文学21』の収録作品のうち、倉橋由美子『パルタイ』（一九六一）は古書店で買い求めた単行本で読んでいたので、それが目当てではなかった。柴田翔『されど、われらが日々――』（一九六四）は、この本で読んだ）。『憂鬱なる党派』（書下ろし長編小説、河出書房、一九六五）に出会い、圧倒されたのが先で、その衝撃が『悲の器』にも向かわせたと想われる。

高橋和巳は『憂鬱なる党派』に重ねて、高校、大学時代に自らもその一端に参加した日本共産党の運動の崩壊をテーマに『日本の悪霊』（一九六六）を書いた。共産党の

「五〇年問題」へのわたしの関心は、ずっと途切れずにいる。それはしかし、わたしがしばらく、尾崎秀樹さんの率いる大衆文学研究会と関係していたことと絡んでいる。数年前、尾崎秀実の英文グラフ雑誌に掲載したエッセイが発掘されたと聞いた。未見だが、ゾルゲ事件が浮上したのも、「五〇年問題」によるものだ。

他方、石川淳『鷹』（一九五三）など革命幻想小説は、今日では、まちがいなく所感派の動きに刺戟されたものとわかっている。直接は、安部公房との関係だが、二、三年前、若い人の論文を読む機会があり、出発期の安部公房がフラクション会議に山川均の事務所を借りていたことを知ったときにはワケがわからなくなり、二、三ヵ月、悩んでいた。その論文の書き手は、疑問にも思っていなかったようだが、敗戦直後に、山川均が戦術として民主人民戦線を志向したことは承知してはいても、社会党左派の時期の山川均の共産党攻撃の舌鋒は、ときに悪罵に近い。まさか、そんなことがあろうかと面食らったのである。人から石河康国『マルクスを日本で育てた人　評伝・山川均』二巻（二〇一四、一五）を教えられ、混乱はひとまずおさまった。が、これは同じ一九五〇年の日本労働組合総評議会結成への動きと関連しないわけがない。戦前期、労働組合のナショナル・センター設立の動きは日本労農党の浅沼稲次郎ら、「中間派」と呼ばれている人びとからはじまった。総評の結成には、GHQの意向も絡む。ことは複雑を極める。

所感派の内部となると闇の中なのは相変わらずだ。が、最近、石母田正の一九五〇年代の古代史と日本神話についての仕事にふれ、少し考えるところがあった。たとえ所感派に属していたことを自己批判しても、いくら『ドイツ・イデオロギー』などに依拠する姿勢を示しても、階級総体より国際関係を先に考える分析手法は、紛れもなく一国発展段階論による唯物史観の公式を逸脱している。それゆえ石母田正は、反マルクス主義はもちろん、公式マルクス主義からも批判を浴びた。振り返ってみると、この手法は、服部之総『黒船来航』（一九三五）などの開国史観も同じで、講座派史観にもかなりの揺れ幅があったことになる。そのことに遅まきながら気づいた。

石母田正の場合は、中国史学から展開した西嶋定生らの日本古代史論に馴染んでいたことが知られている。三木清に親炙したことをいう人もいる。三木清との関係をいえば、建国神話の構想力の問題に響いてこよう。石母田正の英雄時代論は『風土記』類をも探り、『日本書紀』と『古事記』の編集姿勢のちがいにも目を届かせ、原始・野蛮や野性との闘いの相をよく抉っている。和辻哲郎『日本古代文化』（一九二〇、二五、三九、改稿版四二、新稿版五一）の『古事記』像を打破する目論みがあったと見てよい。だが、ヘーゲル『美学講義』中の英雄時代論に全面的に依拠しているため、ホメーロスの叙事詩とはちがって、日本神話が、歌謡を除けば、散文で記されているのに「叙事詩」と呼んでいる。また、日本神話に自由な「英雄」は登場しない。ヤマトタケルも景行天皇の命令に従った。オオクニヌシも「英雄」ではない。国ツ神として登場するが、葦原中ツ国のいわば世襲制の専制君主の位置にある。そして例外的に死なない。ギリシャ神話とは「文化がちがう」のだ。

ここで高橋和巳より二〇歳ほど齢上の石母田正の仕事に少しふれたのは、歴史や文芸文化史を扱う方法、その歴史性にかかわるからだ。いつの間にか、わたしが南朝・梁の劉勰《りゅうきょう》『文心雕龍《ちょうりりゅう》』を眺めては、その〔物色篇〕に対象に密着し、リアルに描くことともに「余情」を尊ぶ姿勢を見出し、山部赤人のうたにもそれを論じるようになったのも、若き日に高橋和巳の中国文学論の匂いくらい嗅いだことがはたらいているかもしれないと想える。むろん、奈良朝期に『文心雕龍』が受容された証拠はない。だか、龍の鱗くらい飛んできたのではないか。いい機会だから、あとで少し、彼の「六朝美文論」（一九六六）を覗いてみたい。

「もう一つの劇」をめぐって

わたしが石母田正の古代史や英雄時代論と取り組んだのは、長く念願にしてきた釈迢空『死者の書』論をまとめるために、直接には、折口信夫が「大化の改新」を「宗教改革」と論じていることの意味を歴史学の歩みから明らかにする必要が生じたからである。釈迢空『死者の書』の最初の掲載誌は、室伏高信が率いた『日本評論』で、その改題前の『経済往来』には、一九三五年、小林秀雄「私小説論」を連載、同年、中野重治「村の家」も掲載している。以前から覗いてみたかったので、頁を繰っていると、一九三三年、瀧川政次郎の「大化改新管見」にぶつかった。そうなのだ。昭和戦前期に中国の王権の制度の導入を「大化の改新」に見定めたのは、瀧川政次郎あたりからだ。瀧川政次郎の戦後の回想には、そこで奴隷制を論じたため、右翼の攻撃を受けたとある。瀧川政次郎は一種の硬骨漢で、学内紛争に巻き込まれて大学を転々としたあげくに勤めた中央大学も辞し、「満洲国」に職を求めざるをえなかったのは、そのせいだった。

はて、瀧川政次郎の醜聞を題材にとった『悲の器』は「満洲国」にふれていただろうか？　主人公＝視点人物の正木典膳は、検事局に潜りこむことで戦中期をやり過ごしたのではなかったか。戦時中でも、権力の懐に入りこめば、左翼の文献なども自由に読めた。そういう手があったということも、わたしは、この作品から教えられたのだった。

そしてわたしは、『悲の器』の正木典膳像は、戦前・戦後を通じた法律の専門家というよりほかに瀧川政次郎の経歴から何も借りていないことを確かめ、新聞の三面記事から長篇篇を紡ぎあげること、一応は登場人物の一人称視点をとるのも、ギュスターヴ・フローベール『ボヴァリー夫人』(Madame Bovary, 1857)の行き方を採っていることを確信した。

『われらの文学21』の巻末に、高橋和巳は「もう一つの劇」と題するエッセイを寄せている。そこには、次の一節がある。〈作中人物と作家の関係との関係も、作家の自ら創りなせるものに対する愛憎共存という二重の関係をもつのが普通である。(略)作中人物は最初は確かに作者の分身――つまりは運命の仮託者でありながら、ある時点から自由の使徒として、現実法則に跼蹐する作家に対する指弾者ともなるといった意味である。すべての作中人物は、それゆえ、「私であると同時に私ではない」というのが、一見曖昧に見えながら最も正しい作家と創造物との関係のあり方だろうと私は考える〉。小林秀雄『私小説論』は最後に、フローベールがいった「ボヴァリー夫人は私である」ということばを引いているが、精確には、フローベールはすぐあとに「だが、私ではない」と付け加えている。高橋和巳は、それを踏まえていよう。

『ボヴァリー夫人』は、その世間を揺るがすスキャンダルを題材にする小説がいくつか出ているなかで書かれたことが、ドイツの文芸批評家、ハンス・ロベルト・ヤウスによって明らかにされているが、瀧川政次郎晩年の醜聞は、彼が極東軍事裁判の日本側の弁護を引き受けたことなどもはたらき、それほど世間を騒がせたものではなかったし、競合するような作品もないだろう。『ボヴァリー夫人』が三面記事から虚構を紡いだ小説だということを高橋和巳は知識で知っていただけで、実際には読んでいないかもしれない。フローベールがそこで、視点人物の内側から、視覚、聴覚、嗅覚、触覚など五官の感覚をリアルに書いていることに、表現形態に敏感な高橋和巳が気づかないはずはないと思う。

『悲の器』で、正木典膳の五官の感覚は意識的に書かれていない。日本の散文作品がその姿勢をとるのは国木田独歩「今の武蔵野」(一八九八、のち「武蔵野」)あたりからで、いうまでもなく、セルゲイ・ツルゲーネフ『猟人日記』(*Zapiski ohotnika*, 1852,80)中の「あいびき」(*свидание*, 1858)から学んだ方法である。だが、高橋和巳の『悲の器』の企図は、国家と法をめぐる思想の様ざまをめぐる思想の葛藤劇にある。誰でも感じるだろうが、〔第二十五章〕での正木典膳と弟の神父との対話など、フョードル・ミハイロヴィチ・ドストエフスキーのディスカッション小説の趣を狙うところが顕著である。これは、そのあとの作品でも変わらない。

そして、エッセイ「もう一つの劇」の先に引用したところのあとには、フランスの作家・フランソワ・モーリアックの『小説家と作中人物』(*Le Romancier et ses personages*, 1933) より、小説家は〈敢えて創造者の称号を持っていることを自負する〉という一節を引き、自分自身の身上を語る小説、またモデルに忠実な肖像画を描く作家を考慮の外に置いていることを紹介し、それは〈おそらく正しい〉といい、〈与えられた人性に対する絶望的反抗としての文学表現〉は、模写や肖像画に止まるわけはないと述べている。これは、日本のいわゆる「私小説」への拒絶を示すとともに、おそらくは『悲の器』が河出書房の文芸賞を受賞したときの選評で、野間宏や中村真一郎が小説としての価値を認めた上で、小説の技法に疑義を添えたことを念頭に置いた言だろう。

中村真一郎がいうのは、あるいは野間宏の不満の一つは、主人公＝語り手のかたちをとりながら、二〇世紀小説の主流になっている、当時のことばでいえば「内的独白」の形式――精確には、一人称視点による広義の意識の流れ（狭義は無意識の表出）の再構成――をとっていないということだろうと推測する。そういう面はたしかにある。

どこでもよいのだが、たとえば〔第十七〕で、正木典膳が海辺の料亭で、若い栗谷清子と二人で向かい合い、栗谷清子が「奥様は？」と訊く場面。典膳が「妻は五年前に死んだ」と答えると、清子は、家政婦の米山みきを指して、そう呼んだことを示唆する。すると、その日、典膳が出がけに米山みきに栗田の父娘と食事すると告げると、米山みきが婚約に進むと察して、典膳に取り縋り、「行くな」と止める場面が入る。「おひとりで、滅びの道を歩まれるのは嫌でございます」と口にする。彼女は、すでに自分に対する典膳の「裏切り」に対して、手ひどい報復を胸に刻んでいたことになろう。ここに挟まなくてもよいような伏線に感じられる。だが、そのことより、それが典膳の回想ではなく、典膳の経験した出来事として書かれている点を言っているのだ。広い意味で意識の流れになっていない。『悲の器』の全体が、典膳が経験した出来事を客観的に書き、それについての典膳の主観を加えるというかたちをとっている。これは一人称視点による内的独白とはいえない。

高橋和巳の他の小説、たとえば『憂鬱なる党派』の冒頭は、語り手が見ている街の光景とそれに対する感情を融合させ、気分情調を醸す文体ではじまる。それは、野間宏が象徴詩の技法から開拓した『暗い絵』（一九四六）の緊密な文体や、井上光晴『虚構のクレーン』（一九六〇）などの系譜に連なり、やや緩く解《ほど》いたものといえよう。だが、『悲の器』は、そうではなかった。そのときには、それでよいという判断が高橋和巳にあったと想う。

中村真一郎や野間宏が人称や視点についていうとき、たいていの場合、若きジャン＝ポール・サルトルが『モーリアック氏と自由』（*M. François Mauriac et sa liberté*, 1933）で、モーリアックが三人称視点で「内的独白」をしているときがあることを曖昧さの一つとして突き、「神の視点」を降りるべきだ、といったことを拠点にしている。これは、むろんサルトルの実存主義と深くかかわる。サルトルは、第二次世界大戦直後、一九四五年一〇月のパリでの講演「実存主義とはヒューマニズムである」（L'existentialisme est un humanism）の冒頭、「実存は本質に先立つ」（l'existence précède l'essence）と宣言し、キリスト教神学のみならず、本質を措定する観念論一般に対するものに実存主義の定義を転換した。

高橋和巳は、サルトルの著作を翻訳であらかた読んでいたとわたしは想うのだが、このエッセイ「もう一つの劇」では、モーリアックの言を借りて、中村真一郎に代表される意見に反駁したかたちになっている。神に見放された人間の悲惨さを内部からえぐるように書くモーリアックの小説に高橋和巳が惹かれても不思議はないが、しかし、ここでまず彼が言いたかったのは、彼が「文学の責任」（一九五七）で論じた文芸作品の現実からの相対的自立性のことである。そのタイトル「もう一つの劇」の含意は、その点にかかっていよう。

エッセイ「文学の責任」は、近代市民社会への転換のなかで、なぜ、小説が、しかも、リアリズムが必然化するかを論じたもので、当時の二六歳で、これだけ勉強し、かつ、明晰にまとめられた人はほかにはいないだろうと想われるほどよくまとまっている。が、感覚の重視や意識の流れ型にはおよんでいない。いわば二〇世紀型に及んでいない。

川西政明の『評伝　高橋和巳』（一九八一）〔同人雑誌〕の章は、同人雑誌『対話』の編集長権限をめぐるいざこざも絡んで、それが当時の小松左京（実）の現実依存的な文学観に対して、書かれたものだということを教えてくれる。高橋和巳の立場からいう現実依存的とは、当時、小松左京がとったルポルタージュ、すなわち杉浦明平の提唱した「記録文学」の方向をいう。ここでそれにふれておいたのは、のち高橋和巳が中国における歴史記録の編纂方針の規範を決定した司馬遷の内なる「憤激」を抉り出す「表現者の態度I——司馬遷の発憤の説」（一九七〇）につながってゆくからだ。いうまでもなく、それは前漢の武帝から受けた「受苦」ゆえに生じたものだが、「記録」の再編＝「歴史」（『史記』は歴代の通史）に教訓として批判を交える歴史叙述のスタイルの問題である。

そして、エッセイ「もう一つの劇」は、そののち、作家は読者に〈意味次元における葛藤の素材を提供するのがその任務の第一義なのである〉というところに向かう。その結びに近く、高橋和巳はいう。〈そう、私たちに神はない。私たちにはなお完全な自由と平等はない。また文学的にも私たちには本格的近代小説の伝統はない〉、それでも、いや、それゆえに、われわれは一つ一つ石を積んでゆく、それで十分ではないか、と。

そうなのだ。片方では、日本には「本格的近代小説」が築かれていないということがしきりにいわれていた。高橋和巳は、彼なりにそれを目指していたのである。モーリアック流も無碍に否定するものではない、試みの石の価値を認めよ、という主張である。まだ彼は講座派マルクス主義の尻尾を引きずった発展段階論による近代化主義の枠内にいたように思われる。

だが、〈私たちにはなお完全な自由と平等はない。また文学的にも私たちには本格的近代小説の伝統はない〉の前に、〈そう、私たちに神はない〉と言いおいている。この一言のもつ意味は大きい。自由と平等は、欧米においては、超越的絶対神に保障されたものである。では、それは、その意味での神なき日本において、いかに獲得されるのか。欧米の小説の「神の視点」もまた、超越的絶対神の観念のもとで作家がとった位置である。神なき日本の作家にとって、「神の視点」とは何か？

日本の知識人は、ごく少数を除いて、この世界の外に立って、この世界を造った創造神の観念に疎い。加えて、戦後には、宗教を麻薬にたとえたカール・マルクスの言が響きわたっていた。だが、高橋和巳はちがう。『悲の器』〔第一一章〕で、「大東亜戦争」期の検事局内の「確信犯研究会」なる会合で紹介されるA君なる活動家のブルジョワ社会における思想の自由を楯にとった確信犯無罪説には、ルネ・デカルトやジャン＝ジャック・ルソー、またイマニエル・カントらが説く生得の自由や理性についての説が登場する。たとえばカントのア・プリオリな「至上命令」（定言命題）説などは、哲学の常識の範囲内とはいえ、それらの自由や理性が絶対的超越神から与えられるという大前提は承知していたはずである。

ましてや、それ以前、高橋和巳は、『死霊』〔自序〕の冒頭に、ジャイナ教の開祖、マハーヴィーラ（大雄）とガウタマ・シッダールタ（釈迦）との架空の対話を置いた埴谷雄高に私淑し、しかも、超越的絶対神なき東洋において、絶対的自由を追究したマハーヴィーラの哲学と取り組んだ日々があった。そして、『周易』とともに道教的天地観に立つ陸機らの漢詩にもよく通じていた。ここでもまたわたしは、わたしが日本における「自由と平等」の問題に及ばずながら取り組んできたことが、その種を高橋和巳からもらったような気分になる。むろん、それもやはり、埴谷雄高の『不合理ゆえに吾信ず Credo, quia absurdum.』（一九五〇）を何度もひっくり返しては考えてきたことと絡んでいる。

ここでついでに述べておこうか。高橋和巳は、そのすぐれた「逸脱の論理——埴谷雄高論」の最後に、釈迦の「還《げん》行《ぎょう》」という観念を付けくわえることを勧めている。マハーヴィーラとシッダールタとのあいだに、それほど思惟と立脚点に開きはないが、シッダールタは〈凡愚の満てる娑婆〉に引き返した。そこが大きなちがいだという。それはその通りだろうし、それが世直しの常道であることに異論はないが、しかし、ジャイナの教えはインド思想に大きな影を投げたし、いまでもインドでは、その諸派の信徒は一つのカーストを保っている。それに比べ、誰でもが解脱できると、その普遍性を訴え、衆生の救済に出た仏教は、中国で次から次へと救済の便法を加えて姿を変え、とくに日本では極楽往生を願う考えを広めた。それくらい、高橋和巳はとうに承知していたことだろう。わたしは、いまでも、この「還行」の勧めを、小説とは本来、一般社会に通じるという意味で通俗的なものではないか、という彼の考えの発露のように読んでしまう。それ自体は、全く間違いないのだが、『死霊』もある種の通俗性をもっている。わたしが一九八〇年代に、言い換えると、埴谷さんが続篇を書く前に、『死霊』のストーリー展開は探偵小説の手法によっていると書いたのは、この高橋和巳の「還行」の勧めを念頭においてのことだった。昭和一〇年代の夢野久作『ドグラ・マグラ』（一九三五）や久生十蘭『魔都』（一九三七）などとの戦後文学の連続性をいったことは、そののち、平野謙の昭和戦前期「三派鼎立」説を崩し、「大衆文学」を加えて四派が相互浸透していることを明らかにする方向に向かった。

一人称視点についてなら、一九三五年前後に石川淳や太宰治が「私小説」の方向を転換したこと、さらには牧野真一、宇野浩二、そして岩野泡鳴に遡り、岩野泡鳴の予言どおり、世界の小説の主流が一人称視点をとるようになったこと、岩野泡鳴には「ぼんち」（一九一三）など、一人称視点に徹して、その悲惨さを書きながら、それが傍目には滑稽にすぎるほどバカげた事態であることを造形する術を生んでいたことを論じた。いわば内的独白に徹しながら、客観的効果を実現する方法である。そして、それゆえだろう、河上徹太郎が岩野泡鳴を明治作家中の第一人者とためらわずに言い切ったことなどにも言い及んできた。

そのおおもとは、国際的に神秘的ないし多神教信仰の象徴主義の機運が高まり、また気分象徴論が盛んになり、意識や感覚のリアリズムが主流になったことにある。日本では、それが「芭蕉俳諧＝日本の象徴主義文学」論の隆盛を生みもした。ここで急いで、いわゆる象徴主義の作家とは見なされていないが象徴技法を駆使した作家の系列に、ハーマン・メルヴィルやトーマス・ハーディらに加え、ドストエフスキーもあげておかなくてはならない。

ドストエフスキーは、ロマンティシズムの情熱をとりわけ迫真的なリアリズムの手法で書く作家だが、「真実美しい」イエスの形象を、たとえば『白痴』（*Идиот*, 1868）ではムイシュキンに仮託して登場させている。ドストエフスキーは、彼がのちに『死の家の記録』に書くことになる生活のなかでイエスの姿を「真実美しい」と感じ入った。埴谷雄高は、その『ドストエフスキイ　その生涯と作品』（ＮＨＫブックス、一九六五）のなかで、聖書を送ってくれた女友達への返礼の手紙から、その一言を拾い出して示しながら、ムイシュキンに「真実美しい」人の幻影を託して当代ロシアの現実のなかを歩ませることを一種の象徴主義と述べていた。それをいま、思いだしたからだ。

それはともかく、いま、振り返ってみると、日本では〈本格的近代小説の伝統〉が育たなかったのはなぜか、では、何が育ったのかと、わたしに問いの向きを転換させたのは、高橋和巳がここに示した「本格的近代小説」に向けて、一つ一つ石を積む姿勢が意識の底に響いており、その姿勢の始まりを国木田独歩「今の武蔵野」の周辺に探って、意識の哲学に向かう国際的機運を敏感に察知したがゆえの「逸脱」だったことを探りあてたのではないかと想えてくる。

エッセイ「もう一つの劇」は、そこから転じて、作家は読者の自由を拘束すべきでないという方向に議論を展開してゆく。なぜなら、作品は作家の意図を超えて、読者の前にあるのだから。最もわかりやすいのは、作中人物が勝手に動き出し、当初の企図とは別物になってしまうことだろう。ここに示された作品世界の作家からの相対的自立性の考えは、サルトルが『文学とは何か』（*Qu'est-ce que la littérature?*, 1947）で、読者を演奏家にたとえ、従来の作家と読者との関係の考え方に転換を迫ったことを独自に展開したものと見てよい。その考え自体は、倉橋由美子にも共有されていた。ただし、倉橋由美子の場合は、モーリス・ブランショ『文学空間』（*L'espace littéraire*, 1955）に学んで、いわばことばがことばを紡ぎだす運動に作家が身をまかせるというものだった。

それを含め、エッセイ「もう一つの劇」には総じて、高橋和巳の文学観の根本が披歴されている。その一つは〈意味次元における葛藤の素材を提供するのがその任務の第一義〉とする「文学」観である。その姿勢は、高橋和巳の短い生涯を通して貫かれた。『われらの文学21』の解説者、松原新一が『悲の器』を読んで、日本の知識人の姿を書いた夏目漱石を想起したと書いているが、漱石の新聞小説も、人間の本性は肉か霊か、宇宙の真相は、など根本的な問題が渦巻く「修養」の時代に、人生いかに生きるべきかの問いを投げるものだった。ただし、高橋和巳が念頭に置いている葛藤的テーマをとる作家の代表格は、ロシアの大地と信仰をめぐる精神の葛藤をテーマにしたドストエフスキーであり、また魯迅の「狂人日記」が突き出している、人食いの一族でありながら食われることに恐怖を覚えるような、己れの内に不可避に抱えた絶対矛盾をめぐるものだった。そして高橋和巳は、戦前・戦中・戦後の日本の屈折した歩みが、不可避に個々人に抱えこませた絶対矛盾をテーマ（題材）に選びつづけることになった。

テーマとは別に、もう一つ、先に引いたように、高橋和巳は、作中人物が〈現実法則に蹋蹐する作家に対する指弾者になる〉という葛藤を抱える。これは、作家の虚構の場と現実生活の場に生じる矛盾である。高橋和巳の場合、それが倫理的指弾のように語られている。作家が虚構の人物を肉づけしながら、その生活を生きるうちに、その自己が活躍しはじめ、作家自身の生き方を責めるしくみである。この社会での自分の生活形態を倫理的に指弾する自己を作家が予め抱えていることを示している。神なき日本において、これは原罪意識とはかかわらない。

第二次世界大戦が終って間もない日本で、高校から大学にかけて共産主義運動に加われば、いやが応にも階級意識を植えつけられる。ましてや彼は、生まれ育った家が貧民街に接していたから、下層の子供たちと仲間意識も育っており、それは生活実感を伴っていた。エリートへの道を歩めば、その葛藤を抱えるのは当然といえば当然だ。とりわけ小説を書きながら、それを感じるのは、批判されるべき作中人物を内在的に書いているゆえに、「では、お前はいったい、何をしてこの世に生きているのだ」と作中人物が作家を指弾してくることになるというわけだ。

『悲の器』について

エッセイ「もう一つの劇」について、もう一つ書き添えておかなくてはならないのは、そこに本来なら注にしたい気持もあるが、とことわって、『悲の器』を準備するうちに、〈数多く読んだ法律学の著述のうち、ヘーゲル、イエリネック、ラードブルッフ、滝川幸辰、横田喜三郎、熊倉武諸氏の業績がとりわけ感銘深いものであったことを、感謝とともにしるすにとどめたい〉とあることだ。

ゲオルク・ヴィルヘルム・フリードリヒ・ヘーゲルの『法の哲学』（*Grundlinien der Philosophie des Rechts*, 1821）は、よく知られるように自由と法の関係を論じて、人倫を家族、市民社会、国家の三段階に分け、国家は、国内的には法により、市民社会の利己性を監視し、普遍性を現実化する役割を負い、対外的には、国際社会における特殊性を実現すると説く。ゲオルク・イェリネックからは、国家は法によって自らを拘束するとして、君主の主権を制限する『一般国家学』（*Allgemeine Staatslehre*, 1900）および『人権宣言論』（*Erklärung der Menschen- und Bürgerrecht*, 1895）を学んだのだろう。後者は、一九〇六年に美濃部達吉が翻訳書を出している。グスタフ・ラートブルフはドイツ社民党に属し、社会主義に立つ刑法学者。

滝川幸辰は、生活利益の侵害を犯罪の定義とし、階級対立社会では罪刑法定主義が厳守されなければ、刑法が階級抑圧の手段とされるという「客観主義」を強調した京都帝大の法学者。一九三三年に司法官赤化事件をきっかけに、その元凶として右翼の攻撃を受けた。文部大臣・鳩山一郎が罷免を要求、京都帝大法学部がそれに反対すると、休職処分を強行、法学部教授会が全員辞表を提出して抵抗し、学生運動の盛り上がりを見たことが知られる（滝川事件）。

横田喜三郎は、社会主義的傾向の強い東京帝大の法学者で、一九三一年、満州事変に際し、自衛権の範囲を逸脱していると軍部を批判し、また、科学的に正確な法実証主義を厳密に守ることを主張したハンス・ケルゼンの『純粋法学』（*Die Reine Rechtslehre*, 1934）を一九三五年に翻訳刊行した。ケルゼンの立場は、国家を神聖視するような形而上学や道徳は文化的価値であり、相対的なものにすぎず、法はこれとは別に、人間相互の自由な関係に立つ根本規範（Grundnorm）によるとする。

『悲の器』の主人公の正木典膳が、人間の自然権から社会的存在を切り離し、統治より公共役務、個人権より社会的職分を重んじる刑法論を唱え、戦争に傾く時勢に官僚合理主義による歯止めを期待した刑法理論は、これらにヒントを得て練り上げたものである。〔第二十二章〕で開陳される、戦時中の検事局での信念をもって犯罪を行う確信犯をめぐる研究会を通して考えられた典膳の「確信犯理論」も、「永遠なる法」という一種の「純粋法」の理念に裏打ちされている。そして、警職法特別審議委員会で彼が述べる「現象学的法学」なるものは、その戦後版への焼き直しであることも見てとれるだろう。

なお、横田喜三郎は、戦後、極東軍事裁判を、その法的不備を指摘しつつも、人道に背いた責任を問う「国際法の革命」と賛美したことで知られる。著書『天皇制』(一九四九)では天皇制を封建遺制として否定した(のち、最高裁長官時には三権分立の立場を強く打ちだしたが、最高裁長官は内閣の指名に基づいて天皇の任命を受けたので、自己矛盾を感じたようだ)。熊倉武には『日本刑法各論』上下(一九六〇、六一)があるが、破壊活動防止法案に対し、反対する論陣を張った人である。

このように見てくれば、かつて破防法反対闘争に対する学生処分に対して、高橋和巳がハンガー・ストライキを行ったことを思いだす人も多いだろう。ハンガー・ストライキによる抗議行動を高橋和巳が選んだのは、おそらくはマハトマ・ガンジーの非暴力主義による抗議の形態に学んだものにちがいない。ガンジーの非所有、禁欲、断食、清貧、純潔の実践は、生き物を傷つけないという第一の戒律(アヒンサー)を厳しく掲げるジャイナ教の教えに学んだところが多分にある。それを徹底するなら、「断食」による死を選ぶしかないような教えである。

高橋和巳『悲の器』には、昭和戦前期に、法の理念が踏みにじられてゆく過程に生じた滝川事件と、戦後、警察官職務執行法改正案や学校教職員勤務評定などをめぐって揺れる法律の専門家たち、ストライキ決議をした学生自治会の議長の処分などを背景にとることにより、戦前・戦後の国家権力に対する「大学の自治」や「研究の政治的中立」という理念の相対性、その虚弱さを突き出す狙いがあったことが歴然としよう。そして、その〔第九章〕には、一九五六年六月、鳩山一郎内閣の下で憲法調査会が立ち上げられ、それをめぐる法曹界のいざこざや、昭和天皇の戦争責任問題も〈近代刑法の理念〉に照らして突き出されている。それゆえにこそ、戦前・戦後を生きた刑法学者が主人公に選ばれたのである。それゆえにこそ、高橋和巳は、国家と法律の問題の勉強に取り組んだのだ。

今日の時勢から見るなら、その危機感には一種の先見性があったことになろう。それとは別だが、〔第十五章〕では、電子計算機と電子頭脳にも触れている。わたしなどが同人雑誌仲間の工学系の人からコンピュータ工学の未来予測を教えられたのは、『悲の器』を読んだあとのことだった。だが、半信半疑で、それゆえ、当時は、そこにそれらにふれてあったことにまったく気がつかなかった。

ただし、憲法問題に関して、いまの読者に向けて、訂正しておきたいことがある。〔第六章〕に、正木典膳が自分の主宰する雑誌『国家』に、〈岡田内閣いらいの祭政一致政策というアナクロニズムへの諷刺〉であることがわかるような論文を載せ、検事総長の談話を載せるような工夫をし、〈筆禍をまぬがれた〉とある。それにより、典膳が戦時下抵抗の姿勢をもっていたことを示しているのだが、〈岡田内閣いらいの祭政一致政策〉という歴史認識には疑義を挟まざるをえない（小説作品からの引用は、河出書房新社版『高橋和巳作品集』による）。

一九三五年、岡田啓介内閣のときに、軍部と右翼の国体明徴運動が立憲政友会によって国会に持ち込まれ、美濃部達吉の「天皇機関説は国体の本義に反する」（第一次声明）に対する美濃部達吉自身による貴族院議員辞任声明がさらに紛糾を呼び、「天皇機関説を摘み取る」（第二次声明）にエスカレートした。一木喜徳郎が唱え、美濃部達吉が議会主義を強めた「天皇機関説」すなわち国家主権論は、一九一一年に攻撃を受け、それによってむしろ、官僚・知識人層の支持を集め、公認されたかたちになり、大正デモクラシーすなわち政党政治実現に向けた動きが大きくなるきっかけにもなった。だが、一九三五年には、この二回にわたる内閣声明により、昭和天皇を国家元首とすることに転換された。国体問題に大きな飛躍を生んだ声明であることは間違いない。だが、それを直ちに「祭政一致政策」と断言することは無理だろう。

一九三〇年ころより「日本精神」が叫ばれ、そのなかで神がかり天皇主義をリードしたのは、まちがいなく筧克彦『皇国精神講話』（一九三〇）だが、まだ皇道派将校に火がついたくらいで、すぐに拡がったわけではない。そのち、二・二六事件が起こり、一九三七年二月に発足した林銑十郎内閣こそ、神がかった祭政一致を掲げ、神勅や万世一系の天皇を冒頭に掲げる『国体の本義』を文部省が出した。しかし、林銑十郎内閣は、むしろ国民の反撥を呼んだ。次の総選挙では、社会大衆党が躍進、解明派と期待された近衛文麿が内閣を組織したとたんに盧溝橋事件が勃発、和平協定を三度結ぶがずるずると戦局拡大していったという成り行きである。近衛文麿の政策は、電力国有化など戦時を利用した国家社会主義的政策で、これも神がかったものではない。神がかりは日中戦争のはじまった一九三七年秋に戦死した杉本五郎が「軍神」のように崇められ、その遺書『大義』の評判が『国体の本義』が浸透した青年層に拡がり、とりわけ「大東亜戦争」が負け戦に転じ、「散華の精神」が謳われるとともに高まってゆく。このような成り行きはリベラル派の法学者なら了解していたはずだ。

なお、高橋和巳の短編「散華」（一九六三）は、特攻隊をはじめ、聖戦完遂を唱えた右派思想家が戦後に生き残った姿を登場させ、「散華の精神」の核心を、個の自覚的消滅による民族再生の願い論として適格に突き出している。エッセイを別にすれば、デビュー後の第一作にあたる。これも彼が温めていたテーマだった。

そのように個人の犠牲を必然的なものとする国家＝民族生命体論の系譜は、外山正一「人生の目的に関する我信界」（一八九四、所収『丶山存稿《ちゅざん》』前篇、丸善、一九〇八）まで遡ることができる。個人を細胞にたとえ、その新陳代謝によって生きる生物個体の生理を民族＝国家とアナロジーするもので、加藤弘之の家族国家論や穂積八束の血統国家論の系譜より徹底したものである。わたしがその系譜を探ったのは、生命観と国家＝社会観との関係を考える過程であるが、やはり高橋和巳「散華」の読書の記憶がはたらいていたように想われてくるのだ。つまりは「あの戦争」に向かった日本に内在した「論理」とその展開をえぐりだすという課題を、とくに高橋和巳を読むことによって、わたしは引き受けてしまった気がしている。

それはともかく、『悲の器』では、先に紹介した〔第九章〕で、明治帝国憲法の第三条、神聖不可侵条項をあげ、〈天皇が法の適用を受けない〉こと、〈統治権を総攬〉すべき、〈ただひたすらなる統帥者〉であり、〈統帥する以上、統帥されるはずがない〉と正木典膳は解釈している。それを相対化するような天皇解釈は作中に示されていない。これは作家自身の解釈の投影と考えてよい。『悲の器』が執筆された一九六一年ころ、反安保闘争ののちには、まだ満洲事変ころから軍国ファシズムになったという論調に塗りつぶされており、かつ長谷川正安『日本の憲法』（岩波新書、一九五七）など、戦時期の天皇制イデオロギーは明治以来とする論調も勢いをもっていた。それゆえ、この歴史認識には、いたしかたないところもある。歴史に題材をとる小説が不可避に抱え込んでしまう歴史的限界といってよいだろう。

明治期から昭和戦前期の天皇を専制君主のように考える論調に対して、近代天皇制＝立憲君主制とする論調は、村上重良『国家神道』（岩波新書、一九七〇）あたりから見直しがはじまり、徐々に盛んになってきたとわたしは見ている。帝国議会の承認を得た帝国憲法と皇室典範は、まちがいなく天皇の性格を規定する。天皇はフリー・ハンドではないし、国家神道を奉ずることを辞めることなどできない。その意味で専制君主でも絶対主義でもない。第三条は、王権神授説を条文に遺すプロイセンやバイエルンの国法を参照し、立憲君主制と幕末に俄かに高まった神がかり的天皇崇拝を妥協させたものと見てよい。国務大臣の補弼を受けると明記しているのは（第五五条第一項）、オーストラリアの立憲君主制の内閣責任制度を参照したものだろう。実際の運用は内閣責任制に傾いていたというのが定説である。そして先に述べたように、一九一一年から三五年までは天皇機関説すなわち国家主権論が公認されていた。その間に教育勅語や文部省が主導する尊皇教育が浸透し、天皇主権論が大手を振ってまかり通るようになっていった成り行きである。

『悲の器』は、もう一つ、今日いうジェンダーも大きなテーマにしている。戦中を検察官として、戦後をリベラルな法学の国立大学教授として送り、官界に多くの弟子を抱える男性の女性観が問われている。小説の終わり近く〔第三十一章〕では、妻のノートが開陳される。正木典膳は病身の妻をいたわり、気づかいながら、しかし、夫が性欲を満たすことを夫婦ともに当然としていたことが明かされる。妻はその苦痛から逃れるため、典膳の米山みきとの関係も許していた。米山みきもそれに気づいていて、典膳と関係をもった。

その関係は、家政婦としての契約外のもので、互いの合意の上でのこと、と典膳は割り切っていた。子供を堕ろさせ、米山みきの性格が変わったともある。いわゆる変態的な行為も強いてもいたが、米山みきも、その関係を受け入れていた。だが、典膳が栗谷清子と婚約したことで、実質的に夫婦関係にあったのだから、妻の死後に典膳と結婚できると望んでいた米山みきが裏切りと感じて反撃に出る。弱い立場のものにとっては一切が、権威者の「支配」「命令」だったと彼女は主張する。その権威者的態度への告発は、国立大学の教授の弟子に対する関係まで口にされる。作家・高橋和巳は今日いわゆるセクシャル・ハラスメントやパワー・ハラスメントの問題を突き出していた。

家庭裁判所の仲介による示談ではすまされず、訴訟合戦になる。この成り行きは瀧川政次郎をめぐる事実に基づくが、肉付けはすべて作家が行ったものだ。弱者からの告発には、典膳の職能的法理論も現象学的法理論も効かない。そこまで仕込んである。

典膳の栗谷清子への恋愛感情が若わかしすぎるという感想が聞こえるが、わたしはそれほどに感じない。恋愛経験のなかった典膳にとっては、いわば初恋である。いい歳をしてウブに舞い上がっても不思議はなかろう。〔第三十章〕には〈無意味なまでに清純であることを確かに望んでいた〉とある。それも、この世代の男にそなわっていて不思議はない処女性を尊重する感情だろう。典膳は、栗谷清子には婚約指輪まで用意した。これによって、典膳が米山みきを自分の妻にするには不釣り合いな女と見下していることが了解できる。

〔第十六章〕の最後から二つ目の断章に、岡崎判事から独り身は「体に悪い」といわれ、典膳は、そんなことばを初めて聞いたとある。そのような俗言や俗事から、典膳が、いかに無縁できたかを示していよう。汽車の食堂車で栗谷清子と別れを告げたのち、典膳が、小さな地方都市の繁華街をうろついたり、職を失った典膳を重役に迎えるという話を持ち掛けられ、接待を受けた企業の社長の芸者との関係など知ったりしてゆくのも、彼が、それまでいかに社会の裏面を知らずにきたかを浮き彫りにするために用意された場面と知れる。彼の職能社会論など粉々に砕け散ってしまう。

典膳は書斎でも米山みきとコトに及んだことがあった。家裁での調停が不調に終わったのち、米山みきが不意に正木家を訪れ、自分の櫛を探しまわる一件でそれがわかる（第二十三章）。わたしには、この一件の意味がよくのみこめないところがある。

典膳は、純粋に櫛を探しにきたと解釈している。が、典膳の亡妻の位牌に手をあわせたいとの口実をもうけて、米山みきが訪ねてきて、櫛のことを言い出したのは、二人の関係を典膳に思いださせるためにわざとしたこととしか考えられない。実際、典膳は思い出して羞恥心を覚える。典膳の「出てきたら届ける」との返事に、米山みきは微笑し、その目に憎悪の色はなく、作家の筆は、哀れな寡婦の体臭まで匂わせる。だが、当然、冷たくあしらわれ、泣き崩れる声が書斎から聞こえてきて、その章は終わる。

彼女は、万が一にでも、典膳との関係が復活するなら、訴訟を取り下げる気があったのだろうか。それともただ、ふらふらと欲望が抑えきれずに、そんな見え透いたことを仕掛けたのだろうか。どちらにしても、作家は、米山みきを典膳に未練を残す、自恃の一欠片もたない矮小な女に貶めてはいないか。高橋和巳は、誰にせよ、登場人物の矮小さを批判的に書くことを厭わない作家だとはいえ、一抹の疑問がよぎる。

そのあとの運びのための仕掛けだということはよくわかる。最後の〔第三十二章〕、法廷の場面で、典膳は、栗谷清子の口から、典膳が「米山みきは家政婦であって、法的な妻ではない」と告げたことを証言させる。そのあと、典膳が書斎にあった櫛を見つけ、米山みきの粗末な住まいを訪ね、その様子から彼女が自殺するだろうと予感したことを想い出す場面に移る。ここは典膳の回想として書かれている。つまり、典膳は、その予感をもちながら、法廷で米山みきを奈落の底に突き落としたのだ。

その前、〔二十八章〕で、典膳が米山みきに詫びる気持になっていたことが、用意した生前遺言状に、訴訟の半分の金額が記されて示されている。懸命に探していたものだからと、典膳がわざわざ櫛を届けにゆく気になったのは、僅かに生じた愛情の証だったのだろうか。典膳の米山みきへの思いが揺れていたのはたしかだ。だが、法廷では無慈悲に死の方へ突き落とした。典膳の心理は裁判の判決など、すでにどうでもよくなっている。その単純な剛直さ、無慈悲さは、死後の世界でも自分は権力として闘いつづけることの決意につながる。結局、自分は友人たちとも、他者の誰ともかかわることのできなかった孤独な人間だったという思いに落ちてゆき、典膳が皆に別れを告げることばで小説は閉じる。

本を閉じれば、読者の脳裏に、教会を訪れた典膳に末弟の神父が告げたことばが翻る。「あなたはむしろ自殺すべき人だった」「あなたにとって矮小なもの、……それは人間だった」。

『堕落』について

高橋和巳が「満洲国」を扱ったのは、むろん、『堕落』（一九六九）においてである。「文化大革命」という名の争乱の嵐が中国で吹きすさぶ時期に、それは書かれた。ここでは、それだけ言っておく。高橋和巳にとって「文化大革命」とは何だったのか。それは当然、考えられてよいテーマであり、それと『堕落』との関連も考えてみたい気もする。だが、わたしは、これまでそれを一度も考えてみたことはなかったし、それどころか、わたしが『堕落』をいつ、読んだのかさえ、まったく覚束なくなっている。

『堕落』は、青木隆造という男が、敗戦後、混血孤児の擁護施設・兼愛園を経営、一七周年にして、ある新聞社に表彰を受けるところから、幕をあける。だが、青木は、その表彰式で絶句したまま、用意したスピーチを読むこともなく降壇してしまう。そこから物語が始まる。そして、そののち、青木隆造は自ら破滅への道を歩みはじめる。

彼はかつて「満洲国」の「五族協和」（精確には民族協和）の精神に賭けた。だが、その夢は裏切られ、引き揚げ後は、進駐軍の落とし児でありながら、アメリカも日本も面倒を見ない混血孤児をひきとって面倒をみる施設を経営した。その設定自体が「満洲国」と敗戦日本の「国家」の捩じれた関係を強烈に突き出していることに痛く感心した覚えはあるのだが。なお、「兼愛」は、中国・戦国時代に技術者集団を率いて活躍した墨子のスローガンの一つで、博愛主義に相当する。

わたしが『堕落』を読んだのがいつのことか、とんと憶えていないのには理由がある。「満洲国」問題について、尾崎秀樹『旧植民地文学の研究』（一九七一）から北村謙次郎『北辺慕情記』（一九六〇）あたりまで勉強したのち、一九八八年に瀋陽・遼寧大学で、詩人・作家の梁山丁氏にインタヴュする機会に恵まれ、彼から長篇小説『绿色的谷』は、その「日帝批判の部分を翻訳にあたった大内隆雄が伏せてくれた」こと、その「郷土文学」の主張や自然描写には、ロシア文学とともに島崎藤村に学んだことなどを聴いたところから、「満洲国」についての関心か俄かにふくれあがったのだった。それ以前、少しは「満洲国」の日本人の文芸についてふれたことがあったが、中国人と日本人とのあいだに、極めて複雑な交流関係があり、軽々に判断することはできない、と自分に言い聞かせた。それまでには『堕落』を読んでいたと思うが、いまだによく結びつかないままでいる。

なお、山丁の『緑なす谷』は、一九四三年二月に、出版差しとめになり、数行削除して、三月に長春文化社から刊行されたことが、彼の回想記「万年松上叶又青――『緑なす谷』重版瑣記」（『東北文学研究資料』第五集、哈爾浜文学院、一九八七）からわかる。いま思えば、山丁氏は、そのとき、その運びを指していっていたことになる。もう一つ言い添えておけば、彼の第二短編小説集『郷愁』は、一九四四年五月に興亜雑誌社から刊行されているが、末尾に前年七月と記入があるその序文には、すでに「満洲国」から脱出するつもりがあったことが読み取れる。実際、九月末に北京に赴く。そして北京で翌年一九四四年の春、第三回大東亜文学者大会で設立が予定されていた中国作家協会の会長に周作人が選出される規定方針を、若手を煽って巧みにつぶす役割を果たしたりした（杉野要吉『交争する中国文学と日本文学――淪陥下北京 1937-45』〔三元社、二〇〇〇〕を参照）。

『堕落』の主人公にして語り手の青木隆造は、上海の東亜同文書院の出身で、「満洲国」建国前に満洲青年連盟で活躍しはじめた人物として設定されている。当初は〈村落自治を理想とする東洋的自然主義者〉――『老子道徳経』の一節にヒントを得た陶淵明「桃下源の記」に描かれた孤立を撰ぶ農村の姿であり、当時にあっては、論客、橘樸《しらき》の主張に代表される見解――だったが、「満洲国」の現実と出会い、強権的独立国家志向へ転じていったと書かれている。「満洲国」を「独立国家」にする方針は、事変後、一九三一年九月のうちに東条英機・石原莞爾らの軍部の会議で合意され、かつ、大雄峯会とともに満洲青年連盟が一党独裁的「協和党」結成に動いたことが確認でき、その二つの組織は、すぐに溥儀を名誉総裁とする満洲国協和会に再編されたはずだ。「独立国」建設方針が現場に降ろされたのはその年の暮と、わたしは総合雑誌の記事から推定している。
それはともかく、作中にわたしが妙に鮮明に憶えていた一節があった。満洲を列強が蚕食している様子を書いたところである。少し長くなるが、一九三一年九月一八日以前の満洲の実情として、青木が抱いていた概観を書いた一節を紹介する。

農民たちは雑穀しか食っていなかった。だがそれは気候が寒く、生産があがらないからではなかった。こちらでは農民は栄養失調でふるえているにもかかわらず、すぐ隣りでは厖大な大豆の山が焼きはらわれ、豚さえ穀物で飼育されていた。近代的な流通の機構がなく、商品の市場もなく、統一された貨幣もなかったのだ。領土的野望を満足させることしか知らないロシア、西欧列強からの綿製品の大量輸入によって、みずからの工業生産発展の息の根をとめつつある中国人、清朝以来の封建的所有者の支配下におかれてあえぐ満人農奴たち……。実際に調査してみれば、悲惨の理由は、経済にあるのではないことは論義の要なくあきらかだった。ではどうすべきか。軍閥が対峙しあい、匪賊が横行し、そして、日本、ロシア、中国、西欧列強の勢力が入りみだれ、アメリカの資本が隙をうかがうこの土地をどうすべきか。ロシアは東清鉄道と松花江の水運を握り、イギリスは京奉鉄道を借款し、満洲全土の海関と塩税の管理権をにぎっている。フランスはイギリスとともに京奉鉄道の共同借款と郵政管理権を持ち、アメリカは外国為替業・石油・ソーダー事業を独占している。デンマークは大豆の輸出、スエーデンはマッチ事業の独占、そして日本もまた……。

この〈そして日本もまた……〉のあとに、南満洲鉄道の名が入ることはいうまでもない。この条を鮮烈に憶えていたのだが、「満洲国」が「二〇世紀の実験」という見方をわたしが知ったのが、『堕落』を読んでのことだったか、尾崎秀樹に竹内好らとの共同研究の様子について尋ねていたときのことだったのか、どちらが先か、定かでない。
引用部は、満洲事変前の状況を、ややスパンを長くとって描きだそうとした条である。冒頭の〈大豆の山が焼きはらわれ〉云々は、国際価格の調整のための措置で、「満洲国」成立後の光景ではないか。列強に蚕食される以前、一八七〇年代ころから山東半島からの流民が満洲各地に入りはじめ、朝鮮半島からも流入、いわば植民地として大豆のモノカルチュアで発展したことが背景にある。大豆は搾油して食用油の原料とし、油滓を家畜の飼料にするが、根粒菌の育たないヨーロッパで栽培ができないため、その八割程度が主にヨーロッパ向けに輸出された。現在、知られているのは、日清戦争後、満鉄中央試験所が寒冷地に育つよう品種改良と搾油技術を開発、二〇世紀に入って大豆栽培に火が点き、三井洋行（現・三井物産）がほぼ独占的に買い付け、牛乳との合成マーガリンも製造、ヨーロッパに輸出を開始し、一九二〇年代には輸出量を飛躍的に拡大、他の商社や製油会社も参入した。鉄道は、これも日清戦争後、ベルギー、英米、露仏独が中国全土に敷設権を獲得して競合状態にあった。京奉鉄道は本線の北京――瀋陽間をイギリスが民国と資金は折半し、経営権を握っていたのが実情らしい。いまなら、それくらいのことは、承知しているが、中華民国時代にも中国全土が半植民地状態に置かれていたことは変わらない。

高橋和巳は史料の端を摘まんで、かなり恣意的に記していたことになる。が、執筆された当時は、史料を探ることすら困難だった。それを思うと、今日の満洲研究の活況は隔世の感がある。先の条は、あくまで当時、青年の青木隆造が抱いた列強の蚕食にあう満洲イメージとして読む方が無難だろう。

おそらく青木隆造は、一九一一年生まれ。一九二七年に郷里・兵庫の中学校を卒業し、専門学校だった時期の東亜同文学院に入学、一九三〇年に一八歳で卒業し、渡満して満洲青年連盟の活動に加わり、翌年、九月に満洲事変に出会ったと設定されていよう。ついでに小説の現在時まで辿っておくと、一九四五年に三三歳で敗戦を迎え、二年間捕虜収容所生活を送って一九四七年春に三五歳で帰国、郷里の兵庫で中学教員を務めたのち、一九四八年、三六歳で、郷里の山林を売って兼愛学園を創設した。兼愛園が創立一七周年を迎え、新聞社から表彰を受けるところから、小説ははじまる。新聞社の挨拶に〈すでに戦後ではないと経済白書に謳われましてからもすでに十年〉と出てくる。微妙なところもあるが、小説の現在時は、一九六六年と決めてよいらしい。青木隆造は、現在、五二歳になる。

先に引用した一節に比べると、小説の現在時、青木隆造が新聞社の表彰式ののち、かつての関東軍参謀を中心にした宴会に招かれ、そこで再会した芝安世が兼愛園を訪れ、「満洲国」の初代国務院総理・鄭孝胥《ていこうしょ》について語る場面には精彩がある。芝安世はかつて、鄭孝胥の私設秘書（通訳）を勤め、漢詩に通じていたという設定で、中国文学研究者、高橋和巳ならではのところがある。そして、青木隆造が回想する愛新覚羅溥儀の執政即位式典の様子は、満洲国軍隊と関東軍との関係や、反張学良派の軍閥、蒙古諸王の参列も記している。宗社党（君主立憲維持会）も加えている。宗社党は張作霖に蹴散らされた残党だろう。それとも復活の動きがあったのか。それにしても、この時期に、高橋和巳はかなりの程度、建国時期の「満洲国」内の勢力を把握していたと感心させられる。

青木隆造は、己れの理想を賭けて「満洲国」の現実のなかを生き、裏切られ、そして戦後日本の国家に挑みつづけることに賭けた男である。顕彰されてはならないはずの挑戦が思いがけず顕彰されたときから、自暴自棄になり、破滅の道に歩み出す。いや、顕彰されてはならないのは、青木隆三自身、罪を負った存在だったからだ。自ら懸命に賭けてきたことを裏切る卑怯な逃亡を行っただけでなく、己れ一人の命を守るために犠牲にしてはならない者をも犠牲にした。裁きを受けてしかるべき行いを秘匿してきたことが、最後に明らかになる。今度、読み直してみて、蘇軾の故事や石川五右衛門の釜茹での話など子殺しのエピソードがいくつもちりばめられていることに気付いた。『悲の器』もそうだが、高橋和巳は、いわゆる伏線の張り方に工夫を重ねる作家だった。

転落を続ける青木は居酒屋で、彼を宴に招いた元参謀を中心に、かつての仲間が決起する陰謀が露見したラジオのニュースを耳にし、人前をはばからず哄笑する。世直しの陰謀は時代錯誤も甚だしいが、彼らが授賞式の晩に自分を招宴したのは、祝ってくれるためなどでなく、その下心のせいだった。この場面、無くもがな、の感に誘われないでもない。だが、飲んだくれて街路を彷徨う青木は、青年たちの一団から暴行を受け、一度、身に付けた人を殺める術がむき出しになり、彼らを殺めてしまう。かつての知人たちの決起の陰謀が、青木に青年たちに立ち向かう「決起」を促したというストーリーの運びは、通俗小説の常套だが、高橋和巳は小説を「還行」の精神によるものと心得ていた。当時、定着していたことばでいえば、シリアスなテーマを肩の凝らないように読ませる「中間小説」の行き方だった。

自らの志を賭けた「満洲国」に裏切られ、敵の銃撃の前に我が子二人を晒してまで生き延びた己れは裁かれなくてはならないという思いを抱くのは当然だ。誰にでもいいから裁かれたいと願うのも、裁けるものなら裁いてみよ、と国家に迫るのでも、どちらでもよい。だが、なぜ、最後に獄中で青木は、道徳とは無縁なものと見切ったはずの「国家」に裁かれたいと願うのか。

一度でも深く、ありうべき国家の幻影を追った者は、国家という幻想に骨がらみにされてしまい、終にそこから出ることはできない。『堕落』の作家は、かかる命題を読者の前に突き出して見せたことになる。高橋和巳の小説論の核心は抽象的な命題を具体化、平俗化して示すことにあった。

その抽象的な命題は、アンヴィバレントな思想の葛藤を示し、そこから零れ出すものでなければならず、「文学の責任」は、その問いを読者の前に置くことにおかれていた。

しかし、いま、『堕落』のころに限定してよいが、高橋和巳のそのような志向のしくみは葛藤を書くことに終止するサイクルに閉じてしまっている。わたしは、ここに、そのように感じている自分を示さざるをえない。なぜなら、『堕落』の結末で、青木隆造の陥った出口なしの葛藤を晒け出してみせることに、どのような問いが孕まれていたのか、いささか疑問に思えるからだ。言い換えると、作家もまた、両極を抱えて屈折するロマンティック・イロニイの虜になっていたのではないのか、という疑問である。

「六朝美文論」について

高橋和巳が六朝美文論を中核として、中国古典詩学を開拓したことには定評がある。たとえ彼の小説世界にはそっぽを向く人でも——それには、いわば党派的な理由があってのことだが——、その業績には一目置いている。わたしが和歌の根本義を定めたとされる『古今和歌集』（序文）に、『毛氏大序』のみならず、南朝・宋の劉勰の『文心雕龍』や鍾嶸撰『詩品』の影が落ちていることについて再三、言及してきたことにも、若き日に高橋和巳の中国文学論にふれたことが導きの糸になっていることは先にも述べたとおりである。とりわけ「六朝美文論」（一九六六）は、中国文学の修辞法について、ごく基礎的なことも織り込んであり、素人にもよくわかる。「六朝美文」は、とくに六朝時代（西暦三世紀～五世紀）の各朝廷に仕えた文人に流行した四言六言の音数律の韻文および散文を、「対句」や、句の連合が対をつくる「対偶」を駆使して整える修辞法、のちに「四六駢儷」体と呼ばれるようになる形式、高橋和巳の言を借りれば〈文章のリズム構成法〉（河出書房新社版『高橋和巳全集15』一九七八、49頁、以下同）をいう。「六朝美文論」は、次のようにはじまる。

文体というものは、いわば認識の坑道をささえる枠組のようなものであって、内に蔵された精神の宝は、その枠組の形状にそってのみ外に出される。一定の支柱の範囲内でなされる認識の深化が極限に達し、枠組自体の変容を必然的にせまられる異質な鉱脈の発見にいたるまで、いったん定立された文体はなかば自律性をもって継承されるのが、文学史の常態である。

文体の歴史は、だから何よりも、その文体によって明るみにだされた認識の歴史であり、さらに一定の文

> 体を選びつづけることが、やがて事物のがわの変化と軋轢を起こすこととなり、ひとたび自己爆破し、さらに再生しようとする文人の文学的態度の歴史である。文体に関する語学的な、あるいは修辞学的な諸問題は、こうした文学および文学者の認識と態度の歴史の明証的裏づけをまって、はじめて現実的意味をもつ。（45頁）

ここには、まず文学史を「文体」の観点から考察しようとする態度が鮮明に示されている。高橋和巳は卒業論文「劉勰『文心雕龍』文学論の基礎概念の検討」から、西晋の詩人・陸機らの詩人を論じる過程で、〈首尾一貫した体系的文学史の著述をあらわすこと〉（「文学研究の諸問題Ⅱ」一九六〇、520頁）、〈文学の価値は創作と享受の相関のうえに成立する〉という考えに立ち、さらに批評を加えた円環構造をもつ〈文化史ないし精神史の一環たる文学史〉（「文学研究の諸問題Ⅲ」一九六一、531頁）の構築をひそかな念願としてきたにちがいない。そして、そのための新たな方法を模索していた。この「文学史」の骨組みは、いまでも、わたしをとらえて離さない。

ここで「文体」の語は、中国流に儀礼など各種の用途に応じて呼び分ける「文体」ではなく、ヨーロッパ語で個々の詩を超えた共通規範をいう「スタイル」の意味で用いていると説明されている。そして、それを個人の「認識」が言語に発現する際に、必要不可欠な「枠組」と考え、「文体とは時代精神のカテゴリーである」（49頁）という命題に集約している。

高橋和巳が念頭においている西洋の「スタイル」とは、詩のオード・ソネット・バラード・ロンドなどの定型詩の形式で、連の行数と韻の配置の規則性によりカテゴライズされる構成法のことだろう。もし、それらを〈時代精神のカテゴリー〉というなら、いわゆる「自由詩」への展開をもって区切りとするしかないし、もともと散文にはない規範である。それに対して「四六駢儷体」は、韻文と散文に跨って用いられるので、ヨーロッパの文章修辞法と対応させることには無理があるのだが、もとより、それは承知のうえ。つまり、ここでいう「文体」は、「六朝美文」を論じるために理論仮説として立てられた概念である。

そして、その「文体」は〈いわば認識の坑道をささえる枠組のようなもの〉といわれている。ここでいう〈認識〉は、カントが『判断論批判』（*Kritik der Urteilskraft*, 1790）で人間の判断を、理性にかかわる「真理」と「道徳」、感情にかかわる「美」とに分類したことを踏まえて、「理性」と「美意識」からなるものと説明されている（66頁）。したがって、先に引用した「六朝美文論」の冒頭にいう〈精神の宝〉とは、理性と美意識ないしは感情を指している。ヨーロッパ近代ではふつう、その感情の表出をさして「美」といい、「芸術」といい、カントが主観的判断の範囲内にとどまったのに対し、その限界を超えて、対象的自然の美と制作者の表現形態の問題に移したのがゲオルク・ヴィルヘルム・フリードリヒ・ヘーゲルの『美学講義』(*Vorlesungen über die Ästhetik*, 1835)だったことは、高橋和巳のことばを借りていえば〈誰しもが知っている公理的基礎知識〉(同前)のはずであり、実際、高橋和巳が取り組んでいるのは、ヘーゲルの客観主義をも超えて、表現者の態度、文章をつくる文人たちの主体的態度である。第二次大戦後、日本の文学者の誰がいったい、かかる構想を提示しえただろうか。抜群である。

いま、その認識を掘り出す〈坑道をささえる枠組のようなもの〉という表現に着目するなら、トマス・クーン『科学革命の構造』(*The Structure of Scientific Revolutions*, 1962)に思い及ばないわけにはいかない。クーンのいう「パラダイム」をさらに認識一般に拡張したような考えだからである。高橋和巳の著作にクーンの名は登場しないが、単なるあて推量ではないことを示すために、今日から整理した見解を述べておく。

まず、クーンの『科学革命の構造』は、ヨーロッパの思想の近代化の大方がルネッサンス以来の動向として語られていたことに対して、第二次世界大戦後におこった一七世紀「科学革命」論の展開の上にあり、「科学革命」と呼ぶのは、それが漸進的変化ではなく、飛躍的転換であることを論じている。クーンはそれを「パラダイム・シフト」として論じたのだが、クーンは「パラダイム」の語を、一分野の研究・教育の現場に、ある時期、支配的にはたらく規範の意味で用い、さらにそれにはたらく社会的要素や教育制度も含めて用いた。ふつう自然科学で「パラダイム」は教科書に範式として提示される原理、たとえば熱力学の三法則のようなものをいうので、独特の用法だった。それもあって、一九六五年に激しい批判を浴びた。この批判はかなり党派的なものだったが、クーンは「パラダイム」の語を撤回し、"disciplinary matrix"(その分野の共通分母)と言い換えた。が、意味内容を替えたわけではない。クーンの「パラダイム・シフト論」は、非難を浴びたゆえに注目されたところもあり、また、そのような多義的な曖昧さがあったがゆえに、かえって便利に拡張され、人文社会学系にも「認識の枠組の転換」という考えにより、学説史の見直しという問題意識がひろがったといってよい。その著書の中山茂による翻訳書が刊行されるのは一九七一年だが、アルベルト・アインシュタインの相対性理論などにも関心をもっていた高橋和巳の耳に、この論議が比較的早く届いたとしてもおかしくないだろう。確信があるわけではない。一つの仮説として了解されたい。

むろんそれは、京都大学中国文学科の卒業論文「劉勰『文心雕龍』文学論の基礎概念の検討」（一九五五）にはじまり、「司馬遷の発憤著書の説」（一九六〇）や「陸機の伝記とその文学」（一九五九〜六〇）の周辺に至るまで、感情の表出と表現規範の問題を論じてきた蓄積があればこそ、引き起こされた反応だった。そして、それを改めて、いわば「認識の鋳型」にあたるような考えによって整理しなおしたのが、「六朝美文論」だったといってよい。

つまり、高橋和巳は「認識」の鋳型によって規定される「文体」の規範という理論仮説を立てたのである。そのように考えるとき、彼が、「六朝美文」の際立った性質として、第一に〈歴史家たちによる事実の記述、また思想家たちによる道義や政策の理論的表明を簡潔、緊密に述べる〉「古文」の規範を破って、その形式におさまりきらない個人の感情の表白をあげ、第二に〈人間のなしとげたもろもろの事業の、その壮大なかたちを、文章の華麗な重畳的表現にうつしかえ〉る〈装飾性〉にあるとした（46〜47頁）ことの意味がよく了解されると思うのだが、どうだろうか。

ここには「古文」の特徴の一つとして〈歴史家たちによる事実の記述〉をあげているが、その裏には、武田泰淳が「生き恥をさらした男」と呼んだ司馬遷の著書のうちに、事実を書くことと〈発憤〉すなわち感情の憤激との葛藤を掘り下げる作業がなされていたことを思ってみれば、「六朝美文」に至って、感情の表白が表に立ってくるまでの経緯が探られていたことが容易に了解されるだろう。

そして、「六朝美文」の美的要素として、声律《リズム》、対句、典故をあげ、順に説明してゆく。中国語がいわば一音一義（字）であるため、四声の区別が要請され、かつ二字句を呼び起しやすいことなど、言語学的必然性から、また『老子』などを下敷きにする典故の技術が、いわば知識層のコノテイションとして、先にも引いた〈誰しもが知っている公理的基礎知識〉として成立していることなどの基本事項から説き、また、六朝時代の「擬古詩」、つまりは「古詩」のつくりかえによって言葉に新味を求める動きの盛行を〈より美的葛藤関係の中に、古き言葉とイメージを再生させようとする試み〉（61頁）とし、それが生じた所以をわかりやすく解き明かしてゆく。擬古詩はむろん尚古趣味、ないし主義によるが、それを武人の台頭や政局の不安定に脅かされる知識層の精神的不安が絶えず「天地自然」の原理やそれを謳う古典に拠りどころを求める心性、あるいはそれが花鳥風月、いわゆる自然描写に流れやすいことなども丁寧に論じている。つまりは六朝時代の四六文の盛行について、〈字句定型・対偶・典故・比興発想〉（79頁）の総てにわたって説得力のある解明を見事に行った論考である。

いま、比興的発想について、少し述べておきたい。そこに高橋和巳がいわば全体重をかけて論じようとした六朝美文の頂点が結ばれているからであり、かつ、その頂点からいわば唯一の欠点が覗いていると思うゆえである。高橋和巳は対句について次のようにいう。六朝の文人たちは、『詩経』の詩篇の反復的〈畳詠〉を形式的に整備した漢代の「賦」の遺産を受け継ぎ、〈もっぱら叙述のダメ押し、ないしは修辞の協調的反復であったものを、事象の類比に、事象の類比から思念の対応へ、そして対応から対比の緊迫へ、ついには対極化によって事物と思念の核心を暗示する象徴弁証へと、対句の領域を拡大させた〉と（57頁）。『詩経』の詩篇の反復的な〈畳詠〉とは詩句の繰り返しのこと。〈もっぱら叙述のダメ押し、ないしは修辞の協調的反復〉は、『老子道徳経』などによく示される対句技法のこと。「賦」は武勲賦など、事実をそれとして述べる詩をいう。いくつかの傾きをもっていたが、それが類似の事柄を列挙する「事類」に展開したのが〈事象の類比〉である。〈事象の類比から思念の対応へ〉は、西晋の詩人・陸機に見られる。

高橋和巳は「陸機の伝記とその文学」で、陸機の詩論というべき「文の賦」が事物から受け取った印象を反省することをいい、また彼の本質開示に向かう想像力を称揚する。そして〈自然の運行と人間の運命との単なる照応を超えた、二者の相互比喩関係を文中に生む〉という。たとえば「葉が黄ばむことを人の命の衰えに喩えるのではなく、人の命が衰えるように、また花が散る」と喩えが逆転することをいう（154頁）。また、詩「門有車馬客行」中の、たとえば次の対句、

墳壟日月多　墳壟《ふんろう》は日に月に多く
松柏鬱芒芒　松柏　鬱として芒芒たり（153頁）

は、墓が増えに増えてゆく様子と針葉樹の暗い茂りとが照応しあい、〈暗い死の影〉を漂わせているという。隠喩を構成しているという意味だ。常盤木として用いる松柏に鬱然とした蔭りの永続を見るのも珍しい。陸機の表現の特徴をよく摑みだして見せてくれるし、それが新しい一歩だったこともよくわかる。

だが、これをもって読者の想念のなかに新しい世界を開示するような〈突然の光〉の煌めきといえるだろうか。〈事物の変化と軋轢〉の相に達しているといえるだろうか。

「六朝美文論」は、そののち、魏晋時代に自我を押し立てる自由主義的な気風への展開を追う。では、〈対応から対比の緊迫へ〉は、どこにあるか。

『漢詩鑑賞入門』（一九六二）中、高橋和巳が担当した六朝以前の部分から、この欠を補うことはできる。陳代の詩人・江總《こうそう》の「南還尋草市宅」（南に還りて草市の宅を尋ぬ）中に、次の対句を拾うことができる。〈草市〉は、片田舎の自然に囲まれた小さい町。

花落空難遍　花は落つるも空しくして遍《みた》し難《がた》く
鶯啼静易喧　鶯は啼《な》きて　静は喧《けん》なり易《やす》し　（502頁）

花は散っても辺りに拡がり満ちることはないが、鶯の啼く声は辺りの静寂に騒がしく響く、と対極的な二相を詠い、しかも一つの情景をつくっている。〈対応から対比〉への進みゆきは見える。だが、一見、対極的とはいえ、二相が相まって人けのない寂しい情景を醸しているのであれば、ここに〈緊迫〉があるとはいえまい。漢詩の対句は、どれほどコントラストを際立たせても、二句が〈葛藤〉を抱えれば、詩の流れが滞ってしまうのではないか。

〈緊迫〉に価値を見る理念は『文心雕龍』（麗辞）篇にいう「反対《はんつい》」、理の上で対立しても、趣が合する特殊な興（幽顕同志）を生むことを念頭においているにちがいない。だが、『文心雕龍』の根本精神は、天地自然の調和のとれた美は、天地自然の理性の能力を代表する人間が「制作」する詩文によって表現されるというところにある。いわば楽観的な「自然主義」の精神に貫かれていると高橋和巳はいう。その天地自然の本質とは、老荘観念世界の「本性」とほぼ同義である。だが、〈ついには対極化によって事物と思念の核心を暗示する象徴弁証へ〉と高橋和巳のいう実例はついに現れない。そして、劉勰『文心雕龍』がまとめられたとき、すでに四六駢儷体は自己規範化のうちに閉ざされてゆく傾向があったと述べられている。

〈対極化によって事物と思念の核心を暗示する象徴弁証〉とは、いかなる修辞をいうのか。その答えは、西晋時代の詩人にして、「文の賦」なる文学論をしたためた陸機について丹念に論じた「陸機の伝記とその文学」のなかに潜んでいる。そこでは〈修辞上、もっとも基本的な、そして文学的表現にかかせない技術〉（145頁）としてメタフォールをあげ、次のように説いている。

メタフォールとは、「等価性の迅速な啓示」であり、「二つのイメージ、もしくは一つの思想《アイディア》と一つのイメージが、ひとしく相対して存在し、ともにあい混って、たがいの意味をもって反応しあい、突然の光でもって読者を驚かす」ものである。

隠喩の定義としては、かなり異様なものだが、高橋和巳は、これを鋳直すことによって、はじめて、先の〈対極化によって事物と思念の核心を暗示する象徴弁証〉なる修辞技法に行きついた。それは一目瞭然だろう。このメタフォールの説明の前には〈ハーバート・リードの定義を借りていえば〉とある。第一次大戦後のイギリスで、詩人・美術批評家として活躍したハーバート・リードが、メタファーを、はたしてこのように定義しているとは、わたしにはとうてい思えない。註を頼りに、ハーバート・リードのごく薄い著作『*English Prose Style*』(London, 1928)の〝Metaphor〟の項を覗いてみると、ジョナサン・スウィフト『ガリヴァー旅行記』(*Gulliver's Travels*, 1726, 1735)の冒頭、ある朝、ガリヴァーが船室のなかで目覚めると、小人たちが膝のあたりを這い登ってくるのを覚える場面を引いて、実際にはありえない架空の世界を具体的に描写する手法の説明から入り、次に高橋和巳が注に引いているとおり、〝A metaphor is the swift illumination of an equivalence.〟にはじまる二文が挟んである。高橋和巳は〝illumination〟を「啓示」と訳しているが、「一種のメタファーは等価性の迅速な照明である」で、十分だろう。しかも例はあげられていない。ハーバート・リードはメタファーの説明の途中、ちょっと寄り道して、何かを何かに喩える関係ではない、特殊な効果をあげるメタファーもあると言及しただけなのだ。

ハーバート・リードは、イギリス・イマジズムや、この著ののちには、フランス・シュルレアリスムにも関心を集めた人。「読者を驚かす」イメージの重ね合わせに関心を注いでいたのだろう。高橋和巳は、この寄り道的説明に触発され、メタファーの定義として抱えこみ、対句の効果の説明に応用した。だが、〈ついには対極化によって事物と思念の核心を暗示する象徴弁証へ〉の道行も、さらには〈自己爆破と再生〉も「六朝美文論」のうちには、現れない。それをいまは高橋和巳の脳裏に対句表現の行きつく果てに煌めくはずの「希望の地平」だったというに留めておく。いまのわたしに『中国詩人選集15　李商隠』(一九五八)に言及する余裕がないからだが、確かに言えるのは、そのような修辞に彼を引き寄せてやまないものがあったということだ。想像力の虚構への展開である。

高橋和巳は劉勰『文心雕龍』の目的を〈孔子にならって、解散し本《もと》を離れた文体を整備することにあった〉(321頁)と適格に見抜いていた。『文心雕龍』〔神思〕篇のうち、

〈意は空を翻《と》び而して奇なり易く、言は実を徴《もと》め而して巧たり難し〉という条《くだり》を読み抜いて、次のように述べている。

表現はその想像力にささえられた表象の疎外であるが、観念が物質化され、それが客観的意味をもつためには、判断力の力に照らされねばならない。劉勰は想像に不合理な魔的な力と自由さを認めていたが、彼はそれを放縦のまま記述することには意義を認めなかった。（324頁）

高橋和巳「劉勰『文心雕龍』文学論の基礎概念」は、『文心雕龍』を近代哲学でパラフレーズしながら読み解いた書としてわたしは尊重し、実際、導かれてきたが、ここには、いささかの違和感を覚えざるをえない。ここで劉勰がいっているのは、まず、人間の「意」が想像のうちで〈不合理な魔〉となり、〈放縦〉にも走るということだ。劉勰は、〈表現〉を想像力の産物たる〈表象〉の〈疎外〉（外化）すなわち物質化と考えてはいない。高橋和巳は、劉勰が〈精神をまず感応性においてとらえた〉（321頁）ことをよく承知していたはずだ。劉勰がいうのは、事物に感応し、心に浮かぶ〈表象〉を《虚静》という心の態度によって反省し、いわばよく錬ってから外化せよ、である。《虚静》とは、心が波立たないようにすることであり、『荘子』〔天道〕篇にいう〈聖人の心静かなるをや〉を承けていると考えてみたい。したがって、人間があれがしたい、これがしたいと思う「意」のはたらきは、そもそも表現行為から排除されていると見てよい。

劉勰は、次に「言」は、逆に、直接、「実」を表徴しようとしても、「巧」にはならないといっている。〔神思〕篇には〈学を積みて以て実を儲《もう》け〉という句もある。「実」は、学を積んではじめて身につけることができるとされているのであれば、事物から受けた印象すら直述してはならないはずのものだった。

そもそもをいえば、〔神思〕篇にいう「神」とは〈胸臆に居て〉その〈枢機を管《つかさど》る〉もの、心をコントロールするものである。精神の統一者として想定され、そして「神」こそが「物」すなわち外界の事物と戯れる能力をもつとされている。

もっと踏み込んでいえば、高橋和巳は「制作」と「創作」を混用している。想像力こそが「文学」の「創造」を支えるという考えに立つ。だが、劉勰『文心雕龍』に「想像力による創造」の観念はない。劉勰が用いる語は「制作」である。中国漢詩文の常道として、典故の重視があり、中国の古典詩文論は「創作」の語は用いない。いわば零からの「創作」という観念がないと言い換えてもよい。

高橋和巳は、劉勰の楽観主義の「自然主義」は、ユダヤ=キリスト教圏にはないという。ユダヤ=キリスト教圏では、天地自然は人間に敵対するものとして現れるという(319頁)。それはそのとおりだ。そして人間は「万物の支配者」(Lord of things)の位置を超越的絶対神から授けられている。他方、「想像力による創造」は、西欧近代が生んだ精神の無限の自由を夢見るロマンティシズムの産物であり、人間が神の位置に立って世界の創造をなすことを真似ようとしたことに淵源がある。かつて、サルトルは、作家は「神」の位置から降りよ、と言った。奇しくも「六朝美文論」と同じ年に刊行された、フランスのマルクス主義文芸批評家、ピエール・マシュレーによる『文学生産の理論』(*Pour une théorie de la production littéraire*, 1966)は、"création"の語に換えて"production"を、"œuvre"に代えて"text"を用いることを提案していた。それらの語の淵源にあるキリスト教創造説と手を切り、人間諸力の活動、労働の一種として文芸表現を捉えなおそうとしたからである。他我の文化差は、自然観だけではない。

わたしは「六朝美文論」をはじめ、高橋和巳の中国文学論に多くを学んできた。そして、いま、彼の『文心雕龍』の読み方を、その根本概念から転換し、読み直すことを提案する。なぜなら、日本古代の文芸史について考える際にも『文心雕龍』は不可欠な書であり、その読み方について、高橋和巳に教わることはまだまだあるからだ。そして高橋和巳の「文学史」についての考え方にも。以上は、その際に考慮すべきこととして述べておいた。

鈴木貞美(すずき　さだみ)

一九四七年、山口県生まれ。東京大学文学部仏文科卒業。国際日本文化研究センター名誉教授。文芸批評・日本文化史を専門とする。著書に『日本人の自然観』『近代の超克——その戦前・戦中・戦後』など。

高橋和巳の変革思想
――二一世紀から照射する

綾目広治

一

格差社会の問題は、前世紀の終わり頃から一部の経済学者や社会学者たちによって指摘されていたが、今世紀に入ってからは一般にも注目され始め、今や相対的な格差の問題だけではなく、絶対的な貧困もジャーナリズムにおいて問題にされるようになった。このような、絶対的貧困の問題を含む格差社会を生んだ大きな要因として、思うがままに人々から収奪しているグローバル資本の存在があることは言うまでもない。資本主義は、少なくとも一九七〇年代以前には福祉や貧困問題にそれなりに気を遣うところを見せていたのだが、しかしとくに一九九〇年前後の旧ソ連、東欧の社会主義政権の崩壊以後は、恐れなければならない〈敵〉がいなくなったからであろう、文字通りの搾取をやりたい放題に行っている。その結果、経済学者などによって報告されているように、たとえば現在の日本では、子ども六人の内の一人は貧困の状態に置かれているような事態となったのである。

このように現在の資本主義社会は、まるで一九世紀や二〇世紀前半の資本主義社会、すなわち弱肉強食を当然としていた社会に逆戻りしたかのようである。資本主義はうまく機能しても、と言うよりもうまく機能すればするほど、社会に大きな格差を生み出していくことを実証的で説得力ある論で展開した、トマス・ピケティの『21世紀の資本』（山形浩生他訳、みすず書房、二〇一四・一二）が、大きな話題になったのは宜なるかなである。

おそらく半世紀以上も前ならば、左翼的立場の陣営から、こういう事態に対しての対抗運動が凄まじい勢いで起こったはずである。もちろん今日においても、グローバル資本を批判する運動なども起こってはいるのであるが、それでは資本主義に代わるどのような社会像を提出することができるのかという問題になると、せいぜい〈環境問題に配慮した社会にしよう〉とか〈経済格差がなるべく小さな社会にするべきだ〉などといったような、言わば微温的でしかも実効性の薄い代替案を提出するくらいしかできないのである。つまり、全世界的に左翼陣営は後退しているわけで、その中で日本の左翼陣営も同様な状態であるが、日本においてはその後退は、旧ソ連、東欧社会主義政権の崩壊以前よりも前の一九八〇年代の初めから始まっていた。何故なのか。

その原因はいろいろと考えられるだろうが、一つの大きな原因としては、一九六〇年代後半に日本の多くの大学で展開された全共闘運動には、旧来型の左翼運動をリニューアルする可能性があったのだが、その可能性が萌芽のままに潰えてしまったことである。旧来型の左翼運動の中では、たとえば戦前からの日本共産党のあり方に対する批判は、すでに六〇年安保闘争以前からもあったわけだが、それらは必ずしも多くの大衆的な支持を得てはいなかった。また、日本共産党を批判的に乗り越えるべく活動を展開させていた、六〇年安保闘争以後のいわゆる反日共系の新左翼組織においても、旧来の左翼運動に対してどれだけ根底的な批判を徹底させていたかは、疑わしかったと言える。

もっとも、反スターリニズムという観点から、旧来型左翼に対する批判は語られてはいた。しかし、革命運動における倫理の問題や、変革思想の真の再生はどうあるべきか、というような問題に対して、新左翼諸派がどれだけ真摯に向き合っていたかというと、これも怪しかったと言わざるを得ない。そうした中で、全共闘運動が起こったのである。もちろん、そこには新左翼諸派の活動も大きく関与していたのであるが、それら諸派の動きも一九六〇年代末においては、全共闘運動に言わば包摂される形としてあったのである。そして全共闘運動には、様々な問題においてまさに旧態依然とした従来型の左翼運動を刷新する可能性が、たとえ萌芽としてであっても、たしかにあったのである。

高橋和巳が全共闘運動に積極的にコミットしたのも、その可能性に期待を掛けていたからであった。全共闘運動と高橋和巳の関係は、全共闘運動が最盛期の時に彼がたまたま京都大学の教官を務めていたためにそれに遭遇して運動に巻き込まれてしまった、というような性質のものではなかった。そうではなく、高橋和巳にとって全共闘運動とは、彼の年来の問題意識に応えてくれる変革運動であったのである。少なくとも、初期における全共闘運動を高橋和巳はそのように捉えていた。

梅原猛はエッセイ「高橋和巳の人間」(『高橋和巳の文学とその世界』〈梅原猛・小松左京編、阿部書房、一九九一・六〉所収)で、「全共闘運動とそれに伴う学園紛争が何らかの形で一つの事件であるとすれば、その文化的意味を彼の作品は代弁するにちがいないのである」と述べているが、たしかに高橋和巳の文学と思想は全共闘運動の最も良質の部分を「代弁」するものであったと言える。したがって次に、高橋和巳にあった年来の問題意識を見るとともに、日本の変革運動をあり得べき方向へと転換させたかも知れない、全共闘運動の中にあった可能性について、高橋和巳がどう考えていたかを見ていきたい。

『変革の思想を問う』(小田実他編、筑摩書房、一九六九・九)に収録されている座談会「変革の思想を問う」で、高橋和巳は以下のように語っている。すなわち、「ぼくが大学闘争という大規模な意識変革運動というものを、ひじょうに大きな意味をもっていると評価するのは、奪権運動それ自体が内部に人間変革の契機を含んでいなければならないと考えるからであり、今次の闘争にはそういう志向が萌芽的ながら存在すると認めえたからです」、と。さらに同じ発言で続けて、「つまり、従来の政治変革、そして社会変革、最後に人間変革という段階を逆立させることも可能かもしれないし、少なくとも同時的に進行させることはできると思うんですね。(略)そういう経過を経て最終的な権力奪取、いやむしろ権力廃絶、国家廃絶に向かう。(略)国家そのものを解体し死滅せしめてしまう、そういう志向を具現する運動形態にもなりうると思うのです」と語っている。

全集第一九巻の解題によれば、この座談会は一九六九年四月下旬に行われたようで、この時期は京都大学の学園闘争がおそらくピークを少し過ぎた頃であったと思われるが、高橋和巳のこの発言には彼が全共闘運動に寄せる期待が素直に語られていると言えよう。また、評論「闘いの中の私」(一九六九・四)では、「(略)全共闘の運動と論理に、従来の学生運動には乏しかった、一つの豊かな問題性があるとすれば、激しく厳しい平等の追究にならんで、つねに自由の概念が、くりかえし、問われていることにある、と私は考えている」と述べ、さらに「(略)たとえ萌芽的にもせよ、自由と平等との、運動形態それ自体での握手は、私の長年の夢であり」として、「私の精神が(略)学生・院生の共闘組織の方にむいているのはそのためである」と語っている。

このように高橋和巳は、全共闘運動にはそれまでの左翼運動では平等の問題に比べてはあまり重視されてこなかった自由の問題に眼を向けているところがあると評価していたのである。この自由の問題をどれだけ真摯に追究できるかは、旧来型の社会主義の多くが結果的には自由を圧殺してしまった問題をどう克服するかという、左翼運動にとって緊要な課題であった。この座談会の一年前には、〈プラハの春〉と呼ばれた、自由を求めるチェコスロバキアの運動が、旧ソ連を中心としたワルシャワ条約機構の軍によって弾圧された、いわゆるチェコ事件が起こった。だから、平等と自由と、その双方に対しての問題意識をしっかりと持った運動が全共闘運動である、というふうに高橋和巳は期待をかけていたのである。彼の期待に応えるだけのものが全共闘運動にあったならば、それは従来の左翼運動をまさにリニューアルする可能性を秘めていたと言えよう。

さらに高橋和巳は、当時の全共闘が盛んに語った「自己否定」の考え方に関して、インタビュー記事「種は植えつけられた」（一九七〇・一・二〇）で、「自己否定」の考え方には「（略）他者は非難しても自らを疑うことのなかった従来の政治運動にはない貴重な宝が含まれていた」と述べている。また評論「自立化への志向」（一九七〇・二）では、「（略）従来の左派は、思想に対する態度の問題にまで立ち入らなかった」が、思想に向き合う自分とは何かという問い掛けが全共闘にあったことを、高く評価していたのである。

もっとも、大正から昭和初期にかけての革命運動では、知識人たちがプチブル階級としての自己を否定して、プロレタリア階級に〈階級移行〉して革命戦士となることを良しとする考え方があったのであり、これも大きくは「自己否定」であったと言えるかも知れない。しかし、〈階級移行〉してしまえば、思想や運動と自分との関係を改めて省みて自己への問い掛けを継続するというようなことは、無かったのである。否定されたのは、あくまでプチブル階級としての自己であって、自己そのものが問われるということはなかった。それに対して、全共闘運動における「自己否定」とは、階級的な側面だけでなく、総体としての自分のあり方を批判的に問うていたのである。

高橋和巳自身は語っていたことではないのだが、この「自己否定」の考え方には、自己自身の問題にこだわり、自己自身を深く問おうとする点において、日本の戦後思想に影響を与えた実存主義の影も見ることができよう。「自己否定」には、運動に関わる自己の実存とは何かという問題意識があったと言えるからである。高橋和巳はこの「自己否定」のあり方に大いに期待をかけるところがあったようで、評論「自立化への志向」（一九七〇・二）の中でこう語っている。「（略）苦しい自己否定を重ねた青年たち、相手を斬ることで同時に自分を斬りきざんだ青年たちが、一たびの披露と銷沈ののちに、ひとたびの絶望、その絶望をきわめつくす更なる絶望ののちに、新たな思想的営為者として再生してくることを願わずにはいられない」、と。

この「自己否定」の論に関して、いま見た発言とほぼ同様のことを語りながら、高橋和巳は評論「自己否定について」（一九六九・七、八）で次のように述べている。「（略）ほとんど自らを懲罰するように否定に否定を重ねていって、現代の青年たちはなにを獲ようとしているのか。それは革命社会といった具体的なものではないようにも思える時がある。彼方から差し込んでくるかすかな光、全く次元の異なった自由、獲得しうる保証は、まだどこにもない、しかし希求せざるをえないもの……」、と。

このように、高橋和巳が「自己否定」の重要性を語るのは、全共闘運動が語る「自己否定」の中には新しい倫理が「かすかな光」として胚胎しているのではないかという思いがあったからだが、それはまた革命運動の問題と密接に結びつくものであった。引用が続くが、日高六郎との対談「解体と創造」（一九七〇・一〇）で高橋和巳はこう語っている。「全共闘運動の高揚期には、私などがいろいろと夢見てきたことの萌芽がありまして、そういう政党、党派の中の内部批判あるいは党派相互の批判の自由ということが、ノンセクトの人々が一種のかなめになることによって確保されていた。ある一定の期間、その自由さが素晴しい力にもなった」、と。

そして、その「内部批判」や「批判の自由」が保証されていることが、すなわち明日の未来社会を築こうとする闘争に必要であるということを述べている。また、高橋和巳は評論「非暴力の幻影と栄光―東洋思想における不服従の伝統」（一九六八・七）で、魯迅とガンジーの精神には「共通するもの」があったとして、その「共通するもの」について次のように述べている。「それは、未来の担い手は、かれが未来に生きるものであるゆえに、闘争のうちに〈自己浄化〉せねばならぬという、隠微な、しかし日月の経過にも決して色あせることのない発想においてである」、と。この評論は全共闘運動が起こる数年以上も前に発表されたものであるが、高橋和巳は全共闘運動における「自己批判」を、ここで言われている「〈自己浄化〉」を押し進めるものだと考えていたのである。

つまり、変革運動には未来を先取りする倫理が内包されていなければならないというのが、高橋和巳の年来の主張であって、それが全共闘運動に部分的でも具現化されていると彼は捉えたのである。したがって、高橋和巳にとって全共闘運動とは、「正義運動」でもあったのである。評論「自殺の形而上学」（一九七一・二）で高橋和巳は、「（略）

全共闘運動というのは政治運動であると同時に、北一輝の言葉を借りれば、正義運動であるという側面が強い」と述べている（傍点・引用者）。

こうして見てくると、高橋和巳にとって全共闘運動とは、「自己否定」に端的に表されているように、自己への厳しい実存的問い掛けを試みながら新しい倫理を模索する運動であり、また革命運動の過程において未来を先取りするような意識変革と人間変革の問題をも提起したものであった。さらに、それまでの左翼運動が等閑に付しがちであったと言える自由の問題に正面から取り組もうとした運動であった。だから繰り返し言えば、高橋和巳は全共闘運動を、旧来型の革命運動をあり得べき方向でリニューアルする運動として捉えていたのである。彼は全共闘運動に足を掬われたのではない。自らの年来のテーマを担う運動としてそれを捉えていたのである。これも前述したが、彼が全共闘運動に積極的にコミットしたのは、むしろ当然なことであったと言える。

それらだけでなく、全共闘運動には形骸化した戦後民主主義の欺瞞を鋭く批判するところもあったわけだが、それは戦争責任の問題を有耶無耶にしたまま復興を遂げた日本の戦後社会に対しての批判という側面があったということである。すなわち、戦争責任を曖昧にした、言わばその戦後責任を指弾する運動でもあったのである。その問題においても、高橋和巳は全共闘と共振するところがあった。

しかし、それにしても情けないのは、その戦争責任の問題は二一世紀初頭の現在においても、まさに反動的と言うしかない愚劣な政治家たちが、そのことを有耶無耶にするだけでなく、開き直って又ぞろ愚劣なナショナリズムを鼓吹している有様なのである。さらには、冒頭で述べたように、そういう潮流に抗すべき反体制勢力の運動は、今日では停滞しているのである。このような状況を見ると、高橋和巳が期待をかけた全共闘運動が、その可能性の芽を育てることなく潰えてしまったことは、反体制派にとって痛恨の極みだったと言えるのではなかろうか。では、どうして全共闘運動は潰えたのであろうか。

かなり以前の拙稿「高橋和巳―〈瞬間の王〉の文学（「文教国文学」第二四号、一九八八・一二）で述べたように、大学臨時措置法の施行などによって全共闘運動は停滞を余儀なくされ、運動の場が大学から街頭へと移り、運動の主導権も無党派の学生たちから党派の活動家学生に移っていき、その党派間で内ゲバ（党派間でのゲバルト＝暴力）が起こるようにもなって、運動が内攻していき、やがて数々の悲劇を生むことになったのである。この内ゲバは、やがて青年大衆を変革運動から遠ざけることになった大きな原因の一つであった。高橋和巳は、「内ゲバの論理はこえられるか」(一九七〇・一〇、一一)で、未来を担う運動はその過程の中で新しい道義性を築くものでなければならないこと、内部の査問には一人でいいから大衆を必ず加えて公開性を維持すべきであることなどを提言したのだが、多少なりとも彼の影響力を及ぼすことができた無党派層が運動から離脱していった時点では、その提言はもはや実際的な効力を持たなかった。

その全共闘運動が終焉を迎えてから、高橋和巳も病のために逝ってしまった。現在おそらく、全共闘運動のことがジャーナリズムの世界などで話題にされることは、全くと言っていいほど無いと思われるが、それと連動するかのように高橋和巳のこともほとんど忘れ去られたかのようである。あの時代の立役者の一人であり、またあの時代の若者たちから圧倒的に支持された高橋和巳のことは、省みることさえ為されていないと思われる。もっとも、彼が鬼籍に入って暫くしてから、彼の文学を取り上げた評論などがかなり出た時期があった。そして、その内の少なからぬものは批判的なものであったのである。たとえば、彼の小説の文体が大仰であることを冷笑的に論ったり、小説中での女性の扱い方に問題があることなどを指摘したりするものであった。

これらの批判的な評論は、若者たちの中にいた〈高橋和巳崇拝者〉たちの熱を冷ますことに効力があったであろうが、しかし冷笑や揚げ足取りからは生産的な思考などは何も生まれないだろう。私たちは、全共闘運動に期待を掛けた高橋和巳の思い、さらにはその思想とは何だったかを、今改めて考えてみる必要があるのではなかろうか。そして今日的観点からそのことを考えることは、明日の変革思想とその運動の再生に繋がって行くものだと思われる。次に、高橋和巳の小説に論及しながらそれについて考えていきたいが、さらに続けて、全共闘運動の問題提起が彼の年来の問題意識とどう交差していたかということについても、小説に論及しつつ見ていきたい。

二

高橋和巳には、戦前に右翼もしくは右翼的だった人物たちを主人公にした小説がある。『散華』(一九六三・八)や『堕落』(一九六五・六)である。たとえば、『堕落』の主人公である青木隆造は、戦前では満州国建国に携わった人物である。戦後は混血児のための施設を営んでいたが、施設の経営は、戦時に自分の身代わりに我が子を見殺しにしたことに対する罪滅ぼしでもあった。戦後の青木は、「内なる曠野」を心に抱いたまま、すなわち内部の虚無を包み隠して、かろうじて残っている「共同体人」としての自覚に支えられて生きてきた人間である。だが、施設経営が社会事業として評価され表彰もされてからは、内部のバランスを失い、転げ落ちるように「堕落」していくのである。そしてその果てで、青木は愚連隊の若者たちとの間で暴力事件を引き起こしてしまう。

物語の最後において、刑務所の中で青木はこう思う。「満州人にも朝鮮人にも中国人にもロシア人にも、私は何故か裁かれたくなかった。私は私と同じ罪、同じ犯罪の共犯者である日本人たるあなた方に……かつては、私と同じ国家の名において行動し、そして後には、（略）何事もなかったように着々と出世し、（略）議会や官庁で鉄面皮な受け答えをし、（略）にやにやと笑いながら嘘八百を並べたてていた、この国の指導者、立法者、行政者、そして司法者たち。私はあなた方にこそ裁かれたかったのだ」、と。

自棄を起こしたかのような青木の行動とこの言説には、一五年戦争に関わった人々、とりわけ日本国家の指導者たちに対しての指弾がある。もちろん、青木自身も、戦争中の自らの行為の意味も、その責任も問い詰めることなく戦後を生きてきたわけだが、そういう自らの戦後のあり方を否定することによって、彼と同様に戦争責任の問題を曖昧にしたまま戦後を生きてきた国家指導者たちと戦後の日本国家に対して、戦争責任とそれを不問に付してきた言わば戦後責任を糾弾しているのである。

このように高橋和巳は、全共闘運動が起こる以前より、戦争責任の問題を曖昧にしてきた戦後の日本国家に厳しい糾弾の眼を向けていた。全共闘運動の時期とほぼ重なる時に発表された、左翼の人間と特攻隊の生き残りとの二人が主人公になっている小説『日本の悪霊』（一九六九・一〇）においても、その問題がテーマになっている。「あの時は皆がおかしかった。忘れようじゃないか。おたがいその時にどうしたかなどあばきあうまい」――戦争の体験を忘却しようとする、このような戦後の風潮に対して、特攻隊の生き残りの落合刑事は、次のような思いを持っている。すなわち、「そして正直者が馬鹿をみ、最も真摯なる者が手非道く愚弄され、腹のにえくり返るほどくやしいことながら、そこで立ち止まって考えつめることによって訂正すべき、日本人の心情の根本的なずるさがそのまま看過されたのだ」、と。

この小説には、革命運動で殺人も犯している村瀬狷輔が過去の行為（殺人を含めての革命運動）がただ無意味に風化していくことに耐えられず、新たな犯罪を犯す話も語られているが、そのような過去のことなど無かったかのように浮薄に時を刻んでいく戦後の日本社会に対する抗議が、小説のテーマとして語られている。そう考えると『日本の悪霊』も、やはり『堕落』と同じように、過去のことなどは無視して進んでいく戦後日本、戦争責任の問題などは忘れたかのように経済的繁栄だけを追いかけていた戦後日本に対しての異議申し立ての小説であったと言える。前述したように、この小説は全共闘運動とほぼ同じ時期に執筆されたわけで、そのことを考えると、日本社会の戦後責任を問うた全共闘の問題提起を、改めて受け止めて書かれた小説であったと言えるかも知れない。

もちろんこのような問題については、高橋和巳は評論においても語っていた。たとえば、評論「死者の視野にあるもの」（一九七〇・七）の中で高橋和巳は、戦後直後に人々が為さねばならぬ二つの仕事があったが、一つは生活の再建、とりわけ飢餓線上をさまよう窮迫からの脱出であったと述べて、もう一つについてはこう語っている。すなわち、「いま一つは自らに塗炭の苦しみを舐めさすにいたった原因の徹底的な追及、反省、そしてその体制上、意識上の仕組みの根本からの除去であった」、と。しかし、それは為されることはなく、「戦争責任を負うべき勢力が、依然として強力な存在として生き残っており（略）重大な国家方針の選択にも、国民の総意を問おうとはしていない」のであった。

このように、戦争責任の問題を風化させた、その戦後責任を厳しく問うテーマの小説や評論を書いていた高橋和巳にとって、形骸化した戦後民主主義を問い詰めようとした全共闘とは、やはり共振するところが大いにあったわけである。それでは、高橋和巳が抱いていた政治社会思想とは、どのようなものであったであろうか。おそらく、それについての仮説的な提言も含まれていたと思われる小説『我が心は石にあらず』（一九六四・一二〜一九六五・五）を通してそれを見てみたい。

『我が心は石にあらず』は労働運動に題材を採った小説である。この小説について野間宏は、柴田翔を聞き手にしたインタビュー「高橋和巳の文学と思想」（「人間として」第六号、一九七一・六）で、「非常に珍しい小説でね、つまりアナーキズムというか、無政府主義というか、そういうものによって……。（略）日本において、こういうアナーキズムの運動によって組合が組織されたり、それから会社と戦ったりした例が、はたしてあるのかなとぼくは考えているのですけどね」と述べている。それに同調する形で柴田翔も、「（略）この構想全体、組合運動におけるこういう考え方は、きわめて高橋的な考え方で、ぼくの推察によれば、おそらくヒントさえもなしに彼が構想していったのではないかと、思われるのです」と語っている。

マルクス主義に大きな影響を受けて、戦前昭和の時代に青春を送った野間宏の視野には、なるほど入らなかったのかも知れないが、「アナーキズムの運動によって組合が組織されたり」したことは日本においてもあったのである。たとえば、大杉栄が関東大震災の混乱に乗じた憲兵によって虐殺される以前の大正時代にはあったのであり、有名なアナボル論争はアナーキズムとボル（リ）シェヴィズム（レーニン主義）との論争であって、こういう論争が行われたということ自体、かつてはアナーキズムが一定度の影響力があったことを証しているだろう。そうではあるが、柴田翔の言うように、『我が心は石にあらず』の構想全体は、たしかに「きわめて高橋的な考え方」であると思われる。

この物語の主人公である信藤誠は優等生であったが、セメント会社の石灰岩採掘夫の父を持つ、裕福ではない少年だったために、その地方都市の有力者の奨学金によって大学を卒業し、その有力者がオーナーで経営者でもある企業に就職したのである。信藤誠は、奨学金の返済が免除されるという条件があったからその企業に就職したのであったが、それについて信藤誠はこう述べている。すなわち、「エリートとして優遇されるだろうという打算と、自分の身につけた知識ではなく〈観念〉をそこでこそ実験してみるべきだという気負いたった理想から、私はこの町へ帰ってきたのだ」、と。

少し注意されるのは、信藤誠が特攻隊の生き残りであり、生き残ったという事実が「理由の説明できぬ譴責感を私に植えつけた」と語られていることである。しかし、この特攻隊体験については小説であまり深められていない。おそらく科学技術者としての信藤誠が社会科学関係の本なども勉強した理由づけとして、特攻隊帰りという設定になっていると考えられる。すなわち、特攻隊の生き残りとしての「譴責感」から、専門の機械工学以外の本まで読むようになり、それによって「譴責感」から解放されたわけではないが、「その代償にある〈観念〉」を学んだ、と語られているからである。その〈観念〉については明らかに語られてはいないが、それは複数の左翼思想であると考えられ、信藤誠はそれらの〈観念〉を練り上げて独自の「科学的無政府主義」の理論を構築したのである。

「科学的無政府主義」の「科学的」というのは、〈空想的社会主義〉を批判してエンゲルスが自分たちの社会主義を「科学的」とした時の意味合いのものではなく、「自然科学における研究連帯のような連合形態」を意味していて、したがって「科学的無政府主義」はその「連合形態」をまずは組合に、さらには政治組織一般に及ぼすことを考えている、信藤誠独自の政治思想のことである。その「科学的無政府主義」は、「老子的な原始村落やロシアのミールを源基形態とする従来の無政府主義と異り」、あるいはバクーニンの一揆主義などとも異なって、発達した科学技術とオートメーション化に対応する「科学者及び労働者の運動形態」だとされている。

それはまた、中央の指令に従った従来の労働運動とは異なっていて、それぞれの組合の自律性と自主的判断を尊重して、それらの組合が連携を取って運動を展開する「地域自由連合主義」でもあったのである。信藤誠の「科学的無政府主義」という理念に基づく、この「地域自由連合主義」の運動は、資金難に悩まざるを得ないなどの「欠陥」があったものの、信藤誠によればそれを補ってあまりある長所があった。すなわち、「第一は言うまでもなく権力分散と自主独立性、第二は企業別組合や産業別組合が往々にしてもち勝ちな、組合エゴイズムを観念的雄叫びによってではなく抑えうること。」とされ、より注目すべきは、「さらには、平和革命ということが現実的な意味を持ちうる、これが唯一の形態であること。」とされている。

むろん、政治変革には何らかの暴力が伴うことが常態であると言えようが、信藤誠によれば、戦争という過酷な体験を経てきた者には、「平和革命」というのは「かけがえのない真実として受けとれた」のであった。しかし、それがいつしか、「平和と革命は分離され、むしろ乖離するものにすらなった」のである。そして「平和革命」を理想と考えた人たちも、それを具体的にどのような運動によって実現すべきかということに関しては、ほとんど考え及ばなかった。だからその理想を、信藤誠は「科学的無政府主義」の思想に基づく「地域自由連合主義」によって実現させようとするのである。

この「地域自由連合主義」とは、中央が指令を出して各支部がそれを遂行するというようなピラミッド型の運動組織ではなく、各地域に根ざした組合組織が互いの自主独立性を尊重しながら共闘し、その運動の環を拡げることを通して、支配層の権力構造に対峙していこうとする運動組織のことである。信藤誠はその理念についてこう語っている。「地域自由連合主義」は、「一つの権力を他の権力でとってかわるのではなく、権力を必要とする人間精神、人間の組織のあり方そのものを根本から改変しようとしていたのだ」、と。

このような信藤誠の理念は、作者の高橋和巳自身の抱懐するものでもあったと考えられ、作中でもその理念に繰り返し言及されている。おそらく高橋和巳には、運動体としての「地域自由連合主義」がどこまで実のある運動を展開できるかを、作中で実験してみようとする意図があったのではないかと考えられる。もっとも、もしも「地域自由連合主義」の運動が作中で実を結ぶようなことになったら、それはSF的な小説になっただろう。そうではなく高橋和巳は、あくまでも二〇世紀後半の日本社会での出来事としてのリアリティーを維持しながらの物語展開を意図していたはずである。であるならば、「地域自由連合主義」の運動は、当初から敗北は必至であったとも言える。にもかかわらず、小説の中の実験であるにせよ、「地域自由連合主義」がどれだけ可能かを試してみたかったのであろう。

その敗北に至る物語の展開は、高橋和巳の他の小説と同様に、唐突に主人公を破滅の情熱に駆り立てさせていて、この主人公の急激な変貌によって、労組の連合体も穏和な集団から先鋭的な集団になっていき、遂には争議に敗北して解体していくというものである。主人公の変貌には女性の問題が絡まっていたり、またやはり他の高橋小説と同様に、主人公が戦後社会に対して違和感を持っていて、その違和感が危機的な状況で噴出するというような人物設定になっていて、高橋和巳らしい小説となっている。

しかし、そういう問題はあるものの、『我が心は石にあらず』は高橋和巳の考える現実的な変革理念が正面から語られた小説であったと言える。それは実験的な社会変革小説でもあった。「地域自由連合主義」の理念を支える変革思想は、「科学的無政府主義」だと主人公は言っているが、それは高橋和巳にとっても、あり得べき変革思想だったのではないだろうか。そしてその場合、力点は「科学的」にあるのではなく、「無政府主義」にあったと考えられる。したがって高橋和巳の変革思想とは、一言で言えば無政府主義すなわちアナーキズムだったと言える。次に高橋和巳のアナーキズムについて見ていきたい。

三

『我が心は石にあらず』で、日本ではアナーキズムがどのようなイメージで受け止められてきたかについて信藤誠は、「無政府主義や自由連合という言葉は、個人的なテロ行為や人間的な乱脈さをれんそうさせる、この国の歪んだ歴史と歪んだ観念がある」、と語っている。実際にそうであった。おそらく今日の日本でもその傾向は無くなっていないだろう。つまり、アナーキズムと言えば、社会主義や共産主義よりも過激で、また無秩序で乱脈であるというイメージが付きまとっているのである。しかし、たとえば日本におけるアナーキズムの代表的な思想家で活動家であった大杉栄の論などを読めば、アナーキズムは乱脈でも過激でもなく、むしろ真っ当なことを語っている思想だということがわかる。

大杉栄はクロポトキンなどに学びながら「自由発意と自由合意」（「新秩序の創造」、一九二〇・六）の重要性を繰り返し語ったり、『暴力論』のソレルを批判して、労働運動において重要なのは「神話」ではなく、「討論」である（「ベルグソンとソレル―ベ氏の心理学とソ氏の社会学」、一九一六・一）と述べているところなどからも、大杉栄が真に民主主義的な感覚を持っていて、また理性的でもあったことがわかるだろう。さらには主知主義的な偏向については、「この主知的主理的真実のなかには、本能や意志や感情や憧憬を無視したところに全的人間味が欠け、また不完全な人間の知力や理性を過重したところに必然の誤謬があった」（「労働運動とプラグマティズム」、一九一五・一〇）というように、人間性の全面開花こそ大切であると語り、知性偏重の主知主義を批判していた。

言うまでもなくこの主知主義批判は、知識人主導型の日本の革命運動に対する批判でもあった。それはまた、昭和以降の日本の革命運動に宿痾のごとくあった理論偏重主義に対する、先取り的な批判でもあったのである。大杉栄はこう言っている、大切なことは一人一人の「個人的思索の能力を発達さすということ」（「個人的思索」、一九一六・一）であって、この「個人的思索の成就があって、はじめてわれわれは自由な人間となるのだ」（同）、と。

これらの言葉は革命運動における前衛主義批判であると言え、そしてこのような姿勢が一党独裁のボリシェヴィキ革命に対する批判に繋がっていったのである。

このように大杉栄のアナーキズムを見ていくと、乱脈とか過激といったアナーキズム観が、いかに実態と離れた、敢えて言えば捏造されたイメージであったかということがわかる。もちろん、中には爆弾闘争至上主義のようなアナーキストもいたのだが、多くのアナーキストは穏和な社会を理想とするような人たちであったと思われる。たとえば文学者の有島武郎がそうであった。その有島武郎が影響を受けたアナーキストのクロポトキンは、大杉栄が翻訳した『相互扶助論―進化の一要素』（一九一七・一〇）の中で、生物は同種間では競争よりも相互扶助の方が顕著に見られると述べ、人間社会においてもお互いが睦み合う社会を理想としていたのである。

因みに、高橋和巳は大作『邪宗門』（一九六五・一～一九六六・五）で、新興宗教の「ひのもと救霊会」の教主が二つの遺書を残し、その一つは呪詛と復讐の教えであったが、もう一つは男女が睦み合い、動物や山野などの自然をいたわり、互いに許し合うことで穏和な日々を生きていくことを説いたものであった。この内の後者の教えを受け継ごうとするのが松葉幸太郎と阿貴という少女であったが、これはクロポトキンの相互扶助の思想に通じている。高橋和巳は，阿貴たちの方向に期待をかけていたと考えられる。

それはともかく、「理想が運動の前方にあるのではない。運動そのものの中にあるのだ。運動そのものの中に型を刻んで行くのだ」（「生の創造」、一九一四・一）という大杉栄の言葉なども、高橋和巳の言葉、すなわち「革命なる一線ののちに、かくかくのことを為すだろうという空手形が大切なのではなく、苦しい変革過程の運動とその精神のなかに、次の時代の雛型が孕まれていなければならないのである」（「我が解体」4、一九六九・八）に重なると言えよう。あるいは、すでに引用した一節の中でも、高橋和巳は「奪権運動それ自体が内部に人間変革の契機を含んでいなければならないと考える」（「変革の思想を問う」前出）と語り、これもそのまま大杉栄の主張に通じている。

高橋和巳は埴谷雄高の弟子であったと言えるのだから、彼の変革思想がアナーキズムであることは当然だとも言えようが、彼のアナーキズムについては、日本の代表的なアナーキストの一人である秋山清が評論「高橋和巳とアナキズム」（「人間として」第六号、前出）で論及しているくらいで、あまり論じられていないと思われる。またその評論も、残念ながら高橋和巳の言説の紹介に終わっている。それでは、高橋和巳は自身のアナーキズムについてどのように捉えていたのだろうか。言うまでもないことだが、高橋和巳は自分が左翼的な立場に立っていると自覚していた。たとえば評論「我が解体」6（一九六九・一〇）で、「（略）便宜上の政治的色分けからすれば自分も左派の一員であろう」と述べ、「我が解体」4では自身のことを、「（略）文学、芸術を通じてアナーキスティックな思弁を身につけてしまっている教師」というふうに捉えていた。

興味深いのは、中国の文化大革命や毛沢東を評価する高橋和巳の観点は、文化大革命がバクーニンやクロポトキンたちが考えていた理想社会のあり方にどれだけ近づいたものになっているかという観点だったのである。たとえば評論「知識人と民衆―文化大革命小論―」（一九六七・一一）で高橋和巳は、「毛沢東の民衆信頼は、過去の思想に類比を求めれば、マルクス主義のそれよりも、バクーニン、クロポトキンの無政府集産主義に近いものを持っている。人間は自由であればあるほどその善性を高め、よりよくその能力を発揮するという信念のようなものが確かにみてとれるのである」、と述べている。

同評論で高橋和巳は、プロレタリア独裁が結局は少数者による大衆支配以外のものではないと批判したバクーニンの言葉を引用しながら、「だが、中国の文化大革命は、権力抗争的な側面も否定しがたくふくみながらも、各地方、各企業、各学校等で行われている運動は、また否定しがたく少数の知識人による支配を破壊している」、と語っている。やはり同評論でクロポトキンの『田園工場および仕事場』から、「今日まで経済学は、分業だけを説いてきた。われわれは今や結合を主張する」という言葉を引用しながら、続けてこう述べている。「いま中国で目指されている結合はクロポトキンの意味内容とは異なるけれども、農民が同時に兵士であり、労働者が同時に文化担当者であるような総合的人間が、遙かなる目標として目指されていることは間違いない」、と。

高橋和巳は、このような文化大革命観を全共闘運動に投影していたと考えられるが、自身にとってのアナーキズムについて、鶴見俊輔との対談「ありうる戦後」（一九六九・八）で次のように率直に語っている。「政治思想としてのアナーキズムとかそういうものに触れたのは、ずっとあとになってからのことなんですけれども、政治思想といわれるもののなかでいちばん共感をおぼえるのは、やはりアナーキズムのある部分ですね。いちばんだいじなのは、国家とかそういうことではなく、自分たちの生きている場なんだという、そういう基本的な思念がアナーキズムにはあるようなので……。」、と。

このように見てくると、高橋和巳の変革思想とは端的にアナーキズムであったと言える。もちろん、それはバクーニン主義かクロポトキン主義か、あるいはプルードン主義か、あるいはそのいずれに近かったか、というふうに限定できるものではない。もっとも、高橋和巳自身は直接言及してはいないが、『我が心は石にあらず』における労働組合運動の重視という点では、バクーニンやクロポトキンではなく、むしろプルードンの思想に近いと言えるかも知れない。さらには信藤誠の言う「科学的無政府主義」は協同組合的な社会主義の要素もあり、そのことを見ると、賀川豊彦も影響を受けたイギリスのロッチデールでの共同組合運動にも通じるところもある、というふうにも言えよう。

さて、二一世紀初頭における変革思想および変革運動は、冒頭で述べたように低迷しているが、その大きな原因としては、社会主義国家が政治的には自由を圧殺し人権を蹂躙するところがあったこと、経済的にも資本主義を上回る成果を上げることができなかったことなどを、挙げることができよう。と言って、グローバル資本に好き放題のことをさせておけば、経済格差はますます拡がり、地球環境も修復不可能なほどに破壊されるだろう。だから、旧来の社会主義と現在のグローバル資本主義との、その双方を乗り越える社会変革思想を構築することが喫緊の課題なのである。それはまた、これまでの変革思想のリニューアルであり再構築であるような思想営為を行うことによって可能となるだろう。

その際に、今は忘れられてしまったかのような感のある高橋和巳の変革思想に、眼を向ける必要があるのではないかと考えられる。変革思想が低迷している中でも、注目すべき思想営為を行っているのが昨今の柄谷行人であるが、彼は「唯物論研究」第七一号（二〇〇〇・一）における田畑稔との対談で、自分は若年時よりアナーキズム親和的であったこと、また最晩年のマルクスにも論及した田畑稔の『マルクスとアソシエーションマルクス再読の試み』（新泉社、一九九四・七）を読んだときに、「アナーキズムの著作とつながる問題意識を感じ」たと語っている。最晩年のマルクスの社会主義については、大藪龍介が『マルクス社会主義像の転換』（御茶の水書房、一九九六・九）で、「こうしたマルクスの構想は、（略）プルードン主義的性格が強いことは否定できない」と述べている。

そのプルードン思想とは、アソシエーションとしての社会、すなわち協同組合的組織を基礎とする社会を目指す思想である。プルードン思想においては、その協同組合は生産過程だけでなく、流通過程における組合も重視するものである。もちろん、高橋和巳に流通過程についての問題意識などは無かったであろうが、しかし『我が心は石にあらず』に見られるように、「科学的無政府主義」の土台が組合運動にあることを明確に理解していたと言える。その組合運動組織は上意下達のような組織ではなく、横の繋がりによって成立し、自由な相互批判が可能な組織だったのである。そしてその運動の中で、人々は自己批判などを通して意識変革していくことができるものだった。

もしも、それらのことが物語の上だけでなく、現実の組合運動に広く普及していたならば、旧来の左翼組織にあった弊を克服し、グローバル資本の横暴も掣肘することができ、さらに未来社会への希望ある展望も開けるものになっていたかも知れない。この「もしも」は、あの全共闘運動についても言えることであろう。全共闘運動の中にあった可能性の萌芽を育てることができていたなら、変革思想とその運動が低迷している、今日のような状況にはなっていなかったのではなかろうか。高橋和巳と全共闘運動をもう一度見直す必要があるのではないか。昨今の柄谷行人の試みは注目すべきであるが、彼は全共闘や高橋和巳そして賀川豊彦などをこれまで一切評価していなかったのである。しかし昨今の柄谷行人の思想営為は、むしろそれらに接近していると言えるのである。

今は忘却されているような高橋和巳と全共闘運動が提起した問題は、現在なお最重要な課題である。とりわけ高橋和巳の変革思想には今日こそ学ばなければならないものがある。

〔注記・引用参考文献（提出順）〕

トマス・ピケティの『21世紀の資本』（山形浩生他訳、みすず書房、二〇一四・一二）
梅原猛「高橋和巳の人間」（『高橋和巳の文学とその世界』〈梅原猛・小松左京編、阿部書房、一九九一・六〉所収）
座談会「変革の思想を問う」『変革の思想を問う』（小田実他編、筑摩書房、一九六九・九）に収録
高橋和巳「闘いの中の私」（朝日新聞一九六九・四）
高橋和巳「種は植えつけられた」（一九七〇・一・二〇）
高橋和巳「自立化への志向」（一九七〇・二）
高橋和巳「自己否定について」（一九六九・七、八）
高橋和巳「解体と創造」（日高六郎との対談一九七〇・一〇）
高橋和巳「非暴力の幻影と栄光―東洋思想における不服従の伝統」（一九六一・七）
高橋和巳「内ゲバの論理はこえられるか」（一九七〇・一〇、一一）
高橋和巳「自殺の形而上学」（一九七一・二）
拙稿「高橋和巳―〈瞬間の王〉の文学（「文教国文学」第二四号、一九八八・一二）
高橋和巳「ありうる戦後」（鶴見俊輔との対談一九六九・八）
秋山清「高橋和巳とアナキズム」（「人間として」第六号、前出）
高橋和巳「我が解体」4、6（一九六九・八、一〇）
高橋和巳「知識人と民衆―文化大革命小論―」（一九六七・一一）
柄谷行人・田畑稔との対談「唯物論研究」第七一号（二〇〇〇・二）季報「唯物論研究」刊行編集会
田畑稔『マルクスとアソシエーション　マルクス再読の試み』（新泉社、一九九四・七）
大藪龍介『マルクス社会主義像の転換』（御茶の水書房、一九九六・九）

〔付記〕
高橋和巳の文章からの引用は、すべて『高橋和巳全集』（河出書房新社）による。

綾目広治（あやめ　ひろはる）
ノートルダム清心女子大学文学部教授。日本近代文学研究。一九五三年、広島市生まれ。広島大学大学院文学研究科博士課程中退。著書に『柔軟と屹立　日本近代文学と弱者・女性・労働』など。

高橋和巳　未完の可能性

――「解体」と「敗北」の先にあるもの

藤村耕治

はじめに

高橋和巳は、一九六七年六月、三六歳で京都大学文学部助教授となる。恩師吉川幸次郎の慫慂もあって、決めるに際して「十日を一日に凝集するほどに考え込んだ」（「楽園喪失」その1『新潮』六七年一〇月）という。坂本一亀や埴谷雄高などに相談し、とりあえず承諾の返事をしたが、のちに殆どすべての知己から反対された。『邪宗門』を書き上げ上梓したばかりの頃で、やっと一つ土台を築いてこれからというときに方向を変えるのは「精神的な自殺に等しい」との理由であった。坂本や和子夫人も「猛反対」したという。[1]その反対が、結果的に正しかったか否かは安直に判定できない。高橋和巳が赴任の一年七ヶ月後に始まる京大闘争を含む全国的な学園闘争の渦中に捲き込まれるように身を投じて心身ともに疲弊し、おそらくはそれがもとで病を得、七一年五月に四〇歳を目前にして亡くなったことを知っているわれわれであっても、その選択と行動の当否を作家に代わって断ずることなどできはしない。ただ、上に引いたエッセイの書き出しが、「あたかも死の準備でもするように身辺を整理し、不要なものは焼却し、書きさしの手稿の大半も破棄した」という一文で始められていることに、今さらながら深い感慨を覚えずにはいられないだけである。

高橋和巳が一連の闘争で直視せざるを得なかった、大学がはらむ病理は多岐にわたった。日大における不正経理や東大における医学部学生処分など具体的に顕現した問題については措くとして、そこから明らかになったものを抽出してみるだけでも、そういえる。大学当局および教授会の、権威に凭れかかりそれを維持することにのみ汲々とする特権意識と保守性。教授個々人の、講座制に守られ批判されることがないゆえの閉鎖性とそこから生じる無責任性と、ひとたび批判されれば学生からの真摯な問いに答え得ず姑息な対応策に明け暮れるという、学問と人格の乖離を露呈して恥じない無思想性。機動隊導入という形で現れる大学と国家の癒着と暴力性。またそこに露呈した〈大学自治〉の欺瞞性。体制側につく学生と全共闘側の学生との対立やセクト間における内ゲバというもう一つの暴力性などである。

けれども、高橋和巳にとって大学闘争とは、何よりも文学および学問の問題であった。政治の問題ではなく思想と人間の問題であり、大学の体制改革以上に意識改革の問題であった。そもそも彼にとって政治とは、人間と人間の関係性に集約されうる営みの謂であり、その闘争はありうべき人間関係の構築のために権力の消滅を望むゆえの戦いであり、覇権争いや党派的利害などとは本質的に無縁であった。したがって、京大闘争においても一貫して、助教授としてよりも文学者として対峙し続けようとした。それが結果的に彼の〈解体〉をもたらしたのである。

本稿では、大学闘争が高橋和巳に何を強い、何を失ったか、それに思想的・文学的にどうあい対したか、それによってどのような変貌が作家にもたらされたのかを、そのあり得た可能性を含めて考えたい。それゆえ、主要な考察対象はその早すぎる晩年のものに限る。あらかじめそれらを初出とともに記せば、「わが解体」（『文芸』六九年六～八、一〇月）『明日への葬列』（合同出版、七〇年七月）「三度目の敗北―闘病の記―」（『人間として』第三号、七〇年九月）「内ゲバの論理はこえられるか」（『エコノミスト』七〇年一〇月二〇日、二七日、一一月三日）『人間にとって』（『波』六九年七・八月～七一年一月断続的に掲載）の諸作であり、同時期に行った講演（『暗黒への出発』徳間書店、七一年一〇月に所収）である。

1

一四歳で迎えた敗戦によって廃墟を内面化せざるをえなかった高橋和巳は、すべてのものは簡単に破壊され、消滅してしまうという抜きがたい存在感覚の中で戦後を生きてきた。彼の生は、同年生まれの秋山駿がその優れた論考「高橋和巳論」[2]にいうように、そのような世界においてなお生きる意味があるとすればそれは何か、ということを問い続ける過程そのものであり、同時にそれを強いた戦争と敗戦の意味を問い、すべてを刷新する機会を生かせなかった敗戦以後の思想的追究の不徹底を自他に糾問し続ける過程でもあった。

京大闘争が本格化し始めた六九年二月『読売新聞』に発表された「現代の青春　二」は、「ここのところ、私はしばしば敗戦前後のことを思う」と書き出されるが、中にこういう一節がある。

大学の自治とは何か、それは要するに教授会自治にすぎず、民主制の根本原理たる公開性と相互批判に欠ける〈自治体〉というものがそもそも、自治の名に価するのかという論議の登場に、私は敗戦の際に、私たちが徹底的に追究しておくべきだったみずからの内なる〈国家幻想〉の追究をおこたったことのくやしさをこめて賛同する。

「公開性」と「相互批判」。これこそが大学闘争の全過程において繰り返し高橋和巳が求め続けてきた単純な原則である。それはまさしく「民主制の根本原理」であるにも拘らず、民主主義を標榜した戦後の日本社会の、知的良心の砦であるはずだった〝最高学府〟においてすらこの原理が踏み躙られているという現実が、まざまざと彼の目に映ったのである。高橋の中に、学問の府だけは、という〈大学幻想〉があったことは確かであろうが、自身が属する母校の惨状はその幻想を完膚なきまでに打ち砕いた。事実は、大学において「すら」ではなく、権力に守られ、支配構造を補完する大学において「こそ」というべきであったが、ことは無論大学だけの問題ではない。

高橋和巳は、戦時中の〈死の哲学〉が何であったかを解明しなければ「いつも喉に鉛がふさがっているようで正論を吐けない」（「戦後文学私論」『群像』六三年七月）とのべたが、それはおろか、自身を含む日本人が、生活の再建に急なあまり、戦後文学の一定の成果を除いて、十五年戦争下の歴史的・思想的・政治的なすべての問題の徹底的な追究と、その検討の上になされるべきであった戦後社会が目指すべきヴィジョンの確立を疎かにしたまま、戦後の支配構造を温存させてしまったことを、幾度も語っている。戦争責任の追及は連合国による〈軍事〉裁判という形で不徹底なまま曖昧化し、やがて政権に返り咲いた旧指導者層が対米従属的に戦後処理を行い、朝鮮戦争を始めとする不当なアジア政策に加担し、秘密裏に調印された日米行政協定を含む日米安保条約を結び……といった、擬制的な民主主義国家にすぎないことを露呈した戦後社会のなりゆきは、彼にとって呪詛すべき現実に属したであろう。

国家ないし権力の一般的な悪や病弊は様々なレベルや現

れの形をもつが、闘争前後に高橋が繰り返し指弾したのは、みずからの保身のためになされる秘匿や隠蔽、批判を躱し自身を有利な方向に導くための捏造や情報操作の悪である。それは「公開性」や「相互批判」とは対極にある。

六〇年安保闘争から七〇年大学闘争にいたる反戦・反権力運動の中で命を落とした十人の伝記をまとめた『明日への葬列』の序章「死者の視野にあるもの」で高橋は次のように述べている。

——私たちが反戦運動の途上の死者たちの葬られざる死にこだわるのは、動かしえない死の事実の前には一見些細なことにみえる死因の隠蔽が、実はこの社会の支配の構造の隠蔽にストレートにつらなっているからである。

抑圧によって「普通の人の子」を死に至らしめる国家の「政治の実相」を国民から見えにくくさせているこの隠蔽の根は、やはり敗戦期に胚胎していた。六〇年の安保改訂期に至って、先に述べたような思想的怠惰に国民は直面せざるを得なかったのだと彼はいう。安保改訂が対米従属という形で戦争参加の道を日本に許す状態を継続させることに気づいた人々に対する国家からの抑圧とその死は、国民にかつての血塗られた歴史を想起させずにはおかず、それゆえに政府はそれを隠蔽するため殺人を事故死と認定し、国民の目を逸らすために次の首相は「所得倍増論」をぶち上げた。こうした隠蔽と情報操作のメカニズムは、作家にとって敗戦処理と切り離された特殊な問題とは考えられなかったのである。

（前略）巧みな意識操縦は、私たちが戦後におかした失策と相乗しつつ、現在もなお続いている以上は、やはりこだわらないではすまされない。

さらに、マス・コミはジャーナリズムの本質を見失い、権力の隠蔽と情報操作に加担する。樺美智子の死を「デモ隊の人なだれの下敷となり、胸部を圧迫されて窒息死したもの」と報道した情報伝達機関に対し、高橋は論断している。

そしてその際のマス・メディアの大旋回と屈服は戦後に孕まれていた可能性の自己虐殺に等しいものだった。以後マス・コミの果たす役割は、戦争中の大本営発表の受け売りに等しいものとなる。

このような権力とメディアの癒着関係は、六七年の羽田闘争における死者山崎博昭の場合には「学生による学生の虐殺」という捏造さえも堂々と報道する絶望的な状況を生むのだが、これ以上の事例の列挙は不要であろう。

　敗戦期の思想的突き詰めの不徹底が、戦後民主主義をも擬制的なものにしていると考える高橋和巳が、闘争の当初から「民主制の根本原理」に従って身を処そうとしたのは必然であった。学生たちの問いかけは、まさにその不徹底さに起因し、それを突くものだと彼には考えられた。「秘密が権威の擬制を産む悪しき知恵」であるとして教授会の公開を進言し、団交において批判を投げかける学生たちに「肺腑をえぐる質問を投げかけよ。肺腑をえぐる質問を投げ返すであろう」（「孤立の憂愁を甘受す」『朝日ジャーナル』六九年三月九日）と相互批判を求めた高橋は、のちに文字通り〈孤立無援〉の状態に陥る。それもまた甘受せざるを得ないと彼が考えたのは、何よりも現下の闘争における思想的な意味を、戦後民主主義を意識の根本から捉え直すまたとない機会であると考えていたからに他ならない。いいかえれば敗戦期と同じ過ちを繰り返してはいけないという、自身の「失策」をあらためて克服し、意識変革から人間変革へ進む礎石として闘争を位置づけようとする祈願に裏づけられた行動であり、立場表明でもあったのである。

　高橋は「公開性」と「相互批判」を、体制側たる大学・教授会だけではなく、ノンセクトの学生を含むあらゆる闘争主体に対しても要求する。敵対する集団に情報を漏らさぬために秘密主義が蔓延し、互いに猜疑しあう関係が内部に生まれるとき、あるいは集団内の紐帯が弛緩しかけているとき、それを解消するために行われる査問やリンチは、それ自体隠蔽性を帯びる。こうして被害者をも含む隠微な共犯関係が成立し、集団は腐敗していく。しかし、変革者は、自らの論理的な正しさを確信する者であるゆえに、その見解を常に公然と表明しておくべきである、と高橋はいう。敵対関係にある勢力が存在する以上、すべてを露呈するわけにはいかないとしても、党派は人民に対してだけは常に自らを開示し続ける義務を持つのだと。

> 理想的には、規律違反者を制裁するにせよ、異端者と討論するにせよ、それは大衆の面前で行うべきだ。なぜなら、人が人を裁く権利をもつとすれば、それは未来を担い、自己のみならずあらゆる階級を疎外から解放すべき人民の名においてだけである。ただ、変革途上ではその理想はただちに現実化しえないとすれば、自らに共感的な、しかし党派には属さない、信頼しうるたった一人の労働者でもよい。その〈代表者〉の前で、査問し、判決し、処置を決めるべきなのである。

（「内ゲバの論理はこえられるか」）

事実、京大闘争の初期から中期においては、高橋は異なる思想的立場をもつ党派が相互に討論しあう場にしばしば臨席していた。議論が乱反射的に飛び交い、一定の結論が見いだせなかったとしても、そのような形でしか討論の進展はないと彼は信じていた。内ゲバやセクト内でのリンチに対する処方箋として高橋が提示したのもまた、「民主制の根本原理」という、理念としては平凡で単純だが、実現するに困難な、たった一つの原理に他ならなかったのである。

小田実・真継伸彦との鼎談[3]の中で、大学・学生双方がこの原理を実現しあう理想を高橋は語っている。

> 学生諸君がいま言っている相互拒否権というのは、相互に公開したら批判権にかわるわけですね。（略）それぞれの大学のなかでのそういう職能的な、あるいは階層的な集団がそれぞれ独自の団体をつくって、相互の議論を公開しあって相互批判権をもつという形で連合して、そして権力に当たっていくべきであるというのがぼくの基本的な考え方なんです。

けれども、それは遂に叶わなかった。相互批判は、まずは自己批判を前提としなければ行えず、自己批判は厳しい自己否定を同時に含むものであり、こうした自己を無限に切り刻む行為はやがて運動主体を解体に導いてしまったからである。では、その自己否定とは高橋にとってどのようなものであったか。

2

中学四年ころから旧制高校にかけての人格形成期に〈死の想念〉にとりつかれ、自殺を常に考えるようになり、長じて埴谷雄高の『死霊』自序を読んで、みずから徹底した不殺生の末に自己滅却を至高の善とするジャイナ教信者を名乗ったという高橋和巳にとって、自己否定という概念は自己存在とほぼ同じ意味合いを持っていたと思われる。もとより、消滅感覚とともに生存のありようを模索していた彼にあっては、そもそも自己存在そのものが否定体として捉えられていたはずである。先に挙げた秋山駿の言葉を借りていえば、「零の感覚」によって作り出された精神の「白紙状態」を抱えた自己は、生存の確かな基盤すなわち実存を単に生きているというだけでは実感することができない。高橋が知的エリートとしての自分を懸命に作り上げ、作家として知識人としての自己存在を確信したがったのもそのためであろう。けれども、そうして作り上げた社会的な自己も、骨がらみ沁みついた「零の感覚」や「消滅妄想(「捨子物語」)」に腐蝕作用を受けざるを得ない。作家の人物たちがいずれもある程度功成り名を遂げた社会的地位にありながら、戦後の表面的・微温的な平和の中で、現実的にというより観念的に破滅していくのも、おそらくそれに起因する。

とはいえ、高橋和巳の実存意識が単なる観念に過ぎなかったというつもりはない。戦争・敗戦体験は確かに彼に生の一回性や、エゴイズムという形であったとしても自身の存在の掛け替えのなさを否応なく刻印したであろう。けれども、零から出発した人間が、零であるがゆえの実存的な空虚感を充塡させようと、多くの観念や概念を書物から吸収し、自身を知的に鍛え上げようとしたこと、作家としては、それらを種子として内部で育てられた観念に、想像力によって現実感を肉付けして人物を作ったということはいえるだろう。秋山駿がいうように、それは白紙状態の精神の上に任意の出発点を置いて、さらに任意の線を引いて地図を作るように書かれたものだった。

自身の創作方法論を述べた「なぜ長編小説を書くか」(『群像』六八年四月)によって敷衍すれば、人物たちは作家の内的対話から始まり、次に対話の主体が情念化され、さらにそれぞれが極端化された観念として作られていく、ということになる。また「もう一つの劇」(『われらの文学』21所収の「私の文学」改題、講談社、六六年一〇月)では、小説は、作者の「運命の自由化」と作中人物たちの「自由の運命化」との相互連関において捉えられ、自由の使徒たる人物たちによって現実の法則に縛られた作者自身のありようを指弾されるという。ここには、作者によって究極の自己否定たる破滅ないし死を運命化された人物たちは、それによって現実において破滅や死から免れる作者を指弾する権利をもつが、同時に、まずは生きなければならない現実世界の作者が容易になしえない観念や行動の〈極端化〉を人物たちが肩代わりするという構図を見て取ることができよう。

別の面から言えば、「悲の器」の正木典膳のように自己の裏返しとしての否定体たる人物のみならず、作家の自己を多く投影された「憂鬱なる党派」「邪宗門」「我が心は石にあらず」などの作品群における人物たちの自己否定は、虚構構成のうちに破滅ないし死を実現することによって、生身の作家自身の実存的な空虚感を充塡するという逆説的な構造をもっていたといえる。「ただ一連の表現行為が完成したとき、作中人物の死によって作者その人の再生が果されたり、あるいは想像の甘美な蜜を吸ったものに降る虚脱の降罰によって、一たびの自己否定が終焉したことが証される」（「自己否定について」『人間にとって』所収）という消息はそれを指している。

高橋和巳が、もはやそのような場所に留まっていられず、生身の現実における自己否定を極限まで余儀なくされたのが、京大闘争における経験に他ならなかった。「わが解体」に描かれているのは、高橋和巳がそのような自己否定を通して、あらためて空虚ではない実存の手ごたえを、痛みとともに獲得する過程である。

大学闘争における自己否定は、従来の文学的・哲学的なそれよりも苛烈なものにならざるを得なかった。大学生であるという自己の存在形態そのものが政治的・経済的な支配構造を支える体制によって成り立つものであり、大学を始めとするその体制を解体することは同時に自己の存在を否定することになるというダブルバインドを生み出す形しかとり得なかったからである。そしてこのダブルバインドは高橋自身においても、国立大学助教授という社会的地位にあることが、必然的に国家支配的イデオロギーと共犯関係にならざるを得ないゆえに、より強烈に作用することになる。その過程を「わが解体」によりつつ追ってみる。

京大に先立つ六八年の日大・東大闘争の過程を見ながら、高橋は「ある自信」をもっていたという。なぜなら、一切の人間的事態を「つねに存在の内側の欲望や夢想、精神的な葛藤からとらえようとする文学的習性は、研究者であれ創作家であれその人が具体的な困難に直面した際の態度のありようにも生かされるはずだから」であり、「文学者は政治イデオロギー上の細部の対立いかんに拘らず踏みこたえうる、いわば耐える思想というものを身につけているはずだ」と考えていたからだ。

六九年一月末という闘争の最初期の段階で全共闘支持を表明し、そのために教授会から孤立してもなお、高橋が中文講座の学生からのみならず一定の信頼を得ていたのは、〈「義」に近い人間関係〉を求め続けた彼の文学的精神とそこからくる態度のゆえだった。彼はそれを築きうると信じていたに違いない。

けれども、高橋が出張のために大学を留守にした三月一一日から一四日までの間になされた、新学部長による「教授会としての反省」「自主的な自己変革」を盛り込んだ所信表明と、それを二日後に「白紙撤回」する教授会見解を出すという対応は、学生側との決定的な断絶をもたらした。それに起因して、高橋自身が表向きは支持者の振りをしながら結局は体制の走狗に過ぎない裏切り者の「清官教授」として学生から糾弾されるにいたるのである。この時の作家の内面は推し量るに余りがあるが、その後教授会が学外で「秘密裡」に開かれるようになったというなりゆきは、さらに彼の理念を裏切るものであった。「政治における〈秘密〉というものが、指導者と大衆を永遠に区分しつづける悪魔的徽章である」と考える高橋は、こう述べる。

そして、やむを得ず身にまとう神秘性に対する、未来に向けての贖罪としての自己否定とはなにか。それは常に自らの姿を全的に開示しようとする理論の形成であり、いま一つは敵に向ける刃を自らにも向けてみる殆ど文学的な自己告発の精神である。

こうした峻厳な自己否定のありようは、具体的な人間関係においては、強すぎる誠実さや思想的立場を異にする集団同士の敵対化のゆえに先鋭化し、やがて自己批判という名の吊し上げや、内ゲバを招来してしまう。けれども高橋和巳が、学生たちの持つ自己否定性が強い攻撃性や暴力性を伴っていることにある新しさを感じていたのは、己を斬ることによって他を斬る正当性を確保するという、政治の世界ではおよそあり得ない真摯な自己責任性を認めていたからである。またその暴力は、自己正当化や党派の利害得失によってではなく、相手を自分と同じ生の重量をもつ〈個〉として認めたうえで、己の全存在をかけてなされるものとみなされたからである。もとより内ゲバには、報復の論理が幅を利かせる場面も無数にあったはずだが、作家がこれを〈個〉の実存的な自覚に関わるものとして捉えていたことが重要なのである。それは彼自身の実存認識にも何ほどかの変更を促さざるを得なかったと思われる。

こうした、いわば実存的な重みをかけた学生たちの自己否定や暴力闘争の中で、高橋は自身のありようを決定的に自覚させられる現場に立ち会うことになる。当局と学生、敵対する学生集団間の双方の溝が埋めようもなく深まっていた五月下旬のある日、封鎖中の学内で、全共闘系の学生と民青系の学生が激しい投石戦を始めたのである。「わずかの間隙を縫って食堂から農学部の方へ逃れようとした」彼は、居あわせた一人の学生にこの事態をどう思っているか、一緒に戦うか止めるか、責任をとれ、と詰問され、「黙ってうつむいて立って」いることしかできなかったと告白している。

この時に痛切に自覚されたのは、「結局は何も出来ない自分のむしろ〈迫られた傍観者〉の位置」であり、仮に機動隊出動を要請しようにも「すでに教授会からこぼれ落ちてしまっている孤立したいわゆる〈非協力教員〉にすぎ」ないという有様であった。それは、自身の存在のありようの欺瞞性を、これ以上ないほどに明確に、暴き出したのである。

正確な時間の前後は不明だが、この頃に「わが解体」は起稿されている。闘争の渦中にあって闘争を書くという困難に作家を向かわせたのが、短い「〈静養〉の中での、自己省察によって、己れがよって立つ最後の砦、内的根拠は何であるのかが、もはやごまかしようもなく明らかになった」ためであるというが、その「根拠」とはいうまでもなく〈文学〉である。

学園闘争の中で、私をともかくも支えてきたもの、その同じものが、目下の自己の身分や地位のありようが虚偽であると自分に告げる。私を支えるものは文学であり、その同じ文学が自己を告発する。

それは、より具体的にいえば、次のようなものだった。

そして私が自己批判せねばならぬことがあるとすれば、その第一は、元々それが解っておりながら、〈浮世の義理〉とでもいうか、それ自体は悪いものではなかろうが、自己の営為の原理とは抵触する別な法則性に従って身を処し、懸命に異質な原理のあいだの調和をはかろうとしていたこれまでの自分の精神のありようであった。

あるいは、まだ団交や討論が行われていた際の感慨としての「ああ、やはり、自分自身にとって一番痛い矛盾は、文学的な内部追究の場ですら、伏せておくものなのだな」という「くやしい認定」が、「〈静養〉の期間に決定的な実感に転じた」とも書かれている。

こういった「実感」や「自覚」は、彼が文学者であるかぎり当然だという体の一般論では決して捉えることはできない。むしろ、「零の感覚」からくる精神の「白紙状態」を埋めるために文学を信じ、文学に支えられてきた人間が、現実的な場における自己存在の欺瞞をほかならぬ文学によって告発されることで、あらためて自己の全実存をかけて〈文学〉と対峙した、というべきだろう。また、生身の人間として高橋和巳が経験した、互いに斬りあう自己批判と自己否定の過程で見えてくる自己の矮小性や怯懦、あくまでも文学的に態度決定を行ってきたはずが、それが別の法則性の中で無効化されることをとどめ得ぬまま、大学を離れることもできず、何らの実存をかけた行動もなしえず事態を傍観するしかない自分のありようが決定的に露呈されたことなどは、確かに自身を〈解体〉に至らしめるほどの痛烈な体験であり自覚でもあったであろう。けれどもそれは、決して消滅しない、「零」に帰することのない、確かな重量をもった実存的体験であり実存的自覚であったはずだ。[4]

六九年一〇月に倒れ、翌年三月に京大を辞職した作家は、五月に上行結腸癌の手術を受けたのち、小康状態の中で事実上の〈最後の仕事〉に取り組む。その一つである「死者の視野にあるもの」の冒頭に書かれた、踏みつけにされ、恐怖と憤激に震えながら「一番低いところから上を見あげる」しかない者の最期の「視覚」についての想像力は、個の一回性の生を真に深く捉えたものしか持ちえないそれである。おそらく作家はこの時、他者としての死者の目を実感的に獲得していた。それは手術から病臥を経た作家の実感によって捉えられたものであることは間違いなかろうが、もはやそこに白紙の上に任意に引かれた線としての人間はいない。

闘争と闘病という二つの闘いは、高橋和巳という作家を真に巨大な文学者として変貌させる用意を整えたのである。

3

「わが解体」は文学的表現という面からみると、不思議な〈作品〉であるといえる。一般には評論とされるが、ルポルタージュのようでもある。心情吐露の側面をもつ部分はエッセイのように読めるし、ある部分は小説的な文体と表現をもっている。告発の書であると同時に懺悔の書でもある。あるいはそのすべてを含む、稀有な人間記録と呼ぶのが妥当であると思える。

大正期の京大教授会の非人間的な議決を「考証」することから始まるのは、高橋の評論の常套であるが、筆が今次の紛争に及ぶや一気にルポルタージュの様相を帯びる。「2」における、二月下旬の入試阻止闘争における内ゲバの被害者「O君」の運命と、彼の治療をめぐる京大病院の対応——およそ仁術としての医学の領域とはいえない、政治的確執からくる非人間的な事実が暴露されるくだりは、読むものに痛苦や憤懣を覚えさせると同時に小説的な展開と迫真性のある描写で、穏当を欠く表現ながら、ぐいぐい引き込まれる〈面白さ〉をもっている。大学と学生の決定的な断絶や自身に向けられた批判とその苦衷が詳細に書かれる「3」「4」は、ルポルタージュとして出色の出来栄えであると同時に、やはり小説的なスリルや興趣を覚えさせる。批評的に世代論が展開される短い「5」を挟んで、時系列的な経過や先に見たような「場面」を描きつつ、権力の論理に道徳的に対置しうる「別の論理」の提示を予告して、この作品は未完に終わる。

このような、主観と客観、事実の記録と内面の記録、論理的な考察と抒情的な感慨などが、混然一体となって叙述される〈作品〉は、日本の近代以降の文学にあって稀であるといえるだろう。作家自身は出来に不満で改稿を望んでいたというが、むしろこの融通無碍ともいうべき構成や文体は、これまでの高橋文学には見られないものだった。「わが解体」を稀有な人間記録と呼びたいゆえんである。

　読み進めるうち読者はただちに「悲の器」を想起し、思想的立場や状況こそ異なるながら正木典膳と作者高橋和巳の間にある類似性に奇異の感を抱き、ときに自身の運命を予言的に告知する文学的想像力の不可思議な働きに慄然とするだろう。作家の死の直後、大江健三郎は「想像力の枷――高橋和巳の想像力、その一面――」（『人間として』第六号、七一年六月）と題して、両者の関係を論じている。大江は「いったい高橋和巳は『悲の器』の想像力の枷から自由な人間として、（略）作家としての生涯を生きおえたのであったろうか」と問いを設定し、まず『悲の器』が作者の「生涯の選択に、大きい確率をしめている」「アカデミズムの権力構造のなかでの、学者としての人生像を、あらかじめ、そのすみずみまで予見しとおしておきたい、というねがいに発した想像力の発揮」によって生まれたとする。そして、現実の作家は「あの初老の法学者の眼には、すでにやすやすと見えていた『矛盾』に、はじめて大学闘争をつうじて気づいた」のであり、「かれは『悲の器』で自分が綯った想像力の縄によって、いま現実の大学にかれ自身かたく縛りつけられていた」としながら、辞職という現実の選択によって「あらたな想像力の世界に、その現実の大学をまるごと躰に縛りつけたまま、あらためて跳躍してゆくことができた」点に、作家の「想像力を発揮する人間としての自由」と「想像力の世界の自由」の「回復」を見るのである。

　いかにも大江らしいこのエッセイにふれたのは、高橋和巳のアカデミズムへの愛着と、彼が闘争において観念を実存として現実化したありようとを補足的に確認したかったためばかりではない。大江のいうような形で作家が「あらたな想像力の世界」に「あらためて跳躍することができた」のだとすれば、それはどのような形を取りえたか、ということを考えたいためである。大江はそれを遺稿「遥かなる美の国」[5]の美しさと予感される豊かさにみているが、ここでは別の面から考えたい。

「三度目の敗北」は、「わが解体」に記された以降の闘争の経過と、発病による二度の入院、手術から術後に至る病状を綯い交ぜる形式で書かれた「闘病の記」である。時間的には六九年八月に「大学運営臨時措置法」が施行されたのち、九月下旬の、機動隊導入によって学内にいた教職員一〇名ほどを含む逮捕者が京大から出た頃から、辞職後の七〇年八月までである。単行本では「わが解体」の一部に組み入れられていたように、未完の「わが解体」を補うものとしても読める。しかしながら、叙述は自身の周辺のことに限られ、すでにみた晩年の他作のような批評性や論理性はない。その代わり、平易な表現で自身の心境が率直に書かれている。

その終結部、敗戦と戦後最初期の学生運動の挫折を「おれたちは二度負けた」と表現した小松左京の言葉とともに、少年期の記憶のイメージが大きく蘇ったと作家は書いている。それは無垢の時代の懐かしい思い出ではなく、敗戦期の混乱と結びつくイメージであった。

死に近く、その時に意図せずして浮ぶ想念に存在の秘密がふと啓示されるものとすれば、私にとって、敗戦前後の時期に、なお解決できていない何かが残されているのかもしれない。ただ、それを考えつめるのは、もう少し体力が回復してからのことである。

そのイメージのいくつかは「経験について」（『人間として』所収）に描出されているが、いずれも明確な論理的意味を持たない体験の断片である。論理によって切り捨てられ、深層に留められていた心象の不意の表出を、作家は論理を最優先してきた「自らに復讐されて解体への道を歩まねばならないのであるらしい」としているが、その「解体」の先には何があったか。

療養中の病床で、高橋和巳は私小説を読み返したという。彼は私小説に関して、一定の評価は下しながらもその方法や創作態度に関しては一貫して否定的であった。自身の生活上の事実報告に終始する私小説においては〈他者〉が存在しない、すなわち他者と自己、あるいは他者と他者の親和や角逐を含む関係性の全体が表現されない、ということに他ならない。けれどもこのころ、特にその自己否定性において私小説を評価する言説が増えている。さらには、私小説的な感情表白に、ある抗しがたい魅力を感じていたようである。たとえば七〇年一〇月の小田切秀雄との対談（「状況と文学の展開」『三田文学』七〇年一二月）では次のような発言をしている。

根源化しよう、根源化しようとしますと、その主体つまり〈私〉というものが重い問題になってくる。従来の私小説の在り方とはその契機を異にするのですけれども、〈私〉に非常にこだわらざるをえない姿勢というのが出てきてしまうのです。このあたりからだんだん困ったことになってきて、本格小説を築こうとしていたはずなのだが、まだ十全な成果をあげていないのに、むしろその方向を解体しようとする衝動が出てきてしまうのですね。しかも契機は異にしながらも、あらわれとしては、これまで私どもが批判していた日本的私小説の在り方のある形にちょっと似てしまうような傾向をどうしてももつのですね。（略）たとえばこれまでは、私は作家の精神は一つの劇場、言ってみれば神なき世界の釈迦の掌のようなものでなければならないと考えてきましたが、いま書きたいと思っている素材とテーマは、テーマそれ自体の要求によって視野を狭く自己限定せざるをえないようなところがあって、劇場の廃墟に、独語するさえない人物一人だけが残ってしまいそうな悪しき予感があるわけです。（略）そういう前提了解（自然主義作家が持っていた、告白が善ないし救済につながるという確信——引用者注）なしに、しかもいっさいの偽を排除して最後に残るのを見極めてみたい欲求があるわけなんですね。

長い引用をあえてしたのは、ここには従来の高橋和巳とは全く違うといってよい作家の言葉が記されてあるためである。

翌一一月の講演「生命について」では、「最近、ある面に関してはやや小説の告白性とか、あるいはそういう自分自身を見つめたい欲求が非常に強まったときに、『私』という形態をとるのはやむを得ない」といい、同月の講演「文学の根本に忘れ去られたもの」でも、これまでの方法論を否定し、まだ作品として「いま変わりつつあるそういうものを結晶させてはいない」と断ったうえでこう続ける。

死ぬときは他者にかわって死んでもらうわけにいかない、自分のそういう実存みたいなもんですね。その強烈な自己とその欲望とか、そういったものに立脚するなにかがなければいかんという気がしてるんですよ。

そして、とはいえ従来の私小説は書きたくない、これまでの「総合小説」の形では自分の一番いいたいことがいえない、というジレンマに苦しんでおり、まだどうしたらよいかわからないでいる、私小説の「私」ではなく、「より高次な『私』の主体のありよう」については明快に答えられない、と作家は述べている。

私は、死の直前の高橋和巳が私小説を書こうとしていたと述べるつもりはない。けれども、こうした〈私〉への凝視ないし回帰は、これまで見てきたような大学闘争の諸経験と、その中での新しい実存感覚の獲得、「わが解体」の自己剔抉を経なければ決してあり得なかったはずである。これらの言葉は、経験的・観念的には捉えられていたはずの〈実存としての私〉が改めて、より深い、高次なそれとして捕まえられようとしている過程のうちにある。あるいは、「わが解体」そのものがすでに、ある種の〈告白衝動〉の産物であるといえるかもしれない。小松左京が、読みながら「なぜ、こんなものを『書く』のだ?」「所詮『個人的』なことではないか?」「本当に発表したくて書いているのか、それとも誰かに書かされているのか?」と問い続けざるをえなかった[6]、そのモチーフの根源は、自身が摑みかけている「強烈な自己」に「立脚するなにか」を見極めようとするところにあったのではないだろうか。

それがたとえば、大江のいうように「遥かなる美の国」に「結晶」しようとしていたのかどうかはわからない。けれども、確かな重量をもった〈実存としての私〉の最深部にいったん降りて、そこから「より高次な『私』」のありようを書ききった高橋和巳が、再びそのような「私」を「劇場化」した作品を書こうとするとき、どのような文学世界が開かれるかを夢想することはできる。そのとき高橋和巳は、彼の愛したドストエフスキーや師である埴谷雄高に比肩しうる、「真に巨大な文学者」としてわれわれの前に立ち現れたはずである。そういう夢想をも込めて、私は高橋和巳の未完の可能性を考えたい。

おわりに

本論では、高橋和巳の生きた時代に沿って考察してきたが、最後に現在において高橋和巳を読む意味についてもここで扱った作品の範囲で瞥見しておこう。

1に述べたような、作家の眼が透視していたおよそ五〇年前の日本という国の権力のありようは、現在もいささかも変わってはいない。戦後七〇年が過ぎたころから、孫崎享や矢部宏治らによる対米関係から安保や原発や沖縄の問題を戦後史的に捉え直そうとする試みや、やはり対米従属の視点から加藤典洋や笠井潔、また白井聡らの戦後批判が盛んに行われるようになったのがそれを証していよう。しかし、半世紀以上前に、より端的にその本質を突いた高橋和巳の次のような言葉を、われわれはいま一度嚙みしめるべきであろう。

かつてカミュは『反抗的人間』のなかで、「今日、一切の行動は、直接か間接に、殺人につながっている」と言ったが、それは形而上学的憂悶としてではなく、日本政府のアメリカへの政治的・経済的従属とその理不尽なアジア政策の共犯関係によって間接的ながらも重い道徳的苦痛として私たちが担わせられている。

（「死者の視野にあるもの」）

またたとえば辺野古移設に関わる沖縄の基地反対闘争におけるデモや座り込みと、それを抑圧する権力の醜悪さや、安保関連法案成立時のやむにやまれぬ衷情から発生したSEALDsを始めとする市民の直接行動の隆盛と、それらの声を無視した政府による強行採決の非道さなどを想起したい。

平和運動は、単に自国の安全を政治的に画策し、世界の平和を心情的に祈願するだけではなく、日本がはまり込んでしまっている共犯性のゆえに、みずから生きる場での、共犯拒否つまりは体制変革への志向をもつ反戦運動たらざるをえず、その運動は擬制的民主主義を崩壊せしめる直接行動性をもつべき必然性を、むしろ相手側からおしつけられている、といえるのだ。

（同前）

あるいは、大多数の意見を代弁するかのように振舞うマス・メディアの偏向的報道が、事件や事故の被害者や家族たちを新たな差別に晒す危険性と、そうした被差別に苦しむ人々が逆に罪悪感を持ち謝罪してしまうという日本人の精神構造を転倒する必要性を、作家が痛切に感じていたことも付け加えておきたい。それは作家が繰り返し悲哀とともに語っていた、原爆被害者が「過ちは繰り返しません」と言わねばならない精神構造への批判と同根であるが、情報操作の恐ろしさとともに現在なお解消も転倒もされていないことは、二〇一一年の原発事故による被害者への不当な差別と、被害者たちの持つ必要のない罪悪感の表明が証している。

これらの高橋和巳の問題意識や認識が、今日少しも古びておらず、逆にいえば八〇年を経ようとする戦後を問い直す作業が絶望的に進んでいないという状況であるかぎり、高橋和巳は繰り返し読まれ、考えさせることを私たちに要請し続けているのである。

〔註〕

1　村井英雄『書誌的・高橋和巳』阿部出版、一九九一年。

2　『暗黒への出発』所収。なお、管見によれば高橋文学における晩年期の変貌の可能性について触れた論考は立石伯や真継伸彦などを除いて多くはなく、この論文は高橋の最後の講演集に付されたこともあって、この問題をやや深く掘り下げている。趣旨の異なる部分もあるが、特に啓発されるところが多かったことを記しておく。

3　「変革の思想を問う」小田実・高橋和巳・真継伸彦編『変革の思想を問う』筑摩書房、一九六九年。

4　六九年七月に『京大闘争』出版記念会の場で行われた講演「自己否定の論理」（『京都大学新聞』六九年七月七日）での「この闘争の中で、私にとってもっとも苦しかったことは、『自己否定』ということをただ観念の中のものとせず果たしていくことでした。」という発言は、高橋にとって、観念やフィクションの中でなされるそれとは違った、現実的な自己否定がいかに自身を揺るがし、再考を迫るものであったかを示している。

5　『文芸』七一年七月刊の臨時増刊号「高橋和巳追悼特集号」に発表。

6　小松左京「『内部の友』とその死」（「対話8　高橋和巳追悼号」一九七一年一二月）

藤村耕治（ふじむら　こうじ）
一九六五年、千葉県生まれ。法政大学大学院博士後期課程修了。法政大学文学部教授。主な論文「高橋和巳の国家観」「小田切秀雄の転向論」など。

涙する論理
――『悲の器』再読

橋本安央

1．個人と歴史

　正木典膳五十五歳は、蒼き日々を犠牲にしつつ、刑法学の世界に身をささげ、法の論理でおのれを鍛錬してきたという。戦前、戦中の思想統制と弾圧の時代にあって、権力との対峙を避けた処世術のおかげで、終戦後、名高き刑法学者としての地位と栄誉を手に入れた人物である。高橋和巳が一九五八年頃から執筆に着手し、六二年、三十一歳のときに第一回文藝賞を受けた『悲の器』は、その者が綴る手記という体裁を、すなわち告白文の体裁をとる一人称小説なのだが、客観主義的法学者に似つかわしく、どこかしら、他人《ひと》ごとを綴るかのごとき鷹揚自若とした書き出しで、物語の幕があがる。

> 一片の新聞記事から、私の動揺がはじまったことは残念ながら事実である。もし何事もあかるみに出ず、営々として構築した名誉や社会的地位が土崩することもなければ、現在もなお私は法曹界における主要メンバーの一員であり、また大学教授としての精神的労作いがいの負担は私の魂には加わらなかったであろう。傷ついた私の名誉は、しかし私が気に病むほどには人は気にしていまい。また、私自身、事態を悲しんでいるわけではない。愛のことどもについて、ほとんど考えてみもしなかった学究生活においても、考えてもなんの結論もえられぬことを知った今も、私は悲哀の感情とは無縁であった。

「名誉や社会的地位」に重きをおく、最高学府の法学部長たるこの者は、しかしながら、学術的業績とはなんら関係をもたぬ公的、私的生活上の躓きに、足許をすくわれる。長きにわたり、喉頭癌による闘病生活をつづけてきた妻静枝が、ほぼ自死とおぼしきかたちで逝去したのち、知人の令嬢である二十七歳の女性との婚約を発表したところ、妻の存命中より身体の関係があった、四十五歳の家政婦米山みきから、婚約不履行の咎で告訴されるのだ。刑法学の権威が訴訟を起こされるというアイロニーは、マスメディアの下世話な関心を喚起する。そうしてことは、スキャンダルの様相を呈するにいたる。そしてまた、熱き政治の季節のなかで、学生たちにおのが名誉心を傷つけられたことを契機に、学内に警察を導入したこともかさなって、正木は隠微な学内政治を前に、「失脚」を余儀なくされる。エリートの知識人は、女たちの感情、実弟からの糾弾、学生からの難詰、学内政治の権謀術策といったさまざまな事柄に、集中砲火を浴びるかのごとく直面し、転落の坂を転げおちる。そうした経緯が一人称の形式で綴られるなかで、最終章の直前たる第三十一章のみが、亡妻静枝の手記というかたちをとり、もうひとりの語り手の眼差しをつうじて、正木の語りではかたられぬ、もうひとりの正木が炙りだされる。

重層的な構造を有しながらも、あるいはそれゆえに、全体小説を志向する『悲の器』は、執拗に、入念に、さまざまな細部を描写せんとする。それら細部がさまざまに絡まりあう。そうして正木典膳というひとりの個人の飛翔と墜落をつうじて、物語は明治、大正から昭和の戦後期にいたる思想と社会をひとまとめに紡がんとするのだ。若き作者の執念が、情念が、すべての頁に染みこんでいるかのようである。

一九五八年頃とおぼしき物語の現在における正木のこころの翳り、すなわちその最たる「内面の綻び」は、ひとまずは、彼の公的生活における過去にみいだされよう。かつての助教授時代、軍部の台頭とともに、言論の自由が脅かされた戦中期、時流におもねることをせず、かつ学問の自律を護るために選択した、検事局への「横すべり」のことである。国家による激しい思想弾圧がつづくなか、周囲にある同学の仲間たちが次々と検挙されゆくのを尻目に、大学で研究をつづけることに身の危険を感じた正木は、恩師宮地博士の推挙を得て着任した母校の助教授職を三年で辞し、検事職に「転向」するのだ。そこは合法的に禁書を読むことが赦される、唯一の避難所なのである、と。そうして彼は、危険な時代をやりすごし、敗戦後、母校に復帰することに成功する。だが、なにかを獲得するためには、なにかを喪失せねばならない。それが世の掟であるといってよい。この自己保身的選択は、あるいは恩師が創刊した学術誌『国家』を護るため、あえて国家権力を招きいれた戦中期の計策は、批判され、当の恩師からも叱責をうける。おのれとは異なって、保身に走らず逮捕され、大学を追われた先輩に、荻野三郎という人物がある。荻野が逮捕され、大学を追われた際、彼を支援するために「散発的ながら各地で抗議集会がもたれ、そしてつぎつぎと圧しつぶされていったとき」のことを回想する正木は、「率直に言って私は荻野が羨ましかった」と反応する。友情の欠落、連帯する人間関係の欠如。世知に長けることで生き延びた者であるからこそ、喪われたものにたいする後悔が、持たざる者による持つ者にたいする羨みが、五十五歳の原風景にある。

だからこそ、過去はいまだに過去ではないのだ。時代は正木にとって残酷でありつづける。敗戦後、他律的に戦後体制をととのえた日本国家は、その後まもなく朝鮮戦争への荷担、警察予備隊の創設、破壊活動防止法制定、警察官職務執行法の改正といった戦前回帰の道をあゆみだす。かくて時代は、戦前、戦中と同様に、学問にたいする忠実を問う選択を、正木に迫る。それがかつての悔恨という、正木のこころに存する暗部を照らしだす。想いだしたくもない過去との対面を、正木に強いるのだ。「もちろん、私は平静な学究、学園の中立性を楯に外部の騒音を拒むこともできる。だが、この警職法改正案の問題は、ある暗い連想の先端で、私の青春、そして私たちの若かった時代、さらに私自身の生き方への設問にもつらなるものをはらんでいた」。そうして彼は、原子爆弾の開発にかかわる学術の罪、本来的にいえば政治権力から距離をおき、客観と普遍を志向すべき学術の罪を反芻し、「私は私の過去を整理しなければならなかった」と呟かざるをえないのであった。そしてまた、物語は正木の失脚を描写するなかで、一九五五年のラッセル＝アインシュタイン宣言をほのめかし、純粋であるべき学術の罪悪という主題を、さりげなく反復もする。

過去はいまだに過去ではない。それはすなわち、死者は死者でありながら、死者ではないということでもある。おのれとは異なり、学問の良心に忠実であったがために滅びの道をあゆんでいったかつての仲間、死者たちもまた、正木のなかでは生きている。自死をほのめかす物語最終章の最終場面において、追い詰められて法廷にたつ正木は、米山みきや栗谷清子たち「優しき生者」にくわえ、かつての仲間、「死せる富田」と「死せる荻野」にたいしても、こころのなかで呼びかけるのだ。そうして欠落にかかわるおのれの劣勢感と連動するかたちで、物語は正木のこころにひそむ悔恨が、自責の念が、正木のタナトスの欲動に接続するさまを暗示する。

私人としての正木典膳にまつわる系譜学もまた、物語における重要な細部であろう。彼の亡き父典之進は、漢方医であったのだが、医師としてよりも、人の生き方、道をかたる「道学者」として、世間から敬われていたという。この国の近代化の過程において、漢方すなわち東洋医学の辿った運命が、そうして秘めやかに匂わされる。脱亜入欧の名の許に、西洋医学一辺倒に傾いた明治の潮流から取り残された、江戸以前の東洋医学の残党の姿が、そうして没落の憂き目に遭った旧世代の面影が、典膳の父から窺われるのだ。だからこそ、父の死後、典膳は長兄として、弟妹たちにたいする代理父の役割を演じることを強いられる。それはまた、彼をして、同世代の友と青春を謳歌するいとまを惜しみ、禁欲的なまでに学術の世界に没入することで、近代における「職業的人間」として自立／自律せねばならぬとの強迫観念を抱かせる。さらに物語の最終章にいたり、正木典膳は唐突に、おのが実母を回想する。そこに描かれる、気位ばかり高き母親の没落した姿は、ウィリアム・フォークナーのアメリカ南部文学世界を髣髴させるが、『悲の器』にあっては、明治維新という動乱期の結果として生じた、旧「中級士族」の凋落という文脈で記述される。かくて正木典膳の二親が、ともに近代化の波に乗り損ねた、あるいはそれによって切り棄てられた者たちであるさまが、浮かびあがる。そうして江戸と明治という歴史上の亀裂の面相が、明治後期に生を享けた昭和の正木に影をおとすのだ。正木典膳という近代主義者が誕生する背景には、彼が蒼き日々を犠牲にせざるをえなかった背景には、日本近代の黎明期にたいする彼の反作用が窺われるのだといってもよい。知識にたいする彼の「純粋な」欲求には、あるいは現実を「汚れた」ものとみなす心象風景には、そうした歴史のおおきなうねりが絡んでいる。

見識ばかり高い、しかし死んでみれば弟たちの学資にもこと欠いた漢方医の長男には、知識いがいに身を守る手段はなかった。私は私の困苦勉励を正しい行為だと思いつづけてきた。知らんと欲するのが人のさがであり、知識への愛がもっとも高い人の愛であるのだから。知識の喜びが、それを身につける苦労に比してあまり小さいことも、私には問題ではなかった。苦しみの幅に比して喜びの量の少いのはなにもこの世界のみにはかぎらないだろうから。

おのれの来歴をめぐり、彼はこうして自己肯定する。だが、新教徒的といってもよい、正木の厳格な職業倫理と禁欲主義は、たんなる個人の強張りであるだけでなく、歴史の亀裂がもたらしたものとしても、読まれなければならないのだろう。

正木自身の言葉に拠れば、彼の手による『悲の器』という告白文は、ことの成り行きをめぐり、客観的に必要なことのみを記述したものであるという。それは論理学の学徒として、「事実性と論理性」を厳密なまでにおのれに課した「職業的訓練」をつうじ、後天的に「みずから作りなおしたその性向」ゆえのことだという。それはすなわち、実父、実母の影を断ち、近代を生き抜くための営みなのだ。先にも触れた、戦中の検事職への「転向」の所以をめぐり、彼は研究生活を継続するためには給与が必要であったという、きわめて世俗的な事柄も挙げる。そこにもまた、時代の変遷を背景とした父母の没落を知る者の生い立ち《ヒストリー》が、影画のように連動するのだといってよい。典膳の弟典規が、旧教の神父に転身した背景にも、西洋化を拒否せんとした漢方医たる父にたいする反撥という要因が窺われるのだが、正木典膳および彼にかかわる人物たちをめぐる細部が、時代と歴史に秘めやかに連動するさまを、かくて『悲の器』は執拗なまでに描いている。そうして破滅にいたる正木典膳の道程が、秘めやかに、用意される。

2．論理の情緒

本稿の冒頭にて引いた書き出しは、「職業的人間」としての正木典膳が大学から追放され、米山みきが起こした損害賠償請求訴訟の裁判が進行するさなかの、語りの現在において綴られたものである。そこにおいて、「傷ついた私の名誉は、しかし私が気に病むほどには人は気にしていまい」と正木は紡ぐ。このように嘯く正木の言葉に、相対主義的な論理学者の属性をみいだすことはたやすいのだろう。本文から引いてはいないが、この箇所の直後、おのれのスキャンダルを第三者的視点から、すなわち新聞記事の要約をつうじて綴る語りの形式もまた、正木の客観主義的語り口に連動する。たしかにそれらは、感傷性を排した客観主義者の姿勢という点で、一貫しよう。だがそれは、強張る正木の虚勢であるやもしれぬ。論理のなかにも情緒がある。『悲の器』はそうした細部も描きだす。論理のひとを貶めるもの、陥れるもの。それは論理とは無縁のものである。論理的なものに難詰されるのであれば、論理はそれを撥ね返すことができよう。だからこそ、正木の失墜は、非論理が招きいれるものなのだ。それはたとえば、正木がかつての後輩並川俊雄に恨まれた、過去におけるおのれの立ち居振る舞いであり、学園闘争における蒼き学生の幼稚な理屈であり、情けをもとめる女の感情である。学内における隠微な奸策である。物語は、論理のひとを中心に据えつつも、あるいはそれゆえに、過剰なまでに濃密に、繊細に、情念と情感の世界を提示する。それは正木以外の人物に付与されるものであるだけでなく、正木自身のそれでもある。

私学の講師職にある駆け出しの頃、正木典膳は恩師宮地博士の邸宅に、ある日「召喚」をうけたのだという。のちに妻としてむかえることになる、恩師の姪たる静枝との、出逢いの一日のことである。ときは思想統制厳しき戦中である。宮地門下の俊英たちは、次々と検挙され、投獄され、思想の転向を余儀なくされる。あるいはそれを拒まんとして、ある日突然、世間から失踪する。恩師の自宅で、そうした追放者荻野三郎と失踪者富田司のことが話題になる。そのとき同席していた静枝が、失踪直前に富田が泥酔状態で宮地博士邸に顔をだしたことを、義父と正木を前に、ぽろりと漏らす。「いまから考えてみたら、あの時、富田さんは、なにかきっと決心していたんだわ。しばらく介抱してあげて、お帰りなさいっていったら、子供みたいにしょげかえって帰っていったけれど、それっきり」。富田と静枝とのあいだに、おのれが知らない情の交流があったらしき徴候をみて、正木は衝撃をうける。そうして彼は、次のように反応する。

わずかの期間に富田の精神の中におこった大転換を、親しい友のはずの私は全然気づいていなかった。無論、個人の秘密な魂の奥底でおこる事件は、友人といえども超えることのできない垣根にはばまれてある。しかし、恩師の姪が専門的知識のかけらもなく、なお手さぐりしようとするのをみて、反射的に、自分が実は親しい友の精神の遍歴・放浪にはまったく無関心であった冷たい事実を思い知らされた。そして、その苦しい自覚の反面には、一種名状しがたい、他者に関心をもつ魂への羨望と、他者に関心をもたれる存在への嫉妬があった。

正木は友との交感を犠牲にし、書物と思索に没頭することで、孤独におのれの蒼き時間を費やしつづけてきたという。前節で記したように、そこには歴史の断絶というおおきな主題もかかわるのだが、だからこそ、彼はこのような「冷たい事実」に直面し、共感しあう仲間を持つ者に「羨望」し、「嫉妬」するという。荻野の場合と同様に、おのれが持たざるものを持つ者にたいする情緒が、ここにおいても窺われよう。なにかを獲得するためには、なにかを喪失せねばならないのだから。この日、正木は宮地教授から、母校の助教授就任の内示をうけるのだが、それに喜ぶどころか、安酒場で酒をあおるように呑み、おのれの神経を麻痺させようとする。無為に過ごされた青春の日々。とりもどすことがかなわないそれにたいする、蹉跌と後悔の自意識。それは高橋和巳の作品群に通底する特性のひとつであるといってよいのだが、論理のひとが抑圧してきた、あるいは歴史に家族に抑圧を強いられてきた、情の絆が、そうして論理のひとの情緒を引き裂かんとする。

弟弟子たる富田にたいしては、あらかじめ、おのれが持たざる情の世界を知る者であるという認識も、正木にはある。かつて、まだ富田が宮地研究室の「副手」であった頃合いのことだ。「ある日、たしか富田副手が、親父と殴りあいの喧嘩をしたという話を宮地研究室で洩らしていたとき、ふと私は理由のない羨望の念にとらわれた」。正木はそのように呟きつつ、その「羨望」に、「理由のない」という無意味な形容句をわざわざ付す。それもまた、正木の虚勢を浮き彫りにしよう。激しく感情をぶつけあいながらも、決して壊れることのない関係性、親密であることの証しそのものが、正木の私的生活上、完全に欠落しているのだから。それは父子関係だけでなく、兄弟どうしの間柄においてさえもいえることである。「内気というよりも、ある種の明断さ、ある種の頭の良さのために、誰しもが経験する兄弟喧嘩なるものを、私は一度もしたことがなかった」。正木はそのように独りごつのだから。正木典膳の生い立ちには、かくて、欠落の類いが尽きぬほどに存している。それが論理のひとの内面を、「羨望」と「嫉妬」という情緒の風景を、規定する。

だが、あるいは、だからこそ、告白の書たる『悲の器』において、論理のひとはおのれの内面描写を避けるのだ。それを風景描写、植物の描写に代行させるのだといってもよい。「植物の知識に乏しい」ことを自認する正木典膳は、しかしながら一人称の手記において、ひんぱんに、風景のなかに植物の存在をみいだすのだから。たとえば荻野の検挙と富田の失踪後に訪れた宮地博士邸の庭には、「黄楊の木」が「不安げに動揺」しており、示談のために正木が呼ばれて地方裁判所に向かう風景には、「稀薄」な存在感しかもたぬ「楓並木」がつづいている。米山みきが家政婦として住みこみだした頃合いを追懐する正木は、そのときのおのが情感を、「一種のはりあいと喜び」というふうに、めずらしく素直に綴るのだが、みきが植えた「桔梗が小さな五弁の花を咲かせて」いるという植物描写も、そこに添えられる。桔梗とは、花言葉的にいえば、「永遠の愛」「誠実」「従順」といった属性を想起させるものなのだから。リサイタル後、はじめて栗谷清子に再会する、弟典規の教会の庭には、アスパラガスというファリック・シンボルが新たに植えられている。そしてまた、正木がその存在に気づきもする。そうして植物のある風景が、論理のひとの内面と情緒を、代理描写しつづける。

　正木が米山みきとはじめて肉体関係をもった翌日、ただれた皮膚の悪臭がただよう病妻の部屋は、以下のように描写される。

> 病室は奥の小庭に面している。しかし、庭は荒れ、部屋には日の光はなかった。光の代りに、その病室に瀰漫しているものがあった。それは癌患者特有の、はなはだしい靡爛臭だった。静枝の吐く息は、いささか下品にすぎる比喩とはいえ、あえて言うなら、悪酒に悪酔いした翌日、宿酔の日の排泄物の臭気に似ていた。
>
> （中略）
>
> 病床全体を視野におさめたとき、枕もとの小輪の花が、意外に鮮明だった。なんという花なのか、植物の知識に乏しい私にはつまびらかではなかった。またしいて尋ねるほどのことでもなかった。

おそらくは、静枝がみきに頼んで置いたのだろう、「枕もとの小輪の花」が、鋭敏な嗅覚をもつために、腐臭に苦しむ正木の視界に飛びこんでくる。ここにおいて、死の対照として、生花の色彩が浮かびあがる。そこに死のなかの生、あるいは生のなかの死の似姿を読みとってもよいのだろう。あるいは静枝のかぼそき生命の灯が、枕もとにある花に象徴されているかのようでもある。そしてまた、その花を用意したみきという存在に鑑みれば、彼女の性と花の生が、死期が迫る静枝の病床描写にかぶせられるさまも浮かびあがってくる。それが正木の悪魔的なまでにねじれた内面なのだということである。見知らぬ花の名前は「しいて尋ねるほどのことでも」ないと嘯く論理のひとの強張りも、ここにおいて窺われよう。そうして一人称の語りは、おのれの内面描写を押さえこむ。

　花瓶に活ける生花のイメージは、その欠落とともに、変奏されつつ反復される。正木が大学を追われることが決定的となり、娘典子が出産のために入院しているあいだ、病いと老いに苛まれ、独りわびしく生活する正木の自宅に、妹尾助手夫妻が就職報告にやってくる。彼らを応接室で応対する正木は、そのとき「花のない一輪挿しの花瓶」に気づく。そうして生の欠落が綴られることで、老いて死に近づきゆく暮らしを営む正木の内面がほのめかされたのち、彼は清子との別れの儀式として、人目を避け、急行列車に乗りこむことになる。食堂車に席を移した二人のテーブルに置かれた「コップ挿しの花」が、車両の振動にあわせて揺れるさまをみつめた正木は、このように呟く。「何の花かは名も知らないが、その雌蘂も、わずかな生命ののちに萎縮し、見棄てられて朽ちるだろう」、と。ここにおいても、「雌蘂」という、露悪的なまでにあからさまな隠喩をつうじて、女の性と花の生がかさねられる。そしてまた、正木の想念のなかではいまだに異性を知らぬとされる、清子の現在とその行方に向けられた、正木の悪魔的な眼差しも、暗示される。彼はまた、幼少期、生花を活けるのではなく、「くずす」実母の狂気をみて、「恐怖のまじった感動」を覚えたという。最終章にて言及される、そうした追憶は、嬰児殺しとそれにたいする正木のゆがんだ反応を、想起させるほかないのだが、それはすなわち、みきの堕胎にたいする正木の冷淡に接続する。

意識の流れという文芸手法に連動するようなかたちでも、風景描写がもちいられる。スキャンダルの勃発後、ある新聞記者が正木の研究室に寄稿依頼をしにきた際、正木はひととおり記者から趣意説明をうける。その前後、それまでは存在していることにすら気づかなかった、研究室の窓際にある公孫樹の樹に、精神的に脱臼しているかのごとく、正木の意識は向かいゆく。「雨に濡れる公孫樹のきらめきは、そのとき、血気盛んな青年たちの歌声に応じて揺らぐかのようだった」。そう呟いた正木のこころは、窓の外で輪唱の練習をしている学生たちの若き営みから連想し、たまさかに帰省する息子と対比したのち、栗谷清子との最初の邂逅場面へと流れてゆく。そのとき雨に濡れる公孫樹の葉は、「真珠のよう」に輝いているという。それもまた、みずみずしき若さに輝く清子の面影につらなることであろう。だがその後、話を打ち切ろうとした正木にたいして、「先生のお弟子さん」がスキャンダルのネタを売りこみにきたことを記者が告げる。その直後、「ふたたび窓の外に視線をそらせたとき、公孫樹の葉にはもう何の輝きもなかった。重そうに葉を垂れ、黝んで見えた」という。そうして論理のひとの感傷的で感情的な内面が、その変遷が、公孫樹をつうじて描かれる。一人称の語りは、直接的なおのれの内面描写を封じこめつづける。

3．涙する論理

学部長職を実質上解かれた直後、みずからの老いを痛感しつつ、正木は病いに伏せる。そのとき、「激しい頭痛と腰痛を伴い、まるで目が膿むように痛んだ」という彼の瞳に、「物理的な涙」がボロボロ流れるのだという。それはすなわち、「精神的」な涙ではないという、正木自身の断り書きでもあるのだろう。一般論的にいっても、高橋和巳の文学世界にあっても、涙は感傷性と接続する。だからこそ、『悲の器』では、米山みきがおびただしい量の涙を流す。典膳の妹典代や娘典子にくわえて、転向声明をだすことで釈放され、大学に戻ることなく郷里の長野に帰った学問の挫折者荻野の瞳にも、無念の涙が流れおちる。そしてまた、これまでの交際の証したる書簡を、栗谷清子の求めにおうじて正木が返却する際、はかなき恋の終わりに想いが昂ぶる彼女の瞳からも、「急激に大量の涙」がしたたりおちる。それを前にした論理のひとは、「たとえみずからが鏡に対して、過去五十数年の不安や苦渋や、老いさきの短さを、どんな暗色にいろどって思い描いたところで、私の頰に水滴が光ることはないであろう」と独りごつ。かくて、『悲の器』にあって、涙は正木以外の人物たちに、過剰なまでに付与される。だが正木は、おのれの最たる内面のひとつである、涙の描写も押さえこむ。彼もまた、涙のひとであるにもかかわらず。

「悲哀の感情とは無縁」であると、物語の冒頭にて自己規定したひとは、じつのところ、他者から憐れみを施され、そして、おのれを憐れみもするのだ。栗谷清子との「不相応な逢瀬」の途中、「慣れない田舎道の歩行に疲れ」、おのれの老いに「悲哀」を感じた正木は、清子に気遣われるのだから。そうして二人の会話は、より一般的なものへと流れてゆく。

「どこか、お可哀そうなところのある方ね、先生って。」

背後の山腹の村で山鳩が鳴いた。

思えば、米山みきもいつか同じ意味のことを言った。いや、静枝もかつて、もっと鋭くそう言った。病床にしばりつけられて、人に憐れまれ、その憐愍を露のように食って生きていた瀕死の病人が、かつて、一瞬、ゆたかな慈愛の表情を作って私にそう言った。たぶん、何かが間違っているのだ。その間違った部分が、哀れな電流を発し続けているのだ。

「何かが間違っているのだ」とするこの言葉もまた、論理のひとの虚勢なのだといってよい。孤高に孤独に歯を食いしばり、情を抑圧し、後天的におのれを論理的人間として造型してきた正木の強張りこそが、女たちによる同情をいざなうのだ。正木をめぐるふたつの憐れみは、こうしてすれ違うのだ。このズレが、女たちをさらなる憐愍にいざなうのだ。病いに伏せ、「物理的な涙」を流す直前において、学長から実質上休職を命じられた際、時間をもてあました正木典膳は、映画館という大衆空間のなかで時間をすごす。

そうしてその「不運な母子の別離」の場面にて、感傷的な涙を流す。ソープオペラに涙するほどに、正木の強面から論理が剝げおちるさまが窺われるのだといってよい。あるいはそれまでいかほどに、彼が涙の情緒を抑圧してきたのか。後天的に構築された、正木の人格にひそむそうした影の側面が、啓示されるのだといってもよい。

だがことは、それだけではない。じつのところ物語には、他者を見下し他者に憐愍を施しつづける正木が流す、自己憐憫の涙が、影画のようなかたちで描かれる場面がある。手記のなかのもうひとつの手記、最終章直前の第三十一章に収められた、亡妻静枝によるものである。

「すまないと思う。」

何か断片的に呟きながら、彼は、女の魅力も脂肪も失われたわたしを、抱かねばならなかったのです。そう、夫ももらしておりました。仕方がないのだと。仕方なく、夫は、わたしのすべてではなく、その肉を、その肉のすべてですらなく、わたしの部分を抱かねばならなかったのです。

相互で憐れみ合いながら――それがどんな苦しみであるか、あなたにはお解りにならないでしょう。神さま。どんなにみそぎをしても祓うことのできない、宿命と業の、それが啓示でありました。それが、わたしたちの触れあう、愛の姿でした。

その苦しみの後には、夫は痩せたわたしの指をとり、わたしの呼気を顔をそむけて避けながら、そう、夫もまたあなたに侮蔑されて涙を流したものでございます。部屋に光はなくとも、あなたに侮蔑されて屈辱に歪んだ夫の顔を伝って流れるものをわたしは、はっきりと見ておりました。涙を見せぬまでも、わたしの手をとったその指は、いつも、とどめ得ぬ震えを顫えておりました。

「妻の寿命を縮めるようなことをするわたしを怨むかね。」

「これが、わたくし達の定めなら、それでよろしゅうございます。わたしはこれでよろしゅうございます。」

動物的性欲と新教徒的禁欲主義を兼ね備えた正木典膳は、すなわち本能と近代的理性を兼ね備えた彼は、妻が病いに倒れたのちも、外に女をつくることなく、週に一度、妻に性交を強要していたという。静枝に拠れば、地獄のごときその「苦しみの祭典」は、典膳がみきと関係をもつまでつづいたという。その際彼は、つねづね涙を流しつづけていたのだ、と。「悲哀の感情とは無縁」であるとする、相対主義者、近代主義者正木典膳のおのれをめぐる言葉を、正木自身のみならず、かくてもうひとつの手記が告発し、相対化し、そうして物語の内側から突きあげるのだ。正木もまた、悪魔的行為を控えることのかなわぬ業から逃れえぬ、神によって侮蔑され、動物たる宿命に弄ばれ、踊らされる、かよわき子羊にすぎないのだ、と。静枝の手記にあるように、闇に隠れ、闇に護られたかたちで、正木は涙を流しているのだろうか。はたしてそれが、病床にある静枝にみえるのか。それは読み手が知りうるところのものではないのだろう。だが、すくなくとも、正木のこころは泣いている。正木自身が綴らぬ涙を、おのれの内面の奥底に隠す自己憐憫の涙を、静枝の手記が描いている。近代日本が社会の表層から隠蔽した、性という、もっとも理性から隔てられた、動物的本能にたいする論理のひとの無力と敗北を、妻を死に追いやる罪深き悪行という名の営みを、作者が暗闇のなかに描きこむのだ。それにたいする正木の屈辱感と罪責感を、涙の痕跡をつうじて、作者が描くのだ。論理のひとは、おのれを憐れむ涙と悲哀のひとなのだ。

「このたびのことは、諦めねばなりますまいね」。栗谷父娘を招待した、だが、娘清子のみがそれに応じて現れた料亭において、食卓についた正木は、最初にこのような言葉を彼女に告げる。それはひとまず、求婚を断られ、おのれの自尊心が傷つくことを避ける類いの、自己防衛のためのものではない。先手を打つことで、実らぬ定めにある恋慕の想いを断ち切らんとする、そしてまた、老いた男と結ばれることで道を誤る清子の未来を押しとどめんとする、正木の切ない強張りなのだ。そうなのだ。ここにおいて「諦め」れば、正木も清子も滅びの道から引き返すことができるのだ、と。だが清子は、「わたしのようなものでもおよろしかったら、どうかお慈しみください」と返し、正木のプロポーズを受諾する。そのとき正木は、「不覚にも私の目尻に涙がにじんだ」ことを告白する。ここにおいて、どうして正木は涙するのだろうか。物語がその所以を紡ぐことはない。植物がそれを代理描写するわけでもない。だからこそ、この涙は、多義的に読まれなければならないのだろう。妻の静枝が見定めたような、おのれの業に神からの侮蔑を感じる男の涙なのか。蒼き日々を犠牲にしてきた、青春の蹉跌と不毛の後悔が、束の間赦されたかのごとき錯覚のために、感極まる涙であるのか。常日頃、慎重に思考する習慣の染みついた相対主義者の精神が、行為者になることを強いられ、破滅を予感することで流される涙か。おそらくは、それらすべての涙であろう。さらにいえば、それはまた、愛されてあるという、正木の来歴にあっては未知の領域たる情念に、不意を突かれて混乱したために滲んだ涙でもあるはずだ。「厳密性、客観性、合理性、体系性」といった「永遠の拷問」に「奉仕」することで、後天的に構築し、鍛錬してきた正木典膳の強張る精神が、愛という情緒に一瞬の隙を突かれ、ゆるみ、その刹那に流された、涙のしずくなのである、と。

清子と結ぼれることは、みきの人生を蹂躙することで、すなわち二人の女性を支配することで、有限者たりながらも愛を「分配」する超越者にならんとする、存在論的矛盾を含意する。それはすなわち、論理のひとが論理的に破綻するということである。だからこそ、正木自身の言葉をかりれば、清子を追いかける営みには、「倫理的にではなく、論理的に自分が破滅しそうな危険」が存するのだ。かくて、正木の瞳に滲む涙には、自己破滅を希むタナトスも絡んでいる。なにかを獲得するためには、なにかを喪失せねばならないのだから。そしてまた、音楽家であるという、正木が封じこめてきた情緒を攻めてやまぬ清子が象徴する、蒼き性を手に入れることは、それを諦めることで、あるいは諦めさせられることで構築した、後天的なおのれの論理的人格が瓦解することも意味しよう。エロスとタナトスを同時に志向することで、正木典膳は空中分解するのだ。そうして一人称の語りが綴る自己憐憫の涙が、おなじ一人称の強張りを、マゾヒスティックに打ちのめすのだ。そこにこそ、涙にこそ、正木の破滅における最たるダイナミズムが存するのだ。

現代日本は、優しい時代にあるのだろう。おおきな悪魔は姿を消した。だが、なにかを契機に、悪は表層に現れる。悪は人間のこころの奥底に潜伏し、そうした機会を待っている。だからこそ、悪を忘れた者こそが、悪に足許をすくわれる。悪はときに切なくて、ときに魅惑的なものなのだから。

おのれの老いを意識するにつれて、正木は過去の整理に着手する。悪魔的エゴイズムを誇示する傍らで、「古い友人」「同学の友」という言葉遣いで荻野と富田のことをかたり、彼らの埋もれていた遺稿を活字にすることで、戦中期、恩師に批難されながらも護りつづけた学術誌『国家』の発行を、終わらせんとする。荻野の未亡人に託された、遺児君子の就職斡旋を、娘の嫁ぎ先の義父たる銀行家、姫崎嘉六に依頼し、その返答を君子に伝える。そしてまた、したためた遺書において、おのれの主著の著作権を君子に移譲する。それは亡き「友」にたいする弔いであるのと同時に、正木自身のタナトスの背面にひそむ、贖罪行為、代償行為でもあるのだろう。そしてまた、涙をこばむ涙のひとの感傷性を、いま一度、浮き彫りにもすることだろう。

悪魔のごとき支配者は、そうして孤独に滅びの道を突き進む。正木典膳の圧倒的なエゴイズムは、近代的理性の業は、強張りを超え、断末魔の叫びを超えて、破滅という名のカタルシスをつうじ、いまなお読み手のこころを震わせる。

橋本安央（はしもと　やすなか）
関西学院大学文学部教授。一九六七年生まれ。京都大学文学部卒業。主な著書に『高橋和巳　棄子《すてご》の風景』『痕跡と祈りメルヴィルの小説世界』。

高橋和巳の戦争観と戦争文学論

——『散華』、『堕落』を核として

田中　寛

確信性の、過失ないし破廉恥へのすりかえは、戦後の代表的な平和運動の拠点であるヒロシマの原爆慰霊塔の石碑にきざまれた悲しい祈りの言葉に典型的にしめされている。「安らかに眠って下さい。あやまちはくりかえしませぬから」と。

（高橋和巳「戦争論」、傍点、ママ）

一、はじめに——検証と考察の対象

高橋和巳の文学世界に通底する破滅指向、崩壊感覚、廃墟・憂愁の思想の根源にあるものとは何か。そしてそこからありうべき理想、新しい理念を創出する志向とはどのようなものか。——これは高橋文学に共鳴する誰もが抱く想念であろう。作品に内在するニヒリズムはときに死の哲学や散華の精神とも深く錯綜する。高橋文学の本質に迫るにはこれらの解明は避けては通れない。本論ではその本質の探究として彼の戦争体験と戦争文学の連環から迫ってみたいと思う。

文壇デビューから十年に満たない短命な期間に残した数多くの文章の中で、高橋は戦争、あるいは戦争文学について、比較的多くの論考、エッセイを残している。発表順にあげれば「戦争体験と文学」「戦争論」「散華の世代——埴谷雄高氏へ——」「焼身自殺論」「戦争と原罪」「戦争文学序説——運命について」「再び戦争とは何であるか」「勲章と千人針」「人間にとって戦争とは何か」「極限と日常」「日本の軍隊と国家」「わが体験」「死について」などで、一九六三年から晩年の一九七一年にわたるが、とりわけ、六三年、六四年に書かれたものが最も多いことに着目したい。[1]

さらに、戦争文学論の積極的発言者であり続けた安田武との対話でも随所に戦争に関する体験についてのやり取りがあり、彼の主題の中枢を占めていたことが了解される。[2]三十代前半にこうした思索を重ねたのは、もちろん全体小説たる長篇小説を構想し、創作する過程で培われたわけであるが、同時に〈戦争悪〉を通して人間存在の原点を見つめる姿勢でもあった。彼の戦争体験を内在的な思索とすれば、しばしば指摘されるように、青春期から一貫して中国の乱世の古典文学に共感し続けた彼の思想の原器が外在し、互いに共振し合っていたともいえよう。

こうした関心――思索と思想を背景に、彼が戦後文学の検証に向かったのはよく了解されるところである。第一次戦後派への共感は、とりわけ国家論、戦争責任、戦争悪についての誠実な対峙によって紡ぎ出された、明確な反戦的告白であったといえる。戦後の作家、それも昭和一桁生れの作家において、これほど戦争に対して深い内省を続けた作家も稀であろう。ちなみに高橋和巳よりも一つ年少の高井有一（一九三二年生れ）もまた、内向の世代の中でも戦争体験の濃厚な作家とされるが、高井が「北の河」「少年たちの戦場」「この国の空」などによって家族、知友関係の記憶の核を中心テーマとして内界に向かうベクトルを標榜したのに対し、高橋和巳は外界に向かうベクトルを徹底堅持し、私小説ではない全体小説を志向した。戦争、戦争論のとらえかた、思念・感受の資質自体に本質的な違いがあったといえよう。[3]これは少年期の空襲体験、読書体験や疎開現場で遭遇した体験の相違にも拠るのだが、高橋にとって、人間の煉獄と混迷を見つめ克服するには、弱者への共鳴とともに、こうした邪悪なるものに立ち向かう〈志〉なくしては一歩も前に進み出ることができなかった。

高橋和巳の長篇「悲の器」からはじまって「邪宗門」、「我が心は石にあらず」などの作品の中にも戦争の孤影は見え隠れする。原爆被爆者問題を根底に据えた「憂鬱なる党派」も戦争の創傷をひきずる原爆文学として位置づけられることもある。しかし、戦争責任を正面から扱った「散華」と満洲国の興亡を扱った「堕落」については、管見の限りでは戦争文学としての位置づけ、作品の本質についての十分な議論がなされたとはいえない。[4]短篇「あの花この花」は彼の銃後の日常を扱ったもので集英社「戦争と文学」全集の一巻に収められ、また「堕落」は別巻の梗概に紹介されているが、「散華」もまた同一線上に論じられるべき戦争文学であることは間違いない。[5]高橋和巳の文学と思想を語るうえで、これらの作品を通じて、深く堆積する「戦争と人間」をどうしても書いておかねばならない。本論で「散華」、「堕落」の二作品を取り上げるのは、前者においては昭和浪漫派、国体・国粋主義の検証、さらに後者では満洲国という歴史的な省察を背景に語る素地が、濃厚に凝縮されていると思われるからである。

二、時代―原体験―記憶―想像力の鉱脈

考察の前に、記憶と想像力について考えてみたい。そして時代にどう感化され、原体験が創作をどう牽引したかを考えてみたい。同時に高橋和巳が極限と日常世界をどう対峙させていたのか、にも触れなければならない。そもそも人間の体験とはどのようにして記憶に刻印され、そしてそれが言語化され、思想化されていくのか。私たちが一般に「戦争体験」というとき、直接的な現場——前線、戦場、銃後での体験を指す場合もあれば、体験者から聞き及び、継承記憶として定位する場合があるだろう。

高橋和巳はその晩年に座談会と講演のなかで書くことの根源的な意味と、文学における想像力の問題について詳しく論じている。[6] 要約すれば、前者では同人誌「人間として」に参画する同人たちに、忌憚のない意見をたたかわせている。注目すべき箇所を抜き出してみよう（傍点、引用者。以下、同様）。

> そもそも言語というものが、僕の感じでは、実存の深みから噴き出すあぶくであると同時に、人間相互の関係性の上に成立してきた火花のようなもので、だから、言葉を用いて思考すること自体が、すでに他者の磁場に自己をさらすことだという気がする。

「あぶく」と「火花」の同時進行は、とりもなおさず自己と他者の磁場との葛藤である。読者想定以前の根本的な問題として、無意識的で不明瞭な他者とのかかわりあいを明確にするという側面を文学衝動のなかに認めようとする。そして、書く姿勢も少しずつ変わってきたことを自覚する。

> 恐怖じゃないけど、やっぱりある自己崩壊感のようなものを自己救済欲求との関連で感じていた。それからやや表現行為が自覚的になるにつれ、同時に自分の非行動性にひどくいらだつという過程があったと思う。

と述べ、「世の中全体への腹立ち」、「実存的腹立ち」が増幅し、「表現による自己充足とは別に、書くことの一つの

発条になる」という要素を告白しているのだが、明らかにこの憤慨は、彼の不意に急襲する悲憤の顕現であって、ひいては見る者と行動する者の立場をも規定する。そして人間の活動する二十四時間をどうみるかで、働く時間というものを重視する。細分化された近代社会の中では、社会、歴史と何らかの関係性を結ばざるを得ず、職業の特殊性や専門的倫理性などによって立ち位置も微妙に決定されるとする。きわめて実存主義的な思考である。

また、後者の講演では、晩年の学園闘争から受け継いだ体験を率直に語る中で、運動の中の「生命の哲学」「歴史の中の人間の一回性」の意味について話をすすめながら、想像力と現実との交渉、あるいは凌駕する役目を、また知覚と想像力、知覚の残像作用、さらにイメージと欲望、恐怖感覚、条件反射の問題に及び、次のように書くことの行為的な意味づけを志向する。

つまり、日常性をある瞬間的な行動によって脱却することは、たしかにできます。しかしそれだけではなくて、日常次元でそういう運動全体が沈滞した時も、またできるわけであって、それがさっきから申しておりります芸術の一つの任務であり、また読むことの意味であり、さらにその芸術自体が、あるパターン化の現象がみられるとするならば、その芸術の在り方それ自体をつぶしていって、また他の芸術を築き上げていくべきなのです。

想像力とは〈解体〉と同時に〈創造〉をも担うことを強調する。想像力は日常次元にとどまらず、文学を越え、世界を切り拓く芸術論の原器となることを確信するのである。

あたかも漱石の「私の個人主義」にみる「自己本位」の掘削の営為をも髣髴とさせるのだが、この心情の基底には、やはり時代の大きな影響が介在していたというほかない。漱石の再来を思わせる文壇デビュー作「悲の器」が第一回文芸賞を受賞するのはオリンピックを二年後に控えた一九六二年（昭和三十七年）である。「もはや戦後ではない」と言われた一九五六年から六年、また敗戦から十数年が経っていたにすぎない。貧富の差は大きく、貧しさは横一線であった気がする。戦後十八年、オリンピックを二年後に控えた当時、敗戦を二十代で迎えた者はまだ三十代から、四、五十代であり、戦争体験者はごまんといた。当時は路上に多くの傷痍軍人の姿が見られたし、少年向けの漫画週刊誌には航空戦記が連載され、文具店頭には軍艦や軍用機のプラモデルキットが並べられるなどの磁場、戦争の記憶は身近なところに燻っていたのである。筆者とほぼ同世代の政治学者山室信一は次のように述べている。[7]

一九四六年から一九六二年まで続いたラジオの「尋ね人」の時間では、マンシュウ、ハルビン、サハリン、カラフトなどの地名を耳にし、そこがどこにあるのかなどはわからないものの、そこではただならぬことが出来して、父と子、母と子、兄と姉、姉と弟、人と人とが引き裂かれ、そのままお互いにゆくえ知らずになっている――という、これまた私には不可解でなにか恐ろしい非業の出来事があった土地が、海の向こうの大陸にある事実を否応なく呑み込まされ、不安をかきたてられたものであった。

「尋ね人」、「復員だより」、「引揚げ者の時間」。そうした消息の照会は、戦争がまだ終わっていないことをまざまざと知らしめた。いまでも筆者は放送が始まるときの音楽と厳かなナレーションの響きを憶えている。当時よくラジオから流れていた倍賞千恵子「下町の太陽」（一九六二）、三浦洸一「異国の丘」（同）は経済成長の応援歌でもあったが、一方で風化されようとする戦争記憶との〈綱引き〉の時代でもあった。また、一九六二年というこの年は東京の人口が一千万を越し、前年に有人宇宙飛行に成功して自信をつけたソ連との間で第三次世界大戦をも予兆させるキューバ危機が勃発した年であった。また、高度経済成長の離陸の時期で、テレビ受信者契約数が一千万を突破、また富士ゼロックスが国産電子複写機を完成、コピー時代の幕開けという年でもあった。[8] 昭和の戦争体験は残虐な記憶をひきずりながらも急速な風化を迎えようとしていた。

文学では安部公房が「砂の女」を書き、また評論では会田雄次「アーロン収容所」によって戦争の余燼がなお流布していたのを受けてか、佐々木基一が「「戦後文学」は幻影だった」（『群像』一九六二年八月）が発表されるや、ただちに本多秋五が「戦後文学は幻影か」（『群像』一九六二年九月）で反論するなど、「戦後文学論争」が展開されたことも記憶しなければならない。そうした時代状況の中で高橋和巳という作家が「悲の器」という作品で出発した事実を確認しておく必要があろう。戦後文学にいちはやく感化された高橋和巳は戦争を主題とする文学に大きな関心を持つに至ったのは、むしろ当然のことでもあった。

ほぼ同時期に高橋和巳は「日本人の歴史観」と題する座談会に参加、昭和史論争、東洋と西洋の歴史感覚、マルクス主義史学の功罪、歴史と文学のはざま、歴史学における遺産の継承など、文学者としての歴史視線の確かさを述べている。[9] 戦後派の文学者が総決算のごとく大作を発表する中で、高橋和巳は自らも将来に書くべき戦争文学のために厖大な戦争小説に接したであろう。「悲の器」の次作として「散華」が構想されたのは、以上のような時代的な背景があったことに着目する必要がある。風化する戦争体験をつなぎ止めようとする戦後文学の面目にかけた焦燥が突き動かしたともいえる。

一方で戦後の貧困と剔抉し、高度経済成長の道を一直線に突き進もうとする日本と、一方でどうしても戦争の風化を堰き止めたい意志とが相拮抗する混沌の時代であった。高橋自身も大空襲や疎開など身をもって味わった以上、戦争がもたらす惨劇を全人類的な全体小説的に描きだそうとする素地、環境は当時から十分すぎるほど整っていた。あとはその思想、文学的醸成を模索するだけだった。戦後に抱え込まされた不安と戸惑いの昭和三十年代は戦争責任、戦後責任を問い、真摯に出発しようとする者にとって、遅れてきた苛酷な戦場でもあったのである。高橋にとって、時代は生来の資質を惹起せしめ、記憶として定位せしめ、その堆積が独自の創作における想像力を培っていったのである。

三、高橋和巳における戦争体験と戦争観、戦争文学

数多い戦争文学の中でも秀逸とされる津本陽の「わが勲の無きがごと」がある。かつて同じく「VIKING」の同人であった津本は、作品の冒頭に主人公「私」の義兄にあたる清健が紀伊の汀で溺死する場面を描いている。「ほん波打際」で不意に意識を失って倒れ、息をひきとった。頑健な彼がなぜそのような死を遂げねばならなかったのか、その理由を探るべく歴史の遡行がはじまる。ややミステリー的な色調を持つ作品だが、ここにも戦争の傷痕、影が濃くつきまとう。人肉嗜食（カニバリズム）をもう一つのテーマとする当作品は、戦後も重い荷物を引き摺って生きざるを得なかった男の壮絶なドラマを構成する。筆者はこの作品を折に触れ、高橋文学の内実と重ね合わせようとする。そう、人はいつ、どこで不意に足場をはずされ、また屈強な体のどこかに思わぬ悪腫が見つかるなどして命を失うかも分からない。日常には常に非日常が、豊穣の裏には常に破局が、まるで硬貨の両面のごとく仕組まれている。——

高橋和巳は一九三一年八月三十一日に生まれた。そのおよそ半月後の九月十八日に満洲事変が勃発し、アジア太平洋十五年戦争が幕を切って落とされる。一九三七年七月七日の盧溝橋事件、すなわち日中戦争の勃発時には六歳、太平洋戦争開戦時は十歳であった。太平洋戦争末期には大阪大空襲に見舞われ、また農村動員という体験にも遭遇して

いる。疎開体験とともに、戦後もその余燼を持続することとなる。のちに中国文学を専攻し、六朝乱世の文学をライフワークとしたのも、戦争の時代を生きた空気と無縁ではなかった。

　そこにはある種鮮烈な浪漫主義の残照とストイックなまでの情念もついてまわることになる。そして、その文学思想形成の途上に見たものは煉獄としての人間の存在、身の処し方であったにちがいない。若き日のジャイナ教への傾倒も虚無的な思想の萌芽も時代状況の併走と無縁ではない。思想的・社会批評の視角もそこに収斂されていくのである。晩年、他の知識人とは一線を画すように「わが解体」へとつき進んでいった背景には、明らかに戦争の影と同時に非暴力への理想の触手が延びていたと言わざるを得ない。こうして、高橋和巳にとって、日常もまた戦い（＝闘争）の延長線上にあったのである。戦争体験という危機意識は幾層にも重なって、彼の作品を囲繞していったのである。[10]

　では、高橋はどのような回路で体験を〈思想化〉していったのだろうか。若き日の思索の土壌は、周囲からの感化も否定出来ない。恩師吉川幸次郎をはじめ、彼の近くにいた桑原武夫、白川静、梅原猛、奈良本辰也にしろ、とにかく実体験からの〝耳学問〟が相当の知識量を満たしていたことだろう。当時はまだ戦争体験が生々しく息づいていた。あるいは懺悔と悔恨に彩れた「中国体験」が高橋の内部に醸成されていったことは想像に難くない。

　一方、そうした空気の中で青春期を過ごした彼にとって、忸怩たる想いは敗戦直後からの日本人の激変ぶりであった。長篇「憂鬱なる党派」の冒頭近くには、こう書かれている。

> 中学生のころ敗戦にあってから、彼は自分の感覚を越えた理論体系や厖大な仮説を、そして権威ありげなものの一切を信じなくなっていた。敗戦と、それがどのように関係するのか、よく解らない。しかし、錯綜し複雑に入りまじっているものを、目の前でたちまちに整理してみせる精神の魔術は、彼には常に許しがたい不誠実のように感じられた。それは才能に恵まれなかったからではなく、記憶以上のものとして今も彼を支配している或る経験のせいだった。あまりにも急激な価値変動を何度も経験しすぎたのだ。それは、おそらく彼だけの経験ではなかった。そして、あの閃光も彼の頭上にだけ花咲き散ったのではなかった。人々は同様に教育され、感激し、疑惑し、そして不意に崩れ去ったのだから。

主人公西村恆一の胸に間歇的かつ周期的に湧きおこる、そしてせきを切ったように流れだす〈後悔〉の念。その「不思議な感情は彼自らのものではない一個の生物のように成長しつづけていた」のである。その「償いがたき悔恨、われらの記念碑」は、その後も「憂鬱なる党派」から一歩でも遠ざかることなく成長を続け、連綿たる山脈を形成していく。何という悲憤であろう！　「或る経験」という深さは、たとえ「膝までの水嵩」であっても終生の創痕となり続けるものなのだ。さかのぼって、西村はこう述懐する。

それにしても一体、わたしはなにをこんなに後悔することがあるのだろう？　彼は、その理由を検討してみようとする。しかし、一向に摑みどころはなく、手がかりは皆無だった。

人は「それにしても」という感慨をどうしようもなく抱き、躊躇し、立ち止まる。想念は常に順調な働きをする訳ではなく過去に呪縛されている。少しでもその地点から脱するために「それにしても」とつぶやき、自らを慰藉するほかないのだ。後悔の芽は摑みどころもなく、「すでに前提となる悪しき行為すら要求しなかった」以上、「雑沓の波動に乗って流れていき、そしてひと周りすると、また彼の腺病質な肉体に帰って」くるほかなかった。こうした雑沓の無常観に象徴される情景は、「憂鬱なる党派」にとどまらず、彼の作品の全編を蔽う霧のようなものだが、それは主人公に作者自らの感情を移入させたものにほかならない。主人公西村恆一の内声は高橋和巳自身の肉声でもあった。ただ「それにしても」という自問自答の固執は、さらに自分を内面の奈落に追い込むしかない。

それにしても、この後悔の念は、いつ頃から彼の胸を蝕みはじめたのだったろう？　たしか、毎日毎日がお祭り騒ぎのようだった少年期にも微笑と闘争、羞恥と屈辱に満ちていた学生時代にも、こういう奇妙な経験はなかった。それは、ただ単に感性的に未熟だったからにすぎぬにしろ、まだ彼には無縁な感情だった。日頃から過去を恋人のように大切にしてきた彼が、自己の昨日に関して誤りを犯すはずはない。たしかに、その頃はまだ後悔の念とは無縁だったのだ。たとえ、その頃空虚よりは後悔を！　としたり顔に呟いたことがあったとしても、まだ後悔が、彼の存在の形式になど、決してなってはいなかった。では一体いつごろから？　思いめぐらしてみてもそれは不思議にわからないのだった。もっとも、はっきりとは思いだしたくない秘められた意志が彼の中で悪性遺伝子のように幅をきかせているからかもしれぬ。

そして人はだれも「秘められた意志」が内在するがゆえに、ある日突然、方向舵を失うこともある。だが、一方の「それにしては」という修復翼は見当たらない。やがて片肺飛行は失速し、その結果、「それにしても」の心情の連鎖、堆積はやがて澱のように積もりに積もり、果ては雪崩のように崩れ去るしかない。後悔の淵源をたどればたどるほど、一層自らを呪縛する。西村恒一の後悔の念は、本稿で議論する「堕落」の青木隆造にも、「散華」の中津清人にも飛び火していくのである。

そうした感懐を背景に、高橋和巳は「戦争体験と文学」において、次のように語っている。

> そして、現代の文学にとっての最大の事件は、いうまでもなく第二次世界大戦であり、戦争は、いろいろなかたちで私たちの精神に変容を強い、そして文学は戦争に対する反省の、存在論的な側面をうけもちました。（中略）私の知る限りでは、戦争というものを人間存在のあり方との関係で考察した、その考察の深さと真摯さに関しては、日本の文学は、世界に誇ってよいものだと考えます。

高橋はしばしば「存在論的」「存在のあり方」という語句をキーワードのように呈しているが、それは人間に根源的に内在する原質を意味している。人間存在の極限を描いた大岡昇平の「俘虜記」、阿川弘之の「春の城」を対照させ、前者が教養的な分析的手法で解明したのに比べて、後者は日本の私小説の伝統の上に立つ「叙述的戦争文学」の代表であるとする。そしてこれらの伝統的描出手法は遠藤周作の「海と毒薬」、井上光晴の実験的な「死者の時」にも受け継がれている、と述べている。そして原爆についてもこう述べている。

> （略）原爆が世界を何回も破壊し得るまでに発達したから、この地上から戦争が消えたわけではなく、私たちの魂が浄化されねばならないのです。文学はその浄化の作用をになう有力ないとなみであり、その責任もまた非常に重いといわねばなりません。

エッセイ「極限と日常」でも、彼は人間存在のぎりぎりのところを描くことを文学の基底ととらえていた。「晩年」というにはあまりにも急速におとずれた季節の中で「義に近い人間関係」の構築を自己解体とともに訴え続けた根底にも、この精神の連続性があったといえよう。また、「戦争論」において、高橋は戦争の定義を「それは、まず政治的には、国家的規模においてなされる持続的な確信犯罪行為である」と述べている。だが、悲劇は「戦争指導者ならびに参与者のほとんどすべてが統一的な確信をもっていなかったと強弁し、国民もまたそれを受けいれることによって、国家的確信犯罪を外交上の過失や民族的破廉恥罪にすりかえてしまった」ことであった。その顚末は、広島の原爆慰霊塔の石碑にきざまれた文言に象徴的であるとしたのだった。

また、こうした戦争観の素地のうえに高橋和巳はさらに「戦争文学序説——運命について」のなかで、むきだしの形態である戦争において、巻き込まれていく個々人に三つの無慈悲な設問が課せられると述べている。すなわち、

第一は、自己が他者を殺すことを正当化するものははたして何か。第二は、天寿を待たずなぜ自分がそこで死なねばならないか。第三はおなじ状況下にあって自分ではなく人がなぜそこで死んでいくのか。

この極限的な三問に答えずして個人は人間として生きていけないとする。そして、第二の問いの対極である第三の問いこそが、執拗にこだわっている原体験である。しばしば生き残った者の慟哭が聞かれるのも、戦争の生存者、事故の生存者にかぎらず、人間が率直にいだく心情である。文学における死からの生の救済は、互いに連関し重なり合うものだとする。そうした人間の〈業〉を紡ぎ出す戦争文学の本質とは、一つの答えを導き出すのではなく、いやむしろ、より拡散する可能性をも潜在させるといわねばならない。

こうしてあらためて概観しただけでも、高橋和巳の文学には戦争という巨像が実に色濃く覆っているといわねばならない。ただ、高橋の場合は、実体験という体験値は未明であるがゆえに、想像力に荷担するところが大きいという制約は否めなかった。つまり、幼年期に遭遇した「第二次世界大戦」(とくに太平洋戦争)の苛酷さのみ主題化し、日中戦争、また一九二〇年代、三十年代の戦間期に関する戦争論のとらえかたについては、不十分であった。言いかえれば、彼の成長途上においては、結果としての戦争日常であったわけで、もし彼が存命でありつづけたならば、日中戦争をも広い射程におさめつつ、さらに精緻な戦争論、また新しい自己＝社会救済の可能性を志向する戦争文学を創出しえたはずであった。

四、「散華」再読――「特攻」の真実という観点

著名な文学賞受賞後の第二作目こそが作家の真価を問われるとはしばしば指摘されることだが、「悲の器」ののちに「散華」を発表したことで高橋和巳の方向性は定まったともいえよう。初版の「帯」には「日本民族の不可避の主題「死の哲学」を究明した俊英の力作」とある。「死の哲学」とは、「散華の精神」、つまり自らの死を捧げ、正義聖戦、大義に殉ずることを意味する。あの戦争で多くの若い生命を死に追いやったものは何か。これが作品の大命題である。

これまで「散華」については多くの論究があるが[11]、作者が何を提起したかったのか、という肉声に迫ったものは少ないように思われる。それは本作の主題である「特攻」という現象、事態についての省察が十分ではないことに拠っているのではないだろうか。以下では、物語の推移とともに、この「特攻」という戦争犯罪行為の相関についてやや詳しく見ていくことにする。

中津清人は大戦中、若い世代に決定的な影響を与えた国家主義者であったが、戦後は若者を死に駆り立てた贖罪意識を強く抱き、瀬戸内海の孤島で余生を送っている。一方の主人公の大家次郎は元特攻隊員でありながら戦後は高度経済成長を支える一生活人である。戦時中の中津については詳細を知らないが、大家は彼の同窓の友人で中津清人の研究者でもある小林から戦前の中津の著作を借り出し、中津の思想背景が浮き彫りにされていくという設定である。一方、大家の妻との会話、料亭での女給とのやり取りなど、大家の周囲にまとわりつく生活人の描写についても当時の空気を漂わせる。時代背景はまさに戦後の真只中であり、主人公も時代に乗って猛烈社員のごとく働く高度経済成長の象徴のような存在であるが、それを引き留めるような存在が中津清人である。

この両者の対比、対峙の発想は、きわめて時代象徴的である。つまり高橋は現代という時代の分水嶺に立脚し、大家を現在と未来、中津老人を過去という具合に天秤に乗せ、双方の時代認識を問おうとした。大家は現代日本の縮図であり、中津老人は戦争の時代の縮図であったとみなされよう。なお、作品を創作するにあたって、人物の造型と同時に、場所・空間と時代設定が欠かせないが、高橋は高度経済成長の象徴として、当時一九六一年から着手されていた瀬戸大橋建設計画に着目した事実も重要である。そして、瀬戸内海の孤島に、過去の遺産を設定するという試みである（余談ではあるが、同じく瀬戸内海の孤島にはかつて毒

ガス島と称された大久野島があり、今は兎が戯れる国民宿舎として人気を集めている)。

ところで、大家は特攻隊帰りという負い目を持つ。高橋よりも十歳前後年上である。戦時中は死の哲学に翻弄された世代である。大家は今では戦争と決別したかのように、現代社会を生きる平均的な生活人である。だが、どこかに戦争の影を引きずっている。一方、中津清人は、架空の人物造型であることはいうまでもない。大家のような類型は戦後社会に多く存在していたが、中津老人のような存在は戦争の傷みを抱えたまま戦後は固く口を閉ざした。高橋は、大家よりはむしろ、中津を主役にし、死の哲学とそれに賛同した日本浪漫派の本質を語らせたかったと思われるが、その思想生成、若者たちに与え続けた意味をさらに具体的に描き切れなかった点で、若干「生煮え」の印象はまぬがれない。

この作品は特攻、あるいは国のために死ぬ、とはどういうことか。その本質的な命題に関わる主題である。さまざまな読み込みが可能であろうが、筆者にとってとりわけこの作品が峻烈であるのは、筆者が少年時代から折に触れて聞かされていた特攻の秘話である。大戦末期、熊本の健軍飛行場から沖縄へ向かう特攻機が幾日も飛んでいったことを聞き及んでいた。とりわけ義烈飛行隊の最後は壮絶である。一体、若者をそうした非人道的な方法でかりたてたものとは何であったか。おそらく高橋も「きけわだつみのこえ」を読み、また幾篇かの戦没学徒兵の手記（「わがいのち月明に燃ゆ」など）を読んだことがあったはずである。（彼の最初の赴任大学、立命館大学広小路キャンパスには「わだつみ像」があった）。

一つの作品というものは、その読者の歴史的な背景、真情とも大きくかかわるものだが、いまなお「特攻」が美化される一面がある以上、この作品をどのように読み、どのように評価するかは重要な作業である。「散華」とは元来は「花や香を地にまいて信仰対象を供養すること」であるが、その花を散らす意から「死ぬこと、特に若くして戦死すること」を意味する。そしてその戦場は空中、海上、洋上において繰り広げられる非人道的な特攻である。

太平洋戦争末期、追いつめられた日本陸海軍は、爆弾もろとも敵艦船などに体当たりする特別攻撃＝「特攻」を創案した。当初は戦果を上げたが、米軍の迎撃態勢が整うと効果は低下。軍は体当たり専用のグライダー「桜花」、小型潜水艇による水中特攻「回天」なども投入する。島尾敏雄の「出発は遂に訪れず」「魚雷艇学生」などの作品に描かれた水上特攻「震洋」、また人間自ら機雷を背負い、敵艦に侵入して自爆するという「伏龍」特攻作戦など、今では荒唐無稽の作戦と一蹴されようが、当時は大まじめに構想され、実践化されようとしていた。木山捷平の「大陸の細道」では乳母車をソ連の装甲部隊に見立てて、ドッジボールを爆弾代わりに抱いて特攻の練習をさせる実景が描かれるが、事態は空想と現実の端境でもあった。だが、戦局の大勢は挽回せず、敗戦までの一年弱の間に航空機だけでも四千人が犠牲となった。敗戦間近に開発された「秋水」(国産初のロケット機)も「橘花」(国産初のジェット戦闘機)も、また全木製の「剣」にしても、所詮は人命無視の究極の特攻兵器であった。

今日、特攻作戦の検証によれば、事実は当時とはまた違った側面をみせている。太平洋戦争末期に日本の陸海軍が特別編成した特攻は、自爆攻撃という側面が強調される。近頃の防衛研究所調査によれば特攻機約三三〇〇機のうち敵艦に体当たりできたのは約一割程度であったという。そのほかの特攻作戦も目立った戦禍をあげることはできなかった。沖縄特攻をめざした戦艦大和の最後も、また沖縄読谷米軍基地を急襲しようと編成された義烈空挺特攻作戦も壮絶きわまる敗北となった。そうした史実は、昭和三十年代までは知らされていなかったであろうし、また戦争美化、散華精神の高揚の空気も強かったことが察せられる。

さて、中津老人に遭遇した大家は戦時中の生々しい体験がよみがえるも、その処遇に関しては曖昧な態度をとりつづける。経済優先の現代社会では、そうした過去に「うつつをぬかす」余裕などなかったのだ。ただ、用地買収が至上命令だったが、次第に現在の立ち位置に疑問を持ち始め、現場から身を引き始める。だが、大家の記憶の再生についてはやや不可解な印象がある。彼は、あの苛酷な過去を忘れていたはずはなかった。現代を生きるには、そうするよりしかたがなかったのだ。高橋は、大家という人物を「身変わり」の早い日本人の象徴としてえがきながら、どこかに不安定な精神を抱き続ける人物を造型しようとした。当時の日本は、大家のように戦争の遺産に拘泥し続けるよりは、きっぱりと絶縁して太平の世を謳歌する道を選んだのである。だが、そこに後悔のないはずはない。高橋は、その後悔を大家次郎の処遇ではなく、中津清人の自死に託したのだが、大家の身の処し方は不問にされたままである。「喧嘩両成敗」というわけにはいかぬにしろ、後味の悪さが残る。

物語は過去の清算という中津の自死で締めくくられるが、大家の過去の遡行の破綻、中断は、過去の想念からの逃避を意味した。この対峙の破綻、結末は何を意味するのだろうか。答えは理不尽にも持ち越されたままである。高橋は主人公を特攻隊の生き残りとすることによって、彼を戦後日本人の象徴的存在としたが、この手法が成功したかどうかは、さらに読み解く努力が必要であろう。

最近、「特攻」については議論が、「強制命令」か「志願」かの議論をはじめ生存者のあらたな証言などとともに再注目されている。[12] これは以前であれば、語られなかった真実が、体験者の死没によって、証言が少しずつ「本音」を顕してきたこととも関連するが、日本人総体の思想、歴史的な遺産としての検証が進んできたこととも関連する。とくに、映像化された特攻出撃の場面などには仮構の演出があったことも複数の証言がある。

そして、「特攻」という特殊な戦法は、ある種の鮮烈な空気を喚起せずにはおかない。毎夏のように特攻にまつわる逸話、証言がテレビでも紹介され、また書店にも平積みにされたりする。部数何百万も売れる「感動の名作」もあれば、年間に何百万もの人々が知覧をはじめ特攻記念館を訪問して涙を流す。今なお特攻を主題化した小説が書かれ映画がつくられるのは、日本人の死生観がそこに濃厚に宿されているからにほかならない。「散華」はそうした日本人の「内なる散華」の意識を問い続ける作品なのである。

五、「堕落」再読――「遺産」の相克を越えて

書名の「堕落」と聞いて坂口安吾の「堕落論」を想起しない人はいないだろう。無頼派の坂口の「堕落」がいわば意志をもって離脱せんとした衝動に対し、高橋和巳の「堕落」に通底するのは只管の自己贖罪の沈潜である。「邪宗門」にしても、「散華」にしても高橋が北原白秋や太宰治の同名の著書を意識しなかった筈はなかっただろう。高橋は彼自身の、それらの言葉に内在する深い意味を、歴史的、社会的規模において再度問うてみせたのである。[13]

これまで満洲、満洲国を舞台に多くの作品が書かれてきた。八木義徳「劉廣福」、室生犀星「大陸の琴」をはじめ、木山捷平「長春五馬路」「大陸の細道」、橘外男「満州放浪篇」、清岡卓行「アカシヤの大連」、さらには安部公房「けものたちは故郷をめざす」、村上春樹「ねじまき鳥クロニクル」、宮尾登美子「朱夏」、吉田知子「満州は知らない」、なかにし礼「赤い月」、船戸与一「満州国演義」など、枚挙にいとまがない。[14] だが、そのいずれも複眼的視点で満洲国に生きた両国民衆の塗炭の苦しみを描き尽したわけではない。ある作品はリリシズムに沈積し、ある作品は日本人の被害・悲劇に焦点を与えたにとどまり、発展的な話題とはなりえなかった。多くが積極的に中国語に訳されず、共有されにくいのもそうした一面が介在しているからにほかならない。

しかし、満洲国を文学という方法で描き切ることはかなりの思索の集積を必要とする。また近代日本の歴史的な道程を見据えなければならない。つまり単純な筋立てではなく、社会科学的な知識をも動員した、まさに〈総力戦〉的な構想に基づく必要があった。これまでに書かれた多くの高橋和巳の「堕落」論には、そうした満洲国の総体的な視角から見た記述がやや乏しい印象を受ける。[15]

戦後の日本の繁栄が政治機構から経済の発展にいたるまで満洲国での実験の影響を少なからず受け続け、今なお満洲という郷愁に心惹かれる日本人の総体を考える時、高橋にとってどうしても書かねばならなかった主題である。まして、その後の十五年に亙るアジア太平洋戦争の発端となった満洲国建国には相応の思い入れがあったのは確かである。その強い意志は異例ともいえる作品のあとがきに示されている。日本人の昭和の精神史を内部から文学を通して批判するという意図があった。作品のあとがきにこう述べている。

> 太平洋戦争の敗戦を〈終戦〉と言いかえた時から、考え尽すべき多くの問題が、抑圧されあるいは単に忘却してすまされることとなったが、その半ば無意識的に忘却されようとしたもののうち、もっとも重大なものの一つは、幻の帝国——満洲国の建国とその崩壊である。

近代日本の科学、文化の総力を挙げて建設した満洲国は王道楽土、五族協和をかかげ、世界でも稀有な高度文化を志向しようとした。その最〈陽極〉は最高学府「建国大学」に象徴される理想・理念の総体であり、その最〈陰極〉は国際法に違反し、生物化学戦を実行した「７３１部隊」の存在であった。高橋がその総体を見ていたかどうかはうかがい知れぬが、建国に向けた執念ともいえる情念とその実存には深い関心を払っていた。

高橋は満洲国について、こう続けて述べている。

> 私見によれば、それこそが明治維新いらいの日本民族の物理的エネルギーから精神構造にいたるまでの、活力と矛盾、夢想と悲願の集約であって、この体験と苦渋、独善と錯誤を伏せてはいかなる未来志向もありえないはずのものである。

だが、戦後間もなく飢餓を忘れ、高度経済成長に舵を切るや、日本はまるで過去と絶縁したかのように目を瞑った。過去の反省はアジアの隣国には誠実には映らず、歴史の清算は先送りにされた。その苦渋は、おそらくかつて「憂鬱なる党派」の冒頭に描かれた〈後悔〉の念に階《きざはし》にあるものだった。あっけない変貌である。

　だが、あたかも敗戦直後の小中学校の教科書が、都合の悪い部分を墨で消して、直輸入された政治的観念を接穂することで一時を糊塗したように、この満洲国のことも単に記憶から、あるいは歴史の記述から抹殺されたにすぎなかった。一時の異常事、一時の異常志向として、まがりなりにも平和な日常性を獲得できた戦後の世界とは無縁のものとみなしたのである。残念ながら、過去の蹉跌を切断することによって現在の苟安をむさぼろうとするのが戦後を主導した日本人の態度であった。
　だが私は強くその態度を嫌悪する。

ただ「嫌悪」するのではない。高橋はなぜそうなったかの思考回路を解明しようとした。当時三十三歳の高橋のこの省察、決意は、今も色褪せるどころか、ますます重要な意味を宿しているかのように思える。今なお、満洲に対する関心は強く、刊行される書籍も少なくない。また植民地教育の観点からも、また戦争責任の側面からも多くの議論が絶えない。その一方で、築かれた正の遺産のみを称賛し、懐古しようとする。ここに、現在も続く隣国との深い歴史認識の溝も介在する。歴史の上澄みのみを掬い取り根源的なものを隠蔽する。その結果、いつまでも真の理解を得ず、和解を築くこともできない。しばしば言われるところの「未来志向」とは、過去を閉ざし、何ものも教訓として学ぼうとしない姿勢の延伸なのである。

　作品の概略を記す。――冒頭、新聞社の表彰式の場面から始まる。混血孤児収容施設・兼愛園も受賞団体の一つであったが、園長の青木隆造は素直に喜ぶことが出来ず、滂沱の涙を流すだけで挨拶の言葉も出なかった。若き日に満鉄の社員であった青木は、満洲青年同盟のオルガナイザーとして、満洲国建国に関与した過去を持ち、敗戦時には二人の子供を亡くし、ソ連抑留を経験して引揚げ、その後私財を投じて施設を経営してきた。戦時の満洲に於ける活動と、戦後の施設経営との間に横たわる乖離を、自分でうまく捉えられないのは、多くの犠牲を体験し、自分だけが生き残ったという、いわば存在のうしろめたさであった。式後、青木は帯同させた秘書の水谷久江をホテルの一室で犯す。また後に、精神を病んで入院中の妻を見舞った後、保母の時実正子とも関係を結ぶ。青木は兼愛園を知的障碍児施設へと改組する決意をするが、やがて園における彼の理解者であった中里徳雄と対立して批判をあび、次第に堕落を深めていく。中絶手術をした正子を見捨て、青木は副賞の賞金を持ち出して失踪する。そして、大阪の場末で泥酔した青木は金を盗ろうとする若者らに絡まれ、彼らをビニール傘で刺して逮捕されてしまう。

一九六〇年代、高度経済成長期の日本の時代相を取り込みながら、澤田美喜が設立した「エリザベス・サンダース・ホーム」を意識した施設に満洲国の五族協和の理念を重ねるなど、戦時と戦後を二重化して描き出そうとしているが、そこには、戦争の負債を克服できない戦後日本社会への、高橋和巳の批判的な視点が貫かれている。本編は一九六五年六月、つまりオリンピックの翌年という、饗宴のあとに「文芸」に発表されたが、長篇に書き直すか否かの逡巡を経て、ほぼ初出のままの原稿が四年後に一九六九年二月に河出書房新社より刊行された[16]。――

なお、本作品が長篇として書かれなかったことの不満を次作に生かしたいとの決意は病に斃れたために実現しなかったものの、遺稿とされる「遥かなる美の国」にはその断片的な描写が見て取れる。

高橋和巳はこの作品で何を告発したかったのだろうか。主人公青木は受賞式で「ああ、満洲――」とつぶやく。五十二歳にもかかわらず白髪に覆われた彼の風貌は生ける屍のようである。「赤い夕陽の満洲」はいまなお日本人全体の郷愁にも連なる。当時はさらに生々しい体験が語られたことだろう。一方、物語の壮大な構想を端折るあまりに、俯瞰的な構図のみがやや粗雑に描かれ、例えばシベリア抑留時の実態、悲惨な強制労働と抑留生活、また引揚げにともなったはずの苛酷な体験、残留孤児の問題などは隅に押しやられている。また、五族協和を謳いながら結局は日本を盟主とする仮想の理想国家であったこと、国策に翻弄されて渡満した開拓団の辛苦、南方に供出され、空洞化した関東軍、悲惨な末路を遂げた満蒙開拓青少年義勇軍の顛末、さらに現地農民との確執など、数え上げればきりがない、満洲国によってまかれた無数の傷痕があるはずが、そこはわりとあっさりと通り抜けている感がある。

戦後の自ら為した社会事業の成果に対し、表彰を受けようとする青木は矛盾した心情の最中にいた、司会者の鄭重な紹介に、忘れかけていた幻像がよみがえる。そして、

> 満洲といういまは虚空に消えた国名と、彼の人柄をたたえるために〈理想〉という言葉とを不用意に結び付けたとき、彼の内部に見極めがたい曠野のイメージと、喪った時間の痛みとが隠微な軋み音をたてた。

虚空と曠野は、青木の中に戦後も一貫して生き続けた想念だった。理想と現実に引き裂かれたまま鬼火のように残った後悔が甦る。

ところで筆者が最も注目したいのは三字分のスラッシュをおいての副題「あるいは、内なる曠野」という十一文字、あるいは三語である。「あるいは」という接続詞は、一つの結論に収斂、帰着しがたい体験の輻輳を示し、さらに読点を用いて一呼吸ついた後に発せられる「内なる」という修飾語は、常に人間に内在する苦渋の原罪意識（それはわが内なる「オキナワ」「ヒロシマ」といった自己抑制としても今なお頻用される）を表し、そして「曠野」こそが、近代日本がもとめてやまなかった理想の原郷であるべきだった。さらに、「曠野」は単に「広々とした野」の意味だけでなく、「曠」は「空しい」と読むように、内観の空虚をも含意する。この三語こそが、実は高橋和巳に内在した混沌ではなかっただろうか。

それにしても青木の急転直下の堕落ぶりはやや性急でもあるし、二人の女性への暴行も短絡的な衝動であり、表現叙述の面からも種々指摘されるところである。最後の場末にいたる青木の彷徨、それは過去への遡行でもあったはずだが、破滅の結果のみを行き急いだ印象が否めない。

なお、惜しむらくは彼の生きた時代には満洲国の研究、省察はそれほど進んではいなかった点は考慮されねばならないだろう。作品の成立は確かに時代状況に制約される。植民地文学の研究や、占領下でのさまざまな帝国日本の与えた被害についても明らかに負の遺産、即ち秘匿部隊「731部隊」の行った細菌戦、毒ガス戦被害者達の存在も明らかではなかった。こうした時代考証的な制約はあるにせよ、「堕落」は現代の日本人に避けて通れない大きな課題を突き付けた。その彼が書ききれなかった続編は、戦後の日本文学に託された大きな壁でもあったし、いまでもそうあり続ける。青木の堕落、没落はついに満洲国が十三年で滅びたように、自らも潰えるしかなかった。堕落、――それは頂点を極めた者が味わう（高橋の好んで用いた「享受」「甘受」）宿命でもある。同時にそれは死者や、不幸にも享受し得なかった者たちに対する哀歌でもあるのだろう。

ここで高橋和巳の作品の相関図を示すと次のようになろう。ちなみに「=⬇」は主題の拡張、延伸、「⇔」は主題の相互共振、「⇒」は主題の影響を、「↓」は主題の継続をそれぞれ表す。[17]

こうした作品の連環にあって、ほとんど踵を接して発表された「散華」と「堕落」は、未完成ながらも高橋和巳の作品全体の中で中枢的位置を占めているといえよう。

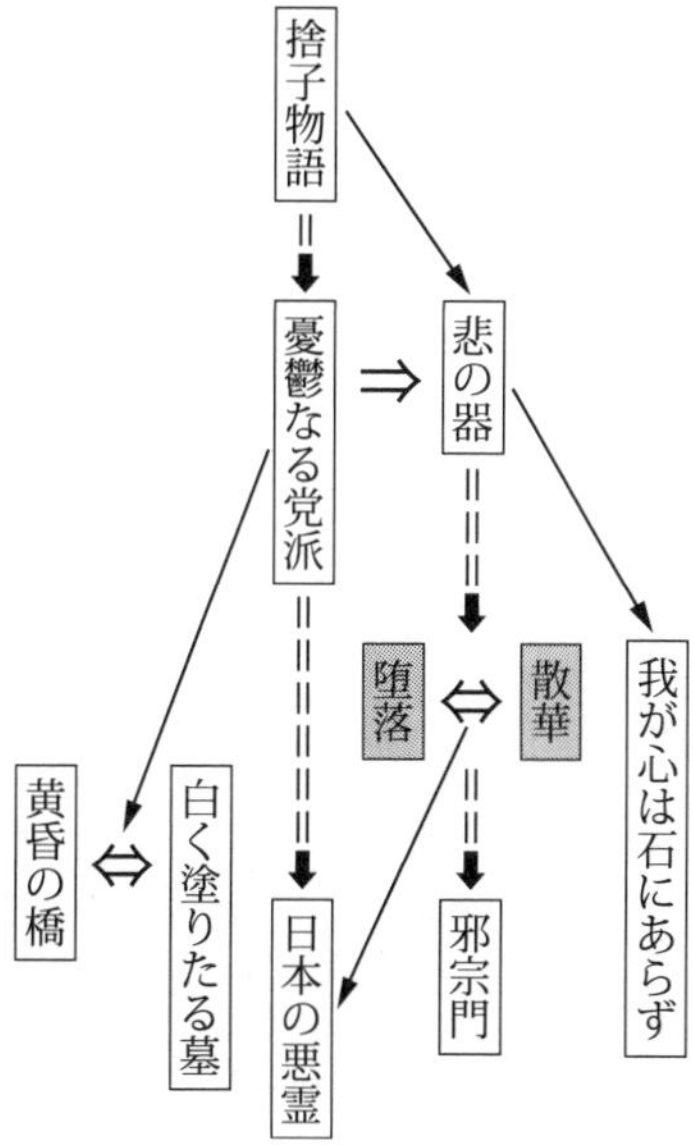

六、おわりに——高橋和巳の戦争観、戦争文学論の再考

本稿では高橋和巳の文学思想を戦争論の角度から考察をすすめた。今日の混迷をきわめる世界情勢に対して、文学は何をなしうるかという大命題にたちかえってみたとき、彼の抱え続けた戦争という主題をいまいちど浮上させ、その意味を問いたかったからである。

戦争の影に脅かされ、突き動かされるように生き急いだ高橋和巳は私たちに何を残したのだろうか。そして、中津清人や青木隆造のような人物の造型をなぜ提示する必要があったのだろうか。中津も青木も、「散華」の中津と同じように〈後悔〉の覇王であった。

考えて見れば特攻の精神は散華の精神だが、その壮絶さ、神聖なるものに依拠して、それまでに遂行してきた戦争犯罪の浄化、相殺をも意図するものであった。だが、死をもって贖うことの意味は、人命軽視の裏返しである。これは究極的には天皇制の擁護を意味していよう。一方、王道楽土建設を志向した満洲国も、夢半ばにして崩壊した挫折感とともに、その一方で日本民族を優位と見なし、他民族を強制しての植民地支配に対する負の遺産を遺した。

この二者——散華と興亡（堕落の別名でもある）は、いずれも日本的なるものへの回帰をも促し、日本浪漫派の情念とも伴走し続けた。内在する懺悔、絶望感こそが、実は本稿で追究した高橋和巳の〈後悔〉の念——崩壊感覚の想念の核にあるものではなかったか。そして、この二者——散華と興亡は、いまなお日本民族の精神構造を蔽っているのである。いわゆる〝特攻もの〟、〝満洲もの〟への今なお根強い関心、情念の所在である。

しかも、「散華」においては、高橋自らがその戦争の時代にあって銃後にいて参画できずに敗戦を迎えたことの「負い目」があり、「堕落」においては、高橋の生活の現場が「外地」でなく「内地」であって、いずれも自分が「そこ」にいなかったことへの「負い目」が終生つきまとう「遅れて来た青年」（大江健三郎）であった。気まずさと違和感、太平の世との齟齬感、また疎開によって生活を翻弄されたことへの苛立ち、言い知れぬ憎しみと空白感。――こうした様々な不可解さ、不条理が影のようにつきまとっていたのである。

したがって、「散華」も「堕落」も、高橋和巳にとって懺悔の文学でなければならなかった。そこには「死」に対する甘美なまでの想念も常に蠢動し続けたであろう。

見果てぬ夢はまた現代にも棲息し続ける。たとえば、超特急新幹線にかつて大陸を失踪した「あじあ号」を重ねてみることもできるだろう。事実、新幹線の設計には、当時の技術の粋が生かされていたというし、戦後日本の急速な復興も満洲国の遺構の再生でもあったと賞賛する。けっして夢は潰えてはいないのである。一方、国が、国家が、個々の生命を保障するかどうかは、いまなお曖昧であり続ける。国の繁栄のためならば、民衆の生命はときに切り捨てられる現状は、原発再稼働の問題、沖縄の現状を見ても歴然であろう。

桶谷秀昭のいうように、高橋和巳の世代は死の想念にずっぽり足枷をつかまれていた世代で、あと数年戦争が続けば紛れもなく死に赴く運命にあった。[18] したがって、観念としての「死の哲学」を考えぬ日はなかった。そうした日常世界において、ある種の神経症的な恐怖感覚が生来されたとしても何ら不思議ではない。彼の頻用する「存在」「存在性」は、そこからの「想像力」と切っても切れぬ関係にあった。「想像力」とは小田実のいう「難死の思想」にあって、唯一遺された特権的な志向であった。

あの昭和の戦争から七十三年が経つ。今年四月に総務省が発表した資料によると、戦後生まれが日本の総人口の82・8パーセントを占め、「平成」生まれも25・6パーセントと四分の一を超えたという。[19] まもなく平成も終わり、昭和はますます遠くなることだろう。そのうち歴史を学ばない者が増え、「戦争はなかった」（小松左京）のような空気が蔽いはじめるだろう。それはまた、新たな後悔の念をかならずや、扶植するにちがいない。だが、高橋が「堕落」のあとがきの最後に述べた次の文章を忘れるわけにはいかない。主人公青木隆造は中津清人であるばかりか、今を生きる我々の分身、化身でもあるというのだ。

いやむしろ、いまもなお、この主人公は、私であり、あなた方であると言いうる倨傲を敢えてしたいと思っている。この作中の主人公は、いまは一つの暗い影、過去の亡霊にすぎないと思われるかもしれない。しかし、いま平和を享楽する人人もまた例外なく一種のドッペルゲンガーであり、そのもう一つの影の存在はおそらく、この作中人物の姿に酷似しているはずだと私は思う。

戦争とは何か。戦争がもたらす人間の煉獄とは何か。これは文学が背負うべき最大の難問であることは論をまたないが、では作者が何を契機にしてその主題を終生背負わざるを得なくなるのか、といった運命宿命論については、その作者の生い立ちと書かれた戦争についての緒論を緻密に分析することから始める必要がある。若い世代には、とくにそうした文学による理解の滋養がもとめられているのではないか。いままた東アジアにおける日本を取り巻く混迷が続いているが、その根底には戦争責任の問題が大きく横たわっている。文学における戦争責任、戦後責任もまた、払拭されたわけではない。

今後も「散華」と「堕落」は、あたかも一卵性双生児のように、そして作中の主人公たちも私たちの前に壁となって生き続けるのだろう。

〔註〕

1　いずれも全集一一、一四、一八、一九、二〇各巻に収録。出所は割愛した。これらの評論がほぼ同時期の小説創作の牽引となっていることに注目したい。とくに「戦争体験と文学」「戦争文学序説」「戦争論」は重要な論考で、後述にも言及される個所を含む。明確に戦争を意識したテーマではなくとも高橋和巳の文学には多くの戦争の場面、あるいは間接的、余韻的な題材が登場する。人間と人間の係争もそうであろうし、あらゆる相克――〈日常と非日常〉の対峙が磁場となっている。

2　『対話ふたたび人間を問う』（安田武・高橋和巳、雄渾社、一九七五）。高橋和巳の生死観、歴史観、文化観などを探るうえで重要な対話集。ここでも生死の境界、人間の残虐行為、耐える思想、極限状況における日本人、火野葦平と戦争文学、戦後の戦争文学など、人間の極限値について語っている。高橋の愚直なまでのこだわりが垣間見える。なお、戦争文学に就いては安田武『定本　戦争文学論』（第三文明社、一九七七）も参照。

3　こうした高井有一の疎開体験、「挟み撃ち」などにみる後藤明生の引揚げ体験、短篇「赤牛」をはじめとする古井由吉の空襲体験など、それぞれに戦争の影を引き摺っているが、その体験からさらに戦争責任を思想的に問うたわけではなかった。高橋文学にはより深い精神的な戦争体験があったが、これには高橋の生来の資質を指摘することが多い。

4　「散華」「堕落」の二作品を比較して論じた先行研究として、次の三点をあげておきたい（発表順）。本稿では特に田中貞夫論文から大きな示唆を受けた。
○杉浦民平「『散華』と『堕落』」『人間として』第六号　一九七一・六　高橋和巳を弔う号、○田中貞夫「『高橋和巳小論』覚書――「散華」「堕落」を視座として――」『早稲田大学教育国語国文学』創刊号　一九七三・四、○坪井秀人「歴史の消費――高橋和巳『散華』『堕落』における戦中戦後の〈重ね書き〉」（『イメージとしての戦後』　二〇一〇・三　青弓社）

5　本論でのべる戦争文学の定義はやや広範におよぶ。従来の戦場、戦争の直接体験をつづったものに加え、戦後日本の残影として、あるいは証言として素材化されたものも含める。

6　『人間として』創刊号（一九七〇・三）の「討論――なぜ書くか」には、高橋和巳のほか、小田実、柴田翔、真継伸彦、開高健（紙上）が参加した。また、同第5号（一九七一・三）掲載の「現代における想像力の問題」は病を押しての最後の講演で、若い世代に最も訴えたかった内実の吐露である。

7　山室信一『ユーラシアの岸辺から同時代としてのアジアへ』（二〇〇三、岩波書店）。山室は満洲国を扱った概説書『キメラ　満洲国の肖像』（中公新書　二〇〇二）の著者でもあるが、彼の研究の素地、背景にもやはりこうした戦争の遺した余燼、影響が看て取れる。

8　『年表昭和・平成史』（中村政則・森武麿編、岩波ブックレット　二〇一二）などを参照。最近でも昭和三十年代の議論が比較的多いのは、この時期が高度経済成長という時代の分水嶺でもあったからだろう。

9　ちなみに出席者は井上光貞、中野重治、楢本達也、桑原武夫（司会）であった。一方、戦後二十年になろうとする矢先、林房雄は前後して『中央公論』に一九六三年から六五年にかけて十六回にわたり大東亜戦争肯定論を連載、一九六四、六五年に番町書房で正続二冊が刊行された（のち全一巻）。これをうけて諸雑誌では論争が起こり、前後して「戦争の世紀に何を学ぶか――「大東亜戦争肯定論」をめぐって――」などの座談会（「文芸」一九六三年九月号。司会今井清一、出席者は大宅壮一、井上清、河上徹太郎、上山春平、武田泰淳）が行われている。

10　戦争体験の余燼は戦後の学生運動、さらに六〇年代、七〇年代にかけての政治運動への共鳴へと続き、終生途絶えることはなかった。

11　「散華」の主たる先行研究としては次の諸論文がある（発表順）。○湯浅篤志「「短い長篇」の方法――高橋和巳「散華」論」（『成城国文学』2号　一九八六・三）、○紅野謙介「劇的なるものの憂鬱――「散華」再読――」、『文藝』一九九二年夏季号、○小泉香代「高橋和巳の短編小説について――『散華』をどうとらえるか」（『共立レビュー』23　一九九五・二）、○東口昌央「高橋和巳『散華』論――生活人大家について――」（『文月』3　一九九八・七）、○同「高橋和巳『散華』論――〈情熱〉の復権と瓦解――」（『文月』4　一九九九・七）、○伊藤益「自己否定の思想――高橋和巳『散華』論――」（『哲学・思想論集』27号　二〇〇二・三　筑波大学哲学・思想系）、同『高橋和巳作品論――自己否定の思想――』（二〇〇二・一　北樹出版）、○小川原健太「高橋和巳「散華」論――精神の断絶とつながり――」

（『群系』18　二〇〇五・一二　群系の会）など。

12　例えば、百田尚樹『永遠の0』は映画化され、文庫の売り上げとともに「空前の」ヒット作となった。また鴻上尚史『不死身の特攻兵　軍神はなぜ上官に反抗したか』（講談社現代新書、二〇一七）も増版を重ねている。さらに戦争の実態を明らかにした吉田裕著『日本軍兵士　アジア・太平洋戦争の現実』（中公新書、二〇一七）の他、大貫健一郎・渡辺考著『特攻隊振武寮　帰還兵は地獄を見た』（朝日文庫）等、特攻隊に関する書籍の文庫化や復刊も相次いでいる。未曾有の「特攻」ないし「特攻精神」については、古くは草柳大蔵『特攻の思想』、そして最近では厖大な資料や手記書簡を駆使して福間良明が特攻の表徴性について優れた考察を行っている。（『殉国と叛逆「特攻」の語りと戦後史』青弓社、二〇〇七等）。敗戦後、『きけわだつみのこえ』『雲ながるる果てに』『あゝ同期の桜』など数多く出版されてきた特攻隊にまつわる遺稿集とその映画から「特攻」表象の歴史的変容を読み、「特攻」が「反戦」「犬死」「忠誠」「殉国」「反逆」と多様な語られ方、読まれ方をしてきたプロセスを追って、戦後日本のナショナリティと「戦争の語り」の限界と可能性を照射している。一方、栗原俊雄著『特攻―戦争と日本人』（中公新書）によると、八月十五日の敗戦までの特攻隊員の戦死者は海軍二四三一人、陸軍一四一七人（戦死者数は諸説あり）。対して、撃沈した米軍艦船は合計四十七隻。大半が小型駆逐艦や輸送船などで、標的とした正規空母、戦艦の撃沈はゼロであったという。

13　高橋和巳は前掲『対話ふたたび人間を問う』にもあるように、坂口安吾、太宰治についてもいくつかの言及があることは、日本浪漫派とともに確かな関心を抱いていたからであろう。

14　満洲を舞台にした作品の歴史的系譜については小川和佑「近代文学の傷痕としての〝満州〟体験」（『別冊一億人の昭和史　日本植民地史2満州』毎日新聞社　一九七八）などを参照。

15　『堕落』の主たる先行論文として、次のものがある（発表順）。○三浦雅士「メランコリーの水脈」（『朝日ジャーナル』一九八三年九月二十五日増刊号）『メランコリーの水脈』（一九八四・四　福武書店、福武文庫版　一九八九・七）所収。なお、この著作には新潮文庫版『堕落』解説（「歴史というメランコリー」と単行本所収時に改題）にも収録。○藤井省三「暗喩としての満洲国――高橋和巳「堕落」の構造――」、『文藝』一九九二年夏季号、○東口昌央「高橋和巳『堕落』論――混血と〈捨子〉をめぐって――」（『論究日本文学』73　二〇〇〇・十二）、○伊藤益「存在の負い目――高橋和巳『堕落』論」（『倫理学』二〇〇一・十二　筑波大学倫理学研究会）、○朴海蘭「『堕落』から見た高橋和巳の反戦思想」『日本学論叢』（権宇、金哲会主編、二〇〇三　中国・延辺大学出版社）、○田中寛「高橋和巳『堕落』にみる〈理想〉の悲劇性――文学における戦争責任と戦後認識」（『大東文化大学紀要』（人文科学）46　二〇〇八・三）、○岡愛子「戦争体験者はいかに語り始めるか　高橋和巳『堕落――あるいは内なる曠野』にみる情念・理念・思念」（『淑徳大学大学院総合福祉研究科研究紀要』17　二〇一〇・三）など。

16　以上、坪井秀人の梗概による。『戦争と文学』（集英社別巻、二〇一三)。

17 なお、前掲田中貞夫論文(註5)の連環図を参考にしているが、そこには「捨子物語」「我が心は石にあらず」「黄昏の橋」「白く塗りたる墓」の作品系列は記されていない。

18 桶谷秀昭は昭和一桁生れの世代は、戦争が更に一年継続すれば、中学在学者は本土決戦の最年少の要因になるはずであったといい、ある座談会での高橋の発言について「高橋和巳には敗戦を境にして絶たれてしまつたかにみえる日本人の意識に、なほあるかなきかの連続性を認めたいといふ欲求がある」と述べている(『昭和精神史戦後版』第十五章、記憶の復権 文春文庫、二〇〇三)。

19 二〇一八年八月十五日の新聞主要紙による。戦争体験の風化を告げるかのように、毎夏、このようなデータが掲示されている。

田中寛(たなか　ひろし)
一九五〇年、熊本県生まれ。立命館大学文学部史学科卒業。大東文化大学外国語学部教授。専門は言語教育学、比較言語文化論。日本ペンクラブ会員。主な著書に『戦時期における日本語・日本語教育論の諸相』、創作集『母といた夏』など。

Ⅱ部　作品論・批評論の諸相

原罪とユートピア

——高橋和巳小論

井口時男

高橋和巳の長編小説の主人公たちは、ほぼ一様に、破滅への道を歩み出す。それは外的諸条件に強いられて、というよりも、「没落への意志」とでもいった暗い衝動に内側から突き動かされているかのように見えさえする。

その典型例は『憂鬱なる党派』の西村恆一だろう。平凡な学校教員だった彼は、ある日突然職を辞して、小説ともドキュメンタリーともつかぬ大量の原稿を書き始め、ついには妻子を放置して家出する。出版のつてを探して大学時代にレッド・パージ反対闘争に関わった旧友たちを歴訪するが、それぞれの仕方で「転向」して頽落の日々を送っている彼らとは修復不能な疎隔を確認するだけで、あげくは釜ヶ崎の貧民宿の一室で窮死してしまうのだ。

彼が書いていたのは広島の原爆で死んだ少年時の彼の近隣の人々の記録なのだという。それならそれは、いわば無名の人々のための紙の墓標として、大量死の中から個々の死を掬い出す試みであり、死者たちを忘却して繁栄を謳歌している戦後社会へのひそかな告発の試みともなるだろう。しかし、それは他者を告発する以前に、過去を忘却することで現在の平穏を手に入れた自分自身への告発たらざるを得ない。このとき、書くことは自己処罰、自己告発に似ている。実際、小説はやがて、被災した彼が瀕死の妹を焼却場のおびただしい屍体の群れの中に放置して逃げたという事実を明らかにする。それこそが彼の罪障感の根源であり、彼を敢えて没落へと突き動かした最深部の動因にほかならない。

《はじめ、彼は戦後の荒廃と頽廃からものわかりよく脱皮し、まともなゼントルマンたるために、少年期の飢餓や憤怒、そして一瞬の閃光とともに都市全体が廃墟と化した死

の記憶を消し去ろうとつとめたものだった。》（『憂鬱なる党派』第一章　傍点原文）

西村は作者自身とほぼ同年齢に設定されている。高橋自身、釜ヶ崎のスラム街近くで生まれ育ち、原爆ではないが空襲で被災したし、京大時代にはレッド・パージ反対闘争に関与もしている。むろん、「飢餓や憤怒」も「廃墟」の記憶も、敗戦時に十四歳の中学生だった高橋の世代の、さらには戦時下日本人の多くに共通する体験だ。そして、「ゼントルマン」になるためにその記憶を「消し去ろうとつとめた」のも戦後日本人のことにほかならない。だが、生き延びたことを「罪」と感じ、その「罪」の意識から逃れられずにいるのは、やはり、心の鎧が未形成だった世代なればこそ、というべきかもしれない。高橋は、その世代体験に賭けて、戦後日本人の欺瞞を批判するのである。

西村恆一における原爆被災体験を今日の用語で「トラウマ（心的外傷）」と呼び、この用語の提唱者であるフロイトのもう一つの概念「死の欲動」と結んで、高橋和巳の主人公たちは、隠蔽してきたトラウマがよみがえる時、現在の欺瞞に耐えきれず、死の欲動にとらえられて破滅への道を歩みだすのだ、ということもできる。したがって、彼の小説の社会的メッセージを一般化すれば、トラウマから、とりわけ戦争と敗戦のトラウマから目を背けるな、というふうに要約できよう。

西村恆一の原爆被災は主として被害体験だが、人が、社会が、また国家が、いっそう直視しにくい体験は加害体験、自分が加害者として関わった過去の（戦争の）「罪」にほかなるまい。高橋は『捨子物語』でも空襲被災した少年が幼い妹を死なせてしまうという設定を使ったが、それは被害とないまぜに存在する加害性を際立たせるための虚構である。こうして高橋和巳の主人公たちは、各自がその重たい主題を担って、苛酷な倫理的自己剔抉の苦悩を生きることになる。

いま「倫理的自己剔抉」と書いた言葉を、高橋自身が「造反教官」として最後まで誠実に寄り添おうとした六〇年代末の学生運動は、「自己批判」「自己否定」と呼んだ。高橋が擁護したのは、なによりも、一部学生たちの示した潔癖な倫理性だったと思われる。高橋にとって、レッド・パージ反対闘争も含めて、「政治＝革命」は欺瞞なき世界形成の可能性においてのみ肯定されていたのであって、その意味で、彼の「政治＝革命」は極めて倫理的な、中国文学者だった彼の愛用語でいう「義」の問題だったのである。

だから、彼の文学の倫理的メッセージは、「罪」を自覚し、悔い改め、「義」のユートピアを建設せよ、というふうにも要約できる。しかも「罪」は、無力な少年だった

『憂鬱なる党派』や『捨子物語』の主人公たちの、生き延びるためには他に選択肢のなかった「罪」、彼ら自身の主体的責任に帰すことの不可能な「罪」にも及ぶのだから、それはほとんど「原罪」である。つまり、この倫理的メッセージは政治的である以上に宗教的である。

もっとも、この苛酷に過ぎ潔癖に過ぎる「自己批判」「自己否定」の上に社会が築かれ得るとは、おそらく高橋自身も信じてはいなかったろう。人間はもっと猥雑な生き物なのだ。(追いつめられた連合赤軍がメンバーへの「自己批判」要求をエスカレートさせて「総括」の名による多数の「リンチ殺人」を始めるのは、高橋和巳の死の半年後、一九七一年の年末からだった。)だからこそ彼の主人公たちの極度のリゴリズムは、他者や社会への告発によって(「連続射殺魔」永山則夫の言葉でいえば「外罰的」に)解消されることなく、かえって憂鬱症的に内向=内攻して(永山則夫の言葉でいえば「内罰的」に)破滅への道を歩まざるを得なかったのである。またユートピアが現実には樹立不可能だと知ればこそ、高橋のモチーフは夢想的かつ観念的な色調を帯びて、宗教という主題へも接近せざるを得なかったのである。

『邪宗門』のひのもと救霊会という教団は大本教(大本)をモデルにしている。しかし、現実の大本教が戦時下の大弾圧を経て戦後に教団を再建して現在に至っているのに対して、ひのもと救霊会は敗戦後に自滅的な武装蜂起を起こして壊滅する。彼らもまた、欺瞞の生か欺瞞なき破滅か、という二者択一において後者を選んだのだ。

現実の大本教は、貧困と家庭的不幸に打ちひしがれた下層の女・出口なおの神憑りを契機に立教された。ひのもと救霊会の開祖・行徳まさは出口なおの経歴をモデルに造形されているが、最も重要な変更点は以下の一節である。

《一カ月余り、夢遊状態で、彼女は六つになる児をつれて山中をさまよい、虫を食い蛇をとらえて食い、そして次に山から降りてきた時、子供の姿はなく、目をらんらんと輝かせて、何かわけのわからぬことを叫びながら町を歩いた。》(序章)

山はもちろん異界であって、意識を日常から離脱させるための山岳修業の場でもあった。不幸に強いられて山中に入った彼女は、強いられた断食修行ともいうべき極限の飢餓を体験したのである。子供がどうなったか作者は書いていないが、たぶん山中で死んだのだろう。つまり彼女は子供を死なせて生き延びた女である。

さらにいえば、作者は、飢えた彼女が、さながら鬼子母神のように、死んだ子供の肉を食った、それが彼女の「原罪」であった、と暗示しているようでさえある。そう私が思うのは、一つには彼女の目の「らんらん」たる異様な輝きが意識変成のために彼女が経なければならなかった尋常ならざる体験を示唆するからであり、もう一つは子供についての作者の言い落としが故意ではないかと推測されるからでもある。そしてもう一つ、開祖に関わるこの逸話が、後にひのもと救霊会の第三代教主として自滅的叛乱を率いることになる千葉潔の次のエピソードと、役割を反転した形で呼応しているからである。

　昭和初年の東北のすさまじい飢饉のさなか、母親と二人で飢えた潔少年に、母親はこう言うのだ。

《お母さんはもう動けない。お前も動けないようだけど、私が死んだら、腐らないうちに、まだ少しは残っている私の腿の肉をお食べ。お母さんがそう言うのだから、お母さんのだからかまわない。お前と私はもともと同じ血、同じ肉なのだから、神さまもそれだけは許してくださる。》（第一部第二七章）

　つまり彼は母親の肉を食って生き延びた息子である。それが彼の「原罪」だ。

　ひのもと救霊会は我が子の肉を食って生き延びた（少なくとも我が子を死なせて生き延びた）女によって創唱され、母親の肉を食って生き延びた青年によって終焉を迎えるのだ。不幸な母なるものの「原罪」意識は彼女に不義の世を呪わせ「世直し」による義の世界の到来を予言させ、不幸な子なるものの「原罪」意識は絶望の果てに性急な終末の招来を急がせるのである。

　私が「原罪」という言葉を恣意的に濫用しているように思われるかもしれない。だが、高橋和巳の定義には適っている。イエスが誕生した時ヘロデ王はベツレヘムとその近郊の二歳以下の子供を皆殺しにしたとマタイ伝は伝えるが、ならば、イエスは何百何千何万もの無辜の子供の生命を犠牲にして生き延びたことになろう、それがイエスの「原罪」であり、だから彼は十字架に架かる運命を甘受したのだ——と高橋は述べている。むろんキリスト教解釈としては異端であることを承知で、生きるために他者を犠牲にせざるをえないことこそが人間の生につきまとう「原罪」なのだ、と彼はいうのである。（さらに突きつめれば、他の生命を食わねば生きられない人間の生の根本条件に「原罪」は潜んでいる。それは高橋の死後、一九八四年に発表される埴谷雄高『死霊』第七章の主題でもあるが、キリスト教でいう「原罪」よりも仏教のいう「業《ごう》」の観念に近いだろう。）

　また「我が宗教観」では次のように書いている。——「宗教を支えてきたのはいつの時代にも女性だった、というのが私の素朴な、しかし実感的な考え方である。」「有能だから愛するのでもなく、報酬を欲して世話をするのでもない存在そのものを尊重する母の愛がおそらく、すべての宗教的感情の原型」なのだろう、しかしその愛はまた「一切の煩悩、苦悩の根源」でもあるのだろう。「そして、男というものは、半ばはそういう愛に包まれて育ちながらも、その温かい懐からはみ出すことによって自己を築くものなのである。」

この宗教観は、一面において、母なるマリアの懐で育ちながら、やがてその地上の愛情圏を離脱して「父なる神の子」だと宣言したイエス・キリストにも通じるだろう。また一面においては、母なるものを「大衆」と置き換えてみれば、知識（人）は大衆（非知）からの離脱（疎外）であり、だからこそ知識（人）の最終課題は「大衆の原像」を繰り込むことにある、という六〇年代の吉本隆明の知識（人）論にも通じるだろう。高橋和巳自身もまた、そのようにして、一個の知識人としての「自己を築」いたのである。

高橋和巳において、宗教観と知識人論はぴったり重なっている。このときユートピアは、吉本隆明的にいえば、「大衆の原像」を繰り込んだ世界構想を意味し、高橋和巳的にいえば、ひとたび離脱した息子が自己否定を介して母親と再び抱合し合う愛と倫理の共同体を意味する。

高橋は秋山駿との対談「私の文学」で、自分の母親が「ある新興宗教の信者」だった（明言していないが天理教を指す）ことを明かしたうえで、興味深い逸話を語っている。

――大学を卒業して就職もせずアルバイトもせず、ついに「食い詰めて」いた時期、母親の勧めで天理教に就職（史料編纂や雑誌編集等の仕事）しようとしたことがあった。そのために「信徒なみの認定」を受ける必要があって教義を学んだりしたが、「最後に独特の祈祷の形式がありまして、手踊りをしなければいけない」、それが「どうしても踊れないのですよね。背中にだらだらと冷汗が流れてきて、単にはずかしいとか、そういうことではないのです。食っていくためにはある程度はずかしさみたいなものはかなぐり捨てなければならないことぐらいは知っていますし、このぐらいのことはできると逆にやってやろうというような気もあるのですが、とにかく、全身硬直みたいになって、どうしても体が動かないのですね。」

これほどにも、母なる非知の領域と知識（人）へと上昇した息子との関係を如実に示すエピソードはまたとあるまい。知識が民衆的非知につまずいたのだ。ここには、狭くいえば、高橋和巳における意識と身体との関係が、広くいえば理性と信仰との関係が、私的にいえば息子と母親との関係が、公的にいえば知識人と大衆との関係が、そうした分裂する二項の高橋和巳という人格内での葛藤が、凝縮されている。

天理教は大本教に先立って、やはり不幸な母親・中山みきが創唱した宗教である。明治の初めから何度も弾圧を受けて、大本教が立教する明治半ばには、中山みきも亡くなって、天理教はすでに当初の「世直し」志向を薄めていた。一方、入れ替わるように「世直し」を高唱し始めた大本教は、出口王仁三郎の活動によって浅野和三郎や谷口雅春といった知識階層に浸透し、さらに「大正維新」や「昭和維新」を呼号することで青年将校などにも支持者を得ていくことになる。

対して、天理教は、いわば無知（非知）を隠さぬ特異な民衆宗教に踏みとどまった。

たとえば、天理教の教典「おふでさき」は、神憑りしたみきが書き記した短歌形式の言葉をそのまま今も伝えている。今日公刊されている『天理教教典』の千七百首を超える歌の中からほんの三例だけ引く。傍点を付したのは仮名遣いの間違いである。左脇の（　）内に漢字まじりに書き直しておく。

《よろつよのせかい一れつみはらせど／むねのハかりたものハないから》
（万代《よろづ》の世界一列見晴らせど／旨の分りた者はないから）

《このたびハ神がをもていあらハれて／なにかいさいをといてきかする》
（この度は神が表へ現れて／何か委細《ゐさい》を説いて聞かする）

《にち〳〵にをやのしやんとゆうものわ／たすけるもよふばかりをもてる》
（日々に祖《おや》の思案といふものは／助ける模様《もやう》ばかり思てる）

方言語彙は別としても、多数の訛りや仮名遣いの間違いは教祖の「無知」を示している。それを隠さず、原文のまま伝えている天理教の姿勢を貴重なものだと私は思う。

みきはまた、抽象概念を表す漢語など知らなかったから、「我が身思案」「陽気ぐらし」「たすけ一条」「よろづたすけの道あけ」「掃除」「しんばしら」「とうりょう」「よふぼく」といった具象的な日常用語を比喩的に転用することで、倫理道徳から世界像、さらには宇宙論的ヴィジョンまでを語った。それはあたかも、素朴な民衆言語がどこまで高度な世界観に関わる概念性を表現できるかという壮大な実験のようでもある。信徒以外の誰も顧みなかったようだが、それはほんとうは、近代日本語にとって重要な実験だったはずなのだ。

　中山みきは大和盆地の庄屋の出だったが、丹波の貧民の出である出口なおはろくに文字も書けなかった。しかし、大本教の教典『大本神諭』は、明治二十五年旧正月のなおの初めての神憑りの言葉を次のように記している。

《三ぜん世界一度に開く梅の花、艮《うしとら》の金神《こんじん》の世に成《な》りたぞよ。梅で開いて松で治める、神国《しんこく》の世になりたぞよ。日本《にほん》は神道《しんだう》、神が構《かま》はな行けぬ国であるぞよ。外国は獣類《けもの》の世、強いもの勝《が》ちの、悪魔《あくま》ばかりの国であるぞよ。日本も獣《けもの》の世になりて居《お》るぞよ。（中略）是《これ》では、国は立ちては行かんから、神が表《おもて》に現はれて、三千世界の立替《たてか》へ立直《たてなほ》しを致すぞよ。》（平凡社東洋文庫『大本神諭　天の巻』）

『大本神諭』は、神憑ったなおが座敷牢の柱に釘で刻んだ奇妙な記号のような文字や本人も判読困難な自動書記（まさに「お筆先」）を、王仁三郎が判読して文章化したものである。実に立派な文章だ。仮名遣いの間違いはほぼない。なおの「無知」の痕跡はほとんど拭い消されているのだ。方言口調をわずかに残した語尾も、信徒への開祖の語りかけの口跡として見事に生きている。何よりここには簡潔にして充実した「文体」がある。今日の口語訳聖書の偽善的に脱色された無味無臭の文章など足元にも及ばない。

「文体」ということに関連して、補足的に書いておく。

　戦前の日本は、「四民平等」という虚偽の看板を掲げながら、まぎれもない身分制社会であり階級社会であったが、それはとりもなおさず、言語的階級社会だったことをも意味する。大まかにいえば、階級制の頂点には天皇の文体としての勅諭や勅語（さかのぼれば古代の宣命体に淵源する）があり、その直下に法言語が具現する権力の文体としての漢文訓読体があり、その下に「国民」の文体としての言文一致体（普通文）があり、さらにその下層には書き言葉に昇格できない永遠の話し言葉としての方言があった。

　戦前日本の社会の総体を描くとは、この言語的階級制の総体を描くことにほかならない。つまり、高橋和巳がその正統な後継者を自任していた戦後文学の「全体小説」は「言語的全体小説」でもなければならない。その意味で私は、『邪宗門』を大西巨人の『神聖喜劇』と並ぶ「言語的全体小説」の双璧だと考えている。

　私は以前、「正名と自然――帝国軍隊における言語と『私』」（『悪文の初志』所収）で『神聖喜劇』を論じたが、それは主として「言説（ものの言い方）」および言語ゲームの観点からだった。小説が取り込んだ社会的「文体」の多様性という観点でいえば、むしろ『邪宗門』の方が広範であり包括的である。そこには天皇の詔書・詔勅があり、法律の条文があり法廷文書があり、左翼の政治パンフレットがあり、右翼の檄文があり、女学校の教科書があり、新聞記事があり、書簡文があり、漢詩文があり、古文があり、歌謡があり、といった具合だ（引用もあるが多くは作者の創作である）。話し言葉なら、方言の会話があり演説があり議論があり法廷陳述があり法話があり説法がある。教団の教典も、開祖のお筆先、八誓願、問答録、開祖言行録、声聞記、さらには教主・行徳仁次郎の憤怒と寛恕とに分裂した二通の遺書など、それぞれ異なる文体で書き分けられている。驚嘆すべき力業だ。

オウム真理教事件以来、カルト教団を描いた小説がいくつも現れたが、そこには言語的多様性などほとんどなかった。その点では、大江健三郎の『燃えあがる緑の木』三部作や『宙返り』でさえ『邪宗門』には遠く及ばないのである。ましてや村上春樹および春樹以後の作家たちの作品など、どれもこれも薄っぺらな言語空間にすぎなかった。それは一様化し平板化した現代日本の言語空間を反映してもいるが、作家たちの言語的力量そのものが薄っぺらになったことの証拠でもある。

ところで、私は実は、高橋和巳の主人公たちの「没落志向」の背後にあるのが空襲や敗戦や飢餓という世代的体験ばかりだとは思っていないのである。それはむしろ、主題に社会性を付与するために作家が自覚的に採用した「戦略」であって、背景にはもっと私的で内密な要因があるはずだ、と思っているのだ。

高橋和巳の生家は大阪の釜ヶ崎の貧民窟のすぐそばの小さな町工場だった。和巳の妻・高橋たか子の『高橋和巳の思い出』は、「主人の文学は本質的に虚無僧の文学である」、つまり社会性や政治性とは正反対の厭世的で内面的で思弁的な文学である、という断案をはじめとして、洞見にみちた優れた高橋和巳論にもなっているが、この小論の文脈においては、和巳の生育した家庭環境についての以下の指摘にとりわけ注目したい。

彼女によれば、和巳の生家は「みな善良な人ばかりで、善意の生温かい湯が家を満たししていて、その巨大な湯槽に、一人一人がぼうっとつかっている、といった感じ」なのだった。「家の中に強力な男性的要素が欠けている」、家を支配していたのは「祖母と母の、母性的・肉体的・土俗的な雰囲気」であって、それは「祖母や母の信じている天理教とか土俗仏教によって、さらに裏打ちされていた」、「それは、祖母と母が中心になってつくりだしている、近代的な自我意識などといったものの皆無の、女の微温的肉体そのものの拡がりのような、家の雰囲気」であり、「主人の高度のインテリ性は、下部のほうで、こういう雰囲気に溶解している」。

「私にとって人間関係とは対立関係ということであった。たとえ家族であっても」と記すほどのまったく異質な環境で育った彼女だからこそ、この特質がはっきり見えたのにちがいない。先述の「業」としての「原罪」観念もこの「土俗的」領域に胚胎したのだろう。そして、たか子が述べるとおり、彼が毎日見聞きしていた貧民窟のありさまは「地獄のイメージ」の源泉だったかもしれない。しかし、私が強調したいのは、その「地獄」に隣接したこの家庭こそが、高橋和巳の幼年期を抱擁してくれた「無知」（非知）にして甘やかな母なるものの領域、いわば葛藤なき「原始共産制」の世界だった、ということだ。「革命＝世直し」によって実現さるべきユートピアとは、この失われた（自ら見捨てた）世界の高次の回復でなければならない。

高橋和巳は、この国の多数のちっぽけなイエスたちの一人として、こういうマリア的・母性的領域から離脱して知的に上昇したのである。たか子によれば、結婚後の無名時代、彼は「誇大妄想狂の自信家」で、自分が「天賦の作家たるべき人間だ」と言っていっさい働かず、生活は妻の稼ぎに依存していたという（あげく、数年間は夫婦そろってたか子の実家に寄食してもいる）。パレスチナの荒野をさすらうイエスが金銭のことはユダにまかせていたように、とでもいうべきか。「天賦」とは「文学という神の子」の自覚表明にほかなるまい。もちろん、パレスチナの青年も「誇大妄想狂の自信家」だったのである。

そしてまた、母親の回想「和巳のこと」（『高橋和巳全集』第二十巻）によれば、彼はある日、大学に行かせてほしいと泣いて母に頼んだが、父も母も乗り気でなく、家族会議が開かれ、「和巳がそれほど行きたいのなら、わしが一生懸命働いて行かせてやる」という兄の一言で「やっと」決まったのだという。日本のちっぽけなイエスは、たしかに、自分が上昇して生き延びるために何を犠牲にし何を裏切ったかよく知っていたのである。その「原罪」意識の補償作用が、上昇的にはたらけばユートピアの構想となり、その反作用で下降的にはたらけば「没落志向」となって表れる——そういうことではなかったか。

高橋和巳は一九七〇年の四月三十日、東京女子医大消化器センターに入院し、五月七日に結腸癌の手術を受けた。（ただし、癌であることは、死に至るまで、本人には秘匿されていた。）同年夏に書かれたエッセイ「三度目の敗北——闘病の記——」は、京大学園闘争で「造反教官」の立場をとった彼が「窮地」に陥っていく過程を詳細に記録した連載評論「わが解体」を補足的に締めくくるものだが、副題のとおり、その間の闘病記録を兼ねている。

その末尾、彼は唐突に、母親の姿を描出する。「天理教徒である母は、毎朝、私の枕許で祈りの言葉をあげ、掌で私の腹部を少し空間を置きながら撫でおろしてくれた。」「どうぞ、親神様、お助けを。三十八歳の次男をでございます。身になりかわりましての御加護を……。悪しきをはらい、助けたまえ、天理王のみこと……」もしかすると、彼女の真剣な祈りの儀式は「手踊り」を伴っていたかもしれない。そして、「母が祈ってくれると、その指先を通じて、確かに何かの活力が、私の体に注入されるように感じられたものだった」と彼は書く。しかしそれでも、「宗教は容認しながらもみずからは信じない私は、母の不眠不休の看護に感謝しながらも、その祈祷には同化できず」とつづけるのである。息子である知識は、あたかもそれが知識として絶対に譲れぬ最後の一線であるかのごとく、この「無知」なる母親の世界との「同化」をなおも頑なに拒んでいるのだ。

このエッセイは、そのタイトルが示すとおり、全共闘運動を戦後日本の変革運動の「三度目の敗北」と捉える知識人作家としての公的な文章であって、私的な「闘病の記」はあくまで付随的な記録にすぎないのである。彼が「公人」としてふるまう限り、知識の体面と矜持は保持しつづけねばならないのだ。

しかし、『高橋和巳の思い出』には、和巳が一九七〇年十二月に再入院してからの「臨床日記」(「看病」と呼ばず「臨床」と呼ぶのが高橋たか子だ)が収められていて、そこには、和巳が苦しむたびに「天理王のみこと様」に祈りをあげる母親の姿が点綴され、死期(臨終は一九七一年五月三日)の迫った四月二十八日には、「母が何十日も前から御祈祷を受けたシャツを主人の腹にのせていたが、主人は『お守りのシャツ』と言って、自分から積極的に腹にのせる」と記されている。妻と母の他には誰もいない病室という私的な空間なればこそのふるまいだろう、このとき彼は母親の「無知」の祈りをついに受け入れ、「同化」することを自らに許しているように見える。それは彼が知識(人)としての「原罪」の最終的な赦しを誰に、どこに、求めていたかを示している。

井口時男(いぐち　ときお)
文芸批評家。一九五三年、新潟県生まれ。東北大学文学部卒。著書に評論集『柳田国男と近代文学』『批評の誕生/批評の死』『永山則夫の罪と罰』、句集『をどり字』など。

『悲の器』の「現象学的法学理論」とは何か

――高橋和巳『悲の器』に寄せて

鈴木比佐雄

1

高橋和巳の小説の構想力には、何層にもわたる思想の蓄積が横たわっているようにも思われる。時に主人公や登場人物との対話がどこか一方通行のような演説調になり、何か対話というよりも、登場人物に思想信条や異なる感受性を振り分けているようにも思える。心を交わすという対話でなく、生き方の違いを際立たせ、感受性の差異や思想信条の違いを対比させる独特な手法に基づく思想があるのだろう。それはヘーゲルの弁証法的な手法であり、フッサールの現象学的な手法であるかのようにも思える。またこの世の無常を徹底化する仏教思想や不殺生を追求するジャイナ教の思想とも感じられる。それらを融合した不可思議な世界とも思えてくる。そんな高橋和巳の小説の思想の核心部分とはいったい何であるかという問いを立ててみる時に、『悲の器』は最も大切なテキストになりうるのではないか。

私が『悲の器』を論じようと思った際に、主人公である正木典膳《てんぜん》がどんな〈志〉を持ちながら、家庭ではどのような暮らしをしていた人物であるかを紹介する最適な場面として、次の第六章の箇所がなぜか想起されてくる。

日中、できるだけ疲れさせぬようにし、彼女だけは特別に羽蒲団をしつらえて、グラスに一杯の酒精を共にして就寝する。今夜は大丈夫だろう、なかば気づかいつつ、やがて完成されるべき現象学的法学体系に関する思弁の中に私は半睡状態になる。さまざまの解決困難な問題が私を苦しませ、また楽しませる。自然法の欠陥は実証主義法学がある程度克服している。しかし、実証主義法学には、それ自体の自律的発展運動はなかった。新しい理念の導入がなければ、根本において裁判は大岡政談的な御都合主義をまぬがれず、実証的態度もその尾を追う実りなき解釈から一歩も出られない。また、正義や大衆利益や愛の観念いがいに、法に即した法の目的が存在しないはずはない。一つ一つの課題を吟味し反芻しながら、私は未知の領域に足を踏みいれようと努力する。

しかし、あの睡りと覚醒との間隙、ある人々にとってはもっとも実り多い非現実の世界は、やはり妻のうなり声で中断をしいられた。肺から空気のすべてが吸いとられるような摩擦音をたてて妻は身をのけぞらせるのだった。

（『悲の器』第六章より）

引用した箇所の「やがて完成されるべき現象学的法学体系に関する思弁の中に私は半睡状態になる」と、主人公の正木典膳に語らせる高橋和巳が構想した「現象学的法学」とは、いったいどのようなものだったのだろうか。私の中でこの問いへの解答が知りたいとの隠れた思いがあった。高橋和巳という小説家は、なぜ一九六〇年代初頭の世界の思想・哲学の本質的課題を、登場人物たちに語らせる『悲の器』のような重厚な小説を、三十歳前後で書くことができたのだろうか。それは大きな謎であり、高橋和巳が亡くなった一九七一年頃は高校生だったが初めて読んだ時は、この小説の主題が重層的であり、その製作意図が何なのか測りかねていた。けれども主人公は冒頭に引用した「やがて完成されるべき現象学的法学体系に関する思弁」という新しい学説を思索し創造していく人物である。一方では病を患う妻、内縁関係にあった家政婦、年を超えて惹かれ合う若き婚約者などの関係において、悩ましい性的存在の身体を抱えていて一見身勝手で薄情そうだが実は、一人ひとりを深く愛しているがゆえに、共に生きたことを胸に秘めて滅んでいく男を演じているかのようだ。そんな理性と感性の振幅の大きい人間の全存在を垣間見せられるような思いがして、なぜか圧倒的な構想力に感銘を抱き続けてきた。当時は『悲の器』から若者にはまだ理解できるはずがないという、大きな拒絶感を突きつけられた気がした。その後に哲学を学び始めた学生時代に読み返してみたところ、フッサール、サルトル、カント、ヘーゲル、フロイトなどの哲学者の名前が出てきて、それらの哲学が語られる箇所があると、高橋和巳はどのようにそれらの哲学者の考えを主人公たちに語らせたり、またあえて隠して暗示させるにとどめていたかを手掛かりにして、『悲の器』の謎が少しずつ解けるような思いがしてきた。理解が進むにつれて『悲の器』での試みは、日本の小説を世界の小説へと押し上げようとする〈志〉の高さを感じ、再読するたびに様々な発見があり高橋和巳への畏敬の念を私は抱き続けてきた。『悲の器』のあとがきの日付は、一九六二年十月十六日であり、すでに五十年以上の歳月を経ている。けれどもその思索的な試みは今でも超えがたいほど気高く屹立しているように私には思えてくる。人間の内面が社会や世界と関わる格闘が真実として生々しく伝わってくるのは、高橋和巳の小説が現在に生きる人びとの苦悩を直観し、それらの関係の真実を開示させようと構想された世界を志向していたからだと私は考えている。

ただこのような〈志〉の高い小説が、現在において顧みられていない情況を考えてみると、現在のテーマを限定した娯楽的な小説の方向性とはかなり異なり、高橋和巳の小説に登場している人物はいつの日か老いて滅んでいく「不幸な意識」がマイナスに意識されているかのようだ。世界の思想・哲学や人間世界の深層に意識化されている何かを明るみに出し、それと格闘しようとする高橋和巳の文学性や思想的な困難な試みが、正当に評価されていないように思われてならない。その意味では現代は高橋和巳の小説などを必要としない思想・哲学から遠い世界になっているのかも知れない。私は『悲の器』と同時に高橋和巳の「エッセイ集1（思想編）」などが気になり、時に再読をしてきた。若い頃は難解に感じられたが、最近は高橋和巳の当時の年齢ゆえに、かなり思想・哲学の解釈に性急な断定をしているところや、それらの思想・哲学の課題を発展させようとする強引さが見受けられる。そのことは真に影響を受けた思想・哲学を自らに問いかけるには不十分であると思われる。けれども失敗を恐れないで解釈を試み、その思想を発展させようとする〈志〉は、三十九歳で亡くなったこともあり、前人未到のことを為していたという覚悟がなせることで、そうでしかありえなかった時間を生きたとしか言えないだろう。その広範な読書からの博引傍証や世間的には敗者であれ勝者であれ、その単独の人びとが生きた意識の在り様を、思索的な構想力によってあれほどの小説世界に昇華させていったのであろう。その意味では高橋和巳の小説と批評は、その試みの全体像が真に読まれ正当な評価が今後になされるのかも知れない。

2

ところで私は高橋和巳の『悲の器』の謎やその文学的・思想的な価値を明らかにするための手掛かりとして、以前から漠然とある仮説を抱き始めていた。小説の主人公の正木典膳はどんな時にも自らの学説である「現象学的法学理論」の完成を意識していて、そのための思索的な学究生活を第一にして生きている。その主人公をめぐる登場人物たちが語り出す内的な意識（心的現象）は、正木典膳の思想や生活を当初は支援しながらもいつしか破局に向かっていく複雑な相関関係が明るみに出ることによって作り上げられている。高橋和巳は、対象と意識との関係を自明なものと考えないで、その自明だと思われている関係を括弧に入れて中断し（エポケー）、先入観なしに対象の現われを意識に直観し記述していくという、現象学的方法を応用した純粋法学の完成を目指す人物を主人公とした。そんな主人公は身近な親族や関係者たちに酷薄な人間と思われ、いつしか家政婦や弟や研究者仲間からも裏切られ告発されて、自らの社会的な地位を喪失するが、内面の誇りは最後まで気高く守って死を決意していく物語である。その主人公の思想・哲学を貫くさまは徹底しており、それ故に引き寄せてしまう悲劇を背負ってしまう姿は、生きることの真の意味を考えさせられる。そんな高橋和巳が主人公に託した〈志〉は、実は二十世紀初頭からフッサールが提唱した哲学の現象学運動の中心概念である〈志向性〉を根底に抱えながら、一つの純粋な原理から学説を確立していくことに情熱を注ぎ込むことである。フッサールの〈志向性〉という言葉は、「意識とは何かの意識であり、われ思うの中に意識内容としての志向的対象を保持している」（「現象学事典」より抜粋）ことだと言われる。登場人物たちのそれぞれの自然主義的な心理主義でもある〈志向的対象〉は、主人公との多様な相関関係の意識を開示していく。そしてついにはフッサールが晩年に構想した〈生活世界〉と言われる社会の在り様が、主人公と登場人物との複雑に入り組んだ〈志向的対象〉である感情を含んだ意識の構成体として立ち上がってくる。高橋和巳はそんな意識の〈志向性〉を源泉として、フッサールが考案した〈エポケー〉、〈現象学的還元〉などの現象学的方法を駆使して様々な先入観を取り外し、意識の中に〈本質直観〉された〈純粋意識〉や〈共同主観性〉を記述していこうとする。その「純粋意識」の内容としてフロイトの「リビドー（性的欲望）」や「タナトス」（死への欲動）、ユングの「リビドー（本能のエネルギー）」などを主人公たちの意識の中に仮託していったように思われる。そんな〈純粋意識〉や〈共同主観性〉（間主観的構成）などを獲得して、〈生活世界〉を見出し、豊かに現象学的な文学世界を実験的に構想していったのではないか。もちろんフッサール、フロイトなどの西洋の思想哲学だけでなく、若い頃から関心のあった東洋思想のジャイナ教や仏教や中国文学なども加味された独自の現象学的で存在論的な小説世界であったからこそ、今でも高橋和巳には少数だが根強い信奉者たちが存在するのだろう。

二十世紀初めの現象学との類似性やその影響を論じられる「表現主義」のドイツの文学者たちや、フランスのサルトルが現象学や存在論から影響を受けて小説『嘔吐』を書いたように、現象学を新しい分野に応用させる運動と呼応して、自らの小説を世界規模の小説のただ中に投げ出そうとしたのではないか。その初めである種の原理的な試みが『悲の器』であったのではないか。今回ひさしぶりに再読をして私の中で考えさせられたことは、高橋和巳がフッサールの現象学、ハイデッガーの存在論、サルトルの実存主義などをいかに咀嚼し、自らの小説を構築したかという その思想・哲学的な背景を辿ってみたということだった。またこの『悲の器』の書かれた後の一九六七年に翻訳が出たメルロー・ポンティの『知覚の現象学』（小木貞孝・竹内芳郎共訳）の「第一部　身体Ｖ　性的存在の身体」などは、高橋和巳の考え方とかなり類似性があると思われ、もしかしたら高橋和巳は一九四五年に刊行された原書のフランス語か独訳か英訳で読んでいたのかも知れない。

小説に触れる前に『高橋和巳作品集7（思想編）』の中にある「葛藤的人間の哲学」（初出は一九六二年十一月）という代表的な評論に触れてみたい。『悲の器』とほぼ同時期に書かれていたこの評論は、プラトンからはじまりマルクス、フロイト、レーニンなどを広範囲に歴史的に素描し、当時の世界に有効な思想・哲学を探索しているような筆致だ。その中でフッサールに触れた箇所があるので、少し長いが引用してみる。

まったく方法がないわけではない。既存の方法の中では、フッサールがその主著『イデーン』で基礎をきずいた純粋現象学的還元による厳密な記述科学としての意識の学が、いまのところもっとも有効な方法だろうと私は考える。フッサール自身の興味は感情や想像力にはなかったけれども、彼がみいだした意識一般の基本的な性質、すべての意識が志向性と志向所与との相関体であることや、意識が本来構成的であることや、またその記述の仕方などは十分に生かすことができる。事実、ハイデッガーを介した孫弟子といえるサルトルは、フッサールでは峻別されていた心理学や精神分析学をふたたび純粋現象学と合体させることにより、想像力の性質を解明するのに相当な貢献をしたことは周知のところである。ブレンターノにおいては、なお機械的な区分であった諸精神作用はサルトルによって、意識のそれぞれの態度となった。対象物を実在的に措定する〈知覚〉作用、意識が一挙に対象の核心に位置する〈概念〉化、志向性との相関において対象を直接自身にあたえる〈想像〉作用は、それぞれ、同一の対象物がそれを通じて、私たちに与えられる意識の三つの態度であることがあきらかにされたのである。そして、うすうすは誰しもに気付かれていた想像力の、実在的対象をエポケーする性質や、感情が、その感情を喚起する対象の実在性にはかかわらぬ、一つの、しかし重要な性質などを厳密に規定しえた。もっとも、反面、『イマジネール』に結晶したその研究は、新たな分野を開拓するものにつきまとう、ある偏狭さをももっていて、他の精神作用との峻別に重点がかかりすぎていて、他の作用との相関の仕方がことさらに伏せられている欠陥をももつ。

たとえばサルトルは、ヘーゲルにあっては自己の可能性を理解し概念をもつ理性的なものの、最高の範疇であった〈自由〉を、想像力の一つの性質であるとした。それは秀れた発見ではあったけれども、人間が実現すべき目標を、人間の精神作用のうちの、どれか一つの専売物であるかのように主張する必要はない。（略）

（「葛藤的人間の哲学」より）

高橋和巳はフッサールの現象学を「彼がみいだした意識一般の基本的な性質、すべての意識が志向性と志向所与との相関体であることや、意識が本来構成的であることや、またその記述の仕方などは十分に生かすことができる」と理解し、その方法を小説に生かそうと自覚していたことが読み取れる。ただ「すべての意識が志向性と志向所与との相関体であること」の「志向性」の意味は、「対象への志向」を意味していたのであり、「志向所与」の意味とは、「何らかの対象的なものが意識にあたえられているということ」であり、それらが相関関係を持ち、本来的に「意識は構成的」であるということなのだろう。高橋和巳の〈志向性〉などへの理解がやや強引であることもあり次のフッサールやサルトルへの評価にもつながってくる。

いやさらに、広く、フッサールの純粋現象学、およびその後継者の哲学には、おおいえない一つの弱味がある。それはフッサール自身、後期の著書に〈相互主体性〉という概念を導入しながら、それを十分に活用できなかったことに如実に示されている。一般に、キルケゴール以来の実存主義系の哲学には、かけがえのない個別者の扉のうち側、その不安や絶望などに関する緻密な考察にもかかわらず、個別者の皮膚から外にでようとするやいなや、ただ「覚醒せよ」「決意せよ」と空しく繰返すだけで、一人称から二人称、三人称へと思惟を拡大してゆく、その方途をもたなかったのである。換言すれば、それは理性的普遍性に対する個別者の感情的不可交換性に執着しながら、なお、感情や想像の法則性を十分には見出しえていなかったことを意味する。

（「葛藤的人間の哲学」より）

高橋和巳の指摘する「フッサールの純粋現象学、およびその後継者の哲学には、おおいえない一つの弱味」という批判が成り立たないわけではないが、現象学は実証学、認識論、存在論、形而上学などの根底を問い、それらをつなげうる可能性のある方法的な原理である。高橋和巳はその原理的な方法論に賛同し、ある意味で自らもその方法に立脚しているにも関わらずに、その応用が不十分であるという批判は、勇み足と言われても仕方がない性急な批判だった気がする。「一人称から二人称、三人称へと思惟を拡大してゆく、その方途をもたなかった」という指摘は頷けない。現象学の試みが合理主義と経験主義が陥った主観・客観の二元論を超えていこうとする思考方法であり、「主観の謎」を突き詰めて〈超越論的主観〉、〈共同主観性〉などを展開していった本来的な意識の関係を問うていたのである。フッサールの晩年に構想した「生活世界」の中には、徹底して「主観の謎」を解き明かしながら、「二人称、三人称」の他者たちとの豊かな日常世界から哲学を問い直しており、そのことが多くの思想哲学者たちに影響を与えたのであり、この指摘は成り立たないだろう。その意味では高橋和巳はこの「葛藤的人間の哲学」において真に根源から問い直して新しい学説を唱えて発展させた思想哲学者への敬意がやや欠けていたと言わざるを得ないだろう。ただこのことは高橋和巳にだけにとどまらずに、日本人は応用には長けているが、そのオリジナルな根本原理を生みだした人物への敬意が足りない傾向があり、私たち自身の問題でもあるだろう。

3

『悲の器』の主人公の正木典膳《てんぜん》は、東京大学と思しき日本を代表する大学の法学部教授で、次期学部長の最有力候補であり、また政府の憲法改正問題懇談会の最高検察庁側の委員でもあり、司法・立法・行政にも影響を与えている人物である。その正木典膳は刑法の第一人者でありながら新しい法学体系を創り上げている日本の知性を代表する独創的な学者でもあった。その学説は、自然法や実証主義法学などの問題点を克服して、「現象学的法学の理論体系」を創り上げた。その原理から導き出された〈すべての犯罪は確信犯である〉という刑法の「確信犯説」は、学会に衝撃を与えていたという設定になっている。

　そんな地位も名声も得ていた正木典膳が、癌を患っていた妻の亡き後に、栗谷博士の令嬢栗谷清子と再婚する運びとなったところ、かつて内縁関係だった家政婦の米山みきによって婚約不履行という不法行為による損害賠償請求を受けた新聞記事の記述から小説が始まる。冒頭には、源信の「往生要集」の中に出てくる「悲の器」という言葉の由来が引用されている。

　罪人偈を説き閻魔《えんま》王を恨みて云えらく、何とて悲の心ましまさずや、我は悲《ひ》の器《うつわ》なり、我に於いて何ぞ御慈悲ましまさずやと。閻魔王答えて曰く、おのれと愛の羅《あみ》に誑《たぶら》かされ、悪業を作りて、いま悪業の報《むく》いを受くるなり。

——源信「往生要集」——

　高橋和巳はこの引用で正木典膳という「悲の器」がその「悪業の報い」を受けて壊れ解体していく様を描くことを暗示したと理解できる。この「悪業」とは高橋和巳が宿命的に、どこか生きることへの贖罪感を抱いていて、自分だけにとどまらずこの世に生きる人びとは「罪人」であるという認識を奥底に抱いているように感じられる。そんなある種の「罪悪感」を抱く人間存在は、救いがたい「悲の器」であると認識し、閻魔王に「御慈悲」を乞うが拒絶され、むしろ「悪業の報い」を受けるべきだと断罪されてしまう。

　そんな贖罪感や「罪人」という認識の生み出した背景を理解するために高橋和巳の「あとがき」の中間部分を引用してみる。

　長い制作の過程で、私もまた単純な原理に気づかないわけではなかった。それは文章表現なるものは、本来、表現しようとする対象を肯定するための操作であるらしいということだった。私も文筆を業とする以上は、すべての青年がひとしくかくあらんことを欲し、そこに描かれた真美によって、また照りかえして内なる真善を自覚するにいたるような、大肯定文学を構築しうればと夢想する。しかし残念ながら、この作品がそうであるように、さらに一層、重く暗い物語を書き続けてしまいそうな予感がする。それはあたかも、少年期に、都市全体が焼けつくした廃墟に立ち、同時に人々の内なる荒廃をもみてしまったために、のちに華麗な街々の装飾をみても、背後にはなお廃墟が広がっているのだと思い込んでしまう不幸な意識ににている。そうである。どうやら私たちはなお廃墟に面して立っている。

そう、私たちに神はない。私たちにはなお完全な自由と平等はない。また文学的にも私たちには本格的近代小説の伝統はない。それゆえにこそ、いま私たちはこう呟こう。なるほど眼前に横たわるのは、なお一面の荒蕪地であるにしても、そこには、つみあげるべき石ころがあり、加工さるべき木片がある。そして何よりも、私たち自身の手と足が、さらに意欲し、思念し、想像し、実験しうる頭脳がある、と。それで充分なのだ。

高橋和巳の「私」は「大肯定文学を構築しうればと夢想する」が、科学技術の大量破壊兵器を駆使した米軍の大阪大空襲を経験したことからか、街が廃墟に帰してそれが表面的に復興したとしても、人びとの内面の意識が荒廃していったことを決して忘れることはないのだろう。「大否定文学」とも言える「不幸な意識」を抱えた「私たち」の意識の働きを抱え込んでいく。なぜなら人の世に繁栄して存在するものが結局は滅んでいくのであり、「一面の荒蕪地」に向かって行く意識の流れを透視しているかのようだ。そんな「私」の「不幸な意識」を自らの宿命的な課題としているだけでなく、実は「私たちの不幸な意識」の内的な構造を明らかにすることが高橋和巳の挑んだ長編小説の壮大な試みであったように思われる。「私の不幸な意識」を「私たちの不幸な意識」へ拡大していき、ついには器が悲しい音を立てて内部崩壊する音が、高橋和巳の小説世界に流れている通奏低音であるのかも知れない。その試みを高橋和巳は「私たち自身の手と足が、さらに意欲し、思念し、想像し、実験しうる頭脳がある、と。それで充分なのだ。」と淡々と自らの手法をどこか職人技のように自負心を持って物語っている。「不幸な意識」という悲劇を生きる人間存在を見詰めて記述することが、人間を畏敬することであるという信念に基づいており、それを可能とさせる自らの小説世界の悲劇性に傾いていく自らの宿命を垣間見ていたことが読み取れる。「あとがき」の最終連を引用するが、そこにはこの『悲の器』の思想・哲学的な背景の一部が明示されているが、高橋和巳は最も重要なところは暗示するにとどめており、後は後世の読者に委ねようとしたのだろう。

なお、この作品は、その欲張った構想のゆえに、日本の現代史や精神史、とりわけ多くの法律学の資料や著述の参照の上になりたっている。私の脳裡に生れ、作中人物に仮託した二三の観念については、相当な自負がないわけではない。しかし、それらの諸観念も、先人たちの開拓した土壌の上に育てられたものである。作中にある法律の条文の解説や、法律思想の輸入経過の要約などに関して、論文ならば、脚注を付し、某々氏の見解による、ないしは、某々氏の著述に示唆されること多い、とことわるべきところが二三ある。いまもそうしたい欲望をおぼえないわけではないが、いまはただ、数多くよんだ法律学の著述のうち、ヘーゲル、イェリネック、ラードブルッフ、滝川幸辰、横田喜三郎、熊倉武諸氏の業績がとりわけ感銘深いものであったことを、感謝とともにしるすにとどめたい。これは小説であって、論文でも、資料整理でもない。それゆえ、法律家の手記の体裁をとりながら、法律学上は特有の概念規定をもつ言葉——たとえば〈悪意〉——も、一般的に用いられる意味で用いてある。また、内容が要求する必然性によって、場所設定は東京ということにもなっているが、私はおよそ東京の地理などは知らんのである。それら一切は、構想の全体との相関において、作者が責任をおうべきものである。

——一九六二・一〇・一六——

高橋和巳は「私の脳裡に生れ、作中人物に仮託した二三の観念については、相当な自負がないわけではない。しかし、それらの諸観念も、先人たちの開拓した土壌の上に育てられたものである。」と語っている。その自負を抱いていた観念はきっと「現象学的法学理論」のことを指していたように思われてならない。また憲法調査会メンバーである正木典膳が憲法に記された「〈象徴者〉（天皇）を刑事上の責任の枠からはずすことを明文化する」ことへの反論として、将来戦前のように〈象徴者〉がクーデターなどで政治利用される可能性を否定しきれないと言い、『悲の器』の「純粋法学者の名誉」にかけて、法が万人に対等であるとの理念の箇所なども自負した観念であるだろう。

『悲の器』の最後は「私は友情の名において、他の力によってではなく、君たちの苦悩する地獄へと、君たちをたたきのめすために赴くであろう。私たちは格闘し続けるであろう。人間が人間以上のものたりうるか否かを、どちらかが明証してみせるまで。／さようなら、米山みきよ、栗谷清子よ。さようなら、優しき生者たちよ。私はしょせん、あなたがたとは無縁な存在であった。」で終わっている。君たちとは恩師の下で法学を学んだ俊英たちで自らの法学理論やその実践を貫き国家に弾圧された荻野と富田の二人、また愛した女性たちの誰とも思想・哲学において妥協することなく、孤立無援を貫いていく決意でこの小説は終わっている。高橋和巳はこの思想・哲学よりも感情・因習を優先する精神風土を括弧に入れて「現象学的還元」を試みて、葛藤的人間であるがゆえに「現象学的法学理論」を「純粋直観」に基づき、創造することが可能かと問うているようだ。

『悲の器』は、何度読んでも汲み尽くせないほどの魅力的な現象学的な思想哲学小説である。これからも折に触れて再読を続けていくことになるだろう。私の場合はフッサールの現象学などを手掛かりに論じてみたが、他の哲学や思想の観点でも『悲の器』の思想・哲学性を解明することは可能かもしれない。そのような多方面からのアプローチによってはじめて高橋和巳の全体像が明らかになるのかも知れない。

鈴木比佐雄（すずき・ひさお）
一九五四年、東京都生まれ。詩人、評論家、日本ペンクラブ平和委員会。法政大学文学部哲学科卒業。㈱コールサック社代表。著書に詩集『東アジアの疼き』、詩論集『福島・東北の詩的想像力』、企画・編集『沖縄詩歌集～琉球・奄美の風～』など。

「悲の器」の蘇生力

大城貞俊

高橋和巳の「悲の器」を読んだのは一九七〇年代の初め、今から四十八年も前のことだ。友人に勧められた文庫本の一冊だった。寝そべって読んでいた姿勢を改めて思わず起き上がり、襟を正して読んだ記憶がある。それほどに主人公正木典膳の生きざまは衝撃的だった。

私たちは団塊の世代で全共闘世代とも呼ばれている。二十歳前後の青春期を大学生活で送った世代だ。入学して目にしたのは政治の季節のただ中にあるキャンパスだった。学園民主化闘争から裾野は広がり、反安保闘争、反体制闘争など政治的な闘争へと拡大されていた。

沖縄においては、さらに軍事基地撤去運動や復帰反復帰思想のせめぎ合う中で、だれもが自分の生き方を模索していた。帰るべき祖国とは、いったいどのような国なのか。県民の四分の一が戦死した沖縄戦は捨て石とされた戦いではなかった。祖国とは琉球王国ではないのか。国家とはなんぞや。帰るべき日本国は沖縄に何をしてきたのか、等々の問いが繰り返されていた。

政治の場では沈黙も許されず、二者択一の選択しかあり得ないと、青春期の病のように厳しく自らに問いかけていた。なぜ、沖縄は日本国から切り離され米軍政府統治下にあるのか。なぜ、沖縄に米軍基地が建設され県民の人権が無視される基地被害が頻発しているのか。「マッチ擦るつかのま海に霧ふかし身捨つるほどの祖国はありや」と寺山修司の歌を口ずさみ、共感を覚えることで辛うじて精神のバランスを保っていたような気がする。

学内では、昨日までの友人が敵と味方に別れて睨み合った。火炎瓶を投げ合い石を投げ合った。見知った大学教授が図書館前に引きずり出され、時代や状況への対峙の仕方や研究姿勢を厳しく糾弾されていた。時には活動家と呼ばれる学生の拳が顔面を強打し唇が切れ血を流していた。そのだれもが身近な存在だった。教室前や廊下には、机や椅子でバリケードが築かれ、講義はほとんど開かれなかった。それだけではない。一部の学部ビルが過激な学生に占拠され警察機動隊との攻防戦が目前で繰り広げられた。

学内でも死者が出た。セクト間の対立が激しくなり学寮が襲撃され逃げ遅れた学生が階上から転落して死亡した。私が卒業した翌年には講義中の学生が襲われ、バールで後頭部を強打され死亡した。

多くの友人たちがドロップアウトして学内を去り、幾人かは自ら死を選んだ。県外でも同時代を生きる多くの学生たちが自ら命を絶ち、多くの遺稿集が出版された。私はむさぼるようにそれらを読んだ。今、この時代に生きること、死ぬことの意味を、ひたすらに探し求めた。

高橋和巳の「悲の器」を勧めた友人は休学して県外へ去り消息を絶った。私は大学卒業後に働くことを拒み、一労務者として生きる決意をした。それが私の時代に対する倫理的な姿勢であり、唯一、生きる方法だった。だが、数か月後に建築現場で事故に遭い、その日々は長くは続かなかった。私は免罪符のように、詩の言葉でこれらの日々を綴り始めていた。

私に卒業後のそのような生き方を選択させたのは、あるいは「悲の器」に登場する主人公正木典膳の生き方に影響されたのかもしれない。正木典膳の生き方は、私にとってそれほどまでに刺激的であったのだ。周りに迎合することなく一徹に生きる老教授正木典膳。自らの行為に自らが責任を負う倫理的姿勢。右顧左眄することなく自らの信じた道を全うする生き方。当時の時代の状況と重ねて、正木典膳の生き方は魅力的であり示唆的であったのだ。

当時の私にとって、最も関心のあるのは私自身であり、〈現代〉という時代を理解することであった。〈現代〉という時代は魔物であり、得体の知れないヌエ的な壁であった。生きるには、道化と共犯者として以外の選択肢はないのか、と絶望的な気分に陥っていた。そんな中で「悲の器」を読んだのだ。

作者の高橋和巳は、当時全共闘世代の運動にも理解を示してくれていた。京都大学教授の高橋和巳と正木典膳が私を救ってくれるかもしれない。「悲の器」はそのような予感を漂わせる一条の光明であった。頑固でストイックに生きる正木典膳の生き方と、若者の苦悩に寄り添う高橋和巳の生き方は、一つの指標になるような気がしたのだ。同時代の生き方を学び、同時に格調高い文体から小説の方法や思考の方法を学ぶ。私は卒業論文に高橋和巳を選ぶことに躊躇しなかった。光明はすぐに私の前途を照らしてくれたのだ。

※

四十八年ぶりに再読した「悲の器」はやはり魅力的だった。正木典膳の倫理的な姿勢に再び衝撃を受けた。だが、同時に違和感も禁じ得なかった。当時は思いもつかなかった違和感だ。精神も肉体も「悲の器」と化した正木典膳のあまりにも過剰な倫理観に対する違和感である。

それは、私が体験した四十八年余の歳月が培わせた視点からの違和感であった。私たちの世代は、あの政治の季節の洗礼から学んだものは多かった。少なくとも私は「こう生きねばならない」「こうあらねばならない」という生き方も思想もまた一つの考え方に過ぎないということを学んだ。一つの生き方を絶対無二のものにするのではなく、射程の長い思考法と振幅の広い振り子のスタンスで物事に対峙することを学んだのだ。太宰治ふうに言えば、こうあらねばならない生き方こそが「諸悪の根源」であるのだと。

正木典膳の苦悩は、こうあらねばならないと自らに課した老法学者が作り上げた「人生の檻」に過ぎない。もっと別な生き方を選択することは可能であり、その生き方を自ら遮蔽し「悲の器」と化した哀れな主人公正木典膳の生き方への違和感である。

今回「悲の器」を読みながら、しきりに私の脳裏をかすめる二つの作品があった。それは明治の二大文豪、夏目漱石と森鷗外の作品「こころ」と「舞姫」である。

漱石の作品「こころ」は、主人公の「先生」に対する漱石の痛烈な批判がある。前近代的な恋愛に固執し友人Kを死に追いやる「先生」。明治天皇の死に殉死する乃木将軍の生き方に触発されて、自らも命を絶つ「先生」の生き方。これらは古い倫理観を纏った生き方であり、新しい明治という時代の個を尊重する生き方に相応しくない。漱石は、古い慣習や道徳に束縛された人間を批判するがために、「先生」を創出したとするのが一般的な評として定着している。

また、鷗外の「舞姫」は、主人公の太田豊太郎がドイツ留学を終えて日本へ帰る途中、サイゴンの港で自らの体験を回想して語る手記の体裁を取った小説である。ドイツの留学時に一人の少女エリスと恋仲になる。エリスは太田豊太郎の子を身ごもる。エリスとの愛を取ってドイツに留まるか、帰国して官僚になり日本国家の建設に邁進する有為な人材となるかと苦悩する小説である。結局は発狂したエリスを残して、太田豊太郎は帰途につくのだが、そこには自らを批判する視点がない。エリスの発狂は友人相沢のせいだと言わんばかりである。

つまり、両作品とも主人公の言動を痛烈に批判する作者の視点が織り込まれているのではないか。漱石も鷗外もそのためにこそ主人公の人物像を造型したのではないか。両大家は、時代を鳥瞰する冷徹な目を有していたがゆえにそのように思われるのだ。

高橋和巳もまた、「悲の器」を書くに際してこのような覚醒した視点を有していたのではないか。自らの生き方を理想的であるとして頑固なまでに貫く正木典膳は、漱石の描いた「先生」であり、鷗外の描いた「太田豊太郎」であるように思われるのだ、不遜な言い方をすれば、作者高橋和巳にこのような意図がなかったにしろ、今日の時代に甦る主人公正木典膳は、ドン・キホーテのような古い道徳や倫理に覆われた甲冑を身に纏っているように思われるのだ。正木典膳は、時代を超えて甦った「太田豊太郎」であり「先生」である。

例えば「悲の器」は「舞姫」と同じように一人称で語られるが、自らを批判する視点を欠如して次のように書き出される。

一片の新聞記事から、私の動揺がはじまったことは残念ながら真実である。もし何事もあかるみに出ず、堂々として構築した名誉や社会的地位が土崩することもなければ、現在もなお私は法曹界における主要メンバーの一員であり、また大学教授としての精神的労作いがいの負担は私の魂には加わらなかったであろう。(以下略)

この独白は、まるで「こころ」の「先生」を彷彿させ、「舞姫」の「太田豊太郎」を想起させる独尊的な独白である。時代を超えて甦った「先生」と「太田豊太郎」の亡霊である。

※

私の卒業論文のタイトルは、もう定かでないが、高橋和巳の小説の方法や思考の方法にスポットを当てたように思う。もしやと思い、創作メモや蔵書棚の隅々まで探したのだが、卒業論文の草稿は見つからなかった。当時はパソコンはもとより、コピー機の使用も難しい時代で原稿用紙に手書きで清書したものだ。

覚束ない記憶を手繰り寄せるのだが、たぶんタイトルは「円環の思想」とか「往還に拠る言葉の力」などと題したように思う。それは、思考や小説の手法を示したものであったが、作品と現実との往還であったのか、造型した登場人物と作者との間の往還であったのか定かでない。ただ、作者高橋和巳が現実から目を逸らすことなく真摯に時代と向きあっていること、メビウスの輪のようにたえず考え続けていること、現代という魑魅魍魎とした時代に対峙し人間としての戦いを辞めない誠実な生き方を示していること、などについて論じたように思う。

今回「悲の器」を再読してもこれらの印象は変わらなかった。主人公正木典膳に襲いかかる不幸な出来事や不慮な事件は、正木典膳を多角的に照射する作者高橋和巳の小説家としての手法であるようにも思われた。また正木典膳を取り巻く現実を、作者高橋和巳は常に忘れない。現実との相克の中で人物は描かれる。それゆえに、登場人物にはリアリティがある。彼らは私たちの目前で血を流し涙を流し、呻吟し、時には毅然とした生き方を示す。このことに私たちは共感するのだ。

翻って文学の力はどこにあるかと考えてみる。どのような言葉が読者に届くのかと考えてみる。それは現実を忘れない作中人物の生活に拠点を置いた言葉にあるように思われる。情愛や愛欲も日常の生活の場所から発せられる言葉や行動であれば、私たちの心に届くのだ。文学の力とは、このような言葉を探し私たちに届けてくれる営為にあるように思われるのだ。

正木典膳が病弱な妻と性愛を交換するシーンは妻の側から語られるが、なんともはや凄絶である。

「かまわないかね、駄目ならいいんだよ。」

夫は努めて事務的に言ったものだった。しかし、どんなに事務的になろうとしても、またどんなに慣れようとしても、慣れることのできない懊悩の時間でございました。癌を病んでいても、女でなくなっている訳ではない。わたし達は夫婦である。けれども、痩せさらばえて床に臥せた妻が、その日ばかりは腰湯をして清めた体を、固くこわ張らせながら、掛蒲団の裾をみずからたくるのは、ああ、そのたびにこそ、神よ、わたしはあなたのことを思いました。

高橋和巳の作品に誠実な倫理観や生きる体臭を感じるのはこのような場面だ。登場人物や人間が詳細に描かれる。このディティールの描写に文学の力が宿るようにも思われる。それは、同時に登場人物に寄り添い、登場人物の苦悩に寄り添うからこそ発せられる描写であり、言葉であるように思われるのだ。

※

正木典膳が生きた時代は戦争を挟んで戦前と戦後に分け

られる。戦前は戦争直前の厳しい検閲や弾圧があった時代であり、戦後は、改憲論・護憲論の論争が交わされる昭和三十年代である。

戦前には、法学者である正木典膳の師や仲間も弾圧や検閲にあって志を曲げざるを得ない辛酸を味わう。戦後を生き継いだ正木典膳は、「内閣に直属する憲法調査会」の主要なメンバーの一人として参加する。「自衛隊をはじめとする、作られてしまった現実と憲法の齟齬、等々の、利益と立場の相反する改憲・護憲の角逐の上に、昭和三十一年、内閣に直属する憲法調査会が成立した」と述べられる。ここに記された憲法を巡る状況は、今日の時代とも類似した背景があり、作品のリアリティを保つ要因の一つになっている。

作品は、どのような作品であれ、時代を超える射程力が問われる。「悲の器」は、この例で示されるように時代を見通す作者の眼力の確かさに驚かされる。個別の物語が普遍化された作品世界とテーマに昇華されていることが容易に理解できる。

また、今日の状況を背景にこの作品を読むと、新たな風刺や比喩の意味が付加され、新しい毒と意味を持って蘇生するように思われる。ここに四十八年後に「悲の器」を読む楽しさがある。

もう一つの楽しさは、登場する人物の多くの物語が織りなされていることだ。正木典膳の物語だけではない。妻静枝、家政婦米山みき、婚約者栗谷清子、娘典子、息子茂の物語。弟の典次、典輔、規典、妹典代の物語。そして、戦前の時代に国家権力に抵抗した師や同僚の末路と現在の物語が精密に描かれる。時代に翻弄されたこれらの人々の物語が「悲の器」の魅力にもなっている。

さらにもう一つの魅力は、登場人物に寄り添う作者の描写力にある。内面の描写は格調高い文体と相俟って唯一無二の人生を活写し、尊敬と畏敬の念を抱かせる。登場人物のだれもが、敬意を込めて描写される。ここに「悲の器」の絶対的な魅力があるのだ。

時代は繰り返されるという。「悲の器」に登場する人物は、今日の改憲論や危機に対峙する人物をも象徴しているように思われる。作品世界は、明らかに今日の時代に新たな相貌を有して蘇生する。登場人物に寄り添った描写力。ここにも文学の力がある。この力を「悲の器」は失っていない。

大城貞俊（おおしろ　さだとし）
詩人、作家、元琉球大学教育学部教授。一九四九年沖縄県大宜味村生まれ。近著に『一九四五年チムグリサ沖縄』、『カミちゃん、起きなさい！　生きるんだよ』。二〇一八年、『椎の川』（具志川文学賞）復刻版をコールサック社より刊行。

『悲の器』を五つの視点で読む

松本侑子

『悲の器』は、昭和三十七年に河出書房新社主催の文学新人賞「文芸賞」を受け、高橋和巳の文壇デビューを飾った作品だ。

当時、高橋は三十一歳、立命館大学文学部で講師をしていた。実際には、昭和三十三年頃、つまり二十代後半に執筆されたらしい。

そうして考えると、この作品は、今の私（三十二歳）より若い著者によって書かれた小説だということになる。

何と老成した書き手なのだろうと、驚嘆する。二十代でありながら、初老の男の生涯と日本の戦中戦後、そして法の理論を綿密に描いた力量に感心してしまう。

と同時に、主人公、正木典膳の老いぶりが、どうも気になる。正木は五十五歳だが、当時の五十代の男はこれほどまでに爺むさいだろうか。物腰や意識が老けすぎではないかという気がするのだ。

初めて本作品を読んだ時も、そう感じた。

高校時代、国語の問題集や模試などに、時々『悲の器』が出ていた。そこで図書館で手にとって開いてみた。しかし、花ざかりの十七歳にとって、陰気な男が、女に迷妄し、自らの人生に悔恨を残して破滅する話が愉しいものか。途中で投げ出した。明治大正の日本文学はよく読んでいたので、小説としての古さが気になったのではなく、どうも主人公の気持ちによりそうことができなかった。

しかし今回、きちんと読んでみると、面白いの何のって、数日間、熱中した。

大時代的な階級意識、極端なネクラぶりに微苦笑する意味あいも含まれているが、ほんとうに面白かった。

今だからわかるのだが、正木は、一見すると老けているが、性的には妙に若々しい。そして法学の大家にしては、思い悩むさまが青臭い。実際の五十代の男は、齢を重ねるにつれて、とかく自己肯定の易きと諦めに流れ、ここまで厳密に自己を問いつめないのでないか、と思うのだ。

つまり正木にあるのは、若者特有の内省ではないか。

二十代の高橋和巳は、権威ある大学教授を、中国文学の素養をつかって古めかしく気負って描いたが、正木の心性は、むしろ若者のように青くみずみずしい。これは青春の文学なのではないか、という気さえしてくるのである。

『悲の器』は、重層的な構成からなっているので、さまざまな読み方があるだろうが、私にとっては、次の五つの点で面白かった。

まず一つは、三人の女性との関係だ。

正木は、妻の静枝と家政婦米山みきとの間で惑い、癌に伏す妻が自殺すると、家政婦と関係を続けながら、若い令嬢、栗谷清子との再婚を考える。そしてどうなったか。結末は、小説の冒頭で明らかにされている。つまり、米山みきは、婚約不履行と共同生活の不当放棄による損害賠償請求で正木を告訴。それをうけて正木は、彼女を名誉毀損で告訴し、それらのスキャンダルによって教授の地位を失う。

だが、この三人の女性と正木の間に実は何があったのか、関係がどう展開したのか、何もわからない。断片的な回想によって、少しずつ明らかになるミステリアスな事実にひきつけられて、読者はこの大長編を読み進んでしまう。そして正木は、スキャンダルという外的要因によって破滅したというより、むしろ彼が抱える精神の暗部、内面の綻《ほころ》びといったものの積み重ねによって崩壊したことを知る。

二つめに面白かったのは、戦中と戦後の体制変化に、知識人がどう対応したか、という点だ。

戦争の進展につれて、右翼、軍部が台頭し、思想言論の自由が脅かされていく。そのとき、法学者の正義をすて、時流におもねって自説をまげ、国家主義に迎合した者もいれば、正木の恩師や同僚、後輩のように、学問の良心に忠実であろうとして不遇に墜ちた者もいる。恩師の宮地教授の三高弟の一人、荻野は検挙され、獄中で稚拙な転向声明を書いたあげく、戦後は、保守反動与党にくみして教育委員長となり、教員の勤務評定をめぐって日教祖、学生と対立して自殺する。もう一人の高弟、富田は失踪し、法への絶望から反社会的な強盗をはたらき、獄中で狂気を装って死ぬ。

しかし、正木は、戦中は検察に移って軽微な犯罪を担当し、なりを潜める。だが雑誌「国家」の発行を続けたあたりを見ると、必ずしも保身に固執したわけではない。そして戦後は、最高検察庁までのぼりつめてから再び自由な大学に戻り、警職法改正の公聴会では、与党側への反対意見を述べる。天皇制については「法は万人の前で対等」という理念に反すると書く。

要するに、彼は、良心と保身の両方に折りあいをつけて、その間でうまく立ち回っている。そんな用意周到で如才ない男が、自滅する。そこに謎がある。戦中の思想統制は、正木にとって過去ではなく、終わっていない。死者である荻野と富田もまた、彼にとっては死人ではない。正木は自分の社会的成功に、誰よりもまず本人が手放しで安住できない。過去の自分への疑問、悔恨めいた気がかりが彼を暗く覆っている。

傑作なのは、戦中、国粋主義に迎合した学者が、戦後民主主義が到来すると、むしろ誰よりも鮮やかに転身し、大学や政治の場で名をなしていることだ。こうした戦中戦後の知識人の狡猾さ、変わり身のしたたかさは、学問だけでなく、政治、財界、宗教の世界でも、いくつか思い浮かぶ。そこに、著者である高橋の批判が感じられる。

こうした、知識人の良心と世俗的出世の葛藤は、本作品の主題の一つであるとともに、高橋自身の問題でもあったと思う。

なぜなら、この小説には、終戦後の新憲法に抵抗した旧勢力の存在、そして民主化が一段落ついた後の保守反動、逆コースも大きな影を落としているからだ。

この戦後の保守反動が、面白かった点の三つめだ。私は法律と政治を学んだせいか、とても興味深く読んだ。

戦後、新憲法にもとづいて、下位法である民法、刑法などが民主的に改正されていく過程で、保守勢力が反対して難航する。私は作家になってからも、戦後民法、刑法、国籍法、優生保護法などに温存されている家父長制と男子血統優位制について、女性と同性愛者への差別として反対し、その問題点について書き、話してきたが、今も残るこうした法の不備は、一部の法学者が、民主的改正に反対したためといわれている。彼らは、家父長制の中の男という特権階級から下りることを恐れ、家制度の廃止と個人の尊厳重視を徹底させるという学問的良心よりは、性差別を選んだ。

ついでにいえば、そうした批評眼を、正木も持っていない。彼のいう「法の前で対等な万人」とは、男だけであることを窺わせて、まことに興味深い。

『悲の器』は、戦後の自由主義の理想が少しずつ変質していく逆コースについてもくわしい。朝鮮戦争への日本の協力、第九条を骨抜きにした「警察予備隊」という名の再武装、集会結社の自由をおびやかす破壊活動防止法制定と警察官職務執行法（警職法）改正、そして学校教員勤務評定の強行をめぐる学生運動などが書かれていて、こうした政治問題とそこにかかわる学者や学生の内面を小説にまとめた力技に、感嘆した。

ともかく、正木をはじめとする知識人は、戦後の保守反動のとき、戦前と同じ選択を迫られた。すなわち、学問の良心に忠実であるか、権力側について保身をはかるか、である。

考えてみると、逆コースが進展していた当時、高橋本人も、若き学者として同じ選択肢の前に立たされていたはずだ。そして、七十年代の大学紛争のときも……。

高橋は、大学紛争を頭ごなしに弾圧せず、無視もせず、逃げもせず、知識人として真摯に対応したとして評価されているようだ。

しかし私は、全共闘そのものに懐疑的なので、今一つピンとこない。

なぜなら学生運動家は、大学の民主化、自治、学問の自由、平等を掲げながら、集会が終わってみると、女だけが茶碗を洗っていた。同志であったはずの男子学生への失望と怒りから、日本のウーマン・リブが本格化した。しかし大学紛争に限らず、階級闘争も、民族解放も、人種解放も、すべて男という階級の中だけの平等を目指していた。フランス革命にしても同じだ。変革の前も後も、女は男の下部構造におかれた。

そういえば、一九七〇年代に、大学、新左翼、全国の市民団体などの女性が書いた厖大なビラと小文を集めた『資料日本ウーマン・リブ史Ⅰ』（ウイメンズブックストア松香堂発行）の中で、一人の女子学生が高橋和巳を批判している。

彼の小説『我が心は石にあらず』を分析しながら、男の勝手な母性幻想を女に押しつけて育児と家事にとじこめ、そして主人公の男性が、重役昇進か組合運動かと葛藤しながら、女性と性を排除して切り捨てる筋書きをさして、高橋を「エセ・ヒューマニスト」と弾劾している。

四つめに面白かったのは、関西の気配である。

高橋和巳は、大阪に生まれ育ち、戦中は父の出身地である香川県に疎開、そして戦後は松江の旧制高校に通い、京都大学に学んだ。つまり本作品を書くまで、西日本でのみ暮らしている。私は、松江に近い出雲に生まれ育ち、三年間近く大阪に住んだせいか、この小説に、関西の雰囲気をつよく感じた。

正木は、おそらく東大教授で、訴状の記載によると住所は武蔵野市吉祥寺だ。

正木の家の裏手には疎水が流れているが、吉祥寺に玉川上水はあるが疎水とはいわないと思う。疎水といえば、琵琶湖から京都にひいた水路が思いうかぶ。自宅書斎から町の夜景が見えるという点もあわせて、正木の家は、京都の東山周辺を彷彿とさせる。また、山口出身の米山みきが、「お早うお帰りなさいませ」といって正木を送り出すのも妙だ。「お早うお帰り」は、関西弁だ。第十四章で、正木と清子が郊外を歩く場面、「その週末は珍しく、秋立ち、風があちこちの野の花をなびかせつつある野を、細い川の流れを遡って徒歩で行った。別段、名所、旧跡があるわけでもなく、ところどころ、考古学者の掘りかえした古代住居のあとがぽっかりと道傍に口を開け、野の仏が草叢のかげから微笑しているだけの田舎道だった」という風景も、茶屋の一室で食事、というのも、関西らしさが漂う。大学の動向も、関西の話ばかりだ。そもそも、濃密で細やかすぎる人間関係そのものが、関西的だ。

これは、本作品の瑕疵《かし》というのではなく、私は関西が大好きなので、親しさ、懐かしさをおぼえた。東大教授の政治的、官僚的な空気が醸し出されてはいるが、それでも隠しきれない高橋の関西的な感性、美意識がたのしかったのである。

五つめに面白かったのは、正木の女性観だ。

正木はもともと、露骨な弱者差別、名誉市民だの名誉教授だのという特権意識と優越感にこり固まった前時代的な法学者だが、性差別は、とくにはなはだしい。

断っておくが、同時に二人の異性を求めるのが問題なのではない。そうしたことは男女を問わずよくあることで、正木という男の女性観が気になるのだ。言葉の端々に、劣等な女への蔑視、嘲笑、女という肉体への憎悪がにじみ出ている。

たとえば、女給仕、女事務員、女店員と、いちいち職業名に女をつける呼称からはじまり、娘が凌辱を受けるときはその前に短刀で殺すなどという極端な処女崇拝、女の脂肪、生理、体臭への嫌悪、そうした汚れた肉体をもつ女は精神も澱んで愚かだなどというステレオタイプな女性イメージが、そこかしこに込められている。

一方で、大学に学ぶ女子学生は「男に愛されることの乏しそうな骨張った醜い顔」と表現し、女の知性イコール、狭量で冷酷で性的魅力に乏しいと、これまた驚くほど古典的な偏見がある。女には、知性や高度な精神活動はないが、もしあるならば、醜くて女らしくない、ということだ。

フェミニズム以前は、こうまで馬鹿馬鹿しい言説がまかり通っていたのかと思うと、この運動も成果があったものだと、つくづく思う。

また正木は、女を人格ではなく、性役割でみる。つまり、肉欲の対象、家事をさせる家政婦（妻はこの二つにかかる）、清純な憧れの対象となる処女、という役割だ。女は、妻か母、処女、あるいは娼婦しかない。男にこうした区分がないことからも明らかなように、これもまた古典的すぎる性差別だ。

彼が唯一、心を許すのが、白痴の娘だ。知的な働きは一切なく、男を批判せず騙されるまま、豊饒の母性を抱えて死んでいく白痴の前でしか安らげない男の心の貧しさが見えてくる。

そうした正木の女性観を、高橋が肯定して描いたとは思えないが、著者本人と全く無縁ともいえないようだ。

高橋逝去二十年を記念して出版された文集『高橋和巳の文学とその世界』（梅原猛・小松左京編／安部出版）の巻末に対談があり、そこで梅原氏は「彼（高橋）の関係のある女性を洗ってみたら、それは彼の言うとおり皆んな玄人だった」と語る。素人と恋愛する男は女たらしだが、玄人相手なら潔癖だと高橋が話した、という文脈だ。

私などは、女を全人格的に愛し愛されるほうが、娼婦専門よりよほど人間的で「潔癖」だと思うが、高橋にとっては、女との恋愛イコール、色恋沙汰、性欲発露で不潔、という発想、つまり女を肉欲対象の娼婦か貞淑な妻か、という二分法でしか見られず、結局は、女を、肉体も知性も精神も統合した一個の人格として見なかったのだと思える。

では、高橋が、つねに女に対して支配的で差別的だったかというと、そうでもない。

『悲の器』には、モデルとなった同様の事件があるという（『評伝高橋和巳』川西政明著／講談社）。昭和二十七年、離婚歴のある法学教授が肉体関係のあった戦争未亡人を捨て、別の戦争未亡人と結婚しようとしたため、教授は家裁を通じて慰謝料を請求され、新聞沙汰になった。高橋は、この事件を使ったらしい。

と同時に、別のモデルもあった。

先にあげた『高橋和巳の文学とその世界』には、『悲の器』執筆の頃、高橋から恋心を寄せられた女性の文章も収録されている。

それによると、彼女と高橋は、同人誌「対話」の仲間だった。編集作業を彼女の家で二人でおこなううちに、高橋は用がなくともやってくるようになり、愛を告白した手紙をよこす。しかし高橋には妻がいる。彼女が戸惑っていると、酔って電話をかけたり深夜に来訪することもあったという。そしてある日、書きかけの原稿の束を風呂敷からとりだし、「絶対に、誰が読んでも、なんのことが書かれているのかわからんと思う………そういうふうに僕たちのことを書く自信はあるのですよ……」といって手渡した。それが『悲の器』だった。

こうして見ると、高橋は、実際にあった法学者のスキャンダルを使いながら、ほんとうは、妻と恋人という二人の女性をめぐって逡巡する自分を、正木に託して書いたのだとわかる。

妻がいながら恋をする身勝手さ、自分への嫌悪、叶えたいけれど叶わない恋への憂愁は、正木の翳りとなって全編に漂っている。去っていった彼女への高橋の強がり、まだ残る未練もこめられているかもしれない。

慣れない宝石店で指環を買い、終わりを知りながら栗谷清子と二人で信州へ列車で出かけ、指環をわたして別れ、見知らぬ町の見知らぬ女給仕と酔いつぶれる。妻への冷ややかさとは対照的に、清子によせる正木の思慕はせつない。高橋は、何の実りも生みださない関係を夢見つつ、現実には叶わなかった夢の苦渋を描いた、それが『悲の器』なのだ。なんと愛しい男なのか。硬質な小説世界のむこうで、まだ二十代の男の青さ、柔らかさがふるえているようだ。

しかし完成した小説は、執筆中の書き手の思惑も逡巡もはるかに乗り越えてしまう。苦渋も夢もとうに終わったことだ。作者がこの世にいない今、この小説が残る意味は、公私ともにさまざまな矛盾と悔恨をかかえた自己の闇を粛然と見すえようとした作家、高橋和巳の原点としてではないだろうか。

小説の最後に、正木は挑発的な独白を、死せる荻野と富田に、そして私たち読者に投げつける。人間がつくり出した法秩序に囚われて右往左往するくだらぬ市民への不信、矮小な正義への拒絶を胸に、そんなものははるかに超越した絶対価値を、絶望を予感しながらも求めて修羅へむかう壮絶な正木の姿に、社会不正からも自己の暗部からも目をそらし安穏をむさぼりがちな私たちは激しく胸を突かれ、ふと自らをふりかえる。

『悲の器――高橋和巳コレクション1』（河出文庫・一九九六年）
巻末エッセイより転載、一部加筆訂正

松本侑子（まつもと　ゆうこ）
小説家・翻訳家。一九六三年、島根県生まれ。筑波大学社会学類卒業、政治学専攻。著書に『巨食症の明けない夜明け』（すばる文学賞）、『恋の蛍　山崎富栄と太宰治』（新田次郎文学賞）、日本初の全文訳『赤毛のアン』、『島燃ゆ　隠岐騒動』など。

反政治という砦
――ある高橋和巳論

小林広一

1

かつての華々しい政治的季節はもう終わっているという印象が色濃い現在、高橋和巳の作品をどう読むべきか。高橋和巳の作品に多く出てくる政治的語彙の内容や、政治諸党派の主張の是非や、変転著しい時代の思潮を云々するのは、もういい加減にやめにしてくれ、と言及を避ける若者が多いそうであるが、では、いったいどういう読み方をして高橋和巳の作品への接近をはかるべきなのか。

私は、そもそも政治自体を括弧にくくって突き放し外側から冷えた眼で見てみる姿勢、あるいはいかなる政治党派であっても峻拒する姿勢、いわば反政治という姿勢を読者が備えることによって、高橋和巳が現代的に鋭く甦ってくる、と思う。少なくとも彼の著作のなかでも格別に政治色の濃い『憂鬱なる党派』、『日本の悪霊』の二作の主人公たちは、いかなる政治党派をも、またいかなる政治の文脈をも憎悪する孤立感をもっていて、その孤立感を剔抉していくだけでも否応なしに反政治という特色に至るのである。

『憂鬱なる党派』において主人公西村恆一は、七年前大学卒業後、二年間広島で妻と娘とともに安定した女学校教員生活を送っていたが、突然、その生活をなんの理由もなく放棄し、自分が出版したいという本の原稿をもって家出し、大阪のスラム街で暮らし始める。そのときの「憂鬱」な心情を西村は、かつての仲間たちと語り合うのであるが、では、「憂鬱」とはそもそもなんなのか、この点を探っていくと、明確な答えのないある状況が明らかになってくる。たとえば西村は、かつての仲間・教員日浦朝子を前に自分の陥った状況について、次のように説明している。

ただ、ちょっと説明できない、決意じゃない、まったく反対のね、断念みたいなもののため、僕は、学校をやめてしまったんです。誰にともなく急にむらむらと腹が立ちましてね。そしてその腹立ちが続いている間、僕は今までになく充実していた。[1]

このとき日浦は、西村にこれまで見せたことのない絶望的な眉のひそめ方をして仰向いたが、西村は「何の幻を見ているのか」と訝しがる。また日浦は自身の倦んだ教員生活について「自己流滴」であったと評している。西村と同じ社会民主主義者であり政治的立場が近いエリート青戸俊輔は大学研究室にのこり、米国留学を前にしていたが、西村を「青白きインテリ」と責める友人たちを前に、「だが、インテリでも労働者でもない、政治家でも宗教家でもない中途半端こそ、もっとも恥ずべき人間の堕落なのだ」と叫ぶ。その社会民主主義者たちから政治的に遠く共産党員として党に深くかかわった岡屋敷恒造は、「希望を失って、そして殆んど絶望の感慨からも遠のいていて病牀に伏せていた」、「おれの人生は何故こんなに貧しいのか」と呟く。岡屋敷は西村のことを「主張らしい主張もせず」といった立場でありながら、「なぜか無視することのできない存在」だったと評している。同じように党細胞であった村瀬定一は、かつて熟読したマルクス、レーニンの著作をあらためて読み返すことは一切していない。あの著作の論旨は「正しい」、けれども「彼個人の心中に一体なんの充実が生まれようか」、満足感を得ようとするならばそれは「信仰」ではないか、と断言している。

こういった彼らの心情を併せてみれば、「断念…幻を見ている…中途半端…堕落…絶望の感慨からも遠のいて…病…信仰」という漠然とした負のイメージが明らかになってくるが、このイメージでもって「憂鬱」の世代感とまとめることができるのであろうか。なるほど、全くできないことではないであろう。この世代には共有される体験が山ほどあったのだ。敗戦後日本を民主化するための諸闘争、大学内でのハンスト、自治会での活動家内のリンチ、火炎瓶襲撃事件、共産党の国会進出等、戦後日本史を彩る歴史的重要事項が頻出しており、それらの事項が彼らの心情に深く影を落としていたことはまずまちがいない。しかしそれが、世代論として、少しでも思想的な、主張する言語になるとしたらもうそれには嘘があり、彼らのことではなく他の人々のことを言っているにすぎない、ということになるのであろう。彼ら自身も思想として語るほどのものはなにもないと言っているし、政治党派が主張することで形成されていくのにたいし、むしろ主張がないという点をこそ特色として彼らは主張しているのである。「憂鬱」とは、思想的な姿勢に、あるいは主張をとる姿勢に距離をとる立場、ということになる。そうすると、わずかに表現においてしか他の政治党派との差異、自らの立場に独自性をみいだすことはできない。彼らの心中では「憂鬱」というものが確かにあるにはあるにちがいないが、既存の政治諸党派や思潮と比べればどうしても曖昧さを免れ得ない。

ただこのとき注意すべきは、彼らはこの「憂鬱」な言葉を発語する瞬間、みな一様に激しい憤激をもったということだ。憤激には青少年だけが感じることができる清冽な初々しさがあった。彼らは、学ぶ身として背筋を正して政治と向き合いわが手で初めて触れたのであるが、その政治に裏切られ、傷を負い、政治は嫌いだ（！）と叫び、その憤激が、いつまでもそのままの状態で保たれているのである。そうなると考えねばならないのは、彼らは青少年から、大人の社会人へ、という成長過程はどうなっているのか、ということだ。一般にたとえばある青少年がある日突然人間嫌悪という事態に出合い、その過程を経てやがて社会人として人間的成長へと至る、と同じように、あるときであった政治に驚き、動揺し、政治嫌悪という体験があり、その際の憤激から「憂鬱」が高まり、「憂鬱」の物語が始まった、とするなら、その後は、この「憂鬱」の過程から政治的修練を経て、一段階か、少なくとも以前より政治的に成長した過程というものも考えられるのであるが、その過程はこの作品にはない。時計が永遠に止まったままなのか、「憂鬱」をひきずったままなのである。作品解説者たちが一様に、この作品は自分にはどうしても理解できない点がある、と書いているのは、多くがその点にかかわっているのであろう。

解説者たちの言に即してこの点をみていくと、たとえば西村の家出の仕方は、なんの計画性もなく、突然のことだ。数か月後再会した妻が幼女を西村に預けスラム街に住まわせ自分は消えた理由も不明である。日浦が「流滴生活」と言うほど自身の教員生活が倦んでいたとするならば、なぜそれに積極的に改善策、対応策が得られなかったのか、たとえば女性の社会進出とか女性の生活向上ための改革運動に参画しようとしないのか。やがて彼女は結婚へと走ることで仲間から去っていくが、結婚だけが女性の未来を閉ざし仲間への遁辞になっているのであろうか。岡屋敷ら党員生活者たちが一見党批判をしているように見えないでもないが、党綱領や党指導部の方針そのものを持ち出して党活動の全容をくまなく徹底的批判をする、といったことはせず、党がもった漠然とした単なる印象について批判しているばかりではないか、また批判後、政治運動そのものを断念しているのだが、そこまで徹底して断念する必然性がはたしてあるのであろうか、別の党派、たとえば社会民主主義といった陣営に籍をおいて別のかたちで政治運動そのものは継続することを考えなかったのか、等である。

しかし作者は、それらの疑問に答えることなく、「憂鬱」の憤激のままで終わらせている。この創作方針から見えてくるのは、作者の「憂鬱」への偏愛であろう。それほどまでに頑なに偏愛したその意図はなにか。作者はおそらく初発の政治的行為への熱い信頼があったのにちがいない。たとえば暴動でもテロでもストでもデモでもリンチでもなんであっても政治的行為における初発の行動を見てみれば、清く純粋で汚れなさを見ることができるという絶対的な信頼があったのではないか。それはもう作者のなかでは一種の信仰とさえ言うことができるのではないか。初期にあった民意の発想こそがもっとも民意を反映したものであって、それ以後権力ができあがり権力掌握後に登場した政治家たちが権力によってたとえどんな政治的行為を試みたとしても、初発の行動に反し、民意を反映していない、と見る立場を、秘めていたのであろう。つまり、そこで確立されていく作者高橋和巳の姿勢とは、反権力という姿勢だったのではないか、と思う。

2

ミステリー小説のもっとも重要な核心は〈犯人〉像であるが、ミステリー小説風に描いた『日本の悪霊』においては、〈犯人〉像にまでひたひたと迫っておきながら、結局は明らかにしていない。ということは作者が政治の闇における悪の正体という核心に迫っておきながら、ついに悪そのものを糾弾せず不鮮明にぼかしている、ということになるのである。作者はなぜそのような姿勢をとったのか。おもうに政治というものがもともととらえようもないものであり、簡単に糾弾したり告発したりして終わるものでないからではないか。政治とは、その意味でスケールの大きなカテゴリーだったのであろう。

物語は、二人の主人公で構成されている。主人公の一人村瀬狷輔は、革命党の戦略のために八人の遊撃隊で山林持ちの金持ちの伊三次の家を襲撃し殺人事件を起し、八年の潜行を経て、三千円の窃盗の容疑で逮捕される。もう一人の主人公落合は、特攻隊員から生き残りの刑事部巡査で、村瀬の過去に犯した罪を追跡する。その物語で核心にまで迫っておきながら、ついに核心をつくことなく不鮮明にぼかしたままの箇所を挙げてみると、一つめは、異様に感じる目である。殺人に至る遊撃隊の方針は鉄の規律であって厳しいものであった。たとえば村瀬は隊の指導者鬼頭正信が日蓮宗の元僧侶だったという程度にしか人物像をほとんど知らない。村瀬は、この隊でずっと自分たちを監視している者がいる、それはだれか、とかなり意識していた。八人で謀議しているとき中座して厠に行った仲間の男を疑う。しかし、かりに他の組織から潜入を命じられ情報提供を強要されていたとしてもすでに仲間の一員に加わっていて、しかもわざわざ外から仲間の行動を監視するとは考えられないのであるが、監視されているような感覚だけは残った。またその感覚は、村瀬のただ一人の妹が法廷に証人として現れたときにもあった。妹は中学進学する村瀬の学資金のため幼い身で料理屋に奉公に出され、そこで売春をさせられていたらしく、二十年遭ったことのなかったのだが、出廷した妹にやはり同じような目を見る。彼女は刑務所に護送される兄の車に向かって、兄さんは母親が生活保護をまだ受けていると思っているのだろうが、もう亡くなったのだ、と一言言いたかったのだが、二人の間にむろん実際に言葉はなかった。言葉がないのにそのときその周辺はピリッとする同じような感覚だけは漂ったのである。二つめは遊撃隊が伊三次家から獲得した資金はまた次の革命闘争のための資金として準備予定のはずであったが、あの資金はいったいどこへ行ってしまったのか。襲撃していたとき金を持って行った仲間のその後は、村瀬の逃亡中死体となったというニュースを村瀬は見ているが、それ以上のことは知らない。そのとき襲われた十八歳の若い女中のその後を落合が訪ねてみると、独立した家屋をもち裕福そうに暮らしをしているので、ひょっとして、あの金はもう伊三次家にもどっているのか、彼女は伊三次家の長男か次男に囲われている女なのではないか、と疑ってみるものの、それ以上明らかにしていない。三つめは、遊撃隊に途中まで参加していた仲間の自殺についてである。自殺は自殺であって、誰かが手を下したというわけではない。けれども、病気を口実に仲間から離脱しようとするかつての仲間を、秘密保持、敵前逃亡を禁じる、という遊撃隊の鉄則に即して見てみれば、仲間全員が殺した、という論理が成立するのではないか。四つめは、村瀬の生い立ちは父が誰なのかわからない私生児として過ごし、母だけに育てられ困窮の生活だったのであるが、その村瀬の家と被殺人者の金持ち伊三次の家とは同じ地域にあり暮らしていた。とするならば、ひょっとして、伊三次とは村瀬の父である、と考えられないか。

これらは逃亡者村瀬にかかわる謎であるが、その村瀬の歩んだ足取りを追跡する落合は殺人現場の当時の人々に聞き取り調査をするうちに、自分の関心が捜査目的からしだいに外れて行ってしまったことに気づく。自分はなぜ村瀬の件に、これほどのこだわりをもつのか。こだわりは、捜査という目的から外れ、警察の官僚体制、罪と罰の法秩序からはみ出ている。いま自分にもっとも関心があることは、そもそも遊撃隊の目的とはなんだったのか、ということである。襲撃は金の略奪だけが目的でなく、自己を疑わない人間のあり方、安定した社会の正義にたいする怨恨に満ちた破壊欲がたしかに介在していたのではないか。そうだとすれば、「警察には、はじめから、事件の起るのがわかっていたのではないかという疑惑」がありはしないか。

この場合の「警察」という箇所を「運命」という言葉に置き換えてみたらどうなるだろうか。作品中彼らはしばしば「運命」という言葉を使っていた。苦悩がにじむなかでおのが「運命」への切ない思いを吐露していたのだ。置換すれば、「運命」には事件が起ることくらいわかっていたであろう。事件の顛末もわかっていたのにちがいない。「警察」の権力が具体的な人物名や具体的な容貌で云々されるのにたいし、「運命」とはその具体性を抽象化し観念化し、それらのレヴェルを超えているのだから、事件のことだけでなく事件以外のこともすべてのことはわかっていたであろう。では、ここでさらにもう一つの置換を試みてみたい。「警察」、「運命」の箇所を、「政治」という言葉に置き換え、「政治には、はじめから、事件の起るのがわかっていたのではないかという疑惑」について考えてみたらどうなるのだろうか。事件が起ることはわかっていた、事件の顛末も、村瀬の人生の悲喜劇も、この世に起ることはもうみなすべてわかっていた、そんな「政治」が、この世に、そもそも存在しているとしたら、その「政治」にたいして人はどうすべきなのであろうか。だがいまわれわれは、対象の「政治」というもののカテゴリーをそこまで広げて見てみるべきではないか。「政治」とは、まさに「運命」なのであった。また、ときには、「運命」を優に超えているものでもあった。であれば村瀬の過去の犯罪を追跡する落合にとっての職務とは、最終的にはその意味での「政治」の糾弾へと進めねばならなかった。結局、落合が求める事件の真相とは次のようなものであった。

> 歴史の巧緻によって動く社会の中で、何ら独自性を築きえず、やがて一粒の砂のように見捨てられるのが凡人の定めにもせよ、それの理由を知ろうとする本能によってかろうじて人間性の証しを果たすこともありうる。[2]

落合は犯罪と人間の間で起るさまざまな劇を見てきたのだが、その劇の葛藤の末にもっとも痛切に訴えてくるものが、この「人間性」であった。同じものを政治においても同じように描いていると見えるのであるが、政治は「巧緻」という側面ばかりを強調しているものであって、落合のこだわりはやはり「人間性」であった。この点では落合の考えは、村瀬の考えに近かったのである。

けれども法廷における判決は、法秩序に基づき被告人村瀬を無罪であるとした。こんなことがあって、いいのか。そんなことが許されるはずがないではないか。この判決ではこれまでこだわってきた「人間性」が、なにもかかわっていないではないか。落合も村瀬ももう狂うしかないのか……。この狂う寸前の両者の声こそが、物語に秘めた作者の声にほかならない。

3

若き高橋和巳に多大の影響を与えた埴谷雄高は、「政治はそのはじめから、《死》を欠くべからざる自らの伴侶としてひきつれてきた」、「《死》が到れば、もはやその場所は政治にとつて無人の空虚であり、なんら価値なき荒野の墓場なのであつた」(「『政治と文学』について」[3])、と左翼勢力とも『近代文学』同人仲間とも一線を画した姿勢を、また、創作方法においても、現実の模写ではなく「反現実」(『死霊』[4])のリアリズムを描きたい、といった姿勢を貫いていた。埴谷雄高、そして高橋和巳とは、戦後日本の文化界において政治動向にたいして反政治という姿勢を明確にすることで、政治にかかわらないでもここでは生きていけるのだ、といった、一種の砦となったのであった。砦とは、とりわけ若者にとって、生きるための糧となったのであった。その砦が現在のわれわれにあらためて呼びかけていることはなにか、すでに明らかなことであろう。

〔注記・参考文献〕

1 『高橋和巳作品集第3巻・憂鬱なる党派』河出書房　一九六九年
2 『日本の悪霊』河出文庫　二〇一七年
3 『埴谷雄高作品集3』河出書房　一九七一年
4 『埴谷雄高作品集1』河出書房　一九七一年

小林広一（こばやし　こういち）
文芸評論家。一九四八年長野県生まれ。明治大学大学院博士課程満期退学。一九八一年「斎藤緑雨論」で『群像』評論部門新人賞。主な著書『中野重治論』。

高橋和巳における政治性の否定

中村隆之

なぜ忘れ去られたのか

二〇一七年二月、高橋和巳（一九三一〜七一）の作品の主要な版元、河出書房新社が没後四五年を契機に文庫のコレクションを復刊しはじめたタイミングで『高橋和巳　世界とたたかった文学』を出版した。[1]この本は、高橋和巳の記憶をもたない世代に向けたガイドブックという性格が強く、事実、前書きのように付された「高橋和巳、その人と時代」では、作家の歩みとその評価が簡潔に記されている。

いわく「高橋和巳は一九六〇年代から七〇年代はじめにかけてのある時期、最も読まれた作家」だ。「『悲の器』は大きな話題になり、さらに六五年の『憂鬱なる党派』と六六年に出された『邪宗門』は若者たちに思想的な影響を強く与え」たものの、「かつてあまりに多く読まれた反動と、そのあとの消費社会への流れは高橋和巳を忘れさせようとしたかのよう」である。しかし、「この時代はもう一度、高橋和巳を呼んでいるように思われ」るのであり、「この誠実で、深く人間を見つめた文学者の作品はこれからこそ読まれなくてはならないはずだ」と結ばれる（『高橋和巳　世界とたたかった文学』、二〜三頁）。

高橋和巳は、たしかに大江健三郎や三島由紀夫のようには今日読まれ続けていない。いったいなぜなのか。たとえば、二〇一七年刊行『わが解体』解説担当の杉田俊介がこう書き出したように、忘却以上の何かがあるのだろうか。

高橋和巳の存在は忘れ去られている。たんに読まれていない、というだけではない。憐れまれ、嘲笑されてさえいるかもしれない。その「苦悩教の教祖」や「下降志向」、あるいは漢文脈の装飾過多な文体が致命的にふるくさい、というだけではない。高橋和巳の存在そのものが、はるか昔に過ぎ去った学生運動や全共闘運動のシンボルであり、カリスマであり、犠牲者であるにすぎない、そう思い込まれているのではないか。

（杉田俊介「高橋和巳の公共性」、『わが解体』、二六七頁）

すなわち、作品にまつわる通説以上になによりも高橋和巳は「はるか昔に過ぎ去った学生運動や全共闘運動」を体現する存在だ、とする一般通念が生じてしまったことじたいが、その反動として、彼が読まれ続けてこなかったことの最大の理由だという。だとすれば、忘れ去られたのは、「はるか昔に過ぎ去った学生運動や全共闘運動」の時代経験そのものでもある、ということなのだろうか。まさにそういう通念が一般に共有されていることは、没後二五年にあたる一九九六年に刊行された高橋和巳コレクション内の『憂鬱なる党派』上巻の帯文が「文学史に屹立する、戦後青春の痛切な証言」（強調筆者）であったこと、その二〇年後の上巻の帯文もまた「四十六年前。私は『憂鬱なる党派』を手にした男友達と、西日の射すバス停で何台もバスをやり過ごしながら高橋和巳の話をしていた。今の読者にそんな気持ちを届けたいと思う」と感傷的に回顧する小池真理子の推薦文であることが十分に物語っている。さらには、『憂鬱なる党派』を読むためには当時の政治的文脈の知識は不可欠であるといわんばかりに編集部が丁寧にも新たな読者のために「作品の背景」を記している。[2]

これらのことは、『悲の器』、『邪宗門』とともに代表作と評価される『憂鬱なる党派』がある時代の証言であり、過ぎ去った時代経験と分かちがたく結びついている、とこれまでもこれからも読まれることをあたかも期待しているかのようである。ところが、まさしくそうした読みの方向づけこそが高橋和巳の忘却を一層深めるかもしれないばかりか、実は、彼の作品の文学性を政治性のうちへと回収してしまい、結果、高橋和巳を再び葬り去ることになりかねないのではないだろうか。少なくとも、ある共通経験をもつ人々がその時代を回顧するための郷愁の対象のごとく高橋和巳を読むのだとすれば、その共通経験をもたない人々のところまで彼の著述が届く見込みは低いだろう。[3]

本当にそう読まれるべきなのだろうか。陣野俊史との対談のなかで小林坩堝がいみじくも強調するように、高橋和巳の文学は「決して或る時代の人たちのバイブルとして終わるような文学ではない」のではないだろうか。そこで終わるのならば、そこまでの作家だったということにすぎないが、少なくとも筆者の触れた限りでの高橋和巳の作品から読み取れるのは、むしろ文学者としてのスケールの大きさであり、『憂鬱なる党派』はわざわざ政治的背景が付記される必要のない自立した作品である。その意味で「高橋和巳のもつ政治性であるとか、政治と文学が不可分なところにあるという部分は忘れられるべきではないですが、入口がそこである必要はないし、高橋和巳の文学の本懐がそこにあるとは思わないです」と対談を締めくくる小林の発言のうちにこそ筆者は高橋和巳がこの時代に新しい読者と出会う可能性を認める。[4] 高橋和巳を読むさいに、彼が生きた時代を暗黙の前提とするのではなく、つまりはその時代特有の作家だと思い込まず、まずは彼の書法に直接触れることが重要である。

高橋和巳は政治的な人間か

高橋和巳の作品を読むことから始めるというのは、当たり前のことである。ところが、こんな当たり前のことすらも遠ざけられてしまっていることに高橋和巳の不幸がある。その不幸を深めているのは何よりも高橋和巳をめぐる通説であるように筆者には思えてならない。高橋和巳をめぐる支配的な語りは、彼が政治的な人間であることを前提としてきたが、はたして本当にそうなのだろうか。

高橋和巳の存在を「破滅」や「自己解体」や「自己否定」といった固定観念で語るとき、多くの論者は死へと向かう作中人物の悲劇的末路や、全共闘学生を支持し、京都大学での大学闘争の経過を自身の辞職の決意とともに書き続けた「わが解体」（一九六九年）や、それに連なる死の直前に至るまでの彼の政治的発言に着目する。もちろんそうしたことを語ることができるわけだが、問題なのはその語りだけが肥大化してしまい、それ以外の論じ方がきわめて少ないことにある。

『高橋和巳　世界とたたかった文学』に収められた論考も基本的には彼の政治性を前提とする論調であるがゆえに、先述した陣野俊史と小林坩堝の対談とともに、再録された高橋たか子による当時の追悼文が異彩を放っている。それによれば、高橋和巳の執筆の初期には「神なきカトリック小説」という構想があり、自費出版した『捨子物語』（足立書房、一九五八年）にも出世作『悲の器』（河出書房新社、一九六二年）にも同種の傾向を読みとることができる。高橋和巳は「本質的に、内面性の小説家、宗教性の小説家」であるにもかかわらず「現代という政治的状況のなかで生きている読者の多く」は、『憂鬱なる党派』の発表以後、彼の小説の「政治的側面だけに反応した」。高橋たか子の視点からは、「多くの読者の勝手な思い込みによって」

高橋和巳は「道を踏み迷わされてしまった」のであり「読者に踊らされてしまった」と見られており、この読者のうちには大学紛争時の学生たちもふくまれる。

追悼文の性質上、感情的になるのは致し方なく、高橋たか子の言葉がどれほど当時の読者に届いたのかは分からないが、高橋たか子が彼について「本質的に、政治的な小説家ではない」（強調筆者）と断定していたことをここで強調しておきたい。この言葉は、生活を共にした人間の観察から第一に導き出されているのだろうが、実際のところ、彼の著作のなかにも一貫して見いだすことができる。

孤立無援の思想

その好例が「孤立無援の思想」だと筆者は考える。この評論は『世代』一九六三年一一月を初出とし、一九六六年五月、これを表題とする評論集『孤立無援の思想』として河出書房新社から刊行された。次の書き出しから始まる。

かりにここに一人の青年がいて、たとえば紅葉した丘陵の樹々がいっせいに風に揺れ、渓谷の水が清冷な響きをたてて流れるのに面して、何かの感慨にふけりながらたたずんでいたとする。ところで、その青年に対して自然の美に心を奪われるよりは政治問題について考慮すべきだと勧めうる確固たる論理が本当にあるだろうか。

（『孤立無援の思想』五七頁）

自然の美に心を奪われる青年に対して、自然の美を感受するより政治問題を思考するべきだと教え諭すような確固とした論理があるのかどうか、という一見唐突に見えるこの書き出しで著者の高橋和巳が問いたいのは、政治とは何か、ということだ。

著者は、政治を理想的な統治の方法論とは捉えていない。むしろ政治権力に対する根底的な不信がある。その最たるものが「人を殺しうることを極限とする」「むきだしの形態」（同前、五八頁）の国家権力である。

それゆえ、著者は政治を人間社会の病巣に喩える。いわく「わたしたちにとって、政治のことが気懸りなのは、人間が人間の生活を律する自律的道徳から経済的調整にいたる幅の大きな部分に激しく病んでいる部分があることを意味する」（同前）。つまり、人間社会の病巣があり、それはたしかに「抵抗力の弱い階級や階層に偏る」からこそ、人はそれを治療するために政治に関わる。しかし、「政治に関する論策や実践」は結局のところ対処療法の域を出ない

（同前）。著者はいう。

それゆえに、政治的思考というものの基礎には、つねに〈情勢論〉というものが位置することになる。なぜなら政治は現在と現実の勢力関係から離れては政治としての意味を失うからであり、イデオロギーとして未来性がその論理のうちにとりこまれることはあっても、正確な診断つまり現状分析に立脚しない運動や施政はかならず破綻する。［…］〈情勢論〉こそ、政治的思弁が永遠にぬけだすことのできない運命なのである。

（同前、五九〜六〇頁）

だとすれば、〈情勢論〉にはどのような問題がありうるのだろうか。

まずひとつには、国内情勢にせよ国際情勢にせよ、情勢判断が必要となるのは組織の上層部、つまりは統治に参与できる人間だけだということがある。たとえば一企業の進展のために必要な情勢判断を下すのは大株主や経営者や企業内エリートであり、その下で働く大多数の労働者たちではない。彼らに「参加の幻想が与えられることはあっても、実際にはその情勢に参加していない」以上、「そうした情勢に一喜一憂せよと言ってみたところで、企業がつぶれるせとぎわにでもならないかぎりそれは無理である」（同前、六五頁）。著者によれば、いわゆる大衆社会も同じ構造なのである。「大衆の政治的無関心というものは、むしろ、参加をこばまれていることをうすうすは知っているその知恵のあらわれなのである」（同前、六六頁）。

いまひとつは〈情勢論〉の観念性である。「情勢論は、あえて観念論的な言い方をすれば、世界精神が自己を開示してゆく過程についての、立場を異にするそれぞれの認識であって、そこでは、かけがえのない各個人の生死や喜怒哀楽が問題になっていないのである」（同前、六七頁）。

ここから著者は政治的思考とは質的に異なる文学的思考を提示する。

「内に省みて恥ずるところなければ、百万人といえども我ゆかん」という有名な言葉が孟子にはあるけれども、百万人が前に向って歩きはじめているときにも、なおたった一人の者が顔を覆って泣くという状態もまた起りうる。最大多数の最大幸福を意志する政治は当然そうした脱落者を見すててゆく――そしてこの時、情勢論を基礎にする政治と、非情勢論的作業、たとえば文学の差があらわに現われてくる。文学はその流派の中に、抽象的な観念主義や政治主義をも含むけれども、その出発点を個別者の感情においているゆえに、たとえそれが老婆の愚痴や少女の感傷であっても、それが個別的な真実性をもつ以上は、可能的な文学の考察対象となる。文学者は百万人の前の隊列の後尾に、何の理由あってかうずくまって泣く者のためにもあえて立ちどまるものなのである。

（同前、六七〜六八頁）

この評論はまさにこの一文を導出するために書かれたと言ってよいだろう。政治的思考に抗う、文学者としての、誤解を恐れずに言えば、非政治的人間としての高橋和巳の立場が鮮明に示されている。

高橋和巳が重視するのは、情勢論的発想のなかで見過ごされていく、なかったことにされていく個別的で、具体的な、小さなものごとである。孤立無援の思想とは、そうした高橋和巳の孤独な立場を指し示しているのであり、たしかに彼の文学が見据えようとするのは、そのなかでも、まったく回顧されることなくこの世を去っていった死者たちのことである。

［…］現在ベトナムで戦われている戦闘についても、アメリカ側の北爆がいつ停止されいつ再開拡大されるか、［…］等々を一喜一憂し、テレビのニュース解説者のごとく庶民同士が論じあってみても、本当のところは無意味である。むしろ日々泥土の内に死んでゆく死骸のみを非政治的にひたすら凝視すること、そしてみずからの無力感と絶望を嚙みしめることのほうが有意義である。なぜならそうすることによって、［…］二つの体制が自己自身を保存するために、直接火の粉のふりかからぬ場所とその人民を犠牲にしている今一つの恐ろしい政治の相があきらかになるからである。

（同前、七二頁）

情勢論的にあれこれを語るのではなく、日々の報道の向こう側で無残にも死んでしまった者たち、その見えない死を凝視することで感じる無力感と絶望を通じて、戦場にいるわけではない人間もまた自分が政治の犠牲になっていることに気づく。この凝視による絶望こそが高橋和巳の文学の基層をなしているのではないだろうか。

政治価値優先を疑う

「孤立無援の思想」で示される高橋和巳の非政治的な構えは一貫しており、たとえば、一九六八年一二月に刊行された安田武との対話集『ふたたび人間を問う』のなかでは、学生たちとの対話を踏まえながら、個々人をないがしろにする政治闘争の危険性を説いている。

［…］社会主義という一つの思想にしても、元来、もう少し人間関係のことを考えた思想だったはずなんですね。これは初歩的なことですけれども、マルクスは男女関係にしても、人間関係にしても、金銭とか権力とか、そういうものの入らない裸の人間関係を回復したいと考えたはずだった。裸の人間関係を回復したら、人間はなんとかやっていけるという楽観は、あの主義のなかに秘められていると思うんですけれども、その面を忘却してしまって、そして階級間の闘争と、それから権力をどちらが取るかという問題と計画経済、そういうようなことであの主義を受けついでしまった。

（『ふたたび人間を問う』七六頁）

高橋和巳はマルクス主義が「国家死滅の観念に象徴されるように、政治思想でありながら、その内部に自己否定的な、つまりは政治を超越する思想を秘めている」（同前）点で魅力的だと語る一方で、マルクス主義の理念――「裸の人間関係」の回復――が階級闘争や権力奪取のような方法では決して達成されないと考えている。もちろん、ここで念頭に置かれているは、政治運動をおこなう学生たちのことである。

政治価値が一切の価値に先行する国家主義の害毒を人々はいやというほど戦争中に知ったはずだったんだけれど、残念ながら性懲りもなく政治優先的人格に、日本の改革の先導権をゆだねてしまったんですね。いや、観念的な繰りごとは別にして、政治運動家や政治青年のただよわす、やり切れない殺伐な雰囲気、傲慢と卑屈のないまぜられた態度、それがハンガリヤ事件やチェコ事件よりも、むしろ重大な問題だとぼくは思いますね。それは要するに人間関係面で美意識のまったくない人がいっぱいいて、そのもう一つの半面、権力抗争の面だけをひじょうに強調するわけですね。

（同前、七七頁）

高橋和巳はその観察をとおして活動家の学生たちのうちに「権力抗争」と結びつく「やり切れない殺伐な雰囲気、傲慢と卑屈のないまぜられた態度」を見て取っている。ここで語られる人間関係面における美意識とは、すでにお分かりのとおり、非政治的なもの、つまりは文学的な態度を示している。その部分をないがしろにしてしまう政治主義を、高橋和巳は絶えず批判する。学生たちが政治に関心をもつことは良いが、政治価値がそれ以外の文化価値を上回っているという発想そのものが「はなはだ不満だ」としたうえで、いま一度、その政治主義の危険性を指摘する。

　ただたしかに国家の政治は大きな力をもっておりますから、批判もし反対もし反抗もせねばならないでしょうけれども、そういうふうに非難しているあいだに、政治がやればすべてのことができるという考え方、人間関係一つにしても、政治制度がよくならなければ人間関係は全部よくならないという、そういう発想につながっていくのは危険ですね。

（同前、八五頁）

以上の発言に見られるように、高橋和巳は、マルクス主義に共感を寄せながらも、文学を基盤とするその孤立無援の態度を示し続けている。言いなおせば、「政治の季節」の渦中にあって、そのなかに巻き込まれながらもなお非情勢論的思考をみずからの思想的基盤にする高橋和巳の姿をここに見いだすことができる。たとえばそこを起点とするとき、高橋和巳の文学を、政治的言説から解放して読み直せるのではないだろうか。

非政治的な視点からの読み直し

本論ではその作業をあえて〈非政治的な視点からの読み直し〉と述べてみる。繰り返すが、『憂鬱なる党派』の新版には「作品の背景」という一文が上巻末に付されており、それによれば「一九四五年の敗戦のあと、戦争の反省と新たな社会への希求は共産主義革命への熱望として表現されました。これを指導していたのは日本共産党でしたが、その路線と実践は模索を強いられ、その混迷はそこに関わっていた多くの人びと、とりわけ若者たちに深い傷跡を残すことになりました。『憂鬱なる党派』はその傷跡をめぐる小説」なのだという（『憂鬱なる党派』上、四〇六頁）。高橋和巳が生きた時代の記憶をもたない読者のためにこれが書かれていることを承知の上で、むしろこういう導き方が小説の読み方を狭めてしまう危険性を指摘したい。言ってみればこうした説明文が柴田翔の『されどわれらが日々―』のように「あの時代」の証言として読まれるよう仕向けているのである。[5] 一九五五年、日本共産党が開いた第六回全国協議会（六全協）で「平和革命路線に近い路線をとることを決定した」ことを説明したうえで、「この作品は西村がその六全協後の同志たちを訪ねる物語」だと要約してしまうとき、この小説の筋書きが微妙に書き換えられてしまっている。

死者たちの記憶

主要な筋書きは、広島出身の西村が原爆投下によって被爆し亡くなった「名もない三〇数人の列伝」（同前、二二九頁）あるいは「三十数編の墓碑銘」（同前、二三一頁）を出版するためにその原稿を黒カバンに入れて故郷をあとにして大学時代の友人たちのもとを訪ね歩くというものであり、物語が展開するにつれて、西村をふくめた大学時代の友人たちの過去が明らかになっていく。したがってその筋を辿るかぎりでは、読者がもっとも注意を払うのは西村の黒カバンであり、そこに詰まった膨大な原稿がはたして出版されるのかどうかである。

実際、しばしば高橋和巳の分身のように捉えられる主人公西村の発言に着目するかぎり、この小説の深部に描かれているのは被爆した広島の光景であり、その中心的な主題はそれを目撃した当時中学生の西村の記憶をめぐっている。この列伝の内容そのものは、黒カバンのなかに閉じ込められ、作中のなかで明らかにされることはない。あたかも、爆心地で一瞬にして消し去られた人びとを誰も語り得ないように、不可能な記憶としてあるのであり、その意味で西村の黒カバンを爆心地の暗喩として読むことができる。とはいえ、その黒カバンの中の原稿がどういうものであるのかは、被爆した広島の光景をめぐる西村の回想から想像することができる。

……唇の腫れあがった隣家の主人の死体。動物的な叫び声をあげながら、すりむけた自分の胸の皮膚をひきはがしていた子供。そして、その皮膚の赤爛れた色彩。じかに見えていた薄桃色の筋肉質。恐怖と微笑を交互に頰に浮かべながら、少年は自分の胸の皮をはらりと棄て去った。どうして生き残ったのだろうか。一株の街路樹、一本の雑草すらない死都の上空を、赤とんぼがすいすいと飛んでいた。あわああ、あわああ、と女の子の泣き声がする。その中を一匹の猫か犬かが、瓦と煉瓦の間を縫って、防空壕あとの水溜りへ近よっていった。体じゅうに一本の毛もなく――いや、それは猫でも犬でもなかった。ゆっくりとなにか愚劣な悲鳴をあげながら、その動物は四つんばいに這ってゆく。巨大な芋虫のように這ってゆく。皮膚は体液で金蠅の翅のように光り、二つの目玉から色の薄い血がしたたっていた。それは、名状しがたい、一つの困難の姿だった。

（同前、二三〇頁、強調原文）

「一つの困難の姿」がそのすぐ直後に「不可能な情景」と言い換えられ、さらには作者自身によってあえて傍点が付されているように、この光景の描写は、小説の中核をなしている。すなわち、ここで見てしまった光景が西村の苦悩の原因であり、後述するとおり、その光景が現出したこと自体には何の因果もないという不条理それじたいが最大の主題なのである。

西村にとって、目撃した惨劇を書くことは、誰もが思い出したくない「人間の恥辱」（同前、二三二頁）を蘇らせることであり、「彼の美意識には、その表現が事実的であればあるほど許されがたい」（同前、二三三頁）。さらには「この〈恥〉そのものの再現を人は望んでいない」（同前、二三四頁）にもかかわらず、一種の宗教的な啓示を通じて、西村は列伝を書き残すことを決意する。

［…］不意に彼は、決して実在するはずのない天界の、いや、むしろ地底からの呼びかけの声を聴いた。／これぞ我が黙示なり。すなわち、かならずや速やかに起るべき事を、その僕どもに顕させんとて、いまこの屍を示すなり。汝、その手に触れしところ、その瞳に見しところ、その耳に聞きしところ、その一つをだに忘るるな。時近づけばなり。

（同前、二三三頁）

死者たちの記録を残すことを命じるこの幻聴を通じて、西村は、「人間の悪意」によって選ばれてしまった「憐れな選良」の記録者となる（同前、二三四頁）。黒カバンに詰め込んだ膨大な原稿を出版するというのは、不条理な死に意味を与え、鎮魂するための西村のいわば宗教的使命なのであり、この意味でたしかに「神なきカトリック小説」という視点から『憂鬱なる党派』の中心的主題を捉えることができる。そして、黒カバンの中身を出版しようとする西村にとって死者たちは、「人間の悪意」によってたまたま選ばれてしまったのであり、被爆死したのは自分だったかもしれないと考えている。以下は、そのことを示唆する西村の発言である。

たとえば、原爆のためにケロイドができ、いまも原爆症に悩んでいたり、子供を産めずに苦しんでいる人々と向かいあっていると、この人は、同じ国、同じ町に住んでおりながら、偶然被災を免がれた自分の代りに苦しんでいるのかもしれないという気がするからです。原爆だけに限りません。戦争というものが起れば、必ずその矢面に立たされて死んでゆく無辜の人々が出ます。［…］戦争の末期には、予備学生が大勢特攻隊で死にました。私はほんの少し世代が下だったから、工場動員や防空壕堀りだけですみ、こうして生きています。しかし、特攻隊員たちのたどたどしい手記や、フィルム全体に雨の降る記録映画を見たりするときも、私は、ああ、この人たちは、私の、私たちの身代わりに死んだのだなと思います。

（『憂鬱なる党派』下、一八五〜一八六頁）

そうであればこそ、名もなき死者たちの声の記録を出版するという使命がついに果たされることのないまま、西村が釜ヶ崎で衰弱死してしまうその末路をどのように捉えるべきかが問題となってくる。

因果応報の原理の崩壊

西村をふくめた党派の仲間たちが様々な理由から落ちぶれたり、死んでいったりする暗澹たる結末をもって『憂鬱なる党派』を破滅的と言ってみせるのはたやすい。そう形容する手前で考えるべきは、なぜ作者が登場人物を破滅へと至らせたかである。それを高橋和巳の作家的気質であるかのように短絡して捉えてしまうとき、彼は「あの時代」の作家としてまたふたたび追憶され忘却される。

着目すべきは、作家の時代認識である。作中で西村に「孤立無援」を語らせるように、[6]『憂鬱なる党派』では西村のうちに作家の思想が色濃く投影されている。その西村が何度か発言する因果応報の原理の崩壊は、作中における破滅の根底をなしている。

現代の地獄が恐ろしいのは、ただその地獄の規模がむやみにふくれあがり、その呵責が限りなく残酷になっているということではないんです。恐ろしいのは、そのことではなくて、因果応報の原理が、事実においても観念においても崩れてしまっているということなのです。

（『憂鬱なる党派』下、一八八頁）

因果応報の原理の崩壊は、たとえば、原爆投下による名もなき人々の死のことを指している。情勢論的に考えるならば、原爆の投下は日本国家による戦争の帰結として引き起こされたとでも言えるかもしれないが、西村は、作者同様、当然そのようには考えない。西村がこだわるのはそこで殺されてしまった人々のことである。その人々にとってこの突然の死には何の因果もない。以下の西村の発言は、米兵に殺される老婆という仮定の話だが、論理的には同じことである。

すべての人が参謀であり将校であり、政治的価値が人間社会の最高の価値であるなら、それも仕方がない。しかし、たとえば、十二軒長屋に住む一人の老婆が、食料の乏しい折から、田舎から送られてきた小麦粉できびだんごを作り、それがうまくできたものだから近所に配って喜んでもらおうと思っている。そこへ何の予告もなく閃光が輝いて老婆は死ぬ。鬼畜米英！　とその老婆が口を耳もとまで裂いて相手を呪いながら死んだのなら、まだ救われた。しかし彼女は、僅かな善意から、二、三本ずつのきびだんごを近所にくばろうと思っていただけだった。しかし、やはり彼女は何の理由もなく死ななければならなかった。

（『憂鬱なる党派』上、三九六頁）

結局のところ、国家の論理のもとで数多の人間が死んでいったにもかかわらず、その死が贖われることがなかったというこの世界の不条理のうちに、列伝を出版する使命すら果たすことなく西村が破滅する理由がある。高橋和巳が考えようとしたのは、この虚無的な世界のなかでなおも人が生きていくことにあったのではないだろうか。

記憶の継承

そのことが暗示的に示されているのは、西村死後の山内千代の回想である。西村は釜ヶ崎にある旅館の一室で布団に寝たきりのまま死んだ。死因は不明であり、原爆症であるのかそれとも餓死であるのかは明らかにされない[7]。西村はその部屋を「娼婦」である山内千代とシェアしていた。死んだ西村を見たとき、山内千代は自分の方が「この部屋で首でも吊って死んでいたかもしれない」（『憂鬱なる党派』下、三八九頁）と思う。山内千代は、西村が自分の代わりに死んだとまでは考えないが、潜在的にはそのように捉えられる関係性である。死体と対面しながら、まるでその死体が語りかけるように山内千代には西村の言葉が聞こえてくる。

……彼岸には地獄も極楽もおそらくありません。なぜなら、極楽はともかく、地獄はこの現実にあるからです。そしてその地獄は、等活地獄や、黒縄地獄といった責苦の地獄ではなくて、罪と罰との応報の絆が切れてしまっているという抽象的な地獄なんです。どんな高級・深遠な道徳も本当は罪と罰との応報の上にしか成り立ちません。そして、いまはその応報の絆がないんです。わかりますか？　人を殺しても、人をなぶりものにしても、その者は罰せられないですむ。なぜなら、その者は良心をもち感覚をもち、亡霊におびやかされもする個人ではなく、一つの〈法人〉、国家や軍隊だからです。階級や制度だからです。わかりますか？

（同前、三九〇頁）

ここでより明確に示されるように、戦争をふくめた政治の問題それじたいが因果応報の原理を崩壊させた根本問題だと西村は考える。その確信の根拠は、やはり原爆投下の惨状の記憶のうちにある。山内千代の記憶のなかで、西村が実は彼女にもっとも重要な告白をしていたことが最後に明かされる。

それは、致命的に被爆した小学生の妹を苦しみから解放しようと殺してしまったというものである。「放っておいても、看病しても、どうせ妹の寿命はあと数時間もたなかった。戦争がそれから数日後に、不意に終わるなどとは思っておらず、私自身もいずれ弾薬もろとも敵の戦車の下敷きになるか、竹槍で火焔放射器と刺し違えて死ぬはずでした」（同前、三九四頁）。この言及は、明かされない黒カバンの中身の一部を暗示しており、西村にとってのもっとも切実な記憶である。

意味深いのは、この死んだ妹を回想する西村もまたこのときにはすでに死者となっていることである。したがって、一人の死者の記憶が西村に引き継がれ、その記憶がまた生き残った山内千代に引き継がれていることがこの関係性のうちに認められる。その破滅的な結末にもかかわらず、この死者の記憶を、物語後の生を約束されている山内千代が継承しているということが、西村の遺した子供達とともに、因果応報を欠いた世界のなかの小さな希望として示されるのである。

終わりに

「破滅」、「自己否定」、「妄想」、「想念」、「憂鬱」等、すでに多くの常套句が高橋和巳の人と作品を形容する語として用いられてきた。本論の冒頭で引き合いに出した『高橋和巳　世界とたたかった文学』の入門対談で、「彼が妄想によって小説を突き進んでいったんだというのを、とにかく今回最初に否定したい」（四頁）と述べる陣野俊史の読みの姿勢は、筆者の出発点となっている。[8]

本論で試みたのは、したがって、高橋和巳の文章を実直に読むというただそれだけのことに過ぎない。しかし、すでに構築された高橋和巳像があまりにも強固であるために、まずその前提となる彼の政治性を、彼の発言に沿いながら解体することを目指した。「孤立無援の思想」に依る読解作業を〈非政治的な視点からの読み直し〉と述べてみたのはそうした理由からである。その作業は、研究というよりも批評であるという自覚がある。

『憂鬱なる党派』を題材とした本論後半部では筆者なりの読み方を提示したつもりだがそれが研究面で意義を有するかどうかの判断は専門家に委ねることとし、筆者にとっての『憂鬱なる党派』の魅力は、戦争による壊滅の光景を原点にしているところにあり、政治的思考を孤独なまでに拒否する意志を西村という存在でもって示し続けたことにあることを強調しておきたい。

ただし、本論で強調した高橋和巳の非政治性は、当然のこととして、彼の生きた時代の趨勢が政治的であったことと表裏一体である。これほどまでに政治的無関心が蔓延してしまった現代にあっては、孤立無援の思想の前提がすでに突き崩されてしまっているようにも感じられる。しかし、政治が情勢論的性格を有することを免れない以上、高橋和巳の思想の構えは時代の変容によって古びることはない。そこにもまた高橋和巳が読み続けられるべき確実な根拠がある。

〔註〕

1　河出書房新社は高橋和巳没後四五周年に当たる二〇一六年から翌年にかけて以下の文庫を復刊した。『憂鬱なる党派』（二〇一六年七月）、『悲の器』（九月）、『わが解体』（二〇一七年四月）、『日本の悪霊』（六月）、『我が心は石にあらず』（八月）。『邪宗門』は二〇一四年八月に復刊している。

2　河出書房新社編集部「作品の背景」『憂鬱なる党派』上、二〇一七年、四〇六―九頁。

3　たとえば、次の川西政明の言葉は典型的である。「一九七〇年十一月二十五日、三島由紀夫が市ヶ谷の自衛隊官舎で割腹自殺し、一九七一年五月三日、高橋和巳が上行結腸癌で病死した。この二つの「事件」で、一つの時代の幕が閉じられた。それは昭和の時代における理想主義の終焉を実感させた。思想と行動とが一致した熱狂の時代が二つの象徴的な死によって終わりを告げたのだった」（『孤立無援の思想』、岩波書店、一九九一年、二八六頁）。これは高橋和巳の死後二〇周年に新たに編まれた『孤立無援の思想』の解説を締めくくる言葉である。こうした評価じたいが比較的早い時期に確立していたことは『國文学』昭和五三年一月号の高橋和巳特集の各記事からも確認することができる。

4　陣野俊史×小林坩堝「いま、高橋和巳を読むために」、『高橋和巳　世界とたたかった文学』河出書房新社、二〇一七年、一五頁。

5　『憂鬱なる党派』下巻の佐高信の「青春の書」も解説と銘打たれながらも「あの時代」の私と高橋和巳をめぐる青春エッセイに過ぎず、すでにその前半部が「VIKING」に掲載されていたことなど、この作品の成立過程をはじめとする補足情報に欠けている。

6　以下は立河老人との対話のなかでの西村の発言である。「なぜ私が訴えたいと思うことを、政治的な運動を通じて実現しようとせず、孤立無援の、無力な方法を選んだのかと親しい友人たちすらしばしば尋ねました。」（『憂鬱なる党派』上、三九七頁）

7　餓死については、西村の学生時代のハンガーストライキが、また原爆症については、作品後半部でクローズアップされる西村の被爆体験がそれぞれ伏線となっている。

8　今回筆者が本稿を書く機縁となったのは、陣野俊史『テロルの伝説――桐山襲烈伝』（河出書房新社、二〇一六年）刊行の機会に同書をめぐって著者とおこなった『図書新聞』三二六六号での対談「桐山襲から現代を読む」だった。

〔参照文献〕

高橋和巳『憂鬱なる党派』上・下、河出書房新社（河出文庫）、二〇一六年。

――『わが解体』河出書房新社（河出文庫）、二〇一七年。

――『孤立無援の思想』岩波書店（同時代ライブラリー）、一九九一年。

安田武・高橋和巳『ふたたび人間を問う』雄渾社、一九六八年。

河出書房新社編集部編『高橋和巳　世界とたたかった文学』河出書房新社、二〇一七年。

『國文学　高橋和巳の問いかけるもの』第二三巻一号、學燈社、一九七八年。

〔付記〕

本論は研究課題番号15H03200の成果の一部である。

中村隆之（なかむら　たかゆき）
フランス文学者。一九七五年、東京都生まれ。東京外国語大学大学院博士後期課程修了。早稲田大学法学学術院准教授。主な著書に『エドゥアール・グリッサン』。

「ほんとうの地面」を吹く風

――『捨子物語』を中心に

原　詩夏至

「ともあれ、想像力の次元では、夢が崩れはてる経緯は主人の大変好きな発想であった。（中略）主人の小説の多くが理想の崩壊という形をとっているのは周知のことだが、実際にそういう体験をしたということではなくて、先験的に崩壊妄想というものが出てくるのであるらしい。なぜそうなのかは精神分析医の解釈を俟つほかないが、それにつけて思い出されるのは、結婚した頃、主人がよく言っていた墜落感の話である。自分が虚空をまっさかさまに墜落していく感覚が始終あるとか、そんな夢をよくみるとかいうことであった。これは崩壊妄想と無縁のことではないだろう。墜落していく空間の底には何があるのか私は訊ねなかったし、主人のそんな感覚が視覚をともなうものであったかどうかも知らないが、墜落していくその底にあるのは当然地獄だろう。現在の私が推察するに、それは天国から地獄への墜落ではなくて、地獄から翔けあがった途中のところから、またもとの地獄へ落ちていくように思われるのである。墜落感は空恐ろしさをともなうだろうが、その底にある地獄は或る種の懐かしさをもって誘うのではないだろうか」（高橋たか子「ついに書かれなかった『幻の国』」）。この「地獄」が「或る種の懐かしさをもって誘う」という指摘に私は鋭い洞察を感じる。

　高橋和巳が誕生の際「この子は本来男ではなく女に生まれるべき人だった」と占われたこと、「捨子」という形式を踏めば禍から免れられると告げられ、（予め決められた拾う人との入念な打ち合わせに基づくものとはいえ）一旦他人の家の玄関先に捨てられた後、改めて「こんな子が捨てられていました」と元の家に返される、という奇妙な儀式を通過したこと、その事実を後年聞かされて深い印象を受け、それが処女作『捨子物語』執筆の一つの大きな契機になったと思われること――これらはよく知られた事実だ。私は元より「精神分析医」ではないが、高橋の所謂「崩壊妄想」「墜落感」「地獄へのノスタルジー」とこの「捨子体験」との間には、実際、何やら浅からぬ連関が推測出来そうだ。

例えば、キリスト教の「洗礼」を思い浮かべてみよう。そこでは、受洗者は、一旦「水中」という「死の世界」に沈められ、そこから過去を洗い清めた新しい人間として再び救い出される。だが、ここでの「水中＝死の世界」は、それを通過することによって「穢れ」と訣別するためのものである以上、あくまで「清らか」でなければならない――つまり、例えば「泥水による洗礼」「糞便による洗礼」等という発想は、初めからないと言わなければならない。

他方、「捨子」はどうか。そこでは、受洗者が新たな人間として生まれ変わるために通過しなければならないのは「水中」ではなく「路上」だ。それは「死の世界」というより、むしろあらゆる悪徳・頽廃・暴力・汚辱・猥雑が混沌と煮えたぎる剝き出しの「生の世界」――言ってみれば「この世の生き地獄」だ。そこに一旦落ち、元来の肉親との絆を絶たれた孤立無援の「捨子」としてその業火の中を彷徨い歩いた後、遂に再び誰かに「拾われる」ことによって新たな人生へと一歩を踏み出すこと――だが、そのためには（キリスト教の受洗者がキリストの元で一旦死ななければならないように）「捨子」は一旦「路上」「この世の生き地獄」の懐で全ての恩愛の絆を失い、真の「捨子」になり切らなければならない。そうすることで、その子は特定の誰それの子ではなくいわば「路上」「この世の生き地獄」そのものを父とし母とする「地獄の申し子」としてこの世界の一角に特異な、しかし又或る意味特権的な「居場所」を見出すことが可能になるわけだ。

実際、『捨子物語』における「私（＝捨子）」が通過しなければならない試練は、酷烈だ。二例だけあげよう。まず、「私」を可愛がり何かと贔屓にしてくれる老嬢の女教師「直角先生」が「私」に何か性的ないたずらを仕掛けた（と濃厚に匂わせる）場面。「病気を癒したげるから、なんでも正直に聞かれたことに答えるのよ」と冗談のように軽口をたたきながら衛生室の寝台に「私」を寝かしつけた「直角先生」は、やがて「私に逆らったら、ここを出したげないのよ。まず夢のことを話して、それから今日いったいなにがあったのかを正直に言いなさい。逃げようたって駄目」と言い募る。「だんだんと女教師の表情に棘が立ち、頰が病的にひくつくのを私は見た。語れと要求されるどの夢よりも、三等船室のように蒸すせまい医療室のほうが、悪夢の様相に近かった。そのとき、私に一片の誇り、そしてその誇りを産み出し、それを支えてくれる思い遣りや富財の地盤があれば、私は、馬鹿げた、退屈まぎらしの遊戯を即座にやめて外に出たはずだった。だが、人の顔色をそこねるのを恐れ、自分でもなにゆえともしれぬ怖れに繋がれてぐずぐずと愚劣の泥沼にはまりこんでしまう私の性格が、そのときも私を穢した。不意に拡大されて、鼻先の脂肪や、頬のたるんだ毛穴が見えてから、私は、体の蒸発してゆくような感覚の虜になった。それから、そこであったことの、一つ一つは取りあげていうことはできず、ただ、朦朧とした連続、半透明の持続のなかで、私の頭は、かつて、人を臭いと罵っていた禽獣病院の院長の言葉や、それにつながる別な記憶の断片の間をさまよった」(『捨子物語』)。

ちなみに、その「別の記憶」とは、夕方の誰もいないと思われた教室で、まだ十歳をようやく越したばかりの級友の男女の性の遊戯を目撃してしまった記憶だ。「薄暗い、なぜか非情な感じのする教室の片隅で三角戸棚にその身をなかば隠し、少年は横たわった異性のうえに重なっていた。私が足音を立てながら入ったのにも気づかず、二人の忍び笑いはやまなかった。つねには鏡である己れの意識を、おたがいの吐息で曇らせてしまっている当人には、そのぶざまな恰好は解りはしなかったろう」「私は二塊まりの粘土の蠢動を眺めながら、赤と青との人形が、二階の窓から衆目を浴びて転がり落ちるのを夢みた」(同上)。だが、その後、「私」は己を省みてこう思う──「いま落下していくのは、見知らぬ淫女と姦夫の卵ではなく、私自身だった。しかも、みずからの淫佚にはよらず、私は影武者のように命じられて矢面に立ち、人知れず砦の堀の闇へくずれ落ちたにすぎなかった。栄誉もなく褒賞もなく、私の頼りたがっていたもの、求めたがっていたものの姿に欺かれて、雨にたたかれる土偶のように崩れ落ちた。たとえ私の渇望の織りなす錯覚にあざむかれるにせよ、みずから決意して犯した過失であるなら、私は試みそして錯誤したと、納得し、場合によっては誇ることもできただろう。だが私は、終始一個の傀儡にすぎなかった。微温湯につかって、そこから脱けだすこともできぬ一個の〈幻想〉にすぎなかった。幼稚な私の耳にも、ただ一度、我を忘れたその人の呟きのなかに、私はその証拠をはっきりと聞きとったのだから」(同上)。その証拠とは「般若面のような醜い女の顔が最後に近寄って」告げたこの言葉だ──「人に言ったら承知しないから」」。

或いは、最後の肉親である妹・美之との別れ。父が軍属として満州に赴き、姉の綾子が家出し、空襲で母を失った

（いや、それとも空襲後の自宅の防空壕で「永遠に見るべきではなかった恐ろしい人間の末期のかたち」と成り果てた母の焼死体を「見出した」、というべきだろうか）「私」は、瀕死の美之を連れて焼跡を彷徨うが、もはやその命の助かる見込みはない。「私」は疲れ果てて線路に腰を下ろす。そして現在の自分が虚構の存在であるような、私が私でなくなってゆくような奇妙な不安を覚える。「それまで、私はほんとうに地面というものを見たことがなかったのだ。学校への往還、あてのない散策、とりわけ、うつむいて歩くことが自分に課せられた義務のように思われたとき、たしかに私は道を見ていた。しかしその黒かったり白かったりする道はほんとうの地面ではなかった。一面の焦土、目を遮る者一つなくなった灰燼の地上。私はそのとき、はじめて土地を見た。またそのとき、吹いた風は、真にまぎれもない、風だった」（同上）。

ここで、「私」は「捨子」としての「死と再生」の扉のすぐ前に立っている。このとき「私」が見出した「地面」「地上」「土地」とは、いわば「黒かったり白かったりする道」――言い換えれば、善と褒められたり悪と罵られたりする「人の道」――の基底にあってそれを支えている剝き出しの「生」そのものの謂だ。そして、その上に吹く「風」、「真にまぎれもない、風」とは――そう、それは例えば、かつて芭蕉が「野ざらし紀行」で「猿を聞人捨子に秋の風いかに」と問いかけた、その「風」のようなものではなかっただろうか。富士川の畔で出会った三歳ほどの「捨子」に、芭蕉は、結局の所、ただ懐の食い物を投げ「いかにぞや、汝父に悪まれたる歟、母に疎まれたるか。父は汝を悪むにあらじ、母は汝を疎むにあらじ。唯これ天にして、汝が性の拙きを泣け」と呟いて立ち去ることしかできない――つまり、「生きる」とはそういうことだからだ。その同じ場面を「捨子」の側から見れば、世界はどのようなものとして映るか――実際、『捨子物語』は、或る意味、「捨子に秋の風いかに」という芭蕉の問いかけへの高橋の一つの時空を超えた膨大精緻な回答のようにも読み得る。

だが、「捨子」の通過儀礼はまだ終わらない。行き暮れた「私」は、「もういや」と訴える瀕死の美之と共に遂に鉄道心中を図る。「人の死は、この地上において、この現在において、もう珍しいことではない。Ｂ２９が落としていった爆弾の生んだおびただしい死骸に、二つばかり名もしれぬ子供の轢死体が加わっても、もう人は見物にもやってこないだろう。死が一つか二つ増える。それはなんでもないことなのだから」（同上）。しかし、列車に轢かれる寸前、「私」は見知らぬ男の手で軌堤からはじき飛ばされ、助け出される――美之は助けられず、ただ「私」だけが。

「「馬鹿な真似をするんじゃない」と見知らぬ人物が言った。頑強な掌が私の骨折した腕をつかんでいる。その人の髪に機械油と金属の臭いがあるのに私は気づいた。いまだかつて私の触れたことのない、それは別の世界の匂いだった。

それが、のちに、私を養い、私に人生の苦難と闘争の尊さを教え、男性として生きる道を鍛えこんだ、私の新しい父だった。そして、その無償の慈悲を、ついにはやはり裏切らねばならなかった私の新しき父だった」（同上）。「美之は？」と問う私に「ふり返るな」と男は命令する――そこにはただ無惨な美之の轢死体が転がっているだけの背後を。ここに到って、「私」は遂に拾われ、「捨子」のイニシエーションは終わりを告げ、同時に作家・高橋和巳の出発を告げる最初の長篇『捨子物語』もまた、次の一文と共に幕を閉じる――「かつて港湾近くの路地に捨てられ、人の慈悲と偽善に育まれた私の、恥多い幼年期との、それが完全な訣別だった」。

「九相図」というものがある。屋外にうち捨てられた女性の死体が朽ちていく経過を九段階にわけて描いた仏教絵画で、腐敗ガスによる内部からの膨張、体液の流出、蛆や鳥獣に食い荒らされることによる死体そのものの散乱、白骨化……とその描写は酸鼻を極めるが、その目的はあくまでこの世の無常を知るための修行の助けとなることだ、という。或いは、出家前のブッダが死んだ愛姫と密室に籠り、その腐乱の過程を最後まで凝視し続けたという説話も、その背後にあるのだろうか。

結局、高橋和巳という人は、何が書きたかったんだろう――『捨子物語』を、またそれに続く凄惨な世界観に彩られた、しかしそれでいてどこか明澄な一筋の叡智の光に貫かれたような重厚な小説群を苦労して読み進めながら、私は何度も自問した。そして、そのたびに脳裏に浮かんで来たのが、この「九相図」であり、愛姫の死体を見つめるインドの若き王子の視線だった。本当の、剝き出しの土地の上に吹く、本当の風。芭蕉が前掲の「野ざらし紀行」冒頭に「野ざらし（＝しゃれこうべ）を心に風のしむ身かな」と詠った、その「野ざらし」を心に抱いた者のみが真に吹かれることの出来る風。かくかくしかじかと説明することは難しいが、だが少なくとも「黒かったり白かったりする道」の上を吹く風とは決定的に異質なもっと剝き出しの「風」それ自体。

それは、確かにキリスト教的な「救い」という概念とは相容れない。だから、それを基準として見る限り、高橋和巳の小説はどれも、それこそ「救い」のない暗黒小説とも見えるだろう。だが、それにしては、登場人物たちを追い詰め苦境に曝し最後は多くの場合破滅に至らしめる高橋の筆致は、しばしば余りに澄み、冷徹でいながら明澄で、かつ、何よりひたむきで求道的で真摯なのだ。

愛姫の屍の腐乱を見届けたゴータマ・シッダールタは、その後出家し、長い修行の果てに、或る時、菩提樹の下で呟く――「一切皆苦」と。しかし、その眼はあくまでも澄み、その言葉は世界に絶望ではなく新たな一筋の光を齎したのだ。高橋和巳が追い求めていたもの、それは「キリスト教的な救い」ではなく、むしろこちら――つまり言うなれば仏教的な「解脱」のようなものではなかったか。

原詩夏至（はら　しげし）

一九六四年東京都生まれ。日本ペンクラブ会員、日本詩人クラブ理事、日本詩歌句協会理事。著書に小説集『永遠の時間、地上の時間』、歌集『レトロポリス』（日本詩歌句随筆評論大賞〈短歌部門〉受賞）、詩集『波平』、句集『マルガリータ』など。

行為の有意味性について
――高橋和巳『日本の悪霊』論

東口昌央

序　「日本」の「悪霊」

一九七〇年一一月二五日に割腹自殺をとげた三島由紀夫の作品が読み継がれているの[1]に比して、一九七一年五月三日に癌で逝去した高橋和巳作品の読者は今では少ない。それは、作品の〈質〉が大きな要因であるのかもしれないが、全共闘運動が懐古的に語られるように、「知識人の教養小説」[2]として高橋作品が懐古の対象と見なされていることにも原因があるように思われる[3]。高橋が「わが解体」[4]を記し、全共闘運動と心中したかのように語られる[5]がゆえにそれも必然なのかもしれない[6]。だが、同時代の枠組みや政治性に呪縛されつづければ、全共闘とともに高橋作品も忘れ去られてしまうのではないか。そして、懐古の対象として位置づけられることで、高橋作品に内包されている読み継がれるべきものまでも亡きものにされてしまうのではないか。その流れに抗して、作者の死後も残っていく作品がもつ今日的な意義を明らかにしなければならない。そこで、本稿ではその試みの一環として『日本の悪霊』[7]を取り上げて、〈今〉我々がこの作品から読み取るべきものを示してみたい。

平野謙は、『日本の悪霊』にそれまでの日本の小説にはない思想性を認めつつも、「リンチにもひとしい自殺者が一人でてくるが、その意味は必ずしも重くな」く、「熱っぽく語った力作だが、『日本の悪霊』という題名はふさわしくな」くて、「出来ばえは必ずしも作者の意図をよく実現し得ていない」[8]としている。この評価は、ドストエフスキーの『悪霊』の日本版として高橋が『日本の悪霊』を執筆したと解することで生まれたのだろうが、高橋にはそれとは別の意図があったことをまず確認したい。

高橋は、『邪宗門』[9]によって「幻想の世界で自分が作りあげたものを、自分でつぶしてしまう自己否定的、破壊的、情念表出」から、「破滅」によって自己否定を完結させる構成を完成させた。その後高橋は、「うやむやの悲劇」、「全部を風化してしまう人間葛藤」に日本の問題が内在していると気づき、「懲罰を欲しているのにもかかわらず、機構全体の目に見えぬ意志、機構の巧智によって風化していく状態を書きたかった」[10]と、『日本の悪霊』の創作意図について述べている。つまり、高橋は理念に殉じた「破滅」までも「風化」されてしまう「悲劇」を描こうとしたのである。

この高橋の自注を踏まえつつ、脇坂充は『日本の悪霊』を「困難な主題に挑戦した力作」と評価し、「日本の悪霊」とは「すべてのものを相対化し、風化させていく日本の無神論的な風土、あるいは日常性」だと規定し、「あらゆる思想や、変革を志す運動が本当に対決しなければならないのはこの風土であり、日常性であることを作者は言いたかったのだ」[11]と推測している。この脇坂の指摘から、「日本の悪霊」というタイトルは平野の指摘に反して高橋の意図を見事に反映したものであり、この「悪霊」は今なお日本を跋扈しているように思われるのである。そして、『日本の悪霊』は現在においても解決されない問題を指摘していると思えてならないのである。

一　行為の意味

『日本の悪霊』の主要登場人物である落合良行と村瀬狷輔は、刑事と容疑者という関係にあるが、過去の自らの行為に固執するという点が共通しているように見える。村瀬の起こした三千円強盗事件の結審直前に、落合は次のように村瀬に語りかけていた。

「人間の行為は、どんなに強制されたものであっても、最後の一点で自発性がなければ、なにごとも出来ない。そうじゃないかね。その自発性の基礎はむろん個々人の生命力や価値観にあるんだろうが、しかし、まったく孤立しては生きられず、人間相互の関係性が作り出す、状況というものの中にある。ある一つの決断はだからかならずある情況の中から発せられる。そうだろ。として、しかし、与えられる情報が完全に間違っていたり、何も知ることができなかったりして、しかもかき立てられた自発性が、ごきぶりのように方向も定めず噴出したとして、いやその個人にはそれしかないも

のと思われて決断したとして、その行為にはどういう
意味があると思うかね」

一般的な行為論において想定されるのは、行為者の能力と選択に基づき行為を構成する動機が立ち上がり、行為が生み出されるという事態だろう。[12] 行為者は行為の動機となる欲求を選択し、その選択の結果として行為するのだが、当然その行為がもたらすだろう結果を想定して行為するために、その行為の責任は行為者に帰するものとなる。自由な主体である行為者は、こうして行為の結果と責任を担う存在として位置づけられる。仮にその自由が完全なものでなくとも、その行為を選んだのは行為者であるのだから、その場合でも行為の結果と責任は、行為者が負うべきものとなる。

このことを踏まえると、落合は、行為者はどのようにその行為の結果を引き受けるべきなのかと村瀬に問いかけたとも言える。だが、それよりも注目すべきなのは、落合が村瀬に、「自分のしたことを、この社会に与える意味、つまり有効性とは別に、その意味を確認したいという欲望は感じないかね」と語りかけて、自分自身が抱く行為の「意味」と社会に与えた影響としての行為の「有効性」を区別していることである。そこで、落合がこだわる自身の行為とは何だったか見ておきたい。

落合は、学徒出陣して特攻隊に所属したが、作戦を完遂する機会に恵まれないまま敗戦を迎える。そして、「敗戦後、首に白いマフラーを巻き、飛行服一つを財産に、大学のある町に帰ってきた」が、「剣道部員」として「大見得を切って壇上から日の丸襷で挨拶し」て出征したこともあり、復学に「心理的圧迫」を覚え、「繁華街の街角」の広告を見て、警察官の道を選んだ。ただ戦時中に〈国体護持〉を大義名分として学徒出陣したことが、「生きのびた敗戦後」には「心理的圧迫」となるのは、自分自身に原因があるのではなく、敗戦による国家規模での〈変節〉の所為である。そして、落合は「転換する時代の裂け目にはまり込み、不意に自己の価値を剝奪された者の呟き、ぽっかりと空いた時代の裂け目からメタン・ガスのように噴き出る、かすかな響き」から逃れられないでいた。多くの者が〈変節〉に同調していくのに対して、「制度が崩壊しても、その制度を充塡していた精神の形成は印鑑一つで訂正できる」わけではないと「こだわり」続ける落合は、〈変節〉を是とする機制に憤り続けている。[13] 特攻作戦の、人を人とも見なさない戦術の非人道性は否定されるべきだが、自己犠牲によってでも人々を救おうとして特攻に殉じた若者の精神は否定されるべきではない。さらに言えば、特攻とい

う行為そのものの行為責任は落合にあるとしても、その行為を失敗として位置づけるのであれば、その責任は作戦を立案した側にこそある。このように考えると、落合は自らの選択で行為したにもかかわらず、その責任を全的に負うことはできない状況におかれるものの、その責任を問われて行為を選択した意図である「精神」を否定されたのである。だからこそ、そのような「精神」を「形成」したことまでも否定する機制に落合は憤り続け、戦中と戦後を貫く自己の論理として「正義の感覚、正義の恒久性への憧憬と祈願」を抱き続けるのである。

しかし、落合の「正義」は、戦後にあっては犯罪者の後追いによって成立する主体性に欠けるものでしかない。「犯罪者には自分の計画、自分の意志、予想と賭、そして何よりも羨ましい自分の決断と行為がある」のに対して、「警察には、相手にあわせた変化と適応、つまりは無我しか残されていない」と犯罪者を落合は羨望してしまう。そして、警察官は、犯罪者の犯罪行為の理由を「検事が読んで解るまでに合理化し跡づけねばなら」ないのだが、「犯人にしか理由はわからず、多くの場合、当の本人にも充足的な理由の自覚など」ないために、「行為があっても、理由が必ずしもあるとは限らない」と思わざるをえないのである。[14]ここで落合が問題にしている行為とは、行為主体にとって明確な理由のもとで選択された行為であったと推測できる。[15]

そのため、京都の国立大学に在籍していたという過去を持つ村瀬の三千円強奪事件に、明確な「理由」や「意図」があると直感し、落合は村瀬の余罪を捜査していくうちに伊佐治膳内襲撃事件（以下、伊佐治事件）に辿り着く。そして、その起訴状の冒頭、被疑者の数が「〈位〉とぼかされている」ことから、落合は何らかの「隠蔽」に気づき全容解明を目指すが、上司や検察に捜査の打ち切りを促される。落合に向かって署長は、「昭和二十六、七年というのは異常な時代」であり、「その時はやまって、先走った者は、捕われた者も捕われなかった者もすべてその酬いを受けている」のだから、「それでいいんじゃないのかね」と遠回しに打ち切りを指示する。この言葉に、落合は「青年に決死行をせまった聖戦が、八月十五日をさかいに一挙に狂気の愚行に転じた時、人々が犠牲者に向い、また自分に向っていいきかせた弁明とまったく同じ」「日本人の心情の根本的なずるさ」を見出し、「拳をにぎりしめて震え」る。「正義」のために伊佐治事件は解明されるべきだが、それを警察と検察が阻むのであれば「正義」は方便でしかない。[16]自己犠牲を必要とされる特攻隊員と警察官であるが、その「正義」が権力者の都合によって左右されるのであれば、自己犠牲の精神は「一部の権力者の自己保存の奸策への盲従」となり、

「その死はたしかに無意味」となる。自らの命令を翻した命令者によって、命令に殉じた者の行為は「無駄」・「無意味」と評されるという点で、特攻を「無駄」とすることも、警察官の捜査を「無意味」にするのも同じである。こうして落合は、「正義」を空しくする「日本人の心情の根本的なずるさ」を前に挫折し、大勢に順応するかのように昇進試験を受け、婚約し、平穏な日常生活へと埋没していくことを選ぶこととなる。しかし、たとえ「無駄」や「無意味」と見なされる行為であっても、その行為へと至る人間の内面までもが、行為の結果から遡及されて単純に否定されるべきなのかという問いは残され、行為主体の「精神」を顧みず行為共々にそれを否定していく機制への憤りが落合の中には燻っていたはずである。だからこそ、落合は村瀬の行く末を見届けねばならなかったのである。

二　自己実現のための政治活動

一九五一年、コミンテルン批判を受け分裂した日本共産党は、「日本の解放と民主的変革を、平和な手段によって達成しうると考えるのはまちがいである」[17]と平和革命路線を自己批判した。そこで、体制側の「軍需品の生産と輸送」を担う「労働者階級」を「最も戦闘的なわれわれの味方」で「主力である」と規定し、「軍事組織をつくり、武装し、行動」するという方針が打ち出される。[18]この方針のもと、山村工作隊や独立遊撃隊などが組織され、「余りにも保守的なこれら山間部落民には」、そういった組織とその活動は「ただ恐怖の的としてしか反映していない」[19]と権力側に見なされ、労働者からも支持されず、後に日本共産党にも誤った活動だったとされている。[20]

『日本の悪霊』においては、作中のもう一人の主要人物である村瀬狷輔の所属していた独立遊撃隊が起こした京都××署警察署長道家関助宅襲撃未遂事件について言及されている。この事件から、落合は学生運動一般を「つまらない一時の憤激、一時の英雄主義のために」「一生を台なし」にするものと批判的に見ている。これは学生運動への一般的な批判だろうが、「一時の」と付されることから、学生の為した政治行動が無謀で確信性と継続性がないことが批判され、社会に有効性をもたらさないものと見なされているようである。そして、党派の指示による活動であったとしても、その行為主体である学生にその責は負わされ、彼らの行為は無意味なものと処されていくのだろう。

しかし、（落合の特攻と同様に）運動が目指していたものが具現化されなかったことで、その運動を無意味だったと評価するとともに、運動に参画した人間の精神までも否定するべきではない。高橋和巳と大学の同窓で山村工作隊員だった戸川芳郎は、「革命そのものが日本で実現しなかったからといって、若者が革命運動に参加することで得た経験・知識全てが、無に帰したわけではない」[21]と述べている。また、生涯社会運動を続けた脇田憲一は、「いたずらに犠牲者のみを多くし、革命への挫折感を拡大したにすぎない」「正気の沙汰であったとはいえない」運動に参加した若者について次のように述べている。

たとえ誤った革命路線のもとにあっても、その中で燃えた青年の情熱まで否定することができるであろうか。若しそれらいっさいのエネルギーが一片の決議や自己批判で否定されるのであれば、そもそも革命運動とは一体何なのであろうか。一九五〇年代の武闘路線に限らず、戦前戦後を通じて、日共の革命路線が労働者階級の闘いを的確にとらえ、その生活の中に根を下ろしたことが果たしてあったといえるだろうか。対立と分裂、弾圧と孤立の再生産が際限もなく、くり返される日本の革命運動の中にあって、傷つき倒れる青年の回復なくしてどうして運動の持続と蓄積があるだろうか。[22]

両氏の言葉からは、運動の方針を変転させた日本共産党に振り回された組織員としての自己を回復させ、自分たちの行為をその結果に縛られずに意味づけるべきだという姿勢が見られる。このように、実際の運動に参画した人々が自分たちの行為を積極的に意味づけようとするのに比して、村瀬にそのような姿勢はないように見える。この両者の違いには何があるのか考える必要がある。

そこで、村瀬が実行犯となった伊佐治事件[23]について見ておく必要がある。地方有力者の殺害を一つの手段として、「封建地主階級および資本家階級に甚大なる衝撃を与え、社会不安を醗醸し革命的気運を造出」することを目的として、セクトの首魁である鬼頭正信を中心にこの事件は企画立案された。鬼頭は、平和革命を「はなはだしい名辞矛盾でなければ悪性の意識錯乱」として退け、「力が正義であり、革命家にとってはただ革命に役立つもののみが道徳であり、革命的行為を阻害する一切のものは即刻にも破棄せねばならぬ」ず、「現在の体制が唯一のものでなく、現在の道徳もまた唯一のものでないことをまずわれわれが証明」する必要性を訴える。そして、そのためにも、「破壊をプロレタリアートにやらせ、次の指導権をインテリや組合のダラ幹に握らせるのではなく、破壊を自己がやり、建設は誇り高き人間の自由に委ねる」べきだと主張する。ここに、党派による支配をも否定するアナーキスティックな志向と、革命のためには暴力は必然的に求められるという論理が示されているが、現状を否定することに専心する余り、本来革命思想がもつべき将来像の提示は軽視され、現状を否定する行為そのものが目的化していく。その過程で、村瀬は「独占資本家には独占資本家の、大地主には大地主の贖罪を、不安と恐怖のうちなりとも果たさせねばならない。彼ら自身の責任においてつぐなわさせねばならない」と述べ、「倫理」を強調して殺害を肯定できない。国家が戦争という殺人行為を為しうるように、正当な目的のためには殺人も許されるという論理への躊躇いは倫理的には正しい。さらに、鬼頭の論理を「正当化する既成の論理などどんな文献にも書かれてはいなかった」とあるように、鬼頭の論理を正当化する論理も見つけられない。しかし、倫理的にも論理的にも肯定し得ない鬼頭の主張を、村瀬は否定しきれない。それは鬼頭の主張に見られる現状否定の情念の過激さのためであろうし、それがもたらすように見える理念の至純さのためであろう。このため、村瀬は感覚的な抵抗感を示すだけで、暴力を手段であり目的とする鬼頭の主張における、革命のためにはあらゆる行為が許されるという論理の飛躍を消極的であれ受け入れてしまい、殺害という行為に及んでしまったのである。この点から、ウェーバーが指摘した「責任倫理」[24]の欠落を指摘でき、村瀬（たち）の行為は破綻を免れないことになるのである。

そして、その破綻があるからこそ、仲間たちが捕縛される一方で逃げ続けた村瀬は、この事件について考え続けねばならないのだが、村瀬は先述の戸川や脇田のように、自らの失敗を踏まえ、よりよい社会を構築し続けるための思考を巡らせるのではなく、自らの行為の失敗に踏みとどまって思惟を巡らせる。これが落合には、自らの行為への〈こだわり〉と見えたとしてもおかしくはないが、村瀬がこだわっていたのは、後述のように行為をなした自らの内面に対してであった。

村瀬は、伊佐治事件から八年後の現在時において、「それが必然である」と思われた伊佐治事件が、「周到な計画を立て、あれだけ秘密に事をはこび」ながらも、警官隊に包囲され「山に追い込まれ、大仰な山狩りの末に一網打尽にされることが既定の方針」だったかのように、「何の役にも立た」ない事件だったと今更ながらに気づいている。そこで村瀬はスパイの可能性を考えながらも、自分たちの行為を政治的に分析しきれず、対象の殺害という点では成功したものの、「社会不安を醸成し革命的機運を造出」することもなかったという点でこの行為は失敗であった。そのため、村瀬は失敗した行為の意味を見出せず、行為を為した自己の内面へと視線を向けるしかない。ここで村瀬は、ウェーバーの言う「心情倫理的」[25]な姿を、あるいは伊藤益の言う「主情主義者」[26]としての姿をあらわにする。こうして、失敗した行為を為した主体である自己を見つめる村瀬は、運動の道程を政治的に分析することはなく、その行為が有効でなかった理由をその行為に至った自己の内面に求めていく。

この村瀬の姿勢は、行為の無効性が上層部の意向によって刻印され、行為主体の内面の無意味性を押しつけていく機制に憤る落合とは異なっている。[27]そして、行為に至った自己の内面にこだわり、運動を思想的に構築できなかったという点からも、村瀬（と作者である高橋）は、脇坂充によって次のように批判されてもいる。

> 日本の社会や民衆のありのままの現実から学ぼうとせず、ロシアマルクス主義の受け売りや、コミンテルンやコミンフォルムの指示待ちという日本のマルクス主義の惨めな実態が明らかにされるはずだったのに、村瀬は、というより作者はまったくそのような方法論を持ち合わせていない。そのために、すべてを「愛なきゆえに、思いやりなきゆえに、彼の心が早くから死灰よりも冷たく凍っていた」ことに求めるというところに行ってしまったのである。私はこのような箇所に大いに不満である。こうしたところへ問題を収斂してしまえば、あとは行き止まりのニヒリズムしかない。[28]

運動の失敗を「方法論」の不在ではなく、行為主体の内面に求めるということへの批判には同意せざるをえない。作中では鬼頭正信を首魁とした党派にスパイが紛れ込んでいた可能性にも言及されており、高橋は運動が内部から崩壊していった戦前の日本共産党を意識していたのかもしれないが、脇坂が言うように政治運動に内在する問題を充分に扱れていない。それは、運動を心情的に捉えるからであり、運動の失敗を政治的に考えるのではなく、その行為主体の内面の問題と見るからである。[29]しかし、六十八年以降の全共闘運動を考えた場合、社会変革と自己の意識改革が連動していることを考えると、村瀬の人物造形は、五十年代の運動を舞台としておきながら、むしろ作品が描かれた六十年代の全共闘世代の心象を反映しているようにも思える。日常性に安住することなく、これまでの自己を乗り越えていく過程に社会変革があったのであれば、自己の変革が実現しなければ社会変革もなしえないのであり、自己の変革を抜きにして運動の成功は望めない。したがって、村瀬にとって自己の内面は、行為の意味以上にこだわり続ける問題となっていたのである。

三　内面への視線

行為の意味から行為主体である自己の内面へと視点を移す村瀬は、行為の無効性は自身の「卑怯さ」によると捉えていた。村瀬は、私生児としての生活から脱出するために母親や妹を見棄て、苦学の末京都の国立大学に進学する。そして、そこで出会った政治活動の「変革や解放の観念が鏡となって、自分自身の精神の貧しさ」を「はっきりと」認識した結果、母や妹を踏み台にした自らの「卑怯さ」を自覚する。ここで村瀬は、「変革や解放の観念」を「倫理的な要請」と捉え、自らを形成してきた反「倫理」性を自覚し、自己の「卑怯さ」を乗り越えるべく過激な運動にのめり込んだのである。だが、母や妹に対する「卑怯さ」を解消するのであれば、彼らへの働きかけが必要であるのに、階級が抱える問題の解消を目指す政治活動にすり替えられ、伊佐治事件後も「卑怯さ」は克服されないままとなる。事件直後に村瀬は、「まともな人間になろうとする気持の最後の支え」であった子供を逃亡に利用し、「捨子」[30]にまで及んだ。ここに卑怯さは典型的に表われている。

　子供の無垢よりも惜しむべきは青年の志である。なぜなら一切の価値と意義は、自覚的な人間の意志を基礎とするからだ。苦悩も悲劇も、その志のあるところ、志を内にもつ存在にのみ起りうる。それゆえに、もし飢えてどちらかが死なねばならないなら、嬰児の無垢は、青年の志の生贄に供されてもいい。かつてたしかに俺はそう考えていた。だが……。

「だが……」という言い切れなさから、村瀬自身、この論理を全面的に肯定できなかったことがわかる。しかし、「いつまでも、つれて歩くことはでき」ず、通行人の目につくだろうと、踏切の傍にある「小さな石地蔵」の前に「子供を棄て」る。見殺しにするつもりはなくとも、「数歩と歩けない嬰児が」「泣き声もあげず、叫び声もなく」川面から「二度と浮いて来ない」情景を想像し、捨子の罪障感から村瀬は逃れられない。そして、子供を捨てた場所から見える景色に、「秩序を愛し、労働にはげみ、家族の団欒を大切にし、子供の成長を楽しみにしている」「まともな人間」が焦点化される一方で、村瀬は自身も肯定しきれない殺人について「一体何のために」と問わずにはいられない。こうして政治的にも倫理的にも正当化しえない行為を為したことは、単に政治の問題だけではなく、人間の内面の問題と分かちがたく結びつかざるをえなくなる。したがって、村瀬にとって問題となるのは、一連の行為を選択し続けた自己の内面、「卑怯さ」にならざるをえないのである。

この失敗の原因を村瀬は自己の内面に求めるものの、「女はつねに自由の障碍、彼の足をひっぱり彼の可能性を萌芽のうちに食いつぶす憎悪の対象」だとして関係した女たちにその遠因を求める。だが、「彼の挫折と女関係は直接つながらなかった」のであり、「むしろ、彼は女によって救われた一時期もあった」のだからと、筆者は村瀬の女性観には批判的である。こうした一方的な女性観は、村瀬が妾の息子として卑屈な生き方を余儀なくされた過去があるからとしても、「倫理的」ではない。他者を犠牲にして自己を生かし続けた村瀬は、自らの孤立を自ら選んだのであり、否定されるべき「卑怯さ」を抱え続けてその責任を引き受けねばならないこととなる。

しかし村瀬は自己の抱える問題をすり替え、「完全な孤立、すべての人間関係を絶った者として」、「戦い抵抗し自分の力を試すためにではなく、完膚なきまでにたたきのめされるため」に、「正体の知れぬ権力に」対峙すること[31]で、否定されるべき自己を確認しようと目論見て、三千円強奪事件を起こし逮捕される。そして、「自己を金輪際正当化はしえないとしても、政治が存在し、すべての人間関係を権力関係に転化する構造がある限り、抹殺しつくすことの出来ぬ悪の論理というものがあることを、何ものかに思い知らせたかった」と述懐する。それと同時に、「権力者は平然と宦官として男を去勢し、女たちに纏足をはめることができ」るのに、「一人の男が女を棄てればなぜ罪の意識に苦しめられねばならないのか」と疑義を呈し、「やがて飼い馴らされて、思い込ませられた社会の価値に従って〈余生〉を送る」と市民を批判する。こうして「手に触れるもののすべてを腐敗させ、解体させ、権力と秩序、それにとってかわろうとする者の秘密をもあばいて」「嫌悪されることをみずからの最後の栄誉としよう」と考え、村瀬は自己の回復を目指すのであった。

この村瀬の意図について、小沢正は「小心で唯唯諾諾たる世の人々」も「村瀬によって翻弄される権力の構造」が「擬制でしかないことに気がつきはじめるにちがいない」「果敢な実験」と評価しながらも、「権力を翻弄しつくそうという村瀬の意図」は具現化されておらず荒唐無稽なものになっていると指摘している[32]。しかし、小沢の評価は『日本の悪霊』の主題が権力との相克であれば正当であるが、失敗に終わった行為の意味を問い続けることなく内面にその原因を求める村瀬の在り方を鑑みれば、部分的な批判でしかない。むしろ、伊藤が指摘するように、「関係からの乖離者として自己を規定していたはず」の村瀬が他者との「関係の無化を企て」る一方で、「世俗の関係を構築することを切望」しながらも、「関係のあくなき追求が、他者からの拒絶によって達成されえない」[33]ことに注目すべきである。この伊藤の指摘を踏まえれば、他人との関係を持たない村瀬には、自己を証明できる存在は、かつて対峙した権力だけであり、その権力の〈敵〉としての自己を権力者に証明させることで、孤立した自己を補塡しようとしたと言える。「完全な孤立」にありながら、自己と自己の行為を権力との対峙の中で確認できるのであれば、「完膚なきまでにたたきのめされる」ことを受け入れられるのである。そして、その希求はまさに「自己否定」の衝動であるが、「自己」によって「自己」を「否定」するのではなく、「権力」が「自己」を「否定」することによって、「卑怯」であった自己を乗り越えようとする自己肯定への欲動という倒錯をここに見出すことができる。だが、これも、自らの問題を直視しえない「卑怯さ」の現れであったということはできよう。

四　行為の無意味性から存在の無意味性へ

しかし、警察や検察は、村瀬が革命を目指す政治思想を抱き、党派に所属し政治的な事件に関与したと言及するものの、伊佐治事件には言及しないことで、何の思想性も認められない「たいしたことはない」事件の犯人として村瀬を遇していく。そこで村瀬は、伊佐治事件が何も生みださなかったことをあらためて確認し、「自発的な挺身とあやつり人形の道化た動きとは、結果において同じもの」と気づき、「あやつり人形」[34]にすぎなかった自己にはもう「何もない」という感慨を抱く。

しかし、「何もない」存在として事件後を生き続けた村瀬にも、唯一「肉体」は残されていた。懲罰房に置かれ衣服を着たまま糞尿を垂れ流し、不快感よりも「温かいよろこび」を覚えた村瀬は、誰かに頼らねば生きられなかった過去を思い出す。そして村瀬は「肉体」と「意識」が一体だった「不自由な」状態に、世話された幼子としての自己を思い返しながら幸福感を覚える。ここから村瀬が、「誰か」との関係の中で安住した状態を欲していたことが示され、肉親を捨てて生きてきたことへの自責・自罰と悔恨を読み取ることができるだろう。こうして「ついにいかなる人間関係をも育てはぐくもうとしなかった」村瀬は、愛情の尊さ、芸術の美しさ、労働のもたらす生の充実を「本質的に直観でき論証を経ずして実感でき」ないがゆえに「生きるに価しない「滅ぶべき」存在として自らを位置づけていく。

母を捨て、妹を見棄て、情婦を棄て、子供を棄て、朋友なく、師なく、美にも崇高にも心閉ざし、ただその夜の食と寝食のためにのみいやいや働いてきた村瀬の生涯は、彼の頭にどんな観念が詰っているにせよ、それは無意味だったのだ。それは革命を欲し、その厳しい戒律のために、そうなったのではなかった。愛なきゆえに、思い遣りなきゆえに、彼の心が早くから死灰よりも冷たく凍っていたゆえにだったのだ。

こうして、先に引用した脇坂の批判[35]にもあるように、個人の心情的な動因によって革命運動に参加し、その成否が個人の内面に委ねられることで、運動自体を無意味にしていく構図を見ることが出来る。革命運動の主体である個人が、「愛」や「思いやり」に基づく社会変革への欲動をもって運動に参画していくのではなく、自らの抱える「卑怯さ」の克服という自己実現の手段として革命を捉えた結果、革命の成否は理想の自己像へと成り得たか否かという問題と不可分なものとなる。そして、革命によって社会的不公正や不平等を解消しなかったことは理想としての自己の実現不可能性へとつながり、運動に携わっていた自己は虚無的に批判・否定され、革命運動は何ももたらさなかった出来事として位置づけられていくだろう。自己の内面が出発点となり、政治活動は革命という目的のための手段であったはずなのに、その目的であった革命を手段として自己を変革しようとしたところに、村瀬の政治活動に対する倒錯を見ることもできるだろう。

このような村瀬が、行為の意味を問おうとしていた落合と結びつくように見えるため、「彼らがこだわり、怒り、糾弾している対象は、〈転換する時代の裂け目にはまり込み、不意に自己の価値を剝奪された者〉であるようなひどい生の原因をつくったものにたいしてであり、またきちんと論理づけ、感性的にもかかわりえない自分にたいしてなのだ」[36]と立石伯は述べたのだろう。しかし、落合が周囲の変節への憤りを持続し、行為の意味を問い続けたのに対し、村瀬は自らが肯定し得ない行為を為した自己の内面を肯定できず、自らの政治活動の打倒目標であった権力に自己確認を求めるようになるのである。様相の近似性に比して、二人の懸隔は大きかったと言えるだろう。

「これは一般論でもいいんだがね。君には自分のしたことを、この社会に与える意味、つまり有効性とは別に、その意味を確認したいという欲望は感じないかね」

落合は、未決囚である村瀬と面談室でガラス越しに面談し、問い掛ける。しかし、行為の意味よりも自己の意味を問い続け、権力によって裁かれることで自己を確認し、自己を立ちあげようとした村瀬は、この問いに答えられない。それは先にも述べたように、村瀬のなかでは自己の行為の無意味さが自己存在の無意味さへと直線的に結びつけられているからである。自らの行為の意味よりも、その行為を為した自己の内面こそを問題にし、裁きを受けることで自己の存在証明を望みながら無罪を言い渡された村瀬は、その結果に「憤怒」するしかない。その「憤怒」は落合と共有するかに見えるものの、それも「一瞬」でしかない。

> 人は欲しもせぬ時に罰せられ、そして犯罪者は最後の権利として懲罰を望むとき、罰からも疎外される。それがまた最後の懲罰であり侮辱であることを法は知っているのだ。なぜなら、国家の権力を代行するいずれの機関が、その存在を欲しないからだ。（中略）その〈無〉をあえて〈有〉と主張するものは、犯罪者ですらない。精神病者にすぎなくなるのだ。
>
> 落合はそばに篠原久美子のいるのも忘れて怒りと恐怖のために全身を震わせていた。恐怖？　それはいま面と向かいあっている村瀬狷輔の形相から来るのではなかった。もっと抽象的な、把えどころのない、それゆえに、振りはらうべき手だてもない恐怖だった。

恐怖の対象は「国家」あるいは「権力」であろう。権力にとって、村瀬は取るに足りない存在であり、伊佐治事件に言及しなかったのも権力の思惑でしかない。権力は正義であるか否かよりも、権力にとって有益であるか否かを問うだけである。こうして、「犠牲化不可能性という形で神に所属し、殺害可能性という形で共同体に包含される」[37]、自らに対して主権を認められない「ホモ・サケル」とも言い得る村瀬の位置が刻印されていく。それは、行為と自己存在の無効性を、さらに、自らに対する主権を持ち得ないことを突きつけていくだろう。そのため、裁判所を退廷し、屋外に出た村瀬に残されるのは、先に述べた「肉体」、しかも「死から拒まれてある」「肉体」である。そして、そのような「肉体」として、村瀬は唯一の肉親である妹・年子にしがみついて生きていくことが暗示される。村瀬がこれまで蔑ろにしてきた彼女の庇護のもと、彼はようやく心安らかになれるだろう。「まったく頼りない」「自分の物としての存在、与えられたままの肉体から意識が一歩も外に出られなかった不自由な、しかし温かいよろこび」を村瀬は感じられるだろう。そして、それは村瀬にとって、ある意味幸福なことであるのかもしれない。[38]

こうして、彼のあらゆる行為が無意味なものとして位置づけられると同時に、彼の存在も無意味と価値づけられていくことによって、村瀬がたどりついた「卑怯さ」への気づきという革命運動への初発の情動も虚しいものとなっていくのである。

一方、行為の意味を問い続けた落合は、行為の意味を見つけられぬまま、婚約者とともにその場を去っていく。変節への怒りを棄て、遅ればせながらの出世を果たし、安住を求める落合には、行為の意味を問うことはもう無意味なことになっていくだろう。

五　行為の意味

このように行為の意味を問おうとしながら、その問いを明らかにできないまま『日本の悪霊』は閉じられていく。それは、行為の意味が結果の有効性と不可分のものと見なされていると同時に、行為の意味を問うことと自己存在の意味を問うことが重ね合わされる発想に限界があったからであるように思う。

自らの行為がどのような意味を持つのか、それを結果からのみ求めても、意味は明らかにはならない。むしろ、落合や村瀬の姿からは、欲していた結果がもたらされなかったからこそ、行為の意味や行為に至る自己の内面を問い続けなければならないということが理解されるのである。しかし、その問いへの答えを見つける作業は、当て所ない作業であり、それによって侵蝕される自己を保ち続けることも難しいのである。むしろ、いくつもの要素が絡み合って成立する行為であるからこそ、因果関係を直線的に結び付けて行為の意味を結果の有効性からのみ導き出すことなく、行為の無効性を自己存在の意味と短絡的に結びつけなければ、行為にも、行為に至る自己の内面にも、意味を見いだせるのではないだろうか。また、その意味が即座に露わにならないとしても、行為主体の生が何らかの形で存続する限り、行為は連鎖し続けるのであり、ある行為の意味づけも、行為に至る内面の価値づけも変化していくのであるから、その意味を行為主体が認めるか否かが問題として残されるだけだとも言えるだろう。

このように考えると、全共闘運動についても同じことが言えるだろう。花崎皐平や安藤丈政などが指摘したように、[39]全共闘運動が目指した社会そのものは実現しなかったが、それによって、ウーマン・リブや環境保全活動、反公害運動などの市民運動が広がっていったことからは、間接的にも行為の結果から意味を見出すことができるだろうし、運動も運動に関わる自己存在にも価値を見いだすことができるだろう。[40]

だが、学生運動を過去の歴史として忘却する作用は、全共闘運動期に多く読まれた高橋和巳の作品を忘却する作用と同様に根強いものであり、全共闘運動という行為の意味も、その運動に関わった人々の内面も価値づけられない傾向が強いことは、伊藤益も指摘をしている。[41]

過去の行為を意味づけられないのは、その行為から次の行為へと進むことが出来なかったからである。そして、ある時点での行為を無意味なものとし、それを忘却していくのは、ある行為に続く行為を、先の行為から切断しているように位置づける行為しか為し得なかったからではないだろうか。その一つ一つの行為を分断し、一つ一つの対応する結果をのみ問うことで、連鎖し変転する行為と結果（とその結果を原因とする行為とそれにより生み出される結果と………）を流れとして把持しないことに問題がある。そして、失敗した行為を自己の内面にその原因を求め続けていくことで、行為は宙づりにされ、放置されていく。これこそが、高橋の言う、あらゆるものを「風化」させていく「日本」の問題である。そして、この「風化」の機制に落合も村瀬も飲み込まれてしまうからこそ、彼らの行為の意味は明らかにならないまま作品は閉じられていくのであるが、高橋もそれを指摘するだけで作品を終えるしかなかったのかもしれない。いや、むしろ、そのような「風化」に読者はどう対するのかと、高橋は問いかけていたのかもしれないのである。

〔註〕

1　三島由紀夫の没後四〇年であった二〇一〇年に、三島由紀夫に関する書物や雑誌の特集号が多く刊行されている。それに対して、高橋和巳の没後四〇年であった二〇一一年は、高橋和巳に関する書物や雑誌の特集号は刊行されることはなかった。文庫本として刊行が続いている三島由紀夫の作品は多いが、高橋和巳の作品は絶版になっているものが多い。研究者や研究書の数で見ても物理的にも大きな〈差〉がある。

2　吉本隆明・磯田光一「日本的戦後のジレンマ―文学者の死と政治（対談）」（『海』一九七一年七月）

3　川村湊は『戦後文学を問う――その体験と理念――』（一九九五年　岩波新書）において、学生運動を背景とした時代にのみ書きえる（あるいは、読みえる）「観念的な風俗を描き出した小説」として、高橋和巳の作品をはじめとした全共闘運動期に書かれた作品を位置づけている。このような見解は否定的回顧の類と言ってもいいのだが、インターネットを検索してみても、全共闘運動に参加した団塊の世代をはじめ、懐かしき時代を思い起こさせる作品と見なしている言説は散見される。池上彰が「私の読書遍歴（11）」（『文学界』二〇〇四年五月）において、青春時代に『邪宗門』に影響されたと述べているように、多くの人々にとって高橋の作品はかつて影響を受けた懐かしい作品でしかないようである。作家の死後も残される作品群が現在でも存在しているにもかかわらず、このように過去の記憶のなかにとどめられてしまった結果、高橋和巳の作品群は、今や図書館の書庫に押し込められているように感じられてならない。

4　高橋和巳「わが解体」（初出は『文藝』一九六九年六月号～八月号・一〇月号。『わが解体』一九七一年三月　河出書房新社）

5　高橋たか子『高橋和巳の思い出』（一九七七年一月　構想社）、『高橋和巳という人　二十五年の後に』（一九九七年二月　河出書房新社）、太田代志朗『高橋和巳序説―わが遙かなる日々の宴』（一九九九年四月　林道舎）など。

6　田中寛は「高橋和巳『堕落』における〈理想〉の悲劇性――文学における戦争責任と戦後認識――」（『大東文化大学紀要』第四十六号〈人文科学〉二〇〇八年三月）において、「〈過去〉から〈未来としての現在〉へ、同時に〈現在〉から〈過去〉へ遡行する問題提起が作品には常に存在する」ことに則った「複眼的な考察による検証作業」が求められ、それこそが「批評の誠実な条件」であるとしている。先述の川村湊の言を受けたこの田中の見解に、稿者も賛同したい。拙稿「了解不可能な他者と共に　――高橋和巳『捨子物語』論――」（『文月』第七号　二〇一二年七月　大阪教育大学近代文学研究会）においても、高橋和巳の文学を〈不如意〉の文学と規定し、同時代的な枠組みに捕らわれない読みの可能性を述べたので参照されたい。

7　高橋和巳『日本の悪霊』は「文芸」一九六六年一、三、六、九、一九六八年一、十月に断続的に掲載され、未完のままであった。作品集刊行に際し、初出時原稿に、大幅な加筆訂正を行い、第一回配本として『高橋和巳作品集』第六巻（一九六九年十月　河出書房新社）によって完結。高橋和巳の没後、著者の意向を汲んで、全集を編集した川西政明が、監修の埴谷雄高に同意を得て、『高橋和巳作品集』の第九章の1を第八章の3として構成を変えて、定本版として『高橋和巳全集』第九巻（一九七七年一二月　河出書房新社）が刊行された。本稿は、この全集版をもとにした。

8　平野謙「文芸時評」（『週刊朝日』一九六九年一二月一九日）

9　高橋和巳『邪宗門』（初出『朝日ジャーナル』一九六五年一月三日～一九六六年五月二九日号。初刊　上巻一九六六年一〇月一五日　下巻一九六六年一一月一五日　河出書房新社）

10　同人「書評　高橋和巳『日本の悪霊』」（『人間として』創刊号一九七〇年三月）

11　脇坂充『孤立の憂愁を甘受す◎高橋和巳論』（一九九九年九月　評論社）

12　行為論については、A・フリュー／G・ヴィージー『行為と必然性　決定的世界観と道徳性』（服部裕幸訳　一九八九年七月　産業図書）、D・デイヴィドソン『行為と出来事』（服部裕幸・柴田正良訳　一九九〇年三月　勁草書房）、黒田亘『行為と規範』（一九九二年二月　勁草書房）、古田徹也『それは私がしたことなのか　行為の哲学入門』（二〇一三年八月　新曜社）などを参照。

13 島尾敏雄・吉田満「特攻体験と私の戦後」（『文藝春秋』一九七七年八月号）に海軍の士官として敗戦を迎えた島尾敏雄と吉田満は、生き残ったことへの居心地の悪さと納得のいかなさ、なし崩し的に始まった戦後の生について語りあっている。この二人の作家が示すのは、自らの死を必然とする作戦によって戦局を好転させようとする盲信と、それに翻弄された自らの経験を忘れるべきではないということである。しかし、落合はそのような体験を持たない高橋によって造型されたためか、敗戦によってこの国を護ろうとした精神性を否定していく社会の動勢に対する憤りに焦点をあてるのだろう。この点では、実際に特攻（準備）体験を持つ両氏のような見解を、落合の描写に求めるのは難しいのかもしれないが、国家のイデオロギーに翻弄されたことにこだわることに注目する必要はあるだろう。

14 犯罪行為の理由が犯罪者本人にとっても不明確であるという点に関しては、〈動機（理由）→行為→行為の結果〉という一連の流れにおいて、動機から必然的にその結果が導き出されるという合理主義的な判断が及ばないことが含意されているだろう。高橋和巳の作品においては、この行為の意図・動機と人間の内面の不一致について、しばしば描かれていることである。拙稿「〈感情〉という不可解なもの―高橋和巳『悲の器』論」（『立命館文学』五九四号　二〇〇六年三月　立命館大学人文学会）、「了解不可能な他者と共に――高橋和巳『捨子物語』論――」（前掲）を参照のこと。

15 確信をもって自己の理念や思想に殉じた行為を為すことが、ここでも焦点化されていると言えるが、『悲の器』の主人公である正木典膳が確信犯に関する研究をしていたとされることを思い起こすと、高橋和巳が行為と確信性について関心をもっていたことがうかがえる。

16 作中でのガサ入れから内通者の存在が暗示されることからも、警察側にもこの事件について公表できない事情があったことが推察される。

17 一九五一年十月の日本共産党第五回全国協議会で採択された「日本共産党の当面の要求―新しい綱領―」。引用は、『日本労働年鑑』第二五集（一九五二年一一月一五日　法政大学大原社会問題研究所）。

18 「われわれは武装の準備と行動を開始しなければならない」（『内外評論』一九五一年一一月八日）

19 土田國保「東京都下における所謂山村工作隊の概況」（『警察学論集』一九五二年一〇月）

20 兵本達吉『日本共産党の戦後秘史』（二〇〇五年七月　産経新聞出版、二〇〇八年十一月　新潮文庫）、筆坂秀世『日本共産党』（二〇〇六年四月　新潮新書）、日本共産党中央委員会『日本共産党の八十年　1922～2002』（二〇〇三年一月　日本共産党中央委員会出版局）など参照。この日本共産党の認識は、自分たちの運動の失敗を組織的な問題として分析せずに、軍事活動に直接的に関わった人間を切り捨てて終わらせるという、組織員に対して無責任なものであると言える。

21　長谷川健治・秦玲子「戸川芳郎氏オーラル・ヒストリー―山村工作隊参加経験を中心に（1）」（『横浜国立大学留学生センター教育研究論集』一四　二〇〇七年）

22　脇田憲一「私の山村工作隊体験」（『運動史研究』四　一九七九年八月）

23　この伊佐治膳内襲撃事件のモデルとなったのが「横川代議士襲撃事件」である。この事件の概要は、以下のようなものである。一九五二年八月七日、日本共産党の独立遊撃隊が、元代議士で武蔵野銀行取締役の横川重次宅にて、横川重次本人に「世直し状」なる脅迫状を突きつけて、体中を斬りつけて重傷を負わせ、また別の一団が家政婦や横川の次男を縛り、金品の強奪を目論むが、肝心の金庫が開かず、そのまま逃走したというものである。事件発覚当初はただの強盗傷害事件と処理されていたが、犯行に至る経緯を記した手記や文書が発見され、日本共産党の計画的犯行であることが判明した。裁判では、この事件は、革命運動のための資金獲得を目的とした日本共産党が関与する暴力的活動であったと認定されて、容疑者は全員服役している。このように、横川代議士襲撃事件では、活動資金獲得のための「金品の強奪」が主目的であり、地方有力者の殺害は目的にも手段にもなっていない。しかし、『日本の悪霊』の伊佐治膳内襲撃事件においては、その地方有力者の殺害を手段として、「いわゆる封建地主階級および資本家階級に甚大なる衝撃を与え、社会不安を酵醸し革命的気運を造出」することが目的とされている。この目的が、モデルとなった横川代議士襲撃事件と伊佐治膳内襲撃事件の大きな違いである。

24　マックス・ウェーバーは、『職業としての政治』（脇圭平訳　一九八〇年三月　岩波文庫）のなかで、心情的な正義の感覚に基づく「心情倫理的」な行動と、行為の影響を予測しその責任を引き受けていく「責任倫理的」な行動とに政治活動を分類する。そして、「政治とは、情熱と判断力の二つを駆使するべきものであり、理知的で冷静な判断によって目的に適う手段を選択できない「心情倫理」に則った政治活動は、「目的による手段の正当化の問題にいたって」「破綻を免れない」と指摘している。

25　マックス・ウェーバー前掲書

26　伊藤益『高橋和巳作品論――自己否定の思想――』（二〇〇二年一月二五日　北樹出版）。伊藤は「村瀬の内部には、テロリストの非情と、主情主義者の虚弱が同居している」と述べているのだが、村瀬に「テロリストの非情」を見いだすのは、彼がテロリストとして人を殺したものの、その行為を論理的に肯定しているのではないことを考えると、難しいように思われることを付言しておく。

27　黒木和雄がメガホンを取った映画版「日本の悪霊」において、村瀬と落合が一卵性双生児のように演出されている（佐藤慶による一人二役）ことを考えると、二人の相同性をこの作品に見いだす向きが大勢かもしれないが、無効であった行為主体の精神性を無碍にしていく機制への姿勢という点から見て、村瀬と落合は似て非なる存在として位置づけるべきであろう。

28　脇坂充前掲書

29　坂口弘は『あさま山荘1972』（上　一九九三年四月一五日

下　五月三一日　彩流社）の「まえがき」で、自らの過ちを振り返る上で自己の指針として、レーニンの『共産主義内の『左翼主義』小児病』（国民文庫　一九七八年一月　大月書店）の次の言葉を引用している。

政党が自分のおかした誤りにたいしてとる態度は、その党がまじめであったかどうかをはかり、党が自分の階級と勤労大衆にたいする自分の義務を実際にはたしているかどうかをはかる、もっとも重要で、もっとも確実な基準の一つである。誤りを公然とみとめ、その原因をあばきだし、それを生んだ情勢を分析し、誤りをあらためる手段を注意ぶかく検討すること——、これこそ、まじめな党のめじるしであり、これこそ、党が自分の義務をはたすことであり、これこそ、階級を、ついで大衆をも教育し、訓練することである。

坂口がこのレーニンの言葉を想起しているのは、彼らの運動が「階級」や「大衆」に奉仕するべきであったのに、実際にはそうではなかったからではないだろうか。そして、この坂口の反省に、安藤丈将が『ニューレフト運動と市民社会「六〇年代」の思想のゆくえ』（二〇一三年八月　世界思想社）において言及していた「『日常性』の自己変革」を結びつければ、次のように言えるのではないか。社会をよりよいものにしたいという素朴な願望を実現しようとした時、その社会を構成する一員としての自己の変革が避けては通れない道として認識され、その難しさから社会変革の前段階として自己変革に眼が向けられるようになる。その結果、自己否定の論理は峻烈になり、その峻烈さこそ社会変革への最も合理的な道筋を示すのだという合意が、全共闘運動に拘わる人々に浸潤していった。このように考えると、本文で後述していくように、『日本の悪霊』における村瀬の行為と内面の関係は五〇年代を舞台としながらも、〈六〇年代〉的であると言っていいだろう。

30　高橋作品における「捨子」に関しては、拙稿「高橋和巳『堕落』論—混血と〈捨子〉をめぐって—」（『論究日本文学』第73号　二〇〇〇年一二月　立命館大学日本文学会）、「了解不可能な他者と共に—高橋和巳『捨子物語』論」（前掲）を参照頂きたい。

31　粟津則雄は「悪霊について——G・グラス『犬の年』高橋和巳『日本の悪霊』」（『海』一九七〇年二月）において、村瀬だけでなく落合も、「社会にたいして充分に孤独だが、そういう自分にたいしてまだ充分に孤独でない」と述べ、自己省察する中で自家撞着に陥っていることを指摘していた。

32　小沢正「神を演じたものの悲劇——『憂鬱なる党派』『日本の悪霊』」（高知聰ほか『高橋和巳をどうとらえるか』一九七二年六月）

33　伊藤益前掲書

34　未決囚の房室において、他の未決囚が相争うのを重ねた布団の上から眺めて、「高みに立つことによってのみ明らかになる事実」に気づき、伊佐治事件が鬼頭に引きずられた結果であるとして、鬼頭への疑念をようやく抱くようになっていた。

35　脇坂充前掲書

36　立石伯『高橋和巳の世界』（一九七二年四月　講談社）

37　ジョルジュ・アガンベン『ホモ・サケル　主権権力と剝き出

しの生』（高桑和巳訳　二〇〇三年一〇月　以文社）

38 「みずから獲得した認識、みずから積みたてた行為を、自分の力によって、自分の内部にだけとどめて滅す」「飢餓行」によって、「誰に解ってもらおうともせず、憐れまれることも嘲笑されることもなく、まったく人には知られることなく、行き倒れる」ことを、村瀬は「最後の栄光」としていた。この他者と隔絶した行為を「最後の栄光」としながら、荒唐無稽ともいうべき目論見によって権力に対峙することで自己確認しようとした村瀬は、矛盾した内面に引き裂かれているが、その内面を喪失した「肉体」としてのみ存在することは、「最後の栄光」から見放された幸福ではある。

39 花崎皐平『増補版　アイデンティティと共生の哲学』（二〇〇一年一月　平凡社ライブラリー）、安藤丈将『ニューレフト運動と市民社会　「六〇年代」の思想のゆくえ』（前掲）、天野恵一『増補新版　全共闘経験の現在』（一九九七年八月二五日　インパクト出版会）、中川文人・外山恒一『ポスト学生運動史　法大黒ヘル編　1985……1994』（二〇一〇年二月　彩流社）、折原浩・熊本一規・三宅弘・清水靖久『東大闘争と原発事故　廃墟からの問い』（二〇一三年八月一五日　緑風出版）、産経新聞取材班『総括せよ！　さらば革命的世代　40年前、キャンパスで何があったか』（二〇〇九年一一月一六日　産経新聞出版）など参照。

40 二〇一五年の安保法制の衆議院通過によりいっそう盛んになった青年たちの運動が、民主主義的に運営され非暴力を貫こうとしている姿勢も、ある意味全共闘運動期にいわゆる過激派の暴力性が何も生み出さなかったことの反省を踏まえたものであろうというのは言い過ぎだろうか。

41 伊藤益は前掲書において、次のように述べている。

> 『日本の悪霊』の挫折が、高橋の思想の在りえなかった「未来」を輝かせていると説いた。だが、現実は、高橋の挫折の時点からさらに後退し、素朴な「自己同一性」への確信が蔓延する状況を現出させている。もし、現実こそが真実だとすれば、高橋の思想は、真実から遠ざかった地点で空想を紡ぐものでしかなかったといわざるをえないだろう。しかし、現実的なものが真実であるとはかぎらない。現実が、在るべき姿をねじ曲げられて、低劣な態様へと頽落しているということも、ありえないことではない。もし、現実が、そうした頽落を具示しているとすれば、高橋和巳の思想は、在るべき現実への一つの道標となりうるだろう。ただ権力を掌握することだけが目的であるかのような生きざまを示しているかつての共鳴者たちは、実は、このことを知っている。それを知りながらもなお、権力にしがみつこうとするとき、彼らは、高橋の思想のあらわな敵対者となる。それは、彼らが、自己を、すくなくとも自己の青春を裏切ることを意味している。

東口昌央（とうこう　まさてる）
高等学校教諭。一九七三年、兵庫県生まれ。立命館大学大学院文学研究科博士後期課程単位取得退学。

高橋和巳と「全共闘」の時代
——『黄昏の橋』が問いかけるもの

槙山朋子

はじめに

高橋和巳の没後二十五年にあたる一九九六年五月から翌年二月にかけて刊行された『高橋和巳コレクション』（全十巻十一冊河出書房新社）には、高橋たか子のほか道浦母都子、稲葉真弓、小池真理子ら現代女流作家・歌人たちのオマージュが、それぞれ巻末エッセイとして掲載されている。いわゆる全共闘世代、あるいはそれより少し遅れた世代の彼女たちは、一九六〇年代末期から七〇年代初頭の時代を高橋の名とともに呼び起こし、「高橋和巳はやはり『あの時代のあの時間』の象徴」[1]（稲葉）であり、その作品は「時代の息吹そのものを伝え、暗く重苦しくではあるにせよ、私たちの心を捉えてやむことがなかった」[2]（小池）と記して、時代の象徴としての高橋の存在を語っている。

この時期に、全共闘運動をはじめとする学生反乱が全国の大学を席巻した。東大安田講堂事件から四十年を経た二〇〇九年一月、NHKアーカイブス特集として放送された「〝あの日〟から40年　安田講堂落城～学生たちのその後～」という番組の冒頭で、立花隆がこの時期のできごとを、「火種がちゃんと消えていなくて簡単にルックバックできない」としながらも、「数年前から徐々にみんなが語れるようになった」と述べたが、立花の言う「数年前から」の試みとしては、例えば、絓秀実の『革命的な、あまりに革命的な——「１９６８年の革命」史論』（作品社二〇〇三）と、それに続く『１９６８年』（ちくま新書二〇〇六）や、海老坂武の『かくも激しき希望の歳月１９６６～１９７２』（岩波書店二〇〇四）などが想起されるだろう。

そして、番組放送から半年後の七月に刊行された小熊英二の大著『１９６８――若者たちの叛乱とその背景〈上〉〈下〉』（新曜社）において、小熊は、日本の「一九六八年」をやはり「あの時代」と呼び、この時期の若者たちの反乱について膨大な資料をもとに検証した。また一方で、二〇一〇年一月八～一〇日に名古屋大学においてシンポジウム「反乱する若者たち――１９６０年代以降の運動・文化」が開催され、その「趣旨」に「１９６０年代以後、何が変質し、何が獲得され、何が失われたのか。東アジアを視野に入れた世界的視点から一緒に考えてみたい」[3]と記されたとおり、一九六八年のパリ五月革命や六〇年代の韓国、中国の動向についての報告などグローバルな視点からの再検討も試みられた。

つまり、一九六〇年代末期の「あの時代」は、日本の現代史において、また国際的な視野のもとに、その意味が問われつつある。

高橋和巳の小説『黄昏の橋』は、一九六八年十月号から一九七〇年二月号まで、「現代の眼」に十三回にわたり断続的に掲載され、一九七〇年六月号誌上に作者の病気療養のため十三回の発表分を第一部として一応打ち切り後日を期す旨が記されたものの、一九七一年五月の高橋の病没により、再び書き継がれることなく未完となった作品である。連載の始まる前年の羽田闘争における山崎博昭の死に触発されたと考えられるが[4]、そうした同時代の事件を衝撃力とする一方で、当時の高橋の内的葛藤が反映されて成立したともいえる。

本稿では、高橋和巳の最後の小説『黄昏の橋』と一九六九年前後の評論を併せて読み、時代のカリスマともいうべき存在であった高橋和巳の文学と思想を通して「あの時代」の内実の一端を捉えてみたい。なお、本稿は玉井敬之編『漱石から漱石へ』（翰林書房二〇〇〇）所収の「高橋和巳『黄昏の橋』論――あるいは漱石への溯行」に加筆修訂を施したものである。

一

『黄昏の橋』の主人公、時枝正和は、偶然目撃したある事件を次のように回想している。

一人の青年が機動隊に橋の上で追いつめられ、微妙に変色する油の浮いた溝に転落する瞬間、一切が逆様に映ったろう一瞬の彼の視覚と、そして漱石の『夢十夜』の船からの転落者の意識のように内部に映し出されたその生涯や果さざりし夢の犇めきを感得できるよ

うにも思う。（第十章）

　過去の挫折をひきずったまま無為の日々を過ごす中、事件の真相を追う時枝は、青年の在籍した大学の教官となっている旧友と再会する。学園闘争について語る彼の言葉を聞き、「負傷したり命をおとしたりするまでにいたる孤独な個々人の精神の暗幕に、どんなイメージが映り、どんな劇が演じられ、そして、彼らが何を賭けようとしたのかということに対する洞察というものが欠けていた。（略）彼らの内面と集団という異質な二つの次元の間に、どんな激しい精神の振幅があり、あるいは断絶があるのかということをキャッチできていなければ、同情的擁護論は、〈暴力学生〉という現象面からの反撥や恐怖と結局、同じことでしかないのではないか」と、違和感を覚える場面だが、ここで引用されている夏目漱石の「『夢十夜』の船からの転落者の意識」とは、『夢十夜』（第七夜）に、「自分の足が甲板を離れて、船と縁が切れた其の刹那に、急に命が惜くなつた。（略）自分は何処へ行くんだか判らない船でも、矢つ張り乗つて居る方がよかつたと始めて悟りながら、しかも其の悟りを利用する事が出来ずに、無限の後悔と恐怖を抱いて黒い波の方へ静かに落ちて行つた」[5]と記されており、この漱石の作品世界が想起されることによって、『黄昏の橋』の青年の転落していくイメージが一層拡がりをみせている。

　もちろん、こうした漱石からの引用は創作の有効な方法であった訳だが、漱石はまた別の意味で高橋にとって重要な存在であった。高橋が漱石を論じた「夏目漱石における近代」（『中央公論』一九六五・一〇）、「知識人の苦悩――夏目漱石」（桑原武夫編『文学理論の研究』岩波書店一九六七）など、よく知られた文章の他にも、いくつかの評論において高橋は漱石について言及している。

　たとえば、「裁判について」（『波』一九七〇・一、二月合併号）では、一九六九年一月の東京大学安田講堂における攻防戦で機動隊に排除逮捕された東大裁判被告からの高橋宛の獄中書簡に、「自らの裸体に自らの糞尿をぬりたくる」に至るまで出廷を拒否した経過と、その間揺れ動きつづけた思惟のあらましが記されていたことを紹介し、次いで、刑罰の反面の栄誉の領域における抵抗の形として漱石の博士号辞退問題をとりあげて、「博士号辞退は、彼（漱石・引用者注）にとっては承服しがたい後期明治国家体制への根深い懐疑と批判の意志表明でもあった」と述べている。そして、「夏目漱石の懐疑と自立は継承しうるならば、その人は論理的に、東大裁判被告たちとその問題意識を共有するはずである」と、博士号辞退においては国家と対峙する姿勢をとった漱石の精神が、全共闘運動の思想にまで通底することを指摘するに及んでいる。

漱石の思想的な側面は、たとえば丸山眞夫によって、『それから』における近代日本への批判的な視線が評価されており、[6]近代以降の思想史の中に位置づけることが可能であるが、高橋は、現代へと受け継がれたその水脈を自ら継承すべきと考えていたのかもしれない。

先に挙げた「知識人の苦悩――夏目漱石」において「それから」を論じた際、知識人の社会や法との葛藤を描いて「精神的な近代とは何であるかを示そうとした」というテーマが、「男女のあり方を追求するという、もっとも小説的な管を通じて、漱石は、明治の社会を盲目的に指導する拝金主義に対面していただけではなく、前近代の遺風を法律によって恒久化しようとする国家権力にも対面しようとしていた」と、やや力みのある表現によって敷衍されていることも、こうした文脈にしたがって読んでみるとき、理解できるのではないだろうか。

いずれにせよ、高橋は「思想家」漱石に全幅の信頼を置いていた。自らの思想的な闘争の跡を記した『わが解体』（「文藝」一九六九・六、七、八、一〇月号）を書いた時、高橋が抱いていたのは、案外「漱石の硬質な文人気質」[7]に近いものであったように思われる。

二

冒頭での『黄昏の橋』の引用部分は、次の文章に続いている。

> 時枝に何が見抜けているというわけではないにせよ、また種々の政治団体の政治指針の区分が出来るわけではないにせよ、少なくとも一人の青年がヘルメットをかぶり、手拭で顔を覆って棍棒をふりあげ、政治の有効性論や結果論から言えばほとんど無償の行為に近い行動につっ走ってゆくときに、この世の全体に流れる物理的時間とは異なった時間が、その青年の内部に流れ、いや凝固するのを、一種の肉の痛みのように感得できるような気がする。（第十章）

それは「文学的な接近の仕方」にすぎないが、時枝にとっては「何故か、精神のもはや忘れかけていた深い悲哀と憤怒につらなるものがあり――、どのセクトとどのセクトがどうなったという噂などでは代替できない、価値が含まれていると感じられる」のである。こうした「深い悲哀と憤怒」を、高橋自身が抱いていたことは容易に伺い知ることができるし、それが彼の文学の原動力であったことも確かである。先に引用した「裁判について」の中でも、東大裁判被告から手紙を受け取った高橋は、「一方で黙秘を通しつつ、偶然の機縁をたどって面識なき者に叫びあげるような苦悶を訴えざるをえぬ精神に、私は一瞬涙した」と記しているが、こうした極限の精神へのすぐれた洞察力が高橋の文学を支えていると言ってよいであろう。

ところで、『黄昏の橋』の連載中に発表した『わが解体』は、いわゆる京大闘争を克明に記録した文章であるが、そこには高橋の文学者としての矜持が繰り返し、しかも強烈に示されている。

文学はまず自己の省察に発する。批判的リアリズムなる形態で、社会の不正や機構の暴力を摘発することを任務の一部とする文学にあっても、それは文学であるかぎりは、まず自らの肉を斬っているはずのものである。

それゆえに、私はまず日大や東大で、大学制度の矛盾やその矛盾に無反省にのっかっている教員個々人、あるいは管理的機能をはたす評議会や教授会が批判され糾弾され、やがては面罵されていった過程において も、率直にいってある自信をもってその経過を注目した。政治をも含む一切の人間的事態を制度や習慣などの、存在を規定する外枠からとらえるのではなく、思想にせよ行動にせよ、つねに存在の内側の欲望や夢想、精神的な葛藤からとらえようとする文学的習性は、研究者であれ創作家であれその人が具体的な困難に直面した際の態度のありようにも生かされるはずだからである。社会科学者が、みずから説いてきた民主主義理念を、行動的ラディカリズムで表現し超えようとする青年たちの擡頭にうろたえても、文学者は政治イデオロギー上の細部の対立いかんに拘らず踏みこたえうる、いわば耐える思想というものを身につけているはずだ、と。

そういう期待は、戦後思想の展開のなかで、もっぱら創作家にかかわるものながら、戦争責任問題、転向問題、組織と個人問題、知識人問題等々、一つの軸の上に出てきた様々の問題を主体的にもっとも誠実に受けとめてきたのが、文学者であったという、私の幾分勝手な認定にも根ざしていた。ことが大学の内部でおこれば、その担い手は、創作家や批評家ではなく、研究者に移るにせよ、研究者もまた、文学者が本来もつ、いかなる権威によっても自己正当化せず、いかなる批判をも避けない文学精神を分有しているはずだから。

ここには、先にみた人間の内面への洞察を根拠とする文学観とともに、「文学者であるかぎりは、まず自らの肉を斬っているはずのものである」ゆえに、文学者はその痛みによって自立しうるという、「自己省察」に基づく文学精神への信頼が、明確に示されている。政治的な指向を持ちつつも、高橋の本質はやはり文学者のそれであり、彼の全共闘運動へのアプローチも、その文学精神に導かれた文学的営為であった。

東大全共闘代表で、運動の理論的な指導者であった山本義隆は、「自らを変革の『客体』とし得ない者は変革の『主体』にはなり得ない」、「東大全共闘の闘争が、エスタブリッシュメントとしての東京大学の原理的否定を、その中で生活している研究者や学生としての自己の否定をバネとして追求したことは間違いはない。否、その事を抜きに東大闘争の意味は語れない」[8]と述べているが、こうしたいわゆる「自己否定」の論理が、高橋の文学の根本精神にたいへん近いものであったことは明らかである。

弱肉強食、たえざる生存競争の行われるこの現実で、率直にいって自己否定などする者は阿呆である。そんなことでは生きていけない。いわば敵前における自己解体のようなものだから。また、あらゆる生体がその生体維持のために天賦されている諸本能にも、それは反する。そうした中で、あえて自己否定するのは、それゆえに、個体の存否を超える、上位価値概念がその特定の存在の中に想定されている場合に限られる。否定はそれに向けての再生の手続きなのである。

高橋和巳「自己否定について」[9]

高橋にとって、文学も、そして彼自身を「解体」へと導いた全共闘運動との関わりも、「個体の存否を超える上位価値概念」を希求する終わりのない闘争であった。

三

『わが解体』の中で、高橋はあるエピソードを記している。高橋の受け持つ講座の学生であり、民生系の「誠実な」活動家でもあるS君との対話の場面だが、二人の話は政治一般から文学へと及び、「その時間は不愉快なことの多かったここ数カ月の中での、一服の清涼剤のような時間になりえたと回想できる。（略）共闘派の学生諸君との高揚期における幾度かの議論とともに、この会談は、私の心中に小さく記念されるだろう」と結ばれている。長い闘争における点景をこのように印象深く語ったのは、こうした学生との党派の論理を超えたつながりが、当時の高橋にとってかけがえのないものであったからだろう。高橋はまた別の箇所で、「いま、私の心を大学にひきとめているものは、この闘争を通じて、この闘争がなければ決して成立しなかったろう、少数の学生たちとの、決して裏切り裏切られることのないだろう貴重な人間信頼だけである」とも述べている。ここでの「少数の学生たち」とは真継伸彦の言う通り、いわゆるノンセクト・ラディカルスの中の「自己の無限の否定性（原罪性）を知って、なお断念することなく、贖罪行為をつづける人びと」[10]、つまり高橋と同質の自己否定の思想を持つ者たちを指していると考えられるが、彼らとの連帯を高橋が敢えて「人間信頼」と語ったのは、それが単に思想的な次元にとどまらないことを示しているだろう。

　高橋が常に人間的な連帯を求めていたことは、彼のほとんどの作品に屈折した形で表れている。中山和子は、「『憂鬱なる党派』『我が心は石にあらず』『日本の悪霊』『堕落』などすべて、主人公にたくされたものは、決して見いだされぬゆえにかえって証明されている、共同性の熾烈な欲求である」[11]（傍点原文）ことを指摘しているが、他者との関係を結び得ず破滅していく主人公たちの、深い断絶と解体を徹底して描くことにより、高橋はその先に拓けるはずである共同性の地平を獲得しようと願ったのではないだろうか。『黄昏の橋』が、その可能性を他のどの作品よりも強く感じさせるのは、主人公の再生の予感が込められているからである。

　たとえ観念の世界のことにすぎぬとはいえ、珍らしく彼は自発的にあることを考えようとしているのであり、思念の自発性をのぞいて、他により高貴な自発性が人間世界にあるわけでもない。数日前に目撃した事件とその残像は、病みおとろえた父との対面によって何事かを為さねばと思いはじめた彼の内部に、一つの価値顚倒をうながしかけていた。それは他者の目には見えぬ暗い頭骸の中の孤独な火花にもせよ、その火花を看過しては、これまでの〈無感動〉な生活、自堕落な日常から抜け出す道はなかった。

（第五章）

　これは、自らを要なきものと思いなし、「無感動《アパティア》」（第二章）の日々を生きてきた時枝の迎えた「精神の夜明け」[12]であるが、こうした内部における「価値顚倒」とともに、他者との関係性の回復がもう一つの契機となって、時枝は急速に変貌していく。具体的には、矢野恵子との間に恋愛関係というにはあまりに微かな、しかし確実な絆が結ばれていくことである。

時枝が下宿する矢野家の次女恵子が、女子大の寮問題をめぐる団交の際、乱闘騒ぎで負傷するという新たな事件が起こり、それを境に恵子の母である駒と時枝の間に確執が生じる。矢野家の人々との擬似家族的な甘い幻想は打ち砕かれ、「赤の他人にすぎない」（第六章）時枝は、「畢竟、この世は他人同士の阿修羅の世界。（略）下宿人として貸しあたえられている部屋の壁をつき破り、襖を無視して、肌身までつながろうとしてはならなかったのだ。出来るだけ迷惑をかけず、迷惑をかけられない、その小市民的な生活の掟より、優先する何かの観念など、この平和な日常性の中にあってはならなかったのだ」（第八章）と、思い知らされる。この自虐的なまでの嘆息には、しかし、関係性への「絶望的求愛」[13]が秘められていることを見逃してはならない。

恵子に依頼された時枝が、大学側からの見舞金を学内理事につき返しに行った後、停学処分が通知され、駒や恵子の姉の徳子らから詰問されて時枝は孤立するが、恵子は彼に感謝の言葉を伝える。

> 錯覚だろうか、目を押えられて仰向いてしまっている時枝の額に、ぱたぱたっと冷い滴が落ちるのを、彼は意識した。そして、（略）時枝は、これまで探しあぐね、もはやあきらめかけていた、貴重な、幻の花のようなものを、いま手に届く間近に見ているような気持にとらわれた。
>
> （第八章）

ここでの「幻の花」は、右の引用部分のすぐあとでは、高橋から転落して死亡した青年、細川富夫が恋人に描き贈ったという絵にも「きっとあったに違いない、ある生の宝」とも言い換えられている。高橋が描こうとしたこうした関係性の内実を規定することは難しいが、たとえば、桶谷秀昭の次の文章は、その一端を語っているだろう。

> 思想はそれが巨大なものであれささやかなものであれ、体系として整備されたそのかたちに人は共鳴したり反撥したりするものではない。個人が営々としてつむぎだす思想の癖というもの、息遣い、あるいは臓腑をよじってするその仕方、百尺竿頭一歩をすすめんとするときの苦呻と決断のかたちに共鳴するものである。あるいは違和を感じるものである。わたしが高橋和巳

に抱いた共鳴はそういう思想の肉感にたいしてであった。[14]

こうした、いわば生の手ざわりのある関係は思想の枠を超え、人間の信頼へとつながっていくはずである。梅原猛が高橋の文学を「信頼の文学」[15]と断じたことは、その意味でも当を得た評価といえよう。

あるいは、冒頭に記した『高橋和巳コレクション』の巻末エッセイにおいて、小池真理子は、「大いなる過渡期の論理」と題される高橋と三島由紀夫との対談記事に触れ、三島について、「心底、人間など信じていない作家だった。三島には虚無に彩られた美学だけがあり、彼は最終的には人と人との連帯を、自決という抽象的な美意識の中に封じこめた」と言う一方で、「人は決して一人では生きてゆけない、しかし他の誰かに身代わりを頼めるわけでもない、だから生きるのだ……という姿勢を崩さなかった高橋和巳は、深い人間愛に満ちていた作家ではなかったか、と今も私は思う。彼の苦悩は人間不信からくる苦悩ではない。人間を信じたいと願い、人間は信じるに足る生き物である、と思うからこそ生じる苦悩であった」[16]と述べているが、ともすれば憂鬱や絶望といった文脈で語られることの多い高橋についての言説の中で、殊に際立つ「深い人間愛に満ちていた」という言葉にもまた注目すべきであろう。

『黄昏の橋』では、人間信頼の回復という明るい予感と共に、時枝の転落への兆しもまた周到に準備されている。博物館の学芸員としての立場を利用して女子大の学内理事との面会をとりつけたことにより、やがて職場に手をまわされ、いづらくなるであろうことを時枝自らが予想し、「思念はどんなに美しいものも、なしのつぶてに終るのにひきかえ、行為はどんなに些細なことでもつねに、自らに帰ってくる」(第七章)とつぶやくが、この言葉は作品の結末を暗示しているかのようである。しかし、それがどのようなものであったのか、もはや知ることはできない。

四

高橋の『悲の器』の冒頭部分が「文藝」(一九六二・一一)誌上に発表されたときの印象を、松原新一は、「ほとんどこの作者は夏目漱石の再来ではないか、と驚嘆した」[17]と記している。松原はその理由を、「漢語と漢文脈を生かしたこのように高度に知的な文体が、先ず漱石との類似を思わせた」こと、そして漱石の後期の作品のように「人間のなかの非人間的なるもの、エゴイスティックなもの、地獄的なるもの、そういう側面を執ように追いつめていく」暗さに求めているが、およそ近代文学であるからには、人間の内部あるいは暗部を前提とするはずであり、こうした印象の類似が、ただちに高橋と漱石の強い関連を示すわけではない。

　しかしながら、『黄昏の橋』においても、漱石の作品を想起させる記述をいくつか見出すことはできる。それは、「家族」をめぐる次のような箇所である。

　人の生にはそれぞれの生があり、またそれぞれの生にふさわしいそれぞれの死があるのだが、なぜある生のあり方がより気懸りであり、何故ある死への歩みがより縁遠く思われるのか。それは血縁や地縁の濃淡によるのではなく、やはりその人の志のありようによる。ああ、それはあまりにも単純なことなのだ。

（第五章）

　ここで言われている「より気懸りな生のあり方」とは、細川富夫のそれであり、「より縁遠く思われる死への歩み」とは、時枝の父のそれである。故郷にいる父は、すでに癌に侵された体であり、時枝の母校の大学病院に転院することになるが、その手続きを一日のばしにしながら、時枝は遭遇した二つの事件にのめり込んでいく。死期の迫った父親を遠景に見ながら他者と自覚的に関わっていくその姿は、漱石の『こころ』の青年を髣髴とさせるのではないだろうか。臨終の父のもとを離れ東京行の汽車に飛び乗るという、象徴的な行為だけではなく、小森陽一が注目する、「父の病気を知って、故郷に帰った『私』が、繰り返し繰り返し全く無根拠にふっと記憶のなかから先生の像を想起してしまう」、そのような物語としての「『中』の全プロセス」[18]に、それは似ているのである。そして、「私」という青年についてやはり小森が指摘する、「血縁や地縁、或いは国家という問題もひっくるめた形で、なしくずし的に自分に覆いかぶさってくる、しかし個別的でしかない絶対的他者を自ら否定して、意識的に自らの個別性において個別的な他者を選びとる、そのような精神のあり方を、『私』は獲得したのではないか」[19]という言葉を、そのまま『黄昏の橋』の時枝に向けてみることも可能であろう。

　『黄昏の橋』にはまた、次のようにも記されている。

　時枝にとって、かつて〈近代〉とは家族とその交際の網の目から脱出することであり、いまは些か疲れて、過去の浅薄な〈近代〉の理念に疑惑は懐きつつも、やはり彼は血の脈絡やその結節から派生する人間関係に遡行して慰めを求める気持はなかった。

後悔よりも空虚を、むしろ彼は欲しており、昔読んだ小説『生活の探求』の誠実よりは、四方を白い壁に閉ざされた、荒涼たる世界、その中での頽廃を彼はむしろ望んでいた。

（第五章）

ここに描き出された時枝は、『こころ』の青年ののちの姿であるように思えてくる。芹沢俊介・小森陽一・石原千秋による鼎談「ゆらぎの中の家族[20]」において、漱石の小説を「対幻想」を追求した作品として評価する視点が提出されているが、では、漱石の描いた「対なる幻想が作る深淵で渦を巻いているような世界」のその先には何があるのか。「対幻想」によって人は救われ得るのだろうか。

高橋和巳の『悲の器』、『我が心は石にあらず』、『堕落』などの主人公たちは皆、妻を含む他者との関係を結ぶことができない。「血の脈絡」から逃れ出た人々は、他者との新たな関係を熾烈なまでに求めながらも、ついにはそれを得ることができず、もはや頽廃しか望み得ないのだろうか。そんな問いを高橋の作品は投げかけているように思われる。

「群像」一九七一年七月号の座談会[21]において、真継伸彦は、全共闘運動の担い手が政治青年というよりはむしろ文学青年であったことを指摘している。しかし、その言葉によらずとも、われわれは高野悦子[22]や立中潤[23]らによって、自己の存在を問う硬質な意志が、同時に豊かな文学性をたたえていることを知っている。青年たちがバイブルのように高橋和巳を読んだのとほぼ同時期に、多くの「漱石論」が書かれたことは[24]、おそらく偶然ではない。本稿はそのような視点からも試みたものである。全共闘運動に象徴される時代のうねりの中で、存在の深淵を見つめつづけるまなざしが必要だったのである。

おわりに

先にも紹介した小池真理子の文章は、「生まじめだった時代」と題されている。小池は当時の男友達と一緒に高橋の作品を「むさぼるようにして読んだ。赤線を引っ張り、そのつど感想を言い合い、私たちは高橋和巳という一人の作家を通して、どれだけ執拗に、男として女として、互いを語り合ったことだろう」と回想し、「今の高校生、大学生からは想像もつかないほど、あのころ、私やその周辺の人間は生まじめであった。そしてその生まじめさは、或る意味で高橋和巳のもつ生まじめさに共通するものでもあったのだ[25]」と記している。

小池の言うように、この「生まじめ」さは、「あの時代」

の相貌をよく語っているだろう。青年たちは、生まじめな高橋の文学を生まじめに読み、社会の在り方や自己の存在について生まじめに問いかけ語り合った。この「生まじめ」な精神性が、良くも悪くも「あの時代」を規定していたはずである。

　しかし、「あの時代」には別の空気も流れていた。一九六九年を舞台にした村上龍の『69　sixty nine』（集英社一九八七）について、平井玄は、「実は二重化された言葉によって綴られた二重の物語」[26]だと指摘する。少し長いが、以下に本文を引用したい。

　一九六九年の春だった。

　その日、三年になって最初の一斉テストが終わった。僕のテストの出来は最悪だった。

　一年、二年、三年と、僕の成績は圧倒的に下降しつつあった。理由はいろいろある。両親の離婚、弟の不意の自殺、僕自身がニーチェに傾倒したこと、祖母が不治の病にかかっていたこと、というのは全部嘘で、単純に勉強が嫌いになっただけだ。

　だが、この頃は、受験勉強をする奴は資本家の手先だ、という便利な風潮があったのも事実である。

（略）

　百五十円といえば、ラーメンを食べて、牛乳を飲んで、カレーパンとジャムパンが買えた。

　しかし、僕は牛乳なしのカレーパン一個で我慢をし、残った金を貯めていた。サルトル、ジュネ、セリーヌ、カミュ、バタイユ、A・フランス、大江健三郎らの本を買うためであったというのは嘘で、私立純和女子学園という美女率が二十パーセントを超す軟派の女高生を喫茶店やディスコでひっかけるためにぜひとも必要だったのだ。

（略）

　十六歳になったばかりの冬、僕は家出をした。理由は、受験体制に矛盾を感じ、その年に起こった三派系全学連のエンタープライズ闘争の意味を、学校と家庭を出て街頭で、考えてみたかったからだ、というのは嘘で、本当はロードレースに出たくなかったのである、長距離は昔から苦手だった。中学の頃からいやだった。

（村上龍『69　sixty nine』傍点引用者）

平井は、「というのは嘘で」というジョイトの言葉を支点に前の文と後の文が並置された言い回しについて、「建前と本音という日本的二枚舌の修辞法ではない。アイロニーでもない。いってみれば両方とも真理なのだ」と述べ、

「桐山襲は前者の部分を誠実に愚直なまでに誠実に生きて書き、村上龍はこれ以降ますます精力的に後者の文の方へと進み」[27]と、その二重性を示してみせた。

桐山襲は、一九四九年生まれの全共闘世代の作家である。『パルチザン伝説』(「文藝」一九八三・一〇)や『スターバト・マーテル』(「文藝」一九八四・六)、『風のクロニクル』(「文藝」一九八四・一一)などで「あの時代」を描き続けた桐山の「愚直なまで」の誠実さは、先の高橋の「生まじめさ」とおそらく同質のものであろう。だが村上龍は、「一九六九年に、高校生だったわたしのまわりで起こったことの一部を書いたもの」(「あとがき」)というこの作品を「二重」に仕立て上げながら、軽快に描ききった。その違いは、村上の生年が団塊の世代より少し遅れた一九五二年だったこととは無関係である。村上と同年に生まれ若くして自死した立中潤の生涯もまた、「生まじめ」なものであったからだ(註23参照)。平井によれば、「一九六七年から六九年の前半くらいまでの学生たちの公共空間には実に快楽主義的で開放的な空気が満ち溢れて」おり、この「一九六九年の快楽主義」を「引き継ごうとした」[28]のが村上龍の作品群なのである。

そして「あの時代」は、次の時代の予感をはらんでもいた。連合赤軍事件の中に「八〇年代消費社会へと通底していくサブカルチャー的感受性」を見出した大塚英志が、「連合赤軍の人々は山岳ベースで言うなれば消費社会化という歴史の変容と戦い、それを拒否し、敗れていった」[29]と、事件の本質を一九七二年前後の社会変容に求めたことはよく知られている。大塚はまた、この変節点での変化を「サブカルチャー以前、以後」[30]と呼び戦後日本の歴史を検証したが、大塚の論に従うならば、「サブカルチャー以前」の最後に位置するのが「生まじめだった時代」であり、したがって、この時代の「生まじめ」さは変容前の社会や文学を照らした残照といえるのかもしれない。

しかし、かつて高橋和巳が『邪宗門』(河出書房新社一九六六)の「あとがき」に、「世人から邪宗と目される限りにおいて、宗教は熾烈にしてかつ本質的な問いかけの迫力を持ち、かつ人間の精神にとって宗教はいかなる位置をしめ、いかなる意味をもつかの問題性を豊富にはらむ」と記したテーマが、一九九五年のオウム真理教事件以降、きわめてアクチュアルなものとなったように、新世紀を九・一一同時多発テロやイラク戦争で迎え、昨今の緊迫した世界情勢の中にいる我々の前に、高橋の描いた宗教や国家、暴力などの問題は根源的かつ現在的な問いとして今なお存在している。それをどう受け止めていくのか。そして、高橋が拠りどころとした文学や人間への信頼に価値を見出していくことができるのか。変容し続ける時代の中で、高橋和巳からの問いかけを見失ってはならないだろう。

〔註〕

1 「『あの時代』とその後の影」（『高橋和巳コレクション10　わが解体』河出書房新社　一九九七）
2 「生まじめだった時代」（『高橋和巳コレクション8　我が心は石にあらず』河出書房新社　一九九六）
3 藤木秀朗・坪井秀人編『反乱する若者たち――1960年代以降の運動・文化』（名古屋大学大学院文学研究科　二〇一〇）
4 村井英雄は『書誌的・高橋和巳』（和泉書院　一九九六）の中で、「黄昏の橋」と羽田事件の関連について言及している。
5 新版『漱石全集』第十二巻（岩波書店　一九九四）ルビは省略した。
6 「明治国家の思想」（『日本社会の史的究明』岩波書店　一九四九）
7 高橋和巳「漱石の反骨」（「現代日本文学大系」一七『夏目漱石集（一）』月報　筑摩書房　一九六八）
8 「『あとがき』にかえて――僕自身の『闘争宣言』」（『知性の叛乱』前衛社　一九六九）
9 「波」（新潮社　一九六九・七、八月合併号）
10 「全共闘運動と高橋和巳」（「人間として」第六号　筑摩書房　一九七一・六）
11 「高橋和巳論」（小川和佑編『高橋和巳研究』教育出版センター　一九七六）
12 小林隆「黄昏の橋――救済なき知識人の運命――」（前掲『高橋和巳研究』）
13 「わが解体」の中で、「機動隊に向けてはいざしらず、教授会に向けては、学生たちは最初はなんら憎しみをもっていたわけでもなく、激しい追及や論難、面罵すらも、時として私には絶望的求愛と映った」と記されており、高橋の独自の視点を表す言葉として引用した。
14 「述志――運命への問い」（埴谷雄高編『高橋和巳論』河出書房新社　一九七二）
15 「高橋和巳の人間」（梅原猛・小松左京編『高橋和巳の文学とその世界』阿部出版　一九九一）
16 註2に同じ。
17 「暗い地獄の追及〈高橋和巳〉」（「われらの文学」二一『高橋和巳・倉橋由美子・柴田翔』解説　講談社　一九六六）
18 小森陽一「『私』という他者――共有されなかった言語ゲーム――」（小森陽一・中村三春・宮川健郎編著『総力討論　漱石の「こゝろ」』翰林書房　一九九四）
19 註18に同じ。
20 「漱石研究」第九号（翰林書房　一九九七・一一）
21 本多秋五・武田泰淳・野間宏・真継伸彦「戦後文学と高橋和巳」
22 一九四九―一九六九年。立命館大学文学部在学中に政治、社

会問題への関心を強め学生運動に参加。死後、出版された『二十歳の原点』（新潮社　一九七一）と題する日記がベストセラーとなった。

23　一九五二―一九七五年。早稲田大学第一文学部入学後、反安保闘争に参加。遺稿として詩・評論を収めた『叛乱する夢』、日記・書簡の『闇の産卵』（ともに弓立社　一九七九）が刊行された。

24　駒尺喜美『漱石――その自己本位と連帯と』（八木書店　一九七〇）、越智治雄『漱石私論』（角川書店　一九七一）、桶谷秀昭『夏目漱石論』（河出書房新社　一九七二）など。

25　註2に同じ。

26　「一九六九年論――村上龍の迷路」（『大転換期――「60年代」の光芒』インパクト出版会　二〇〇三）

27　註26に同じ。

28　註26に同じ。

29　「永田洋子と消費社会」（『「彼女たち」の連合赤軍――サブカルチャーと戦後民主主義』文藝春秋　一九九六）

30　「消費社会と吉本隆明の『転向』――七二年の社会変容」（前掲『「彼女たち」の連合赤軍――サブカルチャーと戦後民主主義』）

〔付記〕

『黄昏の橋』本文およびその他の評論からの引用は、『高橋和巳全集』第十巻、第十一巻、第十三巻（河出書房新社一九七八）に拠った。

槙山朋子（まきやま　ともこ）

一九六二年、山口県生まれ。同志社大学大学院文学研究科修士課程修了。同志社大学嘱託講師。主な論文、「堀辰雄とフィリップ・スーポー」「遊歩する人々――『不器用な天使』から『聖家族』へ」「桐山襲と道浦母都子」など。

『邪宗門』と私

齋藤　恵

貧者とは何ぞや、支配される者なり
支配とは何ぞや、悪行なり
悪行とは何ぞや、欲望なり
欲望とは何ぞや、無明なり
無明とは何ぞや、執着なり
ああ、如何にして執着をのがれん
や、ただ信仰によってのみ
信仰とは何ぞや、救済なり
救済とは何ぞや、死なり
死とは何ぞや、安楽なり

今から半世紀前の一九六八年夏、全国の多くの大学と同様に徐々に騒々しさを増していた在学中の大学のキャンパスで、この呪文のような言葉を初めて読んだ私は、猛暑を忘れるくらい、この言葉が書かれていた小説に没頭していました。

これは現実に存在した、どこかの宗教教団の教えの言葉ではありません。高橋和巳の小説『邪宗門』の中に出てくる宗教教団「ひのもと救霊会」の奥義書の一節で、「お筆先」と呼ばれているものでした。

この小説の発想の根底にあったものは、すべての宗教がその登場の始めには色濃く持っている〈世なおし〉の思想を、教団の膨張に伴う様々の妥協を排して極限化すればどうなるかを、近代日本の精神史を踏まえつつ、思考実験したいという、高橋和巳の強い思いでした。

ここに書いたものは、あくまでさもありなむ、さもあらざりしならむ、虚実皮膜の間の思念である……。ただ、いかなる想像力もまったくの真空には羽ばたけず、いかなる夢幻の花も樹根は現実に根ざさねば枯死するゆえに、現存の宗教団体の2，3を遍歴し、その教団史を検討し、そこから若干のヒントを得た。とりわけ、背景として選んだ地理的環境と、二度にわたる弾圧という外枠は、多くの人々にとって、ああ、あれかと思われるであろう類似の場所および教団が実在する。

京都大学の吉川幸次郎門下の俊英中国文学者で、一時期、同大学文学部助教授の職にもあったこの文学者は、一九七〇年前後の大学の騒乱の中で、学生達の問いかけをまともに受け止める形で苦悩し、その中で残念ながら夭逝してしまいました。彼の作品の熱心な読者であった私などは、今でも、もしこの作家が現在も生きていて、書き続けていたら……、などと思ってしまうほどです。

一九六八年夏、当時大学三年生だった私はこの小説、「邪宗門」を繰り返し読んでいました。猛暑の中、大学の図書館と近所の喫茶店で一日中、読みふけった記憶があります。そして当時も今も、「ひのもと救霊会教主、行徳仁二郎」の言葉は、私には高橋本人の言葉に聞こえるのです。

実は私は高橋和巳がこの小説のモデルとした「大本教」をその後自分の卒業論文のテーマとするに至りました。所属していたゼミは日本近世史でしたが、どちらかと言えば、経済史中心のゼミでしたので、思想史に近い私のテーマは、いわば異端の部類に属していました。でも今は故人となってしまった指導教授は、思想史研究者で京都大学出身の安丸良夫氏とも交流があったせいか、私の申し出を快く受け入れてくれました。

> 政治はその本質において治める者と治められる者とからなり、しかも治められる者が辛苦して働き、治める者が治められる者に養われながら、しかも権力を行使するものである。かかるものには一片の正義も与えてはならぬ……
>
> 国家はその版図内の民に対し、その国民たるを欲すると欲せざるとに拘わらず、義務を課し、租庸調を徴収し、生殺与奪の権を握る。……その運命は人為的、強制的運命であり、われらの宗教の自覚的回心による入信と誓約より、明らかにその次元は下位である。

これは「ひのもと救霊会教主、行徳仁二郎」が、同会の元九州地区大司祭で、分派して「皇国救世軍」の軍父となっていた、小窪徳忠と公開討論会を行った際のやりとりの一部です。大本教は、「邪宗門」のモデルになったとは言え、実際の歴史はもちろん小説とはまったく異なりました。ただし、一九二一年（大正十年）と一九三五年（昭和十年）の二回にわたって弾圧を受け、ほぼ壊滅したという点では、「邪宗門」がモデルにした通りでした。そして現実の大本教の教団取りつぶしの起訴罪名は「治安維持法違反」「不敬罪違反」「出版法違反」「新聞紙法違反」でした。

大日本帝国憲法下においては、数多くの宗教団体が弾圧を受けましたが、あの希代の悪法「治安維持法」違反で壊滅させられたのは、それほど多くはありませんでした。これは私の卒論からの引用ですが、それは次の六団体のみです。

大本教（昭和十年、京都）、天理本道（昭和一三年、大阪）、天理神之口明場所（昭和一三年、名古屋）、三理三復元（昭和一三年、香川）、天理三輪講（昭和一四年、大阪）、日本燈台社（昭和一四年、東京、キリスト教系）

ちなみにこの六団体の検挙者数は、総計一四八〇人にのぼりますが、その内、大本教関係が九八七人と圧倒的に多く（ほぼ三分の二）、この悪法を適用されたはじめての宗教団体であると同時に、大本教弾圧の規模の大きさもわかります。

ひとつの見せしめ的な意味合いもあったこの大本教の弾圧の詳細な事情と経過は、拙いながらも私が何十年か前に書いた卒論で何百枚もの原稿用紙をもってしても言い足りなかったくらいでしたから、とうていここで簡単に述べることは不可能ですが、極めて単純化して言えば次のようなことです。

つまり「現人神《あらひとがみ》」を中心として、国民を戦争に総動員していった天皇制ファシズム体制にとっては、神は一人しか要らなかったのです。国を束ね、国民精神を締めつける神がいくつも居ては困るし、そもそもこの種の宗教団体は「現人神思想」と同根なだけに、天皇制ファシズムを民間で支える強力な組織となることもできれば、「現人神」の絶対性を否定する危険性も持っているという、両刃の剣になる可能性を持っていたのです。

でも、私が卒論準備の過程で様々な資料を当たり、次第に気づいていったことは、その件だけではありませんでした。「不敬罪」の最高刑は懲役五年でしたが、「治安維持法」ではそれが死刑でした。教団の最高責任者であった聖師、出口王仁三郎は検挙から五年後の昭和一五年に京都地裁での第一審判決で無期懲役を宣告され、以下多くの幹部が十年以上の懲役刑を言い渡されました。

ところが、その二年後（昭和一七年）に大阪控訴院で言い渡された控訴審では、王仁三郎のみ懲役五年、他は無罪となりました。つまり、控訴審の時点では、国民を戦争に総動員させる側、つまり国家権力にとっては、大本教などは、もうどうでもよくなっていたのです。卒論を仕上げる段階で私が特に強調したかった点は実はここにありました。

つまり取り締まる側にとって、時代背景が違ったので、叩きつぶす方法も必要性も変わってしまったのです。一九三五年（昭和十年）の検挙時点では、まだ戦争への総動員の過程にありました。ですから動員する側も、まだ盤石の体制を確立したとは言い難く、数多くの邪魔者が存在していました。

ところが控訴審判決の一九四二年（昭和一七年）には、すでに戦争に突入しており、邪魔者はほぼ処分し終えていたのです。残ったわずかの怪しげな人間は、徴兵して締め上げ、さらに確実に死ぬ戦線へ優先的に回せば、コトは済んだのです。またその周辺の人間は、刑務所に入れておくよりも、国家総動員体制の中で、戦争のための労働に使った方がお国のためになると考えたのでしょう。こうして総動員体制は出来上がり、あとは「欲しがりません、勝つまでは」で国民精神を締めつけていけたのです。司法制度の本質の一部を見事に証明しています。

実際、九八七名におよぶ大本教側の逮捕者に対して、起訴された者はわずか六一名にすぎず、検挙や教団施設のダイナマイトによる徹底した破壊は、明らかに司法的な道筋をたどって行われたのではなく、意識的に教団をつぶすことを目的として、手っ取り早い方法で行われたことは明らかです。

当時の思想犯、政治犯取締まりの先兵であった特高（特別高等警察）の上部機関、内務省警保局保安課の大本専任事務官の永野若松は戦後になってもこう言い放っていました。

裁判は治安維持法で検事局がやるのですが、結社禁止とか建物の破却は別です。たとえそれが無罪であろうと、内務省がこれは許されぬと思ったら独自にやれるのです。内務省は内務省の考えで行政処分でやれる。司法の判断を、待つ必要はない……

これが「特高」の元締めの考え方でした。チェックされることのない権力を持った組織が不可避的に陥る、無制限な拡大解釈という傲慢さです。

千名近い関係者を逮捕しながら、そのほとんどは送検もせずに、暴力で脅して屈服させ、建物を壊し、淫祠邪教のイメージを社会に振り撒き、裁判などを待たずして教団を消滅させてしまったのです。

そう言えば最高刑が死刑であった「治安維持法」を適用されて死刑判決を受けた者は歴史上ひとりもいませんでした。そんな手間をかける必要がなかったのです。逮捕後の留置中の暴力でいったいどのくらいの良心を持った人達が直接・間接に殺されたことでしょうか。また、徴兵されて極限の暴力の中、有無を言う間もなく、無念の中に死んでいかざるを得なかった人達がどのくらいいたことでしょうか。

「三千世界一度に開く梅の花、牛虎の金神《こんじん》の世になりたぞよ。梅で開いて松でおさめる神国の世になりたぞよ。……いまは獣の世、強い者勝ちの、悪魔ばかりの世であるぞよ。……これでは世はたちてゆかんから、神が表にあらわれて三千世界の立て直しをいたすぞよ。用意をなされよ。皆の衆、世が変わるぞよ。改心をいたされよ……」

明治二五年（一八九二年）五七歳の時、京都府北部、綾部の貧しい大工の妻であった出口ナオが神がかり状態になり、以後八三歳で亡くなるまでの二十数年間に、半紙二十万枚にも及ぶ膨大な「お筆先」を書き続けたことから、この教団の歴史は始まりました。

一九六九年秋、私は卒論作成の資料集めのために、しばらくの間、亀岡の教団本部にお願いして寄宿しながら、資料室に閉じこもっていたことがありましたが、当時は三代目教主で今は亡き、出口直日《なおひ》さんの時代でした。教団の史料漁りに東京から来ている、風変わりな学生のことを聞きつけて来られたこの方とも、一度資料室でお会いしたことがありましたが、あれからずいぶんと時が経ったのだと、あらためて思いました。

宗教心など極めて希薄な私ですから、当時から教団の教義そのものに興味があったわけではなく、あくまでも近代日本の社会史の中で果たした役割に関心があっただけなのですが、そんな私に「こんなテーマを研究されるようでは、恐らく就職もおぼつかないことでしょうから、よかったら当教団の資料研究員にでもなりますか？　雇ってあげますよ」と誘ってくれた資料室長の筧《かけい》さんという方がおられたことを思い出しました。今でもお元気かどうか、私には知るよしもありませんが、そんな善人ばかりの団体でした、あそこは。

「ひのもと救霊会」第三代教主・千葉潔、「憂鬱なる党派」の西村恆一、『日本の悪霊』の村瀬狷輔、『散華』の大家次郎、『我が心は石にあらず』の信藤誠、いずれも自分自身が負っている罪を許すことができないまま、自らの破滅に向かって突き進んでいった人物でした。私にはそれが高橋和巳自身の人生と重なって見えます。

最後まで高橋和巳の周辺におられた太田代志朗氏のお書きになった文章の中にも、あたかも自分を罰するかのように無茶な人生に突っ込んでいった高橋和巳の晩年の様子を感じることができるものがあります。

私は妹の苦しみを見かねて、人々が廃墟に薪を積み上げているその野天の荼毘所に運んでいったんです。わかりますか。私はこの平和の中には生きてゆけない。どうしても生きられない。妹はおきゃんでお転婆で、可愛い娘だった。……消防団員によって薪に火がつけられ、他の死体といっしょに焔に包まれ灰になったんです。……妹はその時、困ったような、それでいて兄を許すような眼で声をあげずに私の方を見ていました。……放っておいても、看病しても妹の寿命はあと数時間とはもたなかった。戦争がその数日後にふいに終わるなどとは思っておらず、私自身もいずれ弾薬もろとも敵の戦車の下敷きになるか、竹やりで火炎放射器と刺し違えて死ぬはずでした。だけど戦争は不意に終わり、私は生き残りました。……こういう人間がどう生きていけばよいのか、わかりますか。

私が最初に読んだ高橋和巳の作品は、主人公、西村が広島で被爆した後、まだかすかに命のあった妹を大勢の死者に混ぜて荼毘に付してしまった際の、こんなうめきにも似た言葉をつぶやく『憂鬱なる党派』でした。大学二年生になったばかりであったと記憶しています。そして当時も今も、近い時代に作家デビューした石原慎太郎の世界よりは、高橋和巳の世界の方に親近感を覚えていることにまったく変化はありません。

「お願いだ。調べてくれ。おれのやったことを証明できる人間がまだ生きているはずなんだ。探し出してくれ」「調べてくれ。俺を許すな」。……犯罪者の最後の権利として、懲罰を望むとき、罰からも疎外される。それがまた最大の懲罰であり侮蔑であることを法は知っているのだ。……現在の権力がそれを望まない以上、その犯罪は地上から抹殺されたままに終る。その〈無〉をあえて〈有〉と主張する者は犯罪者ですらない。精神病者にすぎなくなるのだ。『日本の悪霊』の村瀬狷輔が憤怒と共に自らを許すなと叫ぶとき、私は高橋和巳自身が内に強く持っていた憤怒を感じました。

高橋和巳は、一九五二年（昭和二七年）、二一歳の時に、当時の破防法（破壊活動防止法）反対闘争の処分に抗議して、京都大学学長室前でのハンガーストライキに参加したことがありました。彼自身は憤怒を心に抱えながらも、直接的な暴力の行使には不向きな人間だったと思われますので、ハンストは彼が行使できた唯一の直接行動だったのだと思います。

『邪宗門』でも最後に教団を率いることになった千葉潔は、蜂起に失敗した後、数人の連れと共に行者姿で大阪、釜ヶ崎の貧民窟にたどりつき、そこで断食後、餓死して果てました。自らを罰するやり方として、高橋にはハンストや餓死がもっとも気質に合っていたのかなあ、と齢を重ねた今、思っています。

一九三一年（昭和六年）生まれの高橋和巳は、もし生きていれば今年八七歳になっていたはずです。氏の葬儀に際して、葬儀委員長をつとめた埴谷雄高は八七歳の生涯でしたから、高橋和巳だって、まだまだ作家活動を続けることは、あながち不可能ではなかったと思います。

歴史に「もしも」はありませんが、想像してみることは面白いですね。高橋和巳が、現在の日本に生きておられたら、何を感じ、何を書かれたことでしょうか？

齋藤　恵（さいとう　さとし）
一九四八年、埼玉県生まれ。一橋大学商学部卒業。歴史、言語、風土、美術史などに強い関心あり。

Ⅲ部　遺稿

〔小説〕

清角《せいかく》の音《いん》

高橋和巳

序章　伝説

ある薄倖の詩人が、その狂気の寸前に一什の詩篇を書き残した。記録に依れば、その詩人はその最後の発作に依って虐殺される以前に既に甚だしい精神の混乱と噪騒の状態にあり、その狭い屋根裏で日夜傷ついた豹の様に悲鳴を揚げ続けていたと云う。従って、その詩篇が彼自身の作であるかどうかは、一応疑ってみる必要があると云われている。しかし、その高名な研究家の記録史料とその主張は別として、矢張、人間の作品である事には間違いはないだろう。彼がその瞬間に、假え一箇の完全な〈悪魔〉に転身し得ていたとしても、悪魔は矢張り人類の一種族であるのだから。

その詩篇の序曲の部分は、一種散文詩的であって、押韻の法則は多少無視されており、詩そのものが小説的虚構性に依って統一されている。勿論叙事詩ではなく、又抒情詩でもない。

……人間には、各々〈不可触〉の部分のある事は誰にも承知している事だろう。それぞれに依って皮膚の底深くあるその恐ろしい部分の自覚の仕方は違っている。或いはそれを全然、意識していない「健康の病い」に蝕まれた者も数多い。甲の男は「俺はそれを知っている。しかしそれは断じて口に出す訳にはいかない」と絶望的に微笑し、乙の男は「貴様等には遺憾ながら、凡そ想像もできないだろう。この部分は触れない限り、どんな非難も批評も物の数ではない。何とでも勝手に云っておれ」と戦闘的に虚無の笑いを洩らす。〈不可触〉と呟いてみて人がどう云う実感で以て戦慄するか。それが不可触である限り人がそれを口外するはずもなく、個性に依る差異は完く知るべき手段がない。少なくともそのもの自体として知る事は不可能である。

しかし、奇蹟的な勇気が不意に神ならぬ人間の中に芽ばえる事がある。世界史の中に、不意にそれ迄に存する様々の条件を一手に負って、個人が世界である様に振舞う人物が時折り出現する事がある様に。預言者エレミヤの苦悩を充足しながらそれを無視してクリストが出現した如く。宗教的天才と云われ政治的天才と謂われる者達。それに似た奇蹟が精神の中で不意に完成される事がある。そして、その男はその〈悪魔〉を律し得ずして発狂する。悲し気な言葉の韻律の響きを残して、不可触を知れる人間は滅びて行く。人は多く、根底的に護身欲から、そうした超奇な男の存在を信ようとせず、その発狂を信じようとする。人々は意識するとしないとに拘らず、総てその発狂に向って低頭し祈祷って来たのであった。それは美しい事には違いなかった。もし没しようとしている太陽に向って、農夫達が祈るなら、それは美しいに違いないから。だが、矢張り、その存在の秘密は斜陽に空や大地が染まり同化する様には同化しなかった。

丁度、秘密を持つ者がよくたった一度その秘密の重荷に堪えられずそれを洩らした為に破滅する事に似ている。誰か一人に己れの不可触を語るとする。世界で最も力ある愛の故に……〔中断〕……と信じてするのだろう。すると、その者は、弱味を摑られ、正常な位置から愛の奴隷位置へと転落する。洩らさずにいてくれと最初は哀願し次は脅迫し、そして屈辱に相手を憎み始める。そして行き着く先は、神を殺すか相手を抹殺するか自害して果てるか、のどれかである。恐ろしい事に大概に一つ一つ先の順序で人は破滅する。罪を憎んで罪を重ねるのである。目に見える完全な破滅だけではない。殺人行為や阿片中毒ばかりではない。

不可触は吐露する場合と同様、それを知る場合にも、悲惨は共通する。それは一応、精神の一部に巣食うや、総ては一転する。如何にもがき苦しんでも……世界の総てが許されるか、神の慈悲を必要としない様にならぬ限り、個人の能力では処理できない。自由の意識に目醒めるのは、まるで宿命の様に〈不可触〉の自覚のあってから後である。勿論、確かに人は忘れ得るものである。しかし、希望が何時来るか知れない忘却でしかないとは。そして、純粋な忘却とは、他者に対してそうである様に自己に対しては、あの永遠の眠りの時しか来ないのではないだろうか。

詩人が発狂後間もなく、一本の雑草の様に朽ち死んだのは、社会的に見て、よい事だったのかも知れない。彼が若し、総ての不浄を弾劾し焼き盡す、劫火を招けば、又は社会は彼に感謝せず、彼も怨むであろうから。

〔中断〕

〔ナンバー無し〕

私はそれらが、一個の発端、序曲に過ぎない事をよく知っていた。知らずしてしたのでは決してなかった。譬え、生命と意欲の閉幕寸前の悲境における醒覚であり、統一よりも猪進し没落する事に没頭せねばならぬ不利な条件にあったとは云え、発端は発端としての過程的意味しかあり得ない。それは秘られた祈祷に依っても矢張り一陣の風、移ろい易い感覚の上に吹く風以上にはなり得なかった。

例の〈風習〉に関する考察と発作的な発言も総て中途半端であり相互矛盾したものであった。この世界に於ける最大の悪徳である低級な孤独の意識が、私の方向を自身のない不安定な行き当たりばったりなものにしたに違いなかった。それを無理ならぬ事と弁明するのは容易である。実際、現象面の單なる事件に理性のではない感覚の根拠を求めようとするのはあわて者の常に犯す過失であるのだから。無論溺れる者が藁をも摑む本能的な動作を何人も嘲笑う事は出来ない。善の根拠である惻隠の情はそれは地基を置いているのであるから。まして事己れに関して……何事かを愛するとはとテレテウスの云ったあの自己に関して、その過失を嘲笑う等は到底出来はしない。だが、かと云ってそれを賞讃する事も出来はしない。当たり前の事であり、〈無〉の行為なのであるから。

最初私の決意では〈神話〉と名付けられた一種の生誕記の公開のは私の最期の饗宴となるはずであった。宿命の言葉は、最初の叫びを成し遂げ得た場所が、私の終末であらねばならない不運の感傷を多分に含んでいた。感傷か、一人の埋もれた思斉の男を物のけの様に引きずって行く限り、その作用に於いて宿命に相似した性格を待ってはいる。誠に、それら故知れぬ力と想念に引きずられ追われる時の私の足の覚束なさは筆致に尽し難い。

〔中断〕

第一章

幾時代も以前から、殆ど塗更えされず、垢に穢れ痩せこけた壁が街路を両側から圧迫している憂鬱な横町の奥に、常には外国映画が上演されている劇場がある。日本最初の雨覆いのほどこされた繁華街、古風な電車の走るその都市最大の商店街からその横丁は左程遠くはなかったが、不慣れな人にはちょっとその劇場の位置は分かりかねるだろう。但空に押しつぶされた屋根は永遠に上に昇る事のない階段の様に、道の両側に続いている。その赤茶けた一軒の深く垂れ籠めた横町の家並みは健全な生活者には縁のない待合、料亭、一級淫売窟ばかりで、一軒古寺院の様に見える壁に沿っては、桃割れの、日毎の粉粧に、蒼白に肌の荒れた踊子達が意味もなく周辺を彷徨っている。進歩を拒む退廃の男たちの要求に従って、辻に住い、散歩と酒宴の座敷に招かれる鼻筋の歪んだ女達、なぜかうつむいて歩く世話役の媼女、泥酔者の顔色を読むに俊敏な女主人達は一様に足が短く猫背で、極端に内股である。ちょっと衝けば、それ等の者は床の間飾りの人形よりも脆く不様に顚倒するに違いない。それでも、好奇心に溢れる観光客に支持されて、その消費そのものの蒼白い肉体を豪華な西陣織の晴衣裳に身を潜ませ、断えて滅びる事もない。道路は、古い家々の傾斜に応えてアスファルトの舗装は水道管修理に掘り返され凸凹している。時折、最新型の放幌に夕日の日の光を反射する自動車が滑り込む事もある。勿論劇場ではなく、それに到る迄の何処かの格子戸の前で停車する。欲望の強靭さを腹の肥大で露骨に表明した、背広の紳士が、税務官吏か気入りの社員をしたがえて下車し、その薄暗い軒の中に姿を消す。どの家にも煤けた梁に様々の芸者の花々や苔草から借りた名前が貼られてあり、某流儀の生花の看板のある家からは、倦怠を知らぬ三味線の嫋々の音が、人の意志の儚さを悲しむ様に流れ出、洗濯物の物干台の上の座敷からは黄昏から深夜にかけて燈を乗って遊ぶ男たちの唄声が響く。昼間は痴呆的なその街は、夜の闇が落ちると活気を取り戻し煌々と輝くのである。幾世代も以前から、それは繰り返され、付近の住民も、それが一種の名物であると許容しこそすれ、誰も疑い弾劾する者もいない。商店も多く、其処に依存しているからであるからかも知れない。古都の滞退は変化のない屋根の甍だけではなく、小学時代から口唇を塗りたがる早熟な娘達の表情に表われている。西日はその街通りに落ち迫る時、田圃には見られない白濁した光を一瞬輝かせる。光は白っぽく把み所なく四辺に漂う。

夕刻、その奥まった劇場で予定される新作舞踏劇に、夥しい観客がその憂鬱な薄闇みの街を通って集った。指定席制度で慌てる必要のないにも拘らず、本能がそうさせるのか、人々の足は先を競って馳走に近かった。或る者は、その界巷の一種、荒涼とした、どぎつい電燈やネオンに侮蔑の視線を投げ、或いは、密かな物思いに微みながら目的の劇場へ向った。まだ初秋であっても盆地で嵐の吹くその都市は、日暮れ時になると急速に大気が冷え、肌寒く、その街頭に申し訳にある梧桐の樹も壁に隠れてひっそりしている。盛装の娘達も外で外套を翻し、そうでない者は肩をすくめてポケットに手を入れていた。近くで市電の丁字型交叉点の停留所に電車が到着する如くに、公演の舞踏劇の観客が群を成して降り立ち、一寸儚んで皆の進む方向を確かめると足走に従って行く。

何故か劇はこの都市ではその土曜日の午後六時から十時までの一回限りとなっていて、……その為か、公演者側にとっては喜ばしい事に演劇ファン、マニヤが期せずして動員され集った。次から次へと劇場の方へ、品よく着飾った人々が躊躇いなく流れて行く。〔中断〕

〔小説〕

他者の古里

高橋和巳

人と人との知りそめの場に必ず漂う、こわれやすい無償の滋味のようなものが、その時にも感じられた。なにか逆らえぬ力に惹きよせられるように、互いの視線が合い、そしてためらい勝ちに歩みよる。猜疑や愛憎のもつれがそこから避け難く派生するだろう一つの関係が、またその時にはじまる。避けた方がいいのかもしれない。納屋わきの柵の中に蹲っている羊の方へ歩み寄った方が賢明なのではないだろうか。粗末な竹柵には南瓜の蔓がはい、茎には白い柔毛が輝いていた。溝から水のひきこまれた溜池があり、水はしばしそこに淀んでまた別の口から溝へと流れ出る。潰された農具の柄が水の流れにゆらゆらと揺れていた。

〔二行、消した形跡〕

農村動員の一員として、指定された農家をおとずれた少年と、それを受け入れる小作農の老農夫は、薄暗い土間をはさんで向かい合った。少年は軒下の筵の上に乾された小豆のそばに立ち、農夫は水を飲んでいた柄杓を台所の甕の蓋の上に置いて近よってきた。半ばあけ放たれた障子の紙は無残に破れ、しかも障子全体がゆがんでいた。

はじめは、教師か上級生が一緒につれだって行ってくれて挨拶し、農具のあつかい方一つ知らぬ私に指導を依頼してくれるのだと思っていた。だが、部落の入口で、君はあの麦藁葺の家、君はあの柿の木のある農家、君はあの無花樹のかげの家と目じるしを示すだけで奉仕隊は散会した。せめて二人一緒だと心強かった。だが三年以上の上級生はすでに岐阜の飛行機工場に動員されていて、一二年生だけの寡い人数を郡下の村落に配当すれば、女学校や商業学校まで動員しても出征家族や人手を傭えない小作農一軒に一人がせいぜいだった。逃げて帰りたい欲望をおさえて、両側に杉垣の迫る細い部落の道を歩み、私はその農家に入った。相手は私が都会育ちであることを知らないだろう。当然、鎌の使い方、麦の刈り方も知っているものとして協力を依頼するだろう。一体なにをどうすればいいのか。

「三豊中学二年一組、荒井國雄、お手伝いにまいりました」ゲートルに草鞋履きの足をそろえ、戦闘帽の庇に指をあてて私は言った。

「よう、きなすった」

私は標札を見あげた。何の咒文か、逆様に貼られたしいめしの傍に戦没者遺家族の札がかけられ、肝腎の標札そのものは古びて字が読めなかった。もっとも、村では一つの部落はその構成員全員がほとんど同姓であり、村には疎開者や私のような戦災による流れ者のほかには数種の姓しかなかった。この一帯がそうであるように、この農家も合田姓だろう。

「さあ、入りなさい。御飯はまだだろう、ちょうどな、手打ちうどんを作ってある。さあ」

汁のからい手打ちうどんを大碗に山もりにして食わすのが、この地方の歓迎の儀式であることを、すでに私は知っていた。食うことより外に楽しみのない生活の中で形造られた習慣だったろうが、その時代には確かにそれは意味をもっていた。都市は食糧難で飢え、戦災ののちに田舎に移りすんだとはいえ、そこが自分の古里であるわけでもなかった私も常に空腹だった。私はお盆の上に、御数もなく碗にもられたうどんの前でしばらくもじもじしていた。その間に、すでに野良へ出る支度をととのえた家族がつぎつぎと挨拶に出てきた。老農夫の妻だという年齢のわからない老婆、——既に腰が前におれていて、痩せた夫よりも妻の方が年齢が十歳も上のように見えた。次に夫を戦争で失った嫁、とまとをへしゃげたような娘、そしてつぎつぎと七人の幼い子供たち。二間だけの狭い農家に不釣合に大きい仏壇が奥に見えた。

「いただきます」と私は言った。

都会で食いなれたうどんは、薄味の汁がなみなみとつがれてあり、華やかな音を立てながらすするものだった。だが、その手打ちうどんは腰が強く、汁は醤油をそのままぶっかけたような濃い汁が奥に少し溜っているだけだった。うどんそのものは美味なのだが、汁がからくてすすれない。しかし、私はいかにも美味しそうにそれを食べた。

私のような細腕の労働力の提供ですら、数日間の無報酬の奉仕は、この家族にとっては何杯も何杯もうどんを薦めようとするほどに有難いのだ。家族は、板の間に腰掛けてうどんを食べている私を食い入るように見つめていた。これは客人の歓迎用の食事であって、もしかすると子供たちはこんな上等のうどんを食っていないのかもしれない。私に注がれる子供たちの視線の熱っぽさに、途中でふと私はそれに気付いたが、気付いたことを、相手を傷つけることなく口にするすべを私はまだ知らなかった。

大きな麦藁帽を娘が持ってきて、私にさし出した。

「僕、あの、……」都会育ちで何も知らないのだと言おうとして、その時も私は機会を失した。

山腹の麦畑は無数の畦に小さく区切られていた。その一つ一つは段丘になっているのだが、全体はなだらかな黄金の波となって山腹を埋めていた。見あげると、雑木の林のあいまに、二十年間、郡民の労力を集めて築かれたという大貯水池の堤が見えた。豊平池とそれは呼ばれている。溝は麦畑の間隙を縫って水量豊かに流れている。別な農家へ行った学友の姿はないかと見廻してみたのだが、あたりにはほとんど人の姿はなかった。都会にいる時は、毎日のようにひんぱんになった空襲警報も警戒警報も鳴らず、飛行機も飛ばなかった。見知らぬ家族とともに、私ははじめて持った鎌の鋸状の歯を見ながら、坂道を登った。

解説

「清角の音」

高橋和巳特別資料所蔵番号（70355）による。ペン書きによる本草稿は字体からして二十代頃の習作と思われる。表題が一枚、第一章が四枚、序章が五枚、ナンバー無しが二枚の全十二枚である。内容の流れから、序章、ナンバー無し、第一章の順とした。できるだけ原文を尊重した。明らかに誤表記と思われる箇所は修正し、脱字も補充した。題名にはわざわざルビが振られている。「清角」については、韓非子第十編十過第四節に「快楽にばかり耽ること」をいましめる挿話としてある。

《清角》相傳説黄帝在泰山会合天下鬼神時所作楽曲。

注：《韓非子・十過編》昔者黄帝合鬼神于西泰山上，駕象車而六蛟龍，卒方并轄，蚩尤居前，風伯進掃，雨師酒道，虎狼在前，鬼神在后，騰蛇伏地，鳳凰覆上，大合鬼神，作爲《清角》。

「清角の調べ」は、黄帝が鬼神を泰山の頂上に集め、象牙の車を六頭の龍に牽かせて、車の横には畢方、前には蚩尤を従え、風伯と雨師を露払いに、前方には虎狼、後方には鬼神、地上には蛇、空中には鳳凰に守護させ、ありとあらゆる鬼神を集めて作曲したもの。これを聞くためには、黄帝に匹敵するだけの徳が必要とされた。大意は「快楽ばかりに耽っていると、自分の寿命を縮めて、国まで滅ぼしてしまう」という意味。

ちなみに「清角」を想起させる「無絃琴」は、人間の放埓を戒める次のような文脈にも挿入されることもある。

一ヵ月ほど前、家から郵送してきた下着のなかにひそませてあった手紙では、父の病気診断の結果は思わしくないとのことだった。理由は解らないが〈無絃琴〉という中国の隠者の逸話をあらわす言葉を思い出すと、不思議にその顔の浮かぶ父について、母はその心配をつづっていた。

（高橋和巳「黄昏の橋」）

なお、序章冒頭にある一詩人の運命は、中島敦の短篇を髣髴とさせるものがある。また第一章の「淫売窟」「痴呆的な街」などの語彙表現も「捨子物語」や「貧者の舞い」の情景、ないし原型を思わせる叙情世界である。漢籍による影響からか、難解な漢字用語の過剰とも思われる使用がみられるが、新しい独自の表現形態を志向していた創意もうかがわれる。なお眼光紙背に徹すれば、作家のさまざまな原風景、原質が浮かび上がってこよう。

高橋和巳は「我がふるさと」というエッセイで若き日に書いた未完の小説「佝僂陋路」の一部を紹介している。同時期に書かれたと思われる「清角の音」に重なる情景が見いだされる。

──その日、朝早くから細かい雨が降りしきってやまなかった。家々の屋根瓦は鈍く光り、梧桐の樹々は葉音もなくたたずんでいた。一見して妊婦とわかる貧相な女が、その隘路の入口で立ちどまった。彼女はあたかも自分の運命でもかかえるように、重そうに買物籠と薬品を抱いていた。彼女はしばらく不機嫌そうに口をひきつらせてなにか独語を呟いていたが、やがてゆっくりと隘路に足をふみ入れた。（中略）日頃、目が腐るほど見あきた風景のはずなのだが、彼女はまるで初めて訪れた者のように、その雨水の面に微妙に油の伸縮するのを眺めていた。……

対象を徹底して凝視し、自らの視点を植え付ける手法は場面こそ異なれ重低音として通底する。さらにこうも述懐している。「人物の葛藤がはじまってからの経緯、さすがに気恥ずかしくて写せないが、私が現在も秘め持っているいやしがたい憂鬱な想念の原型は、つたない自然主義的筆致の間にすでに萌芽している」。

「他者の古里」

「高橋和巳特別資料所蔵番号70357」による。創作風の「他者の古里」はペン書きで〈未定稿B〉とされており、目録では昭和四五年頃の遺作とされる。原稿用紙にほぼ六枚の分量。もう一つの〈未定稿A〉もペン書きでほぼ同じ枚数だが、「他者の故里」と題名表記が異なり、半分近く判読が困難だったため転写を断念した。これは目録では昭和三五年前後に書かれたものとされるが、豊田善次との交友などが書かれており、小説の一部をなすと思われる〈未定稿B〉とは異なりエッセイのような印象を受ける。十年の時間をおいて同一タイトルで書かれているのは、やはり大きな体験を執拗なまでに記憶し書き留めておきたかったのであろう。

定稿年譜（自撰年譜及び川西政明編）によれば高橋和巳は昭和二十年三月に大阪大空襲により家屋、工場を焼失、家族ともに母の里である香川県三豊郡大野原村大字四軒屋に疎開、農繁期には農村動員とある（中にある「三豊中学」は実名で現在の観音寺第一高等学校）。ここには農村動員に赴いた際の双方に起こる困惑、不安の一端が綴られている。当時は本土空襲の激化とともに学童疎開も親戚などを頼る縁故疎開から学校単位の集団疎開に転じていた。学童集団疎開については一條三子『学童集団疎開─受け入れ地域から考える─』（岩波書店、二〇一七）など近年研究が進んでいるが、高橋和巳の場合は国民学校初等科の児童ではなかったのでどのような形態であったかは明らかではない。宿舎施設や食糧事情など、国内四十万とも言われる疎開は作者にもさまざまな異空間、非日常の体験を刻んだであろうことは容易に想像できる。

注目すべきことは作者の分身ともとれる作中人物荒井國雄は、処女作『捨子物語』の主人公の名前でもある。偶然ではないとすれば、この草稿にある戦争体験が処女作に、そしてさらにその後の長篇に拡散・敷衍していったのではないか。本文中にある主人公の「(戦災による)流れ者」、「よそ者」意識や態度は作者の農村動員の鮮烈な記憶に根ざしたものであった。

本文には一見長閑な農村風景が描かれ、戦争のもたらす悲惨さとはまた別の角度で人々の交わりが描かれている。人と人との出会い、絆といったものを、短期間であったとはいえ、作者は深く心に刻んだのだろう。なお、文中「飛行機も飛ばなかった」とあるのは、高知や徳島の海軍航空隊所属の白菊隊であっただろうか。白菊は機上作業練習機であったが、沖縄戦特別攻撃隊に編成され、両県の海軍航空隊だけでも百余名の戦死者を出している。

作者自らも『人間にとって』(新潮社、一九七一)に収録された「わが体験」で本文そのままの情景を記している。その最後の段落を次に引用して原体験を追想することとしたい。

私が配属され、手伝ったその農家の氏姓はもう覚えていない。家人と特別なにか印象に残ることを話し合ったというわけでもなかった。しかし私は、その殆ど徒労ともいえる労作から、後年になって、その意味が自覚される何事かを学んだのだった。国家の運命、戦争に勝つとか負けるとかいったこととは別な、大事な事が、この世の中にあって、そしてそれはよそ目には徒労とみえる作業でしかない。しかも、それは恐らくは永遠に続く。言ってみれば、単純なことにすぎないが、大阪の大空襲のあとの煙のくすぶり、小雨の降りしきる廃墟のイメージに、その水害にあった農地の泥濘《でいねい》を重ねることで、私はその後の自分の立脚点を不知不識裡に決定していたようなものだ。

「他者の古里」とは高橋和巳にとって、あり得べき魂、文学の原郷にほかならなかった。(田中寛)

〔中国文学論〕

詩と隠遁
――魏の阮籍について――

高橋和巳

苛酷なる中国の中世、魏の時代の秀れた知識人の特徴は、さまざまな型でもってあらわれる反政治的行為に見出すことができるように、この時代の精神の特徴はその行為を支えた隠逸の理念化において見出される。

一定の人間の行動が実際に行われることと、それが理念化されることとの間にはある懸隔があり、そのへだたりを埋めるのは価値意識の変容である。この隠逸の理念化にも、当然、一般的価値観の変化が先行しており、そしてその変化は既存の諸形而上学の再解釈による援助とともに、自覚的な文学創造が本質的に内含する、生に対する根源的認識に触発されたところ〔が〕[1]多かった。すくなくとも、文学的認識が当事者に照りかえして要求する文学者としての自覚的な態度のあり方と、隠遁の理念化は密接に相関している。

その相関は、単に逸民・隠逸伝中の人物の処世と文学者のそれとの類似性や、養わるべき〈志〉の目的類似性において見出されるだけではない。隠逸者が同時に哲学者であり、哲学者が同時に文学者であり音楽家である、秀れて総体的な人間の問題性として、たとえば魏末における阮籍（二一〇―二六三）、晋代における陶淵明（三六五―四二七）の存在の、いわば全人間性によって問われた事実に、もっとも峻烈にしめされている。

隠逸の理念の背景によこたわる、隠逸の〈事実〉の量的増大は、もちろん、魏晋の時代の社会構造と短命な王朝の相続く交代をみた政治状況にその酵醸因がある。この時代の言葉でいえば、それは〈時〉の問題であり、直接には文学的認識とは関係しない。また、一般的には、運不運、つまりは仕える人をもつ士大夫のなんぴとも免がれえない此岸的運命性にも還元される。司馬遷（前一四五—前八五）の天道是非の設問、揚雄（前五三—後一八）の「解嘲」あるいは王充（二七—九一）の「論衡」の劈頭にも、出仕と隠遁、幸運と不遇、個人の道徳性と時代の趨勢との関係に関する考察がすで〔に〕なされている。いや、漢魏の時代の哲学者〔の〕著述にして、この問題に何ら〔か〕のかたちで触れないものはないといってよいのである。いま一例を「論衡」の冒頭・逢遇篇にかりれば、一種の悲哀を漂わせつつ王充はいう。

「操行には常賢有るも、仕宦には常遇無し。賢と不賢とは才なり。遇と不遇とは時なり。才高く行い潔くとも、以て必ず尊貴を保つ可からず。能は薄《うす》く操は濁るとも、以て必ず卑賤を保つ可からず。或いは高才潔行にして不遇、退けられて下流に在るもの有り、あるいは薄能濁操にして遇せられ、衆上に在るものあり。世には各おの自《おのず》から以て士を取る有り。亦た各おの自《みず》から得て以て進まんとす。進まば遇に在り。退かば不遇に在り。尊に処り顕に居るも、未だ必ずしも賢ならず。遇なればなり。位卑しく下に在るも、未だ必ずしも愚ならず。不遇なればなり。故に遇ならば或いは洿行を抱きて、桀の朝に尊く、不遇ならば或いは潔節を持して、堯の廷にすら卑し。遇と不遇とは一に非ざる所以なり」[2]

古来、「論語」の「道開かれれば朝し、塞ざされれば隠る」[3]は、士大夫の処世をささえるマキシムであった。だが王充は問題はかく単純ではないという。道開かれてあるはずの理想国、堯の朝廷にすら、その人には責任なき運命によって、潔節にしてしかも生涯身いやしくして過ごさねばならなかった人物もいたはずだと。

魏晋の時代の隠逸の事実も、〈時〉との関係からは、曹操（一五五—二二〇）の政治方針や司馬氏の陰険な簒奪、晋朝の宗族争い、東晋遷都、武将劉裕の擡頭等々を想起するだけで、ある程度、当然おこるべくして起ったことだともいえる。とりわけ魏王朝のテロリズムと司馬氏のマキャベリズムとの角逐は、竹林の賢人たちの隠遁を説明するもっとも大きな要素として、史書にも従来つよく指摘されてきたところである。たとえば、嵇康（二二三―二六二）は、友人の山涛（二〇五―二八三）が官吏登用の試験官をやめその位置をゆずろうとしたとき、「絶交書」を書いて拒絶したほど用心深かったにもかかわらず、最後に刑死したのは、直接には対立者鍾会（二二五―二六四）のそしり、間接には魏の宗室との姻戚関係があったためとされるのがその一例である。また「晋書」阮籍伝は、彼の飲酒癖を「籍は本《も》と済世の志有りしも、魏晋の際に属して、天下多故、名士に有全の者少し。籍は是に由りて、世事に与《あづか》らず。遂に酣飲もて常と為す」[4]と説明する。のちにも再度ふれるように、こうした不幸な政治的条件が多くの読書人をして政治に背をむけさせる基礎となったことはあらがえない。しかし、それだけならば、遇不遇が個人の賢愚にかかわりなき運命であるように、隠遁もまた、それがいかに流行しようとも、直接、内的な精神にかかわりなき時代の偶然であることをでない。そうなのだ。ここで重要なことは、契機は外にあれども志向は内にあり、魏晋の時代の知識人にとって、隠逸は決して偶然的行為ではなかったということにある。

阮籍や嵆康の詩文を読めば、政治からの逃亡意志が、単なる逃避癖からでたのではないことは明瞭であり、陶淵明や謝霊運（三八五―四三三）を動かしたのは、経済的・生活的要因によるよりも、むしろ〈理念〉であることは明白である。彼らが文学者ではなく、何らかの（今から究明される）理念をもたなかったならば、政局の混乱や前王朝への思慕、あるいは一般的な現実嫌悪を考慮しても、なお竹林の遊びや隠逸、田居や山遊は結果されなかったであろう。またくだって劉宋の時代ともなれば、ほとんど、それが理念として完成されていたゆえに、現実的には隠逸とは無関係な文人たちをも、それを憧憬せしめたのである。まさしく魏晋の精神にとって、必然であったのは、後漢の萌芽状態から徐々に完成されつつあった〈隠逸の理念〉との出会いであり、〈非出仕の事実〉ではない。竹林の賢人たちを代表選手とする清談者流の隠逸実践者はもちろん、その圏外にいた知識人、たとえば阮籍の母の喪を弔問し、主人の哭せざることを意に介さず自ら礼を尽くして立ちさったという裴楷も、自らの態度が一つの伝統的理念に沿うものであるごとく、阮籍の態度も、それに並ぶ対等あるいはそれ以上の価値をもつことを認めていたのである。

「或ひと楷に問う。凡そ弔する者は、主哭して客乃ち礼を為す。籍は既に哭せず、君何為《なんすれ》ぞ哭せるや。楷曰く、阮籍は既に方外の士なり、故に礼典を崇ばず。我は俗中の士なり、故に儀に軌《したが》うを以て自ら居る。時人歎じて両得と為せり。」(「世説新語」任誕篇および「晋書」阮籍伝)[5]

また「晋書」・「宋書」・「南史」などの正史は、ちょうど、司馬遷が前漢の社会機構の象徴として、遊侠・貨殖列伝を独立した一項目に挙げたように、その時代の特質として、列伝の一部を隠逸家に割いており、そしてそれが後々の歴史記述の一つの形態ともなった。隠逸の事実に対する評価はどのようであれ、すでにそれは人間の理念として、歴史全体、時代の全体的様相に参加しており、その時代の意味の総合的事述者である歴史家はそれを避けて通るわけにはいかなかったのである。

隠逸の〈事実〉は、周知のごとく、もちろん、この時代にはじめて世の注目を引き、史籍に記載されたのでは決してない。「漢書」列伝七十二の四皓や、堯の天に則ると称するも、潁陽の高きを屈するあたわなかった許由の故事[6]はひろく人口に膾炙するところであり、「史記」は列伝の開巻に激情的表現をもって伯夷・叔斉の餓死をしるし、また「論語」「春秋」「荘子」等々の先秦時代の文献には、柳下恵〔、〕少連、虞仲、介之推らの逸事がしるされ批評され、先秦思想家群には、儒・法・墨と拮抗して、自身が隠者であり、形而上学的隠遁の道を称揚した老荘家とその一団が存在した。氏族的祭政一致政治の時代より以降、陰陽が相補して自然であると考えられたように、〈仕〉のあるところ必らず〈隠〉があったといって過言ではなく、嵆康の「高士伝」がその記載を、古く、ほとんど伝説的人物である広成子・襄城小童・巣父らからはじめていることも、隠逸の事実は、歴史のおよびうる最上限までたどりうるものであることを示している。

ただ、魏晋の動乱期において顕著な事柄は、隠遁をもふくむ人間性の種々の問題が、純粋な人間の探究領域として、知識人に担当された文学の場で、自然と人間、国家と個人、歴史と現在、等々の普遍的かつ不可避的問題性、つまりは、さらに次元高き問題としてあらたに提出されたことにある。そして、それは、漢代における官僚制度の確立にみあう、儒家および法家思想による、出仕の道徳的意義づけ、あるいは人文的教養を政治的職務との統一志向よりも事実おくれている。隠逸ははじめから理念であったのではなかった。また何時までもおなじ形で理念でありつづけることもできなかった。（陶淵明と孟浩然（六八九—七四〇）を読みくらべてみれば、それはあきらかである）ただ、それは特定の期間、人間の側にあり、本質的な人間の難航として、そこで流された苦悩と努力とが、逆説的に、中国中世の精神を一歩おし進める役割を果しえた。そして理念一般は、特定の人間の存在と努力を待って、完全な理念たるように、隠逸理念もまた、数人の卓越した文学者・哲学者の生命を嘸んではじめて理念としての自律性と作用力を獲得したのである。それが最も端的であるのは、鍾嶸（四六九—五一八）が「隠逸詩人の宗なり」と評した陶淵明[7]であり、そして、一時代以前の先輩、ここで今いささか論じようとする阮籍や嵆康の文学・哲学である。

　阮籍たちが果した価値意識の変容、あるいは、すでに準備されていたそれに鮮明な照明をあたえ定着した成果は、まず、当時の隠逸者の音楽に対する強い嗜好と、音楽論にみることができる。彼らがあるいは口笛をふき琴を奏し、さらにその音楽の性質を極めようとしたのには理由があった。それは政治があるいは法律、あるいは制度、あるいは位階制、あるいは強権を以て維持しようとする外的な秩序や調和の一切よりも、より価値高い調和、より自律的な秩序がこの世に存在しうるという確信によっている。理解の便のために、文学は政治に従属するという現今に通行する観念と対照させていえば、政治は芸術の、つまりは人間が実現すべき大調和の雛型である芸術の、拙なくも悪しき模倣にすぎないという観念があったのだった。阮籍に「楽論」があり、嵆康に「琴の賦」、「声無哀楽論」のある理由はそれであり、その説くところ、とりわけ「声に哀楽はない」という嵆康の一見奇妙にみえる立論も、音楽こそは、一種アポリオリな人間精神の調和性のシンボルであることを強調せんがためのものだったのである。漢代に定立された、政治的人間こそが君子人であるという一つの、根本的な命題に対して、阮籍もまた、外から与えられた法制や儀式に沿い、その位階制のうち〔に一定の位置をしめて初めて栄光をあらわすような人間は、未だ真の人間ではないと主張する。〕[8] いや主張するだけではなく、もっぱら放誕な畸行として伝えられる彼の言動はまさしくその確信の実践にほかならなかった。自ら、より価値高き自律的法則を内部に備えているものが、どうしてより不完全な俗検、形骸化した儀礼の形式や権力による偽りの秩序に低頭する必要があろうか。阮籍の「楽論」は次のような設問から発している。そして、阮籍に向けて設問する対立者が劉氏と名づけられている理由は、いうまでもなく、出仕の道徳的意義づけのなされた漢代、その帝室が劉氏であったことによっている（と私は考える）。

「劉氏問いて曰く、孔子云う、上を安んじ民を治むるは、礼より善きは莫し。風を移し俗を易うる、楽より善きは莫しと。夫れ礼なる者は、男女の別ある所以、父子の成る所以、君臣の立つ所以、百姓の平かなる所以なり。政を為すの具は、此より先んずる靡《な》し。故に上を安んじ民を治ること、礼より善きは無し。夫れ金石絲竹・鐘鼓管絃の音、干戚羽旄・進退俯仰の容、之れ何の政に益すること有らん。之れ亦た何か化を損する無からん。而も移風易俗、楽より善きは莫しと曰う乎《か》と。」[9]

音楽などは、あってもなくてもよい余剰のものにすぎないのではないのか、劉氏すなわち政治的人間は云うのである。それに対して阮先生は善きかな子の問いや、と云いつつ次のように答える。

「夫れ楽なる者は、天地の体、万物の性なり。其の体に合し、其の性を得れば則ち和し、其の体を離れ、其の性を失すれば則ち乖《もと》る。昔者《むかし》聖人の楽を作る也《や》、将に以て天地の性に順い、万物の生を体せんとせし也。故に天地八方の音を定め、以て陰陽八風の声を迎う。黄鍾中和の律を均《ひと》しくし、群生万物の情気を開く。故に律呂協えば則ち陰陽和し、音声適して而して万物類す。男女は其の居を易えず、君臣は其の位を犯さず。四海は其の歓を同じくし、九州は其の節を一にす。之を圜丘に奏して、天神下降し、之を方岳に奏して、地祇上応す。天地は其の徳を合し、則ち万物は其の生に合う。刑賞用いずして、而して民自ら安し矣」[10]

刑罰で強制し、褒賞で促さずとも、おのずから調和し平和を顕現する美的法則が、極少的には人間の精神のうちに、極大的には宇宙の運行それ自体にそなわっている。宇宙全体が本来、一つの大シンフォニーであるべきなのだ〔と〕阮籍は考える。勿論、ここに展開される観念の諸要素はすでに早くから存在したものだった。礼教と音楽との相補性については、「礼記」の楽記が繰返しそれを説いているところであり、この後に続く部分に説かれる「礼は人間の外面をととのえ、音楽はその内面を薫化する」という見方も礼記によっている。[11]

〔編註〕

1　文字起こしに際しては何よりも高橋の原稿を尊重したが、明らかに誤りと認められる場合、〔　〕に入れる形で文字を補った。以下同様。

2　原文「操行有常賢、仕宦無常遇。賢不賢才也。遇不遇時也。才高行潔、不可保以必尊貴。能薄操濁、不可保以必卑賤。或高才潔行不遇、退在下流、薄能濁操遇、在衆上。世各自有以取士。士亦各自得以進。進在遇。退在不遇。処尊居顕、未必賢。遇也。位卑在下、未必愚、不遇也。故遇或抱洿行、尊於桀之朝、不遇或持潔節、卑於堯之廷。所以遇不遇非一也」。

3　高橋が引くままの言葉が『論語』に見えるわけではない。ただ『論語』には、「邦に道有れば云々、邦に道なければ云々」との対比がしばしば見える。代表的な例を挙げれば、遽伯玉について「君子哉蘧伯玉。邦有道則仕、邦無道則可巻而懐之（君子なる哉　蘧伯玉。邦に道有れば則ち仕え、邦に道無ければ則ち巻きて之を懐く可し）」（公冶長篇）。

4　原文「籍本有済世志、属魏晋之際、天下多故、名士少有全者。籍由是、不与世事。遂酣飲為常」。

5　『世説新語』任誕篇「或問裴、凡弔、主人哭客乃為礼。阮既不哭、君何為哭。裴曰、阮方外之人、故不崇礼制。我輩俗中人、故以儀軌自居。時人歎為両得其中」、『晋書』阮籍伝「或問楷。凡弔者、主哭客乃為礼。籍既不哭、君何為哭。楷曰、阮籍既方外之士、故不崇礼典。我俗中之士、故以軌儀自居。時人歎為両得」。高橋の訓読は『晋書』阮籍伝に拠っている。

6　『後漢書』逸民列伝序「堯称則天、不屈潁陽之高（李賢注、潁陽謂巣・許也）」。李賢注に言う巣は巣父、許は許由のこと。

7 『詩品』下・宋徴士陶潜詩「古今隠逸詩人之宗也」。

8 実際の原稿では、「その位階制のうち」までが十一頁になる。続く十二頁目は、〔に一定〕以下、取り消し線を施された部分から始まる。そのためこの文字起こしでも取り消し線を施した。ただ当該箇所を削らない方が、文意としては通じるように思われる。
一方でこの十二頁目は、原稿用紙に記される頁数が（十二頁から）十八頁に修正されており、以下順次、十三頁が十九頁に、十四頁が二十頁に、それぞれ修正されている。すると、あるいは十二頁以降は抜けがあり、十一頁と十二頁目は一連の文章ではないのかもしれない。加えてこの文字起こしした文は二十頁まで終わり（原稿用紙で三行を余す）、続く二十一頁からは、明らかにそれまでとは筆が変わって雑な書きぶりとなっていて判読し難い。そのためここにも文字起こししなかった。なお二十一頁から三十頁のうち、二十七・二十八頁がそれぞれ複数枚ある。

9 原文「劉子問曰、孔子云、安上治民、莫善于礼。移風易俗、莫善于楽。夫礼者、男女之所以別、父子之所以成、君臣之所以立、百姓之所以平也。為政之具、靡先于此。故安上治民、莫善于礼也。夫金石絲竹・鍾鼓管弦之音、干戚羽旄・進退俯仰之容、有之何益于政、無之何損于化。而曰移風易俗、莫善于楽乎」。なおこの阮籍「楽論」は、テキストによって文字に異同が少なくないが、『高橋和巳文庫目録』（日本近代文学館、二〇〇二）における蔵書を参考にする限り、基本的には厳可均『全上古三代秦漢三国六朝文』に拠ったと思われる。ただ冒頭の「劉子」を高橋の言う「劉氏」に作る例はなく、恐らくは高橋が直前に「劉氏」を提示したことに伴う誤記であろう。

10 原文「夫楽者、天地之体、万物之性也。合其体、得其性則和、離其体、失其性則乖。昔者聖人之作楽也、将以順天地之性、体万物之生也。故定天地八方之音、以迎陰陽八風之声。均黄鍾中和之律、開群生万物之情気。故律呂協則陰陽和、音声適而万物類。男女不易其所、君臣不犯其位。四海同其歓、九州一其節。奏之圜丘、而天神下降、奏之方岳、而地祇上応。天地合其徳、則万物合其生。刑賞不用、而民自安矣」。

11 阮籍「楽論」の引用された部分からしばらく議論が進んだ先に、「礼治其外、楽化其内」とある。これが踏まえるのは『礼記』楽記「故楽也者、動於内者也。礼也者、動於外者也」。

※「詩と隠遁 ――魏の阮籍について――」の内容については池田論文を参照。

（池田恭哉）

Ⅳ部　中国論・中国文学研究

高橋和巳の中国文学研究

――阮籍・嵆康について

池田恭哉

はじめに

一般には作家として知られる高橋和巳（以下「高橋」）が、同時に優れた中国文学研究者であったことは、改めて指摘するまでもない。高橋の中国文学研究は、主として魏晋南北朝時代の文学を対象とし、例えば潘岳・陸機・顔延之・江淹らに関する専論がある。また六朝時代の「美文」の特質、劉勰『文心雕龍』の文学理論、顔延之「秋胡行」を起点にした物語詩などを対象に、作家別ではない形で魏晋南北朝時代の文学に迫った論考もある。

ただ高橋の関心は、魏晋南北朝時代の文学だけには止まらなかった。例えば晩唐の詩人である李商隠については、詩の訳注の他、未完ながら『詩人の運命』が存する。また表現者の態度をめぐって司馬遷や宋玉などを考察対象とした論考もあるし、清朝の詩人・王士禛の詩に訳注を施してもいる。現代文学への関心も高く、魯迅の作品を翻訳してもいる[1]。

以上は高橋の全集に、中国文学研究としてまとめて残されている業績を、一通り簡単に示してみたに過ぎない。だが高橋が中国文学研究の領域で取り組もうとしていた内容はなお多岐にわたり、全集を繙けば、最終的に活字化はされなかったものの、高橋自身が研究の進展や構想に言及している例が確かにある。

その一つ目は、「ある日、ある時――日酔で原稿を書く」[2]に見出し得る。これは一九六二年九月三十日から十月五日の出来事を、日記のように書き連ねたものだが、その十月三日の項には次のような記述がある。

十月三日　……ついでに「漢文学教室」の編集者に速達。九月末日お送りするはずだった「魏禧の文章」いま数日お待ちを乞う。

ここに「漢文学教室」とあるのは、如何なる媒体か不明である。あるいは大修館書店発刊の『漢文教室』のことかもしれない。実はこの草稿「魏禧の文章」が、現在も日本近代文学館には残っているのであって、それを実見すると、「です・ます」調による原稿用紙三枚のものである。そこでは魏禧の批評精神に着目する旨が述べられ、魏禧の字や貫籍、生年と父に関する言及がなされたところで筆が止まっている。いわゆる研究論文ではなく、ついに完成もしなかったようだが、一九六二年十月上旬、高橋は確かに清・魏禧の文章について綴りつつあったのである。

また日本近代文学館に残される高橋の草稿の中には、「詩を中心とする中国近代文学史」と銘打たれたものがある。これは「序」と第一章「時代背景」のみ、一応の整理がなされているので、ここに簡単にその内容を提示しておきたい。

高橋は「序」において、世界史としての近代（また近代史）について語った上で、その中に中国近代（また中国近代史）を位置付け、それをさらに文学史・精神史へとつなげようとする目論見を語る。そして第一章「時代背景」では、中国における一貫した中華意識の存在と、清朝のヨーロッパ諸国との接触を紹介する。さらにこれとは別に、主として清末の詩人たちによる、当時の内外政（特に外政）を素材にした詩を取り上げ、完成・未完成に程度の差が激しいながらも、その詩人の伝記や詩の書き下しがなされている[3]。

すでに言及したように、高橋には、著作として王士禛の詩の訳注があり、また魏禧を紹介する文章が残っていた。これらの事実から、高橋が清朝とその文学に対して強い関心を有していたことは明らかである。加えて清末に詠まれた詩の数々によって、中国の近代史、さらには中国近代文学史・精神史を語らせようとする見通しがあったことも、「詩を中心とする中国近代文学史」の草稿の存在によって知れるのである。

あるいは「転居二カ月」[4]。これは一九六五年に筆が執られた小文だが、一九六五年と言えば、高橋が前年に立命館大学講師の職を辞し、職業作家に専念するべく鎌倉に移住した年である。小説『邪宗門』の連載について記した後、次のような一節が続く。

一方、貪欲に魯迅の文集の翻訳と、中国六朝の詩人たちの評伝を「亡国の詩人たち」と題して書こうと思っている。短命な王朝がめまぐるしく交代した時代、多く悲運の道を歩いた六朝の詩人たちにたいする、それは私なりの輓歌である。

高橋は研究者と作家の二足の草鞋を履き続けようとしながら、この鎌倉行きを機に、職業作家としての仕事に打ち込もうとしたかのようであった。[5]だが鎌倉に転居して間もない高橋が、創作活動の他、魯迅の文集の翻訳と、六朝の詩人の評伝である「亡国の詩人たち」の執筆に取り組もうと宣言しているのであり、なお研究の方面にも意欲を失っていないことがわかろう。そして実際、高橋は一九六六年四月から明治大学助教授に就任し、中国文学などを講じているのである。

さていま高橋が挙げた二つの仕事のうち、前者の魯迅の文集の翻訳は、すでに紹介したように活字化された。一方で後者の「亡国の詩人たち」は未公表のままに終わったのだが、実はこれも日本近代文学館に、「亡国の詩人たち―庾信から江総まで―」と題して草稿が残されている。実見の限りこれは断片であって、高橋の書きたかった内容は把捉し難いが、確かに高橋は、亡国の詩人として南北朝時代から隋にかけての詩人たちを取り上げて、何かを論じようとしていたのであった。[6]

このように、評論やエッセイの類にまで視野を広げると、高橋が中国文学研究の領域で成し遂げようとし、また実際に着手していた仕事が、いくらか見えてくる。しかも中には日本近代文学館に草稿が残されているものも、若干ながら見つけ出せる。そしてそれらの多くは、高橋の中でもなおまとまっていないものながら、ある程度は高橋の論旨を汲み取り得るものも、数篇は含まれるのである。

そこで筆者は、高橋の中国文学研究の領域の中で全集には未収録の草稿を、日本近代文学館に足を運んで実見し、そのうち数篇を文字に起こした。本書に収録された中国文学に関する高橋の遺稿「詩と隠遁―魏の阮籍について―」は、その成果である。ではなぜこれに注目したのか。それは、実は高橋には別に「詩と隠遁」と題した文章が全集に存在するからである。[7]以下、混同を避けるべく、本稿では「詩と隠遁―魏の阮籍について―」を「詩と隠遁（未）」と表記し、また全集に収録されている「詩と隠遁」を「詩と隠遁（全）」と表記して区分する。

さてこの「詩と隠遁（未）」は、高橋の中国文学研究について考える上で、実に興味深い論点を孕む。それは高橋が自ら作成した作品集に収録予定の研究論文のリストに、「嵆康論五十枚」が明記されていたことによる。[8]周知の通り、嵆康は阮籍とともに「竹林の賢人」[9]を代表する人物である。「嵆康論五十枚」の存在は、そもそも着手されたのかも含め、もはや不明と言うより他ない。だが「詩と隠遁(未)」の記述や、全集に収録された評論などをヒントとすることで、いくらかでも高橋がそこで述べたかったことに迫れるのではないか。本稿ではそうした見通しに立って、現存する高橋の文章からうかがえる阮籍・嵆康に対する見方を整理することより始めたい。

一　「詩と隠遁(未)」について

まず「詩と隠遁(未)」がどのような内容なのか、簡単にまとめておくことが、今後の議論のためにも便利であろう。なお文章中では、「隠遁」とほぼ同義で「隠逸」の語も用いられている。また実際の本文については、遺稿として文字起こししたものを参照されたい。

高橋はその冒頭で、魏の時代の知識人による行為を支えるものとして「隠逸の理念化」を提示する。そして「文学的認識が当事者に照りかえして要求する文学者としての自覚的な態度のあり方と、隠遁の理念化は密接に相関している」とした上で、その相関は、魏の隠逸者を代表する阮籍や陶淵明の「全人間性によって問われた事実」に示されると言う。

さて高橋は後漢・王充『論衡』逢遇篇を引きつつ、漢魏の時代の哲学者は、総じて「出仕と隠遁、幸運と不遇、個人の道徳性と時代の趨勢との関係」を議論の俎上に載せたとし、魏晋時代における「隠逸の〈事実〉の量的増大」は、混乱を極めた当時の政治的な状況と密接に関わることを認める。だが高橋に言わせれば、政治的な混乱は外的なものであって、魏晋の知識人には、隠逸という手段に出るための「内的な精神」が存し、それが徐々に隠逸の理念化へとつながっていったのであった。

ではその理念の内実とは何だったのか。実はそれこそ、高橋がこの「詩と隠遁(未)」で明らかにしたかったことであり、高橋は阮籍や嵆康の他、陶淵明や謝霊運の名を挙げつつ、「彼らが文学者ではなく、何らかの(今から究明される)理念をもたなかったならば、政局の混乱や前王朝への思慕、あるいは一般的な現実嫌悪を考慮しても、なお竹林の遊びや隠逸、田居や山遊は結果されなかった」とする。

もちろん隠逸という行為自体は、魏晋に先行する時代にも存在した。ただ高橋は、「魏晋の動乱期において顕著な事柄は、隠遁をもふくむ人間性の種々の問題が、純粋な人間の探究領域として、知識人に担当された文学の場で、自然と人間、国家と個人、歴史と現在、等々の普遍的かつ不可避的問題性、つまりは、さらに次元高き問題としてあらたに提出されたことにある」（傍点高橋）と指摘する。

ここで注意すべきことが二つあろう。第一は、高橋が隠逸の理念化を総体的な人間性の問題として扱おうとしていることである。また第二は、「文学の場」に傍点を施しているように、「隠遁をもふくむ人間性の種々の問題」が、「純粋な人間の探究領域として」文学の場で論じられたことに、高橋が意義を見出していることである。高橋は魏晋の知識人が、人間というものの営みが抱える諸問題を、より総体的に文学という手段によって捉えようとした事実に、着目しているのであった。この点は後の本稿での議論とも関連してくる。

高橋は以上を踏まえ、隠逸の理念が「数人の卓越した文学者・哲学者の生命を嚥んではじめて理念としての自律性と作用力を獲得した」と述べる。そして理念化への出発点に位置づけられる文学者・哲学者として阮籍や嵆康を挙げて議論を展開するのだが、その議論は、彼らの音楽論を巡って開始される。ではなぜ音楽なのか。それは阮籍や嵆康、そして当時の隠逸者が、政治を筆頭とする「外的な秩序や調和の一切よりも、より価値高い調和、より自律的な秩序がこの世に存在しうる」、またそれこそが音楽であるとの確信を有していたからなのであった。

高橋は阮籍の「楽論」を取り上げて議論を具体化する。「楽論」は、劉子と阮先生による問答形式であるが、冒頭で劉子は、政治的な社会秩序にとって音楽は「余剰のものにすぎないのではないのか」と問う。[10] それに対して阮先生は、高橋の言葉を借りるならば、「刑罰で強制し、褒賞で促さずとも、おのずから調和し平和を顕現する美的法則が、極少的には人間の精神のうちに、極大的には宇宙の運行それ自体にそなわっている」との旨を答える。そしてその美的法則こそが、音楽に他ならないのである。

残念ながら「詩と隠遁（未）」は、阮籍のこの主張が、『礼記』楽記篇でなされる「礼教と音楽との相補性」の主張を継承しているものであることを指摘して途絶える。

以上が「詩と隠遁（未）」の梗概である。これがいつ書かれたかについては、原稿にも何ら情報がなく、確かなことを言えない。ただ「詩と隠遁（全）」と比較したとき、いくらかのヒントが得られるように思う。

まず一九六六年に発表の「詩と隠遁（全）」に、次の記述があることに注意したい。「この稿は覚え書き的な随筆であって、研究論文ではないから、論拠を詳細にあげることは別の機会にゆずらなければならないが」云々。これを読む限りでは、「詩と隠遁（全）」は随筆として書かれ、また「詩と隠遁」をテーマにした研究論文を別に用意する心算が、一九六六年当時の高橋にはあったことになろう。

加えて「詩と隠遁（全）」の中に、「詩と隠遁（未）」と極めて類似し、部分的には完全に一致する文章が見出し得る点も指摘しておきたい。それは「詩と隠遁（全）」の最後から二段落目である。その始まりを引用しておこう。

> 礼記に「礼は其の外を化し、楽は其の内を化す」という言葉がみえるが、彼ら隠遁者が音楽をこよなく愛したことは、やはり政治や法律、位階制や外的秩序よりも、より価値高い調和、より自律的秩序が、この世には存在しうるという確信の一つのあらわれであった。

「礼記」の書き下し文は、まさに「詩と隠遁（未）」の最後に、「礼は人間の外面をととのえ、音楽はその内面を薫化する」と邦訳されたものと対応する。そして「彼ら隠逸者が音楽をこよなく愛したことは」という主部に対する述部「やはり……であった」は、「詩と隠遁（未）」で、隠逸者が音楽に対して強い嗜好を有した理由を語る次の文とほぼ一致する。

> それは政治があるいは法律、あるいは制度、あるいは位階制、あるいは強権を以て維持しようとする外的な秩序や調和の一切よりも、より価値高い調和、より自律的な秩序がこの世に存在しうるという確信によっている。

さらに「詩と隠遁（未）」でこの一文に続けられる二文が、「詩と隠遁（全）」で先の引用（「礼記に」云々）に続けられる次の三文とほぼ同じであること、言を俟たない。いま「詩と隠遁（全）」が「詩と隠遁（未）」の当該箇所と異なる部分にのみ傍線を施した（ただし省略がある部分は反映していない）。逆に言えば、傍線のない部分は両篇で文字が一致しているということである。本書に文字起こしをした「詩と隠遁（未）」と対比しながら見てほしい。

> 理解の便のために、文学は政治に従属する、という現今に通行する観念と対照させていえば、政治は逆に、芸術――人間がこの世界に実現すべき大調和の雛型である芸術の、拙なくも悪しき模倣にすぎないという観念があったためだった。阮籍に「楽論」なる論文があり、嵆康に「琴の賦」や「声無哀楽論」などのある理由はそれである。とりわけ「音声それ自体に哀楽はないのだ」という一種奇妙にみえる嵆康の立論も、音楽

こそは一種ア・プリオリな人間精神の調和性のシンボルであることを強調せんがためのものであった。

ここまでの一致を見るというのは、「詩と隠遁（全）」か「詩と隠遁（未）」のどちらか一方がすでに文章化されており、それを下敷きにもう一方が書かれたと考えざるを得ないであろう。

もう一点、題名についても興味深い事実がある。「詩と隠遁（全）」は、政治公論社『政治公論』一九六六年三月号に初めて発表された段階では、「隠遁について」という題名であった。それが同年五月発刊の河出書房新社『孤立無援の思想』に採録時、「詩と隠遁」に改められたのである。[11]

以上の事実から、我々は一つの推測を導き出せるのではないか。それは高橋が「詩と隠遁（全）」を「隠遁について」と題して発表する前に、「詩と隠遁（未）」がある程度のまとまりを持って、「詩と隠遁—魏の阮籍について—」と題した一篇の阮籍に関する研究論文として、すでに着手されていたというものである。すなわち「詩と隠遁（未）」の構想を基に、あるいは部分的に利用さえしながら「覚え書き的な随筆」として執筆され、『政治公論』に発表されたのが、「隠遁について」であった。そしてそれが、何らかの（現在では明らかにし得ない）意図あって、研究論文のために用意していた「詩と隠遁」の題名を冠して『孤立無援の思想』に採録され、「詩と隠遁（全）」になったのではないか。推測の域を出ないことは承知の上であるが、執筆の順序では「詩と隠遁（未）」が「詩と隠遁（全）」に先行すると考えたい。

二　隠遁の理念化について

本節では、「詩と隠遁（未）」および「詩と隠遁（全）」を別個の文章として見るのではなく、共通して「隠遁」（隠逸）を主要テーマに扱った両篇として取り上げてみたい。両篇は、特に「隠遁」の「理念化」を主張するわけだが、では「理念化」はいつ推し進められ、またその「理念」とは如何なるものであると、高橋は認識していたのか。何よりもこの点を明らかにする必要があろう。

まず隠遁の理念化はいつなされたのか。このことについて高橋は、「詩と隠遁（全）」の中で「隠遁の事実は、出仕の事実と同様に古くからあったが、ある時期に、それは隠遁の理念を生んだ」（傍点高橋）と言う。「ある時期」とは曖昧な言い方だが、それは後に次のように特定されることになる。

隠遁が理念となったのは、中国では魏晋南北朝と称される時代、とりわけ竹林の七賢で知られる魏晋の時代である。阮籍や嵆康といった秀れた文人が輩出し、しかも、それらの文人は文人であると同時に哲学者でもあり、その生き方において、従来になかった一つの価値を体現した。

また「詩と隠遁（未）」には、次のような一文がある。「まさしく魏晋の精神にとって、必然であったのは、後漢の萌芽状態から徐々に完成されつつあった〈隠逸の理念〉との出会いであり、〈非出仕の事実〉ではない」。つまり高橋は、隠逸の事実の蓄積が、後漢時代に徐々に隠逸の理念を社会の中に萌芽させ、それが阮籍や嵆康といった優れた文人・哲学者によって、「隠遁の理念」という新たな価値として体現されたと考えているのである。

この理念は、その後の社会にあっても有価値なものとして定着した。「詩と隠遁（未）」では、陶淵明や謝霊運、南朝宋の時代の文人たちにとって、隠遁が確固たる理念となっていたことを指摘している[12]。

高橋によれば、後漢時代にはなお萌芽状態にあった隠遁の理念を、明確に有価値なる理念として社会の中に定着させた存在、それが阮籍であり嵆康であり、そして陶淵明であった。だが特に阮籍・嵆康は、その功績のためにこそ、自己の生命を犠牲にした側面があった。こうした構図は、「詩と隠遁（未）」にこう示されている。

理念一般は、特定の人間の存在と努力を待って、完全な理念たるように、隠逸理念もまた、数人の卓越した文学者・哲学者の生命を啖んではじめて理念としての自律性と作用力を獲得したのである。それが最も端的であるのは、鍾嶸（四六九―五一八）が「隠逸詩人の宗なり」と評した陶淵明であり、そして、一時代以前の先輩、ここで今いささか論じようとする阮籍や嵆康の文学・哲学である。

では阮籍や嵆康が、こうまでして獲得した隠逸の理念とは、如何なる内実のものなのか。第一節で引用した文にもあったように、「詩と隠遁（未）」ではそれが「何らかの（今から究明される）理念」とされ、論文内で究明する対象である旨を述べるだけに終わっていた。だが「詩と隠遁（全）」では、阮籍の「大人先生伝」を引用しつつ、より具体的に語られる。

「大人先生伝」では、まずある人が大人先生に手紙を送り、「天下の貴、君子より貴きは莫し」と言って、君子の優れた振る舞い、つまり高橋のまとめによるならば、「戦戦慄慄として規矩に従い、威儀を正し、郷里に称揚され、君主に奉仕し、家を繁栄させ、名声を後世に残すこと」を述べ連ねる。そしてその価値観に反する大人先生に異議を唱えるのである。如上の内容を書き下し文で長きにわたり引用した高橋は、その引用の理由を「ここにつらねられた諸行為こそ、漢代に完成された官僚制度が備えたイデオロギーの典型的表現であり、政治的人間すなわち君子たるものに要求された諸徳目の標本だからである」とする。

だがこれに対し、大人先生は疑念を持つ。高橋はなお「大人先生伝」を引用し、それを次のようにまとめる。「従来の君子道徳とは、およそ頼りにならぬものを絶対的基準として仮定することによって体系づけられたもの」なのであり、「存在は外的規制によって全的に左右され、その規制するものの盛衰によって価値が決るのならば、かかる存在は褌の内にすくう虱に等しい」。こうして君子道徳の不安定な価値に従属して出仕し、政治の一端を担おうとすることを、大人先生、またそれに語らせる阮籍は一蹴するのである。

では「こうした価値転倒」は、何に由来すると「詩と隠遁（全）」は言うのか。もちろん「絶対視されていた政治体制の側の混乱を一つの契機にしていること」を、高橋も否定はしない。だが高橋は、阮籍が価値転倒の先に、「すでに新たな価値基準の提出をはっきりと用意していた」とする。

その新たな価値基準とは何か？　それは、一見微力にみえながら、人間的な諸行為の一切がすべてそれによらねばならぬ自発性であり、自律的秩序である。……人間がみずから発し、みずから律しうる存在であるなら、大事なのは、絶えず、その自発性と自律性を確認し続けることであって、それを法制化することではない。制度が感情を秩序づけるのではなく、感情の自由が一つの統一を当然に作りだすのである、と阮籍は主張する。

以上のような、漢代までに定立した価値体系を切り崩し、新たな有価値なる観念を見出すという構図は、隠逸者における音楽の愛好にも通用した。「詩と隠遁（全）」はまさにそうした展開を見せているのだが、この点については「詩と隠遁（未）」の方が詳しい。

高橋は「詩と隠遁（未）」で、魏晋時代における隠逸の理念化という枠組みを提示した後、一行空けて本論とも言うべき段に入った冒頭に、次のように述べている。

阮籍たちが果した価値意識の変容、あるいは、すでに準備されていたそれに鮮明な照明をあたえ定着した成果は、まず、当時の隠逸者の音楽に対する強い嗜好と、音楽論にみることができる。

こうして阮籍や嵆康に音楽論が存在し、それが「漢代に定立された、政治的人間こそが君子人であるという一つの、根本的な命題に対して」疑義を呈せんがためのものだったとする。阮籍の「楽論」を例に、高橋は政治を凌駕する「人間が実現すべき大調和の雛型」としての芸術（音楽）を、阮籍や嵆康は見出したと考える。政治のように人間を外側から規制するのではなく、人間の諸行為を内側から支える調和としての価値を有したものが、阮籍や嵆康にとっては音楽だったのである。

高橋の「隠遁の理念化」をめぐる議論を、「詩と隠遁（全）」と「詩と隠遁（未）」により見てきた。漢代までに、人は出仕し政治的な人間として生きる君子たることを第一義とする生き方を身に付けた。[13]だが阮籍や嵆康は、人間の内部にはより自発的で自律的な調和を有した精神が存するとした。それが出仕という行為が持つ価値の絶対性の否定と、隠遁の理念化という価値転倒を招来したのである。

注意しなければならないのは、高橋が隠遁の理念化を促したものを、決して外的な存在に求めていないということである。外的な存在とは、具体的には当時の王朝交替が頻繁にあった政治的な混乱であり、また「詩と隠遁（全）」に示唆される「老荘思想と仏教」などである。もちろんこれらも隠遁の理念化に影響は与えた。[14]だが高橋はその影響よりも、魏晋の文人たちに内在した生き方の問い直しを問題にしているのであった。

高橋によれば、「隠遁の理念」は、単に隠逸の行為を選択した人間の行動からうかがい知れるものではなく、「詩と隠遁（全）」に言うように、「文学はかくあるべきもの、読書人の生き方はかくあるべきものという、いわば血の交った〈理念〉」なのであった。まさに第一節でも「詩と隠遁（未）」を分析しつつ注意したように、隠遁の理念化は、「文学者としての自覚的な態度のあり方」と密接に相関しており、極めて人間の生き方として内的に問い詰めるべき問題だったのである。

三　高橋と阮籍・嵆康

前節では、高橋の「詩と隠遁」と題した二篇の文章から、高橋が描出する「隠遁の理念化」の内実に迫った。隠遁の理念とは、魏晋の知識人・文学者たち、中でも阮籍や嵆康といった竹林の賢人たちが、知識人・文学者としてどうあるべきか、如何に生きるべきかを内的に、人間の諸行為に普遍の問いとして突き詰めた結果、獲得したものであった。

そしてその探究は、「出仕」というそれまでの社会に厳然と存していた価値意識を凌駕する、新たな価値体系として体現された。人間の精神には自ずと自発的で自律的な調和が存しているとする考えを、出仕しないという行為よりも、「隠遁の理念」の提示によって、阮籍や嵆康は打ち出したのであった。

では高橋が考える阮籍や嵆康という文人は、ひたすら精神には大調和があるという信念の下に、生を全うし得た人物だったのか。答えは否である。高橋は阮籍や嵆康について、なお別の議論を展開しているのである。

高橋による、阮籍や嵆康をめぐる別の議論として、興味深い文章がある。それが「作家の行動について」[15]である。この中で高橋は、作家が小説以外の形で自己の思念を世人に訴えようとする動機や必然性について、「私の場合はこうである」と前置きした上で、次のように語っている。

混沌とした情念と比較的整理された思念が、内部に共存していて、時間的にも、ディオニソスの時と、アポロンの時とでもいうべきものが交代におとずれる。しかもこれはどうしようもない、というのが根本の理由である。おそらくこれは誰しものことだろうが、従来、人はそのどちらかを抑制してきたのであろう。そのどちらかは本当の自分ではないのだ、と。だが、人間をその全体においてとらえる全体小説への希求と相関的に、私はそのどちらをも抑制しなくていい、と考えている。

この発言に従うならば、高橋という作家の内部には、「混沌とした情念」と「比較的整理された思念」が共存していた。そして人は従来、そのどちらか一方を、ディオニソスの時とアポロンの時という自己の置かれた場合や状況に応じて抑制してきた。だが高橋自身は、その抑制の必要性を否定するのである。

ではなぜディオニソスの時とアポロンの時、否が応にも交代で作家におとずれるはずのその一方を、抑制しなくてもいいのか。それは高橋に「人間をその全体においてとらえる」という希求があったからである。

そして実はこの希求、すなわち「人間をその全体においてとらえる」との希求を有し、交代でおとずれるディオニソスの時とアポロンの時のどちらか一方の自分を抑制することなく生きた中国の詩人こそ、高橋に言わせれば阮籍であった。「作家の行動について」は、先の引用から次のように続くからである。

私の学ぶ中国の文学史にも、おそらくそうだったにちがいない詩人がいる。例えば竹林の賢人として知られる魏の阮籍。

こうして例示される阮籍は、どういった詩人として高橋には認識されていたのか。この後の文章を読み進めてみよう。

彼の詩はおそろしく暗い。「一身すら自ら保んぜず、何ぞ況んや妻子を恋いんや」[16]とすら言う。だが、彼の論文、たとえば「大人先生伝」には、人間世界の秩序のあり方について、ある悲哀の念を含みつつも、論旨としては壮大な楽観をのべる。法律の強制や煩瑣な礼儀の規定はなくとも、人間はその自然な感情によって、そして音楽や文学による陶冶によって、当然に一つの調和を形成しうるというふうに。詩に濃厚な悲観と、論文の楽観とは一見矛盾するようだが、私の目には、後世の研究者をまどわせる複数の思念をもっていたことが、詩人であり哲学者でもあった阮籍の卓越とうつる。

ここで高橋は、詩と論文に区分する形で阮籍の文学に論及している。高橋の見解では、阮籍の詩は暗く、「濃厚な悲観」の色を帯びる。一方の論文では、人間は「音楽や文学による陶冶によって、当然に一つの調和を形成しうる」との楽観を述べ、これはまさに我々が「詩と隠遁」の(未)・(全)二篇を通じて確認してきた発見と重なること、一読して明らかであろう。

そして重要なのは、高橋が阮籍の「詩に濃厚な悲観と、論文の楽観」とを矛盾と把捉するのではなく、むしろ「複数の思念をもっていたこと」として、「詩人であり哲学者でもあった阮籍の卓越」と認識していることである。高橋の目から見た阮籍は、悲観と楽観、あるいはその他の複数の情念、想念を自己の内に共存させ、そのいずれをも抑制することなく文学として表出したことによってこそ、評価されるべきなのであった。

以上の阮籍に対する評価は、高橋自身の文学者としての生き方とも大いに共鳴するものであった。高橋の言葉はこう続く。

いささか我田引水の気味はあるけれども、やせほそった一本道か、「岐路こそ尊ぶべし」といった態度[17]の、どちらを選択するかと言われれば、その後者でありたい、とつねづね私は思っている。

高橋は作家として全体小説の執筆を目指し、人間として自己の内部に持ち得る想念を総体的に取り上げようとした。この志向は、「隠遁の理念化」を考察対象とする高橋にも通底すると言わなければならないであろう。すでに明らかにしてきたように、高橋は隠遁の理念化を、阮籍や嵆康が総体的な人間性の問題として、内的な知識人の在り方を探究した結果によるものと認識していたのであった。

以上、阮籍や嵆康は、高橋の目には次のような文学者として映っていた。自己の内面を探究する人間であり、またその探究の結果を文学として表出するに際し、「やせほそった一本道」の情感や想念に依拠して表出するのではなく、一人の人間総体としての思弁を経た上で表出せんとした文学者であると、高橋は阮籍や嵆康のことを捉えていたのである。

例えば「詩と自由」[18]には、いま述べ来たった阮籍・嵆康像が明確に打ち出されている。

ところで政治的には魏晋南北朝は短命な王朝がしきりに交替する不安定な時期であったが、しかしその不安定性ゆえに思想的にはやがて激しき自由が希求された。魏末・晋初には阮籍・嵆康ら、いわゆる竹林の賢人たちが登場し、その自由への憧憬、社会と人生に対する深い懐疑と反省、さらには激しい自立への希求を詩の文学にも投影することとなった。とりわけ阮籍の「詠懐詩」は、一時の喜怒を述べるのではなく、長い時間の反省を経て自己を総体的にとらえ、表現しようとする作品として、文学史に一つの画期をつくった。

高橋は続けて阮籍「詠懐詩」を引用し、議論をこうまとめる。「文学はここで、内面的な自己救済の具として、知識人必須のものとなる」。阮籍、あるいは竹林の賢人ということで言えば嵆康も含め、文学者でもあり哲学者でもある人の登場によって、文学は自身の内面を総体的に捉え表出するための手段として、新たな役割を担うことになったのである。

そしてこうした文学の内面化について、高橋が研究の上で最も関心を寄せたと言ってもよいであろう六朝時代の美文の特質に対して、「六朝美文論」[19]の中で次のような見解を提示していることは、注目に値する。

感情の強調と、装飾的描写という、ただちには一致しがたい二つの性質は、しかし、魏晋の時代にいたって統一される。魏王朝の法術主義、晋の司馬氏の腹黒い簒奪と、政治的には、かぎりなく厳しい時代であったこのころに、文学は急速に内面化の道をたどり、竹林に自由の場を求めた知識人たちによって、また、文学と自然哲学の相関が樹立される。ひたすら外へ外へと素材領域を拡大していた賦のジャンルにすら、音楽の賦、志の賦、哀傷の賦、そしてそれ自体が一つの論文である賦など、事物の直接的描写という範囲をこえる〈無形〉のものへの関心と志向が加わるのである。そして、そのとき、人間の総体的な論理と文章の定型的リズムとの合体という、もっとも秀れた特質が美文に附与されるのである。

それまでの漢代における賦の伝統、それは人間の外側に存在する事物を直接的に描写するものであり、その描写対象を拡大させた。だが魏晋の時代の厳しい政治状況を前に、文学は内面化の一途をたどり、人間の内部に生じる様々な無形なものたちが、文学の素材となる。その結果、人間の内なる感情が総体的に把捉され、その論理が美文という定型的な文体に載せて表出されたことにこそ、高橋は魏晋の文学「美文」の特質を定めたのであった。

しかも美文の特質は、「竹林に自由の場を求めた知識人たち」によって見出されたものであった。この知識人たちとは、阮籍や嵆康であるとして問題なかろう。実際「六朝美文論」は、「魏の阮籍（二一〇―二六三）、嵆康（二二三―二六二）のあとをうけて登場する西晋の文人陸機（二六一―三〇三）が、その秀れた体現者である」と続けられる。それ以後の論考の主役は陸機に移るけれども、陸機が美文の特質の体現者となる前段階を準備した文人たちとして、高橋には阮籍や嵆康が想定されているのである。

こうした阮籍や嵆康により新たな文学が提示され、それが陸機に継承されていくという構図は、また先に触れた「詩と自由」にも見受けられる。「文学はここで、内面的な自己救済の具として、知識人必須のものとなる」とまとめた後、さらに高橋はこう言う。

竹林の七人たちは多く王朝交替にともなう陰険な策謀に足をすくわれて、あるいは非業の死を遂げ、あるいは韜晦隠遁したが、魏呉蜀という三国の鼎立が、魏を簒奪した晋によって統一されたとき、また別の悲しみに打ちひしがれる詩人も現われた。もと呉国の貴公子であり、敗戦によって心ならずも敵国晋に仕えた陸機がそれである。

哀しみの質を異にしながらも、阮籍や嵇康と同様に自己を救済するものとして内面化された文学を営もうとした詩人として、陸機が挙げられている。高橋は陸機を、阮籍や嵇康と通底するものを持ち合わせた詩人として認識していたと言ってよいのではないか。

ここで注目すべきは、阮籍や嵇康に論及した文章群が、一九七一年に死を迎えた高橋の晩年、具体的には一九六六年より後に発表されているという事実である。本稿で註も含めて取り上げた文章を初出年の順に並べれば、「六朝美文論」と「詩と隠遁（全）」が一九六六年、「作家の行動について」が一九六七年、そして「詩と自由」と「明哲保身――『深沢七郎選集』のために――」が一九六八年である。高橋の全集を繙いて、阮籍や嵇康が登場する文章がすべて高橋の晩年に集中するのは、決して偶然ではあるまい[20]。

すると次のような推測も、十分に成り立つように思われる。つまり高橋はその晩年、陸機につながる詩人として、人間の内面に存する問題を総体的に探究した阮籍や嵇康について、興味を抱きつつあった[21]。そしてその探究の一環として隠逸の理念化の問題があり、それに関する論考として着手したのが「詩と隠遁（未）」だったのである。その後も折に触れて阮籍や嵇康にまつわる考察を深化させた高橋は、エッセイや論考などにおいてその考察の一端を言葉にしていった。こうして目指されたのが、一九六九年に作品集に収める予定で題目として提示された「嵇康論五十枚」なのではないか。

もちろんここまでの阮籍や嵇康に関する言及は、主として阮籍が取り上げられ、正面から嵇康を扱ってはいない点、いくらか気にかかる[22]。「詩と隠遁（未）」も、副題は「魏の阮籍について」であった。だが一九六九年の段階で、竹林の賢人として阮籍と嵇康の二人に強い関心を有し、またある程度のまとまりを持った論が高橋の中に膨らみつつあり、「嵇康論」の執筆を企図していたと考えることは、ここまでの考察を踏まえて当を失してはいないように思われる。あるいは少しく想像を逞しくすることが許されるなら、この「嵇康論」は、「詩と隠遁（未）」という阮籍論と一対の論考として位置づけられていたのかもしれない[23]。

おわりに

ここまで、高橋の「詩と隠遁」と題した二篇の文章を契機として、その他の阮籍や嵇康に論及した文章をも参照しつつ、高橋における阮籍像、嵆康像に迫ってみた。

高橋は、嵆康と阮籍、とりわけ阮籍が、それまで外へ外へと文学の対象を拡大していた賦の文学を内面化させ、自己の内部に共存する人間の問題に関する多様な思念に対し、一人の文学者の総体として向き合い、文学の形で表出したことを、その卓越と認識していたのであった。

ところで人間を全体として捉えようとする志向は、高橋の研究においても貫かれていた。高橋の研究は、「文学的表現なるものは、偽作のまぎれをまず考証排除したのちはどの詩人であれ、その人が、そう思われたがって提出した自己像をまず全的に受け入れるべきだという立場」[24]に立つものであった。

すでに紹介したように、「作家の行動について」でも、高橋は全体小説への希求を表明していた。こうして高橋は、文学の創作・享受・批評・研究という四要素の一体性を主張するのだが、それは阮籍を見つめる目にも投影されていた。「作家の行動について」で、阮籍のような複数の思念の内在に自らが与する旨を述べたのに続けて、高橋がこう言っているのは、そのことをよく示すのではないか。

そうした態度の上に、すべての職務は分業化し細分化して能率をあげようとすることはやむを得ぬとしても、ただ文学においては、創作、享受、批判、研究という円環を、ことさらに排他的に区分する必要はないという考えが位置する。[25]

思弁性の強い阮籍や嵆康の詩文が高橋の考究対象となったことは、ごく当然のことであったように思われる。本稿では、高橋の残した文章における阮籍と嵆康への論及をたよりに、文学の内面化と人間の諸問題への文学によるアプローチという観点から、高橋が存命であれば展開していただろう阮籍論・嵆康論の一端を推定してみた。高橋による阮籍論・嵆康論が実際に残されていれば、その後の学界に裨益するところ大であったことは、疑いない。だが人間が抱える問題を、どの一つとして抑制せずに総体として文学によって捉えようとした阮籍、嵆康の精神の諸相を、一つ一つ丁寧に解きほぐしていく時間を持つことは、残念ながら高橋には許されなかったのである。

〔註〕

1　いま中国文学に関する論考の題目および内容を一つ一つ挙げて紹介することはしない。その詳細は、河出書房新社『高橋和巳全集』第十五巻から第十七巻、『桃の会論集』八集（高橋和巳専号）（桃の会、二〇一八年）など、参照。

また本稿では、高橋の文章は原則『高橋和巳全集』（「全集」と呼称）に依拠し、引用時に全集での題名、それが原題と異なる場合は原題、初出年、全集の巻数を順に明記する。

2 初出一九六二年、全集十二。

3 具体的な詩人とその作品名を、一先ず現存の原稿に出てくる順序で挙げれば、次の通り。張之洞「中興一首答樊山」・孫詒譲「自題変法条議後」・郭麐「検閲数年来元夕諸作、感而賦之」・程廷祚「憂西夷篇」・李光昭「阿芙蓉歌」・陳文述「読詔寄都下諸侍御」・徐鑠慶「白蓮賊疾妖邪也」・林則徐「庚子歳暮雑感」・徐世昌「晩晴簃詩匯」（一部）・顧翰「兪家荘歌」・朱琦（作品なし）・王闓運（人物紹介のみ）。なお原稿の最後には、高橋自作と思われる清朝皇帝一覧表およびアヘン戦争以後の簡単な年表が附される。

4 初出一九六五年、全集十二。

5 この頃の高橋の心境については、「教師失格」（初出一九六五年、全集十二）、参照。また高橋が創作者（作家）と研究者としての自己をどう両立させようとしていたかについては、註1所掲の『桃の会論集』八集（高橋和巳専号）に掲載の拙稿「高橋和巳と陸機」、特に「四　高橋和巳と創作・享受・批評・研究」、参照。

6 この「亡国の詩人たち―庾信から江総まで―」のタイトルは、原稿の一枚目、表紙に相当する用紙に記載されたものであり、すべてのページが極めて判読し難い走り書きである。三枚目には「亡国の詩人たちノート」としてメモがある他、五枚目には「亡国の詩人たち―江総を中心とする陳代の文学」との題名書きも見える。ただ「を中心とする」と「文学」については、判読にやや自信がない。またいささか余談めくが、六枚目の裏面には書信の下書きと思しき筆跡が見え、「やっと夏休暇に入って長編小説に」云々（以下判読不能）とある。
なお「亡国の詩人たち」の副題に見える庾信と江総については、高橋が高木正一・武部利男の両氏と編んだ『漢詩鑑賞入門』（創元社、一九六二年）が参考になる。高橋が執筆を担当した「中国詩史梗概」には、「六世紀、南朝末、南北の対峙した政治の紛争は、庾信をはじめ多くの亡国の詩人をうんだ」とあるし、隋の詩人の一人として江総を取り上げた部分の解説には、「隋に攻められた陳王朝のあっけない滅亡の責任の一端は彼にもあるわけである」と言う。

ちなみに庾信については、「庾信の文学と伝記」という草稿が、やはり日本近代文学館には残されている。ただ残念ながら原稿用紙一枚、わずかに次の如く書き出されたところで筆は止まっている。


この小論は、盛唐の詩の散華の奥にあって、ともすれば忘れられ勝ちな、中国南北朝末期に於ける比類なき憂愁の文学を、その時代の諸相と共に考察し、それが本来据えられるべき栄光の地に固く位置付けんと欲する。

その文学とは、言う迄もなく庾信（字《あざな》は子山）の詩文を指す。

7 原題「隠遁について」、初出一九六六年、全集十二。

8 『高橋和巳作品集9』（河出書房新社、一九七二年）の解題に、

「なお一九六九年春、作品集の編集段階の時点で、著者が記した「中国文学論集」収録作品リストがあり、それには「六朝文学論」の項に「嵆康論」五十枚という記述がある。「嵆康論」が書かれていればぜひとも収録したいと思いさがしたけれども見つからなかった」とある。

9　一般には「竹林の七賢」という呼称が通行するが、高橋は「竹林の賢人」と記すことが多いので、ここでもそれに従った。

10　これまでこの劉子が何者なのかは、具体的な人物と目されつつ未詳とされるか、阮籍による想像上の人物とされるかのいずれかであった。その意味で、高橋が「詩と隠遁（未）」の中で「阮籍に向けて設問する対立者が劉氏と名づけられている理由は、いうまでもなく、出仕の道徳的意義づけのなされた漢代、その帝室が劉氏であったことによっている（と私は考える）」と言うのは、その是非はなお検証の余地があるとしても、注目すべき指摘なのではないか。

11　全集十二巻末の「解題・補記」、参照。

12　「陶淵明や謝霊運（三八五―四三三）を動かしたのは、経済的・生活的要因によるよりも、むしろ〈理念〉であることは明白である」や、「くだって劉宋の時代ともなれば、ほとんど、それが理念として完成されていたゆえに、現実的には隠逸と無関係な文人たちをも、それを憧憬せしめたのである」。陶淵明については、「詩と隠遁（全）」でも、「たとえば陶淵明が我れ五斗米のために郷里の小人に対して腰を屈するのをいさぎよしとせぬと言って官吏をやめた逸話は広く知られるが、それは単に彼が傲慢であったりひねくれ者であったからそうしたのではない。彼にはよりよき人間の生き方に対するイメージが脳裡にあり、その〈理念〉に照らして、彼の現実が裏切的に見えるものだったからそうしたのである」とする。

13　高橋は漢代を、その後の中国の様々な認識の基礎を形作った時代と捉えていた面がある。例えば「詞華集の意味」（初出一九六三年、全集十二）は、「私の考えでは中国文学にあっては漢代においてすでに表現者のありうべき態度はほぼ出揃ったと思う」とする。その上で「みずからの主張を『列女伝』をはじめ、既存の故事逸話の類を再編成することによって主張しようとした劉向の態度」、「古典に擬しつつみずからの時代にはまたみずからの作りなせる『論語』や『老子』があるべきだと考えてそれを実践した揚雄の態度」、「述べて作らざる志向の極限としての古典注釈およびその体系の中に自己の思念をひそめさせた鄭玄の態度」の三つを挙げる。

14　前掲『漢詩鑑賞入門』の阮籍の項には、魏王朝の中央集権と司馬氏の抬頭を紹介した後に、「政界は欺瞞と恐怖にみちていた。インテリゲンチャは老荘の隠遁思想にこころのよりどころをもとめ、政治の打算、煩瑣な儀礼をはなれたところで、人間性を解放しようとした」と解説する。

政治的な混乱の中での嵆康や阮籍の行動は、また作家・深沢七郎についての「明哲保身―『深沢七郎選集』のために―」（初出一九六八年、全集十三）に、次のように紹介されている。「明哲保身という言葉は、先の魏の孔融より一世代あとの、竹林の賢人といわれる人々の時代の、ものの解った人々の生き方を、本来は言う言葉であって、それらの人々は、多くは世間をはなれて隠遁した。恐ろしくけわしい時代で、いつ殺されるか知れたものではない時代だった。たとえば、嵆康という哲学者は、友人の山濤に、ある官職につくことをすすめられた時、自分には虱がいて、それをぽりぽり掻くのが好きだが、官吏になどなると虱をぽりぽり掻くことすらできんと言ってことわったほどだが、それでも結局は何のかのとなんくせをつけられて当時の為政者に殺されてしまった。だから嵆康の友人の阮籍などは、人を批評する言語など一切はかないで、ただ、気に入った人に対しては、青く涼しい眼をし、気に入らぬ人には白眼で対応するという窮余の策をとっていた。阮籍は大へんな酒のみで、自分の娘を権力者がその息子の嫁にしたいと申し出てきたとき、ことわるでもなく肯うでもなく、六十日間べろんべろんに酒に酔って、なんとか切りぬけたという話も伝わっている」。

15 原題「作家の評論集にふれて」、初出一九六七年、全集十四。

16 阮籍「詠懐詩」八十二首のうち第三首に「一身不自保、何況恋妻子」とある（筆者註）。

17 阮籍という詩人自身について、「岐路」ではないが、自ら車を出して気ままに出かけ、道に行き詰まると慟哭して引き返したとのエピソードが伝わる（『晋書』阮籍伝）。また「詠懐詩」第二十三首には「楊朱　岐路に泣く」の句が見出だせ、これは戦国時代の楊朱が岐路に立たされた折、南にも北にも行けると泣いた故事（『淮南子』説林訓）に基づく（筆者註）。

18 原題「唐詩と六朝詩―詩と自由について」、一九六八年、全集十二。

19 初出一九六六年、全集十五。

20 もちろん一九六二年発刊の前掲『漢詩鑑賞入門』にも、阮籍は取り上げられる。だがこれは概説書であるために有名な詩人を満遍なく拾っているということで、いま時代の問題とは関わらないものとする。

21 高橋における陸機の位置づけについては、前掲拙稿、参照。

22 嵆康を阮籍とセットではなく単独で取り上げたものは少ないが、「想像の魔性について」（初出一九六七年、全集十四）がある。「嵆康やボードレールやポオが麻薬患者であったように、秀れた詩人が同時にある性格的な弱みを持っていた事例は少なくない。泥酔癖にいたってはもはや枚挙にいとまないが、麻薬や麻酔的な飲料水の服用ゆえに、詩人たちが不健康だったという考え方もまた間違っている。彼らがもし不健康であったとすれば、まさしく彼らが、詩作に耽ったというまさにそのことによってであろう」と言う。

23 註1所掲の『桃の会論集』八集（高橋和巳専号）に掲載の小南一郎「高橋先生との日々」によれば、高橋は京都大学に助教授として着任し、六朝文学をめぐる論文集を刊行する予定であった。高橋による六朝文学の通論と、分担執筆による個別の詩人についての論考をまとめたものを構想していたようで、高橋が分担する詩人こそ、他ならぬ嵆康・阮籍の予定であったと言う（十三頁）。これと「嵆康論五十枚」が同じかは定かではないが、高橋が晩年に嵆康あるいは阮籍に強い関心を有し、その論考の執筆を企図していたことを示す貴重な証言である。

24　「陶淵明について―学会報告」、原題「どう理論化された現代の動き―秋季学界の成果と課題」の中国文学会の報告、初出一九六一年、全集十二。これに立脚した高橋の研究の立場については、前掲拙稿、特に「三「陸機の伝記とその文学」と研究態度」、参照。

25　高橋が文学の創作・享受・批評・研究という四要素を一つの円環として捉えていたことは、前掲拙稿、特に「四　高橋和巳と創作・享受・批評・研究」、参照。

謝辞

本稿に引用する高橋和巳の所蔵資料の公開を承認して頂いたことに対し、ここに日本近代文学館に深謝の意を表する。

池田恭哉（いけだ　ゆきや）

一九八三年、北海道生まれ。京都大学文学研究科博士後期課程修了。京都大学文学研究科准教授。著書に『南北朝時代の士大夫と社会』。

高橋和巳と満洲国・中国占領地

――歴史認識とその背景

関　智英

一、はじめに

高橋和巳については、これまでも数多の関係者・専門家がその思想を問い、戦後日本の文藝・思想の一時代を象徴する存在と位置付けてきた。そうした高橋和巳に対する評価に筆者も異存はないし、それを大きく乗り越える知見も持たない。

ただ筆者が関心を持っている満洲国や日中戦争時期の占領地の問題に注目しながら高橋和巳の作品を読んでみると、実は高橋和巳の満洲国や中国占領地に対する歴史認識が同時代の中では先駆的であったことに改めて気付かされる。

満洲国や占領地の問題については、戦後日本人の多くが無関心であり続け、歴史研究でも広く関心が持たれるようになったのは一九八〇年代以降のことである。これに対し、高橋和巳は一九六〇年代というかなり早い段階から関心を寄せ、自身の文学でこうした問題を取り上げているのである。さらに興味深いのは、満洲国や中国占領地の関心が中国研究者としての高橋の師にあたる吉川幸次郎の思考から影響を受け、共鳴する部分があったのではないか、と考えられる点である。

本稿ではまず高橋和巳の小説『悲の器』・『邪宗門』・『堕落』及び、これら作品が発表された前後の評論の読み直しを試みる。これにより高橋和巳が、満洲国や中国占領地、さらに漢奸（漢民族の裏切り者）といった問題への関心を深めていったことを確認する。続いて当時の日本社会の傾向についてふれた上で、高橋和巳と吉川幸次郎との関係について検討する。これにより高橋和巳が同時代においては極めて先駆的な歴史認識を持っていたことが明らかとなろう。

二、満洲国と中国占領地

そもそも満洲国や中国占領地の問題とは如何なる背景のもと生じたものであろうか。これは日中戦争の構造とも関わる問題である。高橋和巳の文章を検討するにあたり、ここで前提となる歴史を簡単に整理しておきたい。

一九三二年に成立した満洲国は、日本が日露戦争以後獲得した満洲の権益を守るために中国の領域の一部に「建国」した政権である。日本から満蒙開拓団が送られたことや、政権中枢を日本人官僚が担った点に注目すれば、まさに中国が主張するように「偽国」と言える存在であった。

ただ、満洲国は自らを「中国（チャイナ）」ではなく、「満洲（マンチュリア）」と説明しており、そこには清朝の復活を狙う人々、中国の中央の政治状況に巻きこまれることを嫌った現地有力者、また漢族の入植を快く思っていなかったモンゴル人、朝鮮半島からの入植者など、様々な思惑を持った人々も集まっていた。少なくとも満洲国は「偽国」だけでは説明できない多様な側面を持った存在であった。

一方、中国占領地は、日中戦争の過程で生まれたものである。一般に日中戦争は日本と中国との戦争と理解されているが、事態をより子細に見るならば、日本が敵としていたのは、日本へ抗戦を続けるため南京から重慶に遷都していた国民政府であり、また延安で勢力を拡大していた中国共産党であった。そもそも日本は中国に対して正式に宣戦布告をしていなかった（故に「事変」と呼称した）。

こうしたこともあり、日本は占領地に中国人による政府を組織させ、それを育成する方針をとった。このことは単純化して言えば、中国人相互が敵味方になる構造が日本によって持ち込まれた、ということであった。

一九三八年一二月、国民政府で蔣介石に次ぐ立場にあった汪精衛が、日本の呼びかけに応じて抗戦の首都重慶を脱出すると、日本は汪精衛を利用した和平を模索した。一九四〇年三月、汪精衛は重慶の国民政府を南京に還《かえ》すという建前で政権を樹立した（汪政権）。それまでの占領地政権も汪政権に合流した。

汪政権は、日本占領地の政権として、日本に隷属する側面はあったものの、建前上は独立した中国を代表する政府であった。その機構内部には多数の中国人も参加しており、彼らと日本との関係も多様であった。汪政権の要人周仏海が重慶と連絡を取り続けていたように、面従腹背の態度を取る者も少なくなかった。しかし、蔣介石率いる重慶国民政府や、延安の中国共産党から見れば、汪政権は、所詮は敵の支配下にある「偽政府」であり、それに参加した中国人も、漢民族の裏切り者、すなわち「漢奸」に他ならなかった。

一九四五年八月、日本の敗戦により満洲国・汪政権は解消した。しかし政権関係者にとっては厳しい時代の始まりであった。蔣介石率いる国民政府は、三万人を超える汪政権関係者を逮捕し裁判にかけ（漢奸裁判）、中国共産党はこれに満洲国関係者をも加え、人民裁判の名のもと裁いた。さらに中華人民共和国建国後も、度重なる政治闘争で、関係者は「漢奸」として厳しい立場に立たされたのである。[1]一方、戦後の日本社会では、こうした日本の側に立って協力した政権や中国人は、過去の存在として忘れ去られていったのである（後述）。

三、高橋和巳作品にみる満洲国・中国占領地

（一）『悲の器』

高橋和巳の文章のうち、間接的ながら最初に満洲国や占領地と関係した作品は『悲の器』である。高橋が『悲の器』の構想に入ったのは一九五八年で、一九六二年一月に脱稿している。[2]

物語は、妻をはやくに喉頭癌で失った某大学法学部教授正木典膳（五五歳）が、友人の媒酌で、某大学名誉教授・名誉市民の文学博士の令嬢と再婚するはこびになったところ、それまで愛人関係にあった家政婦米山みき（四五歳）により、損害賠償請求が提起され、スキャンダルに巻き込まれていくさまを描いたものである。[3]

この小説の主人公正木典膳のモデルが法制史学者瀧川政次郎であることはすでに指摘されている。[4]瀧川は一九三四年から日本の敗戦まで、満洲国の司法部法学校や建国大学、また日本占領下の北京にあった新民学院で教壇に立ち、戦後も『満洲建国十年史』の出版に関わるなど、[5]満洲国や大陸と深い関係を持った人物だった。さらに引揚げ後、「妻や子供達とのミゾが余りにも深くなって」離別しており、[6]戦争とそれにまつわる問題とも無縁ではなかった。

瀧川は一九五二年に愛人関係のあった未亡人から訴えられるが、当時の新聞記事を読めば、『悲の器』のプロットがこれを基にしていることは明らかである。[7]ただ本作品の枠組みは瀧川の事件と重なるものの、作品には大陸や満洲に関する直接の言及はない。

高橋和巳が明確に占領地の中国人の問題に言及するのは、『悲の器』脱稿の翌年一九六三年八月に『朝日新聞』に掲載された「政治と文学」と題する文章である。[8]この中で高橋は、日本における「政治と文学」の議論が、中国の事情

を看過していること、すなわち民国時代の中国文学界において、「政治と文学」の論争が日本以上に激烈であり、なおかつそのころ日本は中国への加害者の一員に加わりつつあった、という事実を完全に無視していると指摘したうえで、次のように占領地の問題に触れている。

さいきん私はある必要があって戦争中の思想書や文学書をつとめて読みあさっているが、その一冊として上田廣の「地燃ゆ」に触れた時、私は私たちの視野脱落を痛切に実感した。この作品は八路軍に従軍していた中国の少女が日本軍の捕虜になり、日本の宣撫班将校のもとに配置されて村々を宣撫してまわる物語である。この作品は文学としてよくできたものだが、そこに描かれている民族を裏切る少女の苦悩が私をして反射的に丁玲の『霞村にて』を連想させた。

そして文章末尾で高橋は、文学者などが視野脱落のまま事をうやむやにすまそうとすれば、「私たちの道徳は恥知らずの道徳となり、私たちの文学は恥知らずの文学となりはてる」と厳しく指摘した。

当時の日本は、所謂「戦記もの」のテーマやジャンルが広がり[9]、戦後二十年を控えて戦記のアンソロジーが編纂・出版された時期だった[10]。その中で改めて戦前の作品を読み直し、中国人を裏切る中国人の苦悩にまで眼差しを向けている点で、高橋の感覚は中国経験を有する世代とも相通じるものだった。これは作家武田泰淳が、高橋のこの文章に共鳴していることも、間接的ながらその証左となろう。

武田泰淳は一九三七年から一九三九年まで従軍して華中を転戦し、一九四四年六月から敗戦までは、中日文化協会に奉職し東方編訳館出版主任として、上海を舞台に対外文化工作や宣撫工作に関わっていた[11]。

そうした武田にとって、高橋の先の指摘は共感しうる内容だったようで、中国文学研究者のすべてが、高橋和巳のごとく敏感ではなく、また政治と文学にとりくんでいる文学者も、高橋がこだわった点にはさほど敏感でなかったと、間接的に高橋を高く評価しているのである[12]。

同じ頃、高橋和巳は『朝日ジャーナル』に寄せた「中国知識人と日本―郭沫若」でも占領地の中国人作家へ言及し、郭沫若の周辺の作家達が、日本への好意ゆえに困難な位置にはまりこんだことを悲劇であるとして次のように述べた。

一歩ふみあやまれば破滅する陥穽がいたるところに開かれていた。かれ〔＝郭沫若〕の親しい友人や同時代人のなかにも、たとえば、張資平は日本に協力して漢奸の汚名をうけ、郁達夫は迷いに迷って傍観的となり、周作人は日本への好意ゆえに困難な位置にはまりこんでいった。そうした悲劇が、現に数多くかれの身辺に存在する。[13]

文中に登場する周作人は魯迅の弟で、日本占領下の北京に残った中国人知識人の中では最も著名な人物の一人であった。戦後は漢奸裁判にかけられ厳しい批判にさらされることになる。この周作人と同じく北京に残り、戦後漢奸とされた文学者の銭稲孫が、吉川幸次郎と深い関係を持っていたことは後述する。

（二）『邪宗門』

一九六四年八月頃からから執筆構想が練られ、翌年一月から一年半にわたり『朝日ジャーナル』に連載された長編『邪宗門』にも、これまで見てきたものと同様の高橋の関心が窺える。『邪宗門』は、新興宗教ひのもと救霊会とそれをめぐる人々の動きを、昭和十年から敗戦後までの日本の動向の中で描いた作品だが、その中には戦時下の満洲国や中国も登場する。

作中高橋は、満洲の開拓団村長に「治安がわるいとか、面子ばかりを重んじて腹黒いとか、不潔で怠惰だとか、漢人や満人を非難する人が多いですがね。満州では伝統的に村落自治が発達していて、道教の分岐でしょう、彼らが育てた信仰を中心にして、硬い結束を守ってましてね」[14]と語らせる。ここからは、高橋が橘樸の著作など、当時利用し易くなっていた関係資料を丹念に読み込んだ上で執筆にあたったことがわかる。[15]

とりわけ重慶の捕虜収容所を描いた場面では、中国人の悲哀を鋭く描き出している。この場面において日本人捕虜に国民党女子軍の将校が語る次の言葉からは、当時の中国人の心情に迫ろうとする高橋和巳の姿勢を窺うことができる。

あなたがたも見てきたでしょう。一つの村を占領すれば、その城壁に日本軍万歳と貼紙がしてあります。しかしその貼紙の裏には、日本帝国主義打倒の文句が書かれているのです。共産軍が進駐すれば共産軍の、国民党軍が立寄れば国民党軍の、そして日本軍が入って日本軍むきの歓迎の言葉を並べる民衆の悲しみが、あなたがたも人民ならわかるはずです。你們是日本人、我是中国人、可是、可是……咱們都是人。明白不明白[16]？

ここにはもちろん日本人への憤りも描かれているが、民衆の悲哀を単なる中国対日本の対立のみで捉えていない点は注目されよう。そこに国民党・共産党との関係も織り込むことにより、村民にとって日本軍が憎むべき存在であることと同様に、国民党や共産党もまた厄介な存在であることを暗示している。高橋は、権力者に翻弄される中国民衆の悲哀をより多角的に捉えようとしたのである。

（三）『堕落―あるいは、内なる曠野』

さて『邪宗門』において満洲開拓団の描写が綿密であったことを確認したが、満洲国の存在そのものが物語の伏線として重要な役割を担わされているのが、『文藝』一九六五年六月号に掲載された『堕落―あるいは、内なる曠野』（以下『堕落』）である。

主人公は次のように設定されている。主人公青木隆造は、上海の東亜同文書院卒業後満鉄に入社し、満洲青年聯盟の一員として「王道楽土の理想実現のために献身」した。満鉄を辞してからは牡丹江で開拓団の指導にあたり、敗戦後のシベリヤ抑留を経て、一九四七年春に日本に引揚げた。その後、神戸郊外に社会福祉事業団体兼愛園を設立し、混血児の保護・教育に尽力した。[17]

物語の場面は、そうした青木の長年にわたる慈善事業に対する新聞社主催の表彰式典から始まるが、晴れの場であるにも拘わらず青木の心は晴れない。続いて元関東軍参謀が拓いた内輪の招宴では、この関東軍参謀の他に、かつての満洲国総務庁主計処課長・満鉄調査部員・拓務省参議・関東軍参謀部第三課嘱託・奉天文治派于冲漢や国務総理鄭孝胥の顧問らが集い、部屋には清朝の遺臣で、満洲国では監察院院長や参議府参議を務めた学者羅振玉の書が掛けられている。招宴を主宰した元関東軍参謀は次のように主人公を語る。

青木は五族協和の観念の権化のようなものだった。満鉄社員や軍人の生活と満洲土民の生活水準にあまり大きな落差のありすぎることをいつも憤っていた。そして小池君が移民村をひきつれて開拓にやってくるようになってからは、日本人と満洲人やシナ人を結びつけようとやっきになっていた。日本の青年と満洲の娘、シナ人と日本人……。混血で平和が築けるかどうかはしらんが、満洲で意図して失敗したことが、亡国の日本では目のそらしようのない現実だったわけだろう。[18]

ここには、民族の混成国家であった満洲国と、混血児の保護・育成施設である兼愛園が、青木の中で通じる存在であったことが暗示される。そして、その後自身の心に広がる曠野のイメージに囚われた青木は、秘書と保母を犯し、賞金を持って兼愛園から失踪するのである。

高橋和巳は『堕落』の中で、戦後も満洲国時代の経験や思惟から逃れることのできない日本人の姿を描いたが、その背景には満洲国に対する並々ならぬ思い入れがあった。高橋は、満洲国が明治維新以来の日本の集約であったとして次のように述べる。

> 太平洋戦争の敗戦を〈終戦〉と言いかえた時から、考え尽すべき多くの問題が、抑圧されあるいは単に忘却してすまされることとなったが、その半ば無意識的に忘却されようとしたもののうち、もっとも重大なものの一つは、幻の帝国――満洲国の建国とその崩壊である。私見によれば、それこそが明治維新いらいの日本民族の物理的エネルギーから精神構造にいたるまでの、活力と矛盾、夢想と悲劇の集約であって、この体験と苦渋、独善と錯誤を伏せてはいかなる未来志向もありえないはずのものである。[19]

しかし日本人は満洲国のことを記憶から消し去り、一時の異常事態として、戦後の世界とは無縁のものとみなした。こうした戦後日本の潮流に対し高橋は「強くその態度を嫌悪する」と述べる。そして民族的な体験はたとえ汚点であっても抹殺することは出来ないこと、また満洲国に対する本質的な意味での考察が他のいかなる分野でもなされていない点を指摘し、[20]人間の内面のあり方の問題がからんでいる以上、これは文学の問題であると結論づけたのである。[21]

こうした高橋の関心は、時に満洲国関連の記事が新聞に載ることがあっても、[22]満洲国や中国占領地についてほとんどの日本人が関心を持たなかった当時、極めて先駆的なものであった。

四、日本社会の対応

満洲国や、かつて日本と同じ側で戦争に関わった中国人の事情に対し、戦後の日本社会はどのような対応をとったのであろうか。結論から言えば、総じて冷淡ないしは無関心であったと言える。新聞で汪政権の要人が漢奸裁判にかけられた事実が伝えられることはあったものの、多くの日本人にとって、それはそれ以上のものではなく、むしろ日本人残留者や、その引揚のほうがより大きな問題であったことは想像に難くない。たとえ満洲国や汪政権への言及があったとしても、それは「漢奸」が生まれた背景に日本の中国侵略があったことを自覚し、また「漢奸」とされた中国人の運命に思いを致すようなものではなかった。

こうした当時の雰囲気は、ジャーナリストの大宅壮一が、吉田茂を汪精衛や漢奸になぞらえて「日奸」と呼称したり、[23]日米行政協定を日満議定書、警察予備隊を満洲国軍に擬したこと、[24]また国会で野党議員が政府を糾弾する際に「今や日本政府の態度及び日本の資本家の態度は、この汪兆銘以下だといわざるを得ない」[25]や「あの汪精衛政権時代の中国でさえ、四九％以上の外資は民族資本を守る立場から絶対に禁止していた」[26]といった議論を展開したりしたことに象徴される。日本人にとって「満洲国」や「汪精衛政権」はもはや自分たちの協力者ではなく、批判すべき傀儡の代表例に過ぎなくなっていったのである。[27]

もちろん少数ながら、中国人協力者の動向を気に掛ける日本人もいた。特に戦前大陸で活動した軍人や外交官の中には、戦後日本に亡命してきた対日協力者の生活支援に尽力した者も少なくない。例えば元支那派遣軍総司令官の岡村寧次は「日本の意図に依り成立したる政権に奉職して居《お》つた人人に対しては日本政府が責任を負うて保護するのが当然だと思ひます」[28]と、亡命者救済を求める嘆願書を外務省に提出していたし、[29]かつて駐華大使館に勤めていた清水董三や池田篤紀は、日本に亡命していた汪政権の宣伝部次長胡蘭成を支援していた。[30]

戦時中に大陸での経験を持つ作家の中には、堀田善衛・阿部知二・田村泰次郎・武田泰淳・中薗英助のように「漢奸」とされた人々をテーマに執筆する者もいた。[31]これには「運命の人としての汪先生の悲劇」[32]を書いた草野心平や、漢奸裁判を纏めた新聞記者の益井康一[33]を加えることもできよう。

彼らの動きは、戦後の日本文壇全体の傾向から見ればごく限られたものであったが、程度の違いこそあれ、「日本側に協力してくれた中国人諸氏の運命を胸に痛いものが刺さり込んで来たような気持で気づかっていた」のである。[34]そして京都大学で高橋和巳の師である吉川幸次郎も、同じくこうした中国人協力者に思いを致した日本人の一人だった。

五、吉川幸次郎と中国占領地との関わり

京都大学文学部で中国文学を講じ、高橋和巳の指導教官となる吉川幸次郎は、一九二八年から三年間北京に留学しており、日中戦争勃発後も様々な形で占領地の中国人と接点を持っていた。

日中戦争勃発直後の一九三七年一二月には、外務省文化事業部から北京に派遣され、「新興北支の文物、教育その

他について視察を行」っている他、[35] 一九四三年八月には第二回大東亜文学者大会に参加した。この大会には日本の他、満洲国・中華民国（汪政権）・蒙疆から文学者が集まり、第一回と同じく東京で開催された。

大会三日目の第三分科会で吉川は中国文学に対し、大略次のような批判を行った。

> 中国の現代文学は忌憚なくいつて程度が低い。そして餘りに暗い。最近周作人氏を中心として発刊された藝文といふ雑誌に載せられた四篇の小説を読んでも、その尽くが暗いものばかりである。これでは大東亜建設の文学にふさはしくない。これからは日本の作家が指導者となつてもつと明るい文学を創作するやうにして欲しい。[36]

これに対して周作人の弟子にあたる北京大学教授の沈啓无が次のように答えた。

> 中国の現代小説は暗いものばかりである。それは現代小説ばかりではない。魯迅の作も、みんな暗いものばかりである。然し暗いものの中から明るい光が出るであらう。[37]

戦争協力のために各地の文学者の交流を目的として開かれた大東亜文学者大会の場で、こうした議論の応酬があることは珍しかったようで、当時の新聞記事では「日華両国委員の間に論議の交換のあつたのは、興味あること」と指摘されている。[38]

（一）「C教授」

さて、こうした経験を持つ吉川幸次郎は戦後も折に触れて占領地の中国人を回想している。一九五一年、婦人雑誌に発表された「C教授」は、吉川が北京留学時から交流を持ち、戦後「漢奸」とされた友人との思い出を次のように書き始める。

> C教授は、中国に於ける日本文学の大家である。家は代代の学者であり、お父さんは、清朝の末年、つまり前世紀の末から今世紀のはじめへかけての、中国の外交官として、令名があった。（中略）
>
> 私が昭和のはじめ、北京に留学したとき、Cさんは、国立清華大学の教授として、漱石その他を講じていられた。（中略）三年の留学の間、私はたびたびCさんをおとずれた。お宅は、北京の山の手にあたる西城に

あり、父祖以来のお邸《やしき》であろう、全部で百何間かある大邸宅であった。（中略）私は甚だC家の人人を尊敬する。それは何代かにわたる文化の伝統が、人間の善意に対する信頼を、つちかって来た地域にこそ、存在すべき家庭だからである。

文中の「C教授」とは、前述した銭稲孫のことである（「C」は「銭」の中国語音をウェード式で表記した「ch'ien」に由来する）。銭稲孫は父が日本に滞在していたことから、慶應義塾幼稚舎に入学し、その後東京高等師範学校附属中学校まで日本で学んだ[39]。このため日本語も巧みで、吉川以外にも多くの日本人と交流があった[40]。

日中戦争が始まり、北京が日本軍に占領されると、大学関係者や学生の多くは北京を離れた。しかし銭稲孫は、占領下の北京に残り、北京大学に奉職した。この時、銭稲孫は万葉集など古典を中心に日本文学の翻訳紹介に尽力しており、師の周作人と共に、否応なく華北を代表する文人として脚光を浴びることになる。

銭稲孫が北京にとどまった理由はいくつかあるが、日本との密接な関係も一つの要因であった。吉川は次のように続ける。

しかし戦争は、すべてをふきとばした。Cさんは日本軍政下の偽政府に協力したというかどで、終戦後、中国政府によって戦争犯罪人と宣告され、一家がどうしていられるか、消息はたえてない。

一九四六年、銭稲孫は周作人と共に「漢奸」として逮捕され、懲役十年公民権剝奪六年の判決を受けた。一九四九年に出獄した後は、山東省の斉魯大学で医学の授業担当を命じられ、一九五二年には人民衛生出版社編集に就任している[41]。ただこうした銭稲孫の近況は、「C教授」執筆当時、吉川にはもたらされていなかった。

吉川は友人の安否を気遣いながら、仮に戦争がなければ続いていたであろう友人との交流を想像し、次のように結ぶ。

もし戦争さえなければ、今ごろは、Cさんの坊っちゃん、お嬢さん、お孫さん、お嫁入されたお嬢さんのほうのお孫さん、それらの何人かが、きっと京都にいられて、私の家は、しばしばその訪問を受けているであろう。そうして私と私の家族とは、それらの人人と接触することによって、日本の家庭特有の野蛮さを、幾分か矯正し得ているであろうに[42]。

「C教授」は消息の知れない友人への思いがあふれた佳編と言えるが、吉川が占領地の中国人について書いたものはこれにとどまらない。

（二）「借りなかった部屋」

一九五三年に発表された「借りなかった部屋」も吉川の心象を知る手掛かりとなろう。これは汪政権で財政部長を務めた周仏海にまつわるエピソードである。

その電話がかかってきたのが、もう十年以上まえのことである。こんど南京に出来た汪精衛政権の要人、周仏海氏は、あなたと同期の京大卒業であり、交遊があったそうだが、何か話してくれないか、そういう電話が、新聞社からかかってきた。そのときは一こう記憶がないので、ことわるほかなかったが、そのごさらに記憶のフィルムを、十五年ばかり巻き返していると、思い当たるふしが、全くないではなかった。

大正の末年、三高にいた私は、中国文学をやるべく腹をきめたが、といってペキン語を習う施設は当時ない。高等工芸の学生、張景桓君にたのみ、会話の手ほどきをしてもらったり、「紅楼夢」を読んでもらったりしていたが、ある日、張君からきいた話に、法科から経済にいる留学生で、近く下宿をひきはらって帰国するのがあるという。ちょうど私は、下宿を変わりたく思っていたので、張君といっしょに、その人を訪問した。（中略）

さて部屋はなかなかよい部屋であり、食指大いに動いたが、よく聞いてみると、帰国するというのは、だいぶさきのことらしく、あとがまにすわるという計画は、成功しなかった。またその人との交渉も、それきり絶えた。その人は姓を陳といったようでもあり周といったようでもある、もし周さんであったら、周仏海氏でないことを保証しがたい。

もしそれが果たして、当時留学生中の最左翼であったその人であったとしたら、そうしてもし部屋かりうけの交渉から私との間に深い交遊が生まれていたとしたら、またもしその交遊が汪政権時代まであとをひいていたとしたら、私の前半生は何か特別な曲線をえがいていたかも知れない。[43]

この文章中の部屋を引き払うという留学生が周仏海であったのかは結局のところよくわからないのだが、それはここではあまり問題ではない。むしろ重要なことは戦後数年を経た段階でも吉川がこうした文章で周仏海について言及し、さらに「もしその交遊が汪政権時代まであとをひいていたら、私の前半生は何か特別な曲線をえがいていたかも知れない」と仮定していることである。

ここでの「特別な曲線」は、汪政権で周仏海が大きな力を持ち、そして戦後は漢奸として収監され獄死した、という一連の経緯を踏まえてのものだろう。吉川は、汪政権関係者が戦後「漢奸」として裁かれたことの意味を十分に理解しており、彼らがその後も厳しい状況に置かれたことを自覚していたのである。

こうした吉川の意識は、単に占領地の中国人だけに向けられたものではなかった。実は自身が戦時中にものした文章の内容についても吉川は十分意識しており、それは改竄という形をとって現れているのである。

先行研究によれば、一九七〇年代に編纂された吉川の全集では「戦争中の執筆は、中国に対して礼を失する言辞を含む。それらによって私は詬病〔＝侮辱〕を受け、罪を獲るとしても、かつて書いた限りの文字、少なくとも活字になったものは、すべてを収め、逃げ隠れしたくない」との方針を標榜していた。しかし実際には、戦時中に「大東亜戦争を完遂する希望に燃えた作品はないし」と批判した部分が「人類の希望に燃えた作品はなく」と書き換えられている他、削除された箇所が複数あることが明らかになっている。[44]

占領地の中国人への思いは、こうした自身の抱える過去に対する後ろめたさと相まって、戦後も吉川幸次郎の心の奥に沈殿し続けていたのである。

六、吉川幸次郎の高橋和巳への影響

さて高橋和巳はこうした意識を持っていた指導教官の吉川幸次郎とどのような関係にあったのであろうか。吉川の退官後、高橋がその後を襲っていることを考えれば、少なくとも関係が悪いということは考えられず、吉川は高橋の力を認めていたと言えよう。

また一方の高橋も次のように吉川の発想を吸収し「創造的な部分と伝授された部分の境界は、引き難い」とし、時に師の考えを「パクッ」たことを隠すことなく語っている。

> 例えば一つの研究会に出ていて、そこである着想が、誰のものとも断定しがたい型でふっと出てくることがある。私自身、京都で二三の研究会に参加していて、書き悩んでいた論文や行きづまっていた文章が、親しい友人先輩の何げない言葉でひょっと開けた経験

が何度かあり、また恩師吉川幸次郎教授と話していて、「あ、それそれ、先生のそのお考え、ちょっとパクリまっせ」と言ったことも少なからずある。事実パクッており、また、そもそも、私の中国文学に関する多少の見解は、何らかの型で師の教えに負っており、創造的な部分と伝授された部分の境界は、引き難い。[45]

こう語る高橋が師の書いた文章を読んでいなかったとは考えにくい。吉川の「C教授」発表は、高橋が京都大学の教養課程を終えて、文学科中国語学中国文学に進学する直前の一九五一年二月であり、一方の「借りなかった部屋」の発表は高橋が大学を一年留年する直前の一九五三年三月であった。[46]高橋が吉川の文章を通して占領地の中国人の事情を意識するようになったことは、十分に考えうることである。

戦後の日本社会は満洲国や汪政権を忘却していったが、一部にはそこに暮らした中国人に対する責任を感じ、思いを致す人々がいたことは既に述べた。しかし彼らは例外なく戦前の中国と何かしらの関係を有していた。それに対し高橋は、「年齢的に、あの戦争に関する自分の無罪を証明することはやさしい」[47]と自身でも述べるように、直接の中国経験を持たない世代に属していた。にも拘わらず高橋が、占領地の問題に意識的になっていったのは、もちろん高橋自身の鋭い感性に負う部分もあることは否定しないものの、一方で吉川の影響が陰に陽に影響していたと考えられるのである。

七、小結

以上、本稿では高橋和巳の執筆活動を、主に満洲国や中国占領地に関する議論に注目して整理した。その結果、一九六〇年代を通じて、こうした高橋の問題関心がより具体化し、深められていったことを確認した。また高橋和巳の中国に対する問題関心が、高橋よりは上の中国経験を持った世代に近いこと、その背景には高橋の師である吉川幸次郎の関心が何らかの影響を与えている蓋然性が高いことも指摘した。

満洲国や中国占領地、そして「漢奸」といった問題は極めて政治的な問題であったが、「政治的思考よりも、〈個〉にこだわる美的思考のほうが、結局においてはより包括的・総体的でありうる」[48]と考える高橋は、文学の問題としてこれを深めることを試みた。

『堕落』はそうした意味でも象徴的な作品だが、高橋自身は満洲建国と崩壊について複数の視点が導入されていない点に不満を持っていた。そして「中国人側の、この幻の国についての憎悪や憤激、あるいは満洲土着の民や朝鮮民衆の不安や期待、反感や懇望など」を、将来別作品として発表することを考えていたのである。[49]

残念ながら高橋和巳はこの構想を語った二年後に世を去り、それが実現される機会は永久に失われた。高橋の死から半世紀を経る中、高橋の挙げた課題のうち、いくつかはその後研究が深められた。しかし占領地で活動した中国人の主体に寄り添った理解など、明らかにされていない点は依然少なくない。また本稿が注目した占領地の問題に限らず、より広く中国を見る場合でも、中国の立場を踏まえた理解がどれだけ日本社会でなされているのかは、心許ない。高橋が問うた視野脱落という指摘は、今もって大きな意味を持ち続けているのである。

〔註〕

1　益井康一『漢奸裁判史―1946-1948』みすず書房、一九七七年（二〇〇九年新版）、劉傑『漢奸裁判―対日協力者を襲った運命』中公新書、二〇〇〇年。

2　川西政明『評伝高橋和巳』講談社、一九八一年、一五六・一五九頁。

3　高橋和巳『悲の器』河出書房新社、一九六二年、三頁。

4　川西政明前掲『評伝高橋和巳』一五七―一五八頁。

5　瀧川政次郎「解題」、満洲帝国政府編『満洲建国十年史』原書房、一九六九年。

6　「滝川博士に「愛情」の抗議―自殺を図った一未亡人」『毎日新聞』一九五二年八月二日三面。

7　前掲「瀧川博士に「愛情」の抗議」。

8　「政治と文学（若い日本の発言①）」『朝日新聞』一九六三年八月一六日一一面。

9　高橋三郎『「戦記もの」を読む―戦争体験と戦後日本社会』アカデミア出版会、一九八八年、四九頁。

10　阿川弘之・大岡昇平・奥野健男・橋川文三・村上兵衛編『昭和戦争文学全集』全一五巻・別巻一、集英社、一九六四―一九六五年。

11　川西政明『武田泰淳伝』講談社、二〇〇五年、一五五・二〇〇頁。

12　武田泰淳「視野脱落をおそれた人」（一九七一年七月）、『文芸読本 高橋和巳』河出書房新社、一九八〇年、五九―六〇頁。

13　高橋和巳「中国知識人と日本―郭沫若」、同『孤立無援の思想』河出書房新社、一九六六年、三六〇頁（初出『朝日ジャーナル』一九六三年九月一五日号）。

14　高橋和巳『邪宗門』下、河出書房新社、一九六六年、三三頁。

15　高橋和巳「中国民衆史の断面―橘樸」、同『新しき長城』河出書房新社、一九六七年、一七一―一七六頁（初出『日本読書新聞』一九六六年四月一八日）。これはその頃刊行が始まった『橘樸著作集』第一巻（勁草書房、一九六六年）の書評である。

16 高橋和巳前掲『邪宗門』下、一一頁。
17 高橋和巳『堕落——あるいは、内なる曠野』河出書房新社、一九六九年、七・一六〇・一八五頁。
18 高橋和巳前掲『堕落』二〇―二一頁。
19 高橋和巳「あとがき」（一九六九年一月四日）、前掲『堕落』二〇八頁。
20 高橋和巳がこれら作品を執筆していた時期、満蒙同胞援護会による『満蒙終戦史』（河出書房新社、一九六二年）など、関係者による著作・回想録が出始めており、高橋も参照していたと考えられる。しかし高橋は、満洲国に対する本質的な意味での考察はなされていないとみていた。
21 高橋和巳前掲「あとがき」、『堕落』二〇九―二一〇頁。
22 例えば『堕落』でも伏線として登場する一九六一年一二月の国史会事件（三無事件）では、満洲国で経済部大臣を務めた韓雲階が家宅捜索を受けたことが新聞で報道されている。「けさ、また家宅捜索　元満州国政府要人宅　国史会事件」『朝日新聞』一九六一年一二月一三日夕刊七面。
23 大宅壮一「吉田は汪兆銘となるか―八千万の白紙委任状をにぎつた「日奸」」、同『一億囚人―終戦から講和まで』要書房、一九五二年、一一六―一二九頁。
24 大宅壮一「第二講和会議は実現するか―「日満議定書」と「日米行政協定」」、前掲『一億囚人』一五一―一五二頁。
25 一九四八年三月三〇日衆議院本会議において外資導入に対して、徳田球一の発言。『官報』号外、一九四八年三月三一日、九頁。
26 一九五二年六月一六日参議院本会議「外資に関する法律の一部を改正する法律案」審議における須藤五郎（日本共産党）の発言。『官報』号外、一九五二年六月一六日、二四頁。
27 これには、戦後日本の中国論の担い手が、従来のシノロジスト、中国記者などの複数集団から、日本共産党の影響を受けた親中共系論者の優勢へとほぼ一本化されていったことも影響を与えていたと考えられる。馬場公彦『戦後日本人の中国像―日本敗戦から文化大革命・日中復交まで』新曜社、二〇一〇年、一二九頁。
28 「在日の中国親日知識階級の生活補助に関する請願」「（7）参考資料」000.2306、『本邦における協会及び文化団体関係　善隣友誼会関係』I'1811-47、外務省外交史料館。
29 拙稿「中国人対日協力者の戦後と日本―善隣友誼会設立を巡って」『中国―社会と文化』第三一号、二〇一六年。
30 拙稿「戦前戦後を超える思想―政論家としての胡蘭成」『中国―社会と文化』第三二号、二〇一七年。
31 陳童君「戦後文学における「対日協力者」の表象―堀田善衛『漢奸』を中心に」『國語と國文學』第九二巻第一号、二〇一五年一月号。
32 草野心平「あとがき」（一九五五年一月二〇日）、同『運命の人』新潮社、一九五五年、二二八―二二九頁。
33 益井康一『裁かれる汪政権』植村書店、一九四八年。
34 堀田善衛「異民族交渉について」、同『上海にて』筑摩叢書、一九六九年、一〇七頁。
35 「文化使節北京着」『東京朝日新聞』一九三七年一二月一三日

夕刊一面。

36　高南山「支那文学の将来――「神州吟社」誕生に付て」『読売新聞』一九四三年九月三日四面。

37　高南山前掲。

38　高南山前掲。

39　鄒双双『「文化漢奸」と呼ばれた男――万葉集を訳した銭稲孫の生涯』東方書店、二〇一四年。

40　銭稲孫は吉川のような知人だけでなく、当時北京を訪問した一見の日本人とも会見している。例えば文部省の命令で大陸へ出張した『日支交通史』の著者で、当時静岡高等学校教頭だった木宮泰彦は、北京大学で銭稲孫と会い、書をもらっている。『木宮泰彦――その生涯と業績』創立者生誕一〇〇年記念委員会、二〇〇四年、一八八―一八九頁（日記一九四〇年八月九日の条）。

41　鄒双双前掲書、二五八頁。

42　吉川幸次郎「C教授」『吉川幸次郎全集』第一六巻、筑摩書房、一九七〇年、五五〇―五五四頁（初出『婦人之友』一九五一年二月号）。

43　吉川幸次郎「借りなかった部屋」『吉川幸次郎全集』第二〇巻、筑摩書房、一九七〇年、二四九―二五〇頁（初出『京都大学学園新聞』一九五三年三月）。

44　杉野要吉「吉川幸次郎における戦中・戦後の問題」、同編著『交争する中国文学と日本文学――淪陥下北京 1937-45』三元社、二〇〇〇年。

45　高橋和巳「二つの「飛翔」」、前掲『孤立無援の思想』三一八頁（初出『新潮』一九六五年九月号）。

46　川西政明前掲『評伝高橋和巳』二三五―二三六頁。

47　高橋和巳「戦後民主主義の立脚点」、前掲『孤立無援の思想』二一七頁（初出『展望』一九六五年七月号）。

48　高橋和巳「戦争文学序説」、前掲『孤立無援の思想』一三四頁（初出『展望』一九六四年一二月号）。

49　高橋和巳前掲「あとがき」、『堕落』二一〇―二一一頁。

関智英（せき　ともひで）

一九七七年福岡県生まれ。公益財団法人東洋文庫奨励研究員。東京大学文学部歴史文化学科卒業・東京大学大学院人文社会系研究科修了。博士（文学）。共編訳著に『文革――南京大学一四人の証言』、共編に『『順天時報』社論・論説目録』。学術論文に「中国人対日協力者の戦後と日本――善隣友誼会設立への道」他。

理想と幻滅のはざまで

――『新しき長城』再読の試み

張　競

一　高橋和巳の文革観という難題

作家研究は作品論が中心的な位置を占め、個人の生立ちや経歴、社会活動や政治活動への関与は、文学創作という恒星の活動原理を解明するための、いわば惑星観察のようなものである。高橋和巳に関していえば、学生運動とのかかわりや、中国の文化大革命に対する見方はその好例といえよう。ただ、高橋和巳は文学者であると同時に、激動の時代を生きた一人の言論人でもある。その思想信条、政治的な倫理意識が創作にどのような影響を与えたか、あるいは作品にどう現れてくるかは、当然、無視できない問題であろう。

どの作家もその生涯において、その片足を文学の外に出したい衝動に駆られる瞬間がある。違いはただそれが人生の舞台にどれほど影を落としたかである。そうした作家の行動はその文学的営為からは説明し難く、とりわけアウラに包まれた「作品」という名の真珠たちに、創作意図という一貫性の糸を通そうとするときには扱いにくい問題である。高橋和巳も例外ではない。一九六〇年代に起きた中国の文化大革命に向けた高橋和巳のまなざしと、彼一流のレトリックに包まれた文化大革命観は果たしてどのようなものか、正確に読み解くには困難が多い。

じっさい、高橋和巳の作家論や作品論が多くあるのに、文化大革命に対する作家の見方を正面から論じるものはきわめて少ない。作品論はいうまでもなく[1]、高橋和巳と親しかった小松左京や師と仰ぐ埴谷雄高らも言及がなく[2]、評伝でさえこの話題を避けている[3]。

文化大革命のさなかに現地を訪れた高橋和巳は、帰国後に見聞録を発表し、この大衆運動に惜しみない賛辞を送った。当時の日本には文化大革命に対し、賛否両論があるとはいえ、知識人や大学生たちの多くは心の中で共鳴の磁石が鳴り響いていたであろう。だが、毛沢東の死後、事情が一変した。中国共産党でさえ文化大革命を批判し、毛沢東が発動したこの政治運動は国家に大きな混乱をもたらした、との公式見解を発表した。[4]日本でもずいぶん前から、文化大革命は権力闘争の顕在化であり、国民に不必要な被害と苦痛を与えたという認識は共有されるようになった。

このような状況変化のなかで、高橋和巳の文化大革命観を正面から取り上げるのは、死者に鞭を打つような嫌いがあり、ましてやこの作家に敬意を抱く論者にとって、筆を執る手が竦むのは想像に難くない。多くの研究者や批評家がこの問題から慎重に距離をおいたのも無理はない。

作家といえども、文学的人間であると同時に、政治的な人間でもある。とりわけ、主権在民の近代社会において、行使できる政治的権利の大小の違いこそあれ、政治といっさいかかわりを持たない生き方はほとんど不可能である。実際、政治生活からの逃避や政治的権利の不行使も政治的な意志表示の一つである。そのことを考えると、高橋和巳の没後がやがて五十年を迎える今日、この問題に正面から向き合う必要があるであろう。

高橋和巳の文化大革命観は『新しき長城』にもっともはっきり現れており、文化大革命について現地での見学と入手した情報にもとづく判断と観点が明示されている。

前述のように、高橋和巳の文化大革命観についての批評は非常に少ないが、ただ皆無でもない。四十年前のものになるが、真継伸彦の「高橋和巳とアジア」がその一つである。この批評において、真継伸彦は「新しき長城」は「失敗作」であり、「中途はんぱな論文」[5]としながらも、「私は最近読み返してみて評価した」[6]と肯定的に評した。その理由として、訪問先の中国では「見せられる所しか見せてもらえない」[7]ため、客観的に判断できなかったことが挙げられている。真相を知ってもらえなかったから、正しい結論はえられない、という見方である。もう一つの理由は、「義」の思想に対する共鳴だという。すなわち、高橋和巳は文化大革命を目の当たりにして、おそらく迷いも悩みもあったが、それでもこの大衆運動を肯定したのは、中国文学から学んだ「義」の思想に由来するものだ、との解釈である。真継伸彦の「高橋和巳とアジア」は講演記録ということもあって、必ずしも事実関係についての入念な調査と丁寧なテクストの読みを踏まえた上での論考ではない。むしろ、同じく学者でありながら、作家活動を行う者として、高橋和巳の心情を推し量ったものである。

もう一つは脇坂充の言及である。同じく短い批評だが、真継伸彦と違って、脇坂充は高橋和巳の文化大革命論に対し、批判を展開している。興味深いことに、真継伸彦の直感的な批評であるに対し、脇坂充の高橋和巳評もまた、筆者の脇坂が学生時代の体験を踏まえた印象論にとどまっている。『新しき長城』の言葉を根拠に、高橋和巳が文化大革命の過激な一面、己の信条に反する現象に戸惑っていたと指摘する一方、それでも文化大革命を肯定するのは「甘い、折衷主義的で煮え切らない」ものだと辛辣に評している。[8]その批判は多分に事後的な知恵の自慢に浸潤されており、高橋和巳の分裂を抱えた言語の豊かさを読み解いたとは到底言い難い。ただ、一面において、高橋和巳の文化大革命観を論じる難しさを表わしているのはまちがいない。

三つ目は高橋和巳の文化大革命観についての文芸批評や解説という形の言及で、また、中国語の文献では作家批評の一部分として語られているものもある。[9]ただ、前者には様式の限界があり、後者は一般向けの概説で、いずれも十分に論じられるかどうかはやや疑問が残る。

もっとも本格的な論考は東口昌央の「夢想される革命——高橋和巳にとっての文化大革命」[10]である。この論文は日本における文化大革命の思想的受容という文脈をたどり、その思想史の流れのなかで高橋和巳の文化大革命観を検証し、それがどのような文脈において語られたかに着目した。高橋和巳が「安直に毛沢東を支持し文革の正当性と可能性を評価したのではなく、あくまでも理想社会の在り方を模索する運動が庶民にまで広がり、庶民自身の手で生み出されていこうとする姿を目の当たりにしたからこそ、文革は支持された」としている。[11]

高橋和巳は果たして文化大革命を礼讃したのか。その理由は何か。この問題はあまりにも大きいので、この短い文章で十分に語り尽くせないかもしれない。与えられた紙幅のなかで、まず執筆の背景を探り、中国訪問の事実経過を整理した上、高橋和巳の紅衛兵に対する見方、個人崇拝に対する批判、および文革中の文学芸術のあり方をめぐる思索という、三つの視点から考えたい。

近代史の古びた蠟燭から発せられた仄暗い光線を分光計にかけ、その中の三つのスペクトルのみに注目するのには理由がある。文化大革命の是非について、当時の日本では継続革命という理念を貫くためのものか、それとも権力闘争であったかをめぐって激しい論争が繰り広げられたが、どちらの立場でも一つの重要な視点が欠落していた。すなわち、中国の民衆にとって、目的はどうであれ、政治が国民に幸福をもたらすか、苦痛をもたらすかのほうが遥かに大切なことだ。紅衛兵運動という政治の眩暈《げんうん》は国民に取り返しのつかない精神的、物質的な被害をもたらし、彼らの超法規的な行為によって人間の尊厳が無残にも踏みにじられた。紅衛兵運動を支持するかどうかは、思想の問題にとどまらず、知識人の良心が試されることでもあった。

権力者に対する個人崇拝は政治的な先祖がえり現象である以上、その本質を見抜けるかどうかだけでなく、予見可能な暴力性を拒絶するかどうかは、近代と前近代的な思考を見分ける試金石となる。

学問芸術の理想形の追求をどう見るかは、もっとも困難を伴う思索の旅となる。周知のように、文化大革命のなかで、創造性の田野は思想統制の大洪水によって跡形もなく破壊された。それを新世界の到来の黎明と見るか、それとも文芸の自由王国の滅亡を告げる黙示録と見るかによって、良心と信条の緊張関係がおのずと浮き彫りになる。当時の日本では、この三つの点はいずれも思想対立という「中心的な問題」と見なされていなかった。それだけに、この三つの問題に対する応答から、かえって文化大革命に対する論理的な認識と情緒的な受容の揺らぎを確かめることができよう。

二　現場視察の動機とその背景

高橋和巳が文化大革命の真っ只中の中国を訪れたのは一九六七年四月十一日のことであった。明治大学文学部助教授を辞職し、七月一日付けで京都大学文学部に着任するまで、三ヵ月の空白があった。七月の着任はやや異例だが、高橋和巳にとって好都合だったのかもしれない。文化大革命の現地考察は『朝日ジャーナル』誌の特派員という身分だったから、計画はだいぶ前から知らされていたのであろう。編集部では準備や手続きの時間が必要だし、ほかの参加者との日程調整もある。それに受け入れについて中国側とも交渉しないといけない。そうしたことを考えると、打診の時期は明治大学在任中だと推定してほぼまちがいない。同誌に一九六五年一月三日号から連載されていた『邪宗門』は翌年の五月に終了したから、編集部としては人気作家を繋ぎ止めたいという思いもあったのかもしれない。

文化大革命の現場を取材し、ルポの形で現場報告をするという形は本人の希望なのか、それとも編集部の意向かは明らかではない。いずれにしても、高橋和巳が強い興味を示したのはまちがいない。本人の言葉によると、訪中の目的は二つあるという。一つは「現在進行中の中国の文化大革命の実態にふれ」[12]ることで、もう一つは「私が専門として学び、多くの日本人が現在も深く敬意をはらう中国の伝統文化が、この文化大革命の中で、どのように批判的に受け継がれようとしているか」[13]である。特派員というジャーナリストの肩書は高橋和巳にとって生涯、最初にして最後でもあった。

当時、日本と中国はまだ国交がなく、新聞社は現地に支局が開設されていなかった。新聞も雑誌も文化大革命のことを大々的に取り上げてはいたが、情報は錯そうしていた。そのような状況について、高橋和巳と同行した菊地昌典は「この歴史的大事件に関するわが国の世論も、多くは、短期間の実見記、ルポルタージュ、あるいは北京特派員の速報などでかたちづくられた傾向がつよく、多分に情感的把握が強いと思われる」[14]と不満を述べたが、この証言はおおむね当時の実状を表わしたものであろう。千変万化する現地の動向が伝わってくるなかで、現地調査にもとづく専門家の見解が求められていた。

把握の正確さはともかくとして、文化大革命に対する日本のメディアの反応はすばやいものであった。新聞の報道はいうまでもなく、総合雑誌も次々と特集を組んで大々的に取り上げている。[15]もっとも早いのは一九六六年七月号の『中央公論』で、特集のなかで村松暎の文革批判の論文が掲載された。続いて『現代の眼』は同年の八月号に特集「中国脅威とは何か」が組まれ、野原四郎、野村浩一、檜山久雄、山田宗睦、中嶋嶺雄による座談会が掲載されている。中嶋嶺雄を除いて、ほかの参加者は村松と立場が異なり、『中央公論』との違いを示したものだ。

この一連の反応がいかに早いものかは、次の事実を見れば、一目瞭然である。一九六六年五月、中国共産党政治局拡大会議が開かれ、十六日付で「中国共産党中央委員会通知」通称「五・一六通知」と呼ばれる通達が発布された。文化大革命の口火を切ったと言われるほどの公式文書だが、文革経験者としての実感では日常生活がまだいつも通りで、とくに変わるところはなかった。しかし、六月一日付の『人民日報』で「一切の牛鬼蛇神を撲滅せよ」と題する社説が発表されると、状況は急転直下し、やがて紅衛兵が街頭に繰り出した。彼らはブルジョア的な服装と髪型を禁止するという理由で、道行く人の服にハサミを入れたり、髪の毛を切ったりする暴行を繰り返した。前述の『中央公論』の特集がその直後に企画されたと思うと、メディアの関心の大きさと、反応のすばやさに驚かざるを得ない。

同じ年の八月、中国共産党第八期第十一回中央全体会議で「中国共産党中央委員会のプロレタリア文化大革命についての決定」(十六カ条)が発表されると、罪なき人の「家宅捜査」が日常茶飯事となり、仏教寺院やキリスト教会を襲撃したり、書籍を焼いたりする場面は同時多発的に全国の各地で発生した。また、反対派に「反革命分子」

のレッテルを貼って吊し上げたり、私刑を加えたりするようなことも横行した。そうした動きに呼応するかのように、日本でもメディアは連日報道し、雑誌では特集を組んだり、誌上座談会が開かれたりしていた。

単行本の出版も早かった。文化大革命が起きた一九六六年十月、中島嶺《ママ》雄編著『中国文化大革命――その資料と分析』が刊行された。驚くべきことに、第二部「資料・中国文化大革命」では毛沢東や林彪ら、文革派の指導者の文章だけでなく、失脚した政治家や文学者の言論も収録されている[16]。同時代の一般の中国人でさえ知らない情報も多数収められている。約一カ月後の十一月、東京大学東洋文化研究所教授の福島正夫が編集した『中国の文化大革命』が上梓された。この本は文化大革命を擁護する学者たちが執筆した論文を集めたものである[17]。

『朝日ジャーナル』も早くから積極的に文化大革命に関する言論を掲載する雑誌の一つである。ただ、この政治運動に対し、特定の立場を取っているわけではない。たとえば十月十六日号の特集「変容する中国の底流」には座談会「文化大革命をこう理解する」が掲載されているが、参加者は衛藤瀋吉、坂野正高、村松祐次、桑原寿二、中嶋嶺雄、森本忠夫など、文革を否定し、あるいは意見を保留する論客が多い。桑原寿二にいたっては親台湾派として知られ、森本忠夫は後に東レの取締役になったビジネスマンである。森本忠夫は本来、中国研究の専門家ではないが、一九六五年に『ニッポン商人赤い国を行く』（至誠堂）を出版したから、おそらく中国の最新動向を見てきた人物として声がかかったのであろう。いずれにせよ、編集部は立場の違った、多種多様な意見を誌面に反映させようとする意図はあった。

文化大革命は大衆を動員した政治運動であるから、ときどき発動者の手におえない状況にまで発展してしまうことがある。現地からは不確実な情報が断片的に入ってきているなか、中国は果たしてどうなっているのか、多くの人たちは真相を知りたがっており、現地取材にもとづく報告はいきおい注目を集めるものになる。ましてや、中国という沸き立つ火山口に飛び込んだのは人気作家の高橋和巳であった。読者は興味をそそられないわけはない。『朝日ジャーナル』編集部はおそらくその相乗効果を計算に入れたのであろう。

三　旅行の経過および主な訪問先

『新しき長城』は時系列の記述ではなく、作家が関心を持つ問題について、テーマ別に書かれたものである。旅程については詳細な記録はなく、どの都市で何日滞在し、何で移動したかについても触れられていない。同行の菊地昌典は帰国した後、五月十一日から十五日まで朝日新聞で旅での見聞を発表したが、そのなかにも同様の記述は見当たらない。そのため、『新しき長城』に触れた場所を手掛かりに復元するしかない。ざっと整理してみると、おおよそ次のようになる。

一九六七年四月十一日、羽田発の飛行機で香港に向い、深圳経由で中国大陸に入国した。[18] 一行は「文革視察だけが目的ではなく、古蹟めぐりのつもりの人もふくむ混成旅団」[19]であるから、参加者のなかに観光目的の人もいたらしい。

深圳で列車に乗り換え、広州に向うのはいつものコースだが、滞在先は記述されていない。慣例にしたがうならば、広州市内の愛群大廈であろう。

広州滞在中に広州貿易会を見学し、農産物の市場にも連れて行ってもらった。高橋和巳は広州貿易会に興味がなく、途中、抜け出して市内見学した。ちなみに「農産物の市場」は菊地昌典の訪問記では広州の「食品市場」になっている。[20] 正式の名称はともかく、野菜や果物を販売する市場であることには変わりはない。広州では二ヵ所しか見学しなかったから、おそらく一泊してから次の訪問先である上海に向ったのであろう。

広州から上海までの交通機関についても『新しき長城』には言及がなかった。当時、中国全土は混乱状態に陥っており、国内の航空便が正常に利用できない状況にあった。航空管理を強化するためか、一九六七年一月二十六日、中国の国務院と中央軍事委員会は「民用航空機関を軍隊の管理下に置く命令」を発布し、民間航空業務は空軍によって接収された。[21] 高橋和巳らの一行はおそらく鉄道で上海に向ったのであろう。文化大革命の初期、紅衛兵たちの無料乗車が認められていた。その結果、鉄道の乗客が急増し、ダイヤは大幅に乱れた。その後、混乱は徐々に収まったが、一九六七年前半にはまだ正常に戻っていなかったところもある。高橋和巳らの一行がそのような状況のなかで中国の国内を移動した。

上海での宿泊先も不明だが、日本からの「友好人士」がよく利用する錦江飯店の可能性はきわめて高い。滞在中に上海鐘表廠（上海時計工場）、控江初級中学校、虹口公園のほか、百貨店も見学した。このスケジュールを見る限り、上海で三泊か、もしくは夜行列車で一泊し上海で二泊した可能性が高い。高橋和巳は「人民公園」に行って、魯迅の墓参りをしてきたと記したが、それは虹口公園の記憶違いであろう。「百貨店」も特定していないものの、定番なら南京路と西蔵北路の交差点にある第一百貨商店になる。当時、社会の混乱がまだ続いていたから、ほかの百貨店という選択肢は考えにくい。この百貨店で人民服を買おうとしたが、当時は衣服も配給制なので、現金のほか、布のチケットも必要だ。外国人ならほんらいパスポートさえ見せればいいが、旅行中は中国側に預けたため、結局、買えずに終わってしまった。

　控江初級中学校訪問は上海滞在中の最大のイベントであった。ここで中学生の紅衛兵たちと直接会話を交わし、関心を持つことについて質問することができた。路上で出会った市民との短い会話を除いて、訪中後にはじめて中国人と長時間、言葉を交わした。ただ、本人はこの官制の対面交流にはすっかり失望したようで、紅衛兵たちの説明は「はなはだ観念的」と不満をもらしている。もっとも一口に紅衛兵とは言っても、「十四歳の初級一年の可憐な少女」[22]も参加しているし、現場にいた二人の教師を除いて、全員未成年者である。当時、外国人の前で一言でも当局の見解に反することをいうと、たちまち身柄が拘束されたり、「反革命分子」にされたりするはめになる。たとえ中学生でも例外ではない。小学校六年生だった筆者の経験でいうと、紅衛兵の回答はおそらくすべて事前に教えられたもので、参加者全員は稽古をくり返してから高橋和巳らの一行との座談会に臨んだのであろう。

　上海から南京までは距離的に近いから、同じく鉄道の移動であろう。ここも宿泊先と滞在日数は明らかではない。南京では労働者が居住している団地と、団地にある保育所、秣陵人民公社、社員家庭、人民公社の病院などを訪ねた。このスケジュールだと、二泊と推定できよう。

　『新しき長城』によると、南京からは夜行列車で天津に向ったという。天津滞在中には第三毛織工場を訪問し、水上公園で散策した。夜には珍しくも自由時間があったようで、一行は大衆食堂や飲み屋に行った。天津に一泊してから、列車で北京に向かったと考えられる。

　北京に到着したのは、首都に革命委員会が成立する前夜だから[23]、一行は四月十九日夜、北京入りしたことがわかる。逆算すれば、広州一泊、上海三泊（もしくは車中一泊、上海二泊）、南京二泊、車中一泊、天津一泊、という計算になる。

　北京では推定五泊したから、日程は充実したもののようだ。鉱業大学の紅衛兵との討論会は全員参加し、王府井にある人民芸術首都劇場でのバレエ『白毛女』鑑賞も、人民美術館の特別展の見学も集団行動のようだ。人民公社で北京ダックの飼育現場を見学し、その夕、全聚徳と思われるレストランで北京ダックを賞味する活動も全員がいっしょであった。

　高橋和巳は万里の長城を見学したが、菊地昌典はその日、アンナ・ルイズ・ストロング女史にインタビューした。[24] 菊地昌典は北京滞在中に中国科学院経済研究所の造反隊員である余大章と朱家偵《ママ》にも話を聞いていたという。[25] 高橋和巳も集団行動から抜け出し、景山公園を一人で散歩したりしていた。頤和園遊覧と百貨店見学は集団行動であったかどうは詳らかではない。

　帰りはおそらく二十三日に北京を出発したと思われるが、正確なことは明らかではない。また、空路か鉄道利用かもわからない。ただ、帰途の広州でバレエ『紅色娘子軍』を全員鑑賞したのだから[26]、広州で一泊してから帰国したのはほぼまちがいない。

　この日程を見ると、一行はおもに都市部を中心に回っていたことがわかる。農村部については、近郊の農家や病院を見学したり、車窓から眺めたりする程度であった。どの都市も滞在期間は短く、案内されたところを見ただけである。むろん、集団行動から離れ、町歩きをしたり、食堂や飲み屋に入ったりするような「自由」も多少あったらしい。しかし、その行動範囲は限られており、通訳を介しての交流を考えると、えられた情報には限界があるであろう。ただ、文化大革命中の中国は集団狂気の様相を呈しており、奇矯な行動を取っている紅衛兵だけでなく、一般人も異様な亢奮状態に陥っていた。高橋和巳にとって、その現場を自分の眼で確かめられただけでも、大きな収穫であった。訪中によって、文化大革命を見るとき、正否判断の羅針に修正の磁力が加えられたのはまちがいない。

四　紅衛兵運動をどう見ていたのか

　前述のように、高橋和巳といえば、文化大革命の擁護派という印象が付き纏う。確かにこの政治運動を肯定する発言は『新しき長城』にも散見される。だが、小説的な描写の結び目を一つ一つ確かめていくと、テクストの襞には複数の声部が混在していることに気付く。

　毛沢東の言葉を持ち出すまでもないが、文化大革命に賛成するか反対するかは、紅衛兵に対する見方が一つの分水嶺になる。そして、価値中立的な見地から考えると、紅衛兵運動を支持するかどうかは、近代国家における法の精神、および政治における暴力の行使とその抑止に対する見方を表わしている。言い換えれば、紅衛兵運動をどう評価するかは、政治理念の問題を超えて、社会正義論にかかわる根本的な問いかけでもあった。だとすれば、高橋和巳は紅衛兵運動を果たしてどう見ていたのだろうか。

深圳の国境を越えたとたん、高橋和巳の目には異様な光景が飛び込んできた。「駅舎と税関を兼ねた白堊の建物のいたるところに「毛主席万歳」「不図名、不図利」等々の赤い標語が書かれ、白いブラウスに紺ズボンの女子従業員が待合室で「東方紅」を唄い、宣伝劇を演ずる」[27]。紅衛兵のことについて観察したり、考えたりする前に、いきなり異常な興奮状態に陥っていた中国社会に出会った。右の文章は細部観察にもとづく場面描写で、とりわけ立場を指示しているわけではない。しかし、客観性を保とうとする平衡感覚の水底には、明らかに政治の異常さに対する生理的な反発があったのであろう。

文物の焼き討ち、「階級の敵」とされた人たちへのリンチ、交通規則や法律の無視、宗教施設や歴史的建造物の破壊。紅衛兵のこうした狂気に満ちた行動は、日本のメディアでもさんざん報道された。だが、中国に行く前に、高橋和巳はもしかすると、そうした報道に誇張はないか、と疑問に思ったのかもしれない。あるいは大衆的な狂気には思想的な正当性が果たしてあるのか、自らの目で確認したかったのであろう。また、若い学生たちが操られたのではなく、本当に自らの主義主張にもとづいて行動したかも知りたかったに違いない。そういう思いがあったからか、中国訪問中、珍しくも紅衛兵を対象に二度にわたって辛抱強く取材した。「辛抱強く」とは、文飾でも誇張でもない。常識からはずれ、論理的な整合性はみじんも感じさせない紅衛兵の語ったことに、彼は真剣に耳を傾け、その一部始終を詳細に記録した。

さすがに小説家で、自らの観点を表明するよりも、場面の描写を通して書き手の心情を暗示するのに長けている。上海の控江初級中学校で紅衛兵と座談したときの様子は、臨場感あふれる筆致で再現されている。


「アメリカについてどう思うか」

「それは毛主席の語録に書いてある通りである」

　そしてページを指定して、圧倒的な音量でもって一斉に音読する。

（中略）

「しかし、アメリカの文明その他についての具体的な知識はあるのか」

「アメリカ帝国主義の本質について知らねば、何も知ったことにはならない。なるほどアメリカの物資は豊富であり、アメリカの鉄道は長い。しかしそれらはすべて資本主義に奉仕している。毛主席も言っている……（そして再びページを指定して『毛主席語録』の斉唱）」[28]

そこに発見の感動がないのは、新しい革命的な現象を前にしたときの、視線の謙虚さが足りないからではない。もはや茶番劇を通して、愚かとしか言いようのない人形劇はあまりも稚拙だからである。

中学生の紅衛兵に比べて、北京鉱業大学の紅衛兵はもっと高橋和巳を失望させた。「大学生はまた大学生の態度、より教養あるゆえのより高度な批判精神、それに伴う苦渋があることを期待したのだったが、その発言は中学生と変わらず、しかも中学生が真向から、文化大革命を精神的に受け止めているのに反して、より権力抗争的に対処しているという、おおえない印象を受けた」[29]と批判した高橋和巳はもはや彼らの語ったことに興味を持たない。彼は中学生の紅衛兵の会話を詳細に記録したが、大学生の紅衛兵の語ったことをいくつかの要点にまとめただけである。高橋和巳にしてみれば、国家が立ち遅れ、農民がまだ厳しい生活が強いられているなか、大学生は生活の面のみならず、政治的にも特権が与えられていた。彼らの蛮行は勇気からではなく、特権の濫用と高橋和巳は見ていたのであろう。

このように細部についての具体的な描写を読むと、高橋和巳は無条件に紅衛兵を支持したとは断定できないであろう。むしろ彼らの無知、魯鈍、野蛮や権力志向に対する反感が行間に滲み出ている。

ただ、この際、生きる美学から導き出された隠喩に目を奪われてはならない。書き手が政治化した身体が置かれた栄誉の序列の余白に練り上げられている感性の囁きにも耳を傾けなければならない。

前述のように、高橋和巳は中国を訪問する前に、紅衛兵について洪水のような情報に接している。軍服に赤い腕章をし、狂信者のように振舞う若者たちの行動については、新聞では連日のように、誇張気味に喧伝している。知識人のなかでは、政治的熱病の徴候から理論的根拠と奥深い原因を読み出そうとして躍起になっている人たちもいる。その反面、文革擁護派と呼ばれた人たちは紅衛兵の行動を正当化するために、北京から伝わってきた宣伝に則って解釈しようとしている。安藤彦太郎は紅衛兵のことを「一番学習して、一番矛盾を感じ、一番純真でもあ（る）」[30]学生の集団で、彼らは「下から盛り上がる力で、街頭でいろいろな革命的行動に出ている」[31]と言って、紅衛兵運動が必要だと力説した。

こうした徹底批判と無条件讃美の両極のあいだに立って、どちらの立場を支持しても、陳腐な反復になるであろう。言論界はそのような型どおりの見方を期待していないし、高橋和巳も一人の言論人として自らの思想の断面図にそのような妥協を許すはずはない。その結果として現れたのは歯切れの悪さであり、つかみどころのない表現であろう。その意味では、『新しき長城』において、紅衛兵に対し、全面的に否定するのでもなく、かといって手放しで賛成もしていないのは、苦悩の末の、ぎりぎりの意見表明と言えよう。

五　個人崇拝に対する一貫した姿勢

高橋和巳にとって、二つ目の大きい問題は個人崇拝である。いまなら自明のことだが、個人崇拝はほんらいマルクス主義の原則にも反しており、むしろ宗教的な信仰心に通路が開かれたものである。高橋和巳は誰よりも問題の核心に気付き、論理的に説明する必要があると感じた。『新しき長城』は帰国後の五月二十一日号から、連続四週『朝日ジャーナル』に連載された。一回目と二回目の見出しはそれぞれ「文化大革命のなかの解放軍」と「上海の時計工場での見聞」で、ルポルタージュを意識したものである。それに対し、同じ現場報告でも三回目と四回目は解説風の「激しくすすむ文化の奪権闘争」と「菩薩心から毛沢東崇拝」の見出しがつけられている。後者には美術展でのエピソードが披露されている。展示されている宣伝画の一枚に、菩薩を信じていた老婆が地震をきっかけに毛沢東像を仏像に変えたことが描かれている。仏教絵解き画さながらの絵画を見た高橋和巳は戦前の天皇神格化を思い出し、大きな衝撃を受けた。

さかのぼれば、深圳から入国した時点、すでに異常とも言えるほどの毛沢東崇拝を目撃した。「列車に乗ると、すぐ『毛主席語録』が各自にくばられ、いっせいに声をあわせて読む学習がはじまる」[32]。留意すべきはそれに続く言葉である。「私の視線は、芭蕉や榕樹などさまざまの亜熱帯性の植物が茂り、クリークがひろがり、処々に水牛が寝そべり、扁平な麦藁帽の周囲に黒い布をたらした農婦がうすい紺の短衣に同色の褲子（ズボン）をはいて作業している田園風景にうばわれた」。毛沢東語録に目もくれず、まなざしは長い文明の歴史を見つめ続けてきた大自然のほうに向けていた。このようなまなざしの動線には、個人崇拝に対する嫌悪があったのではないか。なぜなら、彼が明言しているように、「マイクを通じてのべつ流される毛思想の宣伝の言葉とその風景が乖離し（ている）」[33]からだ。旅がまだ始まったばかりだが、矛盾に満ちた現実は「判断を停止せざるをえない違和感となって私の心中にわだかまった」[34]と彼はこう述懐した。中国での観察が深まるにつれ、この違和感が和らいでくれるのではないかと期待していたが、抵抗感は最後まで残ったままであった。反対に、彼の心のなかの理想郷の砦が一瞬にして崩壊したときはついに訪れた。

「菩薩のあとに飾られた毛沢東の写真を見ては、ほとんど怒りに近い感情が湧くのは避けられなかった」[35]。個人崇拝は最高指導者としての毛沢東の責任か、それとも迷妄な大衆感情によるものかは、見方によっては意見が分かれるであろう。ただ、個人的な感情の火薬庫を引火したのは、文化大革命の熱狂さを支えた理念の前近代性に対する鋭い洞察力ではないか。高橋和巳は仏像のかわりに毛沢東像を供えた行動から、やがて中世的な夜に導く悪夢の到来を予見し、いつわりの革命論理の破綻はもはや不可避であると悟ったのであろう。千年単位で続いた愚昧が指導者の偶像崇拝を助長したという現実に接し、高橋和巳の疑問は不信へと変わった。

『朝日ジャーナル』で文革の取材記を発表してから、高橋和巳の主要な関心は文学創作に戻り、一方では、専門の中国文学についても執筆していた。むろん、文化大革命について発言しなくなったのではない。時系列に整理すると、「国家百年の計」[36]、「毛沢東の文章」[37]、「知識人と民衆」[38]、「中国とソ連を旅して」[39]、そして、安田武との対談[40]などがあり、いずれも文化大革命のことを意識して書かれたものである。

「国家百年の計」は文革中に起きた珍事についての、いわば当事者にかわって釈明したものである。高橋和巳が言うには、中国で起きたことが理性を欠いているように見えるが、じつは目的の遠近法の違いによるものである。日本など自由主義の国はリアリズムの見地から、目先の問題解決に専念しているのに対し、中国の指導者は百年の計を考えているから、日本の物差しで中国のことを理解してはいけない、と高橋和巳は主張する。

「毛沢東の文章」は文字通り、この指導者の文章の特徴と独特の修辞について語ったものである。もともと「二十世紀の大政治家」第六巻『毛沢東』（スチュアート・シュラム著、石川忠雄ほか訳）の月報に発表されたエッセイで、形式や紙幅の制約もあり、毛沢東の思想や、文化大革命を起こした意図については触れていない。

「中国とソ連を旅して」は二つの社会主義国の相違点を鳥瞰したもので、旅の経験にもとづいた文明批評でもある。一方、安田武との対談は相手が中国の専門家でないこともあって、中国のことについては簡略的にしか触れられていない。

右の五つの文章のなかで、知識人と民衆のあいだの権力構造を分析し、文化大革命の必然性を語ったのは「知識人と民衆」である。そのなかで、文化大革命に対し理解を示しながらも、毛沢東の個人崇拝について一言も賛同の言葉はなかった。それどころか、「統一には統一の象徴が必要であり、それをいま毛沢東が果たしている。しかし、いかなる指導者といえども、教える者は教えられる者にこえられる運命からは、免かれえないはずである」[41]と述べて、思想の新陳代謝の必然性と、指導者の役目の時限性を指摘した。さらに「労働者は教養すなわち人間形成と結合した労働によって自律することができるものであり、もしそれができれば頭上に支配者を戴く必要は、やがてなくなるはずのものである。日出て耕し、日没して憩う人々にとって帝王は何のかかわりもありえない」[42]と言って、彼の理想郷には個人崇拝どころか、支配者の居場所もないことを示唆している。

そうした発言に共通しているのは、普遍的な価値を基準とする判断からの回避である。レトリックによって綾取られた言辞の布地に透けて見えてくるのは、違和感を掻き消そうとする自己抑制であり、文化大革命を「文化の他者」として祭り上げることで、善悪の評価を先送りしようとする心情である。紅衛兵運動しかり、学問芸術の圧殺もしかりである。だが、一つだけ最後まで譲歩しなかったのは個人崇拝についてである。

このように見てくると、一九六九年十二月、『週刊アンポ』第二号に「革命の化石」という小説を発表したのは決して偶然ではないであろう。

共産主義の理想を実現させるために戦った老革命家が、目的が達成した暁に、革命理論の先鋭化によって権力の座から追われた。革命記念植物園で遊びに来た子供たちに思い出話を語っていると、革命政府監査委員会の兵士たちに逮捕された。その理由は、老革命家が「人類の進歩に関係なき一切の無駄な思考を禁止する法令」に違反したからだ。兵士たちは電気銃弾を発射すると、老革命家は一瞬にして白蠟色の塑像に固まり、「革命の化石」になった。

あまり語られたことのない寓話風の短編だが、中国訪問から二年半後に発表された点では意味深長である。言論人としての思想の連続性をつらぬくためか、意識下に起きた変化について、高橋和巳は何も語らなかった。しかし、文化大革命賛成というイデオロギーの長城から、内からの崩落の音を作家は聞いたのかもしれない。

六　伝統の継承と学問芸術の自由についての見解

一人の小説家として、高橋和巳の最大の関心事はやはり文化大革命という理念と文学芸術との関係であろう。中国を旅したとき、まず確認したかったのは伝統の継承という問題である。六朝文学の研究者だけあって、高橋和巳の理想郷には古典はつねに神々しい場所にある。ところが、上海や北京の目抜き通りの本屋を歩いてみると、古典の書籍はいうにおよばず、魯迅や郭沫若など近代文学の作品も一切見当たらない。

若い人は陶淵明も杜甫も名前を知っている程度で、ほとんど読んでいないことは、言葉を交わすだけですぐに気付いた。共産主義の理念を強調する芸術のあり方に対して、理解を示しながらも、一方では音楽家の馬思聡の国外亡命を例に挙げ、芸術は宿命的に個人的自己実現性を目指している以上、文化大革命の理念と必然的に衝突すると高橋和巳は悟った。彼は中国の古典文学の文学論に触れつつ、文化大革命の精神は中国の文学伝統にある「個人的自己開示欲」を抑制するものであることに気付いたのだ。

伝統の継承は、文物の破壊や書物の焼却など、文化財の扱い方に対する見方にも現れているが、この問題に対し、筋金入りの文革礼讃者たちのあいだでも意見が割れた。西園寺公一は「紅衛兵の活動には、とくにその初期においては、いろいろの行き過ぎがあったのを否むことはできない。しかし、紅衛兵運動は、無産階級文化大革命というまことに激しい、まことに厳しい革命の先駆である。いったい行き過ぎのない革命などというものがありうるのか」[43]と擁護したが、このような見解を持つ者はむしろ少数派であった。多くの文革賛成派はそのことについて慎重に言及を避けている。たとえば、新島淳良は根っからの文革礼賛者だが、彼でさえ、「私の知るかぎりでは、破壊されたのは北京のラマ寺のいかがわしい「歓喜仏」の像だけで（中略）中国古代のすぐれた美術がなにひとつ破壊されていないこと逆に手厚く保護されている」[44]と弁護している。

高橋和巳がより関心を持つのはむしろ「学問と文学の自律性」という問題であろう。彼は中国には古くから二つの文学論が拮抗しており、一つは個人の悲境、悲劇的な運命から発するという考え方で、もう一つは「人間の本性から自然に産まれるゆえに、たのしんで創り、喜んで享受すべきものとする、梁の劉勰によって体系化された芸術論である」[45]と論じた上、後者については、たとえば大衆娯楽という形で転用できるにしても、「個人的発憤、個人的自己開示欲に根ざす芸術衝動の一面は、集団化の大勢の中に、疑問符のまま、面伏せてとり残されることになる」[46]と指摘した。小説家にとって、精神の自由と、内なる声の表出は文学的営為の拠って立つところであり、いかなる外的な要請があっても、妥協の余地はない。しかし、「文化大革命が精神面でなしとげようとしていることは、一言をもっておおえば、エゴイズムの否定であると言ってよいが、困ったことに、その個人的自己開示欲は、エゴイズムに酷似している」[47]。高橋和巳の嘆きを演繹すれば、文化大革命の思想は本質的には文学芸術と相容れない、ということになるであろう。自由人としての作家であるかぎり、文化大革命の思想と両立しないことを、高橋和巳は創作活動を行っている現役の作家として誰よりも直感した。

一九六七年二月二十八日、安部公房、三島由紀夫、川端康成、石川淳ら四人の作家は帝国ホテルで記者会見し、「中国の文化大革命に関する声明」を発表した。やや長いが引用する。

　昨今の中国における文化大革命は、本質的には政治革命である。百家争鳴の時代から今日にいたる変遷の間に、時々刻々に変貌する政治権力の恣意によって学問芸術の自律性が犯されたことは、隣邦にあって文筆に携はる者として、座視するには忍ばざるものがある。

　この政治革命の現象にとらはれて、芸術家としての態度決定を故意に保留するが如きは、われわれのとるところではない。われわれは左右いづれのイデオロギー的立場をも超えて、ここに学問芸術の自由の圧殺に抗議し、中国の学問芸術が（その古典研究をも含めて）本来の自律性を恢復するためのあらゆる努力に対して、支持を表明するものである。

　われわれは、学問芸術の原理を、いかなる形態、いかなる種類の政治権力とも異範疇のものと見なすことを、ここに改めて確認し、あらゆる「文学報国」的思想、またはこれと異形同質なる、いはゆる「政治と文学」理論、すなはち、学問芸術を終局的には政治権力の具とするが如き思考方法に一致して反対する。[48]

高橋和巳の立場と違うものの、学問芸術の自律性が尊重されるべきだという四人の作家の主張は、「個人的自己開示欲」が文学芸術の出発点だとする高橋和巳の考え方ともむしろ相通じているところがある。

この声明は主要新聞にも掲載されていたため、高橋和巳も読んでいたはずである。しかし、彼は四人の意見にはくみしなかった。実際、「知識人と民衆」では、「政治エリートによる文化弾圧とみて抗議声明を発した三島由紀夫、安倍公房らの見方、毛林派と劉鄧派の権力闘争とみて、劉派を支持するソビエト共産党の立場、あるいは毛林派を、毛に対する宗教的個人崇拝を伏せて支持するわが国の中共派知識人の立場も、すべて片手落ちのものと言わねばならない」[49]と断じている。なぜなら、「文化大革命は知識人と民衆、政治的エリートと文化的エリートの関係、政治的エリート同士の準拠する観念体系の解釈の相違と角逐などの問題をふくみつつ、起るべくして起る必然性をもっていた」[50]と、高橋和巳は考えているからである。

そこで、明らかに一つの矛盾がある。文学芸術は本質的に個人の内面に根ざした価値の創造であり、精神の自由によって初めて可能になった営為である、と考えながら、作家や画家などを「知識人」というカテゴリーで括り、彼らの内面に土足で踏み入れることを、高橋和巳は容認している。

謎を解く鍵は、彼は「中国」とそれ以外の世界を切り離して考えていることにある。現代中国のことを論じるとき、高橋和巳はいつも古代中国のことから説き起こし、中国の長い歴史の文脈において文化大革命の意義を読み解こうとした。そこで見えてきたのは、読書人を絶対的に尊崇する伝統であり、知識人による支配の歴史である。近代になってからも千数百年の伝統の重みはまだ解消されていない、と彼は考えている。その構造を変化させるためには、知識人と大衆の関係を変える必要がある。その場合、学問芸術の自律性が一時的に無視されるのもやむを得ないと彼は考えたのであろう。

前述のように、『新しき長城』連載の第三回の見出しは「激しくすすむ文化の奪権闘争」になっている。「文化の奪権闘争」は当時の中国の政治用語である「奪権」からの転用で、高橋和巳による造語でもある。そのことからもうかがえるように、高橋和巳は文化大革命を権力闘争であるという見解には反対だが、文化の権力闘争、つまり知識人に掌握された文化の支配権を大衆が奪う過程だと見ている。したがって、文化大革命は知識人と大衆のあいだにある上下関係をただすものであり、中国という特殊な文化環境において起きた出来事だと彼は見て、容認している。

実際、彼が日本の政治について語るとき、違う立場に立っている。「最近、青年たちと話していますと、青年はいつの時代でも性急ですけれども、政治がなんでもみな掬み上げないということをひじょうに怒るわけですね。民衆にこういう不満があるのに、それを政治は掬みあげない、民衆のこういう要求を政治は反映しない、そういって怒るわけですよ。ぼくは逆に、そんなもの一々政治が掬み上げなくてもよい、われわれの日常生活のいろんなことを政治がみな掬み上げていたら、逆に息苦しくてしょうがないと言うんです」[51]。明らかに中国の知識人と民衆の関係について語るときの立場と異なっている。

このように、高橋和巳は隣国で起きた文化大革命に対し、いわば「二分法」という考え方にもとづいており、中国を世界とは別の論理で語ろうとしている姿勢が見られる。「自由主義国が大衆から知識階層への道を可能な限り拡げつつ、可能な限りの能力と人材を上に吸い上げようとする」[52]のに対し、中国はその国情のゆえに別のやり方をしている。その特殊性において、高橋和巳は文化大革命のことを認めたのであろう。

七　文学テクストとしての読みの可能性に向けて

文化大革命に対する直接的な批評として、高橋和巳は次のように言った。「さまざま苛立たしい印象、朝目ざめてから夜寝るまでのけたたましい宣伝活動、道路といわず橋の欄干といわず、商店の飾り窓といわず、およそ字のかけるところすべてに貼られた壁新聞、そして何処をついても同じ答えのかえってくる紋切型の返答、文化一般の空白と文化遺産に対する無関心等にもかかわらず、今回の文化大革命を支持する気持ちになった」[53]。また、安田武との対談では「中国の文化大革命というものをみ注目しつついろいろ考えるわけですが、ぼくはあれをわりあい認めるわけですよ」[54]と内心を吐露したことがある。

一方、その文化大革命肯定論を仔細に読み返すと、「にもかかわず」で繋がれた言葉のあいだに論理の飛躍があることに気付くであろう。いつも論理が整然としている文章を書く高橋和巳にしては、不自然な表現である。なぜなら、文革支持の理由として、毛沢東が大衆に党組織のぶっ壊しを呼びかけたことが挙げられているが、それがなぜ理由になるかについては説明が一切なされていないからだ。

読者にとって、理解に苦しい論理展開だが、誤解を恐れずにいうならば、高橋和巳は矛盾を抱えた自分をさらけ出すことによって、内心の揺らぎを伝えようとしたのではないか。全編を通読すると、総論賛成、各論反対になっているのは明らかだ。作家はなぜこのようなレトリックを用いないといけないのか。

文化大革命に対して、沈思の大海を航行する高橋和巳の小船は信心の灯台に向いつつも、その間に不安もあり、迷いもあり、逡巡もあったのであろう。同じ文章のなかで、文化大革命を肯定するような言辞を発しながら、一方ではさまざまな疑問を呈している。懸命に理解しようとする反面、やはり納得がいかないこともある。彼は文化大革命を肯定しようとすればするほど、その肯定に疑問を呈する自分がいることに気付く。『新しき長城』を読むと、こうした自家撞着の表現が入り交ざっており、作家が果たして何を言いたいか、戸惑いを感じさせる場面が多々ある。

この際、「作家の真意」探しという言語遊戯の罠に陥らないよう、気を付けるべきであろう。なぜなら「作家の証言」なるものから果たしてどれほど「作家の真意」という砂金を見つけ出せるかは大いに疑問があるからだ。小説家である以上、言語的、政治的なレトリックの鎧で身を固める必要があるし、「真意」を誇張することも覆い隠すこともありうるであろう。執筆時には文章の勢いというものがあり、筆が滑ることもある。一字一句まで緻密に推敲して書いたり、発言したりすることはむしろ珍しい。何より、人間である以上、作家の思想が岩盤のように変わらないものではない。社会が変化するなか、作家といえども日々新しい情報に接し、新しいことを学び、それに伴って、知見を広めていくのは実情に近いのではないか。

高橋和巳の文化大革命観をかりに流動的な過程として捉えるならば、作家思想なるものからまた異なるスペクトルが見えてくるであろう。『新しき長城』のみならず、「知識人と民衆」などの作品でもそのことが明瞭に示されている。

もし検証の天秤にさらに心情という分銅を加えることが許すならば、文革支持の理由を思想信条の外側に探ることもできよう。文化大革命に対し、高橋和巳があえて肯定的な言辞を並べたのは、たぶんに言論界におかれた自らの立場を考慮したもので、また、彼の中国文化に寄せる深い愛情と憧憬とも無関係ではない。かりに文化大革命や毛沢東のやり方には賛成しなくても、あるいはその間違いに気付いたとしても、高橋和巳は文化大革命の全面否定を公言できるのだろうか。日本にとって文化大革命は対岸の火事であるとはいえ、火事をめぐる論戦によって二つの陣営は尖鋭に対立している。そのなかで文化人としての「高橋和巳」は一つの政治的な記号になっており、「進歩的な」知識人である高橋和巳はその政治的な記号の一貫性を示す責任がある。やや誇張していうならば、彼は文学者としての立場を後回しにしても、文革支持の意見表明をしなければならなかった。それが一面において、真継伸彦が語った「義」だったのかもしれない。

ただ、だからといって、高橋和巳は本心では文化大革命に反対した、と断定するのも慎むべきであろう。本人は幾度も文化大革命を肯定する見解を示したし、「知識人と民衆」に見られるように、その理由について詳細に論じたこともある。

このことは『新しき長城』を歴史の記録として読むべきか、文学作品として読むべきか、ということにも関係している。

日中国交回復の前に多くの訪中団が組織され、数々の旅行記や見聞録が発表された。そうした記録や作品に対し、おおむね二つの扱い方がある。近代史研究あるいは日中関係史の研究分野においては、政治家や社会活動家やジャーナリストらが書いたものは歴史資料として扱われているが、文学者たちが書いたものはほとんど対象とされていない[55]。小説家たちが書いたものは政治と直接的な関係がなく、歴史の動きに対し、あまり影響がなかった、と考えられたからであろう。また、記録の真実性に対する学問的な不安もあったのかもしれない。実際、水上勉の『瀋陽の月』[56]には、中国旅行での見聞が小説の一部に含まれている。歴史研究者にとって扱いにくいのは容易に想像できる。

そのことを念頭に入れながら、『新しき長城』を文学のテクストとして読みなおすと、記録と創作のあいだに歴然とした一線を画すことの難しさがわかる。文学として読む場合、作品に記された「観点」よりも、描写の重力による情緒空間のゆがみに気付くべきであろう。『新しき長城』の場合、強烈な現実を見る目は、ときどきゆらゆらと立ち昇ってくる理想主義という名の陽炎に視界が遮られていたのかもしれない。しかし、情景描写には作家の意図せぬ感情が投影されていることもあれば、書き手でさえ気づいていない反応が隠喩の水面下に沈んだままになっていることもある。

文化大革命という人類史上に類を見ない政治運動を目の当たりにして、文学者としての高橋和巳と、進歩的な言論人としての高橋和巳と、さらには中国古典文学の研究者としての高橋和巳は同じ人間のなかで共存していた。彼は中国文学を愛し、中国を愛していた。何よりも理想主義者で、人間の心の暗い一面に想像力を働かせる才覚があまりなかったかもしれない。高橋和巳は善良過ぎるというより、政治的にはある種の天真爛漫さは抜けきれなかったのであろう。権力をめぐる戦いの場において、信条や思想の言葉は政治手段として悪用されていること、大衆もその一人一人は人間としての複雑な多面性を持っていること、さらには大衆とはいえ、善良とか、純朴といった修飾語で括れないことに対し、理想主義者の高橋和巳は十分に思いを馳せることができなかったのではないか。

文化大革命は高橋和巳にとって、精神の煉獄でもあった。

〔註〕

1 伊藤益『高橋和巳作品論——自己否定の思想』（北樹出版、二〇〇二年一月）、橋本安央『高橋和巳　棄子の風景』（試論社、二〇〇七年三月）など多数挙げられる。

2 小松左京編『高橋和巳の青春とその時代』（構想社、一九七八年十月）、埴谷雄高編『高橋和巳論』（河出書房新社、一九七二年五月）。

3 川西政明の『評伝高橋和巳』は文字通り、文学作品の批評に主軸を置く評伝で、そこに作家の文化大革命観を論じるには、様式の同一性のみならず、内容構成の上でも処理しにくい対象になるであろう（川西政明『評伝高橋和巳』講談社、一九八一年十月）。村井英雄『闇を抱きて　高橋和巳の晩年』は京都大学文学部助教授になるときから、亡くなるまでの人生と作家像を描いたものである。作品の批評よりも作家を知る立場から、その伝記的な事実の記述に力点が置かれたものである。この本でも高橋和巳の中国訪問と『新しき長城』には触れられていない（村井英雄『闇を抱きて　高橋和巳の晩年』阿部出版、一九九〇年六月）。

4　一九八一年六月、中国共産党第十一届六中全会で「建国以来の党の若干の歴史問題についての決議」が採択され、そのなかで、文化大革命は「指導者が誤って発動し、反動集団に利用され、党、国家各民族に大きな災難である内乱をもたらした」として、中国共産党の公式な見解として発表した。

5　真継伸彦の「高橋和巳とアジア」、日本アジア・アフリカ作家会議編『戦後文学とアジア』所収、毎日新聞社、昭和五十三年十二月、三一頁。

6　真継伸彦、前掲書、三〇頁。

7　真継伸彦、前掲書、三〇頁。

8　脇坂充『孤立の憂愁を甘受す◎高橋和巳論』社会評論社、一九九九年九月、二五七頁。

9　前者は、張競「高橋和巳の文革」『詩文往還――戦後作家の中国体験』日本経済新聞社、二〇一四年十月、七七～九三頁。張競「解説」『日中120年　文芸・評論作品選』4、岩波書店、二〇一六年六月、三一七～三一八頁。後者の中国語の文献は、戴燕「高桥和巳初论――文学、学术与现实、历史的叠影」復旦大学アジア研究センター（亚洲研究中心）『亚洲研究集刊』第六辑『亚洲的现代化道路――历史与经验』復旦大学出版社、二〇一二年、九七～一一〇頁。

10　東口昌央「夢想される革命――高橋和巳にとっての文化大革命――」『木村一信先生追悼　論考と回想』「木村一信先生追悼　論考と回想」刊行会、私家版（非売品）、二〇一六年九月、一〇一～一一三頁。

11　東口昌央、前掲論文、一〇九頁。

12　高橋和巳『新しき長城』、『高橋和巳全集』第十二巻、一九七八年四月、三〇三頁。

13　高橋和巳、前掲書、三三〇頁。

14　菊地昌典「人間変革の論理と実験――中ソ文化革命の比較考察―」『人間変革の論理と実験』（筑摩書房、一九七一年一月）所収、五頁

15　日本の総合雑誌などのメディアにおける文化大革命の報道、批評ないし批判の反応については、馬場公彦『戦後日本人の中国像――日本敗戦から文化大革命・日中復交まで』（新曜社、二〇一〇年九月）、黄芳「中国文化大革命と日本知識人（1）：1966年から1969年まで」大阪大学国際公共政策学会編『国際公共政策研究』第十六巻第二号（二〇一二年三月。一九一～二〇五頁）に詳しい。本稿では一部参照した。

16　中島嶺雄『中国文化大革命――その資料と分析』弘文堂、一九六六年十月、五五頁。

17　福島正夫編『中国の文化大革命』御茶の水書房、一九六六年十一月。
18　高橋和巳の『新しき長城』によると、一行には「八幡」、「本橋」という名前のメンバーもいるというが、詳細は触れられていない。
19　高橋和巳『新しき長城』、『高橋和巳全集』第十二巻、一九七八年四月、三二九頁。
20　菊地昌典「現地にさぐる中国文化大革命の底流」初出『朝日新聞』五月十一日朝刊、のちに単行本『人間変革の論理と実験』（筑摩書房、一九七一年一月）に収録された。（引用は単行本四八頁）
21　中国民用航空局公式サイト「新中国民航60周年大事記」、www.caac.gov.cn（2009-11-06）、二〇一八年五月三日参照。
22　高橋和巳、前掲書、三二四頁。
23　高橋和巳、前掲書、三三九頁。
24　菊地昌典、前掲書、六五頁。
25　朱家楨の誤りか。朱家楨は一九二九年の生まれ。文化大革命の後、中国社会科学院経済研究所研究員、博士指導教員、中国経済思想史学会副会長などを歴任。なお、余大章は後に中国社会科学院研究院、中国比較経済学研究会秘書長になった人物と同一らしい。
26　原文の『娘子第二中隊長』は記憶違いによるものだと思われる。高橋和巳、前掲書、三三五頁。
27　高橋和巳、前掲書、三〇三頁。
28　高橋和巳、前掲書、三二八〜三二九頁。
29　高橋和巳、前掲書、三三一頁。
30、31　「シンポジウム　文化大革命とはなにか」福島正夫編『中国の文化大革命』御茶の水書房、一九六六年十一月、七〇頁。
32、33、34　高橋和巳、前掲書、三〇四頁。
35　高橋和巳、前掲書、三四二頁。
36　『西日本新聞』一九六七年八月二十六日。
37　スチュアート・シュラム著、石川忠雄ほか訳『毛沢東』紀伊國屋書店、一九六七年九月三十日。
38　堀田善衛編『講座中国――これからの中国』第四巻、筑摩書房、一九六七年十一月。
39　『朝日新聞』一九六八年二月一日、二日。
40　高橋和巳、安田武『ふたたび人間を問う』雄渾社、一九六八年十二月。
41、42　堀田善衛、前掲書、七一頁。
43　西園寺公一『北京十二年』朝日新聞社、一九七〇年六月、九〇頁。ちなみにこの本はかなり広く読まれており、初刷が発行された約一年半後の一九七一年十一月、林彪事件が起きた後にもかかわらず、七刷が発行された。
44　新島淳良「文化大革命下の〝文化〟事実にない〝破壊〟修正途上にある古典評価　ニセモノとのたたかい」『中国新聞』一九六七年三月十一日付。
45、46、47　高橋和巳『新しき長城』三三六頁。
48　『東京新聞』一九六七年三月一日付。
49　高橋和巳「知識人と民衆」堀田善衛編『講座中国』Ⅳ、筑摩書房、一九六七年十一月、六一頁。

50 高橋和巳、前掲書、六〇頁。
51 高橋和巳、安田武『ふたたび人間を問う』雄渾社、一九六八年十二月、八三頁。
52 高橋和巳『新しき長城』、前出、三七二頁
53 高橋和巳、前掲書、三一三〜三一四頁。
54 高橋和巳、安田武、前出、七七頁。
55 たとえば福岡愛子『日本人の文革認識――歴史的転換をめぐる「翻身」』(新曜社、二〇一四年一月)は小説家たちの訪中記録を一切排除しているし、馬場公彦『戦後日本人の中国像――日本敗戦から文化大革命・日中復交まで』も総合雑誌に掲載された文学作品を対象にしなかった。
56 水上勉『瀋陽の月』新潮社、一九八六年十一月。

張競（ちょう　きょう）
一九五三年、上海生まれ。明治大学教授。東京大学大学総合文化研究科院比較文学比較文化博士課程修了。著書に『海を越える日本文学』『張競の日本文学診断』『詩文往還――戦後作家の中国体験』など。

高橋和巳初論

――文学・学問と現実・歴史の輻輳

戴　燕

序章

私が初めて「高橋和巳」という名を知ったのは一九九〇年代初めで、彼が死去してから二十年余り経った頃である。京都大学文学部は背後に吉田山をいだき、事務室には典籍文献がぎっしり納められている円環状の書棚があり、一隅に東京河出書房新社出版の『高橋和巳作品集』十冊本が並んでいた[1]。そこはすでに解体された文学部の古い建造物で、広い回廊を支える大柱と分厚く暗い朱色の壁は、濃い木陰に潜むように帝国時代の残照を放っていた。数年前に戻って見ると、以前の建物はすでにそこには存在しておらず、敷地内に新しく建てられた文学部棟は、形状、色合い、間取りのどれもが明らかにモダンなものになっていた。

彼との出遭いは衝撃的であった。高橋和巳は京都大学の中国文学研究室、即ち一九〇六年に創設された日本で最も名の知られた中国学研究及び教育の学府で、教員を務めたことがあるが、彼の名は私たちの知悉する中国の学者の系譜には出ていなかった。彼は一時期、著名な作家であったが、彼と同世代の大江健三郎がノーベル文学賞を受賞した時、彼の小説は日本でもほとんど知る者はいなかった。その後、彼の一部の論文・小説・エッセイを入手したが、いずれも東京や京都、大阪などの古書店で買い求めたものだった。

決して無名の作家ではないのに長い間忘れられてきたようなこうした人物に、私は大きな好奇心をいだくことになった。

私の世代が真の専門的な学術研究に触れる機会を得たのは、ほとんど一九七八年以降であった。当時、中国の古典に関する分野で、最も重要視されていたのが日本の中国文学研究であった。多くの研究者は日本の学界の実証的な長所を求めて、私たちが長年のイデオロギーの監視下で培われた空疎な学風から脱却することを渇望していた。そのため、日本の学者による参考文献から目録・索引作成の面での蓄積に至るまでが、常に私たちの目を開き、吸収する対象となった。こうした一見、偏向的ともいえる評価は今日でもあまり変わっていないかもしれない。しかし、歳月が経つにつれ、見尽すことも、使い尽くすこともできないこれらの日本の雑誌や書籍に対して私は少なからず戸惑い、しばしば次のように考えるようになった。つまり、高度の専門性をもち、技術化した様相を呈していると称賛されたこれらの著作は実は単なる文献・データの累積で、冷静に客観的に物事を論じるだけに止まり、少しも時代・立場及び感情など人間に関する要因に触れていないのではないか。私たちはそれらを評論したり利用したりする際に、真に作者本人と一刀両断に切り離すことができるのか、と。

こうした極度に困惑した状況の中で、私は高橋和巳に出遭ったのであった。

彼は学者であり、作家でもあった。彼の世界は、中国の古典もあれば、現代の日本の姿もあり、彼の著作には整然とした科学的考察もあれば、想像力に富んだ小説と鋭く心情を吐露したエッセイもある。彼の十冊の作品集は、中国の古典と現代日本の相互の交錯・理性的な論証と感性的な表現の相互に激動する様相を示している。従って、彼の著作からは冷たい文字を通して、時空間の隔たりを通り抜け、日本の中国学の脈動に触れ、過去の歴史・現実の諸相、およびそれらを解決しようとした問題意識を窺い知ることができた。

高橋和巳の生涯は短く、[2] 一九三一年に生まれ一九七一年に亡くなった。学者としての学問研究の道は始まったばかりで、一方、文学者として彼の創作上の影響も徐々に広まりを見せていたが、彼が生きたわずか三十九年の時間は不正常な時代であった。彼が生まれた年に勃発した「九一八事変」（訳注：満洲事変）は、日本に十五年にわたる中国侵略戦争の道を歩ませた。彼が中学に入学した年に米軍の空襲に遭った彼の故郷の大阪は、一夜にして廃墟と化した……。青少年時代の彼は、ちょうど日本が第二次世界大戦前の繁栄から、戦時中の破局に転落し、再び回復した戦後でも波乱の過程を経験した。彼は一九四九年に京都大学に進んだが、米国占領下の強制的な大学制度改革に遭遇し、一九六七年に教員として母校に戻った時には、今度は日本各地の「大学紛争」に巻き込まれていった……。そのため、約二十年前後の大学教職と並走した創作・研究や教育の内実も実は単調で広く深い清水のような静けさはなかった。このように時代によって起伏に富んだ、内憂外患の一生は高橋和巳を常に彼の言う「極限」「臨界」の状態に陥らせてしまった（「極限と日常」）。[3] これは一九六〇年代から九〇年代の中国で自己成長し、同じように時代の嵐を経験した私にとって、非常に共感するものであった。

　高橋和巳は眉目秀麗、颯爽とした風貌と言われていたが、写真で見る彼は常に暗く、堅苦しい表情をしている。彼には「苦悩教の始祖」という名があった。[4] 彼が残した文字から見ると、これらの苦悩はどれも時代や社会と関係しているが、[5] まるで時代と社会を熱狂的に抱きしめれば抱きしめるほど、時代や社会と隔たり、溝が生まれるようで、挙句には徹底的に孤立し、最後に自らを解体するまでに到った。[6]「孤立無援の思想」は彼の評論・エッセイ集の一冊であるが、この書名はこうした心情にもとづくものであった。[7]

作家としての足跡

　高橋和巳の名が知られるようになるのは、まず彼の小説群によってである。

　一九六二年、彼の『悲の器』が出版され、[8] 文芸賞を受賞してドラマ化されるほどの人気を博した。続く小説『散華』・『我が心は石にあらず』もテレビドラマやラジオドラマ化され、[9] 次から次へと広く知れわたっていった。彼の創作力は驚くべきものであった。一九五二年に同人誌から生まれた『捨子物語』を皮切りに、[10] 一九七一年に没するまでの十九年間、彼が正式に出版した長篇小説には、ほかに『憂鬱なる党派』・『邪宗門』・『堕落』・『日本の悪霊』などがある。[11]

　評論家たちは彼の書いた小説はすべて「破滅」の物語だと言うが、[12] なかでも『悲の器』はその代表作である。小説の大筋は、ある名高い一人の壮年の学者（正木典膳）が、その研究が最盛期を迎えようとしていた時、些細な身辺の擾乱によって、名声が地に墜ち、一敗地に塗れ、徹底的に打ちひしがれていく、というものである。

　法学博士の正木典膳は、東京の某大学法学部の著名教授で、最高検察庁の検事を兼任し、学界の指導者であり、司法界の権威でもある。妻の静枝は彼の恩師の姪で、息子は北海道の大学で大学院に通っており、娘は銀行家に嫁いで関西に住んでおり、錦上花を添えるように円満な家族である。しかし、不幸なことに、六年前に静枝が癌になり、経済学者の典膳の弟は米山みきを彼の家の手伝いに勧めた。米山みきは女子校の家政科の職員で、夫は元陸軍軍人で「盧溝橋事変」で戦死していた。子供も病気で亡くした。

天涯孤独の彼女は静枝やこの家の世話をして、後顧の憂さを解き、典膳に大きな慰めをもたらした。しかし、同時に、彼女も典膳とあってはならない関係があった。静枝の死後も米山みきはすぐには離れなかった。しかし、彼女が典膳の再婚の相手が若い栗谷清子であることを知った時、彼女は一通の訴状をもって典膳を告訴した。

小説は、この突然の出来事の中で、主人公典膳の自己陳述から始まっている。

「一片の新聞記事から、私の動揺がはじまったことは残念ながら事実である。もし何事もあかるみに出ず、営々として構築した名誉や社会的地位が土崩することもなければ、現在もなお私は法曹界における主要メンバーの一員であり、また大学教授としての精神的労作いがいの負担は私の魂には加わらなかったであろう。……」。

「新聞はほぼ次のように報道した。

妻をはやく喉頭癌で失った某大学法学部教授正木典膳（五十五歳）は、ひさしく家政婦と二人、不自由な暮しをしていたが、このたび友人である最高裁判所判事・岡崎雄二郎氏の媒酌で、某大学名誉教授・名誉市民栗谷文蔵文学博士の令嬢、栗谷清子（二十七歳）と再婚するはこびとなった。ところが突然、家政婦米山みき（四十五歳）により、地方裁判所に対し、不法行為による損害賠償請求（慰藉料六十五万円）が提起された。

この記事のあとに、家政婦米山みきの写真と、肉体をふみにじり、女ひとりの運命をもてあそんだ人非人とまで極言した、はげしい憎悪の言葉が掲載されている。（中略）そのまた数日後の学芸欄に、さる漫談家と婦人評論家の対談と、農家の主婦の投書、そしていわゆる進歩的文化人の寸評が、この事件に関してのっている。（中略）某週刊雑誌は、家政婦を娼婦あつかいしたのかという記者の質問に、「いや、おそらく、わたしは米山みきを愛していた。」と答えたその言葉尻をとらえ、私が再婚するはずであった栗山清子をひきずりだし、私の態度を批評させている。しかし、なによりも私を動揺させたのは、その翌月の綜合雑誌に掲載された私の末弟、都内中央区某カソリック教会神父正木規典の弾劾文であった。……」[13]。

裁判に先立って、正木典膳はすでにマスコミの介入により世論の渦に巻き込まれていた。米山みき、戦争被害者で子供を失った母親、運命に翻弄され窮地に追い込まれた弱き女、そうした彼女の一連の不幸な境遇は矢継早にマスコミに騒がれ、鋭い刃のように読者の大衆の心を痛めつけ、典膳の親友を含む社会各界の人々の際限ない同情を引き起こした。一方典膳に対しては容赦のない非難の声ばかりであった。公衆の目には、典膳はもともと現代社会の成功モデルであり、ほぼ完璧な存在であった。名門大学教授の身分は現代の理性と知識の化身のように見え、最高検察院の検事は、国の秩序と社会正義の化身のように見えた。その二点により彼と米山みきの社会的地位とは雲泥の差があったのである。しかし、このように社会的に高い地位にある典膳は、無名の米山みきのたった一枚の訴状によって神棚から引きずり降ろされ、知られていない私生活の一面まで引き裂かれてしまった。それは、「伏せる牛に芥」（訳者注：寝ている牛に芥をかけるように弱者や死者にこれ幸いと罪をなすりつけること）というだけではなく、ひどい目にあわされた人格の弱点道徳・法律に逆らうということでもあった。典膳はこれまで世間に崇拝されてきたイメージを一瞬にして壊され、彼の生活もまた徹底的に壊され、精神的にも完全にコントロールを失ってしまった。

大学の中で現代の理性と現代的な知識を構築して広く社会に知らしめ、それを国家法律の制定と執行に活用し、現代社会の精神的命脈と一般人の生殺与奪の権を握っていたと言える法学の権威は、突如打倒され、権威を失い、裁判所とメディア、家政婦と社会大衆の思惑によって彼の過去と未来を裁定されざるをえなくなった。「悲の器」はこの運命と権力の大逆転を描くことによって、同情を示す一方で鋭い皮肉も込めている。本作品は法律で固められた日本現代社会は、ひとたびつつけば破れる障子紙のように、表面的な秩序と尊厳だけがあり、現代の知識・現代の理性によって築かれた道徳と価値観は、実際は極めて脆弱で偽装されたものであって、簡単に転覆することができるということを表明しているかのようである。

法律と世情、学術世界と私的生活、それらの間の緊張関係は、高橋和巳が理性と法律によって構築されている現代社会に深い疑惑を抱いていたことを示している。『悲の器』の物語は東京を背景にしているが、その原型は作家の母校の京都大学で、正木典膳という悲劇の人物の三分の一は彼の師吉川幸次郎をモデルにした、という評論家もいる。[14] しかし、私は高橋和巳自身の解釈を信じたい。高橋は彼自身、第二次世界大戦中と終戦後に受けた教育は相反する二つの価値観を示しており、この二つの相互に衝突する価値観は、彼の世代の心中で常に交戦状態にあり、彼らを精神的な矛盾・分裂の状態に置かせていると言っている。占領当局の命令の下で、墨に塗られた教科書が隅々に出回ったとしても過去の歳月が消えたわけではない。高橋は「私が私の心の矛盾する部分を墨で消して、括淡と生きておれば、おそらく小説家にはならなかった」（「私の小説作法」）と語っている。この意味でも、『悲の器』は日本人の「精神史」の一端でもある。[15]

また別の小説『堕落』では高橋和巳は類似した破局の物語を書いた。主人公である青木隆造は、奉天（現在の瀋陽）で「満洲国」の建設に参画し青春をささげた。戦後、彼は慈善事業に挺身し、神戸郊外で専ら混血児を養護する「兼愛園」を創設し、事業の成功によって社会から顕彰される。しかし、表彰式の夜、秘書の女性を凌辱し、現実から逃避し、遊興に走って表彰金まで使い果たし、最後には殺人罪で投獄されるという結末にいたる。[16]

高橋和巳は第二次世界大戦中に育った世代である。この世代が、生まれて、呼吸したのは飢餓・暴力と強権政治の空気であり、幼年時には相次ぐ軍事教練・工場動員及び空襲の中で死と直面する時代だった。戦後の経済不況、占領下で犯罪や擾乱が続き、飢えや暴力から免れることはなかった（小松左京「私たちの世代」）。[17]危機を重ね、生死の一線で、彼らは常に生死・善悪・正邪及び国家に対する忠誠の有無などの重大な問題に直面し（「極限と日常」）、社会に対する反省や批判的な態度が強いられただけでなく、同時に心の奥にも深い悲しみや寂寞も感じていた。まるで『堕落』の中の青木隆造が表彰された後に、かえって虚しさを感じていたように。青木は青春と理想をかつての「満洲国」に捧げてきたので、自分が「満洲」から帰ってきた後は、彼の人生には虚無だけが残り、欺瞞に満ちた時間ともいえた（『堕落』）。[18]

高橋和巳は妻で作家でもある高橋たか子の目には日本の「虚無僧」と映っていた。虚無僧の修行とは、深い編笠をすっぽり首元までかぶって、一軒一軒まわって尺八を吹きながら流離う。その悲しい音色は、まるで彼らの寂寥を訴えるかのようであった。日本全体が敗戦後の混乱のなかから、希望のようなものを抱いて前へ前へと進みはじめていた時代にも、彼女は高橋和巳が「絶望」から逃れられなかったと述べ、彼の作品はすべて人間の絶望に関するものであったという（「虚無僧」）。[19]

「絶望」の心情は、当然、堪え難い戦争の記憶や戦後の間断なき反省と深い関係があるが、高橋和巳の世代の反省は、戦争そのものにとどまらず、日本の明治維新の時期に遡行していくものである。日本は明治維新以来、国を挙げて欧米に追従し、近代化の道を歩んできたことで、中国に対する軽蔑感を招き、侵略戦争を起こし、最後は失敗に終わったことを考えれば、敗戦の根本的な原因は、近代化に向けた欧化のための所産であり、追求した結果であるとされた。高橋和巳は「私たちの祖父や父たちは法制や官僚機構はドイツから、自由民権の思想はフランスから、文学はロシアから、というふうにじつに巧みに学んだわけだが、（中略）私たちは同じ苦悩を背負わされてあえいでいる今ひとつの国、中国の文化や文学の成行きを注目することをきれいさっぱり忘れてしまったのである」と述べたことがある（「文学者にみる視野脱落」）[20]。同じく中国文学を専攻し、同じく作家であった武田泰淳に関する一篇の評論の文章の中で、彼は武田泰淳が知識人としての立場にあって、日本の主たる思想界が戦中や戦後において中国に災難をもたらしたことに目をつぶったことを批判した姿勢に共感するとともに、特に近代日本人の精神構造の中には大きな欠陥があり、中国という次元でいわゆる近代化の問題を考えてこなかったという欠陥を指摘した（「日中文化の交点――武田泰淳」）[21]。

日本の戦争と近代化の反省から、高橋和巳はそれと関連する中国の問題に関心を抱くようになり、彼の小説も中国文学の雰囲気を強く滲ませるようになる。『捨子物語』や『我が心は石にあらず』といった小説の主題は中国の濃厚な色彩を帯びていて、例えば『我が心は石にあらず』のエピグラム「我が心は石にあらねば、転ばすべからざるなり。我が心は蓆にあらねば、巻くべからざるものなり」は、「詩経」の一篇の文章《邶風・柏舟》から直接引用したものである。また、これらの小説の内容はほとんど政治と乖離していない特徴を見ると、彼の文学的趣味は、彼が理解している「言志」の中国文学に実に近いことも分かる。竹内好はしばしば高橋和巳が杜甫であって、李白ではないと述べていたが、彼の個性が複雑で深いことを表す一方で[22]、小説は時代を反映し、追跡することで、「詩史」と呼ばれる杜甫の詩歌と同工異曲の妙を得ていると言えるだろう。彼は、日本にある感情を中心とした「私小説」という伝統を脱し、その作品は理論的な強靱さだけでなく、頻繁に漢字を使うことで、特殊な「漢文調」を表現し得て、簡単明快で強い力を持った。駒田信二の言う「硬的で、儒教的あるいは法家的」なスタイルである。[23]

大学教員・学者としての足跡

高橋和巳は青少年の時期に苦労した世代である。色川大吉は、この世代は、戦争が終わると同時に飢餓貧困から解放され、彼らの精神的な物欲こそが、事業発展の原動力になったと指摘している。高橋和巳が癌で亡くなった後、吉川幸次郎は、この愛すべき弟子のために書いた弔辞の中で、彼は魏晋時代の嵇康・呂安のような一流の人物であり、彼が慕っていた六朝の詩人陸機・謝霊運・鮑照・範曄のような才能に恵まれた人物であったが、高邁な才能がありながら、不慮の病で亡くなったことは惜しまれる、と述べた。その一方で、吉川幸次郎自身も自分が高橋和巳にずっと強い期待を抱き、漱石のなそうとしてなしとげなかったものを君はなしとげよとも言ったことが、結果として彼に確実に大きなストレスを与えていたであろうと悔やんだ。[24]

高橋和巳が十八歳で京都大学に入学した時、彼の願望は、ドストエフスキーのような作家になることであり、[25]これは長年の日本の文学青年の夢の延長でもあった。しかし一九五〇年代には後戻りできない西洋化の下に、反西欧化・反近代化の一つの流れがあり、敗戦に至る反省に伴って沸々と湧きおこってくる。こうした内面の変化に惹かれるように、高橋和巳は東方文学、特に弱小民族の文学に目を向けた。彼はもちろん自らが日本文学の狭い範囲に閉じ込められていることを望んでいなかったこともあり、欧米文学よりも比較的静かな中国文学の世界を選んだのである。

中国文学は日本において、周知のように輝かしい歴史を持っている。少なくとも唐の時代から、多くの中国の文学作品が日本に伝播し、日本文学と融合して日本文学史の一部になっている。しかし、この豊饒な歴史は、明治維新の時代になるや途絶えてしまった。欧米の文学的理論と文学作品の導入は、日本文学と学界の潮流となり、中国の詩文作品は、次第に元に戻り、徐々に少数の愛好家の懐古的趣味の対象となっていく。第二次世界大戦後に、自らの近代化の過程に関する反省によって、日本の一部の知識人は、また中国への関心を抱き始め、中国の伝統文化・文学に対する情熱も次第に増してきた。

高橋和巳はこの変化を実感した。彼は吉川幸次郎と小川環樹が監修した、岩波書店が一九五〇年代から七〇年代に出版した「中国詩人選集」の編纂に参加し、李商隠・王士禎の二人の詩集を担当した。彼もまた今の日本が確かに中国の古典に回帰する時機だと実感したことだろう。原因は、第一に、明治維新以来、ヨーロッパから移植された多くの理論や概念は、日本列島で生まれた思想観念を通り過ごしていたからである。例えば私たちが大学で学ぶ政治学・経済学というものは、文書化・理想化した形態であり、日本の現実の社会の中で実際に進行していたその権謀・智術とは全然関係がないわけだが、後者は中国の四部分類で「子部」（訳注、諸氏百家の書）に分類される本や、史書の中で随所に見つけることができる。よって中国の本に学ばなければ現代の日本は理解できず、泰平の世に棲む現代日本人がなぜ心理的な「戦国時代」であるのか理解できないのである。第二に、今日の日本は、文化的に重要な転換期にあるからである。戦前・戦中の日本は、一度自分の歴史を忘れ、自分の伝統を否定し、文化的に空洞化し非常に空虚なものになった。そのため今中国文化に復帰すれば、間違いなく魂が帰ってくるのである。そして、中国の伝統に戻れるかどうかということが、日本が西洋化していく大きな流れの中で、自身を守り切り、それによって生きていけるかどうかということによって決まるのである。こうした信念に基き、高橋和巳も今日こそ中国文学・日本の漢詩を読む時であり、決して復古趣味的な目的を持たず、中国文学を「世界文学」の一環として認識し、中国文学の価値を欧米文学に比肩しうるものと理解すべきである、と主張していた[26]（「中国古典翻訳」）。

高橋和巳の見識は多くが吉川幸次郎から得られたといってよい。実は、吉川幸次郎との出会いこそ、中国文学の研究に向かって勇気と情熱を膨らませていたのであり、吉川幸次郎こそは彼の学業上の精神的指導者であると言えよう。中国人のような服装をして、中国人のように文章を書いたり考えたりすることで知られた中国文学の専門家は、若い頃に留学した中国、特に古典の中国に対して、極めて大きな熱意を抱き、これを認め、彼の弟子たちは悉く彼の思想、学風に感化された（「詩の絆――吉川幸次郎随筆集」）。高橋和巳の世代の中国文学の学者にとって、一九七二年に日本との国交正常化が実現する前は、一衣帯水といえども中国は遠く、中国文学もすでに馴染みのない、徹底的した異国文学となって、日本の文学とは何の関係もない状況ではあったにもかかわらず、である。

大学から博士論文の作成段階まで、高橋和巳は終始六朝文学を専攻し、彼の選んだ研究対象は、いずれも『文心雕龍』・謝霊運・顔延之・陸機に関するものであり、卒業後は司馬遷・潘岳・江淹についての論文を次々と発表した[27]。六朝文学の研究については、狩野直喜・鈴木虎雄以来、京都大学ではすでに伝統となり、彼のこれらの論文は、『捨子物語』の初版に題字を書いた小川環樹によれば、どれも構想の警抜と論理の流動にすぐれていると高く評価された（「私の悔恨――高橋和巳君を悼む」）[28]。まず大阪・京都のいくつかの教育機関で教職に就き、続いて東京の明治大学に招聘され、さらに母校の京都大学に戻った。この期間、間断なく講義を担当し、論文を書いた。六朝の詩人・唐代の李商隠と清代の王士禛に関する著作以外にも、彼はまた大量のエッセイ・批評・評論を書き、『史記』・漢賦から現代文学の魯迅・丁玲まで、儒家から辛亥革命まで中国の歴史と中国文学を幅広く論じた。

中国文学は、高橋和巳から見れば、主に「言志」の文学である。「言志」とは主に国・政治・道徳といった大事に関するものであり、日本の主流である叙情文学との最も大きな相違点である。日本文学では、近代日本の文学を含め、何れも「私情」、つまり人の心の感情を表現するのが主流であるため、高橋和巳は、日本の文人にとって思想とはひたすら思想であり、文学とはそもそも同じ次元ではないと思念する点を指摘していた。日本の近代化の過程で推進的役割を果たした人道主義・進化論・社会主義などの思想は、すべて国外から入ってきたもので、少数の知識階級が先に掌握し、更にそれらの一部を自主的に制度の中に定着させてきた。したがって、思想と言った際に人々の頭の中にまず思い浮かぶのは、ドイツ観念論やマルクス主義のような硬く、冷徹で、権威感あふれたものである。しかし、日本の近代文学の主流は、まさに法学エリートのような現代社会の支配力に対し強い反感を抱くものであり、それを「出世」官僚で、何れも「俗物」であると見なしたものである。そして一般の文人たちも自らが「不遇」であるとばかり思っていたので、彼らは思想を文学の外に排除してしまったのである（「「志」の文学」）[29]。

　日本主流の文学観とは違い、高橋和巳は中国文学の「言志」を受け入れ、「心にあれば志、言葉に表現されれば文学」と信じており、同時に「文学の美しさ」は文学の所有物ではあるが、文学は「文学の美しさ」を求めることよりも高い目標を持つべきだと主張した。彼は「一身すら自ら保んぜず、何ぞ況や妻子を恋んや」という詩句の中で、阮籍の哀しみを味わいながら、『大人先生伝』に書かれた記述から阮籍の豪快さも感じていた。彼は、まさに詩と文がそれぞれ表現してきた悲観と楽観の交錯があるからこそ、阮籍が詩人及び哲学者としての非凡さと高さを成し遂げたと述べていた（「作家の行動」）[30]。

　高橋和巳は漢魏間の文学史の変遷の中にも、政治の文学に対する影響力を看取した。彼は政治が過度に文学に介入するのは、決して愉快なことではないが、政治は常に文学の助力となっていることは否めないとも考えた。試みに想像してみよう。もし、漢賦の作者が「蘼麗の賦、勧は百にして諷は一」を理解していなければ、娯楽性のある大賦の中の政治的な諷諫はなくなり、彼らが俳優に近い宮廷文人の地位を高められたであろう？　もし、支配者である曹操父子が卓越した文学の才能を持って、創作と批評に直接参加しなければ、中国文学が魏晋時代に独立を得られただろうか？　日本の近代文学史を見ても、もし民権運動のために旗を振って鬨の声を上げなければ、『経国美談』・『佳人奇遇記』といった政治小説が、明治十年ごろ盛んになっただろうか？（「政治と文学」）[31]

　中国文学の「言志」の特質を認識すればするほど、高橋和巳も日本文学より中国文学におけるより高いその言葉の「硬度」と思想の「硬度」を認識するようになっていった。彼は自らが漢文に対して特別な親近感を持っていて、日本の近代文学に対する評価にまで影響を与えていると言った。

彼にとって永井荷風・芥川龍之介のような叙情的、優雅な作家より、政論や史論で優れた足跡を残した徳富蘇峰、陸羯南などの方が受け入れやすかったのである（「みやびと野暮」）[32]。フランス文学専攻出身の大江健三郎は、後日の回顧の中でもその点を確認した。彼は高橋和巳が生前常に文章の中で、漢詩文の素質のない人間の文章を攻撃し、また彼を漢詩文というものを中心においた文体観というものをもった人間、と述べている[33]。

一九六七年の春、恩師の「三顧の礼」を受けた高橋和巳は、「母校の学風に対する信仰に近い幻想をもっ」て、京都大学に戻り[34]、文学部助教授に就任した。彼の創作の才能・知識・理論的素養、そしてその声望のため、彼が作家と文学教師の二つの立場を愉快にこなすであろうことを誰もが信じてうたがわなかった[35]（小川環樹「私の後悔」二）。日本の近代以来の多くの著名な作家は、実は誰もが夏目漱石のように立派な高等教育を受けていた。ちなみに中国文学専攻出身の作家で、高橋和巳より少し年上の著名な人に東京大学出身の武田泰淳がいる。

高橋和巳が生まれる前、ある占い師は彼の誕生日を占い、彼は女に生まれるべきなので、もしあいにく男の子が生まれたら、「捨子の儀式」をして、この子の将来を穏やかにさせなければならないと指摘していた。そのため、彼が生まれた後、家族は占い師の指示に従って、彼を竹籠の中に入れて、近所の或る家の前の玄関に一度捨て、その後、あらかじめ頼んでおいた通りに、その家の人が子供を拾い上げ、再び身なりを新しくして実家に送り届けたのである。戻ってきた子は、懐に文字の書かれた紙を付け、そこには「和巳」という二文字が書かれていたが、その二文字は、もとの子供の名前とは代わっていた[36]。このエピソードは、のちに高橋和巳の処女作『捨子物語』のモチーフとなった。小説の中には、その儀式が、日本の下層社会にのみ存する呪わしい風習なのかどうかはわからない。たぶんそうではないだろう。それが陰陽五行と讖緯説の占いから派生したものとすれば、中国や朝鮮にもかつて、それぞれの風土色をともないつつ存在したものに相違ない、と書いてある[37]。これはもちろん根拠のない推測ではない。彼が研究した六朝文学史には、彼とそっくり同じ経験をした文人がいるが、それが「文章の美しさ、顔延之と並び、長江東辺で第一」と称えられた謝霊運である。謝霊運が小さい時、彼が長く生きていけないことを心配した家族は、道士に彼を十五歳まで育ててもらった。「謝客」という名も、これに由来するものである[38]。

中国訪問と学生運動

占い師は高橋和巳の誕生時に母親に息子は将来教師になると教えたそうである。

創作と学問の二つの道で、高橋和巳はずっと順調に進んでいった。高橋和巳は、文学活動は創作・鑑賞・批判・研究の循環過程であると考えた。この過程において、彼自身は二重の感興を享受することになった。つまり教師として、自分の働きかけが目に見えるかたちで帰ってくること、小説を書くことで、出版後も永遠に名を伝えられることである（「教師失格」）[39]。ただ、この二つの全然異なる性質が、彼に数ではかれない代価を支払わせることになるとは、誰も考えなかった。一九六九年、「全共闘」の風潮が京都大学に押し寄せた時、彼は学生の側に立つことを択び、「教官」の身分との間に深刻な衝突を起こし、その圧力は急に臨界点に達した。彼の内心では極度に分裂し、ついには「わが解体」を発表して辞職を決めるに至ったのである。

教師としては、大学側とともに基本的な教育秩序を維持する義務があるものの、現実的な批判精神を持つ作家として、また社会大衆の一員としての高橋和巳は、学生への共感を禁じ得なかった。実際、大学の体制について高橋和巳自身は不満が多くあった。彼は大学の不正を批判し、大学はすでに「階級観念を培う世間と隔絶した特権世界」になったと考えた。また、いわゆる大学自治も実体は教授自治であり、真に民主的な意味での学術公開と学術批判は有していないと語ったこともある（「大学問題について」）。

一九六七年四月、京都大学に赴任する直前、高橋和巳は記者団とともに中国を訪問した。香港経由で深圳から入国し、広州・上海・天津・南京・北京を訪れ、工場・学校、人民公社、橋梁工事現場を見学し、わずか十三日で、「文革」期の中国に初歩的なイメージを抱くに至った。彼は、雑誌『朝日ジャーナル』に一連の記事を掲載し、タイトルを「新しき長城」とした[40]。

かつて古典文学の世界でしか触れられなかった中国に対し高橋和巳は憧れを抱いていた。初春の秦淮河のほとりや西湖の岸辺では、柳が風にそよいでおり、中国の詩文が彼に残した江南の印象を裏づけ、また、日本であれば安全性が問題になったであろう、橋梁工事現場で労働者が頭にかぶっていた柳条帽も、彼の筆の下では「天人合一」と「自力更生」の象徴となった（「文化大革命の中の解放軍」）[41]。ただ、普通の中国人が、毛沢東の「天若し情有らば天亦老ゆ」が唐代の大詩人李賀の詩を換骨奪胎したものであることを誰も知らないことに、彼は驚きを隠せなかった。また、イデオロギーの介入によって造成された文学・

芸術・学術上の複雑性に対しても、政治運動において理想を実現するために人を犠牲にすることを惜しまない感情に対しても、さらに省察を進めることに努めた（「伝統と革新」）[42]。北京大学・復旦大学の学生たちは、「反動派の権威者」たちが書いた旧文学史を批判し、共に協力して自らの『中国文学史』を作ったことは、海外の中国学術界を震撼させたが、高橋和巳もこれに感服し、共産主義理念の学術分野での試みであると考えた。ただ、北京でバレエの「白毛女」を鑑賞した際、手にしたプログラムに、日本でよく見られるように監督や役者の名前が書かれていなかったことに、彼は大いに戸惑った。彼は、「文革」が精神的にいまだ達成できていない目標の一つこそが、エゴイズムを徹底的に消滅させることなのだが、ここで困難なのは芸術がまさに「個人的自己開示欲」によるもので、この「個人的自己開示欲」こそが、またエゴイズムに似ているということなのであると語っている（「芸術の問題」）[43]。

初めての訪問で高橋和巳は過去の中国であれ現代の中国であれ、中国文化には常に深い敬意を抱いていると語った。しかし、彼も、行く先々で、人々が『毛主席語録』を朗唱していること、「毛主席万歳」の抑揚のある歓声や、そこに氾濫する毛沢東の塑像や肖像画の何れもが毛沢東個人に対する宗教崇拝の強い色を持っていることに対し、常に第二次世界大戦時の自身の不愉快な記憶が呼び起こされたと素直に指摘している。彼は、戦時中の小学生・中学生だったころ、国家の元首が元首以上の超越者であって、その真影の前に整列し何ごとかを斉唱し、どの家にも仏壇の上、神棚の上にそれがあって、空襲で家が焼けても、まずそれを持って逃げよと教えられた、ということを憶えていた。（「個人崇拝」）[44]。

私は、彼は自らが中国に行く機会を喜んでいたと思う[45]。なぜならばその頃、彼の研究の興味はますます近代中国に向かっていき、彼は昔の漢学者のような士大夫階級の観念に基づいた儒家の小領域の中で転々とするだけでなく、更に中国の現実と一般の人々の生活に近づきたいと思っていたからである（「中国民衆史の断面——橘撲」）[46]。六朝の詩賦に比べて、近代中国は現代により近いだけでなく、現実の中の中国にも近く、更に重要なのは、近代中国と近代日本には複雑なつながりがあって、いつでも互いに照らし出すことができるのである。一九六七年、彼は中国革命史について論じた長編エッセイ「暗殺の哲学」を発表し[47]、司馬遷の『史記・刺客列伝』から辛亥革命までを語ったが、その中にはロシアの近代革命に対する観察や、日本の近代政治史に対する評論も含まれている。

中国訪問で受けた文革の衝撃が、一九六〇年代末からの日本の学生運動に対する彼の見方にどの程度影響していたのかを論ずるのは難しいが、彼がその観念上の絶対平等の追求を賛美したのは明らかである。彼が中国の紅衛兵に期待したのは、古い教科書を捨てた後、純粋な造反精神と謙虚で旺盛な知性欲が結合し、より高い価値を持つ新しい文化を創り出すことであった（「紅衛兵の明暗」）[48]。同様に、彼がこの日本の学生運動に期待したのも、主に知識の平等の探求であり、人の「主体的な自由」の模索であった（「大学・戦後民主主義・文学」）[49]。三島由紀夫との一度きりの対談の中で、彼は中国の辛亥革命と五四新文学運動の関連性に言及し、魯迅など一陣の新人を生んだ文化の上での革命運動が、政治的変革の後に続いて起きたという現象は、実際には注目すべきことで、日本の学生運動も思想的に大きな推進ができれば、その中から期待される新しい文学芸術が生まれることも無理ではないだろうと指摘した（「大いなる過渡期の論理」）[50]。彼の関心は、やはり文学・芸術・学術分野の変革である。しかし、問題は、学生運動の行方は彼の意志に沿うものではなくなり、学生と教授双方の対立が日増しに鋭くなって、調和がとれない状況で、大学闘争を通じて「腐敗」した大学を改善させようと望んだ彼は、教授会で「孤立無援」を堅持しただけでなく、学生の前でも「清官教授」のイメージの維持が難しくなっていたようであった[51]。

しかし、その一方で、過去の常識もまた彼に対して、科学の学術分野においては、真理に対する忠誠の有無だけが存在し、多数決の問題は存在せず、この点から言えば、学術と権威主義は非常に似ている（「大学問題について」）。権威を取り消すことは、学問の放棄を意味した。

理想と現実・絶対の真理と日常感覚のはざまで、高橋和巳はひどく迷い矛盾していた。彼はこの時期、著作の題名を「わが解体」としたり、「孤立の憂愁の中で」・「堕落」・「暗黒への出発」といった文章を書いていた。彼はこうした躊躇いと矛盾を、現代人が近代社会で必然的に直面した分裂の苦悩として総括した。彼は、『論語』子路篇に書かれた葉公《しょうこう》が孔子に出した有名な難問、「吾が党に直躬《ちょくきゅう》なる者有り。其の父、羊を攘《ぬす》みて、子これを証す（私の村にはとても正直な者がいる。彼の父親が羊を盗んだとき、自らの父親を訴えたのだ。）」と同じようなものだと述べた。社会的分業によって、政治的価値、教育価値、愛の価値、科学的真理、芸術的価値などの様々な価値が作られ対立し、それが互いに重なるなどして、我々の心の中に葛藤を引き起こし、外部社会の対立を招く行為も起きているのであった（『わが解体』）[52]。

一九六九年の学生運動と夏場から始まった激しい腹痛に

より、「肉体疲労し、神経はずたずたになり、従来のように筆も進まず、読書もほとんどできぬ支離滅裂の状態」に陥るや[53]、高橋和巳は翌年の春、京都大学の職を辞し、鎌倉の家に帰って静養、病に伏して一年後に亡くなった。梅原猛は、彼の人生、特に彼の死は全共闘運動（一九六八年から六九年の学生運動期間の組織で、「全学共同闘争会議」の運動）を離れて考えられず、彼がこの闘争に対して「あまりにも誠実すぎる対処」を取ったことが彼の死を早めた原因であり、近代日本文学史上において、珍しい、学者と芸術家を両立させようとした人で、同時に彼は全共闘時代の作家として末長く歴史に残るかもしれない、と評した（「高橋和巳の人間」）[54]。

結びに

一九九〇年代に高橋和巳に出遭ってから二十年余りの歳月があっという間に流れた。この二十年の間、常に高橋和巳の論文・随筆・小説の頁をめくり、断続的に読んでいった。それらの黄ばんだ紙を手にするたびに、彼に少し近づけたようである。

彼の論文は、純粋に学術的観点から見れば、多くは後の研究者に引き継がれ乗り越えられている。当時重要であると論じられた点も今日ではそれほど新鮮ではないように思える。また彼の小説や随筆が再版されていないという点を見ても、確かに「時代後れ」ということがわかり、かつての大ヒットした光景も再現していない。およそ時代感の強い作品は、このような結末を免れないようである。しかし、日本の中国文学史を知るには、高橋和巳は忘れることのできない存在である。京都大学という中国学研究のメッカの精鋭で、彼は中国文学新興の上に啓発的な役割を果たしただけでなく、さらに彼の豊富な著作は、一九五〇年代から七〇年代の日本の中国に対する認識を示しており、中日双方が学術・思想の上で如何に互いを背景として、また如何に互いを知的資源としてきたかを示しているからである。

高橋和巳生誕八〇周年・没後四〇周年を迎え、これらの文章を書いて、この傑出したユニークな日本の学者兼作家を記念する。

（Dai Yan　たいえん／中国・復旦大学教授）

（黄偉訳、田中寛監訳、校閲）

〔註〕

1　『高橋和巳作品集』全9巻別巻1、河出書房新社、1969〜1972年。

2 高橋和巳の生涯は「高橋和巳年譜」、『文芸』第10巻第8号、臨時増刊号『高橋和巳追悼特集号』１９７１年7月による。

3 高橋和巳「限界と日常」、『高橋和巳作品集8エッセイ集（文学篇）』河出書房新社１９７０年、３５２頁。

4 埴谷雄高「苦悩教の始祖」、『高橋和巳作品集6　日本の悪霊』河出書房新社、１９６９年、３４９—３５６頁。

5 遠藤周作は、「周知のように氏は、戦後世代のあらゆる問題と悩みという脳波を四方八方から受けた作家」と指摘した。（「一度だけ会った高橋氏」、前掲臨時増刊『高橋和巳追悼特集号』、41頁。

6 高橋たか子は、高橋和巳が根本的には「厭世主義」者であると思っていた。高橋たかこ「高橋和巳と作家としての私」、同『高橋和巳の思い出』、構想社、１９７７年、95頁。

7 高橋和巳『孤立無援の思想』、河出書房新社、１９６６年。

8 高橋和巳『悲の器』、河出書房新社、１９６２年。第1回河出書房文芸賞長編小説賞を受賞

9 高橋和巳『散華』、河出書房新社、１９６７年、高橋和巳『私が心は石にあらず』、新潮社、１９６７年。

10 『捨子物語』の前三章は、最初に小松左京・近藤龍茂らが編集の同人誌『現代文学』の第1号に掲載された。新版は河出書房新社、１９６８年。

11 高橋和巳『憂鬱なる党派』、河出書房新社、１９６５年。高橋和巳『邪宗門』（上、下）、河出書房新社、１９６６年。『堕落』及び『日本の悪霊』、河出書房新社、１９６９年。

12 野間宏「新しい二つの破滅物語」、『高橋和巳作品集5　我が心は石にあらず』河出書房新社、１９７１年、３０１—３１７頁。前掲『高橋和巳追悼特集号』などを参照。

13 『悲の器』第1章、7頁。『高橋和巳全小説3』河出書房新社、１９７５年。

14 梅原猛によれば桑原武夫の意見であるという。「高橋和巳の人間」、梅原猛・小松左京編『高橋和巳の文学とその世界』阿部出版、１９９１年、15頁。

15 高橋和巳「私の小説作法」は、『毎日新聞』（１９６５・６・27）に掲載された。前掲『孤立無援の思想』３１２頁。

16 前掲高橋和巳『堕落』。

17 小松左京「私たちの世代」、『対話』（１９５９年5月第４号）に所収、太田代志朗「微笑みやめよ——わが高橋和巳との日々」からの引用。前掲『高橋和巳の文学とその世界』２５３頁。

18 前掲高橋和巳『堕落』２１９頁。

19 高橋たか子「虚無僧」、前掲『高橋和巳の思い出』8頁及び11頁。

20 高橋和巳「文学者に見る視野脱落」、前掲『高橋和巳作品集8』３６２頁。

21 高橋和巳「日中文化の交点——武田泰淳」、同『新しき長城』２９０頁。

22 竹内好「酔翁対話」、前掲『高橋和巳追悼特集号』35頁。

23 駒田信二「高橋和巳との私事」、前掲『高橋和巳追悼特集号』70頁。

24 吉川幸次郎「高橋和巳哀辞」、前掲『高橋和巳追悼特集号』18

―19頁。
25　「詩の絆――吉川幸次郎「随想集」のために」、前掲『高橋和巳作品集8』、307―311頁。
26　高橋和巳「中国古典の翻訳ブーム」、前掲『孤立無援の思想』337―340頁。
27　これらの論文の多くは、『高橋和巳作品集9　中国文学論集』（河出書房新社、1972年）に所収。
28　小川環樹は、高橋和巳の論文を「構想の警抜と論理の流動にすぐれている」と称賛した。小川環樹「私の悔恨――高橋和巳を悼む」（1971）、『小川環樹著作集』第5巻、筑摩書房、1997年、326頁。井波律子「美文の精神――高橋和巳と中国文学」、前掲『高橋和巳の文学とその世界』231―250頁なども参照。
29　高橋和巳「「志」ある文学」、『毎日新聞』（1966年12月7日）掲載。前掲『孤立無援の思想』314頁。
30　高橋和巳「作家の行動について」、前掲『高橋和巳作品集8』397頁。
31　高橋和巳「政治と文学」、前掲『高橋和巳作品集8』126―128頁。
32　高橋和巳「みやびと野暮」、前掲『高橋和巳作品集8』351頁。
33　大江健三郎・小田実・中村真一郎・野間宏・埴谷雄高座談会「高橋和巳・文学と思想」、前掲『高橋和巳追悼特集号』134頁。
34　高橋和巳『わが解体』河出書房新社、1971年、16頁。
35　小川環樹「私の悔恨――高橋和巳を悼む」、前掲『小川環樹著作集』第5巻、329頁。
36　高橋たか子「生れ育った家」、前掲『高橋和巳の思い出』、50―51頁。
37　高橋和巳『捨子物語』序章『神話』5頁、河出書房新社、1968年。
38　高橋和巳が1956年に提出した修士論文は「顔延之と謝霊運」である。前掲『高橋和巳作品集9』所収。
39　高橋和巳「教師失格」、『産経新聞』（1965年1月20日）掲載、前掲『孤立無援の思想』402頁。
40　高橋和巳「新しき長城」、『朝日ジャーナル』（1967年5月21、28日、6月4日、11日掲載）、前掲『新しき長城』。
41　高橋和巳「文化大革命の中の解放軍」、前掲『新しき長城』10頁。
42　高橋和巳「激しくすすむ文化の奪権闘争・伝統と革新」、前掲『新しき長城』48―50頁。
43　高橋和巳「激しくすすむ文化の奪権闘争・伝統と革新」、前掲『新しき長城』50―56頁。
44　高橋和巳「菩薩信心から毛沢東崇拝へ」、前掲『新しき長城』62頁。
45　橋和巳は「新しき長城」の「あとがき」で、「私は二週間の訪中によって、さまざまの衝撃を受けたが、その衝撃もまた私の今後の中国文学の研究や、人生認識の中にとり込まれてはじめて、私にとって一つの価値となる」と述べている（前掲『新しき長城』337頁）。

46 高橋和巳「中国民衆史の断面――橘樸」、『日本読書新聞』（1966年4月18日）掲載、前掲『新しき長城』172頁。
47 高橋和巳「暗殺の哲学」、『文芸』（1967年9月）掲載、前掲『新しき長城』73―141頁。
48 「激しくすすむ文化の奪権闘争・紅衛兵の明暗」、前掲『新しき長城』41―48頁。
49 高橋和巳「大学・戦後民主主義・文学」、（1969年）、『生涯にわたる阿修羅として――高橋和巳対話集』、徳間書店、1970年、445―446頁。
50 三島由紀夫、高橋和巳「大いなる過渡期の論理」、『潮』（1969年11月）掲載。前掲『生涯にわたる阿修羅として』210頁。
51 「清官教授」の呼称は、東洋史闘争委員会が1969年3月18日に書いた一枚の教授の迅速な自己批判を促す壁新聞によるものである（前掲『わが解体』56―57頁）。
52 前掲『わが解体』106―107頁。
53 前掲『わが解体』16頁。
54 前掲『高橋和巳の文学とその世界』14頁。

〔翻訳者略歴〕
黄偉（Huang Wei　こうい）
中国・安徽財経大学日本語学科講師。二〇一八年度、大東文化大学共同研究員。論文に「日本語と中国語の否定疑問文の意味機能に関する対照研究」など。

〔補注1〕
本文中に引用部分「大学問題について」が二箇所見られるが、高橋和巳の著作の中でこの文章は現時点では全集にも見当たらない。同じ内容を語っている文章に次のものがある。「現代の青春「孤立の憂愁の中で」筑摩書房、一九六九年、二〇頁、「「義」に近い人間関係を」同上書、二三～二六頁、「孤立の憂愁を甘受す」同上書、四〇～四一・四三頁。「直接行動の論理」『自立の思想』文和書房、一九七一年、一九一～一九二頁。いずれも一九六九年三月から六月頃に執筆されたものである。

〔補注2〕
本文末尾において、高橋の著作が再刊されていないとの記述があるが、戴燕氏の本文執筆後、日本において高橋和巳の複数の作品が文庫本として再刊されていることも附記しておく。（関智英）

〔解説〕
本文は中国・復旦大学亜洲研究中心『亜洲研究集刊』第六輯『亜洲的現代化道路――歴史与経験』（九七～一一〇頁、復旦大学出版社、二〇一二年）に掲載されたものである。その後、『読書』（二〇一四年五月号、生活・讀書・新知三聯書店）に抄録掲載された。編者（田中）はこの論攷の所在について「桃の会」の松家裕子氏（追手門学院大学教授）よりご教示を受け、さらにメールにてご本人戴燕氏（復旦大学教授）および三聯書店編集部に邦訳転載の許可を求めたところ、ご快諾をいただいた。戴燕氏からは『読書』に掲載された論文は紙幅の制約もあって抄録だったため、後日上記学術誌に掲載された完全原稿をお送りいただいた。戴燕教授、そしてご紹介いただいた松家教授、仲介をとってくださった生活・讀書・新知三聯書店関係者各位に心から感謝申し上げる。

本文は作者の高橋和巳との出遭い、作家としての足跡、学者・教授者としての足跡、さらに晩年の中国訪問、文化大革命と学生運動への共感など、希望と絶望のはざまに揺れ動いた知識人の運命について述べている。中国の一学者から見た高橋和巳像が率直な心情で語られている。

松家教授によれば、また戴燕氏も述べておられるように、現代中国における中国古典文学研究は文革によって長く断絶していたが、その空白の多くを日本学術界に負うところが少なくなかった。とりわけ京都大学の研究蓄積は学術交流の大きな拠り所となった。そうした中での高橋和巳との出遭いは高橋和巳自身にとっても幸運であったといえよう。

本論攷は時間的制約から黄偉氏（中国・安徽財経大学文学院講師）が素訳を担当し、田中寛が監訳するという形をとった。さらに徐曼氏（文教大学文学部講師）からご助言を得た。関智英氏（東洋文庫奨励研究員）からも全文にわたって点検していただき、引用部分は原典に基づく厳密な校訂を賜った。また、東口昌央氏（高橋和巳研究者）からも適切なご助言を賜った。以上の各位に深甚なる感謝の意を表するものである。

なお、松家教授によればＣＮＫＩ（「中国知網」）をチェックするだけでも、「高橋和巳」という文字列を含む論文は、一九八〇年以来一二九篇カウントされたという。雑誌以外に掲載されたものを含めるとさらに多い可能性もある。文学作品に関する紹介に限っても、李長声「孤立無援的思想」（二〇〇一年『讀書』掲載）など、まとまった紹介もあり、機会があれば「中国における高橋和巳」という研究も関心がもたれる。

次に中国の比較的信頼できるサイトである「百度」に掲載された戴燕氏の略歴を記す。

一九八六年、中国社会科学院中国古代文学専攻の院生となる。一九八九年に修士課程を終え修士学位取得。その後、再度中華書局に就職、数多くの重要な典籍の編集に従事する。一九九三年から一年間、京都大学に訪問学者として来日。一九九五年、中国社会科学院文学研究所に奉職し、雑誌『文学遺産』の編集部の中心を務める。以後、実際の考証に基づく古典文学の研究を深化させていく。二〇〇四年、香港城市大学的客員研究員、二〇〇五年に同文学所古代室研究員、二〇〇六年九月、復旦大学中文系教授に就任、博士生指導教授となり現在に至る。

こうして多くの方々のご厚意とご協力によって中国人研究者による高橋和巳論が日本で紹介されることになった。これもまた高橋和巳という魅力ある人間像が引き寄せた友情、東洋的信頼の絆というほかない。中国の文化、学術に敬意を払い続けた泉下の高橋和巳に、ここに深い感慨をもって届けたいと思う。（田中寛記）

「高橋和巳と中国」に関する覚書1

――高橋和巳と竹内好・武田泰淳、及び吉川幸次郎を中心に

王　俊文

はじめに

高橋和巳（１９３１～１９７１）は、その短い生涯を全力疾走するかのように、研究、評論、創作を精力的に行った。中国関係だけ取り上げても、例えば魯迅作品の翻訳・解説や、司馬遷など古典中国文学の研究、そして竹内好（１９１０～１９７７）と武田泰淳（１９１２～１９７６）との対談や、彼らについての評論執筆、文革中の中国への訪問及び評論などがある。その姿勢は、一、二世代上の中国文学者の「態度」を批判的に受け継ごうとする積極的なものであった。１９２０年代から70年代までの、日本の中国文学者における「魯迅に影響を受けた文学者の系譜」に焦点をあてるなら、戦前から活躍する佐藤春夫（１８９２～１９６４）をはじめとし、戦中デビューの竹内好・武田泰淳と続き、戦後頭角を現した人物を「戦後文学の後継者」高橋和巳とするのが妥当だろう。60、70年代に一世を風靡した高橋和巳の文声は、彼の中国文学者としての存在を直接の原因とするのではない。だが、高橋は学統においては吉川幸次郎（１９０４～１９８０）の愛弟子である一方、精神的な面において竹内好・武田泰淳とも深いつながりが認められる。[1]

この小論は高橋和巳と竹内好・武田泰淳、及び恩師吉川幸次郎との精神往来に対して、初歩的な検討をすることにより、高橋和巳の文学世界へアプローチする試みである。

一、なぜ中国文学か

30年代に中国文学研究を始めた中国文学研究会の人と違い、高橋和巳は戦後五十年代初期に中国文学に関する学問の道を選んだ。彼は１９６９年に竹内好と対談した際、中国文学を勉強すると決意した時の「苦衷」を尋ねた。竹内好は「それは結局弱者への共感ということになる。〔中略〕（当時の時勢の中で――筆

者注）なんとなくなじめない、ふっ切れないものを絶えず感じていたということですね。その状況はやはり何かの方法をもってしなければ復元できないな。〔中略〕日本政府なり日本の権力なり日本の支配的なジャーナリズムに対して局外者であるという被害者意識、そういう点は同じ被害を受けている人間としての共通感がある」と答えた。[2] 竹内好より世代が上の恩師吉川幸次郎の場合はといえば、中国文学研究者たらんとする自己認識から、戦争中でも服装・顔色・立ち振る舞い・思考法まで中国化しようとし、かつそれに成功したという。当時（1930、1940年代）の日本の平均的な国民感情を考えると、吉川の中国に対する態度は「強い自覚と反骨につらぬかれたものであった」、と高橋和巳は見ている。[3]

一方、「戦後制度のあらたまった新制度第一回生」[4]の高橋の中国文学選択理由については、いろんな説がある。先輩の高木正一は、吉川研究室で中国文学専攻の新入生が中国文学を選んだ理由やその志すところについて尋ねられた時、「僕が中国文学を選んだのは、将来創作家になるためだ」と答えた高橋和巳に深い印象を受けている。[5] 吉川との面談でも、高橋は「中国文学の勉強を小説を書くのに役立てたい」という意味のことを言って先生に絶句させたようだ。[6]

高橋本人によると、当時左傾していった友人に「タイプとしてどうしても同化できない」、「やりきれないものからのがれたかった」（傍線及び下線は筆者による。以下同様）ため、ヒューマニズムをはじめとするヨーロッパ的な思弁とは違う、「もう一つの思惟方式」を身につけてみようと思って中国文学専攻ということになったと語っている。「やり続ける気になったのは別な理由」で、「やはり、中国の文学の魅力であり、指導を受けた先生の魅力だったわけ」だ。[7] 鶴見俊輔との対談「ありうる戦後」の中で、高橋は「政治なり文学を通じて社会を考えようとする理想の挫折から、中国が代表する東洋が自分の救いになる予感がしたと述べ、「自分たちよりもう少し上の世代の人びとがもっていたイメージを受けついでいたわけなんですね」と説明している。[8]

高橋本人の説明は後から整理した匂いを免れないし、学部時代の選択と大学院への進学もまた別の話のはずだ。だが、たとえ最初は本当に創作のためといった勘違いの動機によって中国文学を選んだにしても、中国、中国文学という存在は、確かに政治に起因するやりきれない状態を離脱しようとしていた高橋和巳にもう一つの可能性をもたらしたと言える。「軽薄な奴らがみな仏文へ行くから、自分は中文へ行った」とはっきり高橋和巳に聞いたたか子夫人の推測もこうである。「不確定な自分〔中略〕を増殖拡大するような、強烈な近代的自分の産物である〔中略〕文学の嵐の海よりも、悠然と大らかな思想の底流している中国文学のところに、錨をおろしていよう、と。」[9] そして、この道を辿って、竹内好と武田泰淳など「もう少し上の世代の人びと」に対する関心と理解も徐々に生まれてきたのではないだろうか。また、一時的に錨をおろすだけではなく、大学院に進学して研究者を目指す道を選んだのは恩師吉川幸次郎の影響が大きいということをも確認したい[10]。そもそも、高橋和巳はヨーロッパ的な思弁と違うもう一つの思惟方式、つまり茫洋たる東洋学の世界から「中国文学の選択にふみ切らせたのは、吉川幸次郎教授の講演を聞いたことに由来する。〔中略〕教授の講演に、大学では意外と稀にしか触れえぬ〈文学〉を感じた[11]」。

二、高橋和巳の魯迅論

専攻が六朝文学ということもあって、高橋和巳の「研究対象が、専らあの「教養主義」すなわち芸術至上主義的文学者に偏していることはあきらかである[12]」。今まで、中国文学者としての高橋和巳を論じる場合、論者はあまり彼の魯迅に関する論説を重視していないようだ。確かに、高橋の魯迅論説はエッセイや解説のかたちで書かれたり、様々なテーマを扱う評論に散りばめられたりしているので、学術研究とは言い難い。だが、魯迅は高橋和巳にとって重要な意義を持っている。評論家の秋山駿から中国の文学に、高橋が愛用する概念、「想念」のようなものを満足させる要素があるかと聞かれ、高橋和巳は魯迅と司馬遷の名前を挙げている[13]。魯迅に学ぶ気持ちが彼の中でどれほど強いかは、以下のような表現から読み取れるだろう。「〔前略〕魯迅の文学の秘密に、私たちの文学の可能もまたかかっているという気がどうしてもする[14]」、「私はつねづね『狂人日記』を書いた魯迅の態度をみずからの態度としたいと思っている[15]」、「〔前略〕私は魯迅たりえないことを深く自覚することによって、逆にその精神のある部分をわがものにしたい[16]」。彼は竹内好における魯迅精神（「自立の精神」）を分析した末、意気込んでこのように決心する。「発憤してなされた著述に対して、部分的批判は所詮無意味である。いずれ、それら、私の内部にある魯迅像は、自己の未来への責任においてみずから構築し、そしてそれを竹内好の魯迅と対峙させればよいのであ」る[17]。

1967年6月に、高橋は自分が翻訳を担当した『魯迅』（世界の文学47）のために、長い解説「魯迅の生涯とその作品[18]」を執筆したが、それは歴史背景と魯迅の生涯の紹介にかなりの紙幅を費やしながら、六年前「自立の精神」執筆当時の約束をはたすことには結局至らなかった。それにもかかわらず、日本の魯迅研究史から無視されつづけるこんな高橋和巳の魯迅論だが、平行する翻訳、竹内好の賞賛及び当時の思想界における高橋の影響力を鑑みるに、思想史的にやはり考察に値すると思う。

(一) 吉川幸次郎の魯迅観

竹内好は「高橋の文学観なり学問観なりをさぐる上に、かれにかぶさっていた偉大なる師の影を見失っては不利[19]」と指摘する。吉川の前に主任教授を担当した小川環樹も似たような見解を指摘する。

「彼の論文は、その師吉川幸次郎の影響が強い」[20]。そのため、先に吉川の魯迅観を見よう。

吉川は魯迅の「絶望之为虚妄　正与希望相同（絶望の虚妄なること、まさしく希望と相同じ）」という言葉に強烈に引かれ、魯迅がわが身のそとの青春を探しあてられなくとも、わが身のうちの夕暮れと周りのほんとうの闇夜と直面しなければならないと、魯迅の複雑な思索を解説する[21]。彼はこの言葉を「人間は人間の限定を知りつつ、しかもやはり希望に生きるのが賢明である」ととらえ、過去の中国文学の歴史と無縁でないと述べる[22]。

儒家の「知其不可而为之（これその不可なることを知りて、而もこれを為さんとする）」という枠組みによる論議であることが明らかだ。そのほか、吉川は魯迅における、美を発見する詩人としての素質を指摘し、晩年になって自らこの素質を抑え、暗黒の現実と戦う魯迅をとりまく寂寞にもまた心をひかれる[23]。

（二）高橋和巳の魯迅読書暦

高橋がはじめて魯迅の作品に接したのは「大学の初年」のころだった。断続的ながら魯迅を読んでいた（「魯迅と私」）。京大在学中の56年、小川環樹先生に同人誌『対話』のための原稿を依頼したら、もう一人の同人、豊田善次の魯迅テロリスト説を参考に聞かせて欲しいと小川先生に言われ、自分も「今から、魯迅の主要作品を〔中略〕読みかえしておく」と豊田宛に手紙を書いている。豊田はテロリスト説は酔余に語った荒唐無稽な話だと応じなかったが、高橋はそれでも諦めず、「きみの資料を寄越してくれ、ぼくが書く」と言ったという[24]。最初に読んだのは小説であり、段々「その評論を読んで峻烈な筆致と暗い悲哀に胸をうたれ、またその散文詩に身動きのならない真実を感じ」た。高橋が身をもって分かるようになった魯迅世界の魅力とは、「読み手の社会的な関心や体験が増し、歴史の困難や民族の運命といったものに開眼するにつれ、その感銘が深まるという性質」であった[25]。彼の魯迅理解は青春の成長とともに深まるプロセスと言えよう。

（三）高橋の魯迅論

「非暴力の幻影と栄光——東洋思想における不服従の伝統」（1961年7月）[26]

魯迅はインドのガンジーと一緒に不服従運動の象徴的人物として論じられる。この文章で、高橋が魯迅における三つの精神を強調する。すなわち闘争のうちの自己浄化、外なる悪はまた内にもあるという苦しい責任自覚、そして人間を信じんがための呵責ならば、甘んじてそれをみずからひきうけた態度である。その二つ目の「外なる悪はまた内にもあるという苦しい責任自覚」、つまり高橋が「狂人日記」の名句「わたし自身が人に食われても、やはりわたしは人食いの弟なのだ」から得た「文学的態度」である。彼は「戦後民主主義の立脚点」（前掲註15）においてもまた「この狂人の感じ方が、文学にとっては不可欠のものだと思う」と強調する。

「詩人」から「民族の悲哀」

高橋和巳は1964年の「詩人魯迅」（前掲註14）というエッセイで、「啓蒙家魯迅」より「詩人魯迅」の姿を望むと述べる。ここの「詩人」の意味は吉川が言う「美の発見者」ではなく、いかにも高橋らしい以下のような解釈である。「動かし難い運命のもつ、やりきれなさと感動というものが、文学の基礎である。そういうやりきれなさの自覚の上に立つ魯迅論というものがでてくれることを期待する」[27]『魯迅』（世界の文学47）のために書いた解説で（前掲註18）、高橋の魯迅理解は個人のやりきれなさから、「民族の悲哀」という改題が示すように、「民族の運命」への関心に焦点を変えた。高橋の言い方を借りれば、魯迅は「民族の原罪をみずから担った」。魯迅文学の使命は「容易には改変されない民族の内面を、自らの内面をも傷つけながらあばいてゆく」ことであり、魯迅の作品に「当時の中国民族の怨念がのりうつっている」、「その主体である作家の精神の自己展示であること（ここは近代文学を意識する発言だと思う――筆者注）を越えて、神話や伝説など匿名の文学がもっていたような民族的骨肉性をもった」[28]。この論点は竹内好の「民族の罪の内在化」[29]から多大な示唆を得たと思われる。

また、魯迅における「絶望」と「希望」に対する吉川の積極的な考え方と異なり、解説の最後、高橋は魯迅の生涯を「絶望と希望の薄明のうちに生き」たという表現をもってまとめる。

(四) 高橋和巳の竹内好論

高橋の竹内論（「自立の精神――竹内好における魯迅精神」、前掲註17）は魯迅に対面する竹内好の態度を追究することから始まる。「自己を最大限にひきさくために魯迅と格闘しつづけた竹内好」の「孤独な格闘」を、彼は個の対話という意義で高く評価する。彼は竹内魯迅の核をよく了解する。変わらぬ魯迅（「回心」）と、自己と戦う魯迅。だが、不満がないではない。竹内好自身の要約によれば、高橋は竹内の以下二点を集中的に批判した。虚構の実在性を認めたがらない、個と全体との関連認識で断絶を認めたがらない、と。[30] この二つの「認めたがらない」がもたらす結果として、一つは「文学そのものの近代化」「観念の自律性への執着」への無理解、その裏返しが「古風な、むしろ私小説的な文学観」の偏見、もう一つは実際の運動・「治国」（安保闘争）になると、民族・大衆への思想伝達に支障が必ず生じること。高橋はマスメディアが発達している今日、表現はその存在者のあり方から解放され表現だけで独立して飛翔する、また「虚構性」とそれを支える仮説と構想力は個と全体の論理的断層を埋める最も有効な手段だ、と主張する。彼の理想は一切の言説の虚偽たりえない空間の実現、つまり追験証の可能性によって自律する科学と並ぶ人類の真実の世界の建設であるが、この将来志向の理想は明らかに、「一度も新時代に対して方法を示さなかった」

魯迅・竹内好の「退きもせず追従もせぬ永久非難者の立場」と本質的に異なる。

したがって、後に付けられたタイトルだが、「自立の精神」はとどのつまり、より有効と思われる観念の自律性によって、個体・小集団の自立性を置き換えようと説くわけである。高橋和巳の辞書では、自立は即ち自律なのである。

高橋の評価は竹内にも認められ、1963年3月に出版された竹内好の著作『現代中国論』に抜粋再録された。だが、9年近くも経って書かれた『高橋和巳作品集7　エッセイ集1思想篇』の解説（「正体不明の新しさ」）において、古いと言われる竹内好はやはり高橋文学の文体が呈する及び腰・中途半端な破壊力に対して、高橋の掲げた新しさに疑問を申し立てずにいられなかった。

（五）高橋和巳の魯迅翻訳

『魯迅』（世界の文学47）には、『吶喊』『彷徨』『野草』の全訳に、『朝花夕拾』『故事新編』やわずかな評論の抄訳及び魯迅が日本語で書いた文章が収められている。

高橋はその『解説』末尾に付く「後記」で、「翻訳に関しては、竹内好氏の訳および、北京外文出版の「SELECTED WORKS OF LU HSUN」（1956～1960――筆者注）から示唆を受けた点が多い」と述べる。彼の仕事に対して、戦後、魯迅翻訳の第一人者である竹内好は高い評価を与える。「魯迅の翻訳でも優に私に比肩する巨大な存在である」[31]。しかし、『高橋和巳全集』の編者川西政明は第17巻に高橋の魯迅作品の訳業を収録するにあたり、吉田富夫氏に魯迅の原本との照合を依頼したところ、その結果、改訳意見（誤訳だけではない）は150箇所以上にも上った。また、「阿Q正伝」については、中公版に書き込みした高橋の改訳原稿が見つかった（『全集』17巻の解題・補記、p579）が、間違いがそのまま残る箇所も見受けられる。二つの実例を見よう。竹内の訳は1976年の改訳ではなく、高橋和巳が目を通したと思われる1955年の訳より引用する。

A、原文　那知道第二天
高橋　それがわかった翌日　（中公版）　誤
そのことが知れた翌日　（書き込みの改訳）　誤
竹内　ところが翌日になると　正
（『全集』第17巻、p76）
英訳　But the next day　正

B、原文　生平第一件的屈辱
高橋　このごろ第一の屈辱　（中公版）　誤
ちかごろ第一の屈辱　（書き込みの改訳）　誤
竹内　最近第一の屈辱　誤
（『全集』第17巻、p84）
英訳　the first humiliation of his life　正

以上の例（「那知道」「生平」）を見ると、

高橋和巳訳には言葉単位の理解で間違える傾向がある。だが、文章の流れや全体的な理解の面では、作家でもある高橋和巳の訳文は日本語的には一家をなしていると評価すべきであろう。[32] 彼の魯迅観はそのまま実際の翻訳に投影する。前文にも触れたように、高橋は「詩人魯迅」（前掲註14）という文章で「動かし難い運命のもつ、やりきれなさと感動というものが、文学の基礎である。そういうやりきれなさの自覚の上に立つ魯迅論というものがでてくれることを期待する」と、「やりきれなさ」への注目を繰り返す。それと見合い、冒頭の「吶喊自序」の第一段落で、早速「やりきれない」が登場する。

原文　而我偏苦于不能全忘却

高橋　私にはすっかり忘れてしまえないのがやりきれない

（『全集』第17巻、p5）

竹内　私としてむしろ、それが完全に忘れられないのが苦しいのである

英訳　However, my trouble is that I cannot forget completely

竹内好の訳と違って、敢えて「やりきれない」を用いたのは意訳の志向として別に否定されるべきではないが、中国語の語感を決める「偏」が訳し落とされたのは残念な落ち度である。

また、高橋は偏愛する「野草・乞食」に於いても「やりきれない」を活用する。

原文　我厌恶他的声调，态度。

高橋　私には、その声音、その態度がやりきれない。

（『全集』第17巻、p162）

竹内　彼の泣き声と態度が、私はいやだった。

英訳　I dislike his voice, his manner.

高橋の作品や対談に頻出している「やりきれない」の用例を集めて分析することによって、「苦悩教の始祖」（埴谷雄高の命名）高橋和巳の「憂鬱な世界」に近づける一つの鍵になるだろうと思う。

（六）虚無僧・「乞食」・「曼陀羅の構図」

高橋は「詩人魯迅」（前掲註14）の中で「乞食」を引用する。「私は思う、自分はどんな方法でもの乞いをするようになるだろうかと。声を出すには、どんな声音で？ 唖を装うては、どんな身振りを？〔中略〕私は無為と沈黙とでもの乞いをするだろう。私は少なくとも虚無だけはありつけるだろう」。乞食というイメージについて、高橋は「それは〈反映〉や〈比喩〉ではなくて、自己の意識を〈運命づける〉ことを意味する。〔中略〕文学表現とは〔中略〕自己の運命を選びとるものなのである」と熱く語る。自分を「求乞者」と運命づけるという説は高橋自身がなりたいと言われている「虚無僧」を思い出させる。

高橋夫人、後に作家となった高橋たか子は回想文で二人が結婚する前（1953～1954年の頃）、高橋は虚無僧になりたいと言っていたことがあ

る、高橋の文学は本質的に虚無僧の文学であると決め付ける。[33] 虚無僧の姿、「深い編笠ですっぽり顔をおおって、ただ一人で、一軒一軒の門前に立ち、そこに住む人には通じようもない思想を、悲哀の音色にのせて尺八で訴えて歩く」。それは高橋たか子の目で、「高橋和巳文学の姿でもある」、「暗く、罪の気配がある」。

　同じような沈黙の乞い、それに「誰にも通じようのない想念を訴えている」「虚無」という魯迅が作ったイメージは高橋に深い共鳴を促すだろう。この「沈黙」と「虚無」はつまり彼が説く「他者のそれには還元できない絶対的なもの」としての「各人の煩悩」[34]だろう。彼はそのイメージに自分の運命を見出すのだ。

　だが、前述のように、高橋の魯迅論は1967年の『魯迅』（世界の文学47）の解説にあたって、個人を超える民族の次元に上がる。その動因としては増大しつつある「社会的な関心や体験」[35]、同年の中国視察旅行によって感じ取った「新しき長城」である「人民」への信仰を見過ごせないが、[36] 彼が武田泰淳に見る、「耐え通し」て「異質なるものの同時共存を積極的に容認する〈マンダラの思想〉」の「全体の崇高美」ともつながると思う。[37]

三、高橋和巳と武田泰淳
——日常・日常性への執着

（一）高橋和巳の武田泰淳論

　高橋は同じく中国と深い縁があって、中国へ（から）の「視野脱落をおそれた」[38]作家と評価された既に長老になった武田泰淳に、日中文化交流の一線に立つ若い世代の代表として期待された。[39] その期待は高橋の武田泰淳に対する尊敬とも比例している。

　『司馬遷』が武田泰淳の名著というのは周知のことである。高橋も早くから司馬遷に注目する。彼の中では、司馬遷は魯迅と並び、中国文学に数少ない「想念」の文学の代表者である。[40] 司馬遷の「発憤著書説」を借りて、「一切の秀れた言語表現は、作者の現実的行為の場での挫折からくる、果されざる意志の代償的発露であ」ると、自分の態度表明でもあるように主張する。[41] では、彼は武田泰淳の文学世界をどう見ていたのだろうか。

　前に述べたように、高橋は「虚構」への拒否という反近代主義的な文学観を竹内好がもっていると批判した。それに対して、武田泰淳も虚構性に対する認知がないが、敗戦の「滅亡」体験を重ねて小説家の道へと転じた人間として、「自然的世界を構成する要素の一部を極限化することによって、あらわれては消える真実をデフォルメ」する方法を用い、そして「事態を極限化し、極限化して人間をおいつめたとき」顕現した「忍耐の思想」を語ると、高橋は主に「ひかりごけ」を引用しながら武田を分析する。続いて、この「自己自身に耐える、という暗い、しかし貴重な姿勢」こそが「社会の底辺に遍在しながらも眠っているエネルギーをひきだす人間の絆である」と高橋は論述を展開する。彼はこの「忍耐の思想」は極限化の志向の作品をうみつつ、一方「その仏教思想の空間的解釈と結合して、異質なものの同時共存を積極的に容認する〈マンダラの思想〉となった」と述べる。そして、武田泰淳の「マンダラ思想」は日本の「伝統的な平和共存のかたちの理念的極限化」であり、また武田泰淳の事実執着の傾向も手伝って、丸山真男が代表するヨーロッパの近代主義の対極に位置する、と結論づけている。[42]

このように極限化に対極する日常性の平和共存を容認する武田泰淳の一面を鋭敏に感じ取った高橋和巳本人も、実際は日常の大事さを常に語っている。

（二）日常・平常心の大事さ

一瞬の極限化の裏返しは持続と変化を続けて流動する歴史の日常と言えよう。高橋は前者を偶然と見、例えば政治的な時代区分のような偶然に個人が身を委ねようとしてはならないと戒める。彼は田村隆一との対談でこう語る。

「大きな事件の際にも、無数の小さな事象が、あるいは関係し、あるいは無関係に行なわれているものだということを、知っているべきだと自分に言い聞かせたかったんです。ちょっと進めて言えば、自分の行動の意義づけを、一つの事件に対する距離で測るんではなくて、自己の平常心との関係において測るというかな」[43]。ここで高橋和巳は日本の敗戦と国内の安保闘争を意識しながら自分の態度を表明する。

似たような発想は他国の歴史事件を観照する時にも見られる。彼は北京市革命委員会成立の日に居合わせた。高橋にとっては、「騒然たる街の雰囲気の中にも、道路で悠然と凧をあげている人がいたり、お尻の割れた特有の子供服から尻をほうり出して走る子供を追う母親の変わらぬ日常が、かえって印象的だった」[44]。この「変わらぬ日常」こそ、「人間の真実」だというのが、高橋和巳が魯迅の「阿Q正伝」を通じてもう一度体得した「的確な現実認識と人間認識」であった。

「革命や戦争という非日常的な、歴史的時間を一時切断する大事件も、実は、その時代に生きている人間にとっては、矮小な日常事のわずかの変化と、何事もなかったように流れてゆく厖大な時間の一齣であって、人はつまらぬ日常茶飯事に喜怒哀楽し、くだらぬ人間関係のもつれや、ふとした偶然によって死んだりするのであるという認識が、意図的な諷刺や戯画化を超えて、この作品にふくまれているのである。それこそがまた悲しい人間の真実でもある。」[45]

高橋和巳は自分を極限まで追いつめる憂鬱な一面があまりにも強すぎるので、彼の「日常」に対するこだわりは見逃されがちだ。このこだわりから、文学観においても彼は清代詩人王士禛の解説で、「静謐や平和の文学をも愛し、たたえる心の余裕をもっていると明言した」[46]。

「彼（王士禛――筆者注）の文学は、激しい燃焼の文学であるよりも、静謐と平和であり、主張の文学であるよりも、吟味と観賞の態度の産物であるといえる。その措辞と結構には、常に一種の〈心のやさしさ〉がただよい、〔中略〕やすらぎの文学であって、戦いの文学ではない。〔中略〕人はときに、こうした安らぎのうちに、平和・幸福・友誼・慈しみ等等、ともすれば苛酷な現実に忘れがちな感情を、主張によってではなく、吟味によって体得することもまたよいことなのである」[47]

　この文学観は武田泰淳のような仏教思想より、むしろ高橋が解説で以上の引用文に続いて記した「温にして麗」なる正雅、すなわち儒家の正統文学観に根付いていると思われる。それは彼の恩師吉川幸次郎氏の儒家思想とも関係があるのではないだろうか。

　高橋は現実の虚無化と自己否定的想念を伴った学生時代を振り返った時、「ほんとうに日常性というのはさっぱりない生活」という言い方を用いた[48]。これは「虚無僧」のような個人の極限化状態だろう。一方、社会・歴史的な関心の意味で、高橋和巳は晩年になるほど、日常を大事にすると同時に戦争などのような極限状況を忘れてはいけないと呼びかけ続ける。「極限と日常」という文章で、彼は「日常平和の中で極限を忘れない態度」を提唱する（『展望』１９６８月８月号、『全集』第12巻）。つまり危機や極限状況に直面した認識を安定した社会の倫理として生かした体系を、彼は重視する。言い換えれば、高橋和巳の極限へのこだわりと歴史の忘却に対する反抗は、日常を大事にする心から発する執念ではないだろうか。一番重要視されているのはいつも日常である。日常に平和共存している人々が顕現する全体の崇高美は武田泰淳の曼陀羅構図でもあり、「人間として」[49]、知識人としての高橋和巳にとっては、夢や理想の世界でもある。

むすびに

　高橋から見ると、「世界のすべては変化するものですと語る武田泰淳、変わらない魯迅の姿を知りたいという竹内好は、表面上は対極的なまでに異なる二つの典型を追究するように見えながら、最も確かな世界と人間の核を摑もうとする動機においては、殆どあい等しかったのだ」（前掲註17「自立の精神――竹内好における魯迅精神」、ｐ61）。極限、日常を問わず、その動機には人間の平和共存への望みが常にある。高橋和巳はこの二人の先輩の文学世界に誠実に向きあうことを通じて、彼らと同じ「動機」を共有できる境地に辿りついたのではないだろうか。

　彼の魯迅論に見られる個人から民族への傾斜、武田泰淳論に現れる現実志向に基づいた人間全体が呈する崇高感への共鳴はともにこの「動機」が導くことだと思われる。中国文学者として生涯最も心血を注いだ研究対象李商隠の詩集の「解説」において、高橋は李の詩の特質についてこう述べる。「凝集された感傷と濃厚な駢文《べんぶん》的発想、一種もの悲しい空想性と杜甫的な内面化されたリアルさの融合と統一」[50]。この判断はそのまま高橋自身の創作の説明にもなりうる。現実に耐えつつある高橋にとって「内面化されたリアルさ」は人間の平和共存という理想・「動機」に落ち着き、魯迅への理解、中国文学者の竹内好・武田泰淳への敬慕、及び肉体化された儒学である恩師吉川幸次郎への敬愛につながる。構成力と想像力によって築かれた彼の小説世界とは一見あまり似てないようだが、その内面は「融合」と「統一」していたのであろう。

〔付記〕

本稿は『越境する中国文学――新たな冒険を求めて』（『越境する中国文学』編集委員会、東方書店、2018年）所収の文章に若干修正を加えたものです。

〔註〕

1 藤井省三は「暗喩としての満州国　高橋和巳『堕落』の構造」（『文芸』30巻第3号、1991年）の最後で、小説『堕落』（1965年6月）の主人公青木が裁判官に投げつけるべく反芻する言葉を引用している。司法者たちをも含む、戦争中、自分と同じ犯罪を犯した共犯者である日本人にこそ裁かれたかった、国家の名において裁かれたかった、と。これは武田泰淳の名作「ひかりごけ」（1954年3月）における人の肉を食べた船長が検事にむけるセリフを思い出させる。船長は自分が人の肉を食べた者なので、「他人に食べられてしまった者に、裁かれたい」と主張する。青木は「共犯者」、船長は「被害者」と裁かれたい対象こそ相違を呈するが、「裁き」にこだわる思想の底流に、両者の文学における親和性を感じられる。

2 竹内好・高橋和巳対談「文学　反抗　革命」『群像』1969年3月号。『高橋和巳全集』第19巻、p101。なお、高橋和巳作品の引用は『高橋和巳全集』（河出書房新社　1977～1980年）に拠り、以後『高橋和巳全集』は『全集』と略記し、巻号、頁を付した。

3 高橋和巳「詩の絆――吉川幸次郎『随想集』のために」1969年7月。『全集』第13巻、p254。

4 同上、p253。

5 高木正一「別れ下手」『全集』第15巻、月報、p4。

6 豊田善次『高橋和巳の回想』構想社、1980年、p65。

7 高橋和巳・秋山駿対談「私の文学を語る」『三田文学』1968年10月号。『全集』第19巻、p35～36。

8 高橋和巳・鶴見俊輔対談『思想の科学』1969年8月号。『全集』第19巻、p125。

9 高橋たか子『高橋和巳という人　二十五年の後に』河出書房新社、1997年、p23。

10 高橋和巳は1967年4月に吉川幸次郎の要請により、学問と創作の両立を目指すためもう一人の恩師、埴谷雄高がいる東京を離れ、吉川幸次郎の後継者として京都大学文学部助教授になる。その少し前、彼は「論語――私の古典」（1967年2月、『全集』第12巻）という文章で自分と中国文学の因縁を語り交えながら、「内部から」自分を「励ます」中国の古典『論語』に対する愛情を述懐する。高橋和巳は文章中、唯一取り上げた孔子の言説は、孔子が癩病を患っている徳行がある弟子冉耕の家にわざわざ立ち寄る話しだ。高橋は壁越しの師弟対面に文学的想像を馳せ、孔子の言葉「運命というものか。これほどの人に、こうした病気があるとは。運命というものか」

に「美的感動」を覚える。吉川幸次郎は『論語』研究の大家としても名高い。高橋和巳は「論語」という文章を執筆する際、「肉体化された儒学」（前掲註３「詩の絆」）と呼ぶ恩師吉川幸次郎の自分に接する姿を頭に浮かべるだろう。高橋たか子夫人及び東京文壇の反対にもかかわらず、京都大学に戻るという選択には平穏な出世道を選ぶより、吉川幸次郎（＝孔子）への思いが大きいと思われる。今まで高橋和巳の文学の師を言及する際、「東の師」埴谷雄高ばかりが強調されてきたが、「西の師」吉川幸次郎のほうにも目を配る必要があるだろう。

　また、高橋和巳の自分は「中島敦の小説を通じて『論語』を学んだ」という告白も注目に値する。「中島敦の『李陵』という作品が私を中国文学に接近させ、『弟子』という作品が『論語』に開眼させた」という（前掲「論語」）。高橋和巳の文学の本質を「知の哀しみ」を漂わせる中島敦に見るべきという論評もあるように（あきとしじゅん「高橋和巳における狼疾」『関西文学』１９８３年11月号）、『論語』を仲介に吉川幸次郎・中島敦と高橋和巳の影響関係を見ることは、高橋和巳の文学の本質に新しい光をあてるに違いないと思われる。これは今後の課題にしたい。

11　高橋和巳「私の語学」（未発表のまま１９７０年２月『高橋和巳作品集７』に収録）。『全集』第14巻、ｐ２８１。

12　中島みどり「中国文学者としての高橋和巳」『高橋和巳をどうとらえるか』（共著）芳賀書店、１９７２年、ｐ１３９。

13　前掲註７「私の文学を語る」、ｐ37。

14　高橋和巳「詩人魯迅」『魯迅選集』第10巻、月報、岩波書店、１９６４年。『全集』13巻、ｐ３１６。

15　高橋和巳「戦後民主主義の立脚点」『展望』１９６５年８月号。『全集』第12巻、ｐ76。

16　高橋和巳「魯迅と私」『神戸新聞』１９６６年10月18日。『全集』第13巻、ｐ３２０。

17　高橋和巳「自立の精神——竹内好における魯迅精神」『思想の科学』１９６１年５、６月号。『全集』第13巻、ｐ78。

18　『魯迅』（世界の文学47）解説「魯迅の生涯とその作品」、中央公論社、１９６７年７月。『新しき長城』（河出書房新社、１９６７年10月）に「民族の悲哀——魯迅」として収録。『高橋和巳作品集７』（河出書房新社、１９７０年）、『吶喊』（中公文庫、１９７３年）に再録。『全集』第13巻。

19　竹内好「高橋和巳の学問」『人間として』１９７１年６月号。『日本と中国のあいだ』文藝春秋社、１９７３年、ｐ４２６。

20　小川環樹「私の悔恨」『全集』第15巻月報、ｐ２。

21　吉川幸次郎「絶望の虚妄なる」『婦人公論』１９６０年１月。『吉川幸次郎全集』第16巻、ｐ３１６～３１７。

22　吉川幸次郎「中国文学における希望と絶望」１９６１年６月３日、泊園記念講座にて口述、『吉川幸次郎全集』第１巻、ｐ１０３。

23　吉川幸次郎「魯迅の寂寞」１９５１年11月22日、京都大学魯迅祭パンフレット。『吉川幸次郎全集』第16巻、ｐ３１８～３２０。

24　村井英雄『書誌的・高橋和巳』阿部出版、１９９１年、ｐ１６７～１７０。

25 前掲註16「魯迅と私」、p318~319。
26 『思想の科学』1961年7月号、『全集』第11巻。
27 前掲註14「詩人魯迅」、p315。
28 前掲註18「民族の悲哀」。『全集』第13巻、p297、p304、p299。
29 前掲註17「自立の精神」。
30 竹内好「正体不明の新しさ」『高橋和巳作品集7』（巻末論文、1970年）。前掲註19『日本と中国のあいだ』、所収。
31 同上「正体不明の新しさ」、p416。
32 竹内好も高橋和巳の「不用意な思いちがいや、誤訳、誤記などがかなり目につく」と指摘しながらも、なお「深くとがめるべきではない」と理解を示す。「瑕瑾は誰にもあることだ。奔放な着想と、わざとらしくない博引旁証とは、十分にそれをつぐなっている」から、と。（前掲註19「高橋和巳の学問」、p427）
33 高橋たか子「高橋和巳の思い出」『文芸読本　高橋和巳』河出書房新社、1980年5月、p164~165。
34 高橋和巳「忍耐の思想——武田泰淳」（1963年5月発表の「曼陀羅の構図——武田泰淳論」と1965年8月『武田泰淳集』のために書いた解説「愛の視座」を統一したもの）。『全集』第13巻、p93。
35 前掲註16「魯迅と私」、p319。
36 高橋和巳『新しき長城』『朝日ジャーナル』1967年5月21日~6月11日。『全集』第1巻。
37 前掲註34「忍耐の思想——武田泰淳」、p93。
38 高橋和巳「日中文化の交点」『日本読書新聞』1963年7月15日、『全集』第13巻。高橋和巳「文学者にみる視野脱落」『朝日新聞』1963年8月16日、『全集』第14巻。武田泰淳「視野脱落をおそれた人」『文芸　高橋和巳追悼特集号』（臨時増刊）、1971年7月、p32。
39 堀田善衛「くりごと」同上『文芸　高橋和巳追悼特集号』（臨時増刊）、p37。
40 前掲註7「私の文学を語る」。
41 高橋和巳「表現者の態度I——司馬遷の発憤著書の説について」『視界』第1号、1960年6月。『全集』第10巻、p10。
42 前掲註34「忍耐の思想——武田泰淳」。
43 高橋・田村隆一対談「流動する時代と人間」『現代詩手帖』1966年5月号。『全集』第18集、p273。
44 前掲註36『新しき長城』、p340。
45 前掲註18「民族の悲哀」、p305。
46 前掲註20「私の悔恨」。
47 高橋和巳注『王士禛』（中国詩人選集二集13）「解説」、岩波書店、1962年。『全集』第16巻、p204~205。
48 前掲註7「私の文学を語る」、p31。
49 『人間として』は高橋が小田実、開高健、柴田翔、真継伸彦と作った同人雑誌の題名。名付けたのは高橋。
50 高橋和巳注『李商隠』（中国詩人選集15）「解説」、岩波書店、1958年。『全集』第16巻、p8。

王俊文（おう　しゅんぶん）
一九七七年、中国福建省泉州市生まれ。東京大学大学院人文社会系研究科博士課程修了。慶應義塾大学などで兼任講師。博士論文『武田泰淳における中国:「阿Q」と「秋瑾」の系譜を中心として』。

V部　回想・同時代の風

高橋和巳の人間

梅原　猛

月日の経つのは早いものである。今の若い人には、文学が好きでも高橋和巳という名を知らない人もあろう。高橋和巳は過去の人になったわけであるが、過去の人になるということは、歴史の人になったということである。いったい高橋和巳という人間は、日本の長い文化史の中でどういう位置をもつのであろう。

この問いに対していろいろな考え方がある。たとえば、高橋和巳は日本の近代の文学史上においては珍しい、学者と芸術家を両立させようとした人であった。芸術家が学者になったり、学者が芸術家になったりする例はときどきある。しかし終生、学問と芸術を両立させようとした人は甚だ少ない。高橋和巳は中国文学の学者であるが、中国文学の学者として作家になったのは、武田泰淳の前例があるが、彼は学者をやめて作家になったのである。しかし高橋和巳は、作家になってからも決して中国文学の研究者であることをやめようとしなかった。

このような意味において、高橋和巳は近代日本文学史上においてきわめて特徴的な作家であるが、同時に彼は全共闘時代の作家として末永く歴史に残るかもしれない。彼の人生、特に彼の死は全共闘運動を離れて考えられない。全共闘運動もいつのまにか歴史の遺産になった。彼は学生時代にハンストを行い、甚だ特異な形で学生運動に参加したわけであるが、学園紛争の高まりの中で、京都大学の助教授であった高橋はこの運動に強く巻き込まれていくのである。私は、少なくとも彼の死を早めたものは、この運動に対するあまりに誠実すぎる彼の対処と苦悩によると思う。全共闘とそれに伴う学園紛争が何らかの形であるとすれば、その文化的意味を彼の作品は代弁するにちがいないのである。

　このように高橋和巳に対するみかたはさまざま可能であるが、私は彼を信頼の天才であり、彼の文学を一つの信頼の文学とみたいのである。私は彼と長い間つきあって、彼ほど友人に対する高い信頼をもつ人間は稀であると思った。それはむしろ、中国文学的な「壮士一度去りて、風蕭々として易水寒し」という詩のごとき、人間と人間との信頼である。彼は小松左京を終生の友人としてあつく尊敬した。小松左京はそのペンネームのごとく左の京大生であり、高橋和巳を主宰者としている雑誌「対話」を、日本共産党の支配におくべき任務を帯びて「対話」に加わったことは多くの友人の証言するところである。それが高橋らと交わるようになり、ミイラとりがミイラになって日本共産党から脱党したわけであるが、高橋は終生、小松は純粋に文学が好きで「対話」に入ってきたと信じていた。また、たか子夫人と高橋和巳の出会いについても高橋は、高橋和巳がＮＨＫから出てきたときに偶然たか子夫人に会い、天女のごとき姿を見て恋に落ち結婚したと私に語ったが、このたか子夫人の行動はあらかじめ冷静に計算されたものであった、という証言を二、三の人から私は聞いた。たか子夫人の書く小説のあの病的なほど敏感な自意識からみれば、それはあり得ることと思うが、高橋和巳は終生その出会いを神によった与えられた奇跡的な出会いであると信じて疑わなかった。吉川幸次郎先生や桑原武夫先生に対する彼の態度も、それぞれの先生に対する人格的信頼がまことに篤く、私は高橋をいささかドン・キホーテの面影のある信頼の天才と思わざるを得なかった。

　私との関係は、高橋和巳が立命館大学の非常勤講師に赴任したとき以来であるが、それ以上に桑原武夫先生を中心とする「文学理論の研究」という共同研究及び多田道太郎氏や山田稔氏を中心とする「日本小説を読む会」などのつきあいのほうが記憶に残っている。会が終わって、多くの人たちとあるいは二人きりで酒席をともにした思い出が多い。

　彼は人間に対する信頼関係を大事にする人であるが、同時に作家として相手の人を観察して、それを小説にいかすという癖があったようである。彼の小説『悲の器』の主人公正木典膳は、桑原先生によれば三分の一は吉川幸次郎、三分の一は滝川幸辰、三分の一は滝川政次郎であるという。このお手伝いから訴訟を起されたのはまさに滝川政次郎であるが、この高橋和巳の正木典膳には、高橋が学生運動でハンストした当時の京都大学総長滝川幸辰の面影のほうがむしろ強く、あるいは吉川幸次郎先生の姿もどこかに入っていたのかもしれない。彼のもっとも傑作であると思われる『邪宗門』の行徳仁二郎のモデルは私だと注意する人があったので、気をつけて読んでみると、私の癖を高橋はよく観察していて、この行徳仁二郎の描写に使っているのである。たとえば、大声で笑っていると突然寂しい顔になったりするところがまさに私の癖である。この途方もないほど大きな人格で、中味はさっぱり分からない行徳仁二郎という人間の像に、高橋和巳の私に対する評価と批判が込められていたのかもしれない。

全共闘運動はその時代に生きた人々の思い出の中にしか残っていず、全共闘運動時代に聖書のごとく読まれた高橋も忘れつつあるようにみえるが、私はやはり東洋的信頼の文学として、細々であったとしても高橋和巳は読み続けられるのではないかと思っている。

梅原猛・小松左京編『高橋和巳の文学とその世界』（阿部出版・一九九一年）より転載

梅原　猛（うめはら　たけし）
一九二五年宮城県生まれ。哲学者、国際日本文化研究センター顧問。京都大学文学部哲学科卒。縄文時代から近代まで、文学・歴史・宗教などの考察は「梅原日本学」とも呼ばれる。主な著書に『隠された十字架　法隆寺論』『水底の歌　柿本人麿論』『ヤマトタケル』『世阿弥の神秘』『人類哲学序説』、また『梅原猛著作集』（第一期、第二期）など多数。

高橋和巳・荒廃の世代

加賀乙彦

七一年五月九日、青山斎場に集った人々の多くは若い男女であった。団体でくり出してきたのではない、各自がみずからの意志で出掛けてきた、そんな孤独で思いつめた様子であった。そして、祭壇横に立並ぶ師友の顔にも私は同じ様子を認めた。葬儀委員長の埴谷雄高をはじめ第一次戦後派の長老ともいうべき人々が「人間として」の同人たちと並んで年若い作家の死をいたんで項垂れている。そこにはやはり党派に属しない孤独な顔があった。

孤独な、自分一人の思想や芸術を守ろうという老若男女の集団ではある。しかし、もし日本が再び戦争にまきこまれたり、右傾した暗い日が訪れた時、さいごまで節を曲げずに抵抗するのはこの人々だと私は思った。孤独ではあるけれどしたたかな連帯が一人の作家のまわりにおこっている。そのことが私を感動させた。

高橋和巳という作家には私に信頼の念をおこさせる何かがあった。それは韜晦や演技のない、「思無邪」というべき文筆活動の姿勢にもよるのかも知れないが、やはり彼の意見の内容に多く同意したからであろう。

彼において私がまず共感するところは、この世界を荒地、砂漠、廃墟、とにかく何か不毛の場所と見る意識である。『悲の器』のあとがきで、彼が言ったように華麗な街の背後に焼跡を見ることである。この意識は一時代の多数意見が虚偽であったという苦い体験から発生し、体制や党派を信じない、信じうるのは自分だけであるという個人主義に行きつく。何か集団としての運動をおこしても、まずあるのは個人であり、個人同士の連帯である。この意識はまた、現実世界の裏を、言ってみれば反世界を見透すのであるからには、現実世界そのものは否定せざるをえない。つまり徹底したニヒリズムなのである。進むにつれて希望はいつも地平の彼方へあとずさりしていき、目の前には闇黒しかない。こうして彼の小説においては登場人物は次々と破滅していき、物語は灰色の憂愁に塗りこめられてしまう。

彼はこのニヒリズムから文学を創造しようとした。そのためにこの世界の不毛の根源を尋ねた。右翼思想、共産主義、学生運動、裁判など、彼が吟味した対象は重く暗い時代の代表的な現象であった。彼が諸現象の吟味に用いた方法は議論であった。こうして数々の評論が書かれ、小説の主人公はながながしい議論をはじめることになる。しかしいくら議論してみてもニヒリズムの厚い壁は破れはしない。一人の人間の意見は、その意見自体としては絶対的なものでありえない、それはいつも対立する意見とせめぎあうことによって意見としての意義を獲得するのである。小説は決着のないままに終らざるをえない。

小説家としての高橋和巳はまだ未熟であったと思う。構成があまりにも一本調子であったこと、文章が単調平板でしばしば常套に流れてしまったこと、人物の造型が思想や観念に偏りすぎて性格の厚みに乏しいこと。複数の人物を設定しながらどの人物の目も同じ世界——とくに情景描写——を見ること、人物の心理を性急に説明してしまうため元来暗示によって深まるはずの作品の奥行きが乏しくなってしまうこと、などいくらでも欠点をあげることができる。にもかかわらずその小説はやはり私の関心をひく。彼の苦闘に敬愛の念をおぼえる。ニヒリズムからの創造とは容易なわざではないからである。

第一次戦後派の中心的な志向が反戦であり、第三の新人が厭戦であったとすれば、その次の世代には何も中心となる目標がない。この世代はもっと若い世代、戦後の民主主義を最初から信じて育った人たちとちがって、よりどころとなるいかなる中心思想も持たないのである。多くの人は二度の挫折を経験している。戦争中は軍国主義にかぶれ、戦後は共産主義にかぶれといった定式が適用できるのだ。この世界を不毛と見、党派を虚偽とみなすこの感覚、自分だけを信ずるという個人主義、そして敵は曖昧模糊としている。言ってみれば、彼は何もかも自分の力で造り出さねばならぬ。既成の思想や既成の理論は役に立たない。ニヒリズムからの創造とは無からの創造である。

数年前、新宿のバーではじめて一緒になった。彼は無口であるし、私もそうである。まわりの人が話すのをただ聞いている。隣同士に坐っていながら一時間ほど黙っていた。何かの拍子にふと私は『悲の器』の中の現象学的法学を話題にした。現象学と刑法学に私もいささかの関心を持っていたからである。いちど口を開くと彼は雄弁で、と言うよりそういう抽象的な話題を好むのか深みへ深みへと話が入っていった。思弁好きという点では私も同様である。話は何だか観念の迷路に入りこんでわけがわからなくなった。およそ、酒席には似付かわしくない変に難解な会話を続けながら私は彼がすっかり好きになった。ついに彼が「ああ、しんど」と言い話は跡切れた。私はその言葉に同世代的な共感を覚えた。自分の考え一つを述べるのさえ、多くの抽象語を重ねていかないと相手に通じない。全くしんどい世代だと思ったのである。

とくに親しい間柄であったわけではない。でも何となく親近感があって会えば話しかけてみたくなる人であった。ちょっとした切掛で話しこむとお互いに夢中になった。昨年の一月「人間として」の創刊記念のパーティーが新宿で行なわれた時。私は、彼の瘠せ方が尋常で無いのに気がついた。聖路加病院を退院した直後だということで、病気の本態はわからなかったという話であった。顔や首の肌が透きとおるように白かった。私は、とにかくお大事にと言った。話ははずまず、彼は何やら内面の事柄、あるいは自分の健康のことで悩んでいる様子であった。そしてぽつりと、医者というものはあまりに頼りにならないと言った。私は残念ながらそうだと頷き、文士にも色々あるように医者にも色々あると言った。酒が飲めないからと先に帰った彼が、私にとっては彼を見た最後の機会になった。

残念である。私にとってせめての慰めが、私が生身の彼よりも彼の作品のほうをよく知っているという事態になったのは悲しい。そして、彼と語るためにこれからも私は彼の作品を読み続けるであろう。

加賀乙彦『虚妄としての戦後』（筑摩書房・一九七四年）より転載

加賀乙彦（かが　おとひこ）

一九二九年、東京都生まれ。小説家、精神科医。東京大学医学部卒。著書に『フランドルの冬』、『宣告』、『帰らざる夏』、『永遠の都』など多数。訳書にメルロー・ポンティ『知覚の現象学』（本名の小木貞孝で竹内芳郎との共訳）。

黙示と弔鐘

――摘録・高橋和巳断想

太田代志朗

二〇〇四年

ＢＢＳを立ちあげ【5月17日（月）10時54分21秒】

五月、青嵐。ここに「高橋和巳ＢＢＳ」を立ちあげる。

郷愁の高橋和巳をネットに解き放つ。遥か茫々の歳月がたつが、風の流れのなかで、静かにかたりあいたい。満身創痍だった高橋和巳も肩の荷をおろし、好きな酒を飲みながら、ふと声をかけてくるだろう。

――おい、また、花札でもやってみるか。

コンピュータ・メディアの波濤のなかで、新たな高橋和巳像がうかびあがってくるように、と念じている。運営・管理はすべて人見伸行が負っている。

あの激動の時代を疾駆していった高橋和巳とは、いったいなんだったのだろう。

過ぎ去った日々。鮮烈な夢と志。

傷つき痛むときの流れよ。

ならば、郷愁にとざされた高橋和巳を解き放そう。

封殺された世界が再構築され、新たに幻出する。

集結し、結合することばの風景《コスモス》がひろがる。

蒼茫の記憶と物語がよみがえる。

哀愁のドラマが生成と変容に静かにゆらぐ。

繚乱のウェブ・ラビリントス、漆黒の回想の宴よ。

風の地平に、いま、黄昏の橋が燃えあがる。

「高橋和巳を語る会」について

「一種の業は終わった」【4月22日（木）10時20分21秒】

四月を一週すぎて、おもわぬ寒さがぶりかえし、秩父の山里には雪が降ったということだった。そして、数日後、花が散りはじめた。風のなかに舞う花吹雪に、いまにも狂ってしまいそうな気がした。狂いはてるのもおれの器量の一つではないか。酒をあびるほど飲みたいとおもった。

全共闘運動に加担したかどで高橋和巳は心身ともに疲れはて、東京・新宿河田町の東京女子医科大学病院に入院。手術を終えた高橋和巳を、京都の梅原猛が見舞う。

「梅原さん。もう、一種の業は終わったとおもうんですよ」

高橋は手術跡の傷口を見せていう。

鎌倉の家に帰ったら、釣りでもしてゆっくりしていよう。散歩でもしてぶらぶらしていよう。まだ書きたいことはいくらでもある。文学がおれをはげしくかりたてる。

一種の業は終わったんですよ——それは絶望的なガンの症状のことを意味したのではない。つまり、それまでの自分の生き方はまちがっていた。せっかく京都へ舞いもどったというのに、文学も放り投げ、身体まで壊してしまったのだ。性急になにがいったい解決したというのか？　ありうるべき自分をささえる文学、芸術。いや、もういい。これまでのことはこの手術の傷跡がすべてを負っている。ねえ、そうでしょう、梅原さん。業だったんですね。

これが最後のわかれか。おい、なにが〈一種の業〉だったというのか。

姓は高橋、名は和巳【5月25日（火）09時35分40秒】

さて、唐獅子牡丹が背中《せな》で泣く。

義理と人情を秤にかけりゃ、義理が重たい男の世界。やがて夜明けのくるそれまでは、意地でささえる夢ひとつ。

そして、紅蓮の炎に映える緋牡丹お竜が、

「よござんすか。女伊達に騒いでいるんじゃございません」

とキリッとにらみつける。

いや、「なんで、あたしをおかみさんにしてくれなかったの」とせつなく、やるせなくすがる夕べ。やむにやまれぬ男は殴りこみをかけ、女はその無頼の生をやさしく受けいれてくれた。こんど生まれてくるときは、同じ星のもとに生まれてきましょうね。桜吹雪にうごめく日本侠客伝のエートスは、知性と情念のかぎりをつくす絶唱だった。

「おい。いいか。おれの歌を聞け……」

或る夜、先斗町の酒亭〝梅鉢〟にかけつけると、高橋和巳はやおら背広のポケットから歌詞を書きつけたクシャクシャの紙をとりだし、『網走番外地』をうたった。

　キラリキラリ光った流れ星
　燃えるこの身は北の果て
　姓は高橋　名は和巳

「姓は高橋、名は和巳」というところをニヤリとしながらも、なんとも調子はずれな音程だった。

時計台の下が封鎖されようとしていた。叛逆のバリケードに血が流れ、路上には火炎瓶が炸裂しようとしていた。投石と乱闘を目の前にしながら、一方、高橋和巳は河出書房の作品集のほうがおもうようにすすまず苛立っていた。

『白く塗りたる墓』前後【5月29日（土）22時24分11秒】

一九六九年十月、京都で右脇腹に激痛がはしり、急遽、東京にはこばれ聖路加病院に入院。結腸ガン転移だったが、表向きは病因不明ということで退院。京都大学はその混乱のなかで、自己否定の衝動にかられる反逆の助教授の排斥にかかっていた。

一日、鎌倉にたずねると、マッサージを終えた高橋和巳は床にふせていた。

「京大から、こんなものがきてね」

と一通のハガキを手にとって見せてくれた。

それは教授会開催の通知であったが、

「こんなもの、教授会がひらかれる当日に送ってくるなんて、どういうこっちゃ。まったくのボイコットや」

いかにも無念そうに声を低めていった。

取り返しのつかぬ日々。まさに〈暗黒への出発〉だった。「苦悩が彼を成長させた」なんて安易なことをいうのではないが、実にこうしたなかで『白く塗りたる墓』（四五〇枚）は書かれた。

それに関する二、三の資料をとどけており、次の手紙を受信している。

いろいろお手配ありがとうございました。マスコミ黒書、大いに利用させて戴いてます。さらに甘えてすみませんが、テレビ局の、会社の体制というか、局がどうわかれ、部がどうなっていて、どの部に何人ぐらいの部員がいて、どういう仕事をしているか、また常務重役にはどういう担当があるかといった会社便覧のようなものは手に入りませんでしょうか。簡単なものでいいんです。もし、手に入りましたら、お送りいただけませんでしょうか。関連会社にどういうものがあるか、とかですね。簡単なものでも分かれば、あとは他の会社のことから類推はつくんですが……。どうも、勝手な用件だけで、失礼。

一九七〇年一月二十一日　高橋和巳

さらにとのことで、その関連資料を手当たりしだい集めて鎌倉に送った。

大変貴重な資料を送っていただいて有難うございます。いま一日に二、三枚づつながら資料を生かしつつ原稿を書いております。体のほうは、あまり思わしくありません。長期戦でゆっくり養生するつもりです。

一九七〇年二月三日　高橋和巳

かくて、ゆっくりかまえる高橋和巳の意気込みを感じていたのだった。

『白く塗りたる墓』は季刊「人間として」第一号（一九七〇年三月）に発表された。編集は「ずいぶん毛色のちがった人間が集まった」といわれる小田実、開高健、柴田翔、高橋和巳、真継伸彦らがメンバーである。

高橋和巳は再起をかけた。朗読、アナウンス、司会、プレゼンテーション、報道——その言葉の訴求力。だがテレビ界を舞台にする主人公は声を失い、その伝える力がぷっつり切れる。

突如、声を失ってしまったのだった。

人々はおそらく複雑な延期開路のどこかが故障したのだと思ったにちがいなかった。スタジオにいた者よりも、防音ガラスに隔てられた調整室の人々の方が先に気付いたようだった。

『白く塗りたる墓』

『椿説弓張月』のこと【6月1日（火）21時29分16秒】

高橋和巳における演劇関連でいうと、一つは矢来能楽堂で能『清経』を見たことだった。なんでも小説の材料にしたいという。その頃はまだ元気で、能が終わり、銀座のレストランで食事をし、雨の降る東京駅でわかれた。

タクシーに乗ったまま、これから市ヶ谷の印刷所での校正があり、そちらへむかうという。高橋和巳は颯爽と深夜の都会に消えていった。

また、「対話」の会合後であったのだが、仲間のみんなで鴨川をぶらぶらしていると、テントを張って公演中の唐十郎の芝居があり、

「見ましょうか」

といったら、

「いや、ようわからん世界や」

と小さく笑った。

折からの挑発的なアングラの名のもとにおける映画、演劇、舞踏などには、関心がないようだった。

京大助教授に赴任したとき、三島由紀夫の『朱雀家の滅

亡』京都公演の切符が研究室の机の上においてあったので、

「ゆくんですか」

と冷やかし気味にいったら、

「いや。うむ」

といって、ニタリとしたなんとも愛らしげな表情がおもいだされる。

三島由紀夫の『椿説弓張月』に、高橋和巳夫妻を国立劇場に案内したのは一九六九年十一月のことであった。劇場のロビーからは通りのむこうにお濠の常盤の松がひときわあざやかだった。そのロビーから階段をあがって、二階中央最前列の席につくと、高橋和巳は体調のことがあり、こらえるような面持ちで観劇していた。

『椿説弓張月』は曲亭馬琴の傑作読本を劇化、鎮西八郎為朝を中心とする武勇伝で三島由紀夫自らが演出。為朝は琉球にわたって活躍するのだが、これが三島由紀夫最後の歌舞伎作品となった。巨大な船や怪魚、烏天狗、大猪が登場する歌舞伎スペクタクルである。八郎為朝に松本幸四郎、白縫姫はまだ十代の坂東玉三郎で出世芸「山塞の場」が、大きな評判をよんでいた。

芝居の終わったあと、銀座にでたが、それは手術後のことで、

「飲まないほうがいいのよ」

とたしなめられ、酒は一滴も口にしなかった。

「あの最後、為朝が白馬に乗ってゆくとこ、よかったな」

高橋和巳はぽつりといった。

学問と小説の両立【6月1日（火）14時30分54秒】
梅雨空が重々しく、雨が降ってきた。
小庭のササユリやキンシバイが揺れている。ふと書庫にはいり、目当ての本がみつからぬまま、何気なく一冊を手にする。

——俺は知っている。人間にとって、とりわけ知識人にとって、一番恐ろしいのは何なのかを。それは常に自己自身なのだ。微妙な心理の襞をかきわけて、自己の存在の根底、そのどろどろした地殻にまでつき進んでゆけば、そこに何が発見されるかも。

『憂鬱なる党派』


「おれには才能がある」と高橋和巳は自信に満ちていた。生家の大阪西成から京都へでることは〈家〉からの逸脱であり、いいしれぬディープな苦闘であった。

立命館大学文学部講師時代（一九六〇～一九六五年）の高橋和巳は泰然としていた。吉川幸次郎門下の高橋和巳の

専攻は六朝美文。正統の京大中国文学路線からやや外れたデモンの地平であったといえ、若くその才を恩師にみとめられた選良であった。白川静が吉川幸次郎にねがい、高橋和巳を立命館大学によんだということであった。学問と小説は両立できる。二束の草鞋をはいてもいい。教授会では奈良木辰也、梅原猛が深い理解を示した。

中国語学を担当する講師の研究室は梨木神社の北側にあり、広小路キャンパスの教室で講義。ときどき地下の学生食堂で、食事をとっていた。

愛犬〝ゴン〟【6月6日（日）22時10分12秒】

二月、愛犬を失い絶望的ペットロス症候群に陥り、いかんともなしがたい四カ月だった。それが、新たな恋人（キャバリア・雌）の出会いで気持ちをとりなおし、朝夕の散歩にでるようになった。凬の匂い、木々の香りがこの身に実感的にもどってきた。

そういえば、鎌倉時代の高橋和巳も犬を飼っていた。

雑種で悪戯好き、ワルのごん太なので名前は〝ゴン〟。性格は非社交的で誰にもワンワン吠える。なんとしてもなじもうとしない犬を可愛がっていた。

一日、瑞泉寺への通りを右に折れ坂道をあがっていくと、高橋和巳が背広にネクタイではにかみながらポーズをとっている。よく見ると榊原和夫のカメラが狙っていた。なんでも河出書房のグラビアのことで撮っているという。

後年、榊原和夫と写真の仕事で一緒になり、そのときのことをおぼえていてくれ、大判にやいた一枚の写真を頂戴した。そこには、家の横の首塚にはいったところで高橋和巳が白いワイシャツ姿で、ゴンを抱きかかえている。その前で高橋たか子がサンダルをつっかけ立っている。なんとももほほえましく犬を飼う夫婦の情景になっている。

映画『日本の悪霊』のこと①【6月9日（水）09時20分27秒】

七〇年三月——高橋和巳は学園闘争をへて、京都大学文学部助教授辞職。再起を期した『白く塗りたる墓』の発表。そして運命的な結腸ガン手術、養生。まさに、解体へむかう一年であった。大学闘争における自己批判、教授会の欺瞞、恩師との関係。「すべての思想は極限にまでおしすすめれば必ず、その思想を実践する人間に破滅をもたらす。革命を説きながら破滅しないですすんでいる、すべての人間はハッタリだ」（『我が心は石にあらず』）というが、いや、清官教授は方法的小心によって鎌倉へ遁走すればいいものを、真正面にかまえた〈義〉にしたがい心身ともに倒れていったのだ。

こうしたなかで、よど号ハイジャック事件がおこり、世は騒然としていた。同日午後、鎌倉の高橋宅を私はたずねている。夜遅くまで、病床の高橋和巳と歓談したが、それから数日後。河出書房の編集者から連絡があり、『日本の悪霊』の映画化がきまったという。

ついては監督の黒木和雄にあうので一緒に同席ねがいたいという。場所は新宿のスナック〝ユニコン〟。ここは映画関連の人がよくいく店で、その夜、黒木和雄にお目にかかった。カメラマンの堀田泰寛も一緒だった。

実は、『とべない沈黙』も『キューバの恋人』も見ていなかった。その恰幅のいい黒木和雄から、『日本の悪霊』の福田善之の脚本はあと三、四日であがる。筋は佐藤慶の二役で警官とヤクザの抗争。この夏の一カ月、国定忠次でお馴染みのヤクザの根拠地である渋川村で合宿してしあげる、ということを聞かされた。

なに、二役？　なに、ヤクザの抗争だって！

おい、おい、いったいなんや、これは……。聞いていて、なにかむしょうに腹がたってきた。『日本の悪霊』がズタズタにひきさかれている。黒木さん、私はさけんでいた。これはおかしいですよ。なにが福田善之の脚本か。『ブルースを歌え』『袴垂れはどこだ』の福田善之はともあれ、なにがヤクザと警官か。なにが二役か。

――病床で喘ぐ高橋和巳が哀れでならなかった。

映画『日本の悪霊』のこと②【6月10日（木）19時25分20秒】

――そう、なぜか、そのとき哀れで、悲しくなった。

『日本の悪霊』の背景にある五〇年、いわゆる〝赤の世代〟の日共六全協の政治運動のことなどかかわり知らずも、これでは高橋和巳の文学がうかばれない。

〝ユニコン〟をでて、また一、二店まわった。深夜の焼き肉屋のもうもうと煙がたちこめるテーブルで豚足をかじり、ついにたえきれずに、

「黒木さん。やはりこれはおかしい。この映画はおかしいですよ。これは『日本の悪霊』ではない。ふざけていますよ。こんな映画！」

いって、私は泣いていた。なぜか涙がボロボロでてきた。

当の高橋和巳は、ＴＢＳの『散華』のテレビ化のときも二、三度の電話打ち合わせで了諒したということで、今回も白紙委任だったのだろう。

そして、それから一週間後。鎌倉の高橋家で正式に黒木和雄の挨拶があった。夏の陽ざしの暑い日のことだった。

映画制作はすすみ、映画『日本の悪霊』は七〇年の暮れに封切られた。

映画『日本の悪霊』
制作＝中島正幸プロ＝日本ＡＴＧ
監督＝黒木和雄
脚本＝福田善之
撮影＝堀田泰寛
音楽＝岡林信康
キャスト＝佐藤慶（二役）・観世栄夫・奈良あけみ・土方巽・渡辺文雄ら

経済資金のバックがない企画として佐藤慶を主役に、先行したストーリーはヤクザ抗争、しかも二役という条件。当初のプロデューサー主体、監督中心の制作もとりかえしがつかないようになり、「無惨な失敗」に終わったというのがどうやらこの映画の実情だった。

高橋和巳の原作はまったく無意味になっていた。一九五〇年代、日共の極左方針は警察のスパイによるものだとする日共そのものへのオトシマエは黙殺され、映画におけるヤクザ、警官二役の入れ替え（その糞面白くもない早替り）という安易さ、バカらしさ。いってみれば、それが映画興行システムの常識なのであろう。

——ところで、黒木さん。お元気ですか。このところ、

もう年賀状のやりとりもしていません。一つの時代があって、私たちはたしかにそこを通りすぎてきました。ときどき、あの新宿の夜のことをおもいだします。あの焼き肉屋。もうもうとあがる煙り、豚足の味。どうして、また、私は混乱したのでしょうね。お教しください。

わが変容と天啓【6月18日（金）20時32分40秒】

梅雨の晴れ間がつづく。小庭のシャラが終わり、黄色の透かしユリが咲き、ブルーベリー、ラズベリーの実がたわわに稔っている。

「記憶のなかの高橋和巳」は、絶えず変容していく。かつて〝太陽族〟とともに文壇に颯爽と登場した同世代の石原慎太郎にとって、高橋和巳は意識外の作家とはいえ、「彼の不器用さと彼の備えた作家としてのエネルギー」に注目していたという。

「大江健三郎を、殴ってやったんやで」

と京都で元気なとき、高橋和巳は冗談っぽくいった。ひるむことはない。早く京都をぬけだすことだった。戦後文学の正嫡児は倫理的誠実の所業にうろたえることなく、その文壇的青春を謳歌すればよかったのだ。なぜか。なぜだったのか、ずるずると京都に性懲りもなくひきずりこまれていったのは、なぜだったのか。それが圧倒的正面戦の

思想とブンガクの立脚点であったなんて、いまとなっては誰が信じるか。

いや、それにしても、あの六〇年~七〇年代の若い感性は、その〈志〉や〈憂愁〉にひかれ、おのおのの言語的測鉛をはかっていった。無限の宇宙とおびただしい狂気の闇にわれわれはふるえた。しだいに濃くなる不安のなかで、生きる力が無限の可能性をひきだし、ブンガクは同時代の風景を戦略的に掃射していったのだ。

ときが葬列のようにすぎる。涙の深さなんて、もとよりはかることができない。現実にせよ、幻想にせよ、記憶のなかのひとこま、ひとこまにはうっすらとした靄がかかっている。落花が宙に舞い、どこかで死者が長くつめていた息をはく。花が供養のようにひらひらとおちていく。歳月が老いを深め、緩慢な物狂いにおいやった。

漱石の主人公はいつも「人間とは淋しいものです」という。高橋和巳は「孤立の憂愁を甘受する」と夜明けの嗚咽に身をふせた。

『散華』の放送ドラマ 【7月1日（木）19時20分21秒】

『散華』は一九六三年七月十日、ＴＢＳドラマで放送された。

「法曹界の権威で、大学の次期学長候補にまで上り詰めた男性がスキャンダルによって破滅していく姿を描いた人間ドラマ」（ＴＢＳ放送コピー）で、演出＝大山勝美、脚本＝生田直親、出演＝佐分利信、神山繁、荒木道子、野際陽子ら。

拝復「散華」ＴＶドラマ化の御批評有難う。

演出者と二三度電話で脚本の不備を補う話をかわした程度で、あとは白紙委任に近かったので小生自身ひやひやしながら観ましたが、予期以上によく出来ていたと思います。原作にない女性を登場させることも、いわばやむをえないドラマ化の要請であり、私は寧ろ感心しました。

實は放送時間、二部の授業があったんですが、学生諸君と喫茶店を占領してみました。大半は原作を読んでおらず、安保世代の人物の側からドラマの進行を見ていた様です。御指摘の通俗化の面もありながらも、若い世代のドラマ参加にはある役割は果した様です。尤もあれが女性である必要は本当はないし、女としては堂々たることを言いすぎてる位ですが、ま、やむを得ないのではないかと思います。

ＮＨＫの方、小生の脚本自体が没になってしまってその後連絡だしていますが、機会をみて、君の詩劇の感想をきき、且つ、君を加えて話す機会を作ろうと思います。ただ、七月いっぱいは絶望的に時間がつまってますので、暫く待っていて下さい。

序説第二号のすみやかな刊行を期待します。それから、やはり、ともかく何処かへ就職しなさい。

それから、多忙とはいえ、一日中、書いて書いている訳ではなく、夕刻から二三時間は、ビールを飲んでぼやっとしている時間もあります故、暇の時に一度遊びに来て下さい。一九六三年七月二十一日　　高橋和巳

太田代志朗様

一本のテープ【8月8日（日）20時31分40秒】

一九六九年五月二十九日、東京・文京公開堂は、立錐の余地もなく熱気にあふれていた。

高橋和巳はその人混みのなかで、「口が乾いたんや」と喘ぐようにいった。

この講演事務局のスタッフでもなんでもなかったが、誰も面倒を見るものがいない。それで、人混みをかきわけ自動販売機でお茶を買い、またもどって手渡すと、高橋和巳はごくりとうまそうに飲んだ。

舞台の真下で、高橋和巳の話をカセットにとった。だが、残念ながらこのときの講演のカセットテープは、生業慌ただしいなかでいつしか喪失してしまった。

しかし、手元には「SONY・TAPE100」と書かれた一本がある。紙箱におさめ、ずっと私はこれだけは大切に保管してきた。一九六八年十月二十七日、京都・円山公園の割烹〝いふじ〟でおこなわれたシンポジウム「文学とエロティシズム」の全記録である（「対話」九号所載）。

高橋和巳が、いま、肉声をもってよみがえってくる。底知れぬ悲哀とともに、その文学と思想の深淵が開示される。死者の夢と記憶の再生に言葉の持続がはかられる。――いずれこのオープンリールは、CDにしかるべく変換しておこう。

高橋和巳のはなむけ【9月21日（火）9時21分12秒】

――月が美しい夜だね。

――夜の静かな時間が流れてゆくわ。

――月光に三千の遊女が狂った時代があったな。

――ふふふ。いいわ。聞きたくない。あなたの夢物語。

――うむ。いや、今夜の月にめんじて許せ。

――ロゼ・シャンパンをあけ、さやさや発砲する夜よ。

――そのかみ、神や祖霊は十五夜の夜にきて、十六夜にかえっていった。天《あま》ざかる夷《ひな》の荒野にはてむや。草枕、旅宿りせず、いにしえおもいてよ、さ。

——風のように老い、悩めばいいのよ。

ふとくぐもった声がする。幸福とは闇につつまれたつかのまのよろこび。涙もそそがれず、おもいでがつぎつぎこわれ、月日が矢のようにたった。

「対話」復刊の通巻第五号は一九六六年六月、発刊された。同人雑誌に寄ったり、失敗したり、脱退したり、分裂したり、解散したり、世の文学集団のいとなみの苦労はさまざまだ。別に新文芸運動をおこすのでもなかったのだろうが、いったん中断していた雑誌をだそうとしたのは、ひとえに作家デビューをはたした高橋和巳の心意気による。

その復刊準備会は一九六五年五月八日、大阪科学技術センターでおこなわれた。出席者は石倉明、牛尾一男、北川荘平、小松左京、瀬谷欲一、高橋和巳、橘正典、豊田善治、三上和夫。若手メンバーに太田代志朗、岡部範黎、林廣茂。編集委員には石倉明、太田代志朗、橘正典と決まった。

私は復刊座談会「われらの創造とは何か——戦後文学の批判と展望」のテープを起こし、実質的な編集・表紙デザイン・レイアウト・入稿・校正をうけもった。

当初、どういういきさつでわれわれ若い世代の参加がなされたのかは知らない。

もともと「対話」の前身というのは、「京大作家集団」「現代文学」「ARUKU」の同人ならびに、その周辺の京大新制第一期生約六十名によびかけ、そこに集まった最終二十人でなりたっていた。そこからの出自をたどれば、京都大学の若手の同人雑誌活動としてでてくるのが自然のなりゆきであったのだろう。

だが、高橋和巳の文学、および立命館大学講師の線で、ここには京都大学、立命館大学、同志社大学、京都女子大学、同志社女子大学その他の若者が熱くいりみだれ、そこから第二次「対話」に参加したというかたちであった。

二、三の高橋文学ファンの美女が会合にきて、なにやらわからぬまま、

「おい、お前が面倒をみてくれ」

といわれたが、初心な手前、なにを面倒するのか。私はためらい、あわて、どぎまぎしながら高橋和巳を見つめるばかりだった。

したがって、京大直系でないわれわれは、第一メンバーにとって「高橋和巳をとりまく若い連中」としてむかえられたのも事実であった。だが、そんな内々のことを知っても、まったくわれわれには詮ないことだった。「少年期を脱しかけ、同時に危険な青年になりつつある」時代を共有した第一次メンバーのセンチメンタリズムに、またわれわれがつきあうなんのいわれもない。復刊された「対話」の会には、そうした二段構造があった。

また、復刊したといっても、二、三の方をのぞき、第一次メンバーがいつもでてくるというのではなかった。それぞれの生活の前に、また世代に共通の文学的危機感も遠景になっていたのだろう。だが、かつて、その同人雑誌活動の非をせめられ、「朋友と約していつ私がそれをはぐらかしたか。私がいつ不誠実だったか」と憤激したことがある高橋和巳は、また新たなおもいで「対話」再興のプランをはかっていたといえる。

会合は、われわれにはいつも楽しく、魅力があった。

「これからこの対話を積極的にだしていきたい。若い人の作品もいいものがあれば、どんどんとりあげていきたい。それで、軍資金として河出書房から、四十万円を預かっている」

と高橋和巳は静かな口調で、みんなの前でいった。

右手の親指と人差し指のあいだを三、四センチもあけ、「こんな分厚い雑誌にしたい」というのが高橋和巳の希望であり、抱負であった。まわりの若い作家的力量にも期待していた。まさに、「京都の文学青年たち」へのはなむけだったのだろう。

真剣に「対話」をだそうとしていた。だが、当初、何度か会合をひらいたものの、原稿の集まり具合は悪かった。そうこうしたなかで、周辺からへんな話を聞かされた。河出書房は高橋和巳に四十万円をだしていない。したがって、これはないということでおさめてほしい、といわれびっくりした。それはそれでいいじゃないか。四十万円はともかく、高橋和巳の心構えとしてうけとめていけばいいじゃないか。

べつに高橋和巳にあらためて確認することもなかった。それをへんに画策ぶっていう小賢しいやつがれの心象を軽蔑した。唾棄すべき小狭さだった。

酒宴の文明度の違い【10月21日（木）14時50分09秒】

愛惜と追想。愁いをおびた声。水明りの夜を走っていた。いまたどりついた亡びの街で、哀しみの笛を静かに吹く。死者たちの祈りにカリヨンがなりひびく。責めるのでなく、なだめるこころで己をいましめる。ブンガクの志なんていったって、それが時代のなんだったのだろう。器の貧しい者に盛る酒はどこにもない。

「鎌倉の家に移ってからは、東京の客であり、精神的に活性化された人たちであり、アルコールによっていっそう活性化された」（『高橋和巳という人――二十五年の後に』）と高橋たか子はいっている。

高橋たか子は「ムラ社会的なおしゃべり、関西系のデカダンな男性の酒宴は文明度が違う」と、徹底的に「関西系」を嫌った。当初の無骨な文学集団の流れが肌にあわなかったのだろう。

「VIKING」の会合【10月4日（水）09時50分04】

金木犀の匂う公園で銀杏をいっぱい拾う。

歴史はかぎりない狡猾の通路と策謀の回廊の出口に暮れる。

『悲の器』で第一回文藝賞を受賞。作家デビューした高橋和巳は執筆に追われ、立命館大学文学部講師の授業は休みがちになっていた。

こうしたなかで一九六四年八月、「同人雑誌『VIKING』の会合があるので、出席を希望なら前日二十二日に電話（大阪381-8328）されたい」というハガキを受けとった。身にあまるありがたい案内だったが、実は平素の不逞もどこへやら半分腰をひいていた。名にしおう「VIKING」は敷居が高く、どうしても近寄れないおもいがあったからだ。

当時、「VIKING」に連載中の『憂鬱なる党派』は仲間のうちで酷評を買っていた。結局、私は不参加となるのだが、その例会では杉本秀太郎が酷評したという。

「こんな漢字だらけの、小説はなっていない。ゴツゴツして、こんなもの、読めるか」

とこっぴどく論じた。

「おい。なにをいってるか」

すっかり気分を害した高橋和巳は席を荒々しくたち、その夜、ひとり大酒を食らったということだった。

さらば、夏の光よ。いま、一枚のそのハガキを手にとって見ると、いまさらながら夏のたかぶりがおもいだされる。白く濃密なときの流れとともに、はげしい至福と罪劫のドラマがはずんでいく。

それゆえに、あなたすら、世と世の愛欲とともに過ぎゆく流転の一駒であることを教える、東方の厭世の教義に、やがて私は身を委ねるだろう。さらばよし、いま、この暗き東洋の栄光、死と輪廻の光をこそあなたは思え。

『捨子物語』

わかれの意味【11月23日（火）21時45分12秒】

晩秋、紅葉もいよいよ終盤。この季節、時雨が降り肌寒くなる。炉からたちのぼる香の匂い、こころよい松風。名器ならざるも座右において気軽に愛玩できる一品。薄茶一服にと数寄に遊ぶ。——紅葉の一葉をそっと懐紙にはさみこみ、やさしい背を見せて立ちさった佳人《ひと》はどうしているだろう。そのほっそりした着物姿にゆっくりした振る舞い。いや、それは若い母の面影であったか。

散策や議論した日が走馬灯のようにかけめぐる。

一九七一年、春から初夏へ、「高橋和巳が危ない」という風評がたっていた。

だが、関西系には誰にも知らせない、というのが高橋たか子の意志だった。よって、小松左京氏をはじめ「対話」同人も、誰一人として病気見舞いにはいっていない。高橋たか子は独自の考えから関西系の男性グループを拒絶していた。

一日、見舞いに井波律子、古川修と東京女子医科大学病院にいったが、面会謝絶だった。「淋巴液がでて、腹水がたまっている。肝臓の調子が悪い」とのことだった。私たちは廊下でそれぞれが書きこんだメモをはさんだ花束をわたした。

その後、しばらくたってから、「いらっしゃい」と高橋たか子から電話があった。ね、もう伊豆のお金のこともいいからいらっしゃい。ね、そうしなさい。お金とは鎌倉で病症にあえぎ、約束した花札旅行ができぬ高橋和巳を残して、河出書房の編集者らと三島〜修善寺の宿屋を泊りわたった軍資金のことだった。これは太田代志朗が高橋和巳の了解を得て河出がもつとのことであり、私はしかるべくとりつけたのだが、それがなにか連絡了承が曖昧なまま気まずくなっていたのだった。

病院への見舞は、なぜか失礼してしまった。おもうに、それは最後のわかれの意味をさしていたのだろう。実に不覚だったと慙愧にたえないでいる。

「高橋和巳の死」など予想もつかぬことだった。学問の道はともあれ、やっと長いモラトリアムを抜けて生業につき、結婚して一家をかまえたところだった。まだまだ、高橋塾生としては教えを請わねばならぬことがたくさんあった。文壇睡棄論、文壇解消論、純文学衰亡論だとかはともかく、物を書く世界とはどういうことか。筆で食っていくにはどうすればいいか。聞くべきこと、たずねるべきことが山のようにあった。

ブンガクと志は、阿修羅のように燃えあがらねばならない。だが、病床にあえぐ高橋和巳の最後の日々も知らず、無為にすごしていたのだった。

小松左京のこと【12月16日（木）09時32分44秒】

高橋和巳没後二十年の編集企画に協力するなかで、或る事情があって難航し、一日、小松左京と帝国ホテルで会った。一九九一年、桜花爛漫の春の宵のことであった。発行された梅原猛・小松左京編『高橋和巳の文学とその時代』

（阿部出版）は、それなりの話題を投じた。

あの髪振り乱した憂鬱な高橋和巳が、いま、小松左京のなかでは明るく笑って現れるということだった。小松左京の『「笑う高橋」と「もう一人の高橋」』（『高橋和巳の文学とその時代』）には、その三十代の若々しい高橋和巳の笑い、軽やかさ、身振りの大きさがかたられている。

「ヨッサンや。『対話』の全体会議を開いて、もう一度やるか、どうか。真剣に考えてみないか」

と赤坂の料亭〝千代新〟にあがったとき小松左京はいった。

赤坂おどりで賑わい、そのお妓さんたちが座敷を彩る夜のことであったが、むろんそれがそんな真正面からのものでなく、小松左京流儀のシャレであることはわかっていた。

かつて、「対話」創刊号（編集代表・高橋和巳、発行者・小松左京、一九五六年十月発行）におけるよびかけで、

何一つ善きもの、力強いものの輝きはじめる兆行もなく、何一つ真の積極的な解決の現われる気配もなく、かといって激しい不幸も出現しそうにないこの時代にあって……。

小さな薄汚れた気晴らしと偽りの貧しい幸福と、それらに対する躊躇い勝ちの未練によって、世界のすべての事象が、真の問題性を現わす事なく見すごされてゆこうとするこの怠惰な季節にあって……。（略）

一、貴方は、貴方自身の未来に何を欲しているか。

二、貴方は、文学を如何なるものと考えるか。

三、貴方は、如何になる自己自身の要請において、文学を欲するか。

四、貴方は、文学において、何を求めるか。何故文学をするか。

五、貴方は、文学をなすを通じて（或は作品を作る事を通じて）、何を実現しようと欲するか。

この「友人諸兄に訴える書」よびかけの文章は、まぎれもなく同誌編集代表の高橋和巳の発信であった。

ところが、実はそれは高橋和巳調に書いた小松左京の才筆であったともいわれる。ともあれ、その後の「対話」第二次運動については、ＳＦ界における活躍もあって、小松左京はそれなりの考えをもっているようであった。

泣きの高橋和巳【12月21日（火）10時23分50秒】

「対話」復刊号に寄せられた三浦浩の一〇〇枚の小説はスリルとサスペンスに満ちていた。だが、その原稿を読んだ編集部としては、どうもこのサスペンスは「対話」にふさ

わしくないと、ボツに決まった。

たまたま上京し、その原稿を返却すべく連絡すると、内幸町のＮＨＫの記者クラブにくるようにと指定された。

私は三浦浩にはじめて会った。なんでも五木寛之と小説現代長編新人賞を競って敗れたということだった。

午後の記者クラブは閑散としていた。

「なにい！　この原稿を載せられないということか」

事情を知ると、三浦浩は烈火のごとく怒った。

「ええ。そういうことで——」

「小童、黙れ」

といわんばかりに立ちあがると、デスクの電話のダイヤルをまわして京都大学にかけ、高橋和巳をよびだした。私は小さくかしこまっているしかなかった。

「対話」六号には三浦浩の『ある戦後の終わり』が掲載された。そのキザっぽさが仲間の顰蹙を買っていた。だが、私は国際ハードロマンを書く好漢三浦浩のダンディズムが好きだった。

十八歳の甘えた高橋和巳は兄貴キラーの困った少年であった、と三浦浩は書いている。下宿では絣の着物で変にとりつくろっていた。仲間内の権力構図としては、自由な芸術主義を批判、断固とした社会主義リアリズム派として鳴らしていた。そして、なにかあれば高橋和巳はワンワン泣いた。仲間では「泣きの高橋」だったという。

ぼくは高橋の中に、奇妙な上昇志向のあることを感じとっていた。

左翼的言辞を弄しながら、そのウラ側に、俗物的な欲望が見え隠れしていた。高橋は少年期を脱しかけていたが、同時に危険な青年になりつつあった。

三浦浩『記憶の中の青春——小説・京大作家集団』

（朝日新聞社）

二〇〇五年

日本的ラディカリズム【2月21日（月）22時10分15秒】
二月も半ばを過ぎ木々の芽が小さくふきだしている。風の流れにどこか春の匂いを感じる。夢と愛すべき愚かさ。遠い、遠い、燃えたつ雲の海のかなた。ときがどんどん移ろい、幻の鞄がしぼみはじめた。あけはなたれ、おしあげる刻々にブンガクがきれぎれの眠りをついでいく。そうなんだ。いったいなにを悩み、熱をだすほど寝こみ、目を剝いて、ゆえしれぬ怒気をおびていたのだったか。あの事大主義の抜けない文体に、膝をひるめず、腰もひかず、なにをこうまでしてたちむかっていたのだったか。いや、もういい。己の視点の誠実をつらぬいてゆけばいいことだ。

そう、また『悲の器』の正木典膳の苦悩と虚無を、『散華』における中津清人の個の自覚的消滅による民族の再生のさけびを、そして〈幻の国の建設〉に青春のすべてを賭けた『堕落』の青木周三の悲哀の涙の意味を考えている。

大量生産・大量消費の薄っぺらな文化風土。ブンガク不在のメロディが流れ、冷ややかな仕打ちに甘んじねばならぬ逆説的至福の現状にあって、もはや〈思想の内的根拠〉などどうでもいいのだろうが。


おれはいまは一介の俗物にすぎない。しかし、それゆえに、一人高しとして孤独を守る人間を本質的に信じないんだ。あなたには解るか。やがて死んでゆかねばならぬ人間が、自己の存在の痕跡を残したいと痛切に思う気持ちが……。斬れるものなら斬ってみろ、あなたの剣でわたしが斬れるはずがあるか。

たしかに、わたしは、ひとたび固体としての幸不幸を忘れ、快楽を忘れ、夢を棄てて、民族の運命に殉ぜよと青年たちに説いた。苦悩をみずから求めよとも説いた。生はその人の死に様によって評価されるとも説いた。国家を、世界を、民族を、集落を、人類を拒否せよ。

『散華』

弥生三月に【3月9日（月）18時11分42秒】

弥生三月――水ぬるむ日々、木々が芽をだし、風が匂う。卒業、就職、入社シーズンがくると、いつもおもいだされることがある。

一九六〇年代半ば、前年秋に湿性肋膜炎で三カ月入院を余儀なくされた私は、学校へもどってもなにすることもなく留年した。その気になれば、アカデミズムの世界にすすむことも考えたが、なぜか、京都に浮浪の身でぶらぶらしていた。幼く一人っ子でわがままに育てられ、多忙な父は家をあけ、芸事の好きな母親はなにかと自由にしてくれていた。能楽師くずれの伯父の家にいってはよく遊んだ。腰の強さなどもとよりなく、その思想の捻挫による甘ったれたブンガクが一つのルサンチマンの裏返しであることなど、とっくにわかっていながら、なおもしなやかな筋金入りであろうとしていたのかもしれない。

「やはり、どこかへ就職しなさい」

心配して高橋和巳がいってくれた。

河出書房を受けてみよという。ただしこれには条件があり、奈良本辰也教授の推薦がぜひ必要だというので、これはいろいろ工面し、京都北白川のお宅に参じ頂戴した。

高橋和巳は目の前で用紙五、六枚にわたる推薦状を書いてくれた。

「よし、これでいいだろう。これを持って東京にいきなさい。河出の面接は背広にネクタイ、ちゃんとして、な」

と高橋和巳はいった。

東京・お茶の水で下車し、私は緊張していた。やっと見つけたビルの二階にあがり、しばらく待たされて坂本一亀に会った。野間宏、椎名麟三、三島由紀夫、中村真一郎、水上勉、辻邦生らを発掘。また、埴谷雄高との交流などを通じ、多彩な武勇伝を持つ伝説の編集者である。

高橋和巳はその坂本一亀に見出され、鳴り物入りの「文藝」賞を受賞し、大きく羽ばたこうとしていた。二、三の質問を受け、面接は三十分ほどで終わった。

「わかりました」

鋭い目をむけ、坂本一亀は最後にいった。

同社編集の寺田博には高橋和巳経由で二、三の原稿を送っていた。また、あとで知ったことだが、「文藝」編集担当には佐々木幸綱、清水哲男が配属されているということだった。

採否の通知は一カ月たってからあり、

「貴君は不採用と決まりました」という。

流動の出版状況に会社事情のさまざまがあったのだろう。

坂本一亀によれば、「若造よ。京都でもっと修業を積め」ということだったか。

しかたなく、吹田に高橋和巳をたずね、事の顚末の報告をした。

「そうか、残念やったな」

「申しわけありません」

「よし、わかった……」

ときに高橋和巳三十四歳。「朝日ジャーナル」に『邪宗門』を連載中だった。

帰りに玄関口から一階におり外の道へでると、二人はどこへゆくというでもなく、なぜか一目散に、狂ったようにかけだした。

「『対話』も、もうすぐでる。小説を書け。雑文は書くな。いいか。真剣に書くんだ」

と高橋和巳はいった。

五月、和巳忌に【3月10日（木）18時20分12秒】
ことしもまた、めぐりくる青嵐、「陰々滅々」の儀式のメロディが流れる。
和巳忌五月三日、褐色と怒濤のめくるめく六〇年代を疾走し、燎原の火にあぶられるようにして、あのいつも柔和な微笑がよみがえる。

これはいったなんなのだ。自問しながら、回想のブンガクがゆれる。遠い過去のことが、記憶の混乱にかかわらずあざやかに、まるで窓の雪灯りにうかぶ亡霊のようにせまってくる。なんなのだ、どんなにいまさらカッコつけたって、いかようもない知恵絞り。そうおもいながらも、幻覚と叙情にまかせて小路から小路へ足まかせに歩いている。人生の歩みはこんなものなのか。鬱の底へひきずりこまれながら、老いのふらつく足元になにかがはねる。

活字（漢字）がいい【7月16日（土） 10時23分51秒】

「この人は活字、漢字を見ていると気分が休まるのよ」と吹田のアパート時代、なにかの話のなかで高橋たか子はいった。

「そうや。漢字はいい」

高橋和巳は深くうなずいた。

「どうしてかしらね」

「いや、一日でも漢字を読まないでいると淋しくなるんだ」

あの頃、活字文化はかがやき、文学は哲学、宗教、思想のすべてを抱合するものだった。文化・芸術・思想・科学などあらゆる学問領域は確固とした体系で予定調和のオーラをはなっていた。世界には戦争がいたるところでおこっていたが、政治の色彩を帯びながらも知の構造が内実のかがやきをはなっていた。

いま、日本語が乱れ、活字文化が衰退混乱している。日本語と文字の行方は今後、どうなってゆくのだろうか。

おりしも、国民が読書に親しみやすい環境づくりをすすめることなどを目的とした文字・活字文化振興法案が可決された。

それにしても本が読まれなくなった。活字が敬遠されているのにコトバが氾濫している。コトバが軽々とネットにとびはねている。

高橋たか子の小説【7月25日（月） 19時41分30秒】

吹田の家に遊びにいくと、高橋たか子の紅茶をいれてくれた手が、なぜかぶるぶるいつも神経質にふるえていた。白い掌に神経が透き通っているようだった。

すでに同人雑誌「白描」に二、三の小説を発表し、それに感想を書いておくっていたのであるが、高橋たか子は丁寧な手紙をくれていた。

ご感想ありがとうございました。特にブルトンを思い浮かべていただく必要はありません。ただ私がブルトンの『通底器』を熟読していたときに、この作品の手法に関してヒントを得たまでです。むしろ、ウイリアムズやリラダンとの共通性を指摘してくださったことを思います。この作品はわざと意図をぼやかし、どうにでも理解できるように配慮しました。私としては、たった一つの解釈で割りきっていただくよりも、ああもとれるし、こうもとれる、といった漠然とした、奇妙な印象をうけとってくだされば、満足です。私が暗に含めた意図をついでながら紹介しておきますと、第一は「私」と「ハルさん」が同一人物であること、「私」の潜在意識のなかにある記憶（殺人妄想または殺人未遂の記憶）が、幻覚となって現出している。しかし、すべてが幻覚でなく、現実と幻覚とがこんゆう混淆していること、第二は「私」を超感覚の持主と見ることも可能だということ、従って自分とは直接関係のない第三者であるこの不幸な姉妹の生活を透視することができる。夢のかたちで「ハルさん」の殺人妄想または殺人未遂現場を目撃する。（略）

ご指摘の「黒いもや」云々の個所、あれはここにでてくる姉妹の思想はやはりもっと具体性のある材料で展開すべきものだと私も思います。ただ、ここで私の思想を匂わしておかないと、この作品がいかに技巧一点ばかりのものにとらわれる危惧があったものですから――たいへん弁解めいたことばかり言いましたが、まあ、今後の私の小説の方向といったものを、前もって宣伝したわけでもあります。

それではあなたの作品に期待しています。次の「白描」にのせる短編、今書きあげたところです。もし、掲載してもらえるなら、六月末、七月はじめに出る予定です。また、遊びにおいでください。

一九六五年二月十日　高橋たか子

「澁澤龍彦研究会をつくりましょうよ」

私はなにかのひょうしに、高橋たか子にいった。

「……」

えっと口をつぐみ、キリリとにらまれた。

血と叛逆のシステムに主体的契機をこめるエロティシズムは挑発的な文学であり、哲学そのものであった。澁澤龍彦をもって、テロル・暴力・自由・美・ユートピアなる永続革命の相貌をもった聖公爵マルキ・ド・サドは酷愛の反世界そのものだった。

「対話」のシンポジウム「エロティシズムと文学」（「対話」七号所載）で、なんともながながとした独断的レポートをし、高橋和巳から「太田君の説は、エロスの問題であると同時にカオスそのものであった」といわれていた。カオスも美も悪徳も、至上の光芒をはなっていたのだ。

歓楽つきて【8月12日（金）22時22分02秒】

生駒宝山寺前の旅館〝たき万〟は、高橋和巳の父上がよく保養で利用していた関係で、「高橋のボン」のカオがきいた。

生駒山（六百四十二メートル）の中腹に位置した宝山寺は修験道の行場として古くからひらかれている。日本二大聖天の一つ、生駒聖天として長く信仰が息づく。桜、納涼、木々の紅葉、雪景と四季を通じ、宿の各客室からは古都奈良の街並と奈良盆地が一望できる。

この〝たき万〟で「対話」の座談会、研究会がよくおこなわれ、それが終われば酒になった。あとは碁や花札をして遊んだ。風呂をあびにゆくと、背高な高橋和巳は色白で、わりあい肉付きもよかった。

一日、鎌倉から直行の高橋和巳が宿で待っていた。

花札で徹宵になり、明け方の雪に、また一日を花札に興じた。諸肌になった高橋和巳は「やったるで」と勇んだ。負けがつづくと、一発逆転のフケにかかった。マイナスを徹底すれば、いずれプラスになるといういかにも高橋和巳好みの発想である。

「破滅、すなわち自己救済やで」

高橋和巳はなんどもそういって、笑った。勝負にかけていたのだろうが、その台詞に酔っているようでもあった。

その夜、芸者を二人よんだ。泊りのつもりできたのだろう芸者は、酒を飲み、冗談をとばし、さりとてなんの誘いもない無粋な客に愛想をつかし、座敷をたっていった。私たちは色香よりも、花札のほうが面白かったのだ。

深夜、腹がへると、にぎり飯を頬張った。そして、また神妙に花札を手にとる。月、桜、雨、牡丹、霧、菖蒲、藤、菊――五光、三光、猪鹿蝶、赤丹、青丹。ツキに見放され、そのツキを必死に呼びこみ、札を祈るおもいでめくりつづけた。

帰り間際に「ああ、歓楽つきたおもいだな」と高橋和巳はいった。

腑抜けになった気持で山をおり、京都につくと、またなぜか離れがたく酒になった。

三島由紀夫没後三十五周年【11月15日（火）22時12分05秒】

三島由紀夫が生きていれば八十歳霜月。神奈川県立文学館における三島由紀夫展、映画『春の雪』のロードショー、そして十一月二十五日は憂国忌が九段会館ホールで予定されている。

「日本はなくなって、そのかわりに、無機質な、からっぽな、ニュートラルな、中間色の、富裕な、抜け目がない、ある経済大国が極東の一角に残るのであろう」

という声が聞こえる。

一九七〇年十一月二十五日、三島由紀夫自決のコメントをとるべく、K通信の文芸記者は鎌倉の高橋和巳に電話をいれる。

「三島さんのことなので、自宅にきてくれるなら話す」

ということだった。

玄関をノックすると、記者はでてきた高橋たか子の頬が、真っ赤な日の丸のような紅に染まっていることに一瞬ぎょっとする。

医者の往診中で、十五分外で待ってから、記者は家にあがる。

高橋和巳は布団に横になり、天井を見つめながらポツリという。

「『豊饒の海』を書き終わった三島さんは、もう書くものがなくなるのではないか。作家として三島さんはどうなるのか、心配だった……」

前年にはその三島由紀夫と対談をし、国立劇場で『椿説弓張月』も観たのでなかったか。

余命六カ月、インタビューを受け、高橋和巳は三島由紀夫に最期まで礼をつくした。行為と表現の合一において、二人にはまだ結論がついていなかった。

三島　高橋さんが根本的なことをいっちゃったけれども、言語表現の最終的なもの、もうこれしかないというもの、つまり、信じるということ——そういう信仰行為と、革命なりなんなりやるという行動とのあいだに横たわるおそろしい深淵みたいなもの、そういうものは全共闘の学生は頭がいいからわからないとは思わないがね。しかし、それにからだを賭けているのか、ぼくは聞きたいんだよ。深淵みたなものをほんとうに感じるということは大変なことなんだ。

高橋和巳・三島由紀夫対談『大いなる過渡期の論理——行動する作家の思弁と責任』

遠ざかる文学【12月15日（木）19時50分22秒】

インターネットの情報環流が、これまでの思考や感性の基盤を容赦なくひきはがしていく。デジタルなその場限りの風潮に静かにたちどまることもないまま、実在の光や影のうしろに言葉は淡白に薄らぎ、ブンガクが遠ざかっていく。

高橋和巳はもはやかえりみられなくなったのか。昭和文学史の一点の小さな灯かりになってしまったのか。さもありなん、「現実に対する認識方法」「内省の仕方」「一切の価値判断の根底にある価値座標の提示」といった長編小説が内包していた現実の深層も、いまとなっては耳ざわりになった。その後の人間の生活空間それ自体のデジタル化により、高橋ブンガクは静かに封印されてしまったともいえる。めまぐるしい速度の世に、多彩なメディアは奥行きもなく、あてこすりの文学的知性のしがらみにただほほえんでいるだけだ。

来年は没後三十五周年。歳末、『増補・高橋和巳序説』の整理中である。時代ときりむすぶ一点突破の正面戦をみすえ、邪宗門がきしみ、美の国が潰える。

二〇〇六年

鎌倉で花札【1月7日（土）22時23分50秒】

一九六九年正月二日。鎌倉の高橋家は年賀の客もなく静かだった。隣の首塚に、ときどき遊びにくる子供たちの声だけが、のどかに聞こえた。

高橋夫妻との花札は世に「バカッ花」と呼ばれるもので、

「それ、こい！　花見や、月見や」

と夢中になった。

高橋和巳はなんとも明るく、大阪のヤンチャクレの面目躍如だった。高橋たか子の札をめくる手つきもあざやかだった。

「勝ったたでえ」

と三百円ほどまきあげられた。

それは生駒宝山寺の雪の宿の徹宵で大負けした高橋和巳の巻き返しであり、われらの仁義なきたたかいでもあった。帰りの玄関で私はふざけ、

「それではこの決着は後日のことにして、失礼します」

と右手をあげ敬礼した。

「おお。またやろう」

と高橋和巳は笑いながらいった。

「そんなん、いいんやないの」

夫人は三百円硬貨の意味もわからずためらうようにいった。

その前年には米原子力潜水艦エンタープライズ、佐世保に入港。東京大学、卒業式中止。日大紛争激化。ケネディ大統領暗殺。小説には辻邦生『安土往還記』、藤枝静男『欣求浄土』、開高健『輝ける闇』、大庭みな子『三匹の蟹』、大江健三郎『核時代の森の隠遁者』、三島由紀夫『暁の寺』、評論に磯田光一『パトスの神話』、平野謙『「政治の優位性」と「文学の自律性」』、桶谷秀昭『高橋和巳論』、サイデンステッカー『川端文学の美しき矛盾』などがでていた。——鎌倉に住んで足かけ四年、高橋和巳の〈わが解

体〉までのつかのまの正月であったのだ。

銀座のレストランで【1月20日（金）23時10分12秒】

日が暮れて、秩父の山間部は雪ということだった。冷えこみがいちだんときびしい。夜半、風が轟々とうなっていた。眠りについて、脈絡のない夢にさいなまれた。夢幻の混沌のなかにまたおちていく。底しれない寒の内の憂鬱だった。

高橋和巳と東京で食事をしたのは四、五回である。ある日、夕闇にネオンがきらめきだした銀座通りを一緒に歩いていたら、むこうから背の高い、がっしりした方とすれ違い、二人は挨拶した。通りすぎると、いまのは小島信夫さんなんだよ、とおしえてくれた。

高橋和巳夫妻は銀座の並木通りにあるドイツ料理、〝ケテル〟を贔屓にしていた。ロールキャベツやソーセージ、またポークソーセージパイ包み焼きがうまかった。芝居帰りやちょっとしたことで案内され、ご馳走になった。

また、銀座千疋屋の二階のレストランは、豪華な大聖堂のように天井が高く広々していた。フランス料理にワインの味も格別だった。「対話」復刊六号（一九六八年夏季号）に発表した私の三五〇枚の小説がいいといってくれ、高橋たか子が一席設けてくれた。それは高橋和巳からの伝言であったというより、都会の洒脱な交流を楽しむ彼女のかがやきの一つであったのだとおもう。

一九四九年の学制改革により新制京都大学文学部に入学した高橋和巳はただちに京大文芸同人会を結成。これが改称されて京大作家集団となり、高橋和巳の文学運動の原点となった。構成メンバーはトロツキスト、社会民主主義者、アナーキスト、芸術至上主義者、デカダンなどで同時代の他の集団からは「近寄りがたい異端の集団」として見られた。

こうした灰汁のようにどろどろ議論するものは、生来、高橋たか子にはあわなかった。寄り合いのデカダンな文学志向は、まったく意に沿わず、耐え忍んだその関西をすてきってきたのだった。

東京の「モダンな飲み方とか上質な食べものとかで文学談話をする」ことに活路をひらき、新たな作家生活を開始していた。

苦くて濃い味のする長編【2月21日（火）11時23分10秒】

「毎日新聞」（二〇〇六年一月十六日　東京朝刊）のコラム「記者ノート」には、「体中を揺さぶられるような思いで読んだ」という『邪宗門』のことがとりあげられている。すなわち、「シュークリームのように甘い流行作家の中編小説もいいが、今は亡き作家が書いた苦くて濃い味のする長編小説もよいものだ。今から思えば、自分自身よりもはるかに過酷な運命に向き合う人々の生き様に圧倒されたのかもしれない」という。

近代文学は、いわゆるバブル、消費社会、ポストモダンなる一九八〇年代に終わったといわれる。冷戦とともに社会主義が終結し、「近代」の終焉が語られ、たしかにブンガクはもはや先端的な意味を持たなくなった。とはいえ、現実の文学作品は多彩なジャーナリズムの話題とコマーシャリズムの評判で量産されている。それが、「シュークリームの味」であるかはともかく、インターネット時代のネットやメールの普及が読書時間を奪う方向に働くものの、ブログが即座に本になる時代だ。

情報の波に翻弄され、ためらいながらも、じっくり『邪宗門』をひきよせる。

うざい全共闘【4月27日（木）21時12分30秒】

つい先だって風が横なぐりするばかりに吹き荒れた。

武州小城下の雑木林が轟々と鳴った。町の通りを吹きぬける強風も砂塵をまきあげ、唸り音をあげた。花嵐に老身がいささか狂っていくようだった。

オンリー・イエスタディ。あの頃、なにかが炸裂しようとしていた。魂のバリケードが、ひっそり崩れようとしていたのかもしれない。青春のラディカリズムに、なにかむしょうにやるせなく、切なかった。痛切な心のなかでわだかまり、あまりにもずっしり重かった。六月の雨も、紫陽花の花も、遠いはるかな痛みの彼方にはてようとしていた。

文藝春秋のオピニオン雑誌「諸君」三月号小特集は「全共闘世代が日本を滅ぼす」で、「全共闘世代よ、早く消え失せろ」、「あんたたちが『下流社会』化の元凶だ」という。

いわゆるこの団塊・全共闘世代は、没個性、徒党を組む。異質の排除、リーダーシップの欠如、無責任な体質、被害者意識、過剰な意味づけなどのレッテル通りで、アナキズムの洗礼をうけて国家意識が欠如している。

つまり、こういう日本をダメにした連中が定年延長をさけび、還暦後ものさばるのは百害あって一利なし。同じく学会アカデミズムにおいても、かつての左翼スタンスで、いまやステレオタイプ化した台詞しか吐けない。「己の過去を美化するあまり、いまだに反権力をさけぶだけの年寄りはうざい」と論破している。

そして、現在の高度情報化社会の豊かな良質の暮らしのなかで、かつての全共闘世代は愚昧な官僚的な立場を固執し、国家観、歴史観の喪失者として、まぎれもなく「うざい」存在になっているという。

若い世代からは、「自己弁護的な新左翼おじさん、あんたたちが〝下流社会化〟の元凶だ」といわれ、気分は全共闘でも、現在の保守論壇を席巻している、というのである。「全共闘世代」を十把一絡げにすることはできないにしても、いったいこの場におよんでなにが「反権力」であるか。いったいなにが「ポストモダン的な混迷状況」か。「歪んだ世界像」を刻印されているこれらの一群。つまり、無節操に増殖する文化左翼によってささえられた文学者などんの意味があるだろうか、ということになる。

高橋和巳は、六〇～七〇年代、それらの世代によって愛読されたのであった。

バリ祭、反大学、時計台の陥落、百万遍カルチェ、今出川解放区の壊滅――若者たちの叛乱とともに、高橋和巳の〈暗黒の風景〉がひろがる。わが哀愁と孤独の饗宴。

憂鬱なる時代を駆けて【5月17日（水）23時01分25秒】

晴れ。新緑にもえる日々。だが、五月は憂鬱の凶々しい協奏曲だ。絶望的俗物時代に、老いぼれはいささかくたびれたブンガクにしなだれかかる。

『憂鬱なる党派』は五〇年代、革命理論の世界に賭ける青春群像である。その一章一節が、深く己の人生を切りきざむ。たしかに「真剣に自分の青春の生き方と重ねて読んでいた青年学生が多数いた」のだった。

そう、六〇年安保闘争の余韻が残る学園で、それら登場する一人一人の言動が己の生き方として問われた。文藝賞で登場した高橋和巳がわれわれの身近な可能性のブンガクの問題としてとらえられていった。

脳天気な知識人たちの世渡りをむこうに、ブンガクがそのままラディカルな生き方の問いかけとなっていた。戦後民主主義や、知識人の欺瞞の告発は、それ自体が表現者の孤独なたたかいだった。その歳月をかけた思想と現実が合致しえないとき、不幸にもそこに本質的な洞察がふくまれていたのだといえる。高橋文学における〈人間存在の根源〉には心情的ラディカリズムが強く脈打ち、それこそ、いってみれば楽天的な平和革命に対する肺腑をえぐるべき一つの凶器であった。

現在、文学史的に、「高橋和巳は左翼陣営作家」として封殺されている。呪いのブンガクはポストモダンやサブカルチャーによる悲喜劇により、商品流通の底なし沼であえぐ。もとより学者業界はその発掘作業も避け、苦闘解体のブンゲイ趣味は場当たりの仕込みと感想だけでお茶をにごしている。従来の思考回路がリセットされ、新たな表現のツールが問われようとしているのだろう。

各個に破壊してゆくこと、各個に破壊させることが、いま必要だ。破壊こそ、おれたちに残された最後の理想だ。その最後の理想を裏切らないですむために、力を貸してくれ。一度だけ力を貸してくれ。

『憂鬱なる党派』

白いワイシャツ【6月12日（月）22時12分14秒】

七〇年安保闘争へと学生運動は日増しに過激な様相を呈していた。

一九六八年一月、東大医学部に端を発した学生運動は、その後、東大の無期限ストに発展。そこからしだいに早稲田、日大へと拡大していく。この年、全国大学百十六校で紛争がおきた。翌年、京都の各大学にも連鎖的に発生。まず一月十六日京大寮闘争委員会が交渉決裂。机、椅子でバリケードをきずいて乱闘、学生部を封鎖占領。同月二十一日、京大正門前で流血の惨事。同月二十七日、京大全共闘、時計台のある大学本部を封鎖。三月二日、京大教養学部構内が強制捜査。機動隊三百人出動。角材、鉄パイプ、火炎ビン、灯油など押収。乱闘事件につき、凶器準備集合罪、暴力行為、傷害容疑を適用し十人逮捕。九月二十二日、全共闘の砦である京大時計台をめぐるはげしい攻防二十九時間。放水、装甲車十数台、数百発のガス銃。ヘリが空中をとびかい、水と火柱と怒号の戦乱の後、陥落。同時に百万遍解放区も陥落した。

高橋和巳をして「若者たちのアイドル」、「苦悩教の教組」とかつぎあげたのはいったい誰だったのだろう。京大闘争において、ある日、突然、バリ祭なるものがおこった。GO・GOリズムが爆発し、耳をつんざくばかりに鳴った。それが武装蜂起した祭りの第一弾だった。苦悩する現代の青春そのものに黒のジプシーたちがかなでるラディカルミュージック。異色のバンド水谷孝ひきいる「裸のラリーズ」が、天をも轟かさんばかりに熱狂的にうたいまくった。そして保釈中の荒木一郎がギターをもち、ゼロ次元などアーティスト集団によるハプニングやヒッピーが、全国からおしよせてきた。たちまち、バリケードのなかは怒濤と狂乱の舞台となっていった。

研究室で期待の流行作家は苛立った。

河出書房のほうの作品集の遅れに追いこまれていた。その打ち合わせの編集者は尋常でなく、手厳しかった。そばで聞いているだけでもちょっと耳をかしげた。

その夜、高橋和巳につれられ、祇園のお茶屋の〝岡あい〟にあがった。

お座敷には芸妓が二人よばれ、その島田髷の引摺りに詰袖の着物、水白粉による化粧もあでやかだった。

「おい、飲め。お前にはこういうお妓さんの美がわかるか」

「……」

「え、わかるか……」

「……」

　高橋和巳はいつになく、からんできた。こんなことははじめてのことだった。昼間の屈辱を祓いのけるようにぐいぐい飲んだ。そうか、高橋和巳もこういうお座敷にあがり、遊ぶようになっているのだ、ともおもった。

　当初、恩師の三顧の礼で京都大学文学部助教授にむかえられた高橋和巳は颯爽としていた。北白川の仮寓で単身赴任ながら、いつも糊のきいたパリッとした白いワイシャツに黒のスーツを着こなしていた。

　ある夜の飲み屋のカウンターで、なにかの話の流れから、若い者を十人、二十人集めて合宿研究会を持とうという話になった。朝早くからジョギング、体操。徹底的に、まず身体をきたえる。講義は文学、哲学、思想。真剣に取り組む。

「脱落者は容赦なくきっていく」

　と高橋和巳は真剣にいった。

「まさに高橋塾ですね。論語をよみ、クラウゼヴィッツをよむ……」

　調子にのって私はいったのだが、なぜここに『戦争論』のクラウゼヴィッツがでてきたのだったか。

　おりしも、浄土寺馬場町の梅原猛邸が空き家になっていた。

「よし。ここがいい。梅原さんにはさっそく交渉してみよう」

　鎌倉から京都にもどり、京大助教授をつとめ、執筆し、「対話」の会も順調にこなし、いままた新たなおもいがつのっているようだった。学費・学館闘争にはじまった全学運動より教室がなりたたず、大学教授の独立した私塾があちこちで噂されているときであった。

　かえりみるに、これは三島由紀夫の「楯の会」の武闘憂国派の動向を向こうに、昂揚した高橋和巳の絶対の探求としてのブンガクの発現であったのだろう。

　その後、この高橋塾構想は具体的になにもすすまぬまま、私は京大の広い研究室にまたたちよった。

　時間になると、高橋和巳は白いワイシャツも清々しく、

「ぼくは授業があるので、これからいきます。二、三時間で終わる。必ず待っててくれ」

　とそれまでの表情から、急に緊張した口調になっていった。

　しばらくぼんやりしていた。

　しかし、なすこともなく、研究室をでるとぶらぶら河原

町まで歩き、友人を誘うとまたいつものことで飲み屋の暖簾をくぐり気炎をあげた。授業が終われば、高橋和巳はいろいろと次のやることもあるだろう。遠慮することが礼儀だとおもったからだ。

しかし、それがあとになって、井波律子にあったら、

「あのとき、どうしてもどってこなかったの。ずっと待ってたのよ。先生、あいつは必ずくるって、遅くまで待ってたのよ」

といってこっぴどく叱られた。

高橋和巳の授業にでている院生の井波律子の泣きだすように小さな声がきびしかった。

同研究室助手の吉田富夫は、後年、「高橋和巳は含羞の人であった」(『高橋和巳全集』第十七巻月報)という。〈含羞の人〉とはご愛嬌だが、その学生運動に加担すべく臆面もなくけしかけ、自己否定の衝動にさらに輪をかけておきながら、なにをかいわんやである。

追悼講演会【10月18日(水)10時50分11秒】

劇団現代劇場は一九六二年十二月、「創作運動を基本路線に幅広い舞台活動を展開」することとして、小松辰男を主宰に結成された。

その現代劇場の第一回公演として一九六三年六月十五日、太田代志朗作『小喝食』が京都・祇園会館で公演された。「一幕四場。半僧反俗の永遠の美少年を象徴する能面〝小喝食〟をかり、一組の恋人たちと老人、狂女を登場させて、能形式の演出で愛情について追求する」(「京都新聞」一九六三年六月二十六日号)ものだった。

その後、小松辰男はダンスポエム、詩の朗読、コンサート、映画会など洛中洛外の前衛の騎手として精力的な実験をつづけていく。あわせて京大西部講堂の運営委員として、スキャンダルな芸術の祝祭をつぎつぎにはなっていった。

高橋和巳没後、京大の時計台ホールで埴谷雄高、吉本隆明、井上光晴、真継伸彦らによる追悼講演がおこなわれた。それはなんでも「精神のリレー」ということで、その講演が終わり、埴谷雄高らが付き添いの編集者と先斗町〝梅鉢〟の座敷にあがったようだった。そこには小松左京ら一部の「対話」メンバーがいたようだが、当方への連絡もなく、ずいぶん流れが変ってきているのだなとおもった。

小松辰男に誘われ、高瀬泰司の〝白樺〟の店にいくと、そこには高橋和巳の遺影が額に飾ってあった。

「高橋和巳の講演が時計台ホールでおこなわれるのも、これが最後さ」

京大全共闘や西部講堂の事業プログラムの資料を横に、高瀬泰司と小松辰男が示しあわせるようにいった。アナー

キーな熱狂の時代が去ろうとしていた。

二〇〇七年

「対話」復刊号について【1月26日（金）22時05分16秒】

第二次「対話」は次のように発刊されている。
第五号（一九六六年六月）
第六号（一九六八年八月）
第七号（一九七〇年三月）
第八号（一九七一年十二月）

各号の編集については、高橋和巳研究会でネット公開しており、重複するがあえてここに掲出しておく。

第五号　一九六六年六月二十日発行

Ａ５版本文一〇二ページ。印刷は神戸刑務所。表紙は二色刷りで、プトレマイオス天体図をのせるというリトル・マガジンばりの知的冒険だった。編集実務の段階でなんとか、斬新な編集、装丁、レイアウトの雑誌をつくりたいとおもった。校正、また発送・献本作業にもあれこれ難儀した。大阪キタの旭書店にでかけ依頼、売れもしない雑誌コーナーに置いてもらった。

第六号　一九六八年八月二十日発行

本文二〇二ページ。鎌倉へいっていた高橋和巳が帰洛。読書会、会合と活発におこなわれた。

今度、私が京都にもどってきたので編集に参加することになった。初期の同人が、それぞれ極度に多忙で、読書会にも欠席がちであり、この雑誌にも多くは稿を投じられなかったのは遺憾だが、幸い一世代若い人々の協力をえて、再出発することにした。掲載する作品のすべてが、完全に意に満ちているわけでないが、活字にすること自体が書きてにとって最大の励ましであり且つ鞭となることは、世代を問わぬ心理であろう。

高橋和巳・編集後記

第七号　一九七〇年三月十日発行

本文一一六ページ。この第七号が発刊されたとき、高橋和巳はすでに倒れていた。

去年の一月からはじまった京大の学園闘争と、その渦中で倒れてしまった病弱さのために、対話の会の月例の読書会もこの雑誌の編集も、ほとんど橘君、太田君にまかせっきりになってしまった。予定していた私の原稿も出来ずじまいである。短い文章でもと推めてくれる声もあったが、もう十余年も前になるこの雑誌のスタートの際に、雑文で顔だけそろえるといった形式的なことはしないという決意表明を、当の私自身がしていて、病気に甘えてその約束ごとを反古にすることはできない。（略）次の号には全力投球的な作品をよせたい。この雑誌こそが、私の、私たち友人の本来の舞台なのだから。

高橋和巳・編集後記

第八号　一九七一年十二月三十日発行

高橋和巳追悼号、本文二三八ページ。十月はじめに編集。三昼夜、涙の編集となった。座談会の原稿は整理・アレンジし、タイトルも考え、考えたすえに「高橋和巳の青春とその時代」とつけた。「日本読書新聞」に小さな広告をだしたら、購読申し込みが殺到。一〇〇〇部発行が飛ぶように売れ、まだ注文の問い合わせがあった。

五月の憂鬱党【5月3日（木）6時40分31秒】

花が散って、初夏の陽気になった。

孤独な鳥は高く飛ぶ、仲間をもとめない、嘴を天空にむける、静かにうたう。

毎年五月になると憂鬱になるが、若葉の美しい季節。晴れわたった日にふいてくる風は、あふれる光と匂いにみちている。

よく「対話」の会合のあと、くだらぬことで激論した。若いモラトリアムのなかで取っ組みあいになることもあったが、高橋和巳とはみんな一緒にヴィヨロン、ぶるぼん、彦九郎、蘭とまわった。そして、きまって権平のうどんが最後となった。

――きらめく五月の陽を浴びながら、他愛もなく憂鬱党はいつも沈みきっている。わざと深刻な表情をつくっているわけでないが、どうしても陽気にふるまうことができない。それが、三日、四日。一カ月、二カ月。いくら首をかしげても、なぜこうなってしまったのかわからない。気がつけば十年、二十年。忘却のブンガクをとりよせる。そしてかくかくしかじかと、とりもなおさず、この不逞にして、なお、高橋和巳が精神のレッスンの場であり、文学的個性の実験場としてあるということはうたがいないのだろう。いや、もうそんな心情回路のほざきもこれくらいにして、いさぎよく退転するのも一興か。

澁澤龍彦展――幻想美術館の夢【5月9日（水）22時10分46秒】

初夏の酷暑の一日。埼玉県立近代美術館の「澁澤龍彦

――幻想美術館」にいってきた。

サドの研究者として過激な芸術文化の先導者は、わが六〇年代青春を切り裂いた。文学・演劇・美術なる美とエロスの宇宙が鮮烈に火花をちらした時代。サド侯爵における暗黒の永久革命をかかげる戦闘的な存在論に、われわれはまた狂気の夢を託しながら、はげしくも残酷なまでに酔っていたのだ。文明解体という危機と絶望のパースペクティブ、美学の体系の崩壊する無限の未来の任意の一点におき、わが思想の洗礼としてのエロティシズムの祝宴であった。

幻想美術館には澁澤龍彦が好み、称賛した東西のおびただしい美術家たちに焦点があてられ、その美的史の全体像があきらかにされる。モロー、ブリューゲル、デューラー、ルドン、ダリ、伊藤若冲など出展作品約二百五十点が展示されていた。

おもえば、当初、高橋たか子の原稿を数百枚コピー、また火山の麓で自殺する小説の材料の問い合わせがあったりした。

二人のあいだにいろいろな噂が飛び交っていた。高橋たか子は澁澤龍彦邸の集まりに、よくでかけるようになり、マンディアルグ『大理石』の共訳もある。そうしたなかで、その高橋たか子と銀座で会った。一夜、澁澤龍彦から大きなパールをもらったので、それを指輪にしたいと一緒に和光に立ち寄った。その銀座四丁目から日比谷にでると、なにやかやの話で夢中になり、気がつくと皇居を一周していた。執筆や打ち合わせのために目黒にマンションの一室を借りているようだった。フランスにゆくというとき、高橋和巳の女性問題に関する相談もうけていたが、私は高橋和巳の弟子であり、甘える気持ちをきちんと抑えた。

その数日後、新宿の映画館に誘われ、ルキノ・ヴィスコンティの『山猫』を一緒に見た。どうしても封切りを見ることができなかったということだった。映画は統一戦争にゆれる一八六〇年のイタリアが舞台。没落する貴族と新しい時代へむかう若者を描いた一大叙事詩である。絢爛の最後の舞踏会は、栄光と誇りに生きた老公爵の哀愁をにじませる映像で息をのむように鮮烈にせまった。

それから、また、連絡があり、

「唐十郎の状況劇場を澁澤さんと見にゆくので、あなたもぜひいらっしゃい」

澁澤龍彦と二人で、評判の演劇や前衛舞踏を見にいっているようだった。

その後、高橋和巳が亡くなり、一、二度、黒川紀章設計による瀟洒な新居にうかがった。天井の照明が自由なダウンライトを面白そうに操作し、裏に小川が流れ、平山郁夫画家の家が木の間がくれに見えた。

かくて、高橋たか子は本格的な作家生活にはいり、深い信仰の道をえらぶ。カトリック作家は襤褸の衣服をまとい、エルサレムの砂漠や海辺の町をさまよっていったようだった。私はもう鎌倉にゆくことがなくなるようになっていた。


小田実を悼む【8月1日（水）20時12分42秒】

七月三十日、小田実が東京都内の病院で亡くなった。七十五歳。

おもえば、鎌倉における高橋和巳の野辺の送りで、小田実はその巨体をかがめるようにして、

「高橋と雑誌をやっているんでしたね。なにか手伝うことがあったらなんでもいってよ」

と気軽に声をかけてくれた。

私は高橋和巳の幼友達の戸田円三郎と火葬場で一緒になり、骨をひろって骨壺におさめたのだった。

その後、小田実に直接お目にかかることはなかった。季刊「人間として」高橋和巳追悼号では小説『白く塗りたる墓』を理解し、評価した小田実の高橋論が印象的だった。小田実が高橋和巳のためにガンの特効薬を自ら持っていったことなども仄聞していた。

先立って小中陽太郎から案内のあった映画&コンサート（会場：東京・内幸町ホール）は、実のところ小田実激励の会だったのだろう。小中陽太郎からはよく小田実論を聞かされてきた。一夕、日本ペンクラブの会議室で、ベトナム脱走兵のことやＮＨＫ制作の『しょうちゅうとゴム』（小田実原作・小中陽太郎演出）などが上映された。


ゆききする人の影に【9月21日（金）10時02分】

観念と現実のあいだ、動機と行動のあいだに影が落ちる。無形の姿、無色の影、動かない身ぶりで夜がくる。

「対話」第一次メンバーの石倉明は、合宿で生駒や奥吉野の宿では、よく古代史論を聞かされた。そこに小松左京、福田紀一がはいると、さらにその輪が大きくふらんで面白かった。

「対話」復刊第一号がでたとき、勤め先の大阪堂島の毎日新聞社をたずねると、「あんまり協力でけんかった。ようやってくれた」とＯＳミュージックにつれていってくれ、またキタの酒場で飲んでいるとき、「小松んとこゆこう」とタクシーに乗り、箕面の小松左京邸にいったこともある。

寡黙な荒井健は興に乗じると、裸踊りをするということだった。だが、生駒〝たき万〟でみんなが騒いでいても、一人黙りこみ平然としていた。

「君がのぞむなら、杉本秀太郎のとこ、いつでもつれてっ

てやるよ」

といってくれたが、そのままになっていた。

『北の壁』や『白い塔』が芥川賞、直木賞にノミネートされた北川荘平は「VIKING」のほうが主力のようで、「対話」の会合にきてもいつも冷静に、大乗りするということではなかった。

「感官の狂乱を通じ、不条理と実存のイリュミナシオンの文学を志向することこそが、六〇年代青春の総決算だ」

と文学研究会で発言すると、

「いや、それはむつかしい」

研究会講師の野村修は、なぜか不機嫌そうにぶすっとしてこたえた。

澤田潤が、どうしてか祇園のクラブによくつれていってくれ、店には学者やタレントの提灯がいっぱい吊りさげられていた。

その流れで会った生田耕作に、

「ぼくは高橋たか子の騎士《ナイト》でありまして……」

とほざく若者に、生田耕作は黙って酒を注いでくれた。

さらば、京都百鬼夜行のホモソーシャル【10月26日（金）22時01分30秒】

秋雨がはげしく降っている。

雨の日はジャズ喫茶がいい。平岡正明『昭和ジャズ喫茶伝説』（平凡社）の強烈なダウンビートがひびく。ここにはすべてのイデオロギーの前衛神話をむこうに、ジャズの世界観を展開、たからかに笑い飛ばす力の根源がある。この六〇年代をかけぬけた高らかなダンディズムに感服する。

「バーボンが匂った。俺は匂いの党派性に敏感だ」と暴動の統一戦線的世界革命の立場にたつ明解きわまりないマニフェストぶりがいい。

劇団現代劇場の小松辰男は、京都の兇状持ちとみまがうアバンギャルドな祝祭の舞台を展開していた。鯛がいた、田辺がいた、北角がいた、奥野がいた、秋山がいた。みんな若かった。京都百鬼夜行のホモソーシャルの華やかな爆音だった。

そして、あれはいつのことだっただろう。犯罪者同盟は一網打尽にされ、発売禁止の『赤い風船』をもった早稲田ブンドの片割れが入洛した。

足立正生の話題作『鎖陰』は日大映研の実験的作品で、これが京都にもちこまれ祇園会館で上映がきまり、そのことで誘われるまま四條の酒亭〝静〟にいくと、おもいもかけず栗田勇がそこに座っていた。

ときは蒼ざめ、巷のほそい迷路をぬけ、酔いどれのように流れる。ミシンと洋傘との手術台の上の、不意の出会いのように美しいマルドロールの歌のなにかもわからぬに、いま、なおも汚辱の詩句がのしかかる。

平伏せよ、人類よ。
血が怒濤となって身体じゅう流れる。
やっと、現実がうつつの夢をやぶってくれた。

栗田勇訳『マルドロールの歌』

座談会原稿の行方【11月13日（火）20時12分41秒】

『憂鬱なる党派』は河出書房の書きおろし長編小説叢書1として、一九六五年十一月に発行された。手元の記録によれば、座談会『憂鬱なる党派をめぐって』はその翌年、一月十四日、鴨川沿いの老舗料理旅館〝鮒鶴〟でおこなわれている。出席は石倉明、橘正典、豊田善治、それに太田代志朗、谷村義一、林廣茂、平田利晴。当夜の座談会のテープを早々に私は起こし、原稿五十枚にして、鎌倉の高橋和巳に送った。

「見ておくよ」といった闘病中の高橋和巳はあえなく入退院を繰り返した。

そして、高橋和巳一九七一年五月逝去。座談原稿は「対話」八号の高橋和巳追悼号にのせるべく探索したが杳としてわからずじまいだった。その後、高橋和巳の蔵書関連の一部は、東京・駒場の日本近代文学館におさめられたという。高橋たか子著『この晩年という時』（講談社）によると、その他の蔵書関連はダンボール箱につめられ高橋たか子、鈴木事務所にひきとられた。

では、その他の高橋和巳・関連資料はどこにいったのか。行方のわからぬ貴重な座談原稿は隠匿され、消滅してしまったのか。まことに無念きわまりない。そこには『憂鬱なる党派』に関する周辺の動きがリアルに論議検証されていたのである。

現在、高橋和巳の旧蔵書や原稿・草稿類は、日本近代文学館の高橋和巳文庫となっているようだが、情っぱりの老生はまだなにもあたっていない。

読んでやるわ【12月12日（水）21時50分21秒】

その頃、ブンガクが血をはいていた。

なにがあんなに面白かったのだろう。高橋和巳の小説を熱狂して読んだのだった。カミュの不条理な太陽が眩しい日々に、京嵐がいつも町を吹き荒れていった。一日、いつもの歓談のなかで、高橋和巳はなにかの話の流れで、

「おい。わかるか。おれは書いてるんだ。女も、愛のことも、ちゃんと書いてるんだ。甘美なる小説を書いてるんだ」

お前のこんどの小説、このひとときは風にみち、いや、

これタイトルが長い。長いんやわな。よし。聞け。読んでやるわ。そういって、高橋和巳は自分の『わが心は石にあらず』の本のページを開き、おい、おれは愛の小説を書いているんだ。わかるか。愛の小説だ。なぜ彼女は涙を流したのだろう……。そして、みんなの前で滔々と読みだすのだった。


「わたし、きっと苦しむわね」

　女の唇は子供のように薄い感じがした。それは、意外に強い彼女の腕の力と対照して、私には清潔な喜びと罪の意識とを同時に覚えさせた。そして、彼女は微笑しておりながら、不意にぱらぱらと大粒の涙を流した。何故、彼女は涙を流したのだろう。


『わが心は石にあらず』

二〇〇八年

奥鬼怒の雪【2月21日（木）12時23分50秒】

深山の隠し湯といわれる八丁の湯で三日ほど過ごした。雪の積もった渓流沿いを散策して宿にもどると、また酒を飲んだ。それも〝奥鬼怒〟という銘柄で、昼酒はことのほか腹にしみ、酔いがまわった。おれは、いま、鬼のように乱れ、鬼のように怒り狂ってゆこうとしているのかもしれない。

ひと眠りして、ふらりと湯殿におりていき、露天風呂につかった。夕食には鹿鍋をつつき、山の味覚を堪能した。宿の夜がふけ、廊下の柱時計が侘しく鳴った。深夜、缶ビールを片手に、またぼんやり湯につかっていると、チラチラ雪が降ってきた。真暗闇の天空から、恩寵のような雪が舞ってきているのだった。

山河に行き暮れようとして、いつも岐路にたたされてきていた。もっと己に素直になればいいのだ、となぜか祈るように切なくなっていた。なにも苦しむことはない。この年になって、なにもおもいつめることなんてないじゃないか。

翌朝、帳場の前を通りかかると、宿の当主がいたので、

「夜遅く、湯にはいっていたら、春の雪にあいました」

といって顔をむけると、

「そりゃ、よござんしたね」

当主はかけていた老眼鏡をおもむろにはずした。

ここのところ、三年ほど下界にはおりていませんのや、と磊落な当主は山にこもり、もっぱら猟や釣りにまわっているとのことだった。

その夜の湯にも雪が舞った。もう、あれから花札はやっ

ていない。

桜に幕、菊に盃で花見酒や。芒に月、菊に盃で月見一杯や。いや、そうじゃないんだ。フケること。絶望、破滅になってなにもかもゼロにすること。フケて、フケまくって、そこから一発逆転や。それが〈思想的根拠〉や。

高橋和巳が遠い雪灯りの宿でさけんでいた。


岡部伊都子の古都【4月30日（水）10時22分】

岡部伊都子が亡くなった。おもえば、「対話」の読書研究会にその『古都ひとり』がとりあげられ、当日、岡部伊都子は着物姿であでやかに参加された。岡部伊都子の古都巡礼の調べにはかねて魅かれてきていた。

新作能『自天王』を発表し、その掲載誌をおくったら、「よくもこの奥吉野の悲劇をまとめられましたね」と激励された。

自天王とは足利幕府に虐殺された後南朝最後のプリンスのことで、これにかかわる伝説は花の吉野、山奥の神秘境、岩窟の奥に隠された神璽、雪中より血をふきあげる王の御首と、いまなおふかい伝説につつまれている。

ほどなく、新刊の『こころの花　能つれづれ』（桧書店）を恵与され、そこには自らの近況に関した何枚ものスクラップが添えられ、「蔵書は幸いなことに、大阪府立図書館がひきとってくれることになっている」ということだった。

「対話」の会は、このほか梅原猛『地獄の思想』、鶴見俊輔『朝鮮人の登場する小説』、真継伸彦『光る声』を読書研究でとりあげている。場所は円山公園のなかにある料亭〝いふじ〟で、豪華な料理はとらず、いつもお茶だけで二時間、三時間とやった。著者参加で、そのアレンジはすべて高橋和巳がおこなった。


嵯峨祭り、古川修【5月15日（木）12時09分50秒】

晴天。紫蘭や姫百合が花咲き、青葉若葉がきらめく。

古川修は京大理工学部の院生時代、高橋和巳の研究室や吹田のマンションをたずねている。かねて私淑していたようだった。ドストエフスキーの会では田中博明とよく論じあったらしい。

一年休学し、深津恭二の筆名で『四カ月』三〇〇枚を発表。S製作所に勤め、長く中国に赴任していた。「対話」の会後半の記録は彼が残してくれた。「対話」七号に載せた「文化防衛論批判並びに現代文化論序——技術主義について」は、読書会で大きく論議された。

その学究肌の古川修著『嵯峨祭の歩み——その起源・構造・変遷』（京都新聞出版センター）が発刊された。本書は謎だらけの嵯峨祭を明らかにする。京都・嵯峨地域は、五月第三日曜日の神旅所、同月第四日曜日の還幸祭などでにぎわう。六百年つづいているものの執行する社寺の関連など不明な点が多いという。この嵯峨祭の起源を平安時代の清涼寺の〝惣社祭〟であると推論、『明月記』や『康富記』など史料にあたるとともに、海外に流出した貴重な「嵯峨祭絵巻」をとりよせるなど、長年の研究調査がつづけられた。京の歴史の闇のなかから嵯峨祭の全体像が鮮やかにうかびあがってくる。

いつだったか、古川修と林廣茂の三人でつれだち、高雄の神護寺を散策した。全山、紅葉の真っ盛りだった。その夜、嵯峨野・厭離庵際の古川宅で夜を徹して飲んだ。翌朝、国際派の林は9・11同時多発テロで倒壊したニューヨークに発ち、私はぶらりと丹後宮津をたずねた。

偲ぶ会　【5月21日（水）23時01分22秒】

五月連休といっても、どこへもゆかなかった。家の近くの城址公園を散歩して帰ると、急に淋しくなった。体力や気力は確実に衰えてきているが、あわてず、たじろがず、ふさぎこまずと自戒しながら、なぜか奇妙な明るさのなかで依怙地にわだかまっている。

高橋和巳七回忌は高橋家から案内状をいただいた。

謹啓　陽春の侯、つつがなくお過しのことと存じあげます。

さて、今年は、高橋和巳の七回忌にあたりますので、故人の親しい方々にお集まりいただき、粗餐ながら中食を共にする機会をもちたいと思います。

ご多忙とは存じますが、ご出席いただければ幸いでございます。敬具

記

日時　五月三日（火）一時半

場所　無量庵（東京・港区赤坂・電話五八三－五八二九）

昭和五十二年四月三日　　高橋和子

〝無量庵〟は東京の普茶料理の名店、京都宇治の黄檗宗総本山萬福寺につたわる精進料理で、魚や肉は使われていないことでしられていた。大広間に車座になり、埴谷雄高、中村真一郎、篠田一士、井上光晴ら三十人ほどの集まりだった。私はA新聞社の知友しかいなく、しかも彼とは席が離れ、終始黙ってみなさんの話を聞いていた。

その後、高橋和巳を偲ぶ会がおこなわれ、河出書房の飯田貴司からでたほうがいいと電話があり、三、四回出席し

た。新宿の中華店にいったときは、
「あなた、小説を早く、しっかり書きなさい」
といってくれた三枝和子など作家連がたくさんきていてびっくりした。

当初の「対話」の若い世代の高橋和巳直系の者は誰もいなくて淋しかった。「対話」関連で復刊時には一回もでてきていない顔があった。小松左京をのぞいて、彼等は高橋和巳没後、文芸ジャーナルの周辺でピックアップされ、その友人としてもてはやされているようだった。

当方は、高橋和巳がいたからこその第二次「対話」メンバーであり、とまれ、書くことだった。昂ぶる気持ちに沿いながら、書いてゆくこと。その道に殉じることであった。

高橋和巳のもとでブンガクをにらみ、ひそかに想を練っていたのだ。なんのために小説を書くのか、いったい筆一本で生きるとはどういうものか。そういう処世を聞いたわけでないが、それなりの覚悟のもとでやっていたつもりだった。高橋塾の「京都の若い文学青年たち」の作品デビューは、まださきのことであったのだ。

高橋たか子は中村真一郎と一緒に現れ、見合わすことなく、すぐ帰っていった。

原宿の〝南国酒家〟でおこなわれたときは、河出書房の金田太郎氏が
「いまの若い編集者はドストエフスキーすら読んでいない。こんなことで文学がわかるか。高橋和巳の書きあげた原稿を、坂本一亀は泣きながら読んだのだ」
といっていたのが印象的だった。

二十五周年出版記念祝賀会【9月2日(火)23時41分05秒】

初秋散歩によし。ものおもう秋になりたり。

一九九一年六月、高橋和巳没後二十周年として梅原猛・小松左京編『高橋和巳の文学とその世界』(阿部出版)が発刊された。

同書には、梅原猛「高橋和巳の人間」、小松左京「笑う高橋ともう一人の高橋」、辻邦生「高橋和巳のために」、高城修三「我これを如何せん」、伊達一行「『邪宗門』への思い」、井波律子「美文の精神――高橋和巳と中国文学」、それに梅原猛・太田代志朗対談「高橋和巳の文学とその世界」などの内容で、まさに、「比類なき志のなかで、真摯に生き、逝った〝内部の友〟へ、いま、悲憤と哀しみに醒めゆきて捧ぐレクイエム」(同書帯コピー)であった。

当初から私は編集企画に参画していたのだが、版元のスタッフがこの企画を挨拶がてらに高橋和巳論を書いている文芸評論家にもっていったら、自分が主に執筆できない本には協力できぬと、にべもなく冷たくあしらわれたという

ことであった。また、文芸ギョーカイには、なにか聖域があるようで、はなからこの出版企画は反発をくらっているようだった。いや、そんなことはどうでもいいのだが、晴れて出版記念祝賀会は同一九九一年秋、京大楽友会館でおこなわれた。

来賓に梅原猛、岡部伊都子をむかえ、「対話」同人三十人が集まった。

小松左京は出席できないということで、出欠についてはは石倉明にお任せし、当日、私は会場設営にあたった。同書はそれなりの話題となっていたが、なぜか、その祝いの会の雲行きがしだいにあやしくなっていった。

会がはじまり一時間くらいたってか、挨拶の順番のまわってきた一人が立ちあがるなり、

「この本はいったいなんなのか……」

と一気にまくしたてる。

「特定の者にはページが多くあり、その他の者にはページが少ない。こんなものに書けるわけがない……。そうだろう。失礼なことだ。許せない。いったい、なんなんだ。いったい誰がやってるんだ。この本は……」

あまりの見幕に、せっかくのお祝いが台無しになった。「対話」の二段構造なんて、そんな耳ざわりなことは考えたくもないが、ことの悲喜劇のなりゆきだからしかたがない。それがまた、人のつながりが生みだし、葛藤するブンガクの磁場ということなのであろう。

高橋和巳の力でこそ、同時代のブンガクも知性の根拠もあり、同人メンバーの切磋琢磨があったのだった。それはわれわれにとって、実に濃密な季節であった。だが、高橋和巳没後の状況はこれまでの「青春とブンガクの内幕」をあばくにもって、荒ぶる魂を鎮静させる仕掛けなんてものがあるわけでもない。そして、ご時世がらのことであったのだろうが、「対話」第一次メンバーは、同士の発言に、肯定も否定もしていないようだった。出版企画自体への批判と不満をこめ、執筆依頼がなかったのはなぜか。また割り当ての原稿数枚が少ないのはなぜか。その言葉に一つ一つ棘があった。

それなら、世代のちがうお前さんたちが好きなものをつくってだせばいい。啞然とし、私は言葉がつまった。はなはだみじめなことだった。

心こめた没後二十周年の企画はよろこんでもらいこそすれ、なにもいわれる筋合いはない。矢面に立たされ、私は閉口した。神経こまやかに、トリックスターまがいに雑役もひきうけてきたのよ、とうつむいていた。年甲斐もないくりごとなど、聞きたくもなかった。

すると、そのとき業を煮やした高城修三がやおら立ちあ

がり、

「黙れ。なにをいっとるのか……」

と右手に持った空のビール瓶を勢いよくテーブルにたたきつけた。けたたましい音に破片が飛び散った。

「さっきから聞いてるが、なにをくだらぬこと、いってるんだ」

語気あらくも、説得ある口調だった。

「書くページが少ないの、どうの。いったい、それがどうしたっていうんだ。そんな、しみったれたこと、いうんじゃ、ない……」

京大闘争にかかわった芥川賞作家、高城修三の心意気がありがたかった。


松永伍一の書【10月17日（金）22時06分】

その砌、「歌壇などとかかわりなく己の道を歩け」とはげましてくれたのは松永伍一であった。特注の額（170cm×48cm）におさめたその一書は、吉野・国栖の手漉きの和紙に青墨で流麗になされている。

刺客張る逸楽の巷遁れきて
たたずむわれは清かなる夜叉
右は太田代志朗の詠める秀歌なり、
その歌を冒頭におきし、
「清かなる夜叉」と銘打てる歌集
情念の劇を秘めて、
闇にも花の咲くことを教示したるなり、
また清かなる夜叉にしあらば醒めゆきて
花幾千の夢にまぎれよ、とも詠めり。
まさに現世にありては、歌は夢ならむ、
幻ならむ、ゆえに哀にして
靭なりと云ふべし、松永伍一

寂寞として【11月20日（木）15時20分10秒】

晩秋の旅で友人たちと酒を酌みあってきた。

徹宵の談議が明けがたになっていた。某は早寝早起きの規則正しい生活でもっぱら農事にはげむ。某は愛妻を亡くし、近く介護付マンションにはいるという。某は「所縁を放下《ほうげ》すべし」と世間の義理を欠き冠婚葬祭・パーティなどいっさいを欠礼。某はトーマス・マンの『魔の山』を再読中。某は八ヶ岳南麓に隠遁、木洩れ日の森の小屋にこもる。某は足腰が弱くなり、介護施設もあり二十四時間サポートの高齢者専用分譲マンションを物色中ということだった。

旧交をあたため、人間には個性がある、わがままもある、自己主張もある。枯淡の境地の仲間入りもできず、して老体の趣味はと問われ、碁も将棋もなにもやらぬ己の不粋に絶句。高橋和巳存命ならば七十七歳、どんな面持であったであろう。

今年も押しつまってきた。なんとも寂寞として小文・雑文をまとめ、凡庸に過ごした一年だった。気随気儘のかぎりをつくしながら、年を重ねることのめぐりを感じている。

それにしても文芸誌というものを読まなくなった。月刊文芸誌を定期的に購読しているわけでもない。「最も絶望的な詩《うた》、そは最も美しき詩。最も苦悩せる死、そは最も美しき死」と交感する晩秋なり。

安森敏隆よ【12月15日（火）11時21分45秒】

朝のパソコンの画面にむかうとまずメールチェックとなるが、ひと頃、畏友安森敏隆との交信になによりはげまされた。アナログ人間がホームページ「花月流伝」を立ちあげたことも、これはこれで一つのなりゆきであったのだろう。

こちらの発信する「日録」から日々の生活や行動にふれていろいろなメールを受信した。ときにコンピューター故障で交信が途絶えたのだが、犬と散歩することしか楽しみのない、いい加減な浅学の日々を、安森敏隆はいつも静かに見てくれているようだった。「これまでのコンピューターが壊れ新たにDELLを求めて設計中」というほほえましい便りに一首あり。

アン嬢と代志朗を見るにはるばるとDELLコン
ピューターの届きし朝を

あの六〇年代学園で、安森敏隆は関西学生短歌連盟を組織。そこから川口紘明、永田和宏、河野裕子、光本恵子らと「幻想派」を結成。これは短歌版の京都学派であり、〝夜の窓〟や鴨川べりの喫茶店〝リバーバンク〟が口角泡をとばす談論風発の場で、さらに学恩に恵まれ斎藤茂吉、塚本邦雄を研究していく。

当方は立命大の学内雑誌「広小路文学」委員長で顧問として高橋和巳をむかえたものの、年間五万円の予算獲得に学芸本部の手練手管とやりあっていた。だが、毛沢東の『実践論』を読まずば人間であらぬと豪語する反帝イデオロギストたちとの議論に敗退し、腹いせにもどったボックスでいつもわめきちらしているというありさまだった。そのボックスで安森敏隆と見合わせていたのだが、真正面に議論するのでもなかった。彼には期するべく文学の情熱があり、しかるべく研究へ道があった。

「『幻想派』『異境』『新風土』『青炎』ら多くの仲間にささ

へられ、梅原猛先生、岡崎望久太郎先生、白川静先生に教えを受け、永田和宏君や河野裕子君に会えたことも幸運でした。常に塚本邦雄さんが身近におられた縁を深く思います」というのが安森敏隆の真情であった。

――われらがプレイバック一九六〇年。

学舎《まなびや》に春の雪降れ愛《かな》しきを安森敏隆ほゝゑみておる
紺青の夢にまぎれてうたひけりわれの反きの京の断崖《だんがい》
ゆきあへばゆめさはぎだちさざなみになほかなしみにわれらゆらめき
花ふぶきみだれ愧じつつこのあした君に告げじをわかれといふな
はるかなる京の日暮れにわが青春《はる》をこととひしかば安森敏隆
おれはかく愚劣な男となりにけりつひに上洛せしこともなく
かの疾風怒濤の京洛《まち》をましぐらに貴様は何を見たるといふか
いやおれはなだれゆきしを雪吹雪　夢うつくしくさらばといひき
安森よ詩《うた》にはてたるくれなゐの酒もて京の春の盃

安森敏隆歌集は『沈黙の塩』、『わが大和』、『百卒長』など、長く同志社女子大学につとめ、NHK介護百人一首で活躍、短歌「ポトナム」の代表である。

　日本ペンクラブの京都フォーラム「文学の力、表現の冒険」があったとき、二人で梅原猛邸にあがりこみ、夜遅くまで話しあった。そのあと、恰幅のいいライオン丸に一方的に押しまくられながら、河原町～先斗町と徹宵で飲んだのだった。

「当方は、京都私学アカデミズムを離反遁走の落ちぶれの身よ」

　酒がまわって嘯くやつがれに、

「いや、あのキャンパスの広小路文学時代の太田に押され、これじゃもういけない。それで大学に残った。道を決めたんだ」

と安森敏隆のライオン丸はいった。


　短歌の本質論を云々する時、過去の伝統にさかのぼり、それを復元、整理、体系化することによってそこに短歌の本質がころがっているような錯覚をもつむきもあるが、それでは反映論のそしりをまぬがれぬ。少なくとも現在という非歴史的な時間と空間のうえにたち、予見の歌学――未来を透視する歌学をはぐくみ、その予見の歌学でもって茂吉なり万葉なりにさかのぼらぬかぎり本質論への真の照射にはならぬ。短歌の本質とは固定してあるものではなく、日々変革されてゆくもの、いな変革してゆくものであるという認識に私たちは立たねばならないのである。

安森敏隆著『斎藤茂吉幻想論』（桜楓社）

一九六〇年に入学した私の身近な仲間だけとっても、「哲学科」の太田代志朗がいた。高橋和巳、梅原猛について、今は作家になっている。「地理学科」に北尾勲がいた。吉野の歌人・前登志夫について歌人になった。「中国文学科」には清水凱夫がいた。白川静についてき第一の弟子になり、立命館大学の教授になり中国文学に残った。「日本文学科」には、上田博、國末泰平がいた。国際啄木学会の会長になり、芥川龍之介の研究者になった。皆、白川静先生に習った仲間である。鉄筆で一字一字綿密に書かれた先生のつくられた教科書を持ち、勉強したものである。

安森敏隆著『ポトナムの歌人』（晃洋書房）

二〇〇九年

星影のワルツ【1月31日（土）22時40分12秒】

晴れ。北風ふきすさみ寒気ことにはげしい。

武州小城下の拙庵を訪れる人なく、ただ静寂に過ぎる。千変万化する自然、遠くに雪が降りしきっている。身ぶるいする光がゆれる。——木枯らしやわが隠れ家も夢の中。夢ではないが、逸楽と憂愁のひとときがよぎる。幻影が生者の心をうがつ。

「そうか。東京へゆくか……」

と高橋和巳は、またいった。

一日、みんなで嵯峨野をぶらぶらし、河原町にもどってのことだった。

祇園下の地下のスナック〝ヴィオロン〟にはジュークボックスが音響いっぱいに流れていた。高橋和巳はそのジュークボックスに面白そうに百円硬貨をいれつづけた。

「風蕭々として、易水寒し。壮士さって、また還らずですわ」

私はおどけていった。

一九六八年三月、浮浪の身をひとまずおさめ、東京で生活すべく決めたのだった。先に東京にむかった高橋和巳を追うかたちが、こんどはまったく逆の方向で動いていた。

「ふむ。ゆくのか」

「これ、もらってゆきます」

高橋和巳はいつも黒のスーツだった。その襟元のネクタイを、私は勝手にはずした。ブンガク的運命を甘受し、明日から、このネクタイで東京を歩こう。

町には『星影のワルツ』が流行っていた。

さよならなんて、どうしても、いえないだろうな、泣くだろうな。別れに星影のワルツをうたおう。

バブルの時代に【2月4日（水）20時21分】

あれこれと書庫の一隅に積んである本を手にする。

バブル金融腐食列島下の不良融資、フィクサーの暗躍、不良債権処理、財界と裏社会、霞ヶ関官僚機構の内実、特捜検察の内情――札束がうなり、とびかっていた時代。いずれかの資料にとおいてあるのだが、こんな本を見ていると、なぜかヒリヒリした時代がよみがえる。

日々、スケジュールにおいたてられていた。分を秒に刻んでの会議、取材、執筆、打合せ。定例ミーティング、企画プレゼンテーション。仕事は面白かったが組織内の軋轢もあった。丸の内、神田、赤坂、銀座、渋谷、新橋とまわり、連日のタクシー帰宅。仕立てのいいスーツに身をつつみ、接待づけの狂乱だった。ゴルフはハイヤーつきで、腕もめきめきあがった。

帝国ホテルやホテルオークラにおけるパーティでは、必ず軽い飲み物にそば、寿司しか食べなかった。豪華な料理に手をつけると、たちまち中性脂肪があがる。

仕事のなかでいろいろな方にお目にかかった。文学関連では、古山高麗雄は銀座のビルの「季刊芸術」の編集室でラーメンをとってくれた。

白昼の銀座通りをご夫人とにこやかに歩いていた江藤淳とは、その翌晩会った。

その視線をこちらにむけず、宙にうかせるようにして杉森久英はかたった。

池波正太郎は話を聞くやぷいと席をたって銀座の大通りにでていった。

辻邦生は〝きよ田〟へよくいっているようで、泰明小学校の前の路地を入ったところにある小さな寿司屋だった。

銀座吉兆の座敷の三浦哲郎は、恩師井伏鱒二の前に恭々しくしていた。

並木通りの事務所に石井好子をたずねると「ちょっと待っててね」といって、いつも美容院でセットしてからインタビューに応じ、酒井美意子の話をうかがいにお宅にいき、詩集をだしたばかりの落合恵子の目が明るく潤んでいた。

井の頭公園の吉村昭の書斎に通され話を聞いた。

晴天に泉パークタウンゴルフ倶楽部では高橋三千綱や生

島次郎らのショットが冴えた。

　梶山季之は都市センターホテルの仕事場で流麗なペン書きの文字にインクを匂わせた原稿をくれ、草柳大蔵には昼前のお宅のデスクの横で説諭された。

　電話で話した吉行淳之介は小さな声で、いまはなにも書きたくないのだという。五木寛之に近況をうかがうと、独特の訛りのある声で話してくれた。

　原宿のマンションの仕事場で、渡辺淳一には「校正は必ず見ますから」と念をおされた。

　軽井沢に中村真一郎をたずねると「きょうはノルマの十枚を書いたんだ」という。

　ごったがえすパーティの会場ですれちがいざまに当たり、遠藤周作が「ゴメン」といってふりかえり、磯田光一が会場のうしろで一人ぽつんとしていた。

　高橋睦郎は大毛筆で「色、艶、遊」と一気に書いた。

「新思潮」の柘植光彦とその仲間との音信も途絶え、秋山駿、古井由吉には新宿の酒場であった。

　東京プリンスホテルの深夜のバーで、塚本邦雄は朗々と話してくれ、寺山修司には、「あなたはなんで食ってるの」といわれた。

　三島由紀夫には、新宿・蠍座で堂本正樹の『三原色』の稽古のとき、真正面からジロっとにらみつけられた。そして、『黒蜥蜴』の舞台挨拶における白いスーツ姿が眩しかった。

　澁澤龍彦の声は手術後のことで、苦しそうにかすれていた。

　辻井喬は講演の帰りにセゾングループ秘書のむかえもなく、東京駅の地下をすいすいと一人で駐車場にむかった。「ジャズを聞きにゆくんだ」と、筒井康隆は新宿の露地にむかった。

　岡本太郎はいつも軽い身のこなしかたで応じ、ホテルのロビーで握手した流政之の掌は少女のようにやわらかかった。

　声帯を失った石沢鷹とはもどかしい筆談をした。

　神吉拓郎のマンションで、なにか二、三時間話をきいた。

　北大路魯山人考で話題の白崎秀雄は、新橋の座敷で小唄を聞かせてくれ、青山の骨董店ではよく一説たまわった。

　巌谷大四との会食は銀座のうなぎ屋だった。

　多忙な手塚治虫とは、深夜のパークハイアット東京のレストランであった。

　仙台の旅で世良譲のピアノで浜口庫之助のうたう『恋の町札幌』を毎夜聞かされたが、深夜の打ち合わせが終わると、阿久悠は都心のなかに消えていった。

　唐牛健太郎の葬儀は青山葬儀場だったが、慌しく駆けつけた大島渚に目礼していた。

宮内庁に入江相政をたずねると部屋がお香の匂いに充満していた。

詩人関連では山本太郎のお宅で話しているとゴルフをするということだった。安西均とは日比谷のある取材で同行し、浜田知章にはいつも気迫にみちたリアリズム論で喝をいれられた。長谷川龍太郎や三井葉子らとは一緒に大阪ミナミで飲んだ。

伊東静雄の弟子である明石長谷雄の詩集『冬たんぽぽ』の世界は愛しくせつなかった。

倉橋健の世阿弥論は印象ふかく、清水昶に寝静まった午前二時の家に急襲されたのにはまいった。

菅谷規矩雄を目の前に、詩的言語に接近するプロローグもわからず沈黙していた。

それにしても、売れっ子の学者を霞が関の審議会や出演のテレビ局にむかえにゆくと、今夜は文壇バーの数寄屋橋、エスポアール、眉、葡萄屋、姫につれていけと臆面もなくいった。そして帰宅のために手配したハイヤーを半日いいように乗りまわす流行作家らをはたからみていて、これも目くそ鼻くその渡世なのかな、とおもった。

――企業戦士たちの隙間を縫うように、身すぎ世すぎの日々に断念していた。いや、断念することによりかろうじて己をささえていたのかもしれない。

正攻法の作品で【2月21日（土）13時41分12秒】
東京へいった高橋和巳が京都にもどり、対話の会も順調にはこばれていた。「対話」六号は高橋和巳を中心にした座談会「文学による救済は可能か」もおこなわれ、その編集も順調だった。

新潮社より依頼あったこと、大変嬉ばしいことと存じます。同人誌「対話」は一面、新人を世に送り出すためにもありますから、遠慮せずにいい作品、自信のある作品が出来れば新潮に持込むのがいいと思います。小生があづかっている君のスックラップも、別便にて送り返します。

これだと思うものがあれば、原稿に清書しなおして出してもいいでしょう。もっとも、君の年代では次から次へと作品が書けるでしょうし、書けねばいけないので、旧作よりは新作がいいと思います。また、新潮は原稿を出しても相当な注文がつくと思いますが、機会はやはり無為に見送ってはいけません。

それから、新潮に投ずる作品は、正攻法の作品、つまり今度の「このひとときは風にみち」のような作品がよいと考えます。いや、新潮に限らず、方法的実験もいろいろ試みたいでしょうが、まず、デッサンの確かさが解るものであるのが、新人の場合はいいということは、世間智として知っているといいでしょう。
では、また。
昭和四十五年十月三十日
高橋和巳
太田代志朗君

遙かなる美の国に【3月2日（火）10時21分15秒】

鎌倉の高橋家にはよくいき、遅くなり三回ほど泊まったこともある。平屋建ての家で、「首塚に隣接した」ところであった。

足利幕府に対立し、鎌倉宮の土牢に幽閉された護良親王はまもなく惨殺され、御首が理知光寺に葬られた。高橋家はその護良親王の首塚に面し、怨霊のたたりがあるからと地元では敬遠されている一画であったが、それがかえって当人にはお気にいりであった。

一九七〇三月、その高橋家を昼過ぎにたずね、夕方になっていた。身体にいいからと大枚をはたいてとりよせた豪華な壜詰めの純粋生ロイヤルゼリーをもってゆき、また、鎌倉からはすぐの湯河原に身体にたいへん効く湯があるので調べてほしいということだった。

高橋和巳と座敷に座って、春さきの小さな庭をみていた。二人で一時間あまり黙りこんでいた。書棚にはフォークナー全集があった。雛祭り前日の三月二日に長男をさずかった私は、その名前をつけていただくべく参上していた。

「和巳ちゃん、どないしたん。はようきめてあげやし」

と高橋たか子がいった。

「うーん」

夕闇に沈む庭にむかい、それでも着流しの腕を組んだまま黙りこんでいた。しじまにときだけがまわっていた。

それから二、三十分してから、

「よっしゃ、決まった」

「……」

「遙だ。遙かなる美の国の遙や」

ふーと長い息をついていった。

憧憬、なんという懐かしい言葉だろう。それは常に裏切られるために、あたかも懊悩の蕾のように欲望に萼につくものとはいえ、それあるゆえまた私は様々の苦難のうちにもみずからを見棄てることがなかった。

『遙かなる美の国』

晩年の高橋和巳【7月7日（火）16時21分30秒】

夏の強い陽ざし。青い空。町の通りに日傘をさした老人が歩いていく。古さびれた横丁の陰には猫が眠りこけている。不安も悲哀もぐるぐるめぐりになり、この凡庸な日常のなかで老いてゆくのか。

①「人間として」同人の小田実、柴田翔、真継伸彦らと伊豆の合宿（民宿）のおり、高橋和巳はいう。題は『遥かなる美の国』。女王の支配する国、その一世の興亡を書きたい。史記の列伝のような方法で。

②「人間として」は高橋和巳が積極的に提案したタイトルであった。しかるに夫人によれば、それは高橋和巳の文学者としての本質部分でない。カソリック文学を志向する夫人に当の高橋和巳も共鳴していたという。はたして、そうだったのか。

柏原成光著『黒衣の面目──編集の現場から』（風濤社）のなかにある「『人間として』（一九七〇～一九七二）の時代」の項をたどると、あらためて晩年の高橋和巳のことを考えさせられる。よくもわるくも、ここにはブンダンの局面を転換させた闘士の面々の息づかいがわかる。

糊口をしのぐ【8月9日（日）10時50分05秒】

睡眠のリズムが乱れた日々だったが、夕べは比較的よく眠った。朝八時前の公園はすでに蒸し、きょうも暑くなりそうだ。公園の芝生の上を少しランニングしてみる。汗がふきでる。帰宅してシャワー。朝食に白粥、アジの開き、梅干。──夏八月、終戦記念日がやってくる。

たまたま川村湊著『戦後批評論』（講談社）を紐とく。冒頭「われらにとって美とは何か」の服部達（一九二二～一九五八）のことにふれている。服部達はメタフィジックな言語論的批評の先駆をなし、新進気鋭の若手評論家として活躍しており、「現代評論」を刊行する。同人に奥野健男、島尾敏雄、村松剛、遠藤周作、日野啓三、清岡卓行、吉本隆明がいた。安岡章太郎の長編『舌出し天使』は、女性遍歴とともに戦後の乱れた生活を描くが、その追い詰められた主人公のモデルは服部達といわれている。

あわせて進藤純孝の『文壇私記』を読むと、当時の文壇状況がよくわかる。文芸ジャーナリズムをわかせた服部達は八ヶ岳山麓において失踪自殺した。服部達の遺書「最後の日記」、および村松剛の「服部達のこと」は、当時右派左派両翼を切って話題沸騰の雑誌「知性」（一九五六年三月号・河出書房）に掲載された。

総合雑誌「知性」は戦火の重苦しい一九三八年に三木清が編集、豊島与志雄、中島健蔵らが顧問であった。一九五四年に河出書房七〇年企画として再刊。編集部には山口瞳、古山高麗雄、竹西寛子らがいた。河出書房倒産により、その「知性」ブレーンをひきいて小石原昭が知性社、知性アイデアセンターを創業。現在の知性コミュニケーションズにいたる。ちなみに、京都における放浪苦悶の生活を切りあげた不肖は一九六八年三月上京、ここに一九九五年五月まで糊口を凌ぐ。

激動の日々、ブンガク・ブンゲイ主義を断裁した風景に共振することだった。黙々と耐え、時流をにらんでいたとはいうまい。酔狂な反語であり、言語の美への殉教であり、なるがままの悲劇的遡行であった。

郷愁のロープシン【8月20日（水）10時51分10秒】

「対話」の読書会で、ロープシンの『蒼ざめた馬』をとりあげたのは高橋和巳であった。

その工藤正廣訳『蒼ざめた馬　漆黒の馬』（二〇〇六年十二月発行・未知谷）が四十年ぶりに刊行された。当初、『蒼ざめた馬』（晶文社）の解説は平野謙、『漆黒の馬』の解説は高橋和巳が担当している。

訳者は「名状しがたい感慨を持って」、挨拶のために鎌倉の家をおとずれている。辛夷の花を持っていったという。病床の高橋和巳は布団に身をおこし、一期一会の対応をした。「その声の憂愁は忘れがたいものだった」と工藤正廣は「あとがき」で書いている。一つの時代が「郷愁のロープシン」としてよみがえってくる。

富士霊園に【年9月25日（金）12時55分12秒】

林廣茂とは「対話」復刊と同時に活動を共にしてきた。吹田の高橋和巳のマンションには二人でよくタコ焼きなど持ってたずねたものだった。高橋和巳はいつも意気軒昂だった。帰りには必ず、「また、遊びにこい」といった。

その後、アメリカ・インディアナ大学院に留学して帰ると、林廣茂は東アジアをターゲットに国際マーケティング分野の第一線で活躍。母校同志社大学の教壇にたった。

おもえば、「対話」第二次メンバーには若い世代の多くの者がでいりした。高橋和巳が銭湯でしりあった一人がきて、外では高橋和巳の授業にでているというでまかせのふれこみで、後年、高橋和巳の教え子ということでふるまっているようだった。「左翼系作家・高橋和巳」は処世上うまくないと、あれだけ近寄っていながら、その後の言論ジャーナリズムにおいて一切の無関係を装っている者もいた。埴谷雄高を夕陽のガンマンに寄せて論陣はったドストエフスキーの会の御仁は二、三回きてもうこなくなった。

当方もそこはドンだから、なにも組織論的に最初から動いていたわけでない。同人雑誌といっても、固い制約下にあったわけでなく、一人一人の修業の場であり、新人作家になろうとすれば、いいものを積極的に書くことだった。
　集まってくる者は高橋和巳を中心に論じあい、相手のでように応じ、また気楽なさぐりあいの交流の中味のようなものだった。凝視し、ひきあいながらも、威勢のいいの、学者志向やジャーナリズム向き、流行作家にあやかろうとする姿勢などいろいろあった。つまり、デカダンスを追究する者、思想を論ずる者、ブンガクに身をもって生きている者とさまざまだった。こっちも分裂症的に、無骨な明朗さがうりものだったが、どんなふうにその性格や肌ざわりがあうのかわからぬまま、そういう疾風怒濤とともにつきあっていたのだから世話がない。いってみれば、それがまた京都という審美的かつタコツボ的なところの面白さで、文学的青春の季節をつっ走っていたのである。
　いつだったか、その国際アナリストの林廣茂と富士霊園の高橋和巳の墓詣りにいった。新宿から高速バスに乗っていったのだが、お互いなにか決着をつけておかねばならなかった。墓前に二人で酒をささげ、合掌した。

花と女【10月22日（火）21時50分12秒】
花がはらはらと舞っている。
満開の桜が散っていく。
男と女はこのうえなく愛しあっていた。
世界は光にかがやき、みちていた。
一瞬、春雷の光が地上をおおう。
それとともに、あたりは音もなくひっそりとした。
花や草が枯れていった。
鳥や獣たちの姿がなく、消えていった。
やがて、愛した女が冷たくなっていく。
人も草木も成仏できないのか……。
男はその女を背負って、地上をさまよった。
よく見ると、女は鬼になっていた。
そして、男は黙ったまま、地下へもぐっていった。
群像が白い花びらに踊っていた。

——核弾頭五万発の乱射、そして放射能汚染で亡びた地球。半減期数万年のＭＡやウランやプルトニウムが混じった高レベル放射能廃棄物がおおう星雲。地下五千メートルの広場には避難生活をしたのであろう数百万の人間の白骨がおりかさなっている。そのゆくての闇にホログラムでうかびあがる女——高解像・映像に桜花が舞い、夢幻能の狂女が踊りつづける。

隗より始めよの作家【11月21日（土）22時05分21秒】
小嵐九八郎が武州小城下にゆくから高橋和巳について話

を聞かせてくれという。

日本ペンクラブの獄中作家委員会でしりあったのだが、早稲田大学在学中からの新左翼活動により、小嵐九八郎は銃刀法違反などで通算五年余りを留置所、刑務所生活をおくった。八六年に小説家としてデビュー、多くの読者ファンをもっている。一日、いや、こんな茅屋ではとおもい、結局、大宮氷川神社参道脇の料亭〝一の家〟になった。

かつての武闘戦略家を前に緊張したが、酒もほどほどに、緊張を感じさせなくするソフトな身のこなしについつい魅かれていった。さりとて、当方は高橋和巳についていいったいなにを喋ったのかもう忘れてしまった。それより小嵐九八郎の高橋和巳論を、真正面から聞きたいということのほうが本音であった。

安保闘争、ベトナム反戦、安田講堂占拠、よど号ハイジャック、連合赤軍、三菱重工爆破、中核VS革マル、三里塚闘争など、その時代の抵抗、破壊、蜂起への新左翼の血脈として、小嵐九八郎は高橋和巳を「隗より始めよの作家」としてとらえている。

七一年は、三里塚の空港建設反対派の農民所有地への強制収容代執行が開始された。時代の特徴をいえば、運動は後退的局面に入り、でも支持者は必至で、なんとか次へと考えていた――のも拘わらず、内ゲバは本格的になってきて、全体は孤立化してゆき、その方向は変わることがない。

このピークが去っていく喪失感を先取りして、高橋和巳さんは、党派の影響とは知らぬところでの膨大なノンセクト・ラディカルの求心点というか防波堤というか心情の芯というか、その死は文学的なもの以上の打撃をよこしたと正しく、判断できる。なにせ、ちょっと左翼がかった学生をデモからもう一歩危ない地平へ誘う時には、高橋和巳さんの小説を読んでいかないと「知性のひとかけらもないいんですね」と〝正しく〟指摘されてしまうほどであったのだ。

小嵐九八郎著『蜂起に至らず　新左翼死人列伝』（講談社）

二〇一〇年

北山しぐれ【1月29日（金）22時08分52秒】
夜よ、美しく悩んでいた。
北山しぐれが通りすぎる鷹ケ峰から神護寺をぬけた清滝の山間《やまあい》の宿で、不意に泣きだしたのだった。
――ほんまに、生きるか死ぬかなんて、もういわへん。

ばかみたいでしょ。だから、赦して。ね、赦すっていうて。妙になまめかしく、妖しく咽んでいる。

襟足の白く映えた女の恭々しさに生きなおそうと、なんども心にちかっているやさきのことだったか。

ほんまに、もう離しとうない。そやかて、こない苦しこと。わたしたち、この世のおひとやないのやさけ。でも、なにもいわはらんでええ。これが妄執。いや、業というものどすか。

幻覚なのか。夢なのか。深い既知感にとらわれながら、身をゆする。どうしたんだ、いったいどうしたんだ、といっこうに見えない影にむかってさけんでいるが、それが苦悶でなく、涙でなく、言葉はつまりながら、夜明けのときの調べの重みにたえている。

「わたし、きっと苦しむわね」

彼女の唇は子供のように薄い感じがした。それは、意外に彼女の腕の力と対象して、私に清潔な喜びと罪の意識を同時に覚えさせた。そして、彼女は微笑しておりながら、不意にぱらぱらと大粒の涙を流した。なぜ、彼女は涙を流したのだろう。

『わが心は石にあらず』

その懐で号泣【3月23日（火）23時12分40秒】

たしかな声が聞こえてきた。無情にさやめく闇路がはてしもなくつづいている。ただ、かりそめに花は蒼く、夢だったのか。時間は星屑を消しながら、おきあがり、夜明けがくる。

「対話」の会合後、若い仲間同士になって、またいろいろ論じあった。金もないのに二次会、三次会となり、相寄り、議論し、対立し、つかずはなれぬ日々だった。それは、まだ作家として生きる苦闘を切りぬけるというものでなく、身体をどこかにぶつけないではいられないおもいで、ブンガクにうちのめされている時期であった。

河原町で飲んでいて、なぜか急に悲しくなっていた。それでみんなをひきつれ、タクシーに乗った。缶詰になっている高橋和巳を急襲しよう、と私はいった。銀閣寺側から哲学の道をはいってすぐの樹木にかこまれた仕舞屋風の建物であった。夕闇にひっそりたたずむ旅館で、なんでも筑摩書房の原稿を書いているということだった。

ふらりとでてきた高橋和巳は宿の浴衣を着ており、

「おい、どうしたんだね」といった。

ふたこと、みことの言葉を交わしのだが、そのあとがつづかなかった。

なにかいおうとして、それがつまった。なぜか熱いものがどっとこみあげた。おもわず、高橋和巳の懐のなかにとびこむと泣きじゃくっていた。しっかりした両手が若輩のふるえる肩をささえてくれていた。

絶望のポーズを捨てよ【4月18日（日）20時12分33秒】

一九六〇年、安保の余燼がくすぶっていた。

戦後平和のイデオロギー構築を徹底推進する学園は「平和と民主主義」や「学内民主化」のもとに、教育や研究がすすめられていた。そうしたこともあり、「立命館大学新聞」には芸術文化関連の自由な動向に手薄な感があった。同新聞社で学内外の取材や執筆に活躍の小坂郁夫、中西省吾は言説の鏑をけずっていた。彼等の理解を得て、私は感動した倉橋由美子の小説『暗い旅』の書評を書いた。それをきっかけに、「サドの反世界」「ギュスタブ・モローの淫蕩の美学」「テオ・レゾワルシュの舞い——その闇からの叫び」、また、俳優座公演の『四谷怪談』で「首がとんでも動いてみせるわ」という台詞によせたエッセイなどを寄稿した。

そうしたなかで同新聞社が公募する末川賞の選者は梅原猛、高橋和巳であった。われわれの仲間はその末川賞に、示しあわせて応募したが、二年連続でことごとく落選するというありさまだった。

選者評に「文学修業の不足、欠ける状況のつかみ方」とあった。落選の弁でないが、私は、前衛アンチロマン系を理解せぬ自然主義路線の素朴な佳作のどこがいいかとかみつき、『学生小説の栄光と悲惨』の論陣をはった。

それに『太田君に答える——絶望のポーズを捨てよ、ひよわな実存主義を捨てよ』と梅原猛助教授が「立命館大学新聞」（一九六三年十一月十日号）でこたえ、話題をよんだ。君の小説をもう一度読もうと新聞社に聞いたら、すでに君が持っていったという。きみの絶望や実存は大江健三郎らの受け売りでないか。そんなことでいいのか。いや、いま、こういうことを議論することが、いちばん大事なことだ。

反帝左翼マルクス・戦後平和民主の学園に、それは清新な芸術プロパガンダの烈風として吹きぬけた。

嵯峨野、山桜【5月3日（火）20時45分24秒】

もう何年も前のことになるが、嵯峨野に花をたずねた。厭離庵の満開の皮ばかりの幹の山桜が印象的だった。桜を愛で吉兆で、薄茶一服の茶会をしたあとは食事という結構なことになった。老舗旅館の主は裏千家老分であり、S氏は南座の素人顔見世では『助六由縁江戸桜』を演じて評判だった。地唄舞の若師匠は紺のお召に白襟がさえていた。

その翌日、謡や清元も旦那芸を超えての玄人肌の好事家《ディレッタント》であるY氏の鹿ケ谷の屋敷にうかがうと、庭には典雅な染井吉野と優婉な紅枝垂がいまをさかりに咲き誇っていた。

露地の奥に茶室があった。そして、花を楽しんだあとは謡曲『熊野』を謡って遊ぼうという趣向だった。

おもいがけなく、このとき私は黒楽茶碗を手にいれていた。それが手頃な値段で、黒の釉薬に朱の釉薬が透けて、花のようにつややかだった

晴れ晴れと東京へ【9月21日（火）22時21分14秒】

淡い光のなかで、花々が血を流すように、いいしれぬ固有の若さが裏切られていく。

川沿いの町、草地と雑木林、落城本丸跡の小庵に枯葉が舞っている。秋風にぼんやりしていると、また、一つの想念がよぎっていく。追いかけ、追いつき、また自分のほうからすごすごとひきかえしている。死者にもうかたらせるな、とおもうものの、まだなに一つとしてわかっていない。世につれも、ときにつれもせず、ふだんの調子でいつもながらにやってゆくしかなく、これが文学的宿命なのだろう。いや、宿命なんておおぎょうないいかたでなく、これも一つの生き様よと小さく笑っていればいいのだろうか。

一九六五年九月、高橋和巳は念願の東京へでることになる。連載中の『邪宗門』の執筆も上々だった。

一日、電話があって、引っ越しの手伝いをしてくれといろう。吹田の家にいくと、同じく平田利晴もきていた。立命館大学日本文学専攻で萩原朔太郎にとりくみ、「ＶＩＫＩＮＧ」同人の彼は高橋和巳に原稿をみてもらっているようだった。３Ｋの部屋は混乱していた。

「和巳ちゃんは、そっちへいっといて……」

と夫人はいった。

「うん」

高橋和巳は煙草をふかし、部屋の隅っこでぼんやりしていた。

「あなたがやると、かえってややこしくなるからね」

夫人はわれわれを見て笑った。生活のこまごましたことは、すべて夫人がとりしきっているようだった。

半日かけた整理は夕方になって片づき、高橋和巳と平田利晴の三人で近くの銭湯にいって汗を流した。家にもどると、すき焼きの用意ができていた。

ひと仕事のあとのビールがうまかった。雨が降ってきたようだった。

「明日、東京へ発つ」

と高橋和巳はいった。

「そうですか。京都も『対話』も淋しくなる。今夜の雨はわれわれの泪だとおもってください」

雨音がはげしくなり、私はまた軽薄に、まぜっかえして

いた。

「明日は埴谷さんの家に泊めてもらうんだよ」

東京へ、作家生活へ、高橋和巳は晴れ晴れればれとしていった。

冬の夜【12月17日（金）21時42分41秒】

今夜も寒月が冴えている。月の光が書室の窓辺を照らしてくれる。

「冬の夜いみじう寒きに、うずもれ臥して聞くに鐘の音の、ただものの底なるやうに聞ゆる、いとをかし」（『枕草子』七十三段）。

そんな鐘の音が、どこにも聞こえる京住まいではなく、相も変わらぬ茫々たる日。どうしても急がねばならぬことでパソコンにむかう。おもむろに通信ソフトをたちあげる。

英知・気ぐらい・真実――いまなお、芸術に対する深い理解、豊かな文学形式、人物像の確かさでせまってくるか。つまるところ、思想も、信念も、その詩的言語による相対化こそが、創造としてのブンガクの風景であろう。高橋和巳全集二十巻の心情倫理が重たい。悲の器を酌もう。さようなら、やさしき生者たちよ。あなたがたとは無縁な存在であったと。

あなたはむしろ自殺すべき人だった。『悪霊』という小説にでてくるキリーロフのように、神をいなまれる以上は、自殺されるべきだった。しかるに、あなたは誠実に生きつづけられた。あなたが偽善者であってくれたほうがよかった。あなたが単なる政治家、裏切者、偽善者であるならまだしもよかった。だがあなたは、リベラルな態度、中正な法解釈、穏健な保守主義をまとい、いままで人々の信頼を獲、地位を獲、しかも自己に誠実に生きつづけられた。『悲の器』

二〇一一年

茶掛けの書「看雲」は福岡の茶人、井上康史によるもので、じっと見つめていると気持ちがなごむ。自分のいやしい内実がひろがっていく。結んだ紐がとけるように、なにかが温かくゆるんでいく。

「看雲」とは唐詩、維の詩で「行到水窮処　座看雲起時」（行いては到る水の窮まる処　座して雲の起きるとき）で、その意は「無心の境界、無心の用處をいう」とある。当方は俗塵まみれの身だが、相伝大和流の書は流麗にして、「御身の許へ御送り申し上げ満須〔ママ〕」と、その筆墨の香りにいつもこころなごみ、はげまされている。

その南方流の井上康史には、赤坂・無畏軒の茶室開きではじめてお目にかかった。

黒紋付きの羽織袴の堂々たるいでたちに圧倒された。その流れるような所作もあでやかに、大自然の恵みと造化の妙に、茶の湯の数寄のひろがりに惹かれた。

利休の侘び茶を説く立花実山の一書が偽書であるかどうかはともかく、その後も、なにかとお教えいただいている。

事を行う時、あるがままに在り続けることもできそうにない。私の住いは住吉神社のかたわら一庵をむすんで、鳥の声を聞き、風の音を聴いて暮らしている。晩秋初冬の北風に吹かれ椎の実が屋根瓦に降り、音をたてて転げ落ちていて、今も鳥が啼いて静かである。昔、福岡藩の武士立花實山も住吉の辺りに一庵をむすび、禅に深く帰依し、歌を詠み、茶も嗜んだという
井上康史著『私論　立花實山　福岡藩に茶の湯を考える』（櫂歌書房）

雛祭り【3月1日（火）22時42分21秒】

町の通りには、人形店に雛祭りの幟がはためいている。

春のおとずれとともに、なんとも華やぐ季節となった。

武蔵野の自然、城下町の歴史と文化が息づくふれあいの町は、人形のまちでもある。

花吹雪に十六歳の愛娘明日香を亡くした。一九八八年四月、高校二年生、バスケットボールにうちこむけなげな娘だった。父親としてなに一つしてやれなかった。ご免、赦してくれ。黄泉比良坂を黒髪なびかせ走っていく。お前の花嫁姿を見ることができなかった……。紅い花簪がゆれている。その瞳に、その頬に、その唇に夢がこぼれる。お父さま、いいえ。それでも明日香は幸せだったのよ……。

孫娘は四歳になり、雛祭りをむかえる。桃の節句に三段飾りの雛人形。ちらし寿司、蛤のお吸い物、白酒、雛あられ。

「人類哲学序説」受講【10月25日（火）22時55分31秒】
梅原猛講座「人類哲学序説」を、京都芸術大学の外苑キャンパス（東京・北青山）でうける。
第二回は「デカルトの省察」で、近代哲学の父であるルネ・デカルトによる科学技術文明が人類に大きく寄与してきた。理性がすべてであり、科学が文明をつくり自然を征服。このように科学文明が人類に大きな恩恵をあたえてきたが、現在その科学文明が原爆や原発事故などにより地球環境の破壊をよび、人類の存続に深刻な問題をなげている。ゆえにいまこそ科学文明を基礎づけたデカルト哲学に対

する批判的省察が必要である。はたして、近代西洋哲学はただしかったか。いや、草木国土悉皆成仏――自然は生き物であり、魂がある。動物・植物・鉱物・海・山をはじめとした自然との共存をこそ考えねばならぬ……。

――二時間講義はあっというまに過ぎる。

「ところで、茶室のほうはうまくいってるかね」

と帰りのロビーで、先生がいわれる。

先に小家に茶室を設け、先生にはその祝いに茶掛けの書「風月夢幻」をいただいた。あわせて小庵を「夢幻庵」と命名、独特の豪胆優麗の筆の流れに風月が冴えわたる。

――侘介の名にかくれ住む茶数寄かな（三昧）。もともと茶は幼い頃に、母がよくたててくれたものだったが、なんの趣味ももちあわせない手前、裏千家茶道師範の家人にならい茶の湯にしたしんでいる。

高橋和巳没後四十周年【11月22日（火）20時30分45秒】

一片の幻想譚をつむぎだすために気がむけば楡の木陰のカフェへ、薄暗い路地奥の居酒屋へ、そして都会の雑踏にためらいながらまぎれこむ。といって気のおけない人びとがたむろする居心地のよい場所なんてどこにもあるものでない。

このほど、おもうことあって高橋和巳研究会（ネット公開）を発足させた。諸賢に幹事メンバーになっていただく。同研究会は各人の高橋和巳研究をもとに広く交流し、理解を深めていく場として設けたい。いずれ季刊「悲の器」を発刊したいともおもっている。年とともに遠のき、疎遠になり、潮がひくように相互のあいだがひらく。この国でブンガクが息絶えてひさしい、といってみてもなにもはじまることでなく、また別の新たな次元で人間関係がつくられていけばいいのである。また、その没後四十周年にあたり、次の小論をまとめ発表した。

①「孤高の修羅よ瞑らざれ――高橋和巳生誕八〇年、没後四〇年」

「近代文学館」館報二〇一一年七月十五日号に所載

②「悲哀と解体のパトロジー――高橋和巳生誕八〇年・没後四〇年に」

「図書新聞」・短期連載二〇一一年八月～一〇月に所載

埴谷雄高に会う【12月1日（木）19時49分30秒】

歳末。あっというまの一年だった。大したこともなさず書けず、横すべりの叙述に終始していた。天と地に悪い気がみちていたのか。いや、こちらの体力の低下につけこむ一つのくぐもりであったのか。ちょっとした小さな旅から帰って、伏せている。老残のかぎられた条件のなかで楽しみや幸福を感じる暮らし。それが素直に受容できないまま、いまだによからぬ夢に追いたてられている。人気のない古い細い曲がりくねった町を、いつまでも歩いている。この先は行きどまりじゃないのか。いや、ここまできたら、もういいじゃないか。人間誰しも罰あたりなのだよ、燈火の家に白い車が静かにはいっていく年の暮れ。枯木立、時雨、寒梅、凍った風、甘酒、乾鮭、小雪……。

木村俊介著『変人――埴谷雄高の肖像』（文春文庫）を読んでいるといろいろなことをおもいだした。編集者につれられ吉祥寺の埴谷雄高邸をたずねたのは一九九一年十月八日。戦後文学の伝説の邸宅だった。

応接間には大きなボッシュの絵の複製がかけられてあった。ここでどれだけの作家、編集者たちとの討議・酒宴が華やかにおこなわれたことだろう。その意識・革命・宇宙のゲッセマネの饗宴は、単独と永劫、運動と天秤、垂鉛と弾機の永遠の相のもとにつづけられていたのだった。

直立し、ご挨拶申しあげると、

「そうですか。あなたが『対話』の太田代志朗さんですか」

と埴谷雄高に真正面から見つめられた。凛々しい目だった。

応接間の隣の部屋のベッドのかたわらには、書きかけのメモやらが乱雑に置かれてあった。〈薔薇・屈辱・自同律――つづめていえば俺はこれだけ〉たる巨人の生活環境の現場をしかと見たのだった。

埴谷雄高は高橋和巳について次のように語っている。

> ぼくは精神のリレーということを言っていますが、高橋がぼくから受け取った精神は、ものの考え方ということであって、高橋はむしろ評論の方がいいと思っているんです。ぼくは絶えず高橋に言った。こういう文章ではだめだと。高橋の小説は実に変な文章で書くわけですよ。
>
> 文章はもう少しよい文章を書いてもらいたいと思って、これだけは何べんも言っても直らなかったですね。あれは不思議だった。
>
> 高橋自身は学者になりたい気が強くあった。高橋の学者になりたいという色気が文学を毒したわけです。だけど、考え方は継いでいます。精神のリレーとして高橋に継いでもらっているけれども、それは精神の部分だけであって、戦後文学を超える文章、文学を書いてくれていないですよ。
>
> 残念ながら、放蕩はしたけれども、帰ってこなかっ

た。帰ってきたときは病気になって帰ってきた。だから、高橋は戦後文学を半分継いで、半分継いでないです。

松本健一（聞き手）『埴谷雄高は最後にこう語った』（毎日新聞）

その日、ワインに寿司をご馳走になった。その時いったいなにを当方は話したのだったか。埴谷雄高は礼をもって接してくれた。高橋門下の縁だからだろう。

「こんなに初対面の人を歓待されることは滅多にないんですよ」

と編集者に耳打ちされた。ありがたいことだった。

夕方の訪問は深更におよんだ。わかれしなに「じゃこれをさしあげます」と『戦後の先行者たち——同時代追悼文集』（影書房）にサインしてくださった。同書には原民喜、梅崎春生、三島由紀夫、椎名麟三、花田清輝、武田泰淳、竹内好、平野謙、荒正人、福永武彦とともに、高橋和巳の追悼十二編が載っている。——脳には叡智、心臓には悲哀、生殖器には美というものを！　いや、それが世界の根本矛盾のクリティークであったたか。

二〇一二年

弱気になるな【2月14日（火）20時21分32秒】

小説を次々に発表し、東京でいろいろな方に会っている高橋たか子とお茶を飲んだときのことだった。

「辻邦生さん、美男子なのよ」

となにかの話題になり、明るくいった。

マロンシャンテリーにコーヒーの味も格別で、窓をおおう木々に風がそよいでいた。

『廻廊にて』『安土往還記』『背教者ユリアヌス』、そして『西行花伝』は谷崎潤一郎賞を受賞し、次は藤原定家を書くということだった。

その辻邦生が軽井沢で倒れたということは風の便りで知っていた。

一九九七年、井上靖記念文化賞の第五回受賞は梅原猛で、授賞式は東京神田の山の上ホテルでおこなわれた。その受賞会場にいくと辻邦生は髪も乱れ、足元もおぼつかなく、よろよろとしていた。

「大丈夫ですか」

と声をかけるのも気がひけるという雰囲気だった。立場上、来賓の方々に挨拶され、その談笑の輪にくわわっていたが、なんとも見るにしのびがたかった。

太田さん、弱気になってはいけません――それはいただいた手紙の一節だが、辻邦生の言葉が胸にやきついている。読むにたる十編の長編、十編の短編を書き、三編を残したら名家なのだろうが、一作家になることさえ容易なことではない。一作家はおろか、書いているものが読まれるかどうかさえもこころもとない無力を夕ナにあげ、辻邦生にあることで相談したのだった。

鳩居堂の朱の罫がはいった用箋三枚に、辻邦生の丁寧な万年筆の文字が書かれている。

ぼくは以前いただいた太田さんのお歌で、太田さんの内面世界の激しさ、純粋さを味わうことができたと思います。それ故にお目にかかったことがないのに心通いあうようなものが生まれていたのでしょう。太田さんのこんどの小説への思いはよくわかります。情念がほとばしっています。それを読んだだけで、太田さんが高橋和巳とともにした青春が、そこにあるのがわかります。(略)

ぼくは目下家内の病気介護と小説の仕事でぎりぎりいっぱいです。どうか、そのままぶつかってください。いいのは、必ず人々に読まれます。宣伝など問題にするに足りません。そんなものに毅然として抗されるのが太田さんらしいと思います。(略)太田さん、弱気にならないでください。弱気になったら弱気の文学しかできません。もっと書きたいけれど、時間がありません。どうか、意のあるところ諒とされてください。

一九九五年十月十九日　辻邦生

明け方の嗚咽【3月21日(水)21時30分29秒】

存在と律動、啓示と反問、定位と怒濤――情報ネットの虚体感覚に身があやうく揺れつづけている。ネットの荒野をさまよい、折り重なる時間の層に老体が嗚咽しながら流れてゆく。――いまとなっては、暗黒への出発とか、わが解体、明日の葬列、生涯にわたる阿修羅としてなど、正直いってもう読む気がしなくなった。

学校封鎖、ストライキ、団交、教授会、内ゲバ、自己批判、清官教授弾劾など、作家として東京にでてきたというに、また京都へもどり、なにをそんなにまでして苦しみ、生き急がねばならなかったのか。なにをそんなまでして、自分を外部へつきださねばならなかったのか。いったいなにが「知的誠実を求める正義の闘い」であったか。

過熱する京大闘争と大学当局にむけてストライキを起し、寒い構内に座りこんだ先輩教授を見舞いにゆくが、声も一つもかけられぬまま毛布の一枚をわたしてくる〈高橋和巳の含羞〉など、それがいったいどうしたというのだ。

「なぜこんなことになったのか。なりつつあるのか。数カ月の自分と比較して今昔の感に堪えないが、しかし誰を怨むことはない。自ら選んだ解体の道なのであるから……」なんて、聞きたくもない。

芸術は素晴らしい。文学、演劇、アート、音楽、映画となんと素晴らしいことか。――京都から戻り鎌倉の病床で喘ぐ高橋和巳の言葉をしかと私は聞いたのだったが、それこそ再起へかけた運命的な日々であったのだろう。

サロン形成と自由な社交により、そのインターディシプリナリティのありようを説く山崎正和が雑誌「アスティオン」のなかでいっていたのだが、早稲田大学の講演で一緒になったとき、

「今朝まで女といまして、まだ頭がぼんやりしています」

という檀上の高橋和巳を軽蔑している。

だが、こんなことになるなら、もっと酒を楽しく飲み、放蕩でもなんでも好きにすればよかったのだ。「高橋和巳の小説はインテリむきの大衆小説だ」という世のほざきに一笑することこそ、ブンガクの現場のたたかいではなかったのか。

一夜、心配した梅原猛、小松左京が高橋和巳を祇園で一席もった。

「それにしてもどうなんだ。身体のほうは大丈夫なのか」

「ムリするな。この当たりでいいんじゃないのかね」

聞いて、高橋和巳は状況を認識しない二人を睨みつけた。あれだけ共にしてきたかつての盟友たちも、誰一人として理解せず、近寄ろうともしない。

せっかくの酒がこのうえなくまずくなった。

「なにをいってるんだ。まったくわかってないじゃないか」

高橋和巳は聞く耳持たず、凄い見幕で席をたった。

水と炎と怒号。機動隊によって撃たれたガス銃の炸裂。それをうけた若者たちの後頭部からふきあげるおびただしい血。炎につつまれた一人の学生の死。白兵戦さながら、バリケード封鎖が解除されようとしていた。

編集者から高橋和巳と連絡がとれない。いかようもない。なんとかしてくれと電話があったのは、銀座のオフィスで仕事をしているときのことだった。

京都に電話をいれると、仲間の杉本真人がつかまった。彼は林川賢太郎、仲村政良ら同じ哲学科哲学専攻で学内雑誌「広小路文学」や実存主義研究会の仲間だった。高橋和巳が立命館を辞めてひきあげる時、梨木神社北側にあった研究室の整理によばれて手伝っていた。

事情を話すと杉本真人はすぐ京大前の仮寓にかけつけてくれた。

杉本真人は家の塀の上から、

「高橋和巳先生！」「いますか……」「どうしてるんですか……」と何回も大きな声でよびかけた。

しばらくして、高橋和巳が窓からにゅうと青ざめた顔をのぞかせた。

杉本真人は梅原猛にすぐ連絡、梅原夫人がおにぎりを持って高橋和巳を見舞った。

肝臓が弱った時の深酒は、飲んだ直後は悪反応はなくとも、明け方の嘔吐となって、不摂生の報いをあらわす。ちょうどそのように、酒で感情を抑えて仮睡した私は、時刻定かでない明るみのもとでふと目醒め、そして不意に嘔吐するように嗚咽した。

『わが解体』

望郷の黙示録【5月15日（火）19時21分08秒】

わが最後の日の東京、鎌倉・逗子、伊豆・松崎、静岡・浜松。そして京都。

あとは夕焼けが美しい入り江の小さな宿で波音をききながら存えよう。

老いて武州晴嵐の日々――望郷と哀愁の黙示録。

葬送にマーラーの第二交響曲第二楽章アンダンテ。

葬儀および墓石一切不要。月下にのぞむ駿河湾沖に散骨のこと――条々。

転落の冬の旅【8月17日（金）21時22分30秒】

辻井登の『冬の旅』（集英社）の主人公は徹底的な破滅の行程を浮彫にしている。強盗致死事件で滋賀刑務所を出所した三十六歳の男の行方が、ドミノ倒しに墜落していく。その一直線の人生がえがかれている。

秋葉原通り魔事件、淡路阪神大震災などリアルな時代感を背景に、自己の葛藤や不条理を自問することより、なすがままの直裁な日常に動物的に埋没する。

求めては奪われ、摑んでは失った。おれの人生、どこで躓いたんや　辻井登著『冬の旅』（帯コピー）

流れついた大阪・釜ケ崎、ジャンジャン横丁――時代と運命の日々、物語は西方の補陀落への冬の旅さながら、猥雑に下降していく。常に負を追って生きねばならぬ主人公の生い立ちやその後の歩みが、『憂鬱なる党派』と二重写しになってくる。

知的言説のモード【8月30日（木）15時11分25秒】

高橋和巳文庫コレクション全十巻の巻末エッセイは松本侑子、森まゆみ、高橋たか子、俵万智、増田みず子、道浦母都子、中沢けい、小池真理子、稲葉真弓ら女流陣がずらりとならび、新たな高橋文学の魅力をひきだす企画のようだ。

だが、その絶望、破滅、解体など総体としての〈褐色の憤怒〉が、いってみれば時代の流動のなかでまるでアクセサリーのようにあつかわれているとおもえてならない。いや、高橋和巳の暗黒の知的言説のモードは、いくたびもこうしてお化粧をされ、世に爽やかにだされていけばいいのだ。その若き日の暗い深海のどよめきのような哲学的思弁は、やがて、東洋的信頼の文学に結実するものであったのだろうに。

鎌倉の家【11月15日（木）10時12分25秒】

鎌倉・二階堂の高橋家には多くの人がおとずれた。

一九八九年、新居にうつり住んでいた高橋たか子は、当家を七二〇〇万円で売却した。バブルに沸く時代だった。信仰の深い道にはいっており、その売却金は北海道の教会に寄付された。落ち葉舞う〈幻の家〉はあとかたもない。

さるにつけても、明けるか明けきらぬ時刻。身じろぎもしないまま夢が、どこへともなくうつろっていく。なにをこんなにまでして、古い記憶の影が身をしばるのか。いや、こんな老いぼれのくりごとなど誰が聞くものか。そして、どこまで迷ったらすむのか。どこまできわめれば気がすむのか。

「直接行動の季節」とか、「闘いの中の私」とかなど、まったくどうでもよく、ブンガクがブンガクあらしめるための僥倖に身をつくすべきであった。虚偽の遠慮なり、礼儀なりの挨拶なんて、もうご免だ。口先きだけの知識人・文化人なんかにかまうことなく、あなたは未完の『遙かなる美の国』をこそ、書き継ぐべきであったのだ。

二〇一三年

和巳忌——【5月3日（金）22時12分40秒】

つましい生活の日々。所帯をもち、生きていくのに精いっぱいだった。

京都流離の日々をきりあげ、上京して三年目。南浦和の安アパートから新座の公団住宅にうつってまもなかった。

高度成長にわく都会に生き、仕事にはげみ、心身ともに疲れていた。

マスコミ・編集・出版・宣伝PRの世界の周辺で、分を秒にきざむ日々だった。

長男はまだ小さく、妻のお腹には二人目の子が宿っていた。

書くものは実をなさず、生業のあわただしさに身を削っていた。

文芸誌の編集者には「急がないように」といわれた。

二作、三作と書いていくべきが、なかなかすすまなかった。

生活に追われていたのだろうが、それが理由にならない。

軽井沢——高原の夜は寒く、つかのまの休暇のひとときだった。

突然のことに、息を飲み、わが子を抱きしめていた。

身体がふるえ、目にうつるものが溶解していった。

軽井沢から鎌倉へ、急ぐ心をおさえ、動転しながらむかった。

通夜で滂沱の涙が流れ、その場にひざまずいていた。

斎場でとりあげた白骨に無情の鐘が鳴った。

バッハの無伴奏チェロ・ソナタ。

あの重々しいチェロの独奏——東京・青山斎場における葬送。

流れていった歳月。幸福と怒り、美、苦痛、光輝の宴の幕がおりる。

私をお食べ【5月23日（木）11時23分20秒】

なぜか、最近、わけもなく幼い頃のことが夢のなかにでてくる。

夢がむなしく散っていく。重く、悲しい風景ばかりがつづく。一人置き残されたように海がひろがり、潮騒がひびく。海辺に白いパラソルをかかげていくのは誰なのだろう。妹よ、おまえはいったいどこへいってしまったのだ。すると、ふいに息をぬいた小さな声がする。死ぬほど恐れていた、ねんね、ねんねというかすかなくりかえしに、おもわず目を閉じる。——ねんねころりねんころり、ねんねしなけりゃ墓たてる……。

> お前は私を食べていいんだよ。そいうめぐりあわせなんだから。そして元気になったら私の骨を埋めておくれ。誰にも言うんじゃないよ。（略）食べておくれ。私をお食べ。肉といっしょに魂も入って、お前を守ってあげる。
>
> 『邪宗門』

内に省みて恥よ【7月19日（金）10時31分15秒】

いまさら、ブンゲイやシソウやセイジの転向の戯言などききたくもない。要は、無援の荒野で己をどこまで律してきたのだったか。そう、いまもって高橋和巳はその〝文学と思想の踏み絵〟であるのよ。
鋭利と弾力をそなえた高橋ワールドを拒もうが、無視しようが、どうぞご勝手になさるがいい。それは倫理的不誠実というより、根源に高橋和巳体験の葛藤をいう。いかに、己の思索のカオスにおいて、高橋和巳を体験したのだったか。内に省みて恥よ。

高橋たか子を悼む【8月17日（土）9時21分21秒】
高橋たか子が七月十二日亡くなった。享年八十一。葬儀は近親者でおこなわれた。

二〇一四年

挽歌六十首について【2月15日（土）22時21分12秒】
このほど「高橋たか子挽歌」六十首をサイトに掲出した。パリ滞在からイスラエル巡歴などを経て深い霊的世界に入り、意欲的な創作活動をつづける高橋たか子とはまったく無縁になっていた。その高みがなんなのか、わからなかった。カトリック作家は一定の作家以外とはすべての交渉をこばみ、人間の情やセンチメンタリズムを拒否していた。

「一言、その人の名誉のために言っておくが、太田代志朗君だけは、利心なく、ひたすら和巳を尊敬する、純朴な文学青年だった」（高橋たか子著『高橋和巳という人――二十五年の後に』河出書房新社）。この「純朴な文学青年」とはおそれいるが、いまさらいわれたってなにもはじまらない。
それがこの夏七月に亡くなり、日のたつごとになぜかいいしれぬ悲しさがこみあげてきた。なぜか、忽然と歌になった。回想と滂沱の百首がなされ八十首に絞り、鎮魂の六十首になった。一首一首には極私的ドラマがあるがいっさい触れていない。

「何もすることがない」【2月4日（火）21時32分40秒】
机のかたわらに積んである一冊をとりよせる。やっと読む気になった。
高橋たか子の『終りの日々』は、明るい海辺の部屋でつづられた二〇〇六～二〇一〇年の手記。表現するものにしかわからぬ言葉。孤独、パリ、執筆、修道院、ペルソナ。

考えている。考えている。これからどう生きるか？
ここにいない、と感じる。誰が？　この私がいない。
ここにいるというのにいない……。

白い光の、ぱっぱっと炸裂する、真夏の、昼間を、ただ一人で茫洋と歩いている私自身……。あの、ボルドー南部の地、はてしなくつづく松林こそ、若い頃からの、私の夢のようなもの……。

人生の最後の日々——という意識が、常に私にはある。その日々に、何をするか？　何も、する気がない、という気分があるのだ。むなしいわけではない……。何もすることがない……。

高橋たか子著『終りの日々』（みすず書房）

「文藝」の要求が嫌だ【3月10日（月）22時30分42秒】

リビングの椅子で、「何もすることがない」とおもう。

考えている。これから、どう生きるか？　一切が虚無なので、おまけに日本の一切が俗悪なので。

『終りの日々』

フランス語による聖書朗読。祈りと執筆。茅ヶ崎のホームでリアルな生活は完全に欠落し、死が実感としてせまる。

「亡夫と私の二人だけの記憶は、天国にて保存されるもの」であった。

言葉に共振できる人がいない。その晩年の孤独と失意がつづられる。神をめぐる深い思索のなかで、「ずっとずっと昔のどうしても書き残しておかねばならぬこと」があったという。

亡夫・高橋和巳が一九六九年、大学紛争の最中に京都からちょっと鎌倉に戻ってきて、私にだけ言ったこと。河出書房の「文藝」の要求が嫌だ。自分の思いどおりに書かせようと迫ってくる。もういちど、何とかしてもらいたい、と。

彼の必死な言葉を、ここにきちんとかいておこう。二十世紀の終わる頃になって、私は、ありありと思い出したのだった。

『終りの日々』

終わりの日々に【5月24日（土）10時50分09秒】

高橋和巳たか子著『終りの日々』の書評「揺れ動く存在感と魂の行方」を「図書新聞」（五月二十四日号）に書く。

二〇一五年

ふたたび終わりの日々に【5月14日（木）20時10分25秒】

その人の噂は時代の流れのなかで熱くかけめぐった。すべてを投げ捨てパリへ、エルサレムへいった。粗末な修道服に身をつつみ海辺の村を亡命者のようにさまよっているということだった。皿洗いし夜は小さなベッドに眠り、霊性ゆえに著作の絶版を宣言した。行方知れず北海道へ、また京都にいるという風の便りであった。俗人を寄せつけぬ拒絶の信号をはなっていた。だが、この終りの日々において、文学やアートを〝情念言語〟でかたる身近な人もいない。翻訳やフランス女流作家の本の刊行をもくろみ、またパリへ慌ただしく旅立つ季節のめぐり。そして、ふとまた静かな日常にもどれば「家族もなく、職業もなく、ただただ生きている」現実をかみしめる。

ふと、ひと昔前をかえりみるに、鎌倉二階堂の首塚脇、裏山の枯葉が時雨のように降りしきる平屋は、作家デビューをはたした高橋和巳・たか子がやっとのことでさがしあてた住まいであった。

そこには大勢の人々がでいりした。だが、憂愁と解体の作家が身罷ると、家は亡霊のように静まりかえった。その幻たちの家の番人になることを拒み、新居なる黒川紀章設計による僧院風の玄関の暗いホールでわかれの挨拶をした浅学をして、高橋たか子の「純朴な文学青年」だという〈紺青のオマージュ〉を、いまは素直に聞いておくことにしよう。

風が流れ【9月22日（火）16時32分40秒】

哀愁の高橋和巳が静かに微笑んでいる。おい、魚釣りにでもいくか。旅にでて、また花札でもやって騒ぐか。日本的ラディカリズムの心性とは、はたしてどういうことだったのか。茫々の歳月に邪宗の門は軋み、遙かなる美の国がかすむ。そして、きょうも黄昏の橋に風が流れていく。

高橋和巳・高橋たか子基金【11月18日（水）12時55分14秒】

九月四日、故高橋たか子氏より多額の遺贈をお受けした。これにつき理事会において、二〇〇一年度に同氏のご寄付により設立された「高橋和巳・高橋たか子基金」に加えることが決まった。

「日本近代文学館」館報　第２６８号
（２０１５年11月15日）

＊本稿はＢＢＳ掲出のものを補正、再構成した。
＊尊称については省略。ただ一部その場の流れとし他意はない。

太田代志朗（おおた　よしろう）
一九四〇年静岡県生まれ。作家、歌人。立命館大学文学部哲学科哲学専攻卒。「対話」第二次同人。主な著書に『高橋和巳序説』『このひとときは風にみち』『清かなる夜叉』、共著に『高橋和巳の文学とその世界』など。

Ⅵ部　書誌研究

(1)高橋和巳研究のための手引き、(2)高橋和巳著訳書一覧、(3)高橋和巳研究・参考文献目録を掲載した。手引きについては研究の回顧・現状と課題・展望を示した。著訳書については単著、共著、編著を網羅した。参考文献目録については全集二十巻に全集刊行の一九八〇年までの文献が収録されているが、量的にも膨大であるため本書では再掲をせず、全集未載の文献、全集刊行以降に単行本、各誌で発表された文献（論文、記事類）を収録した。手引きについては池田恭哉氏、文献目録については東口昌央氏、池田恭哉氏、松家裕子氏からそれぞれ貴重なご指教と多大なご協力を得た。記して感謝申し上げる。（田中寛）

書誌研究(1)

高橋和巳研究のための手引き

——研究の回顧・現状と課題・展望——

田中　寛

はじめに——抵抗と自立の文学

第一次戦後派の批判的継承を自他ともに認め、文学・思想追究の途上半ばで夭逝した高橋和巳の全貌を辿ることは、没後四十数年を経た現在でも容易なことではない。加えてしばしば本人自ら述べたように研究、批評、翻訳、創作という総体的な作業の再検討にむかうとき、当時とは文学の価値概念も多様に異なる現況において、より一層の困難をきわめる。まずこれまで文壇から〝黙殺〟されてきた事実の諦観こそを出発点とすべきであろう。文学の変容、変質という問題に加え、同時に現代社会における作家と読者の在り方、作品の享受の仕方にもおのずと関心を払っていくことになる(1)。

六〇年代の文学に限っても同時代を生きた三島由紀夫や大江健三郎に関する研究が主流で、また井上光晴や、開高健などといった作家の特集がしばしば編まれているのに対し、目立った高橋和巳研究が進められていない現状であるが、急逝したがゆえに全体的な眺望をもってどこから手をつけてよいのか、照準が定立しにくいのも故無しといえよう。七〇年代から八〇年代はまだ一部に関心がもたれていたものの、九〇年代に没後二十年を迎えて以来、ぱったりと途絶えてしまったかの感がある。とはいえ、没後から現在に至るまで、高橋和巳についての相当の数の言及が見られることは（それが一過性、部分的なものであれ）、彼の存在が地下鉱脈のように生き続けていることの証左であろう。

高橋和巳の文学と思想を今一度見つめ直すことは、混迷の現代に文学が何をなしうるか、高橋自身が終生問い続けた根源的な命題を、今日的角度から再検証すると同時に、あらためて文学の可能性を追究することにつながる。彼の短い生涯の中で、常に文学の責任、使命を考究し続けた姿勢を辿ることで、文学の本質を再認識し、私小説と並走する戦後の抵抗、不服従の文学思想を見つめ直す意義も生まれるであろう。ただ彼の遺した文章、作品を総体として読み解き、統合することは多くの努力と時間を必要とする。さらに読み継がれていく中で日々評価の変転する現状をも見据えた作業は容易なことではない。現代を覆う文学の多様化、内在する社会性の問題、喪失感など、批評行為そのもののあり方も問われている。以下ではそうした事情をふまえたうえで、ごく簡略な作品紹介もかねつつ、高橋和巳研究の回顧・現状と、課題・展望を示してみたいと思う(2)。

1．高橋和巳研究の出発点と輪郭

著作各論の考察については、まず何よりも『高橋和巳全集』全二十巻を基調とし、その上で以下の文献を参照することになろう。

没後直後の基本的文献として、次の三点は最重要である（以下、でき得る限り文献は刊行順とした）。

①立石伯『高橋和巳の世界』講談社一九七二
②埴谷雄高編『高橋和巳論』河出書房新社一九七二
③高知聰他編『高橋和巳をどうとらえるか』芳賀書店一九七二

①は当時気鋭による高橋和巳についての最初の評論単著。②は諸雑誌に既発表の高橋和巳論を十七篇収録、河出書房新社編集部による三五頁にわたる全作品解題を附す。③は十二篇の書き下ろし論考を収録するが批判的評論が大半を占める。これに先立つ、死没直後に緊急に編まれた④、⑤、⑥の雑誌特集号も重要である。

④「人間として」第6号　高橋和巳を弔う号　筑摩書房一九七一・六
⑤「文芸」臨時増刊高橋和巳追悼特集号　河出書房新社一九七一・七

⑥「対話」第8号　高橋和巳追悼号　対話の会　一九七二・一

このほか『群像』、『海』など文芸誌、『世界』、『現代の眼』などの総合誌各誌でも没後直後に小特集が編まれており、参照すべき文献は少なくない。数年後の刊行物として、次の二点がある。

⑦川西政明『不果志の運命、あるいは高橋和巳の断片的考察』講談社　一九七四

⑧小川和佑編『高橋和巳研究』教育出版センター　一九七七

⑦は長く高橋の編集に当たった著者の処女評論集。⑧はコンパクトながら作品論、作家論をはじめ、文献目録など書誌研究も収録した、研究ガイド的な構成となっている。また、

⑨高橋たか子『高橋和巳の思い出』構想社　一九七七

は妻の立場から透徹した目で綴られた手記で、死を看取るまでの闘病日記も収める。近親者による人間、高橋和巳論である。

没後十年を前に、回想的述懐をまとめて刊行されたものに、

⑩小松左京編『高橋和巳の青春とその時代』構想社　一九七九

がある。既発表のエッセイ的論考を再編集、親しき恩師、友による九編の論攷と「対話」創刊同人による座談会を収録している。

⑪、⑫は身近にいた作家、友人によって書かれた人物論である。

⑪真継伸彦『高橋和巳論』文和書房　一九八〇

⑫豊田善次『高橋和巳の回想』構想社　一九八〇

同時期に文芸読本の一冊として⑬が刊行された。論文のほかに年譜、作品ガイドなども収録され、小事典的体裁となっている。

⑬『文芸読本　高橋和巳』河出書房新社　一九八〇

暫く間をおいて没後二十年に数点が刊行された。心情的、懐古的な回想録の印象が強い(3)。

⑭村井英雄『書誌的研究高橋和巳』阿部出版　一九九一

⑮村井英雄『闇を抱いて　高橋和巳の晩年』阿部出版　一九九一

⑯梅原猛・小松左京編『高橋和巳の文学とその世界』阿部出版　一九九一

⑯は十六編のエッセイ、研究論考、梅原猛と太田代志朗の対談を収録。人物史では村井英雄による⑭⑮のうち後者はとくに晩年の頃が詳細に描かれているが、⑰が最も詳細である。

⑰川西政明『評伝高橋和巳』講談社　一九八一

これは『群像』（一九八一・六）に三五〇枚一挙掲載されたものをもとにしており、後に文庫（講談社文芸文庫一九九五、秋山駿解説）にもなった。高橋和巳自撰年譜も合わせた定稿・高橋和巳年譜を収録する。なお高橋和巳論の専著ではないが、数本の論考を含む⑱も独自の視点に貫かれている。とりわけ、高橋和巳文学の本質を中島敦の「狼疾」にもとめている点で異色の高橋和巳論といえよう。

⑱あきとしじゅん『高橋和巳における狼疾』丸善京都支店出版サービスセンター　一九八五

没後二五年に高橋たか子による回想が刊行されたが、これは冒頭の未発表グラビアとともに、上掲⑨の補遺版でもある。

⑲高橋たか子『高橋和巳という人　二十五年の後に』河出書房新社　一九九七

九〇年代末から二〇〇〇年代にかけて、高橋和巳論の単著が四点出された。それぞれ長い歳月を費やした労作である。

⑳太田代志朗『高橋和巳序説―わが遥かなる日々の宴』林道舎　一九九八

㉑脇坂充『孤立の憂愁を甘受す◎高橋和巳論』社会評論社　一九九九

㉒伊藤益『高橋和巳作品論―自己否定の思想』北樹出版　二〇〇二

㉓橋本安央『高橋和巳　棄て子の風景』試論社　二〇〇七

⑳は第二次「対話」同人であった著者の高橋和巳論、㉑は総合的見地からの省察、㉒は各作品に著者自らの生き方を重ねた手記的作品論。㉓は待望久しかった、新世代による高橋和巳論である。

以上の単行本に加え、これらに遡る雑誌特集としては主要三点がある。いずれも一九七〇年代に刊行されたもので、高橋和巳研究に欠かせない重要な論文を含んでいる。

㉔高橋和巳と倉橋由美子『国文学　解釈と鑑賞』至文堂　一九七一年八月号

㉕井上光晴と高橋和巳―苦悩と告発の文学―『國文學　解釈と教材の研究』學燈社　一九七四年四月号

㉖高橋和巳の問いかけるもの『國文學　解釈と教材の研究』學燈社　一九七八年一月号

没後二十年を記念して文芸誌『文藝』（秋季特大号一九九一）で小特集「高橋和巳再読」が掲載され、三論文㉗が収録された。時代を経て高橋和巳の内面的な考察が特徴的である。とりわけ藤井論文は高橋和巳の満洲国への視座を鋭く突いており白眉である。

㉗久間十義「うるわしきタナトス」、紅野謙介「劇的なるものの憂鬱―「散華」再読」、藤井省三「暗喩としての満洲国―高橋和巳「堕落」の構造」

以後、雑誌特集は今日に到る迄編まれておらず、単行本も㉓以降刊行されていないが、没後四五年を経て㉘が刊行された。⑬『文芸読本　高橋和巳』のリニューアル版ともいえるもので、若手評論家、詩人との対談をはじめ、同時代の回顧エッセイ、習作を収録する。

㉘『高橋和巳　世界とたたかった文学』（河出書房新社　二〇一七年二月）

二〇〇〇年代以降はインターネット上での発信が多彩に見られる。高橋和巳研究には全集第二十巻所収の参考文献のほか、本書収録の全集刊行以後の参考文献をも精査すべきである。さらに文献も人物（文学思想）論のほかに作品別、項目別の整理が必要であろう(4)。なお雑誌、大学紀要類に掲載された論考、エッセイの詳細は本書所収「参考文献目録」を参照されたい。

2.　小説作品研究

2-1　長篇作品を中心に

主要長篇は初期「悲の器」「憂鬱なる党派」「邪宗門」の三作、ついで中期「捨子物語」「我が心は石にあらず」「日本の悪霊」の三作、そして晩期の二作「黄昏の橋」「白く塗りたる墓」ということになろう。「捨子物語」は最も初期に書かれた長篇であるが、加筆、正式出版されたのが数年後であることから中期に入れておきたい。「日本の悪霊」は唯一単行本として刊行されなかった長篇だが、生前に相前後して「高橋和巳作品集」および講談社文学全集「現代の文学」の一巻に収録された。当作品は作品集刊行前のインタビューでも自身が語っているように、創作活動のワンサイクルを終えての記念碑的著作でもあった(5)。ドストエフスキーの内在する主題、さらに師と仰ぐ埴谷雄高をどう超えていくか、志を固めた矢先であった。

高橋和巳の代表作といえば、やはり初期三作、とりわけ「悲の器」を挙げるのが妥当であろう(6)。ここには作者の人物造型が如実にあらわれている。名声を得た知識人の過去に引きずられた没落風景は、その後も彼の作品の基調を創出した。次に「憂鬱なる党派」を挙げる。当初同人誌「VIKING」に十一回にわたり連載されたものを、その後すべてを書き直して河出書房新社第一回書き下ろし長篇小説叢書として刊行された。戦後文学の系譜を受けた文学、また原爆文学として、あるいは〈青春小説〉として戦後青春の墓名碑（川西政明）と評価される。高橋の「憂鬱」を定位する題名とともに文学史に残る名作である(7)。作品冒頭の雑沓の描写は、彼の中国文学研究にしばしば言及される情景が照射されている。次に「邪宗門」であるが、再度脚光を浴びたのは没後二十五年を経た一九九五年のオウム真理教による事件が背景にあったことは記憶に新しい。そして今また、ここ数年の日本をとりまく政治状況、共謀罪成立の大勢から、政治と宗教の問題など、作品の内包する意義が再注目されている。スケールの大きさ、構想力、思想的にも深遠な叙事詩的構成は日本が世界に誇る文学（佐藤優）との高い評価がある

(8)。現世において既成の支配階級に抗する民衆側からの世直しは可能なのか。ありうべき楽土を求めて権力と相対峙した新興宗教団体「ひのもと救霊会」の誕生から壊滅に至るまでの歴史と夢幻の花を現世に求めて格闘した人々を描いた壮大な全体小説である。著者の渾身の力をもって築き上げた不朽の名作で、全共闘運動の時代に最も読まれた作品であった。宗教観、政治思想、中国論を語る上でも重要な作品で、今なお読書所感が最も多い作品である。

その後、評論活動にも意を注ぐ旺盛な作家生活にあって、中期三作はやや見劣りがするものの、「我が心は石にあらず」は知識人の宿命を描いた点では「悲の器」の主題を継承している。「日本の悪霊」はドストエフスキーの「罪と罰」の日本戦後版でもあるが、人物の葛藤劇は戦中と戦後の交わることのない対決を描いた。高橋文学のなかでもっとも異質でかつ原初的な作品が「捨子物語」であろう。秋山駿は二十歳を越えた青年が重層的な文体で重い主題を書き綴ったのは同世代作家群でも類を見ないと意義付けつつ、彼独自の世界観の出発を印象的に記している（新潮文庫解説）。

晩年の「黄昏の橋」と「白く塗りたる墓」の二作品は未完の長篇ゆえに評価を下し難いが、前者は大学闘争の最中に書かれたことから大学の自治の現実、政治闘争の内実を、また後者はメディア社会の危機意識をめぐって一報道人のあり方を視座に描こうとしたもので、表現の自由をめぐる現代的な主題を引き摺る佳作である。両作品には冒頭にエピグラフを配しているという点が共通しているが、作者の現代社会に斬り込む新境地を感じさせる。なお、長篇の構想として「国家―あるいは「幻の国」―」および「遙かなる美の国」があったが、没後に冒頭の一部が発表されたのみである(9)。

2-2 中短篇作品を中心に

中篇小説として「散華」「堕落」を挙げなければならない。「散華」は「悲の器」の次作として発表された。戦時期の〈死の哲学〉の所在を二人の登場人物に配して対峙させ、その背景に日本浪漫派、近代の超克をも視野に入れた意欲作であり、戦争責任を論究した作品として今なお注目される。「散華」の二年後に書かれた「堕落」も戦中から戦後を生きた知識人の戦後責任を問う。二作は〈合わせ鏡〉のごとき特徴を有しており、高橋文学の志向性を探るうえで極めて重要である。この二作はいずれも戦争文学の範疇に加えられる。

長篇小説を志向した高橋和巳にも重要な短篇小説がある。没後二五年を記念し、短篇を収録して刊行された作品集として、『高橋和巳短篇集』（阿部出版　一九九二）がある(10)。「片隅から」「古風」「飛翔」「我れ関わり知らず」など九篇と梅原猛、太田代志朗の序、解説を収録しているが、「あの花この花」「貧者の舞い」は収録されていない。短篇では「貧者の舞い」が出色で、部落解放問題関係者から批判が寄せられるなど、その表現描写についても問題提起された作品である。また、戦争文学と青春小説が合体した「あの花この花」も戦時下の日常と青春を抉りだした作品である。短篇「飛翔」も渡り鳥の一生を生態学的運命論として描いた佳作で、彼の死生観をも浮き彫りにしている。「革命の化石」は短篇ながら中国の悲劇を寓話風に活写したもので、彼の文革観、中国観の一端を示している。短篇作品の研究は長篇小説ほどには注目されないが、長篇構想のプロット、モチーフとなった（と思われる）断片的な描写群があり、これらの作品間の連環も今後の研究の課題であろう。なお、ほぼ全作品に関しては「高橋和巳全小説」（一九七六）各巻所収の川西政明解題が参考になる。

なお、全集には比較的筋立てが明確な草稿が収録されているが、未完成の未定稿も少なくない(11)。未発表草稿はエッセイ、評論、中国文学論、翻訳などに分類され、次の目録中の特別資料として列記されている。

『高橋和巳文庫目録』日本近代文学館所蔵目録

28　財団法人近代文学館　二〇〇二・一一

いずれ文字起こしによる誌上公開と同時に既発表作品との連関の解明などが期待される。本目録は高橋和巳所蔵図書目録を詳細に分類しており、これらの文献を通して高橋がどのような思想領域に関心を注いでいたかを知る上でも重要である。

3．文学批評・評論研究

生前、数冊の評論集を出しているが、単純に文芸評論と言い切れぬところにスケールの大きさと知の重層性が感じられる。まず

(1)『文学の責任』河出書房新社　一九六七

(2)『孤立無援の思想』河出書房新社　一九六九

があげられるが、(1)は彼の文学的出発を決意表明した処女論集で、すでに重厚な文体と厳密な論理構成により「非暴力の幻影と栄光」「葛藤的人間の哲学」といった禁欲的な磁場形成、知の綜合陶冶を志向した記念的な「文学の責任」、また雑誌『近代文学』に発表された「逸脱の論理―埴谷雄高論」、『思想の科学』に発表された「自立の精神―竹内好における魯迅精神」を掲載する。後半部分には「表現者の態度」「文学研究の諸問題」等中国文学論もふくむ。(2)は「全エッセイ集」と銘打たれ、第一部「革命と戦争の世代」には彼の代表的な評論「失明の階層」「孤立無援の思想」「戦争論」等をおさめ、第二部「文学は何をなしうるか」には「戦争文学序説」「戦後文学私論」「政治と文学」のほか埴谷雄高、武田泰淳、椎名麟三、野間宏など第一次戦後派、三島由紀夫、井上光晴、深沢七朗等の多彩な作家論を収める。第三部「多岐な精神領域への志向」と題して「アジア主義」「夏目漱石における近代」等重要な論考を収める。デビュー後に方々に発表された批評、エッセイを集成したもので、高橋和巳の博学、知性を如何なく表明した代表的著作。

次に中晩期二冊の単著評論集がある。

(3)『新しき長城』河出書房新社　一九六七

(4)『孤立の憂愁の中で』筑摩書房　一九六九

(3)には中国論、文化大革命論を主とし、(4)には大学闘争の渦中にあって知識人の立場を吐露した「直接行動の季節」「現代の青春」「闘いの中の私」「孤立の憂愁を甘受す」のほか、「知識人と民衆―文化大革命小論―」などを第一部とし、第二部には「現代思想と文学」「戦後文学の思想」「戦後派の方法的実験」「なぜ長篇小説を書くか」といった文学思想論を、第三部では島崎藤村、夏目漱石、三好達夫、桑原武夫らの人物、作品論を、第四部には中断した「極限と日常」論、さらに「事実と創作」「私の文章修業」など創作についての根源的背景を記した。前著(1)、(2)からの明確な飛躍、かつ知識人の運命へと向かう重要な論集である。

このほか、次の三点も高橋の文学論の考察に欠かせない。

(5)『文学のすすめ』学問のすすめ6　筑摩書房　一九六八

(6)『戦後文学の思想』戦後日本思想大系13　筑摩書房　一九六九

(7)『文学講座』河出書房新社　一九七六

(5)はシリーズの一冊の編著で、冒頭に埴谷雄高へのインタビュー「夢と想像力」、また評論「現代思想と文学」を収める。(6)は「戦後日本思想大系」講座の編著で冒頭解説「戦後文学の思想」を収める。(5)、(6)の収録論考各編は現代においても色褪せない重要な問題をはらんでいる。(7)は初期の放送講座の原稿をもとにした論考の他、「現代日本文学の問題」「現代文学の課題」「現代小説の概観」などの現代文学論、「転向者の文学と近代志向」「戦争体験と文学」などを収録、没後に刊行された。いずれも高橋和巳の重厚で骨太な文学論の展開がみられる。(8)、(9)の二点も没後に刊行されたものである。

(8)『自立の思想』大和書房　一九七一

(9)『人間にとって』新潮社　一九七一　新潮文庫　一九七九

(8)は三島由紀夫割腹事件を受け巻頭論文「自殺の形而上学」と、野間宏、秋山駿との座談会「文学者の生き方と死にかた」を、さらに小田切秀雄、梅原猛との対話を、後半部分では、大

学闘争の体験から「自立化への志向」「直接行動の論理」等を収め、これらの著作は当時の若い世代に大きな影響を与えた。(9)はそうした感情的な内省をより根源的な指向範疇にもとめたエッセイで『波』（新潮社）に連載されたもの。書名通り、「人間」の生き方、立ち位置を確認し、人間としての思想的根拠を求めた。なお、後に文庫本として再構成された。一方、対談集、講演集として

(10)『生涯にわたる阿修羅として』徳間書店　一九七〇
(11)『わが解体』河出書房新社　一九七一
(12)『暗黒への出発』講談社　一九七一

がある。(10)は戦後を代表する知識人十二人との対談集で、その知識、問題意識の多方向性を示している。(11)は高橋和巳の名を没後もっとも鮮烈に描きだした記念碑的講演集。(12)は口述筆記も含めた晩年最後の論集である。以降、文庫を中心に数篇を抄録した編著が文庫本の体裁で出されているが、この作家の批評体系を知るには不十分である。

(13)『現代の青春』旺文社文庫　一九七三
(14)『修羅の思想』文和書房　一九七四
(15)『人間にとって』新潮文庫　一九七九
(16)『わが解体』河出書房新社文庫　一九八〇（新版二〇一七）
(17)『孤立無援の思想』岩波現代ライブラリー　一九九一
(18)『新編 文学の責任』講談社文芸文庫　一九九五

文学批評については対談もふくめ、旺盛な批評活動を展開しており、一部には小説よりは評論方面において評価される向きもある(12)。文学論一般のほか、戦後文学、戦争文学、戦争論、知識人問題、思想問題など多岐にわたっており、また夏目漱石、中島敦、竹内好、埴谷雄高、武田泰淳などの作家論についても今後の論究が期待される。また、大学人を含む知識人のあり方、戦争責任問題、公害・環境、生命倫理問題、情報管理社会における主体の問題など、小説で論じられた課題と連動して、考察すべき課題は少なくない(13)。

4．中国文学の研究

高橋和巳の中国文学研究は潘岳、陸機、顔延之、江淹、李商隠などの当時の時代思潮との関連から追究しようとした個別的作家詩人論と、六朝美文論、文学態度・批評論などの総論的考察の二点（井波律子一九七四）に、魯迅文学への内省を含む古典と近現代文学の融合を目指した研究を加えることができるだろう(14)。

早期には京都大学大学院在籍時に中国詩人選集（岩波書店）の二冊、『李商隠』、『王士禛』の訳注編著を刊行した。前著付録として「李商隠に関する逸話」「詩人と孩童」の短文を附す。また前後して『漢詩鑑賞入門』（共著）を創元社から刊行した。六朝以前を主担当、第一部「中国詩の歴史とその形式」として執筆された「中国詩梗概」には高橋の文学観もあわせて投影されている。高橋和巳作品集四巻の月報、川村二郎「訳詩家・高橋和巳」も彼の美意識を知るうえで重要である。なお、同巻の帯文に「〈内部〉から次発する精神に固執しつつ〈外部〉の情況に対する真摯な論理構築と、実践を通しての角遂のなかで、自己の文学営為を十分に果たした高橋和巳の、想像力、存在論の原形を形成した中国文学に関する全論考を収録」とあるように全集の十五巻、十六巻とともに必須の研究資料である。

小説、戯曲に対して短詩形文学、なかでも乱世に生きる詩人に傾倒したのは伝統的な王道の研究であったが、乱世における美意識、浪漫主義への観照は彼の文学観、創作作品の造型にも通底している。

高橋和巳の中国文学については、井波律子（一九七四）「高橋和巳と中国文学」、同（一九九一）「美文の精神―高橋和巳と中国文学」、中島みどり（一九七一、一九七二）「中国文学者としての高橋和巳」、駒田信二（一九七二）「中国文学についての論考と彼の小説」、木下順

二（一九七二）「高橋和巳と『李商隠』」、中野美代子（一九七八）「「志」ある文学―その論理と破綻」が出発点となる。中島（一九七二）は彼の中国文学論と創作の連携については否定的な立場に立つ。とはいえ、「竹内好氏を中心とした近代中国文学の研究に対して深い理解を示し、なしうべくんば、不幸な離別の状態にあった古典研究と近現代文学研究との統一の希望を彼は抱いていたであろうと思われる」のである。竹内好の魯迅精神、武田泰淳の司馬遷精神を受けつつ、李義山（李商隠）への傾倒は自らの文学志向とあり得べき中国文学研究の開拓を重ねたのであり、文体、美文精神などについては今後の考察に俟つ所は大きい。中国文学に軸足をおいた高橋和巳研究として安東諒の考察があげられる。『徳島大学国語国文学』（徳島大学国語国文学会一九八八―一九九四）に連続掲載された「高橋和巳論―中国文学論の一端」全七編があり、単行本化されていないのは惜しまれるが、うち一部はネットに公開されている。後述の大上正美の業績と合わせて、今後の高橋和巳の中国文学研究に資するものであろう。

　中国古典文学の研究では、とりわけ京都大学における研究の水脈は重厚な研究を育んできた。六朝期では鈴木虎雄『駢文史序説』（研文出版、二〇〇七）、興膳宏『中国の文学理論』（筑摩書房、二〇〇一　清文堂、二〇〇八新版）、同『中国詩文の美学』（創文社、二〇一六）などがあり、また内外でも多数の研究の蓄積がある。『文心雕龍』には興膳宏訳（筑摩書房、一九六八）もあり、研究の環境としては恵まれていたといえよう。高橋和巳が中国の古典詩学の美に開眼し、これらの文学理論に傾倒していった経緯については、大上正美『六朝文学が要請する視座』（研文出版、二〇一二）において高橋の初期の著作論考「表現者の態度」にふれつつ、次のように述べている。長くなるが重要な箇所なので引用しておきたい。

> 　小説家にして戦後のある時期中国文学研究の先頭を走っていた高橋和巳は三九歳で亡くなったが、人を表現行為に駆り立てる、表現行為の基本にある表現者の態度として二種類があると述べていた。一つは教養主義的な態度、もう一つは厳粛主義であるとした。それを今、私なりに敷衍させて言えば、教養主義的なものというのは楽しむための文学、たとえば皇帝の目を喜ばせたりするのも楽しむための文学である。もう一つは、発憤著書のように、日頃の生活で自分が自分でないうまくいかない部分、往々にしてほとんどうまくいかないのが現実の生だが、うまくいかない部分が積もり積もって、どうしようもなくなって表現の場にせり出していく。それを高橋和巳は厳粛主義と規定する。言うまでもなく。この二つの態度というのは、これは何も紀元前二世紀、前一世紀の話だけでなく、現代の私たちの身近な問題として文学というものはどういうものであるか、時代と文学との関わりがどういうものであるかということを、端的に示唆していると私は捉えている。（一九九―二〇〇頁）

　生涯の研究対象とした李商隠の生きた時代背景を知ることは高橋文学を知る意味でも欠かせない。小川環樹が「重要なのは、この時期（九世紀初）の政争が、何らかの形で詩人の作品に影を投じていることである」（『唐詩概説』岩波書店、一九五八）と述べているように、晩年はとくに下級官僚を転々とする不遇な生涯を送ったが、精巧なる形式美をもつ律詩に励み、多彩な典故を駆使して象徴的世界を築き上げていった。晩唐の繊細かつ唯美的傾向を代表するものとして、内面には深い自己省察と現実認識をもち、杜甫の後継者と評されるに足る高い抒情を湛えた、そうした李商隠の生き方、表現姿勢を高橋和巳がどのように受容したか、なお考察を進める余地がある。なお、李商隠については小南一郎「「詩人の運命」―李商隠詩論」の理論と方法」（後述、「桃の会論集」八集、高橋和巳専号掲載）がある。

一方、京都大学中文における吉川幸次郎の後継者として嘱望されていた高橋和巳の足跡を辿ることは重要な作業であろう。

学生時代に高橋和巳の薫陶をうけた小南一郎の主宰する「桃の会」では高橋和巳の中国文学についての研究報告が連続的になされており、二〇一八年六月には、「桃の会論集」八集「高橋和巳専号」が刊行されている。本書には池田恭哉論文が収められているが、今後は中国文学研究者、さらに本書所収の戴燕氏の論考をはじめ、中国人研究者側からの研究が期待される。王俊文「日常を求める虚無僧——高橋和巳と竹内好・武田泰淳、及び吉川幸次郎」などの内省にもその関心が見られるように、若手中国人研究者による研究の出現は、文学の国際研究が進んでいる証左でもあり、高橋和巳研究の新しい角度からの展開が期待されるところである。

一方、前掲「目録」によればこのほかに「三国志」、老舎「残霧」、魯迅「治水」などの草稿が見られることから、これらの翻訳研究を検証する課題も残されている。高橋和巳は生前に『現代中国文学』（河出書房新社）の編集に加わる予定であったことが編者名から知ることができる。なお、この時期には、相前後して「中国の革命と文学　全十三巻」（丸山昇、増田渉、新島淳良、竹内好、今村与志雄他編　平凡社一九七二）といった現代中国文学のアンソロジーも出されており、高橋和巳はこの方面での活躍も嘱望されていたことがわかる。丁玲など、現代中国文学への言及も再検討しつつ、古典文学研究との連続性を探ることも課題であろう。

5．中国全般に関する研究、その他

5-1　文革論、アジア主義論など

高橋は「文学者に見る視野脱落」なる一文で、西欧からの文物摂取に比して、中国からの文化、文明摂取についての不十分なることを嘆いたが、その着眼は弱者への共感でもあり、西欧文学ではなく中国文学への傾斜は、彼の戦争責任の問題とも重なるところでもあった。短かった彼の生涯の中で中国論もまた、中国文学の研究と同様に未完に終わらざるをえなかったが、幾つかの特筆すべき論考があり、現代中国を観るうえでも示唆的である。

文化大革命をルポした「新しい長城」は戦後作家の見た文革論として出色である。個人崇拝については、戦中体験の皇国思想などと重ねようとした文脈は高橋和巳の戦争体験からの逆照射として興味深い。「文学者に見る視野脱落」について述べているように、高橋和巳は欧米やロシアの思想文学に加え、中国の文学、文化風土に学ぶ必要性を強調しているが、このことは今なお重要な提言として生き続けている。中国以外にもアジア主義についての突っ込んだ考察がある。北一輝、橘撲、また竹内好や武田泰淳らへの共振、関心と合わせて中国―汎アジア論の展開が再検討される。まず、高橋和巳が学んだ京都大学という学術風土が大きい意味をもつ。京都学派の戦前戦中に果たした役割については近年、櫻井庄一郎『京都学派　酔故伝』（二〇一七）など、関心が深まっているが、文学では戦前（一九二八―一九三一）を中国で過ごした吉川幸次郎の影響、「支那小説論」（「思想」第二二五号、一九四一・二）なども今後の高橋の小説観の研究視野におくべき対象となろう。また、アジア主義については桑原武夫、また竹内好との対談などもふまえ、長篇「邪宗門」や「堕落」の背景素地、また人物の性格規定などにも影響を及ぼすことから、先行する北一輝論、橘撲論との比較検証も重要である[15]。

5-2　翻訳研究・語学研究

中国文学研究と隣接する翻訳作業について瞥見する。まず魯迅である。竹内好、増田渉、松枝茂夫をはじめとする先学の魯迅研究者、翻訳研究者のなかに高橋和巳の魯迅論がどのような位置を占めるのか、さらに、翻訳にみる彼の言語観、生命観等も比較対象となる。本書所収の王俊文がすでに数種の訳例の比較研究を試みて

いるが、中国語学の方面からも関心が俟たれる。『世界の文学「魯迅」』（一九六七、中央公論社）のほかにも、老舎作「残露」、三国志（武帝紀第一、第二、陳思王植伝第一九）などの未発表草稿がある。なお、全集一七巻の翻訳に三国志の翻訳が活字化されているが、右記未発表草稿との異同などについては未検証である。

一方、高橋和巳は立命館大学文学部講師時代に現代中国語の講義を担当している。文庫目録の所蔵図書の中には語学関係の専門書、たとえば『中国文語文法』（楊伯峻著、波多野太郎等訳）、『中国文法学初探』（王力原著、田中清一郎訳）、『中国語表現文型』（大原信一・伊地智善継共著）、『中国語文法講話』（中国科学院言語研究所編、実藤恵秀・北浦藤郎訳）、『中国語法学習』（呂叔湘著、大原信一、伊地智義継訳）、『中国語音韻学研究の手引き』（唐作藩編著、池田武雄訳）など、授業で用いたと思われる『中国語会話　入門から実用まで』（長谷川寛）、『中国語教科書』（北京大学外国留学生中国語文専修班編）など、さらに未発表特別資料に「中国現代語文の諸問題」十四枚が中国語学特殊講義ノートとして、また「中国語学概説」十七枚が立命館大学講師時代の講義ノートとして残されているが未確認である。高橋は「私の語学」という随想の中で語学教師には向かなかったことを述懐しているが、翻訳と両輪の関係にある語学研究、語文研究に相応の関心を持ち続けたであろうことは疑いがなく、文学と語学の連環、さらに言語観、翻訳論、文体論を知るうえでも重要な視点を提供すると思われる(16)。

なお、高橋の言語的省察を示す文章を挙げておきたい。「戦後派の方法的実験」という文章の中で作品の構想だけでなく日本語のもつ言語的特性について触れている。高橋は小田仁二郎という作家について、

「……小田は「触手」において、日本語のフレーズの極端な細分、しかも日本語の持っている言語学的膠着性を利用しつつ、一つ一つの判断が下さる前の原始的な感覚、いわば触覚的な世界の構成を通じて、暗い日本の家庭と性を描き出そうとし、一部分成功しながらも、初志を貫くことなく挫折した」

と顕彰した文には、自らも日本語の「言語学的膠着性」に依拠し、方法的実験を志向しようとした姿勢が看取されるのである。

5―3　文体論・表現研究

高橋和巳の文体、語彙、表現嗜好については批判的な意見が散見される。その一例を挙げれば次のような場面、描写である。

大家は理由もなく苛立ち、なんの魅力もない、おそらくは四十に手のとどきそうな仲居と寝た。仲居にとって都会人は珍しい相手だったかもしらない。思い遣りはつくしてくれたようだったけれど、空しい性交に疲れを呼ぼうとしながら、大家は寝られなかった。波の音が、そこでも、耳についてはなれなかったからだ。

（「散華」）

こうした点は作品の随所に見られ、それが一種戯画的な印象をも喚起させるものだが、彼の方法論的実験とどう交錯するのかといった視点からの考察が不可欠である。既成の表現を打開するようなある種、頑迷とも思える表現は角度を変えれば、確かに純粋化された観念が独り歩きしているような感もあるが（柄谷行人「高橋和巳の文体」）、こうした高橋文体批判論をそのまま定位させるのではなく、生活の実相と観念の累積の相関についても、作者主体の潔癖な倫理性とともに広い視点から再考する必要があろう。評論を高く評価する一方、否定的評価のある小説の屈性についても、彼の求め続けた精神構造の諸課題とともに再評価する方向性を見出す努力も求められよう。なお、岡庭昇は「悲の器」の創作性、表現性をめぐって、次のように書いている点はきわめて示唆的である(17)。

高橋を文章が下手だ、造型が荒いといっ

た、つまりもっぱら「文学的ではない」という側面でのみ否定してきた文壇批評家たちは無邪気に文学の自然性の神話にとどまっているが、なぜ彼が「自然」規範に抗わなければならなかったか、それにどのような苦闘をしいられなければならなかったかだけが実は唯一問われるに価することなのではないか。

（「人と文学――規範に抗うもの　井上光晴と高橋和巳」）

単に否定的人物を配するのではなく、そこに「私」を形象化することは、もう一つの現実の造型を志向することであった。柄谷のいう観念否定論を一枚岩で理解しようとする限り、高橋文学の理解は思考停止におちいらざるを得ない。そうした言語的内省の考察はまた、広く現代日本の知識人をめぐる議論にもつながっていくものと思われる。文学に託される倫理性の評価と創作の評価がどう連環するのか、彼の目指した「方法的実験」が途上で挫折したことを踏まえつつも、高橋和巳の文体、表現研究においても、研究者自体の主体的立場との有機的連環の確立こそがもとめられる。

6．展望――輻輳する研究の多岐性

以上見てきたように、高橋和巳の業績は多岐にわたることから、トータルな作家論、文学研究には多くのハードルが介在する。さらにもう一点、重要な視点が存在する。青春期を通過した一九五〇年代、作家生活の六〇年代のいずれも学生運動の情況から形成された影響は否定できない。そうした、社会的、時事的要素をはらんだ検証をも必要とされよう。まず研究の視点の確立とともに、大局的にその方向性を位置づけることが肝要であろう。

和泉あきは、かつて高橋和巳の研究の方向性について大きく二点をあげている[18]。一つの主題は「悲の器」、青春友情小説としての側面を持つ「憂鬱なる党派」に示されるように、存在内部の暗奥の場へのめりこんでゆき破滅にいたる志向である。確かに常識的な志向範疇を越えて、主人公は自ら犯した原罪に過誤を取り繕うはずの無数の機会を無視するかのように、直線的に、且つ執拗なまでに固執し、あげくは人事不省に陥るかのようである。ここには日常的救済とどう向き合うべきかという主題は放置されているかのようである。

こうした高橋の主題的態度は、たとえば、日本人の戦争観にしろ国家観にしろ一貫した関心とそれの現実への止揚という態度に根ざすもので、もうひとつの主題、即ち無政府主義的連帯に、「〈義〉による人間関係の構築」による救済志向と同時に、非政治主義的な政治への参画志向である。それらの葛藤は、「堕落」「邪宗門」「我が心は石にあらず」などに濃厚に展開されており、ひいては国家とは何か、という国家論にまで延伸する主題性である。その無政府主義的な態度、非政治性を固執したがゆえに、晩年の全共闘運動への共鳴する一方、内在する矛盾に苦しみ、傷つき、最後はデビュー作「悲の器」で描いた作品世界に、「還流」せねばならなかったのである。

こうした志向性と主題の二重奏は、高橋の原体験に求めることができる。「三度目の敗北」と記された闘病手記には、一度目の敗戦、二度目の敗北とは、若き日の政治的運動の挫折、そして三度目の敗北が闘病を意味したことはいうまでもないが、漱石の修善寺の大患のごとく乗り越えられればまた違った作風を築き上げたはずであった。特に二度目の挫折以後の社会構造が、戦後政治の風化と頽廃に最も鋭く人間の倫理を対置させた以上、この時期の社会構造と、それを描ききれなかった文学の在り方自身に対しても、再度検証を進めて行く必要があろう。伝統的な私小説の新たな可能性もそこから論究される可能性をも示唆されるであろう。

高橋和巳は戦後文学の課題を一身に背負った感があるが、さらに今後は戦後文学の緻密な再検証とともに、日本浪漫派、さらに全体小説論の構築などの諸点から、新たな高橋和巳像が浮かび上がるだろう。常に知識人のあり方について、問題提起をしてきた言説の教的意義についても省察の課題が残されている。さらに文体論、問題意識については本書でも論究された中国文学論からの考察も欠かせない。高橋の読書傾向からも埴谷雄高、野間宏らの影響も大きいことから、これらの戦後派作家との比較検証、またドストエフスキー、ジュリアン・グリーンらの作家、またジャイナ教とフッサールの純粋現象学の影響などを指摘する向きもあり、これらの相互影響の検証も今後にゆだねられる(19)。

　加えて知識人としての論議が現代という時代に、どう変容して来たのかも俎上にあげられるだろう。それが現代日本人の精神構造へと飛躍するのではなく、別角度からの基底的な問いかけを期待したい。当時の熱病の時代のような、ある種の特権化された「わかりにくさ」を追随するのではなく、また耐える思想にとどまるのではなしに、（革命論、政治論・革命論であれ社会組織論であれ）開かれた連帯の思想の可能性である。その検証は、高橋の文体論にまで波及せざるを得ない。また、文学における、あるいは作品人物における潔癖性についても研究者の主体性の確立維持が求められるが、その淵源が彼の主専攻であった中国文学とどうかかわるのか、さらに多感な学生時代、また後年関わった学園闘争、政治運動と共振していったのか、トータルに把握する姿勢が求められる(20)。

　以上、研究の指標なるものを述べてきたが、書誌研究にも多くの課題が残されている。東口昌央によれば、全集未収の文章も散見されており、今後も発見される可能性も否定できない。近い将来、未発表草稿の文字起こしや資料検証も含め、不定期ながら「高橋和巳研究」のような研究誌が有志の間で企画されることも期待したい。さらに、主要作品論、作家論、書評などを網羅した「高橋和巳批評集成」なるものの刊行も構想されよう。

　一方、ネット上にはしばしば高橋和巳に関する言説、それらに対する感慨、回想が語られる。また、シリーズ的な連載評論も公開されている（「邪宗門」に関する一連の考察は示唆に富む）。太田代志朗が二〇〇四年に立ち上げた「花月流伝」には本書にも紹介されているように折々の高橋和巳の断想が綴られている。これらの定点観測的な整理考察も必要となろう。新時代と旧時代とが呼応し、既成の高橋和巳論（像）の殻を打ち砕き、縦横なる議論が展開されることを願ってやまない。

〔註〕

(1) ここで各種文学事典の人物、書項目を参照する必要もあるが、おしなべてやや同一方向的な記述に流れている向きがある。

(2) 定点観測的な「研究動向」を二本（槇山朋子、藤村耕治執筆、昭和文学研究会『昭和文学研究』44集、53集）参照することができるが、いずれも紙面の制約、考証の範囲から、大枠的な把握にとどまっている。

(3) なお、この時期に前後して高橋和巳コレクションと題した河出文庫が刊行された。既出の作家の論攷とともに現代女性作家によるエッセイを配した斬新さはあるものの、やや表面的意匠と感じられなくもない。ここでも高橋和巳をどうとらえるかという課題が残されている。

(4) 小説、評論をふくめた主要作品の書評については、諸雑誌掲載を集成した『文芸時評体系昭和篇』（ゆまに書房、二〇一〇）を参照。

(5) 「インタビュー」「わが悪魔論」（インタビュアー・日本読書新聞編集部）：『日本読書新聞』一九六九年十月十三日号、全集第一九巻所収。高橋はほぼこの直後に甚大な体調の異変をきたした。

(6) とりわけ「悲の器」の再読に関する議論が多いことは、本作品が著名人のスキャンダルを扱った、ある種風俗的な一面があることにも拠っている。高橋作品がこの「悲の器」をはじめ、「我が心は石にあらず」「日本の悪霊」などのようにラジオ、テレビドラマ化されていることにも注視したい。

(7) 掲載されていた当時は「グルーム・パーティー」とルビが振られていた。なお、書き下ろし叢書は河出書房が戦前から続けていた伝統的な刊行手法であった。

(8) 高橋和巳の最大最長の大河小説で、連載小説という制約もあり、やや構想的に拡散したきらいもあるが、戦後文学の中ではまれにみるスケールの大きさを持つ。「ひのもと救霊会」は大本教をモデルにしたとされるが、展開される教義は高橋独自の構想による。現代社会、世界における宗教の立ち位置を再考するための必読書である。

(9) 初出はそれぞれ『人間として』第6号（一九七一年六月）、全集第十巻所収。「遙かなる美の国」：『文芸』一九七一年七月臨時増刊号、『高橋和巳全小説』第十巻（一九七五年六月　河出書房新社）全集同巻所収。いずれも「国家」の興亡を背景にした高橋の国家観がうかがわれる。なお、近年発見された高井有一の遺作「帰還」（『新潮』二〇一七・二）が同じく戦争を題材としている点でも、同時代の作家の共通項が看て取れる。

(10) 収録作品についての丁寧な解題がないのは惜しまれる。高橋和巳の短篇小説論も含め、今後の課題となろう。

(11) 高橋文学の原初体の探究においては、文体的特徴も含め、全集未収録の初期習作草稿に見られる抒情世界の考察が重要であろう。なかでも「清角の音」には「捨子物語」、「邪宗門」などの原形を思わせる筆勢が感じられる。加えて小説などの作品名、また、しばしば小説冒頭につけられたエピグラフの意味効用についても注視する必要がある。

(12) 評論による文体、文脈の難解さにおいても指摘されることがある。全集の約半分が評論、対談、講演で占められている点は当然、重視されなければならない。これは師と仰いだ埴谷雄高の著作活動に影響を受けたものと思われる。生命論、存在論、文学史全体の見直しも期待されていた。これは中国文学史研究からの照射も合わせてのことであり、文体論にも連なる関心事である。文学史全体の枠組み、文学概念の再検討は、そもそも彼が処女学術論文で言及した初心、発心でもあったが、この事実は本書所収の鈴木貞美論文でも言及されているように、高橋の美学観念の検証とも重複する。

(13) 評論と講演は密接な連環が見られるが、ここでは未発表草稿のうち「現代日本知識人の問題」をあげておく。評論志向、知識人の問題を考えるうえで重要な意味を持つ。知識人の苦悩を描き続けた点では夏目漱石との比較も再検討される必要があろう。

(14) この項については池田恭哉氏のご指教に負うところが大きい。記して感謝申し上げる。中国文学と創作の相関、例えば詩文を中心に小説の情景描写にどう反映されているかも関心事の一つであろう。中国文学については「形式、型」と美意識についての考察が重要である。未発表草稿のうち、比較的まとまったものとして「中国における文学批評の発生と展開」「中国における美意識の変遷」がある。

(15) 本書では、高橋和巳の中国論、中国認識の一端を明確に述べた関智英論文、張競論文、王俊文論文などを参照。中国論に付随する領域ではアジア主義への関心も合わせながら、中国近代思想をどうとらえていたかも興味が持たれる。高橋の没後、日本は中国との国交正常化を果たしたものの、戦争責任、戦後責任問題は今日の歴史認識問題に集約されるように、教科書問題をはじめ、清算されていない。また、文化大革命に期待したものの天安門事件などによって未だに個人崇拝問題、表現の自由などを抱える中国に対して、当時どのような期待と幻想を抱いていたのか。彼があと数年存命であったならば自由に中国に行き来もでき、研究の深化も果たせたであろう。そうした時代制約も踏まえてもなお、当時の中国についての観察は貴重なものとしなければならない。なお、『高橋和巳文庫目録』によれば、かなりの分量の中国関係の書籍がある。人文科学系書籍のほかに近代では『辛亥革命史』、『李大釗選集』などをはじめ近代思想史関係の書籍も相当数にのぼる。これらの書籍中に書き込みメモなどがあれば、貴重な考察の検証となろう。

(16) 創作、評論とともに研究・翻訳を四輪駆動的な活動とした高橋は当然ながら言語的分析を意識しないはずがなかった。芝豪「語学—高橋和巳「私の語学」」には高橋の語学への関心についての言及がある。

(17) 岡庭昇「人と文学—規範に抗うもの　井上光晴と高橋和巳—」（筑摩文学大系85「井上光晴・高橋和巳集」一九七五・六）解説を参照。岡庭のほかにも、高橋と井上光晴との比較研究が散見されるが、今後の研究の課題である。なお、文章表現上の諸問題では女性観、障害児等の描き方、天皇制への言及など多くの検討課題が残されている。

(18) 和泉あきの高橋和巳についての論究は古林尚・佐藤勝編『戦後の文学』第Ⅴ章、成熟と喪失の情況、（有斐閣　一九七八）による。

(19) これらの諸点については明治書院『新研究資料現代日本文学』第2巻小説Ⅱ　高橋和巳（杉浦寿執筆）（明治書院、二〇〇〇）から示唆を受けた。

(20) 以上は白石喜彦の解説をもとにしている。作家研究大事典編纂会重松泰雄監修『明治・大正・昭和作家研究大事典』（桜楓社　一九九二）。六〇年代後半から七〇年代の過渡期における文学状況の考察は、急激な社会変化の背景とともにより綿密なる考察を必要とする。

書誌研究(2)

高橋和巳著訳書一覧

刊行順に著書名、出版社、初版刊行年・月を記す。単著、編著、共著を含める。多くが絶版。

〈単行本〉

・『捨子物語』（私家限定版）足立書房　一九五八・六
・『李商隠』中国詩人選集第一集(15)　編集・校閲　吉川幸次郎、小川環樹　岩波書店　一九五八・八
・『王士禛―王漁洋―』同中国詩人選集第二集(13)　岩波書店　一九六二・九
・『悲の器』河出書房新社　一九六二・十一
・『文学の責任』河出書房新社　一九六三・五
・『憂鬱なる党派』河出書房新社　一九六五・十一
・『孤立無援の思想』河出書房新社　一九六六・五
・『邪宗門』（上、下）河出書房新社　一九六六・十、十一
・『魯迅』世界の文学47　訳及び解説　中央公論社　一九六七・六
・『散華』河出書房新社　一九六七・七
・『新しき長城』河出書房新社　一九六七・十
・『我が心は石にあらず』新潮社　一九六八・十
・『捨子物語』新版　河出書房新社　一九六八・三
・『堕落』河出書房新社　一九六九・二
・『孤立の憂愁の中で』筑摩書房　一九六九・八
・『生涯にわたる阿修羅として』徳間書店　一九七〇・一二
・『わが解体』河出書房新社　一九七一・三
・『自立の思想』文和書房　一九七一・五
・『白く塗りたる墓』筑摩書房　一九七一・五
・『黄昏の橋』筑摩書房　一九七一・六
・『人間にとって』新潮社　一九七一・八
・『暗黒への出発』徳間書店　一九七一・十
・『阿修羅の思想　わが人生観(31)』小川和佑編　文和出版販売株式会社　一九七四・五
・『文学講座』河出書房新社　一九七六・四
・『高橋和巳短篇集』阿部出版　一九九一・五

〈編著・共著〉

・『漢詩鑑賞入門』（高木正一、武部利男との共著）大阪創元社　一九六二・六
・『中国文学論集』（吉川幸次郎著・高橋和巳編）新潮社　一九六六・十二
・『文学と思想』吉本隆明、江藤淳他一四氏との共著・対談集　河出書房新社　一九六七・七
・『中国詩史・上』（吉川幸次郎著、編纂・解説高橋和巳）筑摩書房　一九六七・十
・『中国詩史・下』（吉川幸次郎著、編纂・解説高橋和巳）筑摩書房　一九六七・十一
・『文学理論の研究』（桑原武夫編）岩波書店　一九六七・十二
・『文学のすすめ』学問のすすめ6　筑摩書房　一九六八・十
・『対話ふたたび人間を問う』（安田武・高橋和巳）雄渾社　一九六八・十二（愛蔵版一九七五・八）
・『戦後文学の思想』戦後日本思想体系13　筑摩書房　一九六九・二
・『変革の思想を問う』小田実、真継伸彦との共編　筑摩書房　一九六九・九
・『対談・私の文学』（秋山駿編）講談社　一九六九・十
・『明日への葬列　六〇年代反権力闘争に斃れた十人の遺志！』合同出版　一九七〇・七
・『世界革命戦争への飛翔―討論参加―』三一書房　一九七一・三
・『それで事は始まる』小田実・深沢七郎・高橋和巳他　合同出版　一九七二・四「革命の化石」を収録
・『日本教養全集2』亀井勝一郎、串田孫一、矢内原伊作と共著　角川書店　一九七四・九
「極限と日常」「現代の青春」などを収録

〈作品集・全集・コレクション〉

・『高橋和巳作品集』（全九巻・別巻一巻）

一九六九・十〜一九七二・四　河出書房新社
⑴捨子物語、未発表初期作品・巻末論文（秋山駿）／⑵悲の器・巻末論文（寺田透）／⑶憂鬱なる党派　巻末論文（本多秋五）／⑷邪宗門・巻末論文（吉本隆明）／⑸我が心は石にあらず、堕落　巻末論文（野間宏）／⑹日本の悪霊、散華、暗殺の哲学・他　巻末論文（埴谷雄高）／⑺エッセイ集１（思想篇）巻末論文（竹内好）／⑻エッセイ集２（文学篇）巻末論文（杉浦明平）／⑼中国文学論集、六朝詩選・他／別巻『詩人の運命』（書き下ろし長篇評論）

・『高橋和巳全小説』（全十巻）河出書房新社　一九七六・四〜一九七六・六　全解説・川西政明
⑴捨子物語／⑵我れ関わり知らず・他／⑶悲の器／⑷憂鬱なる党派／⑸邪宗門（上）／⑹邪宗門（下）／⑺我が心は石にあらず／⑻堕落　散華／⑼日本の悪霊／⑽白く塗りたる墓・黄昏の橋　他

・『高橋和巳全集』（全二十巻）監修＝吉川幸次郎・埴谷雄高、編集校訂＝武部利男・川西政明　一九七七・四〜一九八〇・三　小説、評論、中国文学論、翻訳、対談・座談・講演の総てを網羅した定本全集、河出書房新社
⑴小説　森の王様、生ける朦朧、コプラの嘆き、月光　他／⑵小説　悲の器／⑶小説　散華　飛翔　貧者の舞い　あの花この花　日々の葬祭　古風　我れ関わり知らず　貧者の舞い　他／⑷小説　堕落　もう一つの絆　白く塗りたる墓／⑸小説　憂鬱なる党派／⑹小説　我が心は石にあらず　我が心は石にあらず（ラジオドラマ）／⑺小説　邪宗門（上）／⑻小説　邪宗門（下）／⑼小説　日本の悪霊　革命の化石／⑽小説　黄昏の橋　遥かなる美の国　三人の父　初期習作三篇／⑾評論　わが解体　死者の視野にあるもの　孤立の憂愁を甘受す　人間にとって他／⑿評論　失明の階層　自立と挫折の青春像　孤立無援の思想　現代の青春　他／⒀評論　埴谷雄高論　竹内好論　武田泰淳論　野間宏論　夏目漱石論　魯迅論　他／⒁評論　文学の責任　現代思想と文学　戦後文学の思想　政治と文学　他／⒂中国文学論　六朝美文論、他／⒃中国文学論　詩人の運命　他／⒄翻訳　吶喊　故郷／⒅対談・座談／⒆対談・座談／⒇講演　書評他　年譜、参考文献　他

・『高橋和巳コレクション』（全十巻）一九九六〜一九九七　河出書房新社
⑴悲の器　巻末エッセイ　松本侑子／⑵森の王様　同　森まゆみ／⑶捨子物語　同　高橋たか子／⑷李商隠　同　俵万智／⑸さわやかな朝がゆの味　同　増田みず子／⑹憂鬱なる党派　同　道浦母都子／⑺逸脱の論理　同　中沢けい／⑻我が心は石にあらず　同　小池真理子／⑼日本の悪霊　同　三枝和子／⑽わが解体　同　稲葉真弓

・〈新装版　河出文庫〉河出書房新社
『邪宗門』（上下　佐藤優解説）二〇一四・八／『悲の器』　松本侑子解説（再掲）二〇一六・六／『憂鬱なる党派』（上、下　佐高信解説）二〇一六・七／『わが解体』（杉田俊介解説）二〇一七・四／『日本の悪霊』（小林坩堝解説）二〇一七・六／『我が心は石にあらず』（陣野俊史解説）二〇一七・八

〔他の文学全集・編集委員〕
（闘病、死没のため実質的参加はかなわず）

・『現代中国文学』全十二巻（小野忍、高橋和巳、竹内好、武田泰淳、松枝茂夫）河出書房新社　一九六九〜一九七〇

・『現代の文学』全三十九巻別巻一冊（一九七八）（安部公房、江藤淳、大江健三郎、小島信夫、高橋和巳、野間宏、安岡章太郎）講談社　一九七〇〜一九七一

・『岩波講座文学』全十二巻（猪野謙二、大江健三郎、高橋和巳、寺田透、野間宏）岩波書店　一九七五〜一九七六

〔他文学全集収録作品〕

・『現代詩論大系』５　思潮社「詩と風土」を

収録一九六五・十二

・『われらの文学』21　倉橋由美子・柴田翔の作品とともに「悲の器」収録　講談社一九六六・十（松原新一解説「暗い地獄の追究〈高橋和巳〉」）

・『全集・現代文学の発見　4　政治と文学』　学芸書林　「政治と文学」を収録一九六八・十一　新装版二〇〇三・四

・『カラー版日本文学全集』55　石原慎太郎・深沢七郎　「堕落」「散華」「あの花この花」「日々の葬祭」「飛翔」を収録　河出書房新社一九七一・二

・『現代の文学』31　「日本の悪霊」「堕落」「散華」を収録　月報「妄想、アナキズム、夜桜」（埴谷雄高）　巻末作家論「自罰者の聖痕」（磯田光一）　講談社　一九七一・十一

・『増補決定版現代日本文学全集補巻43』筑摩書房　「悲の器」を収録　一九七三・四

・大久保典夫ほか編『日本文学における美と情念の流れ　2夭折』　現代思潮社　「三度目の敗北」を収録　一九七三・二

・『現代日本文学大系』96　筑摩書房　「文学の責任」を収録　一九七三・七

・『現代日本文学』35　筑摩書房　「悲の器」を収録　一九七四・九

・『詩の本　3　詩の鑑賞』　筑摩書房　「三好達治―詩人との出合いと別れ」を収録一九六七・十二

・『筑摩現代文学大系』85　筑摩書房　井上光晴とともに「堕落」「白く塗りたる墓」「日々の葬祭」を収録　一九七五・六

・『紀行全集世界体験　8中国・朝鮮』「新しき長城」を収録　河出書房新社　一九七八・八

・『新潮現代文学』70　新潮社　「我が心は石にあらず」「散華」を収録　一九七九・八

・『昭和文学全集』24　小学館　「堕落」「悲の器　第一～十一章」を収録　一九八八・八

・『コレクション　戦争と文学　15　戦時下の青春』　集英社　「あの花この花」を収録二〇一二・三

〔文庫〕前掲コレクション以外

・『悲の器』新潮文庫　一九六七・八（宗左近解説）

・『我が心は石にあらず』新潮文庫　一九七一・六（秋山駿解説）

・『邪宗門』（上、下）新潮文庫一九七一・十二（桶谷秀昭解説）

・『悲の器』角川文庫　一九七二・三（桶谷秀昭解説）

・『吶喊』魯迅著、高橋和巳訳　中公文庫一九七三

・『現代の青春』旺文社文庫　一九七三・十一（桶谷秀昭解説、代表作品解題小坂部元秀）

・『黄昏の橋』新潮文庫一九七五・十（磯田光一解説）

・『人間にとって』新潮文庫　一九七九・九（川西政明解説）

・『散華』（磯田光一解説）新潮文庫　一九八〇・一

・『憂鬱なる党派』（上、下）新潮文庫　一九八〇・五（柴田翔解説）

・『日本の悪霊』新潮文庫　一九八〇・十（遠丸立解説）

・『わが解体』河出文庫　一九八〇・十一（梅原猛解説）

・『捨子物語』新潮文庫一九八一・十二（秋山駿解説）

・『堕落』新潮文庫　一九八二・七（三浦雅士解説）

・『孤立無援の思想』同時代ライブラリー　岩波書店　一九九一・七（川西政明解説）

・『邪宗門』（上、下）朝日文芸文庫　一九九三・六（樋口覚解説）

・『新編　文学の責任』講談社文芸文庫　一九九五・五（川西政明解説）

・『堕落』講談社文芸文庫　一九九五・十（川西政明解説・年譜）

・『黄昏の橋』小学館文庫P＋DBOOKS　二〇一八・五

・『堕落』小学館文庫P＋DBOOKS　二〇一八・七

（二〇一八年八月現在。作成・田中寛）

書誌研究(3)

高橋和巳研究・参考文献目録

□単行本参考文献

全集収録、全集刊行以降の文献を発行・発表年代順におさめた。単著、編著と論集風のもの、資料集などがある。

・立石伯『高橋和巳の世界』（一九七二年四月　講談社）
・埴谷雄高編『高橋和巳論』（一九七二年五月　新装版は一九七六年四月　河出書房新社）
・高知聰他編『高橋和巳をどうとらえるか』（一九七二年六月　芳賀書店）
・川西政明『不果志の運命、あるいは高橋和巳についての断片的な考察』（一九七四年六月　講談社）
・小川和佑編『高橋和巳研究』以文選書⑿（一九七七年七月　教育出版センター）
・高橋たか子『高橋和巳の思い出』（一九七七年一月　構想社）
・小松左京編『高橋和巳の青春とその時代』（一九七八年十月　構想社）
・『文芸読本　高橋和巳』（一九八〇年五月　河出書房新社）
・真継伸彦『高橋和巳論』（一九八〇年六月　文和書房）
・豊田善次『高橋和巳の回想』（一九八〇年十二月　構想社）
・川西政明『評伝高橋和巳』（一九八一年十月　講談社、一九九五年十月　講談社文芸文庫）
・村井英雄『闇を抱きて　高橋和巳の晩年』（一九九〇年六月　阿部出版、新装版一九九六年六月　和泉書院）
・村井英雄『書誌的・高橋和巳』（一九九一年四月　阿部出版、新装版一九九六年六月　和泉書院）
・梅原猛・小松左京編『高橋和巳の文学とその世界』（一九九一年六月　阿部出版）
・高橋たか子『高橋和巳という人　二十五年の後に』（一九九七年二月　河出書房新社）
・太田代志朗『高橋和巳序説―わが遙かなる日々の宴』（一九九八年四月　林道舎）
・脇坂充『孤立の憂愁を甘受す◎高橋和巳論』（一九九九年九月　社会評論社）
・伊藤益『高橋和巳作品論―自己否定の思想―』（二〇〇二年一月　北樹出版）
・日本近代文学館『日本近代文学館所蔵資料目録28　高橋和巳文庫目録』（二〇〇二年十一月　日本近代文学館）
・橋本安央『高橋和巳　棄子の風景』（二〇〇七年三月　試論社）
・『高橋和巳 世界とたたかった文学』（二〇一七年二月　河出書房新社）

□単行本関連・参照文献

高橋和巳の文学的位置を理解するために最低限必要と思われる戦後文学史など周辺概説も含めた。「註」として若干の説明を加えた。

・佐藤勝・山田博光・伊豆利彦・鳥居邦朗・亀井秀雄・堀本博礼『戦後文学』シンポジウム日本文学⑲（一九七七年五月　学生社）註：第四章「戦後文学の転換」。戦後文学における高橋和巳の位置づけ。
・三島佑一『死灰また燃ゆ』（一九七八年四月　文学地帯社）註：高橋和巳の大学時代の友

人である三島佑一氏の自伝的青春小説。

・古川尚・佐藤勝編『戦後の文学』第Ⅴ章成熟と喪失の情況　高橋和巳（和泉あき執筆）有斐閣選書　（一九七八年五月 有斐閣）

・松原新一・磯田光一・秋山駿『増補改訂戦後日本文学史・年表』（一九七九年八月 講談社）註：文学全集『現代の文学』（講談社）の別巻として刊行されたものの増補改訂版。補論―一九六〇～七〇年代文学略史の第四節「ナショナルなものの分類」、「日常的現実と文学の展開（一九六一―一九七八）」の第六章「反日常としての社会小説」など、同時代の文学について触れている。

・高田宏『編集者放浪記』（一九八八年十月　リクルート出版）註：高橋和巳の大学時代の友人であり、もと光文社の編集者である高田宏氏のエッセイ集「高橋和巳　酒後の来信」（一九九四、後述）の方が高橋和巳に関しては充実している。

・東郷克美・小森陽一・石原千秋企画編集協力『講座昭和文学史』第四巻「日常と非日常」四―長篇小説の可能性、状況と情念（紅野謙介）（一九八九年五月　有精堂出版株式会社）

・川村湊『戦後文学を問う　その体験と理念』（一九九五年九月　岩波新書）註：高橋らの文学を高度経済成長下の文学と位置づける。

・浅井清・佐藤勝・篠弘・鳥居邦朗・松井利彦・武川忠一・吉田凞生編集『新研究資料現代日本文学』第2巻小説Ⅱ　二〇〇〇年一月　明治書院　註：高橋和巳の項は三頁、杉浦寿執筆。

・三浦浩『記憶の中の青春―小説・京大作家集団』（一九九三年十一月　朝日新聞社）註：「京大作家集団」に参加していた著者の自伝的小説。

・荒井とよみ・山田稔編『日本小説を読む（上）日本小説を読む会会報抄録』（一九九六年八月　日本小説を読む会）註：高橋和巳が参加していた「日本小説を読む会」会報の抄録。会での遣り取りには高橋和巳も参加しており、「捨子物語」や「悲の器」が取りあげられてもいる。

・中村尚樹『名前を探る旅―ヒロシマ・ナガサキの絆―』（二〇〇〇年八月　石風社）註：高橋和巳の大学時代の友人である宮川裕行氏の教壇での活動についてのルポタージュ。「憂鬱なる党派」を考える上で参照になると思われる。

・吉岡秀明『京都綾小路通―ある京都学派の肖像』（二〇〇〇年三月　淡交社）註：高橋和巳と親交のあった杉本秀太郎の評伝。

・川西政明『昭和文学史』（上・中・下　二〇〇一年七・九・十一月　講談社）註：主に下巻で高橋和巳についての言及がある。

・桶谷秀昭『昭和精神史戦後篇』（二〇〇三年三月 文春文庫）註：第十五章「記憶の復活」を参照。

・田邊園子『伝説の編集者　坂本一亀とその時代』（二〇〇三年六月　作品社、二〇一八年四月　河出文庫）註：高橋和巳を文藝賞へと導いた坂本一亀の評伝。

・大上正美『言志と縁情―私の中国古典文学―』（二〇〇四、創文社）註：「中国文学研究から見た高橋和巳」（一）～（三）（初出は順に一九八四、一九八五、二〇〇一）を参照。

・橘正典『花影孤心』（二〇〇五年七月　編集工房ノア）註：前半に高橋和巳への哀悼の文章を数本収める。

・山田稔『富士さんとわたし―手紙を読む』（二〇〇八年七月　編集工房ノア）註：「憂鬱なる党派」を連載していた「VIKING」主宰・富士正晴との交流を描いたもの。

・渡邊一民『武田泰淳と竹内好　近代日本にとっての中国』（二〇一〇年二月　みすず書房）註：戦時下から戦後の文学者の中国観とともに、それに連なる高橋和巳の文革、中国論に言及。中国に向かい合った文学者の系譜を知る上で参考になる。

・小熊英二『1968〈上〉若者たちの叛乱とその背景』、同『1968〈下〉叛乱の終焉とその遺産』（二〇〇九年　新曜社）註：

一九六〇年代末期からの学生運動の流れを知る基本文献。

・四方田犬彦・平沢剛編著『一九六八年文化論』（二〇一〇年　毎日新聞社）註：一九六〇年代末期の日本社会文化現象を解説。当時の時代思潮を知るうえで参考になる。

・川西政明『新・日本文壇史』（全10巻　二〇一〇年〜二〇一三年三月　岩波書店）註：主に第10巻で高橋和巳についての言及がある。

・白川静「蓬山遠し」（『桂東雑記、拾遺』二〇一〇年　平凡社）註：「蓬山遠し」の一文に立命館大学への招聘から離任までの経緯について詳しい記述がある。

・山田稔『日本の小説を読む』（二〇一一年十一月　編集グループSURE）註：高橋和巳も参加していた「日本小説を読む会」についての回顧録。

・佐久間文子『「文藝」戦後文学史』（二〇一六年九月　河出書房新社）初出は『文藝』二〇一三年秋号、冬号、二〇一四年春号、秋号。註：戦後の『文藝』の変遷、作品発表の流れを知ることができる。

・櫻井庄一郎『京都学派　酔故伝』（二〇一七年九月　京都大学学術出版会）註：第三部第二章第五節で高橋和巳について言及している。吉川幸次郎や桑原武夫に始まる戦後の「京都大学派」について解説。

・絓秀実『増補 革命的な、あまりに革命的な「1968年の革命」史論』（二〇一八年五月　ちくま学芸文庫）註：一九六〇年代からの学生運動の経緯を解説。高橋和巳の学生運動への参加、「わが解体」の執筆背景などを解説。

□雑誌特集号（全集刊行以前も含める）

・『三田文学』小特集：高橋和巳（一九六八年十月）

・『人間として』第六号　高橋和巳を弔う特集号（一九七一年六月 筑摩書房）

・『文芸』高橋和巳追悼特集号（一九七一年七月　臨時増刊）

・『群像』高橋和巳（一九七一年七月）

・『新潮』高橋和巳の死（一九七一年七月）

・『文學界』高橋和巳の世界（一九七一年七月）

・『海』高橋和巳への照射（一九七一年七月）

・『現代の眼』（一九七一年七月）

・『潮』特集・高橋和巳と若者たち（一九七一年七月）

・『國文學　解釈と鑑賞』特集・高橋和巳と倉橋由美子（一九七一年八月　至文堂）

・『えこた』第三号　特集・高橋和巳について（一九七一年十一月　日大芸術学部文芸学科）

・『対話』第八号　高橋和巳追悼号（一九七二年一月　対話の会）

・月刊『噂』（一九七三年九月）

・『國文學　解釈と教材の研究』特集・井上光晴と高橋和巳（一九七四年四月　學燈社）

・『國文學　解釈と教材の研究』高橋和巳の問いかけるもの（一九七八年一月　學燈社）

・『國文學　解釈と教材の研究』二十五巻五号・特集戦後文学史の検証―80年代を迎えて（一九八〇年四月　學燈社）註：松本健一「文学におけるナショナリズム」、柘植光彦「「戦後文学」の異端と正系」、川西政明「戦後青春の特性」、大久保典夫「昭和三十年代批評の動向」など高橋和巳についての言及多数。

・『文芸読本　高橋和巳』（一九八〇年五月　河出書房新社）

・『文藝』小特集・没後二〇年・高橋和巳再読（一九九一年秋季号）

・『桃の会論集』八集―高橋和巳専号（二〇一八年六月　桃の会）

□文学全集・文庫解説、解題

※その他の全集など

・『われらの文学』㉑（一九六六年十月　講談社）解説「暗い地獄の追究〈高橋和巳〉」―松原新一

・『全集・現代文学の発見　4　政治と文学』

（一九六八年十一月　学芸書林、新装版二〇〇三年四月）解説―亀井秀雄
・『カラー版日本文学全集』55（一九七一年二月　河出書房新社）解説―磯田光一　注釈―小久保実
・『現代の文学』㉛（一九七一年十一月　講談社）月報「妄想、アナキズム、夜桜」（埴谷雄高）巻末作家論「自罰者の聖痕」（磯田光一）
・『増補決定版現代日本文学全集補巻』43（一九七三年四月　筑摩書房）
・『紀行全集世界体験　8　中国・朝鮮』（一九七八・八　河出書房新社）
・大久保典夫ほか編『日本文学における美と情念の流れ　2　夭折』（一九七三年二月　現代思潮社）解説―大久保典夫
・『現代日本文学大系』96（一九七三年七月　筑摩書房）解説―瀬沼茂樹
・『日本教養全集』2（一九七四年九月　角川書店）解説―松原新一
・『現代日本文学』35（一九七四年九月　筑摩書房）巻末論文「想像力の枷」（大江健三郎）解説―渡辺広士
・『筑摩現代文学大系』85（一九七五年六月　筑摩書房）人と文学―岡庭昇
・『新潮現代文学』70（一九七九年八月　新潮社）解説・年譜―川西政明
・『昭和文学全集』24（一九八八年八月　小学館）解説・年譜―川西政明
・『コレクション　戦争と文学　15　戦時下の青春』（二〇一二年三月　集英社）解説　銃後の苦界―浅田次郎

※文庫本

・新潮文庫版『人間にとって』（一九七九年九月）解説―川西政明
・旺文社文庫版『孤立無援の思想』（一九七九年十二月）解説―川西政明
・新潮文庫版『散華』（一九八〇年一月）解説―渡辺広士
・新潮文庫版『憂鬱なる党派』（一九八〇年五月）解説―柴田翔
・新潮文庫版『日本の悪霊』（一九八〇年十月）　解説―遠丸立
・河出書房新社版『わが解体』（一九八〇年十二月）解説―梅原猛「著作ノートにかえて　高橋和巳の霊」
・新潮文庫版『堕落』（一九八二年七月）解説―三浦雅士
・『高橋和巳短編集』（一九九一年五月　阿部出版）序文―梅原猛「序にかえて―高橋和巳の小説」、解説―太田代志朗「解説・孤高の修羅」
・岩波同時代ライブラリー『孤立無援の思想』（一九九一年七月）解説―川西政明「滅亡の原型」
・朝日文庫版『邪宗門』（一九九三年七月）巻末エッセイ―樋口覚「怨恨の新興宗教盛衰史」
・講談社文芸文庫版『堕落』（一九九五年十月）解説―川西政明「破滅の美学」　年譜―川西政明
・講談社文芸文庫版『新編　文学の責任』（一九九五年十月）解説―川西政明　年譜―川西政明
・河出書房新社・高橋和巳コレクション
『悲の器』（一九九六年五月）同時代エッセイ―埴谷雄高「苦悩教の始祖」／巻末エッセイ―松本侑子「面白くて壮絶で、そして愛しい」
『森の王様』（一九九六年六月）同時代エッセイ―武田泰淳「視野脱落をおそれた人」／巻末エッセイ―森まゆみ「高橋和巳との出会い」
『捨子物語』（一九九六年七月）同時代エッセイ―川西政明「高橋和巳の血族」／巻末エッセイ―高橋たか子「処女作という源へ」
『李商隠』（一九九六年九月）同時代エッセイ―木下順二「高橋和巳と『李商隠』」／巻末エッセイ―俵万智「四度目の出会い」
『さわやかな朝がゆの味』（一九九六年八

月）　同時代エッセイ―坂本一亀「回想」／巻末エッセイ―増田みず子「青春時代と高橋和巳」

『憂鬱なる党派』上（一九九六年十月）　同時代対談―秋山駿「私の文学を語る」

『憂鬱なる党派』下（一九九六年十月）　巻末エッセイ―道浦母都子「黄昏の「べし」」

『逸脱の論理』（一九九六年十一月）　同時代エッセイ―磯田光一「〝有罪性〟希求の文学―『散華』『堕落』『憂鬱なる党派』を中心に」／巻末エッセイ―中沢けい「書物への愛憎」

『わが心は石にあらず』（一九九六年十二月）　同時代エッセイ―野間宏「新しい二つの破滅物語」／巻末エッセイ―小池真理子「生まじめだった時代」

『日本の悪霊』（一九九七年一月）　同時代対談―三島由紀夫「大いなる過渡期の論理」／巻末エッセイ―三枝和子「わが青春の京都時代」

『わが解体』（一九九七年二月）　同時代エッセイ―竹内好「正体不明の新しさ」／巻末エッセイ―稲葉真弓「「あの時代」とその後の影」

・〈新装版　河出文庫〉

『邪宗門』（上、下　二〇一四年八月）解説―佐藤優「世界文学と呼ぶべき観念小説」

『悲の器』（二〇一六年六月）　埴谷雄高「苦悩教の始祖」、解説―松本侑子「面白くて壮絶で、そして愛しい」

『憂鬱なる党派』上（二〇一六年七月）　作品の背景―編集部

『憂鬱なる党派』下（二〇一六年七月）　解説―佐高信「青春の書」

『わが解体』（二〇一七年四月）　解説―杉田俊介「高橋和巳の公共性――来るべき読者のために」

『日本の悪霊』（二〇一七年六月）　解説―小林坩堝「「死」、そして」

『我が心は石にあらず』（二〇一七年八月）解説―陣野俊史「論理と感情」

□『高橋和巳全集』参考文献一覧未載の参考文献

『高橋和巳全集』第二十巻には全集刊行以前の高橋和巳についての参考論文一覧が収録されているが、未掲載のものも少なくない。以下では全集刊行以後に確認された文献を掲載する。

・山田富夫「書評：高橋和巳著『捨子物語』罪と孤独の世界」（『学園新聞』第九四五号　一九五八年九月二十九日　京都大学新聞社）

・島田清・沙和宗一・渡辺行夫・埴原一亟・人美勝彦・綠川貢一・落合茂「「悲の器」誌上合評会」（『文芸復興』24　一九六三年五月　文芸復興社）

・八匠衆一「高橋和巳『悲の器』」（『宴』一九六三年七月）

・（無記名）「差別小説『貧者の舞い』を糾弾」（『解放新聞』第３１７号　一九六五年五月十五日　解放新聞社）

・福地幸造「小説「貧者の舞い」の問題点について」（『部落』一九六五年四月　部落問題研究所出版部）

・京都リアリズム研究会「論評「潰す」だけでは解放されない」（『部落』一九六五年六月　部落問題研究所出版部）

・部落解放同盟東京台東支部「差別小説『貧者の舞い』を糾弾」（『部落』一九六五年六月　部落問題研究所出版部）

・G「高橋和巳の「堕落」」（『文学的立場』一九六五年七月）

・竹内実「文芸時評：〈人間＝状況〉図式への反措定」（『新日本文学』一九六五年七月）
註：高橋和巳「堕落」について論評。

・菅野昭正「「孤立無援の思想」高橋和巳著」（『南北』一九六六年八月）

・柴山哲也「書評」：高橋和巳著「散華」河出書房　権力の翻弄への居直り　現在青年の〝不安〟をも証明」、『京都大学新聞』第一三四五号　一九六七年九月二十五日　京都

大学新聞社）
・「婦人公論読書室　『散華』」（『婦人公論』一九六七年十月）
・岩松研吉郎「『我が心は石にあらず』」（『三田新聞』第一一四一号（一九六七年十月十八日　三田新聞社）
・神谷忠孝「高橋和巳小論―「憂鬱なる党派」の世界―」（『市民文芸』7　一九六七年十一月　帯広市立図書館）
・池口直樹「書評：高橋和巳著『我が心は石にあらず』」（『京都大学新聞』第一三五四号　一九六七年十一月二十七日京都大学新聞社）
・佐高信「高橋和巳と〝知識人の滅びの歌〟」（『週刊読書人』一九六八年一月十五日）
・「散華　高橋和巳」（潁田島一二郎編『ふるさと名作散歩』一九六八年二月　のじぎく文庫）
・（無記名）「運命を主題とする長篇小説　高橋和巳著『悲の器』」（『出版ニュース』一九六八年四月上旬号　日本出版配給株式会社）
・「さまざまな文章の混在――高橋和巳氏と大江健三郎氏」（芳賀純・安本美典著『心理学入門講座　新版第11巻　ことば・文章：効果的なコミュニケーション』一九六八年七月　大日本図書）
・高野斗志美「〈現代文学の射程と構造〉7　高橋和巳論――罪の創造と、自己否定について」（『北方文芸』一九六九年八月）
・「京の文学地図　京都大学　高橋和巳「憂鬱なる党派」」（『京都新聞』一九六八年九月十六日夕刊）→京都新聞社『京都の文学地図』（一九六八年十一月　文藝春秋）
・長田弘「裏がえされた理想小説　高橋和巳『日本の悪霊』」（『群像』一九七〇年一月）
・内田道雄「漱石と森田草平　その序説・高橋和巳の発言にふれて」（『國文學　解釈と教材の研究』一九七〇年四月　學燈社）
・「（無記名）「邪宗門の世界」　衆生済わざれば我また病めり　維摩経　序説：密室の世界とその論理」（『三田新聞』第一二五一号　一九七〇年五月二十日　三田新聞学会）
・菊池章一「文芸時評　現代のヒーロー　柴田翔、高橋和巳、辻井喬、佐多稲子、堀田善衛の近作・近著をめぐって」（『新日本文学』一九七〇年六月）
・「婦人公論読書室　『明日への葬列』」（『婦人公論』一九七〇年十月）
・桶谷秀昭・遠丸立「一冊異評『高橋和巳対話集　生涯にわたる阿修羅として』」（『出版ニュース』一九七一年二月上旬号）
・久保妙子「救いのありか―高橋和巳の作品における「妹」について―」（『武庫川国文』第三号　一九七一年三月　武庫川女子大学国文学会）
・山中崇容「高橋和巳論」（『あぽりあ』一九七一年四月）
・高知聰「高橋和巳の死その他」（『教育大学新聞』第五三七号　一九七一年四月二十五日　教育大学新聞社）
・「高橋和巳が若者たちに与えた〝遺書〟」（『週刊現代』一九七一年五月二十日
・（無記名）「〝若者の教祖〟高橋和巳が最後に残した問題のテープ」（『週刊ポスト』一九七一年五月二十一日　小学館）
・（無記名）「若きパルチザンの最期―高橋和巳が死と闘った壮絶7日間」（『プレイボーイ』一九七一年五月二十五日　平凡社）
・黒木和雄「高橋和巳の死と私の「儀式」への若干の断片」（『映画評論』一九七一年七月）
・最首悟「アドリブ派宣言　高橋和巳の死と全共闘」（『状況』一九七一年七月）→『全共闘を読む』状況出版編集部編（一九九七年九月　情況出版）
・興膳宏「高橋和巳を悼む　視点茫茫」（『展望』一九七一年七月）
・遠藤豊吉「ほん　高橋和巳著『白く塗りたる墓』」（『教育評論』一九七一年八月　日本教職員組合教育文化部）
・一界旅人「高橋和巳　白く塗りたる墓」（『三田文学』一九七一年十月）
・（編集部）「自己否定からの出発と解体　高橋

和巳の残した現代的意味を考える」（『早稲田学生新聞』第十号　一九七一年十月早稲田大学新聞会）

・高橋和子「死にたいする礼節は沈黙である」（『あけぼの』一九七一年十一月）↓高橋たか子『高橋和巳の思い出』（一九七七年一月構想社）

・「三島由紀夫と高橋和巳対談　志の文学は敗退したか」（『月刊ペン』一九七二年三月）

・白川正芳「高橋和巳の死とそのブーム」（『國文学　解釈と鑑賞』一九七二年七月　至文堂）

・遠丸立「高橋和巳の思想と文学」（『呪詛はどこから来るか』一九七二年七月　未来社）

・磯田光一「乱世のなかのデカダンス　高橋和巳『詩人の運命』」（『海』一九七二年八月）

・成瀬桜桃子「『詩人の運命―李商隠詩論』」（『俳句研究』一九七二年九月）

・大久保典夫「解説　日本文学における夭折の系譜」（大久保典夫ほか編『夭折　日本文学における美と情念の流れ』一九七三年二月現代思潮社）

・横田政三、金田太郎、原田奈翁雄、徳田義昭「〝邪宗の徒〟を自認した長編作家の実像」（『月刊　噂』一九七三年九月　噂発行所）

・臼井健三郎「免罪なき主体的自己の探求　矢内原伊作『若き日の日記』　秋山駿『地下室の手記』　高橋和巳『阿修羅の思想』」（『朝日ジャーナル』一九七四年八月二日）

・松原新一「解説―人生の立脚点を求めて」（『日本教養全集』第二巻　一九七四年九月角川書店）

・本村利雄「堕ちた人間――戦後文学の遺したもの」（『群像』一九七五年六月）

・伊東高麗夫「高橋和己論」（『日本病碩学雑誌』10　一九七五年十一月）

・菅孝行「自註とあとがき」（『延命と廃絶　昭和の時間と文学の党派性』一九七五年十一月　河出書房新社）

・船越ちい子「高橋和巳論―横川事件フィクション化における『日本の悪霊』の視点―」（『弘前学院大学学会誌』第二号　一九七六年三月　弘前学院大学国語国文学会）

・立石伯「高橋和巳における魯迅の意味」（『ユリイカ』一九七六年四月　青土社）

・菅孝行「三島由紀夫と高橋和巳」（『現代の眼』一九七六年八月）

・杉浦寿「高橋和巳小論」（『武蔵大学人文学会雑誌』28　一九七六年九月　武蔵大学人文学会）

・饗庭孝男「高橋和巳の思い出　高橋たか子複眼でとらえた憂鬱な作家の実像」（『朝日ジャーナル』一九七七年三月）

・八橋一郎「高橋和巳」（『関西文学』一九七七年四月。『民主文学』一九七七年十二月に転載）

・真継伸彦「高橋和巳」『日本近代文学大事典』（淡渓社　一九七七）註：事典類は複数あるが、中でも本事典の項目解説は重要。

・小久保実「解題」（堀田善衛ほか『紀行全集世界体験　8中国・朝鮮』一九七八年八月河出書房新社）

・池内輝雄「高橋和巳」（『國文學　解釈と教材の研究』十一月臨時増刊号　一九七八年九月）

・「邪宗門　高橋和巳」（滋賀の文学地図）」（『朝日新聞』滋賀版　一九七八年三月三十日）↓朝日新聞大津支局編『滋賀の文学地図』（一九七八年十一月　サンブライト出版）

・小川和佑「近代文学の傷痕としての〝満州〟体験」（『別冊一億人の昭和史　日本植民地史2満州』編集：株式会社出版企画センター、一九七八年八月　毎日新聞社）

・笠原伸夫「高橋和巳論　暗鬱思考の原拠」（『現代思想』一九七八年十二月　青土社）

・奥出健「高橋和巳の浪曼（二）」（『解釈』一九七九年十一月）

・芝豪「高橋和巳論1」（文芸同人誌『海』20　一九七九年五月）

・折原脩三「宗教にみる思想―『邪宗門』と『沈黙』と『快楽』を中心として」（『思想の科学』106　一九七九年六月）

・柳田国男「ガン50人の勇気」（『文藝春秋』一九七九年十一月）→柳田国男『ガン50人の勇気』（一九八一年三月　文芸春秋、文春文庫版　一九八九年七月）

・「高橋和巳」（清水健次郎編『淡路文学散歩の手引』　一九七九年十一月　淡路文化協会）

・芝豪「高橋和巳論2」（文芸同人誌『海』21　一九七九年十二月）

・渡辺広士「解説」（新潮文庫版『散華』　一九八〇年一月）

・柴田翔「解説」（新潮文庫版『憂鬱なる党派』　一九八〇年五月）

※『高橋和巳全集』未収録論攷

・高橋和巳・高橋たか子「実感的観光ニッポン」（『婦人公論』一九六三年六月）註：共著で書かれた珍しいインタビュー風のエッセイ。

・高橋和巳「書評　共同討議小田切秀雄他『対決の思想』「文学的立場」同人の功績」（『群像』一九六八年八月）

・高橋和巳「討論をおわって」（『人間として』四号　一九七〇年十二月）

・高橋和巳「編集後記」（『人間として』四号　一九七〇年十二月）

・高橋和巳「磯田光一宛書簡二通」（『現代詩手帖』一九八七年十二月臨時増刊　現代詩手帖社）

※『高橋和巳全集』刊行以後参考文献

全集刊行以後の参考文献・記事を単行本所収論文、雑誌・紀要類掲載論文に分類し、発表年代順に掲載。後の単行本所収は「→」で示す。

□単行本所収論文（初出が単行本のものに限る）

・木村一信「高橋和巳『悲の器』」（現代文学研究会編『現代の小説』　一九八一年三月　九州大学出版会）

・平野栄久「運動としての批評を！—高橋和巳『貧者の舞い』、小田実『冷え物』と土方鉄の批判」（梅沢利彦、平野栄久、山岸嵩『文学の中の被差別部落像—戦後篇—』　一九八二年六月　明石書店）

・笠井潔『テロルの現象学　観念批判論序説』作品社　一九八五年五月、ちくま学芸文庫版一九九三年七月『新版テロルの現象学　観念批判論序説』二〇一三年一月　作品社）

・紅野謙介「状況と情念—井上光晴と高橋和巳—」（『講座昭和文学史』第四巻「日常と非日常」　一九八九年一月　有精堂）

・栗原克丸「高橋和巳」（『近代日本を生きた人と作品—わが読書の旅から』　一九八九年十一月　高文研）註：初出は埼玉県立小川高校図書館報『灯』に掲載されたものらしいが、未見のためこちらの項目に暫定的に入れておく。

・東秀三「高橋和巳『憂鬱なる党派』」（『大阪文学地図』　一九九三年五月　編集工房ノア）

・「高橋和巳」（荒俣宏監修『知識人99人の死に方』　一九九四年十二月　角川書店、角川ソフィア文庫版二〇〇〇年十月）

・山崎國紀「近代文学にみる宗教性」（『近代文学にみる天理教』　一九九三年十月　天理教道友会）

・芝豪「高橋和巳」、「語学—高橋和巳「私の語学」」（『知の樹海から』　一九九五年六月　海越出版社）註：初出は『海』（三重県四日市市在住の医師・間瀬昇氏主宰）第36〜48号（一九八七年〜一九九三年）。註：入手困難な雑誌につき、こちらに入れている。

・荒木公輔「高橋和巳と現代—非日常性からの予言」（千年紀文学の会編『千年紀文学叢書1　文学と人間の未来』　一九九七年十月　皓星社）

・秋山駿「解説　ひとり、志を抱く」（川西政明　講談社文芸文庫版『評伝高橋和巳』　一九九五年十月）→秋山駿『作家と作品　私のデッサン集成』（一九九八年四月　小沢書店に収録）

・綾目広治「高橋和巳論—敗戦、戦後革命、全

共闘―」（『脱＝文学研究　ポストモダニズム批評に抗して』　一九九九年二月　日本図書センター）
・槇山朋子「高橋和巳『黄昏の橋』論―あるいは漱石への溯行」（玉井敬之編『漱石から漱石へ』　二〇〇〇年五月　翰林書房）
・古屋健三「高橋和巳『日本の悪霊』―ポスト『悪霊』の物語」（『青春という亡霊　近代文学の中の青年』　二〇〇一年十月　日本放送出版協会）
・塚田高行「高橋和巳『邪宗門』」（花田春兆編『日本文学のなかの障害者像―近・現代篇』　二〇〇二年三月　明石書店）
・井波律子「高橋さんのこと」（『中国文学の愉しき世界』　二〇〇二年十二月　岩波書店）
・冨岡幸一郎「高橋和巳『邪宗門』」（『打ちのめされるようなすごい小説』　二〇〇三年六月　飛鳥新社）
・宇治土公三津子「小田実が綴る　高橋和巳への想い」（『作家が綴る心の手紙　死を想う』　二〇〇三年九月　二玄社）
・坪井秀人「歴史の消費―高橋和巳『散華』『堕落』における戦中戦後の〈重ね書き〉」（『イメージとしての戦後』　二〇一〇年三月　青弓社）
・海老坂武「時代の暗部に立ち向かう　高橋和巳『わが解体』」（『戦後文学は生きている』　二〇一二年九月　講談社現代新書）
・小滝透「二人のヴェルト・ガイスト（世界精神）―三島由紀夫と高橋和巳」（『戦後70年日本転覆思想史　右から左から、中心から』　二〇一五年六月　第三書館）
・大庭登「阿修羅の如く「わが解体」を叫ぶ高橋和巳」（『昭和の作家たち―誰も書かなかった37人の素顔』第三文明社、二〇一五年六月）
・張競「解説」（張競・村田雄二郎編『日中の120年　文芸・評論作品選4　断交と連帯　1945～1971』　二〇一六年六月　岩波書店）
・王俊文「日常を求める虚無僧―高橋和巳と竹内好・武田泰淳、および吉川幸次郎」（『越境する中国文学』編集委員会『越境する中国文学　新たな冒険を求めて』　二〇一八年二月　東方書店）

□雑誌・紀要・新聞等所収論文及び記事

・高橋たか子「夫・高橋和巳の一〇月年忌」（『毎日新聞』一九八〇年五月二十四日）
・天野恵一「大学闘争と自己否定」（『流動』一九八〇年六月号）→『全共闘経験の現在』（一九八九年六月　インパクト出版会、増補版一九九七年八月）
・芝豪「高橋和巳論3」（文芸同人誌『海』22　一九八〇年八月）
・石本太郎「高橋和巳「散華」論」（『論究』第1号　一九八〇年十二月）
・芝豪「高橋和巳論4」（文芸同人誌『海』23　一九八〇年十二月）
・倉西博之「『邪宗門』考　高橋和巳―内なる修羅―」（『金蘭短期大学研究誌』42　一九八一年二月）
・菅谷規矩雄「高橋和巳の戦後的位置」（『伝統と現代』一九八一年三月）
・「文学　高橋和巳　没後一〇月年回顧展」（『毎日新聞』一九八一年四月十七日）
・尾崎秀樹「高橋和巳の戸惑い」（『大衆文学研究会報』26　一九八一年五月）
・川西政明「評伝高橋和巳」（『群像』一九八一年六月号）→『評伝高橋和巳』（講談社）の一部として掲載。
・駒田信二「書けなかったこと―高橋和巳回想」（『文學界』一九八一年六月）
・匿名「再び高橋和巳の死をめぐって」（『朝日ジャーナル』一九八一年六月十二日）
・匿名「駒田信二の告発―高橋和巳と吉川幸次郎」（『朝日ジャーナル』一九八一年六月十二日）
・芝豪「高橋和巳論5」（文芸同人誌『海』24　一九八一年八月）

・石本太郎「高橋和巳「堕落」論あるいは〈満州国〉論ノート」（『論究』第2号　一九八一年八月）
・芝豪「見えすぎていた人の悲劇—晩年の高橋和巳—」（『芸術三重』24　一九八一年九月）
・関谷秀豊『憂鬱なる党派（高橋和己）』（『文学地帯』58　一九八一年十一月）
・川西政明「影響の水域—精神の継走ということ　安部公房・高橋和巳・大江健三郎・真継伸彦・中上健次・村上龍にふれて」（『國文学　解釈と教材の研究』　一九八一年十一月）
・芝豪「高橋和巳論6」（文芸同人誌『海』25　一九八二年三月）
・鈴木正行「高橋和巳「邪宗門」序論—〈神部共同体〉についての一考察」（『語文論叢』一九八二年八月　千葉大学文学部日本文化学会）
・芝豪「高橋和巳論7」（文芸同人誌『海』26　一九八二年十一月）
・谷沢永一「本文および作品鑑賞」（高橋和巳「論語—私の古典」）（『鑑賞日本現代文学』34「現代評論」　一九八三年三月　角川書店）↓『十五人の傑作』（一九九七年十一月　潮出版社）
・橘正典「静かな妄想者—高橋和巳」（『国文学　解釈と鑑賞』一九八三年四月臨時増刊号）
・黒古一夫「共苦—千年王国への道」（『批評精神』一九八三年四月）↓『大江健三郎とこの時代の文学』（一九九七年十二月　勉誠社。「高橋和巳と真継伸彦・「共苦」から「共生」へ」と改題。）
・三浦雅士「メランコリーの水脈」（『朝日ジャーナル』一九八三年九月二十五日増刊号）↓『メランコリーの水脈』（一九八四年四月　福武書店、福武文庫版　一九八九年七月）所収。なお、この著作には新潮文庫版『堕落』解説（「歴史というメランコリー」と単行本所収時に改題）にも収録。
・芝豪「高橋和巳論8」（文芸同人誌『海』28　一九八三年十月）
・あきとしじゅん「高橋和巳における狼疾」（『関西文学』一九八三年十一月号）↓『高橋和巳における狼疾』（一九八五年十二月　丸善京都支店出版サービスセンター）所収。
・芝豪「高橋和巳論9」（文芸同人誌『海』29　一九八四年四月）
・東郷克美「「憂鬱なる党派」高橋和巳—知識人とスラム」（『国文学　解釈と鑑賞』一九八四年五月）
・山田稔「五月雑感—高橋和巳のこと」（『海燕』一九八四年七月）
・助川徳是「悲の器　高橋和巳」（『国文学　解釈と鑑賞』十一月臨時増刊号　一九八四年十一月）
・木内尚子「日本における魯迅研究序説—小説「藤野先生」を中心に」（『日本大学文理学部（三島）研究年報』32　一九八四年）
・芝豪「高橋和巳論10」（文芸同人誌『海』30　一九八四年十月）
・堀田穣「覆悲器ニ返ラズ（三）—高橋和巳論」（『試行』63　一九八四年十一月二十五日）
・大上正美「中国文学研究から見た高橋和巳（一）」（『高校通信東書国語』244　一九八四年　學燈社）
・別府直苗「高橋和巳編『戦後文学の思想』」（『學燈』12号臨時増刊号「受験の国語　国語総仕上げ実践問題49」一九八四年十二月）
・大上正美「中国文学研究から見た高橋和巳（二）」（『高校通信東書国語』251　一九八五年五月）
・芝豪「高橋和巳論11」（文芸同人誌『海』31　一九八五年六月）
・国松昭「「憂麗なる党派」高橋和巳」（『国文学　解釈と鑑賞』一九八五年八月号）
・芝豪「高橋和巳論12」（文芸同人誌『海』32　一九八五年十月）
・磯田光一「左翼がサヨクになるとき　5　パルチザンのゆくえ—高橋和巳から桐山襲へ」（『すばる』一九八六年一月）↓『左翼がサヨクになるとき—ある時代の精神史—』

（一九八六年十一月　集英社）所収。
・山口勲「高橋和巳論―虚無僧のパトス」（『城西人文研究』3　一九八六年二月）
・大江健三郎「戦後文学から今日の窮境まで―それを経験してきた者として―（戦後日本精神の再検討）」（『世界』一九八六年三月）
・芝豪「高橋和巳論13」（文芸同人誌『海』33　一九八六年三月）
・伊藤高麗夫「高橋和巳と「オカルト」」（『医家芸術』一九八六年三月）
・湯浅篤志「「短い長篇」の方法――高橋和巳「散華」論」（『成城国文学』2号　一九八六年三月）
・木脇紀美子「高橋和巳「悲の器」再考」（『日本文学論叢』（茨城キリスト教短期大学）11　一九八六年三月）
・鎌田東一「二つの戦後―三島由紀夫と高橋和巳」（『文芸』一九八六年九月）
・芝豪「高橋和巳論14」（文芸同人誌『海』34　一九八六年九月）
・桜井哲夫「高橋和巳と『わが解体』―メランコリーの彼方へ」（『本』一九八七年七月号）
↓『思想としての60年代』（一九八八年六月　講談社、ちくま学芸文庫版　一九九三年二月）所収。
・安東諒「高橋和巳論（一）中国文学論の一端」（『徳島大学国語国文学』1　一九八八年三月）
・川西政明「高橋和巳関係資料について」（『神奈川近代文学館』一九八八年十月十五日）
・市川良幸「高橋和巳論――「憂麗なる党派」を中心に」（『国文学試論』12　一九八九年一月）
・安東諒「高橋和巳論（二）中国文学論の一端」（『徳島大学国語国文学』2　一九八九年三月）
・芝豪「高橋和巳論15」（文芸同人誌『海』39　一九八九年四月）
・佐々木譲「ミステリー作家の昭和　わたしの高橋和巳」（『小説新潮』臨時増刊「ミステリー大全集　昭和名作推理小説」一九八九年五月　新潮社）
・川西政明「若い日の私―高橋和巳との忘れ得ぬ出会い」（『毎日新聞』一九八九年七月十五日朝刊）
・芝豪「高橋和巳論16」（文芸同人誌『海』40　一九八九年十月）
・高橋敏彦「書評備忘録・高橋和巳『邪宗門』」（『幻想文学』28　一九九〇年一月　幻想文学出版局）
・安東諒「高橋和巳論（三）中国文学論の一端」（『徳島大学国語国文学』3　一九九〇年三月）
・山脇文子「【高橋和巳】時を得た人」（『思想の科学』一九九〇年十二月）
・安東諒「高橋和巳論（四）中国文学論の一端」（『徳島大学国語国文学』4　一九九一年三月）
・藤村耕治「高橋和巳「邪宗門」考」（『日本文學誌要』44　一九九一年三月　法政大学国文学会）
・「没後20年改めて「高橋和巳」を問う」（『毎日新聞』一九九一年五月二十日朝刊）
・塚本邦雄「高橋和巳短編集　渇きやすい一巻」（『日本経済新聞』一九九一年五月二十六日）
・伊藤景子「没後20年「苦悩教の教祖」よみがえる」（『AERA』一九九一年五月二十八日）
・川西政明「高橋和巳没後二十年　理想主義の終焉を実感」（『読売新聞』一九九一年五月三十日）
・埴谷雄高、秋山駿対談「格闘する文学」（『海燕』一九九一年六月）↓『跳躍と浸潤　埴谷雄高対話集』（一九九六年五月　未来社）所収、『埴谷雄高全集』第十七巻（二〇〇〇年十一月　講談社）再録。
・「哲学者の梅原猛さん　高橋和巳をしのぶ会（人きのうきょう）」（『朝日新聞』大阪版　一九九一年九月二十七日夕刊
・渡辺巳三郎「終戦前後における部落問題短編小説(1)―織田作之助『俗臭』・『素顔』と高橋和巳『貧者の舞い』―」（『法政大学大学院紀

要』27　一九九一年十月）

・安東諒「高橋和巳論（五）中国文学論の一端」（『徳島大学国語国文学』5　一九九二年三月）

・木村一信「高橋和巳の文学Ⅰ」（『増進会旬報』一九九二年一月二十六日号）

・木村一信「高橋和巳の文学Ⅱ」（『増進会旬報』一九九二年二月二十六日号）→Z会ペブル叢書6『もうひとつの文学史』（一九九六年十一月　増進会出版社）所収

・渡辺巳三郎「終戦前後における部落問題短編小説⑵—山清一『暴露小説、特殊部落』（いはゆるオール・ロマンス事件）と、熱田猛『朝霧の中から』、吉野壮児『まないた棺桶』—」（『日本文学論叢』21　一九九二年七月　法政大学大学院日本文学専攻委員会）

・藤村耕治「高橋和巳「詩人の運命」を読む　前」（『日本文學誌要』46　一九九二年十二月　法政大学国文学会）

・安東諒「高橋和巳論（六）中国文学論の一端」（『徳島大学国語国文学』6　一九九三年三月）

・井波律子「高橋和巳さんの思い出」（連載　私にとっての三国志①）（『月刊Asahi』一九九三年四月）

・藤村耕治「高橋和巳「詩人の運命」を読む　後」（『日本文學誌要』47　一九九三年七月）

・「新・名作歳時記・夏（8）高橋和巳「散華」から」（『読売新聞』大阪版　一九九三年八月二十日）

・安東諒「高橋和巳論（七）中国文学論の一端」（『徳島大学国語国文学』7　一九九四年三月）

・藤村耕治「「捨子物語」の世界—高橋和巳の抒情性」（『日本文學誌要』50　一九九四年七月）

・西原美千代「『我が心は石にあらず』論」（『日本文學誌要』50　一九九四年七月）

・高田宏「高橋和巳　酒後の来信」（『たる』一九九四年八～十月）→高山恵太郎監修『酒のかたみに　酒で綴る亡き作家の半生史』（一九九六年三月　たる出版）所収。

・小泉香代「高橋和巳の短編小説について—『散華』をどうとらえるか」（『共立レビュー』23　一九九五年二月　共立女子大学大学院文芸学研究科）

・河野基樹「高橋和巳文学批評符牒の検討—「捨子物語」再解読を通して」（『国学院大学大学院紀要（文学研究科）』26　一九九五年三月）

・佐高信「戦後を読む・会社を読む　第三三回」（戦後を読む——罪と罰の応報の絆が切れた現代　憂鬱なる党派）（『週刊金曜日』一九九五年四月二十一日）

・片岡豊「太宰治と高橋和巳」（『湘南文学』第8号　一九九五年五月　学校法人神奈川歯科大学・湘南短期大学）

・「新・名作歳時記（5）高橋和巳「邪宗門」から」（『読売新聞』大阪版　一九九五年五月十二日）

・赤塚隆二「邪宗門（偏西風）」（『朝日新聞』西部版一九九五年五月十五日夕刊）

・「あーと・ふぁんたじい　クラッシック　落下してゆく姿」（『毎日新聞』一九九五年五月二十四日）

・川村邦光「こころの風景　高橋和巳「邪宗門」とオウム事件」（『読売新聞』一九九五年七月十日）

・清水良典「この夏の一冊　文庫で読む近代文学　高橋和巳　邪宗門」（『すばる』一九九五年九月）

・「とれんど in 小説　高橋和巳集　没後25年の刊行　現代に輝き増す文学の志」（『読売新聞』一九九六年五月二十七日）

・「わたくしごと　民主主義・反逆と市民と：8（戦後50年・第6部）」（『朝日新聞』一九九五年七月四日朝刊）

・「高橋和巳「私」と共同体の境消え広がる不幸感（「個」と戦後：3）」（『朝日新聞』一九九五年八月二日夕刊）

・桂文子「高橋和巳『憂鬱なる党派』論—（貧

民窟〉の住人に着目して」（『広島女子大国文』12　一九九五年九月）
・藤村耕治「憂鬱な青春の記念碑―『憂鬱なる党派』論」（『日本文學誌要』53　一九九六年三月）
・秋山駿「志の文学」（『文藝』一九九六年夏季号　一九九六年五月）→『作家と作品　私のデッサン集成』（一九九八年四月　小沢書店）
・「高橋和巳をしのぶ会　世代によって見方分かれる（単眼複眼）」（『朝日新聞』一九九六年六月五日夕刊）
・「高橋和巳没後25年　ウダウダ文学の現代的意味？」（『産経新聞』一九九六年七月四日）
・吉田和志「兵庫散歩『散華』」（『兵庫教育』一九九六年九月　兵庫県教育委員会）
・淡中剛郎「絶望し、破滅する知識人―高橋和巳没後25年によせて」（『プロメテウス』一九九六年九月　全国社研社）
・「高橋和巳関係資料移管される」（『神奈川近代文学館』一九九七年一月十五日）
・関口裕昭「高橋和巳『邪宗門』」（『三田文学』一九九七年八月）
・藤村耕治「『悲の器』論」（『日本文學誌要』57　一九九八年三月）
・東口昌央「高橋和巳における戦後―〈核になるもの〉の追求として―」（『国語と教育』23　一九九八年三月　大阪教育大学国語教育学会）
・音谷武郎「高橋和巳と「わが解体」の引力（20世紀文化事件簿4）」（『朝日新聞』大阪版　一九九八年四月九日朝刊）
・桑原律「高橋和巳作「貧者の舞い」と「文学評論」のあり方」（『部落問題研究』一九九八年六月）
・東口昌央「高橋和巳『散華』論―生活人大家について―」（『文月』3　一九九八年七月　文月刊行会）
・吉永康昭「高橋和巳『憂鬱なる党派』とその時代」（『岐阜大学国語国文学』25　一九九八年三月）
・山岸嵩「劇場としての戦争文学―〝戦場後方文学〟を眺める＝ジャワ徴用作家群像のスケッチ―」（『社会文学』12　一九九八年六月）
・阿藤海「弁護士になるはずが、俳優に…。そんな僕に後悔しない生き方を教えてくれた一冊」（連載　心に深く残る人生の出会い　第２００回）（『BIG tomorrow』一九九八年五月）
・東口昌央「高橋和巳『散華』論―〈情熱〉の復権と瓦解―」（『文月』4　一九九九年七月）
・桶谷秀明「記憶の復活」（『文學界』一九九九年七月）→『昭和精神史　戦後編』（二〇〇〇年六月　文藝春秋、文春文庫版二〇〇三年十月）
・大上正美「文学と現実、一つの感想―高橋和巳のことなど―」（『創文』422　二〇〇〇年七月　創文社）
・東口昌央「高橋和巳『堕落』論―混血と〈捨子〉をめぐって―」（『論究日本文学』73　二〇〇〇年十二月　立命館大学日本文学会）
・本直人「革命家と詩人（二）―亀井勝一郎と転向―」（『東洋大学大学院紀要（文学研究科）』37　二〇〇一年二月）
・大上正美「中国文学研究から見た高橋和巳（三）」（『青山学院大学総合研究所人文学系研究センター研究叢書』16　二〇〇一年三月）
・古田島洋介「定訓の解釈をめぐって―高橋和巳氏の注釈態度と加地伸行氏の漢文教育論―」（『明星大学研究紀要』9　日本文化学部・言語文化学科　二〇〇一年三月）
・「高橋和巳　孤立無援を生きた知識人」小笠原賢二、週刊朝日百科『世界の文学』98　朝日新聞社　二〇〇一年五月）
・石原慎太郎「わが人生の時の人々（最終回）かつて同世代の仲間たち」（『文藝春秋』二〇〇一年七月）→石原慎太郎『わが人生の時の人々』（二〇〇二年一月　文藝春秋、文春文庫版、二〇〇五年一月）
・「ものがたりと出会う　邪宗門　亀岡城跡」（『京都新聞』二〇〇一年七月十五日朝刊）

・小嵐九八郎「蜂起には至らず―新左翼「死人」列伝⑦「隗より始めよ」の作家・高橋和巳」（『本』二〇〇一年九月）→小嵐九八郎『蜂には至らず―新左翼「死人」列伝』（二〇〇三年四月　講談社）

・伊藤益「存在の負い目―高橋和巳『堕落』論」（『倫理学』二〇〇一年十二月　筑波大学倫理学研究会）

・伊藤益「「汝」の非在―高橋和巳『悲の器』（『日本文化研究』二〇〇二年　筑波大学大学院博士課程日本文化研究学際カリキュラム）
→この二篇、伊藤益『高橋和巳作品論―自己否定の思想―』（二〇〇二年一月　北樹出版）

・藤村耕治「研究動向　高橋和巳」（『昭和文学研究』第44集　二〇〇二年三月　昭和文学研究会）

・伊藤益「自己否定の思想―高橋和巳『散華』論―」（『哲学・思想論集』27号　二〇〇二年三月　筑波大学哲学・思想系）→伊藤益『高橋和巳作品論―自己否定の思想―』（二〇〇二年一月　北樹出版）

・神谷忠孝「がんと文学―「告知」の問題―」（『北海道文教大論集』第3号　二〇〇二年三月）

・太田代志朗「高橋和巳の憂憤―33回忌に」（『図書新聞』二〇〇二年五月二十五日）

・小松左京「関西笑談　大衆を楽しませる（3）」（『産経新聞』大阪版　二〇〇二年八月七日）

・小松左京「関西笑談　大衆を楽しませる（4）」（『産経新聞』大阪版　二〇〇二年八月八日）

・藤村耕治「高橋和巳と浪漫的情念―『散華』論」（『現代文藝研究』創刊号　二〇〇二年十二月　現代文藝研究会）

・黒古一夫「政治と宗教―高橋和巳『邪宗門』の問いかけたもの―」（『大法輪』二〇〇二年十二月　大法輪閣編集部）

・樺島博志「現代正義論のパラダイム・チェンジ―9・11テロの投げかける法哲学的問題について」（『法哲学年報』二〇〇三年十月　有斐閣）

・東口昌央「高橋和巳『邪宗門』論―〈組織〉への反措定」（栗原幸夫編『文学史を読みかえる⑥　大転換期「六〇年代」の光芒』二〇〇三年一月　インパクト出版会）

・朴海蘭「『堕落』から見た高橋和巳の反戦思想」『日本学論叢』（権宇、金哲会主編、二〇〇三　中国・延辺大学出版社）。

・辺見庸「反時代のパンセ　連載第80回　イラク戦争をやめろ（3）」（『サンデー毎日』二〇〇三年三月三十日）→『いま、抗暴のときに』（二〇〇五年五月　毎日新聞社）

・藤村耕治「大本と高橋和巳『邪宗門』―現実を峻拒する宗教」（『国文学　解釈と教材の研究』二〇〇三年五月）

・田浪亜央江「《運動の思想》を読む［10］　高橋和巳著『わが解体』」（『季刊　ピープルズ・プラン』24　二〇〇三年十一月　ピープルズ・プラン研究所）

・太田代志朗「孤立の憂愁―立命館大学文学部講師の時代　高橋和巳拾遺［1］」（『季刊月光』01　二〇〇三年十一月　鳥影社）

・高須基仁「この「大小説」を読みたい『憂鬱なる党派』」（『小説宝石』二〇〇三年十二月）

・河野龍哉「高橋和巳「悲の器」」（安藤宏編『日本の小説101』二〇〇三年六月　新書館）

・「再読・熟読「邪宗門」上下」（『毎日新聞』二〇〇四年二月四日）

・BBS「高橋和巳を語る会」（運営管理・人見伸行）が発信スタート。（二〇〇四年五月）

・東口昌央「〈ナショナル〉なものの誘惑―高橋和巳論」（『昭和文学研究』49　二〇〇四年九月　昭和文学会）

・北野誉「《運動の思想》を読む［14］　高橋和巳著『非暴力直接行動について』」（『季刊ピープルズ・プラン』28　二〇〇四年十一月）

・小池真理子「高橋和巳」（『小説現代』二〇〇五年一月）

・小松左京「小松左京　高橋和巳を語る1」（『小松左京マガジン』17　二〇〇五年一月　イオ）

↓小松左京『小松左京自伝―実存を求めて』（二〇〇八年二月　日本経済新聞出版社）
・藤村耕治「高橋和巳の国家観」（『日本文學誌要』71　二〇〇五年三月）
・法政大学大学院私小説研究会編「高橋和巳私小説語録」（『私小説研究』6　二〇〇五年三月　法政大学大学院私小説研究会）
・望月芳哲「高橋和巳『遥かなる美の国』論」（『二松』19　二〇〇五年三月　二松學舍大学大学院文学研究科）
・小松左京「小松左京　高橋和巳を語る2」（『小松左京マガジン』18　二〇〇五年四月　イオ）
↓小松左京『小松左京自伝―実存を求めて』（二〇〇八年二月　日本経済新聞出版社）
・寺田博「文芸編集覚え書き」（1）～（13）（『季刊文科』二〇〇五年六月～二〇〇八年三月、二〇〇八年十月～二〇〇九年四月）↓『文芸誌編集実記』（二〇一四年四月　河出書房新社）
・寺田博「石つぶての中の酒場と文学。」（『東京人』二〇〇五年七月　都市出版）
・橘正典「友人の視線と批評家の視線を―高橋和巳へ」（『図書新聞』二〇〇五年七月）
・小川原健太「高橋和巳「散華」論―精神の断絶とつながり―」（『群系』18　二〇〇五年十二月　群系の会）
・長尾真輔「記者ノート「邪宗門」」（『毎日新聞』二〇〇六年一月十六日）
・座談会戦後派の再検討　川村湊・冨岡幸一郎・柘植光彦（『國文學　解釈と鑑賞』二〇〇五年十一月）
・東口昌央「〈感情〉という不可解なもの―高橋和巳『悲の器』論」（『立命館文学』594　二〇〇六年三月　立命館大学人文学会）
・中村生雄「この本と出会った『暗黒への出発』高橋和巳著」（『産経新聞』二〇〇六年六月十一日）
・槙山朋子「研究動向　高橋和巳」（『昭和文学研究』53　二〇〇六年九月　昭和文学会）
・「読書日記　イッセー尾形①『邪宗門』演劇へ進む〝きっかけ〟に」（『日本経済新聞』二〇〇六年十月四日夕刊）
・佐藤優「高橋和巳が描いた「ズルい不倫男」の生き方（ビジネスパーソンの教養講座　名著、再び　第二回）」（『週刊現代』二〇〇六年八月六日）↓『功利主義者の読書術』（二〇〇九年七月　新潮社、新潮文庫版二〇一二年三月）
・「ベストセラー再会　昭和46年『わが解体』高橋和巳著」（『産経新聞』二〇〇七年四月三十日）
・佐藤優「高橋和巳『わが心は石にあらず』」（「名著」読み直し講座　第1回）」（『現代』二〇〇七年七月）↓『功利主義者の読書術』（二〇〇九年七月　新潮社、新潮文庫版二〇一二年三月）
・東口昌央「高橋和巳『邪宗門』論―〈神の不在〉をどう乗り越えるか」（『文月』6　二〇〇七年七月　文月刊行会）
・佐藤優「高橋和巳『邪宗門』上・下（功利主義者の読書術9）」（『小説新潮』二〇〇八年一月）↓『功利主義者の読書術』（二〇〇九年七月　新潮社、新潮文庫版二〇一二年三月）
・宮崎哲弥「高橋和巳『わが解体』（七七人、わが座右の銘）」（『諸君』二〇〇八年二月）
・中原章雄「小説家高橋和巳再読―ある研究室伝説の誕生」（『立命館文学』606　二〇〇八年三月　立命館大学人文学会）
・田中寛「高橋和巳『堕落』にみる〈理想〉の悲劇性―文学における戦争責任と戦後認識」（『大東文化大学紀要』（人文科学）46　二〇〇八年三月）
・佐藤優「佐藤優のインテリジェンス人生相談　第49回（参考文献　高橋和巳『わが心は石にあらず』）」（『週刊SPA！』二〇〇八年七月十五日）↓『インテリジェンス人生相談　社会篇』（二〇〇九年四月　扶桑社）
・田中知佳「李商隠の恋愛詩―「無題」詩に於ける高橋和巳の訳注を通して」（『筑紫語文』17　二〇〇八年十月）
・佐藤優「時代おくれの酒場⑥『カバラーと

しての大衆団交』（酒を飲まなきゃ始まらない　第16回）」（『小説宝石』二〇〇八年十月）↓『同志社大学神学部』（二〇一二年十一月　光文社）、『同志社大学神学部　私はいかに学び、考え、議論したか』（光文社新書版　二〇一五年十月）

・佐藤優「時代おくれの酒場⑦　『居心地』（酒を飲まなきゃ始まらない　第17回）」（『小説宝石』二〇〇八年十一月）↓『同志社大学神学部』（二〇一二年十一月　光文社）、『同志社大学神学部　私はいかに学び、考え、議論したか』（光文社新書　二〇一五年十月）所収。

・河野基樹「高橋たか子に映った和巳―意識の深みに棲む人」（『芸術至上主義文芸』34　二〇〇八年十一月）

・佐藤優「時代おくれの酒場⑧　『青年キリスト教徒の造反』（酒を飲まなきゃ始まらない　第18回）」（『小説宝石』二〇〇八年十二月）↓『同志社大学神学部』（二〇一二年十一月　光文社）、『同志社大学神学部　私はいかに学び、考え、議論したか』（光文社新書　二〇一五年十月）所収。

・原武史「死ぬまでに絶対読みたい本　『邪宗門』」（『文藝春秋』二〇〇八年十二月）

・佐藤優「時代おくれの酒場⑨　『十字架のドラマツルギー』（酒を飲まなきゃ始まらない　第19回）」（『小説宝石』二〇〇九年一月）↓『同志社大学神学部』（二〇一二年十一月　光文社）、『同志社大学神学部　私はいかに学び、考え、議論したか』（光文社新書　二〇一五年十月）

・藤村耕治「〈共苦〉する思想―高橋和巳の宗教性」（『国文学　解釈と鑑賞』二〇〇九年二月）

・「帰りたい　あった、あった。黒一色で表された革命の時代」（『毎日新聞』二〇〇九年七月二十三日）

・鈴木邦男「70年代の光と影（第2回）三島由紀夫と高橋和巳―すべて二人に学んだ」（『金曜日』二〇〇九年十二月四日）

・一海知義「白川静と高橋和巳」（『ユリイカ』二〇一〇年一月）

・梅原猛・西川照子「奇人たちの遊興」（『ユリイカ』二〇一〇年一月）

・岡愛子「戦争体験者はいかに語り始めるか　高橋和巳『堕落―あるいは内なる曠野』にみる情念・理念・思念」（『淑徳大学大学院総合福祉研究科研究紀要』17　二〇一〇年）

・楊海英「「糞の垂れた尻」と「お尻の割れた子供服」―過去の「蒙疆」から竹内好と高橋和巳の中国観をよむ」（『アジア研究』5　二〇一〇年三月　静岡大学人文学部アジア研究センター）

・佐藤優「佐藤優のインテリジェンス人生相談　第１２９回」（参考文献『高橋和巳作品集3　憂鬱なる党派』）（『週刊ＳＰＡ！』二〇一〇年三月二日）

・佐藤優「佐藤優の歴史人物対談（15）高橋和巳と語る」（『金曜日』二〇一〇年四月二日）

・佐藤優「佐藤優のインテリジェンス人生相談　第１３６回（参考文献『黄昏の橋』）」（『週刊ＳＰＡ！』二〇一〇年四月二十日）↓『インテリジェンス人生相談　復興篇』（二〇一一年九月　扶桑社）

・太田代志朗「高橋和巳　孤高の修羅よ瞑らざれ」（『日本近代文学館』２４２　二〇一一年七月）

・太田代志朗「悲愴と解体のパトロジー　――高橋和巳生誕八〇年・没後四〇年に」（『図書新聞』に短期連載、二〇一一年八月六日、八月十三日、九月十日、九月二十四日、十月一日）

・倉橋健一「倉橋健一の文学教室（21）高橋和巳「悲の器」　法と国家をめぐる思弁」（『産経新聞』二〇一一年十一月二十八日）

・（無記名）「高橋和巳」『――市民が選んだ――郷土の人々』（東大阪市教育委員会　二〇一一年）

・藤村耕治「高橋和巳の〈文学〉概念――「文学の責任」をめぐって――」（『日本文学誌要』85　二〇一二年三月　Ｋ＆Ｋプレス）

・三浦小太郎「三島由紀夫と高橋和巳（近代の闇　闇の近代　第8回）」（『月刊日本』二〇一二年四月）

・東口昌央「了解不可能な他者と共に―高橋和巳『捨子物語』論―」（『文月』7　二〇一二年七月）

・佐藤優「佐藤優のインテリジェンス人生相談第250回（参考文献『日本の悪霊』）」（『週刊SPA！』二〇一三年一月二十二日）

・張競「高橋和巳の文革(1)」（『日本経済新聞』二〇一三年九月二十二日）／同「高橋和巳の文革(2)」（同二〇一三年九月二十九日）／同「高橋和巳の文革(3)」（同二〇一三年十月六日）／同「高橋和巳の文革(4)」（同二〇一三年十月十三日）↓張競『詩文往還　戦後作家の中国体験』（二〇一四年十月　日本経済新聞出版社）

・上坂保仁「高橋和巳「自己批判」概念にみる「葛藤」の思想―「大学教員」のレゾン・デートル「再考」を射程に―」（『常葉大学経営学部紀要』二〇一四年二月）

・小嶋洋輔「文学と『母性』：高橋和巳『邪宗門』と遠藤周作『母なるもの』から」（『名桜大学紀要』19　二〇一四年三月）

・佐藤優「〝Book Reviews〟知を磨く読書（第69回）全共闘世代の核心に迫る［『邪宗門』高橋和巳著、『革マル派　五十年の軌跡　第一巻　日本反スターリン主義運動の創成』日本革命的共産主義者同盟革命的マルクス主義派政治組織局編、『突破者外伝 私が生きた70年と戦後共同体』宮崎学著］」（『週刊ダイヤモンド』二〇一四年十月）

・「巨編に挑む　邪宗門　対論なき現代　再び生き方を問う」（『産経新聞』二〇一四年十月十三日）

・福本英俊「「邪宗門」―比較宗教学的考察―」（『兵庫國漢』61　二〇一五年三月　兵庫県高等学校教育研究会国語部会）

・山平重樹「男の「生き様」「死に様」連載第22回　高橋和巳」（『アサヒ芸能』二〇一五年六月十一日）

・沈慶昊「高橋和巳に学ぶ」（『二松学舎大学人文叢書』95号　二〇一五年十月）

・「みちのものがたり　綾小路通　京都市「京都ぎらい」因縁の地」（『朝日新聞』二〇一六年七月十六日）

・「今こそ高橋和巳　社会に肉薄「求道者の文学」」（『朝日新聞』二〇一六年九月十六日）

・東口昌央「夢想される革命―高橋和巳にとっての文化大革命―」（「木村一信先生追悼　論考と回想」二〇一六年九月「木村一信先生追悼　論考と回想」刊行会）

・上坂保仁「高橋和巳における「希望」の契機―「孤立無援」の哲学的態度をめぐって―」（『日本教育学会大会研究発表要項』二〇一七年八月　日本教育学会）

・鷲田清一「折々の言葉６６２」（『朝日新聞』二〇一七年二月九日曜版）

・井上昭夫「『おふでさき』天理言語教学試論―「こと」的世界観への未来像―35　第五章　高橋和巳と邪宗門①」（『Glocal Tenri』二〇一七年三月　天理教出版社）

・井上昭夫「『おふでさき』天理言語教学試論―「こと」的世界観への未来像―36　第五章　高橋和巳と邪宗門②」（『Glocal Tenri』二〇一七年四月　同）

・坪内祐三「『わが解体』高橋和巳著（文春図書館　文庫本を狙え！　９３４）」（『週刊文春』二〇一七年四月二十七日）

・井上昭夫「『おふでさき』天理言語教学試論―「こと」的世界観への未来像―37　第五章　高橋和巳と邪宗門③」（『Glocal Tenri』二〇一七年五月　同）

・井上昭夫「『おふでさき』天理言語教学試論―「こと」的世界観への未来像―38　第五章　高橋和巳と邪宗門④」（『Glocal Tenri』二〇一七年六月　同）

・井上昭夫「『おふでさき』天理言語教学試論―「こと」的世界観への未来像―39　第五章　高橋和巳と邪宗門⑤」（『Glocal Tenri』二〇一七年七月　同）

・井上昭夫「『おふでさき』天理言語教学試論―「こと」的世界観への未来像―40　第五章　高橋和巳と邪宗門⑥」（『Glocal Tenri』二〇一七年八月　同）

・井上昭夫「『おふでさき』天理言語教学試論―「こと」的世界観への未来像―41　第五章　高橋和巳と邪宗門⑦」（『Glocal Tenri』二〇一七年九月　同）

・「葦　夕べに考える」（『朝日新聞』二〇一七年十一月十二日）

・『桃の会論集』八集―高橋和巳専号（二〇一八年六月　桃の会）序「ひさしく京都は文学不毛の地と称されてきた」（銭鷗）／高橋先生との日々（小南一郎）／高橋和巳「表現者の態度Ⅰ・Ⅱ」の検討（平田昌司）／高橋和巳筆下的陸機（戴燕）／高橋和巳と陸機（池田恭哉）／顔延之の詩文に対する一考察―高橋和巳の顔延之論を踏まえて（堂薗淑子）／顔延之「秋胡行」と高橋和巳―論文「中国の物語詩」を読む―（松家裕子）／高橋和巳「江淹の文学」について（幸福香織）／高橋和巳における中国文学研究の起点―「劉勰『文心雕龍』文学論の基礎概念の検討」を中心に（黄詩琦）／「詩人の運命―李商隠詩論」の理論と方法（小南一郎）

（二〇一八年八月現在）

〔附記〕

全集刊行以後のものについて一覧を掲げたが、参照文献などと一部重複があることを諒とされたい。また、一部刊行元を確認できなかった箇所もある。文学事典などによる人物、作品紹介は煩雑をきわめるので割愛した。掲載にあたっては可能な限りの文献を収集したものの、各種データベースによれば未見の高橋和巳関連の文献がまだ存在している。ほぼ日本国内の文献に絞ったが、海外での発表論文については調査を必要とする。また、高橋和巳本人の著作、文章も全集収録以外に存在している可能性が否定できないが、今回時間的な関係から確認できるには至らなかった。いずれ機会があれば「補遺」として公開したい。

（作成・東口昌央、田中寛）

Ⅶ部　高橋和巳年譜

これまでの定稿をもとにいくつかの事項を加えた。太田代志朗氏から貴重なご指教と多大なご協力を得た。記して感謝申し上げる。（田中寛）

高橋和巳年譜

□一九三一年（昭和六年）　零歳
八月三一日、大阪市浪速区貝柄町三丁目一八番地に生れる。父秋光、母トミエ（呼び名・慶子）の次男。家族に、兄長巳、祖父佐次郎、祖母コマがいた。生まれた直後、「捨子」にされ、再び拾い返すという儀式が行われた。その事情は処女作『捨子物語』に記される。父は鋲や蝶番などの建築金物を製造する町工場を営んでいた。父の本籍は香川県三豊郡柞田村。和巳はのちの戦時下に疎開し農村動員を体験する。

□一九三四年（昭和九年）　三歳
大阪市西成区東十条の借家に転居。この一帯は釜ヶ崎の近くで日雇い労働者の多く住む地域。極貧の生活を目にしながら少年期を育つ。のちの「憂鬱なる党派」などの作品舞台にも断片的に登場する。

□一九三五年（昭和一〇年）　四歳
八月六日、弟（三男）司生まれる。

□一九三八年（昭和一三年）　七歳
四月、大阪市立恵美第三尋常高等小学校入学。越境入学として扱われ、女子組に編入される。戦時下の影響下、変則的な学級編成であった。

□一九四〇年（昭和一五年）　九歳
八月二〇日、妹（長女）佐恵子生まれる。戦時色、一段と強まる。

□一九四四年（昭和一九年）　一三歳
四月、大阪府立今宮中学校（現今宮高等学校）入学。歴史の担当教員に庄野潤三がいた。この頃、家に旋盤や工作機械があったことなどから、模型電気機関車や鉱石受信機などを作ることを趣味とした。科学雑誌などを好んで読み、どちらかといえば理系志望であった。四月二九日、妹（次女）絹代生まれる。

□一九四五年（昭和二〇年）　一四歳
三月一三日、第一回大阪大空襲（B29爆撃機274機が夜間襲来）のため罹災、家屋、工場を焼失。廃墟の街を彷徨う。この「焦土体験」が高橋和巳の原風景となり、神経質な少年時代を過ごすことになる。翌日、家族とともに母の郷里である香川県三豊郡大野原村大字大野原に疎開した。四月、香川県立三豊中学校（現観音寺第一高等学校）に転入学。教科書、文房具など一切なし。夏休みの宿題帳に全教科書を写し取ったりした。友人宅に日本文学全集、世界文学全集があり、むさぼり読む。文学の世界に眼が開かれた時期であった。農繁期には農村動員を体験。八月一五日の敗戦を疎開先で迎えた。

□一九四六年（昭和二一年）　一五歳
一〇月、焦土の大阪の旧住所に戻る。極度の食糧不足、窮乏生活に苦しむ。今宮中学三年に復学。この頃から戦後の雑誌「近代文学」「総合文化」などを濫読する。友人たちと作品の批評などをし合い、文学観を形成していった。以降、幼少期の典型的な下町の環境、敗戦にともなう教育方針の転換、敗戦後の都会の混乱等に翻弄され、影響されるところが多かった。

□一九四七年（昭和二二年）　一六歳
七月六日、弟（四男）佐喜雄生まれる。

□一九四八年（昭和二三年）　一七歳
三月、今宮中学四年修了ののち四月、旧制松江高等学校文科乙類に入学。わずか一年ではあったが、旧制高校の体験を味わった。この時期、駒田信二教授より漢文の手解きを受けたことが後の中国文学研究の大きな契機となる。

□一九四九年（昭和二四年）　一八歳
学制改革により旧制高校廃止。七月、新制京都大学文学部第一期生として入学。周囲に同窓の小松実（左京）、北川荘平、三浦浩、石倉明、豊田善次、宮川裕行らがいた。京都市上京区寺町通丸太町界隈に下宿、のちに中京区中町通竹屋町界隈に、さらに東山区大黒町通七条界隈に、下宿を転々とする。この時期、第一次戦後派の文学活動は活発になり、埴谷雄高、椎名麟三、野間宏らの文学の影響を受ける。小説の習作を始める。一〇月、三浦浩、豊田善次、石倉明、唯貞三、三上和夫らの呼びかけで京大文芸同好会を結成。のちに石倉明、北川荘平、豊田善次らと「京大文芸同人会」を発足させる。ガリ版刷りの同人誌を四号まで刊行。「京大作家集団」と改称。仲間の間で芸術派に対抗して「社会リアリズム」を強調。一八歳の高橋和巳が最年少でよく泣いたことから〝泣きの高橋〟と称される。この年、疎開していた家族がやっと一同揃い、大阪市西成区東四条の借地に住宅を新築。

□一九五〇年（昭和二五年）一九歳
桑原武夫教授の文学概論を受講、レポートに中野重治「雨の降る品川駅」を批評・分析し激賞される。五月、「作家集団作品集」第三号に「片隅から」を発表、戦時下の青春を描いた（後に加筆訂正「あの花この花」と改題）。六月、日本共産党入党を決意するも入党届が正式に受理されずに時間が過ぎ、意識的にパルタイ（共産党活動）から離れていく。

□一九五一年（昭和二六年）二〇歳
四月、二年間の教養課程を終了、文学部文学科中国語中国文学を専攻。主任教授は吉川幸次郎。中国の詩文の美しさに眼を開かれる。五月四日、祖父死去。七月一四日から二四日まで京都大学同学会主催により京都駅近くの丸物百貨店で「綜合原爆展」（丸木位里「原爆の図」展覧会）が開催される。三月に原民喜の鉄道自殺があり、作家集団の仲間と『反戦平和詩集』を出すなど原爆に強い関心を示す。こうした体験が後の「憂鬱なる党派」執筆の大きな動機となる。一〇月、宮川裕行、橘正典、牛尾侑、佐々木一郎らが始めた京大文学研究会に参加する。同人誌『土曜の会』を創刊（のちに「ＡＲＵＫＵ」と改題）。第一号に小説「月光」を発表。一二月、第二号に小説「淋しい男」を発表。

□一九五二年（昭和二七年）二一歳
五月、「土曜の会」第三号に「退屈について—チエホフ小論」を発表。六月一九日から五日間、京大天皇行幸事件、破壊活動防止法反対闘争に関する学生処分の撤回を求めて学長室前でハンガーストライキを敢行。七月、「土曜の会」を改名、同人誌「ＡＲＵＫＵ」第四号に「老牛」を発表。一〇月、小松実（左京）、近藤龍茂、宮川裕行と同人雑誌「現代文学」を創刊。創刊号に「捨子物語」の発端、三章を発表（一九五八年に足立書房より自費出版）。

□一九五三年（昭和二八年）二二歳
単位不測のため留年。六月、「ＡＲＵＫＵ」第七号に「藪医者」を発表（のちに加筆訂正し「日々の葬祭」と改題）。一〇月二九日、父秋光死去。享年四七。一一月、「ＡＲＵＫＵ」第八号に詩「生ける朦朧」を発表。

□一九五四年（昭和二九年）二三歳
三月、京都大学文学部文学科中国語中国文学専攻を卒業。卒業論文は「劉勰『文心雕龍』文学論の基礎概念の検討」。四月、大学院修士課程進学。専攻は魏晋南北朝（六朝）文学。本気になって学問にはげむ。布施市立日新高等学校定時制講師となり、現代国語を担当。一一月三日、岡本正次郎、達子の長女・和子と結婚。布施市吉松町鳶崎町の布施アパートに住む。この頃、「文學界」新人賞に応募するも落選。当選作は石原慎太郎「太陽の季節」（のちに芥川賞受賞）。これによりオートバイに乗る湘南の青春（太陽族）とは対照的に「憂鬱なる世代」を強く自覚する。

□一九五五年（昭和三〇年）二四歳
三月、布施市立日新高等学校定時制講師を辞職。本格的に学問研究の道に進む。和子夫人の京都の実家（上京区等持院北町）に転居。以後、三年間そこに寄居。この年から翌年にかけて「捨子物語」を集中的に執筆する。当初の原稿はすべて和子夫人が清書した。一〇月、卒業論文が伝統ある京都大学文学部紀要「中国文学報」第三冊に掲載される。

□一九五六年（昭和三一年）二五歳

三月、京都大学大学院修士課程修了。修士論文は「顔延之と謝霊運」。引き続き博士課程に進学。一〇月、小松実（左京）、豊田善次、石倉明、橘正典、北川荘平、宮川裕行、浅井律子らと同人雑誌「対話」を創刊する。これは文学仲間である石倉明・北川荘平・小松左京・橘正典・豊田善次・宮川裕行らによびかけたもので、「京大作家集団」「ARUKU」「現代文学」を統合するものだった。四号雑誌で終わったが、この頃、自身の文学観が基本的に出来上がった。

□一九五七年（昭和三二年）二六歳

三月、「対話」第二号に評論「文学の責任」を発表。同時に第二号から「古風」の連載を始める。春、近藤龍茂とともに東京・吉祥寺に埴谷雄高をはじめて訪ねる。以後終生、文学、人生の師と仰ぐ。一〇月に「潘岳論」が「中国文学報」第七冊に掲載される。

□一九五八年（昭和三三年）二七歳

四月、吹田市大字垂水、豊津住宅協会アパートに転居。六月、『捨子物語』を足立書房より自費出版。題字は小川環樹の揮毫による。岩波書店より吉川幸次郎・小川環樹編集・校閲「中国詩人選集」⒂『李商隠』の訳注を担当、八月に刊行。この頃から長篇「悲の器」の構想・執筆に着手。

□一九五九年（昭和三四年）二八歳

三月、京都大学大学院博士課程単位取得して退学。博士論文は「陸機の伝記とその文学」。四月、「対話」を脱退、四号で休刊となる。四月、立命館大学文学部中国文学科の非常勤講師となる。これは白川静教授の強い推薦によるもので、梅原猛らと親しくなる。現代中国語を担当。二部（夜間）も受け持つ。担当講座は中国語だけでなく文学論を望むもかなわず教授会はよくサボる。奈良本辰也教授・文学部長からは「二足の草鞋ははける」と激励される。六月、冨士正晴らの関西の文学同人雑誌グループ「VIKING」同人となり、「憂鬱なる党派」を断続的に連載（原題は「グルームパーティー」）。一〇月、「陸機の伝記とその文学（上）」が「中国文学報」第一一冊に掲載。

□一九六〇年（昭和三五年）二九歳

二月、山田稔、多田道太郎主宰の「日本文学をよむ会」に参加。四月、「陸機の伝記とその文学（下）」が「中国文学報」第一二冊に掲載。四月、立命館大学文学部専任講師となる。中国語学講義、中国語学特殊講義を担当。梅原猛らの寵愛を受ける。多田道太郎・山田稔主宰の「日本小説を読む会」に参加。現代中国語と文学概論を担当。五月、京大人文科学研究所桑原武夫を班長とする文学理論研究会に参加。中国文学理論の紹介、想像力理論の構築を担当。上山春平、樋口謹一、加藤秀俊ら人文科学研究所のメンバーを紹介される。杉本秀太郎ら京大大学院生を中心に発刊された文芸批評誌「視界」に参加。「VIKING」五月号に「老牛」を発表。八月、「新潮」八月号に「新中国の長篇小説」、一一月、「視界」第二号に「表現者の態度Ⅱ―職業としての文学の誕生」を発表。立命館大学文学部紀要「立命館文学」第一八〇号に「顔延之」を発表。

□一九六一年（昭和三六年）三〇歳

「近代文学」三、四月号に「逸脱の論理―埴谷雄高論」を、「思想の科学」五、六月号に「竹内好論」（のちに「自立の精神―竹内好における魯迅精神」と改題）を発表。六月に「日本小説をよむ会」のメンバーとして文芸誌「文藝」（河出書房新社）を復刊準備中の編集者坂本一亀とはじめて会う。若手作家を発掘する坂本一亀との出会いは運命的であった。七月、評論「非暴力の幻影と栄光」を「思想の科学」七月号に発表。

□一九六二年（昭和三七年）　三一歳

三月、「悲の器」を脱稿。「文藝賞」長篇部門に応募。第一回、河出書房新社「文藝賞」長篇部門に当選。選考委員は福田恒存、埴谷雄高、野間宏、中村真一郎、寺田透。「文藝」一一月号に第五章まで発表。一〇月、東京山の上ホテルで授賞式。同月、『悲の器』を河出書房新社より刊行。特製本とペーパーバックスの二種類。六月、高木正一、武部利男との共著『漢詩鑑賞入門』（大阪創元社）を刊行。九月、吉川幸次郎・小川環樹編集・校閲「中国詩人選集第二集」⒀『王士禛—王漁洋—』の訳注を担当、岩波書店より刊行。学問研究と創作・批評の二足の草鞋が順調に進んでいった。

□一九六三年（昭和三八年）　三二歳

五月、最初の評論・エッセイ集『文学の責任』を河出書房新社より刊行。「文学」（岩波書店）五月号に「曼陀羅の思想—武田泰淳論」（のちに「忍耐の思想—武田泰淳」と改題）を、「文芸」七月号に「戦後文学私論」を書き、佐々木基一らの戦後文学幻想論に反論、自ら戦後文学の正統的後継者を堅持。七月、岡田光治脚色・大山勝美演出テレビドラマ「悲の器」（「TBS」五日放映。女優野際陽子のデビュー作）。「文芸」八月号に「散華」を発表。八月頃よりすでに同人誌「VIKING」の連載を中断していた「憂鬱なる党派」の書下ろしに着手する。「苦しむ才能—井上光晴」（「新日本文学」九月号）、「失明の階層—中間階級論」（「中央公論」一〇月号）、「孤立無援の思想」（「世代66'」一一月号）、「日常への回帰—椎名麟三」（「文学」一一月号）、「仮面の美学—三島由紀夫」（「文藝」一二月号）など、精力的な評論活動も続ける。

□一九六四年（昭和三九年）　三三歳

「現代の眼」三月号に「戦争論」を発表、ラジオドラマ「詠み人知らず」（NHK十日放送）。「芸術生活」四月号にドキュメンタリー風の短篇「飛翔」を発表。「文学界」七月号に「〈性〉的素材主義批判」。生田直親脚色・大山勝美演出テレビドラマ「散華」TBS十日放映。「VIKING」八月号に中篇「我れ関わり知らず」を発表。八月頃から長篇小説「邪宗門」の執筆準備に入る。「展望」一一月号に、篠田一士、いいだ・もも、小田実、大江健三郎との座談会「現代において文学は可能か」、「世界」一二月号に「貧者の舞い」を発表する。部落解放同盟より表現描写をめぐって抗議が起こる。「展望」一二月号に「戦争文学序説—運命について」を発表。戦後文学における戦争文学の位置づけを明白化する。「自由」一二月号に「我が心は石にあらず」を連載（昭和四〇年五月号まで）。各誌に精力的に評論、創作の発表を続ける。保坂保雄演出ラジオドラマ「我が心は石にあらず」（NHK一日放送）。一二月、立命館大学文学部講師を辞職。一二月、立命館大学文学部講師を辞職（実質的に六月以降は大学に出ず執筆に専念していた）。

□一九六五年（昭和四〇年）　三四歳

「朝日ジャーナル」一月三日号より井上光晴「」の前連載終了を受けて「邪宗門」を連載（昭和四一年五月二九日号まで）。「文学」二月号に「野間宏論」（のちに「現代の地獄—野間宏」と改題）を発表。三月、「憂鬱なる党派」を脱稿。五月、同人雑誌「対話」復刊発足。大阪科学技術センター七階ロビーにて設立会合。メンバーは石倉明・牛尾一男・北川荘平・小松左京・瀬谷欣一・橘正典・豊田善次、三上和夫、若手組に太田代志朗・林広茂。編集委員に石倉明・橘正典・太田代志朗。「文芸」六月号に中篇「堕落—あるいは、内なる曠野」を、「展望」八月号に「戦後民主主義の立脚点」を、「文芸」八月号に、武田泰淳、江藤淳、石原慎太郎、開高健との座談会「われらの戦後二十年」を掲載。八月、「対話」同誌座談会「戦後文学の二十年」

（復刊第一号所載）奈良・生駒の旅亭〝たき万〟で行う。「文芸」九月増刊号に「見る悪魔」を「文學界」九月号に「あの花この花」を、「新潮」九月号に「二つの飛翔」を発表。九月、慣れ親しんだ京都から鎌倉市二階堂理智光寺谷に転居。中央文壇に出る覚悟を明確にする。「日本」一〇月号に「日々の葬祭」を発表。「中央公論」一〇月号に「夏目漱石と近代文学の確立」を発表。一一月、河出書房新社より『憂鬱なる党派』を書き下ろし長篇小説叢書第一巻として刊行。

□一九六六年（昭和四一年）　三五歳

「文藝」一月号より「日本の悪霊」を断続的に連載（三月号、六月号、九月号、昭和四三年一月号、十月号）。「現代の眼」一月号に「長篇の功罪」を、「展望」三月号に、桑原武夫、井上光貞、中野重治、奈良本辰也らとの座談会「日本人の歴史観」を発表。四月、明治大学文学部助教授となる。中国文学研究（六朝文学）、日本文学講読、日本文学演習を担当。唐木順三、平野謙、本多秋五らが教授、講師として在職していた。「文芸」四月号に野間宏との対談「現代文学の起点」を掲載。「別冊エコノミスト」四月二〇日号にいいだ・ももとの対談「現代を考える」を掲載。「現代詩手帖」五月号に田村隆一との対談「流動する時代と人間」を掲載。「現代の理論」五月号に柴田翔、沖浦和光らとの座談会「戦後学生運動の原点」を掲載。「現代の眼」五月号に村上一郎、山田宗睦らとの座談会「戦後思想の展望」を掲載するなど、座談会にも精力的に参加。五月、第二評論・エッセイ集『孤立無援の思想』を河出書房新社より刊行。五月、「邪宗門」の連載を終了、一〇月に上巻、一一月に下巻を河出書房新社より刊行。自己の文学創作活動に一区切りついたことを強く意識する。六月、同人雑誌「対話」（復刊第1号）刊。

□一九六七年（昭和四二年）　三六歳

三月、「愛と死の文学」を梅原猛編対話集『未来への対話』雄渾社に収録。吉川幸次郎、小川環樹両教授の推薦により、吉川幸次郎の後継者として京都大学文学部助教授就任を要請される。小川環樹教授自ら鎌倉に来訪。ここには「君の志を一そう光りあらしめるべく」との恩師吉川幸次郎の強い計らいがあった。さまざまな逡巡ののち就任を受諾するも、和子夫人は反対。三月、一年も経たずに明治大学文学部助教授を辞職。「文芸」四月号に「非暴力直接行動について」を発表。四月一一日から二六日まで約二週間、「朝日ジャーナル」誌特派員として東京大学の菊地昌典らと文化大革命中の中国を視察旅行する。広州、上海、南京、天津を経て、四月二〇日、北京市革命委員会成立の北京を視察。帰国後、「朝日ジャーナル」五月二一日、二八日、六月四日、一一日号に「新しき長城」を発表。文革下の中国を記録した数少ない訪中記録となる。六月、京都大学文学部助教授に着任。京都市左京区北白川追分に仮寓。単身赴任の不規則な生活がはじまる。京都在住とともに、「対話」の読書会が月例で行われる。ゲストに梅原猛、鶴見俊輔、岡部伊都子、真継伸彦氏ら。六月、中央公論社「世界の文学」47『魯迅』を翻訳・解説。増田、松枝、竹内訳につぐ中国語新訳。解説の「魯迅論」はのちに「民族の悲哀―魯迅」と改題。七月、作品集『散華』を河出書房新社より刊行。「群像」九月号に「もう一つの絆」を、「文藝」九月号に「暗殺の哲学」を発表。「新潮」十月号に「楽園喪失」を発表。九月二二日から一〇月一〇日まで日ソ親善協会の好意でフランス文学者水野亮とともにソビエト共和国を視察旅行。十月、連載完結した『我が心は石にあらず』を新潮社より刊行。同月、第三エッセイ・評論集『新しき長城』を河出書房新社より刊行。

□一九六八年（昭和四三年）　三七歳

一月、生駒〝たき万〟にて太田代志朗らと雪の夜明けに二日間ぶっ通しの開帳。三月、全面改訂ののち『捨子物語』を河出書房新社より刊行。「群像」五月号に吉本隆明との対談「現代の文学と思想」を掲載。「文藝」八月号にいいだ・

もも、鶴見俊輔、竹内芳郎らとの座談会「暴力考」を掲載。「群像」十月号に「戦後派の方法的実験」を、「三田文学」一〇月号に「私の文学を語る―インタビュー痾秋山駿」を掲載。八月「現代の眼」一〇月号より「黄昏の橋」を連載（昭和四五年二月号まで断続的に掲載。未完。没後、刊行される）。編著『文学のすすめ』を筑摩書房から刊行。一二月、安田武との対話集『ふたたび人間を問う』（雄渾社）を刊行。

□一九六九年（昭和四四年）　三八歳

一月より京大学園闘争はじまる。全共闘支持の立場に立つ。二月、編著『戦後文学の思想』を筑摩書房から刊行。同月、四年の空白を経て『堕落』を河出書房新社より刊行。結局、長篇小説に書き直すことをせず、発表当時の内容をほぼそのまま単行本化した。「朝日ジャーナル」三月九日号に学園闘争に直面した苦悩を「孤立の憂愁を甘受す」に記す。「群像」三月号に竹内好との対談「文学　反抗　革命」を掲載。四月『叛逆への招待―大学』（京都大学出版会）に「闘いの中の私」を掲載。五月、佐賀大学、長崎大学、熊本大学などで精力的に講演を続ける。五月二九日、東京大学助手共闘会議及び日本大学教員共闘委員会共催、全国大学教官討論集会で「生涯にわたる阿修羅として」を講演。「文藝」六、七、八、一〇月号に知識人の苦悩を綴った「わが解体」を発表。七月、「対話」の読書会「文学理論の研究」（於：新島会館）極めて体調勝れず鎌倉から駆けつける。終わると二次会、三次会は「権太郎」、「梅鉢」、「ヴィヨロン」などが定コース。八月、第四評論・エッセイ集『孤立の憂愁の中で』を筑摩書房より刊行。九月、小田実、真継伸彦との共編『変革の思想を問う』を筑摩書房より刊行。一〇月、河出書房新社より「高橋和巳作品集」全九巻（別巻一巻を補巻）刊行を開始。第一回配本は第六巻『日本の悪霊』（昭和四七年四月に最終回別巻『詩人の運命』を刊行して完結）。十月号から翌年五月号まで「文芸」誌の裏表紙全面広告。一〇月八日、京都・祇園新橋のお茶屋「岡あい」にて川西政明、橘正典らと作品集刊行祝賀の宴会途中に腹痛で倒れる。翌九日、北白川の石野外科で胆囊炎と診断される。同道していた川西政明は坂本一亀に頼み、東京女子医科大学の中山恒郎教授の判断を仰ぐ準備を整え、鎌倉へ連れ帰るも、家族の意思で十日、聖路加国際病院に入院、病名判明せぬまま退院し自宅療養。この時の誤診が命を縮めることになる。「潮」一一月号に三島由紀夫との対談「大いなる過渡期の論理」を掲載。一二月、「週刊アンポ」第二号に「革命の化石」を発表。国立劇場で三島由紀夫の『椿説弓張月』を観劇。

□一九七〇年（昭和四五年）　三九歳

三月、京都大学文学部助教授を辞職。小田実、開高健、柴田翔、真継伸彦と季刊同人誌「人間として」を筑摩書房より創刊。第一号に「白く塗りたる墓」第一部を発表（未完の長篇。没後に単行本が刊行される）。四月三〇日、東京女子医大消化器センターに入院。胆囊の裏にある上行結腸癌の手術、執刀中山恒郎教授。これは最期まで本人には知らされず、見舞客には「急性の肝炎から慢性の肝炎」になったと話す。五月七日、上行結腸癌再手術。六月、退院。同月、宮本研脚色・多田利弘演出NHKラジオドラマ「散華」が一三日に放送される。聖路加病院退院。七月、編著『明日への葬列』を合同出版より刊行。九月、「人間として」第三号に「三度目の敗北―闘病の記」を、「群像」一〇月号に日高六郎との対談「解体と創造」が掲載される。「エコノミスト」一〇月二〇日、二七日、一一月三日号に「内ゲバの論理はこえられるか」を発表。一一月二五日、三島由紀夫の自決に強い衝撃を受ける。病床で三島由紀夫に関するインタビューを受ける。これが生前最後の公的な発言で、執筆を約束されていながら病床での口述筆記となった。翌年、「文芸」二月号三島由紀夫特集に「自殺の形而上学」として掲載。「三田文学」一二月号に小田切秀雄との対談「状況と文学の展開」が掲載される。一二月、対談・

講演集『生涯にわたる阿修羅として』を徳間書店より刊行。「日本の悪霊」映画化（福田善之脚本、黒木和雄監督、佐藤慶主演・ATG系列）にて公開。一二月二一日、上行結腸癌が肝臓に転移、東京女子医大消化器センターに再入院。

□一九七一年（昭和四六年）三九歳

二月、妻の高橋たか子を通して埴谷雄高、坂本一亀、寺田博らに高橋和巳の癌が告知され、その死が避けられないことが知らされる。以後、「高橋和巳が危ない」との噂が立つ。京都からも一斉に見舞客が訪れるようになる。「潮」一月号に「わが体験」を、「群像」二月号に秋山駿・野間宏との座談会「文学者の生きかたと死にかた」を掲載。三月、『わが解体』を河出書房新社より、共産主義者同盟赤軍派編『世界革命戦争への飛翔』を三一書房より刊行。四月、作品集第一〇回別巻書き下ろし『詩人の運命』刊行、全巻が完結。五月一日、祖母コマ死去。五月三日、午後一〇時五五分、永眠。四日、近親者の間で通夜。五日、一般通夜、六日、密葬。九日、青山葬儀場において葬儀告別式。葬儀委員長埴谷雄高。若者を中心に約三千人が参列する。六月一七日、大阪市東住吉区瓜破霊園の高橋家の墓に納骨。戒名「大慧院和嶺雅到居士」。八月三日、冨士霊園三区一番八六五に納骨。墓碑に彫られた「高橋和巳」の文字は、埴谷雄高の筆。「文芸」七月臨時増刊号「高橋和巳追悼特集号」、「人間として」第6号「高橋和巳を弔う号」をはじめ、「文学界」、「新潮」、「群像」、「海」などの文芸誌、「現代の眼」、「世界」、「潮」、「対話」などの総合雑誌が追悼特集を編む。五月、『白く塗りたる墓』を筑摩書房から、『自立の思想』を文和書房より、六月、『黄昏の橋』を筑摩書房より刊行される。八月、『國文學解釈と鑑賞』特集「高橋和巳と倉橋由美子」（至文堂）が刊行される。同月、『人間にとって』を新潮社より、一〇月、最後の講演集『暗黒への出発』を徳間書店から刊行。一二月、「対話」第8号「高橋和巳追悼号」（対話の会）が刊行される。

没後主要文献刊行・著作復刊年譜

□一九七二年（昭和四七年）没後一年

五月五日、一周忌を迎え京都会館にて「高橋和巳を偲ぶ文芸講演会」開催される。講師は埴谷雄高、真継伸彦、吉本隆明、秋山駿。立石伯『高橋和巳の世界』（講談社）、埴谷雄高編『高橋和巳論』（河出書房新社）、高知聰他編『高橋和巳をどうとらえるか』（芳賀書店）が相次いで刊行される。

□一九七四年（昭和四九年）没後三年

四月に『國文學　解釈と教材の研究』特集「井上光晴と高橋和巳—苦悩と告発の文学—」（學燈社）が刊行される。川西政明『不果志の運命、あるいは高橋和巳の断片的考察』（講談社）が刊行される。

□一九七五年（昭和五〇年）没後四年

「高橋和巳全小説」全一〇巻が四月から六月にかけて河出書房新社より刊行される。二段組の並装普及版。全巻の解説を川西政明が担当。

□一九七六年（昭和五一年）没後五年

没後五年の記念出版として、初期の文学論を講義した放送用原稿（立命館大学人文科学研究所・読売テレビ放送）をもとに構成した『文学講座』が河出書房新社より刊行される。

□一九七七年（昭和五二年）　没後六年
四月、七回忌を機に吉川幸次郎、埴谷雄高監修（川西政明・武部利男校訂）『高橋和巳全集』全二〇巻刊行開始。背表紙は吉川幸次郎の揮毫による。高橋たか子『高橋和巳の思い出』（構想社）、小川和佑編『高橋和巳研究』（教育出版センター）が刊行される。

□一九七八年（昭和五三年）　没後七年
一月に、『國文學　解釈と教材の研究』特集「高橋和巳の問いかけるもの」（學燈社）が刊行される。

□一九七九年（昭和五四年）　没後八年
小松左京編『高橋和巳の青春とその時代』が構想社より刊行される。

□一九八〇年（昭和五五年）　没後九年
真継伸彦『高橋和巳論』が文和書房より、豊田善次『高橋和巳の回想』が構想社より、『文芸読本高橋和巳』が河出書房新社より刊行される。三月、『高橋和巳全集』全二〇巻が完結する。全集としては異例の短期増刷となる。

□一九八一年（昭和五六年）　没後一〇年
川西政明『評伝高橋和巳』が講談社より刊行される。

□一九九一年（平成三年）　没後二〇年
『高橋和巳コレクション』全一一巻刊行開始、巻末に同時代エッセイ、女性作家による解説を附す。没後二〇年を記念して『文藝』（秋季特大号）で小特集「高橋和巳再読」が編まれる。村井英雄『書誌的研究高橋和巳』、同『闇を抱いて 高橋和巳の晩年』、梅原猛・小松左京編『高橋和巳の文学とその世界』がそれぞれ、阿部出版より刊行される。

□一九九三年（平成五年）　没後二二年
『高橋和巳短篇集』が阿部出版より刊行される。梅原猛、太田代志朗が解説を担当した。

□一九九七年（平成九年）　没後二六年
没後二五年の節目に高橋たか子『高橋和巳という人 二十五年の後に』が河出書房新社より刊行される。巻頭に未発表写真掲載。

□一九九八年（平成一〇年）　没後二七年
太田代志朗『高橋和巳序説―わが遙かなる日々の宴』が林道舎より刊行される。

□一九九九年（平成一一年）　没後二八年
脇坂充『孤立の憂愁を甘受す◎高橋和巳論』が社会評論社より刊行される。

□二〇〇二年（平成一四年）　没後三一年
伊藤益『高橋和巳作品論―自己否定の思想』が北樹出版より刊行される。

□二〇〇三年（平成一五年）　没後三二年
朴海蘭「『堕落』から見た高橋和巳の反戦思想」が『日本学論叢』（権宇、金哲会主編、中国・延辺大学出版社）に掲載される。日本語で書かれた中国人による最初の高橋和巳論。

□二〇〇四年（平成一六年）　没後三三年
五月、BBS「高橋和巳を語る会」（運営管理・人見伸行）が発信スタート。

□二〇〇七年（平成一九年）　没後三六年
橋本安央『高橋和巳 棄子の風景』が試論社より刊行される。「図書新聞」に太田代志朗による書評が掲載される。

□二〇一一年（平成二三年）　没後四〇年
太田代志朗「悲愴と解体のパトロジー　――高橋和巳生誕八〇年・没後四〇年に」（「図書新聞」に短期連載、二〇一一年八月六日、八月一三日、九月一〇日、九月二四日、一〇月一日）中国の生活・読書・新知三聯書店有限公司出版《読書》一一月号に戴燕「遇見高橋和巳」が掲載される。

□二〇一二年（平成二四年）没後四一年
戴燕「高橋和巳初論—文学、学術與現実、歴史的畳影」が『亜洲研究集刊』第六集『亜洲的現代化道路—歴史與経験』（中国・復旦大学出版社）に掲載される。

□二〇一六年（平成二八年）没後四五年
新装版河出文庫が刊行開始。『悲の器』、『憂鬱なる党派』、『わが解体』、『我が心は石にあらず』、『日本の悪霊』と続く。五月、田中寛、「高橋和巳論集」（仮称）を在外研究先のロンドンで構想、太田代志朗と企画創案作成開始。九月、京都同志社大学を拠点に活動する中国文学研究会「桃の会」（小南一郎主宰）において高橋和巳中国文学研究が翌年三月、九月にかけて連続して発表される。

□二〇一七年（平成二九年）没後四六年
五月、『高橋和巳 世界とたたかった文学』が河出書房新社より刊行される。「高橋和巳論集」（仮称）の執筆者を検討、六月、八月に執筆依頼状を送付。大方の賛同、支援を得る。刊行元をコールサック社に決定。九月、田中寛、京都にて「桃の会」研究会に参加、高橋和巳研究者との知遇を得る。日本近代文学館にて高橋和巳特別資料を閲覧する（以後、数次に亘る）。

□二〇一八年（平成三〇年）没後四七年
五月、小学館よりペーパーバックス版P+DBOOKS『黄昏の橋』、七月、同『堕落』が刊行される。執筆者最終確認、全体構想確認。六月、「桃の会論集」八集、高橋和巳専号（非売品）が桃の会より刊行、高橋和巳の中国文学研究に関する論文一〇本を収録する。

（二〇一八年八月現在）

〔附記〕

作成にあたっては本人作成の自撰年譜を下敷きにした川西政明編の数種類の年譜をもとに、『増補改訂戦後日本文学史・年表』（松原新一他編）、『高橋和巳 わが人生観 阿修羅の思想』（小川和佑編）、『「文藝」戦後文学史』（佐久間文子）、『現代日本文学史』（大久保典夫他編）、『戦後の文学』（古林尚他編）、『講座昭和文学史』（東郷克美他編）、『年表昭和・平成史』（中村政則・森武麿編）、『日本近代文学大辞典』（高橋和巳の項、真継伸彦）、『新・昭和文壇史』（川西政明）などを参照したほか多少の補遺を行った。年譜に記した著作（評論、小説他）は主要なものに限った。

（田中寛）

あとがき

あとがき

鈴木比佐雄

真に優れた小説は、例えばドストエフスキーの小説のように、何度でも再読を促し新たな価値を発見させる魅力を内在させている。私にとって高橋和巳の小説の中の『悲の器』などがそのような小説であり、初めて読んだ高校生の頃からその思いは変わらずに時に再読している。

今回、私と同じように高橋和巳の価値を高く評価する二十四名の高橋和巳論を収めた『高橋和巳の文学と思想――その〈志〉と〈憂愁〉の彼方に』が刊行されたことは、言い難い喜びがある。編者の一人の小説家・歌人の太田代志朗氏とは、その二十年ほど前に私の師と言うべき詩人の浜田知章氏の全詩集を企画し多くの人たちのご支援で刊行することになり、その出版記念会などでお会いしていた。浜田知章氏は千島列島から帰国した戦後に大阪で詩誌「山河」を創刊し、長谷川龍生氏などと共に「原爆詩」を発信することやリアリズムの詩運動を起こして多くの詩人たちに影響を与えた。太田氏は高橋和巳の主宰した文芸誌「対話」に参加しながら、「山河」の浜田氏の詩運動にも関心を抱いていたのだろう。大東文化大学教授の田中寛氏とは、日本ペンクラブの懇親会で知り合いになり、太田氏と田中氏が十年も前から構想してきた高橋和巳の研究書の出版について相談された。その研究書の〈志〉をお聞きした時に、私は今の時代だからこそ刊行すべきだと快諾した。浜田氏が口癖のように語っていた「感動の伝染性」に促される文学運動の重要性をお二人の高橋和巳に寄せる情熱に感じたからだ。太田氏は今も師である高橋和巳との対話を継続しその情熱が導火線となって、初めての打ち合わせから一年半後に本書が実現したことは、奇跡的なことだと思っている。

本書のⅠ部「文学と思想の可能性」六編は本格的な高橋和巳論である。立石伯氏の「ドストエフスキーと高橋和巳の近似性」の分析、鈴木貞美氏の高橋和巳の想像力が世界の思想・哲学や中国古典詩学を踏まえていたことの指摘、綾目広治氏の「日本社会の戦後責任を問うた全共闘の問題提起」を受け止めた小説の在り方、藤村耕治氏の「〈実存としての私〉の最深部」を開示する可能性、橋本安央氏の「エロスとタナトスを同時に志向すること」によって解体する存在者の悲しみ、田中寛氏の「散華」と「堕落」を戦争文学として問い直すことなどの論考は、高橋和巳の全体像に近づく良き手引きとなる論考であり、また様々な問題提起は、より高和和巳の小説の理解を深め、刺激を与えるだろう。

Ⅱ部「作品論・批評論の諸相」では、井口時男氏と齋藤恵氏が「邪宗門」を、鈴木比佐雄と大城貞俊氏と松本侑子氏が「悲の器」を、原詩夏至氏が「捨子物語」を、東口昌央氏が「日本の悪霊」を、槙山朋子氏が「黄昏の橋」を独自の観点で新しい読解を明らかにした。さらに小林広一氏と中村隆之氏は、高橋和巳の政治性を否定し、その文学性に焦点を当てて今後の高橋和巳の小説全般の新たな読解の可能性を示唆している。

Ⅲ部には、日本近代文学館が所蔵している高橋和巳の小説遺稿二編は田中寛氏が、中国文学論の遺稿は池田恭哉氏が、文字起こしをして収録し解説や編註なども記した。高橋和巳の遺稿からその文体の魅力を感じ取ることができる。

Ⅳ部「中国論・中国文学研究」は、池田恭哉氏、関智英氏、張競氏、戴燕氏、王俊文氏たちの中国文学や日中の歴史、文化問題との関係に触れたもので、これも新たな高橋和巳研究の成果だと思われる。

Ⅴ部「回想・同時代の風」の、梅原猛氏と加賀乙彦氏と太田代志朗氏の三人は、高橋和巳と生前に親しい関係を持った方たちで、梅原氏と加賀氏の二編は再録で、太田氏の論考は本書のために書かれたものである。

Ⅵ部「書誌研究」、Ⅶ部「高橋和巳年譜」は東口昌央氏、田中寛氏がまとめ上げた力作であり、これまでの高橋和巳研究を調べる際に役立つと考えられる。

本書の刊行に際し、共同執筆者と同時にご支援いただいた皆様にお礼を申し上げたい。この書が高橋和巳の新たな価値と魅力を再発見する機会になればと願っている。

編註

一、二十四名の評論・エッセイ及び、高橋和巳の遺稿三編を収録した。
一、編者は太田代志朗、田中寛、鈴木比佐雄である。
一、著者は左記の二十四名である。
綾目広治、井口時男、池田恭哉、梅原猛、王俊文、大城貞俊、太田代志朗、加賀乙彦、小林広一、齋藤恵、鈴木貞美、鈴木比佐雄、関智英、戴燕、立石伯、田中寛、張競、東口昌央、中村隆之、橋本安央、原詩夏至、藤村耕治、槙山朋子、松本侑子（五十音順）
一、収録された遺稿三編は日本近代文学館の所蔵である。
一、装幀及びグラビアの写真は太田代志朗所蔵のものを使用した。
一、現役の作者については本人校正を行った。さらに、編者、コールサック社の座馬寛彦・鈴木光影の校正・校閲を経て収録した。
一、遺稿については、なるべく原文を尊重しつつ、明らかな誤字脱字を修正し、旧字を新字に、旧仮名遣いを現代仮名遣いに改めた。
一、本書は高橋和巳の文学と思想の新たな価値や魅力を再現することを目的として制作された。
一、収録された論文、遺稿、書誌研究、高橋和巳年譜を転載される場合は、事前にコールサック社へご連絡ください。

編者紹介

太田代志朗（おおた　よしろう）
1940年、静岡県生まれ。作家、歌人。立命館大学文学部哲学科哲学専攻卒業。「対話」第二次同人。主な著書に『高橋和巳序説』『このひとときは風にみち』『清かなる夜叉』、共著に『高橋和巳の文学とその世界』など。

田中寛（たなか　ひろし）
1950年、熊本県生まれ。立命館大学文学部史学科卒業。大東文化大学外国語学部教授。専門は言語教育学、比較言語文化論。日本ペンクラブ会員。主な著書に『戦時期における日本語・日本語教育論の諸相』、創作集『母といた夏』など。

鈴木比佐雄（すずき　ひさお）
1954年、東京都生まれ。詩人、評論家、日本ペンクラブ平和委員会。法政大学文学部哲学科卒業。㈱コールサック社代表。著書に詩集『東アジアの疼き』、詩論集『福島・東北の詩的想像力』、企画・編集『沖縄詩歌集〜琉球・奄美の風〜』など。

石炭袋

高橋和巳の文学と思想　――その〈志〉と〈憂愁〉の彼方に

2018年11月15日　初版発行
編　者　太田代志朗　田中寛　鈴木比佐雄
発行者　鈴木比佐雄
発行所　株式会社 コールサック社
〒173-0004　東京都板橋区板橋 2-63-4-209
電話 03-5944-3258　FAX 03-5944-3238
suzuki@coal-sack.com　http://www.coal-sack.com
郵便振替　00180-4-741802
印刷管理　（株）コールサック社　製作部

＊装幀　奥川はるみ

落丁本・乱丁本はお取り替えいたします。
ISBN978-4-86435-360-1　C1095　￥2200E